KB113045

소피의 선택 2

Sophie's Choice

SOPHIE'S CHOICE

by William Styron

Copyright © William Styron 1979
All rights reserved.

Korean translation edition is published by arrangement with
InkWell Management, LLC through EYA.

Korean Translation Copyright © Minumsa 2008, 2023

이 책의 한국어판 저작권은 EYA를 통해
InkWell Management, LLC 와 독점 계약한 (주)민음사에 있습니다.

저작권법에 의해 한국 내에서 보호를 받는 저작물이므로
무단 전재와 무단 복제를 금합니다.

세계문학전집 198

소피의 선택 2

Sophie's Choice

윌리엄 스타이런

한정아 옮김

민음사

일러두기

1 본문의 각주는 모두 옮긴이 주이다.

2 원문에서 이탤릭체로 강조한 부분은 고딕체로 구분했다.

차례

10장

소피가 잠을 자던 회스의 집 지하실은 땅속 깊이 두꺼운 돌벽으로 둘러싸여 있어서 수용소에서 사람 살을 태우는 냄새가 스며들지 않는 몇 안 되는 장소였다. 짚으로 된 초라한 침상이 있는 지하실은 늘 축축하고 어두웠으며 썩는 냄새나 곰팡이 냄새가 났음에도 불구하고 그녀가 가능한 한 자주 지하실로 돌아가곤 했던 것은 이 때문이기도 했다. 벽 뒤 어딘가에서는 위층 하수도나 화장실 파이프가 새는지 물이 똑똑 떨어지는 소리가 끊임없이 들려왔고, 밤이면 쥐가 나타나서 놀라게 할 때도 있었다. 그렇더라도 이 어둠침침한 연옥이 수용소 안의 어느 막사보다도(심지어 지난 육 개월간 수용소 사무실에서 일하면서 비교적 특혜를 받는 수십 명의 다른 여자 포로들과 함께 지냈던 막사보다도) 훨씬 더 나았다. 그 막사에서는 수용소 안 다른 곳의 일반 포로들이 겪은 야만적인 행위와 굶주림은 겪지 않아도 되었지만, 항상 시끄럽고 프라이버시는 전혀 없었으며, 무엇보다도 늘 잠이 부족해서 고통스러웠다. 게다가 청결을 유지하기가 불가능했다. 그러나 여기서는 지하실을 함께 쓰는 포로가 네다섯 명에 불과했다. 그리고 지하실 가까이에 있는 세탁실을 비교적 자유롭게 이용하는 호사를 누릴 수 있었다. 소피는 감사하는 마음으로 이 시설을 이용했다. 그러나 그녀가 원치 않았더라도 세탁실을 자주 드나들 수밖에 없었던 것이, 여주인인 헤트비히 회스는 베스트팔렌 출신의 주부들이 흔히 그렇듯이 불결함에 대해 공포가 있어서 그녀의 집 지붕 아래 머무는 포로들은 누구나 옷과 몸이 깨끗해야 할 뿐 아니라 위생적으로 완벽하게 청결해야 했다. 따라서 세탁하는 물에는 강력한 살균 소독제를 잔뜩 넣어야 했고, 회스의 집에서 일하는 포로들은 살균 소독제 냄새를 풍기면서 집 안을 돌아다녔다. 여기에는 또 다른 이유가 있었는데, 사령관 부인은 수용소 내의 전염병을 끔찍이도 두려워했다.

소피가 지하실에 사는 것을 감사하게 여긴 또 하나의 이유는 잠을 잘 수 있다는 것이었다. 보편적으로 모든 포로들에게 부족한 것을 세 가지 들라면 음식과 프라이버시, 나머지 하나가 잠자는 시간이었다. 모두들 욕망에 가까울 정도로 잠 욕심을 냈던 것은, 잠이 현실 속에 항상 존재하는 고통으로부터 유일하고 확실한 탈출구가 되어 주었기 때문이고, 이상하게도 (어쩌면 그렇게 이상한 일이 아닐지도 모른다.) 보통 행복한 꿈을 꾸게 되기 때문이기도 했다. 언젠가 소피가 내게 말했듯 거의 미칠 지경으로 괴로움을 겪는 사람이 악몽 같은 현실을 벗어나고자 잠을 자는데 꿈조차 악몽을 꾸게 된다면 완전히 미쳐버릴 텐데, 다행히도 그렇게 되지는 않는 모양이었다. 어쨌든 소피는 조용하고 외따로 떨어진 지하실에서 수개월 만에 처음으로 잠다운 잠을 청할 수 있었고, 파도처럼 밀려왔다 밀려가는 꿈속에 온전히 자신을 내맡길 수 있었다.

지하실은 중앙에 세워진 나무벽에 의해 두 부분으로 나누어져 있었다. 한쪽에는 일고여덟 명의 남자 포로들이 머물고 있었는데 대부분이 폴란드인으로, 위층에서 잡역부로 일하거나 부엌에서 설거지를 했고, 두 명은 정원일을 했다. 지나갈 때를 제외하고는 남녀가 얼굴을 마주하는 경우는 거의 없었다. 소피가 머무는 쪽에는 소피 외에도 세 명의 여자 포로들이 있었다. 이들 중 두 명은 리에주[1]에서 온 중년의 유대인 자매로 양복장이들이었다. 대다수의 독일인들이 그렇게도 좋아하는 편리함의 도구인 이들 자매는 바늘과 실로 빚어내는 힘차고도 정교한 예술적 기교 덕분에 가스실행을 면할 수 있었다. 그들은 특히 회스 부인에게 사랑받았는데, 회스 부인과 그녀의 세 딸은 이 자매의 솜씨 덕을 톡톡히 보고 있었다. 이 자매는 하루 종일 앉아서 가스실로 간 유대인들에게 빼앗은 괜찮은 옷들을 감치고 꿰매 새 옷으로 만들었다. 여러 달 전부터 회스의 집에서 일해 온 터라 많이 느긋해지고 포동포동해졌고, 특히 늘 앉아서 일을 해야 했기 때문에 기름기가 그대

1) 벨기에 브뤼셀에서 동북쪽에 있는 도시.

로 축적되어 바싹 마른 동료들 사이에서 기괴하게 보일 정도로 살이 붙어 있었다. 언젠가 보니 그들은 햇빛이 잘 드는 2층 방에 앉아 불과 몇 시간 혹은 하루이틀 전에 유대인들에게 빼어 와 깨끗이 세탁한 값비싼 천과 모피에서 코헨이라든가 로벤슈타인, 아다모비츠 같은 상표들을 떼어 내고 있었다. 여주인의 후원을 받고 있어서인지 미래에 대한 두려움을 모두 잊은 듯했으며, 유머가 있고 침착해 보였다. 말은 별로 없었는데, 일단 말을 하면 벨기에식 억양 때문인지 거칠고 이상하게 들렸다.

나머지 한 명의 동거자는 코블렌츠에서 온 로테라는 이름의 천식 환자였는데, 그녀 또한 중년이었으며, 여호와의증인 신도였다. 유대인 양복장이 자매와 마찬가지로 그녀도 억세게 운이 좋아 회스의 가장 어린 두 아이들의 가정교사가 되었고, 따라서 독극물을 주입받고 죽거나 '병원'에서 천천히 고통받다가 죽는 운명에서 벗어날 수 있었다. 바싹 말라 널빤지 같은 모습에 덩치가 크고 주걱턱이고 엄청나게 큰 손을 가진 그녀는 겉으로 보면 라벤스브뤼크 수용소에서 전출된 잔인한 여자 경비대원들(그중 한 명은 소피가 아우슈비츠에 도착하고 나서 얼마 안 되어 그녀를 야만적으로 폭행했다.)과 비슷해 보였다. 하지만 험악한 겉모습과 달리 마음은 한없이 친절하고 너그러웠다. 큰언니처럼 행동하면서 소피에게 집 안에서 처신하는 방법에 대해 충고해 주었고, 사령관과 그의 가족, 집 안에서 거주하는 포로들에 대해서 관찰한 유용한 정보들을 알려 주기도 했다. 그녀는 특히 가정부 빌헬미네가 있을 때는 조심하라고 했다. 악질이야. 자기도 죄수였대. 독일 여잔데, 위조죄로 실형을 살았대. 위층 방 두 개를 쓰거든. 무조건 잘 보여, 죽으라면 죽는 시늉을 해. 그러면 아무 문제 없을 거야. 로테의 충고는 계속되었다. 회스는 말이야, 그래, 회스도 아부를 좋아하는데, 너무 드러내 놓고 하지 않도록 신경 써야 돼. 절대 바보가 아니거든.

문맹인 데다가 단순하지만 신앙심이 독실한 로테는 그 지독한 신앙의 힘으로 조잡하지만 견고한 배처럼 아우슈비츠의 사악한 바람을 견뎌 내는 것 같았다. 그러나 그녀는 소피를 개종시키려 하지는 않았고, 단지 자신이 이곳에 갇혀 겪은 고통에 대해서는 여호와의 왕국에서 충분한 보상을 받을 것이라고 말했을 뿐이다. 자기를 뺀 나머지는, 소피를 포함해 모두 지옥에 갈 것이라고도 했다. 그러나 특별히 소피나 독일인들에게 적의를 갖고 하는 말은 아닌 것 같았고, 그녀의 적의의 대상은 오로지 유대인들인 것 같았다. 어느 날 아침 일을 하러 소피와 함께 위층으로 올라가던 중 가쁜 숨을 몰아쉬며 1층 층계참에서 발을 멈춘 그녀는 비르케나우 화장장에서 나와 사방에 퍼진, 살 태우는 악취를 킁킁 소리를 내며 맡아 보더니 유대인들은 저런 일을 당해도 싸다고 중얼거렸다. 그들이 당하는 화는 자초한 것이라고도 했다. 어찌 됐든 여호와를 제일 먼저 배반한 사람들도 유대인들이 아니었냐고 묻기도 했다. "모든 악의 근원이야, 디 헤브레어.(히브리 사람들.)" 그녀가 숨을 헐떡이며 말했다.

앞에서 조금 설명한 그날 아침, 다시 말해 소피가 다락방에서 사령관의 비서로 일하기 시작한 지 열흘째 되는 날이자 그를 유혹하기로(정확히 말해 육체적으로 유혹한다기보다는 자신의 뜻과 계획대로 행동하도록 그의 마음을 움직여 보기로) 결심한 그날 아침, 거미줄이 얼기설기 얽혀 있는 어두컴컴한 지하실에서 그녀가 막 눈을 뜨려는데 반대편 벽에 붙은 로테의 침상에서 천식으로 헐떡이는 고통스러운 숨소리가 들려왔다. 갑자기 잠이 깬 소피가 무거운 눈을 떠 보니까 1미터쯤 떨어진 곳에서 낡아 빠진 모 담요 아래에 늘어져 누워 있는 로테가 보였다. 전에도 몇 번 그랬듯이 팔을 뻗어 그녀의 옆구리를 쿡쿡 찔러 볼 수도 있었겠지만, 그리고 위층 부엌에서 들리는 질질 끄는 발소리와 마룻바닥이 삐걱거리는 소리가 벌써 아침이 되었음을, 이제 모두 일어나 일하러 갈 시간이 얼추 다 되었음을 알려 주고 있었지만, 소피는 그녀를 좀 더 자게 내버려 두자고 생각했다. 그러고는 자신도 눈을 감고, 따뜻하고 평온해 보이는 물속으로 뛰어들듯 조금 전까지 꾸고 있던 꿈속으로 다시 빠져들려고 노력했다.

그녀는 십여 년 전 사촌인 크리스티나와 함께 백운암산맥[2]을 오르던 소녀로 돌아가 있었다. 그들은 프랑스어로 재잘거리며 에델바이스를 찾고 있었다. 어둡고 안개 낀 산봉우리들이 그들 앞에 우뚝 솟아 있었다. 꿈이 다 그렇듯이 왠지 모를 위험이 느껴져 불안하기는 했지만, 눈앞에 보이는 풍경은 너무도 아름답고 달콤했다. 저 위 바위틈에서 순백색의 꽃이 그

2) 이탈리아 북동부에 있는 산맥.

들을 부르고, 안개로 어슴프레한 길을 앞서 걸어가던 크리스티나가 뒤를 돌아보더니 "조시아, 내가 가져올게!"라고 소리쳤다. 그다음 순간 바위를 기어오르던 크리스티나의 발이 미끄러진 것 같았고, 조약돌 구르는 소리와 함께 곧 떨어질 것 같은 그녀의 모습이 눈에 들어왔다. 꿈은 갑자기 다가온 공포로 어두워졌다. 소피는 자신을 위해 하듯 크리스티나를 위해 기도했다. 하늘에 계시는 수호천사님, 크리스티나를 지켜 주세요……. 소피는 그 기도를 몇 번이나 반복했다. 수호천사님, 제발 크리스티나가 떨어지지 않게 해 주세요! 갑자기 밝은 햇살이 비치는 것 같아 그녀는 고개를 들었다. 머리 뒤로 황금색 원광(圓光)을 두른 크리스티나가 이끼 낀 바위 위에 안전하게 앉아 평온하고 의기양양한 표정으로 소피를 향해 미소 짓고 있었다. "조시아, 주 레 트루베!(조시아, 그것을 찾았어!)" 크리스티나가 외쳤다. 악을 물리치고 안전해졌다는 느낌과 기도가 응답받았다는 느낌 그리고 부활의 기쁨이 너무도 크고 강렬해서, 로테의 숨소리에 잠이 깼을 때는 꿈을 꾸며 얼마나 울었는지 눈이 다 따끔거렸다. 얼마 후 눈을 감고 그 기쁜 환상 속으로 다시 들어가려고 애를 쓰는데, 브로넥이 와서 그녀의 어깨를 거칠게 흔들었다.

"오늘 아침엔 숙녀분들을 위해 특별히 맛있는 걸 가져왔지." 브로넥이 말했다. 독일인 밑에서 일하다 보니 자기도 따라서 꼼꼼하고 정확해졌는지, 그는 항상 정해진 시각에 나타나곤 했다. 찌그러진 구리 냄비에 음식을 가져왔는데, 언제나 그 전날 밤 회스의 저녁 식탁에서 남은 음식 찌꺼기가 담겨 있었다.

아침 식사는 항상 차가웠고(여자 요리사는 애완동물한테 먹이를 주듯이 매일 밤 남은 음식을 냄비에 담아 부엌문 옆에 놓아 두었고, 그것을 브로넥이 새벽에 올라가서 가져왔다.) 보통 살점과 물렁뼈가 조금 붙어 있고 기름이 하얗게 굳어 있는 뼈와 빵 껍질,(운 좋은 날이면 마가린이 약간 묻어 있기도 했다.) 채소 남은 것 그리고 때로는 반쯤 먹다 남은 사과나 배도 있었다. 수용소 내의 다른 일반 포로들에게 돌아가는 음식과 비교하면 이것은 호사스럽기 그지없는 음식이었고, 양적인 면으로만 보더라도 거의 연회 수준이었다. 또 가끔씩은 별다른 이유도 없이 정어리 통조림이나 한 덩이의 폴란드 소시지 같은 귀한 음식이 들어 있기도 해서, 다들 집에서 일하는 사람들이 굶주리지 않도록 사령관이 신경을 쓰는 것이라고 생각했다. 게다가 소피는 로테와 같은 냄비에, 두 자매는 자기들끼리 같은 그릇에, 머리를 맞대고 개밥을 먹듯 음식을 먹기는 했지만 각자에게 알루미늄 숟가락이 주어졌는데, 이것은 다른 포로들은 들어 본 적도 없을 호사였다.

로테가 깼는지 신음 소리를 내더니 띄엄띄엄 중얼거렸는데, 아마도 라인강 유역의 음산한 어조로 여호와께 아침 기도를 드리는 모양이었다. 브로넥이 로테와 소피 사이에 냄비를 내려놓으며 말했다. "이것 좀 봐 봐. 돼지 정강이뼈야. 고기도 많이 붙어 있고, 빵도 많아. 게다가 신선한 양배추도 좀 있고. 어제 슈마우저가 저녁 먹으러 온다는 소리를 듣는 순간 숙녀분들 아침 식탁이 풍성해지겠다는 걸 알았지." 사마귀처럼 뼈만 앙상한 팔다리에 안색이 창백한 대머리 잡역부는 지하실로 스며드는 은색의 아침 빛 속에 여자들 가운데 엉거주춤 앉아서 로테의 팔꿈치를 쿡쿡 찌르며 로테를 위해 우스꽝스러운 엉터리 독일어로 말하기 시작했다. "아우프베켄, 로테!(일어나, 로테!)" 그가 쉰 목소리로 속삭였다. "아우프베켄, 마인 쇠네 블루메, 마인 클라이네 엥겔!(일어나, 내 아름다운 꽃, 내 작은 천사여!)" 브로넥과 그의 짖궂음을 즐기는 코끼리만 한 덩치의 가정교사 사이의 막간극을 보면서 소피는 오랜만에 웃음을 터뜨리며 즐거워했다.

"일어나요, 성경 벌레 아줌마." 브로넥이 끈질기게 괴롭혔고, 마침내 로테도 간신히 정신을 차린 듯 일어나 앉았다. 잠이 덜 깨 흐리멍덩한 눈에 널빤지처럼 넓적한 얼굴은 괴물처럼 보였지만, 이스터섬[3]의 석상처럼 아주 양순하고 평온해 보였다. 그녀는 조금도 지체하지 않고 소리 내며 음식을 먹기 시작했다.

한동안 소피는 가만히 앉아 있었다. 신앙심이 깊은 로테는 자기 몫만 먹을 것임을 알았고, 그래서 음식을 먹기 전에 시간을 두고 음식을 음미하는 것이었다. 냄비 속에 한데 섞여 있는 음식들을 보니 흐뭇한 기분이 들면서 저절로 군침이 돌았다. 그녀는 슈마우저라는 이름을 축복했다. 그는 브로츠와프에서 온 나치 친위대의 오버그루펜퓌러(육군 중장에 해당했다.)로 회스의 상관이었고, 그가 방문하기 며칠 전부터 손님맞이 준비로 온 집 안이 북적였다. 따라서 중요한 인물이 방문하면 회스가 좋은 음식을 엄청나게 많이 마련하기 때문에 남는 음식도

---

3) 남태평양에 있는 칠레령의 화산섬. 석상이 많은 것으로 유명하다.

많아 바퀴벌레까지도 먹고 남을 정도라는, 브로넥이 입에 달고 살던 말은 사실로 입증되었다.

"바깥 날씨는 어때, 브로넥?" 로테가 입에 음식을 가득 넣은 채 물었다. 소피와 마찬가지로 그녀는 그가 날씨에 대해서는 거의 기상 예보관 수준임을 알았다.

"선선한 날씨야. 서쪽에서 바람이 불고 있고. 가끔씩 햇살도 비치고. 하지만 사방에 구름이 낮게 깔려 있어서 대기가 축 가라앉아 있는 것 같아. 지금은 악취가 좀 나기는 하지만 곧 좋아질 것 같아. 굴뚝으로 연기가 되어 올라가는 유대인들이 많아. 소피, 좀 먹지 그래." 마지막 말은 폴란드어로 하며 씩 웃어 보이는데 붉은 잇몸이 많이 드러났고 서너 개의 하얀 이뿌리가 뾰족해 보였다.

브로넥은 아우슈비츠 역사의 산증인이었다. 수용소가 건립된 초기에 수감되었고, 수감 직후부터 회스의 관사에서 일하기 시작했다. 예전에 그는 폴란드 북쪽 국경 부근에 위치한 미아스트코 근처에서 농사를 지었다. 수용소에서 비타민 결핍 실험 대상이 된 후로 이가 거의 다 빠졌다. 쥐나 기니피그처럼 실험 대상이 된 그의 입에서 예상되는 결과가 나타날 때까지, 아스코르브산[4]을 비롯한 필수 비타민이 그의 몸에서 체계적으로 제거되었다. 실험으로 인해 이만 빠진 것이 아니라 약간의 정신 이상이 생기기도 했다. 어찌 됐든 그는 별다른 이유 없이 특정 포로들을 덮친 불가사의한 행운의 번개를 맞게

---

4) 비타민 C의 별명.

되었다. 보통의 경우였다면 실험이 끝난 후 쓸모없는 쓰레기가 된 그는 심장에 독극물 주사를 맞고 즉각 처리되었을 것이다. 그러나 그는 농부의 끈질긴 생명력과 놀라운 활기를 가지고 있었다. 그에게서는 이가 빠진 것을 제외하고는, 그런 상황에서 예상되는 피로감, 신체 허약, 체중 감소 등과 같은 괴혈병의 증상이 전혀 나타나지 않았다. 그는 여전히 숫염소처럼 튼튼해서, 예상과 다른 결과에 당혹스러워진 친위대 군의관들에게 면밀한 조사를 받게 되었으며, 이 소식은 돌고 돌아 회스의 귀에까지 들어가게 되었다. 이런 괴현상을 직접 봐 달라는 요청을 받은 회스는 그렇게 했고, 회스와 브로넥이 만난 그 짧은 시간 동안 브로넥의 무언가가(아마도 그가 쓴 우스꽝스러운 독일어 때문일 것 같은데, 포메라니아 출신의 무지한 폴란드인이 문법, 어법 다 틀리지만 그나마 독일어를 그것도 재미있게 했던 것 때문일 것 같다.) 사령관의 마음에 들었던 것이다. 회스는 브로넥을 관사로 데려와 일을 시켰고, 그 후로 브로넥은 수용소 관내를 자유롭게 돌아다니며 소문을 모아들인다든가 계속적인 감시 감독을 면제받는다든가(애완동물이나 마음에 드는 사람에게 주어지는 특혜였고, 어느 노예 사회에나 이런 총아들이 있기 마련이었다.) 하는 작은 특권들을 누릴 수 있었다. 그는 여기저기 쑤시고 돌아다니면서 쓸 만한 것들을 모아들이는 데는 거의 수준급이었고, 때때로 음식도 그렇게 모아 와서 모두를 놀라게 했는데, 보통 어디서 음식을 얻어 왔는지에 대해서는 아무에게도 말해 주지 않았다. 소피가 차차 알게 된 그보다 더 중요한 사실은, 그가 겉으로는 저능아처럼 보이지만, 매일 수용소 사람들과 접촉하고 있어 수용소 돌아가는 일을 잘 알고 가장 강력한 폴란드 저항 단체들 중 하나를 위해 염탐꾼 노릇을 하고 있으며 신뢰받고 있다는 것이었다.

복도 건너편에서 어스름한 가운데 유대인 양복장이 자매가 자리에서 일어나면서 부스럭거리는 소리가 들렸다. "봉주르, 메담.(안녕하세요, 숙녀분들.)" 브로넥이 쾌활한 목소리로 인사했다. "아침 식사, 곧 갑니다." 그가 다시 소피에게 고개를 돌리더니 말을 이었다. "참, 무화과도 좀 가져왔어. 진짜 무화과야. 신나지?"

"어디서 났어요?" 소피가 물었다. 브로넥이 그 귀한 보물을 건네주자 그녀는 놀라움과 기쁨을 느꼈다. 손바닥에 받아 든 무화과는 마른 데다가 셀로판에 싸여 있었지만 온기가 남아 있었다. 이것을 들고 기쁜 듯 바라보던 그녀는 그 회색빛이 도는 초록색 껍질에 달콤한 즙이 굳어서 가느다란 선을 그리고 있는 것을 보았으며, 그 도발적인 향기를, 희미하지만 아직도 남아 있는 달콤한 과일 향을 코로 깊숙이 들이마셨다. 언젠가 한번 이탈리아에서 무화과를 맛본 적이 있었다. 그녀의 배 속에서 기쁜 듯 꼬르륵거리는 소리가 들려왔다. 지난 몇 개월 동안, 아니 몇 년 동안 이런 호사를 누릴 것이라고는 기대도 하지 못했다. 무화과라니! "브로넥, 도저히 믿어지지가 않아요!" 그녀가 탄성을 질렀다.

"뒀다가 나중에 먹어." 그가 로테에게 다른 한 꾸러미를 건네주며 말했다. "지금 한 번에 다 먹지 말라고. 우선 이 음식부터 먹어 둬. 음식 찌꺼기지만 앞으로 한동안 이만큼 좋은 건 못 먹을 거야. 예전에 포모제에선 돼지들한테나 줬는데."

브로넥은 쉴 새 없이 떠들어 대는 사람이었다. 소피는 그가 줄기차게 쏟아 내는 수다를 들으면서 서늘하게 식어 있는 힘줄투성이의 돼지 다리뼈 조각을 게걸스럽게 뜯어 먹었다. 주로 물렁뼈였는데 타서 눌어붙은 검댕이 곳곳에 보였고 보기에도 흉했다. 그러나 그녀의 혀는 몸이 그렇게도 원하던 기름 덩어리를 맛보자 마치 산해진미를 먹는 것처럼 반응했다. 그때는 아무 기름 덩어리나 맛있게 먹을 수 있었을 것이다. 전날 밤 브로넥이 웨이터 조수로 바쁘게 돌아다니며 시중을 들었다던 그 저녁 만찬 풍경이 상상되었다. 먹음직스러운 새끼 돼지 요리, 푸딩, 김이 모락모락 나는 감자 요리, 밤과 잼, 젤리, 고기 국물을 섞은 양배추 요리, 디저트로 나온 커스터드, 독일인들은 헝가리산 불스 블러드 와인을 마시며 이 진수성찬을 음미했을 것이고, 식탁에는 동부 전선에 있는 어느 박물관에서 약탈해 온 옛 러시아 황제가 썼다는 멋진 은식기 세트가 차려져 있었을 것이다.(오버그루펜퓌러 같은 고관이 자리를 함께했으니 말이다.) 마침 이때 브로넥이 불길한 소식을 혼자만 아는 사람이 가지는 자부심이 느껴지는 어투로 말했다. "그들은 즐겁게 보이려고 애를 쓰지. 한동안은 실제로 즐거워 보이기도 하고. 하지만 전쟁 얘기만 나오면 다들 심각하게 바뀌지. 어젯밤에도 슈마우저가 그러더군. 러시아가 키이우를 탈환할 준비를 하고 있다고 말이야. 러시아 전선에서 안 좋은 소식이 많이 들어온대. 이탈리아에서도 마찬가지라더군, 슈마우저가 말이야. 영국군과 미군이 거기서 위로 밀고 올라온다더군.

벌레처럼 죽어 나자빠지는 사람이 부지기수라던데." 쭈그리고 앉아 있던 브로넥이 자리에서 일어서더니 개 밥통을 들고 유대인 자매에게 가며 말을 이었다. "하지만 진짜 놀라운 소식은 따로 있어요, 숙녀분들. 아마 다들 믿어지지가 않을걸. 하지만 사실이야. 루디가 떠난대! 베를린으로 전출되어 간대!"

물렁뼈를 꿀떡 삼키려는 찰나에 이 말을 들은 소피는 목이 막히는 것 같아 켁켁거렸다. 떠난다고? 회스가 수용소를 떠난다고? 그럴 리가 없다! 그녀는 굽히고 있던 몸을 펴고 앉아 브로넥의 옷소매를 잡았다. "정말이에요? 브로넥, 정말이에요?"

"다른 장교들이 떠난 후에 슈마우저가 루디에게 한 말을 그대로 전해 주는 거야. 루디가 여기서 일을 잘했는데, 베를린 중앙청에서도 그를 필요로 한다고 그러던데. 그러니 곧 떠날 수 있도록 준비하라고 말이야."

"곧이라니, 언제요?" 소피가 끈질기게 되물었다. "오늘이요? 다음 달이요? 언제요?"

"몰라. 그냥 곧이라고만 하던데." 불길한 예감이 드는 듯 브로넥의 어조가 어두워졌다. "내게는 그다지 기쁜 소식이 아니야." 그가 어두운 얼굴로 잠시 말을 멈췄다. "내 말은, 누가 알겠어? 그의 자리에 누가 앉게 될지 말이야. 어쩌면 사디스트가 올지도 모르지. 어쩌면 고릴라 같은 놈일 수도 있겠고! 그렇게 되면 브로넥도?" 그가 눈알을 굴리며 집게손가락으로 목을 그어 보였다. "그는 나를 죽일 수도 있었어. 유대인들처럼 독가스실로 보낼 수 있었다고. 그때도 가스실이 돌아가고 있었어. 하지만 그는 나를 여기로 데려와 인간으로 대접해 줬어. 루디가 떠나는 걸 전혀 슬퍼하지 않을 거라고는 생각 마."

그러나 이제 소피의 귀에는 브로넥의 말이 들리지 않았다. 회스가 떠난다는 소식이 너무 큰 충격이었다. 그의 눈에 띄어서 자신이 하려고 하는 일을 그를 통해 성취할 수 있으려면 빨리 움직여야 한다는 생각이 들었다. 이후 한 시간여 동안 소피는 로테와 함께 회스 가족의 빨래를 하면서(사령관 관사에서 일하는 포로들은 수용소 내 나머지 포로들 전원이 받아야 하는 끔찍하게 힘들고 지루하게 계속되는 점호를 면제받았다. 따라서 운 좋게도 소피는 위층에서 나온 엄청나게 많은 더러운 옷가지와 시트 등을(사령관 부인이 세균과 불결함에 대해 결벽증적인 혐오감을 보였기 때문에 빨랫감은 늘 산만큼 쌓여 있었다.) 빨기만 하면 되었다.) 그녀와 사령관이 마침내 어떤 친밀한 관계를 맺을 수 있게 할, 그래서 저간의 사정을 털어놓을 수 있는 환경을 만들어서 그녀를 구원으로 이끌어 줄 각본을 고심하며 짜고 고치고 했다. 그러나 벌써 시간이 그녀에게 불리하게 움직이기 시작했다. 좀 무모하더라도 즉시 움직이지 않는다면 그는 가 버릴 것이고 그녀의 계획은 수포로 돌아갈 것이었다. 불안이 극에 달하자 이상하게 배가 고프기까지 했다.

소피는 입고 있던 줄무늬 죄수복 안쪽 느슨해진 가장자리 단 속에 무화과 꾸러미를 숨겨 놓고 있었다. 8시가 되기 직전, 4층을 올라가 다락방으로 가야 하는 그 시각에, 그녀는 무화과를 먹고 싶은 마음을 더 이상 참을 수 없게 되었다. 그녀는 다른 포로들의 눈에 띄지 않도록 층계참 밑의 넓은 공간으로 살그머니 숨어 들어갔다. 그러고는 황급히 무화과를 싼 셀

로판을 뜯었다. 그 작고 부드럽고 둥근 열매가, 약간 촉촉하고 달콤하고 좀 질긴 과육과 아주 작은 씨들이 씹을 때 기분 좋게 느껴지는 열매가 목으로 하나하나 넘어가는 동안, 눈물이 맺히기 시작하면서 눈앞이 흐려졌다. 손가락과 턱에 침을 흘려 가며 게걸스럽게 먹어 대는 자신의 모습이 부끄럽다는 생각도 하지 못한 채 그녀는 지극한 기쁨을 느끼며 무화과를 모두 먹어 치웠다. 그녀의 눈에는 아직도 눈물이 그렁그렁했고 기쁨으로 헐떡거리는 숨소리가 크게 들렸다. 얼마 후 무화과가 배 속으로 내려가기를 기다리고 평상시의 표정으로 되돌리기 위해 그늘 속에 잠시 서 있던 그녀는 이윽고 천천히 층계를 오르기 시작했다. 1층에서 다락방까지 올라가는 데는 기껏해야 삼사 분밖에 걸리지 않았지만, 그날은 두 개의 영원히 잊지 못할 기괴한 사건이, 그녀가 회스의 집에서 지낸 날들이 늘 그랬다는 망상을 심어 주게 될 끔찍한 사건이 일어나 좀 더 지체되었다.

지하실 위 1층 층계참과 다락방 아래 층계참에는 지붕창이 있었고 그 밖으로 서쪽 풍경이 내다보였는데, 소피는 보통 그곳으로 눈길을 주지 않으려고 노력했지만, 항상 성공을 거두지는 못했다. 여기서 내다보이는 풍경은 말로 표현하기 끔찍한 것들이 주를 이루었는데, 전경이 내다보이는 앞쪽으로는 풀 한 포기 나지 않은 갈색의 연병장과 작은 목조 막사 몇 채가 있고, 그 뒤로는 주위의 풍경과 어울리지 않게 포플러가 당당하고 멋진 풍채를 자랑하고 있었으며, 그 나무들 주위로 전기가 흐르는 울타리가 쳐져 있었다. 그뿐만 아니라 선택이 이루어지는 철도역 플랫폼도 보였다. 그곳에는 항상 유개 화차들이 줄지어 대기하고 있고, 이런 풍경은 잔혹함과 폭력과 광기가 뒤섞인 장면들의 암울한 배경이 되었다. 플랫폼은 너무 가까워서 무시할 수 없고, 한편으로는 너무 멀어서 제대로 보이지 않는 어중간한 거리에 있었다. 그녀가 자꾸 눈길을 돌리고 그곳을 보지 않으려 했던 것은, 그리고 옛날 무성 영화에 나오는 그림자 같은 영상들처럼 불완전하게만 보이는 단편적 이미지들(이를테면 하늘을 향해 들어올린 소총의 개머리판, 유개 화차에서 끌어 내려지는 사체들, 함부로 위협받고 땅바닥에 뒹구는 사람들)을 보지 않으려 했던 것은, 그녀 자신이 그 콘크리트 플랫폼에 발을 내디뎠고 비슷한 경험을 했기 때문인지도 몰랐다.

때때로 그녀는 실제로 폭력이 자행되지는 않고, 위협과 명령만으로 수많은 사람들이 순순히 비틀거리며 눈앞에서 사라져 버린다는 인상을 받기도 했다. 플랫폼에서 나는 소리가 여기까지 들리기에는 너무 멀어서, 죄수들로 구성된 악대가 열차가 도착할 때마다 연주하는 환영 음악이나 경비병들의 고함, 사냥개들이 짖어 대는 소리는 거의 들리지 않았고, 가끔씩 총성이 하늘을 가르는 소리만 들려왔다. 따라서 드라마는 자비로운 진공 상태에서 펼쳐지는 것 같았고, 그 드라마에서는 비탄 속에 울부짖는 소리, 공포에 찬 비명 같은 지옥의 시작을 알리는 끔찍한 소리는 들리지 않았다. 어쩌면 그렇기 때문에 가끔씩 호기심을 못 참고 훔쳐보게 되나 보다고 그녀는 층계를 오르면서 생각했다. 지금도 그런 경우에 해당했는데, 금방 도착한 듯 짐이나 사람을 풀어놓지 않은 채로 줄지어 서 있는 유개 화차들이 눈에 들어왔다. 그 전날 회스에게 곧 들어올 포로 명단을 받아 타자를 친 그녀는, 이 화차가 그리스에서 오는 2100명의 유대인을 실은 2회분의 열차 중 두 번째라는 것을 알았다.

호기심이 충족되자 눈을 돌린 그녀는, 위층 계단으로 가기 위해서 반드시 거쳐야 하는 응접실로 통하는 문을 열었다. 스트롬버그 칼슨 전축에서 나오는 알토 목소리가 흥분해서 연인에게 불만을 터뜨리는 내용의 노래로 방 안을 가득 채우고 있었고, 가정부 빌헬미네가 자기도 따라서 흥얼거리며 서서 실크로 된 여자 속옷 더미를 뒤적이고 있었다. 그녀 혼자였다. 따스한 햇살이 방 안을 가득 채우고 있었다.

소피가 서둘러 걸어가면서 보니 빌헬미네는 여주인에게 물려받은 긴 원피스를 입고, 커다란 분홍 방울술이 달린 분홍 슬리퍼를 신었으며, 적갈색으로 물들인 머리에는 컬 클립[5)]이 끼워져 있었다. 루주가 너무 진해서 얼굴에 불이 붙은 듯 보였다. 흥얼거리는 노래는 지독히도 음정이 안 맞았다. 소피가 조심스럽게 걸어가는데 그녀가 고개를 돌리더니 전혀 불쾌하지 않은 표정(그 얼굴 자체가 소피가 이제까지 본 얼굴들 중 가장 불쾌한 얼굴이었기 때문에 이런 표현이 맞는지는 확신할 수 없다.)으로 소피를 뚫어지게 바라보았다.(지금 이런 말을 하기에는 방해만 되고 설득력도 별로 없는 것 같지만, 그래도 그해 여름에 대해 소피가 한 회상을 있는 그대로 옮겨야 할 것 같다. "이것에 대해 글을

5) 머리를 곱슬곱슬하게 하는 기구.

쓴다면, 스팅고, 이 빌헬미네라는 여자는 내가 본 여자들 중에서 유일하게 아름다운 여자였다고 써 줘요. 아니, 아름다운 게 아니죠. 거리의 매춘부들처럼 겉모습이 예뻤던 거죠. 겉모습은 아주 예쁜데 마음속에 도사리고 있는 사악함 때문에 완전히 추하게 보이는 여자였어요. 그렇게밖에 묘사할 수 없네요. 그녀를 보고 있으면 내 몸속의 피가 얼음으로 바뀌는 것처럼 섬뜩했어요.") "구텐 모르겐.(안녕하세요.)" 소피가 걸어가면서 속삭였다. 그러나 빌헬미네가 갑자기 "기다려!"라고 날카롭게 외치는 바람에 깜짝 놀라 걸음을 멈췄다. 가뜩이나 독일어가 시끄러운 언어라서 그런지, 그 목소리는 귀청이 떨어질 듯한 외침으로 들렸다.

소피는 몸을 돌려 가정부를 마주 보고 섰다. 서로 본 적은 많았지만, 말을 하는 것은 이번이 처음이었다. 가정부의 표정이 위협적이지 않았음에도 불구하고 보고 있자니 마음이 불안해졌다. 소피는 양 손목에서 맥박이 빠르게 뛰는 것을 느꼈고, 갑자기 입 안이 바싹 타들어 가는 것 같았다. "누어 니히트 아우스 리베 바이넨.(사랑으로 우는 것이 아니라 할 때만.)" 레코드판에 바늘 긁히는 소리가 두드러지게 들리면서 비탄에 잠긴 노랫소리가 방 안에 울려 퍼졌다. 비스듬히 들어오는 이른 아침 햇살 속에 먼지 입자들이 반짝이며 커다란 벽장과 책상, 화려한 소파, 캐비닛, 의자 들이 빼곡히 들어찬 방 안을 떠다니고 있었다. 이건 박물관도 아니고 완전히 창고 같군. 소피가 생각했다. 소피는 응접실에서 자기 죄수복에서 나는 것과 같은 살균 소독제 냄새가 심하게 나는 것을 알아차렸다. "주고 싶은 게 있어." 미소 지으며 속옷 더미를 어루만지고 있던 가정부가 갑자기 정다운 목소리로 말했다. 색깔 있는 나무로 새겨진 무늬와 청동 조각 장식이 있고 대리석으로 꼭대기를 덮은 낮은 서랍장(풍채가 당당하고 화려한 것이 베르사유 궁전에나 어울릴 법해 보였고, 어쩌면 실제로 거기에서 약탈해 온 것일지도 몰랐다.) 위에는 새로 세탁한 것 같은 얇은 실크 속바지가 산처럼 쌓여 있었다. "브로넥이 어젯밤 세탁부들에게서 가져다 놓은 거야." 가정부가 단조롭고 귀에 거슬리는 목소리로 말했다. "이걸 포로들에게도 많이 나눠 주라고 회스 부인이 그러셨어. 속옷 못 받았지? 작업복에 자꾸 긁혀서 아랫도리가 따갑다고 로테가 투덜대더군." 소피는 숨을 헐떡였다. 유감이 있는 것도 아니고 놀랍거나 충격적인 것도 아니었지만 어떤 생각이 퍼뜩 머리를 스치고 지나갔기 때문이다. 저 속옷은 모두 죽은 유대인들 것인데. "아주아주 깨끗해. 어떤 건 놀랍게도 진짜 순 실크로 만들어졌고. 전쟁이 시작된 후로 이런 건 본 적이 없어. 치수가 어떻게 되지? 참, 너도 알 리가 없겠지." 가정부의 눈이 불길하게 반짝였다.

이 모든 일이, 이 놀라운 자선 행사가 아주 갑작스럽게 일어나서 소피는 처음에는 어안이 벙벙했지만, 곧 무슨 일인지 어렴풋이 알아차리기 시작했고, 빌헬미네가 그녀가 지하실에서 올라오기를 기다리고 있다가 거미처럼 몰래 기어 와 그녀를 덮친(비유적인 표현이 아니라 정말로 그랬다.) 것과, 다소 황당하게 느껴지는 선물을 주겠다고 서두르는 모습이 당혹스럽고 놀라웠다. "그 옷에 긁혀서 아랫도리가 따갑지 않아?" 빌헬미네가 약간 떨리는 목소리로 물었다. 그 목소리는 무언가를 암시하는 듯한 그녀의 눈이나 소피를 긴장시킨 “참, 너도 알 리가 없겠지.”라는 말보다 더 은근하고 불길하게 들렸다.

“네…….” 소피가 굉장히 불안해하며 말했다. “네! 모르겠어요.”

“이리 와.” 빌헬미네가 후미진 구석을 가리키며 속삭였다. 연주회용 플레옐 그랜드 피아노 뒤쪽으로 그늘진 구석이 보였다. “이리 와, 하나씩 입어 보자고.” 마지못해 그곳을 향해 가던 소피는 빌헬미네의 손이 작업복 끝자락을 가볍게 어루만지는 것을 느꼈다. “너한테 관심이 많았어. 네가 사령관님께 말하는 걸 들었거든. 독일어를 정말 잘하던데, 독일 사람처럼 말이야. 사령관님 말씀으로는 네가 폴란드인이라던데, 아니지? 넌 폴란드인이라고 보기에는 너무 아름다워.” 그녀가 소피를 불길한 어둠이 깔려 있는 구석으로 몰아넣으면서 다소 흥분한 어조로 말을 쏟아 냈다. “여기 있는 폴란드 여자들은 모두 별 볼 일 없이 평범하게 생겼거든. 그런데 너는…… 스웨덴 사람이지, 아니야? 아니면 스웨덴인의 피가 섞였거나? 스웨덴 사람처럼 생겼어. 폴란드 북부에는 스웨덴인의 피가 섞인 사람들이 많다고 들었어. 자, 아무도 보는 사람이 없을 때, 이것들을 좀 입어 보자고. 네 그 예쁜 궁둥이가 늘 하얗고 부드럽게 있을 수 있게 말이야.”

소피는 이때까지는 실낱같은 희망이라도 붙잡고 싶은 심정으로 빌헬미네가 접근하는 데에는 다른 의도나 악의가 없으리라고 생각했지만, 이제 이렇게 가까이서 탐욕스러운 욕정의 신호들을 보니(숨을 가쁘게 몰아쉬고 발키리[6]와 거리의 매춘부를 한데 섞어 놓은 듯한 잘생긴 얼굴에 발진이 나듯이 갑자기 홍조가 도는 것을 보니) 그녀의 의도를 분명하게 알아차릴 수 있었다. 이 실크 속바지는 서투르게 던진 미끼에 불과했다. 이런 와중에 이상하게도 잠시 유쾌한 기분이 된 소피는 병적일 만큼 질서가 잡혀 있고 모든 일이 일정대로 움직이는 이 집 안에서 이 불쌍한 여자는 거대한 그랜드 피아노 뒤 모퉁이에 몸을 숨기고 서서 파리하고나 섹스를 할 수 있겠다는, 그것도 아침 식사 후 사령관의 자녀들이 주둔군 자녀들이 다니는 학교로 떠나고 집 안에서는 하루의 일정이 시작되기 전 별다른 일정이 잡혀 있지 않은 바로 지금 같은 짧은 순간에나 그렇게 할 수 있겠다는 생각을 했다. 이후로 잠자리에 들 때까지는 항상 보는 눈이 있고, 할 일이 있었다. 부알라!(자, 보라!) 규율이 엄격한 친위대 고관의 집 안에서 여자끼리의 동성애를 시도하는 대담함을! "슈넬, 슈넬, 마이네 쥐세!(빨리, 빨리, 내 사랑!)" 빌헬미네가 아까보다 더 노골적으로 속삭였다. "스커트를 좀 올려 봐……. 아니, 좀 더!"

그러고는 그 괴물이 돌진했고, 소피는 자신이 분홍색 플란넬 원피스를 입고 적갈색 머리에 입술을 붉게 칠하고 프랑스산 향수 냄새가 코를 찌르는 요기(妖氣)에 완전히 사로잡힌 것을 깨달았다. 가정부는 미친 여자 같았다. 그 단단하고 끈적끈적한 혀로 일이 초 동안 소피의 귀를 핥는가 했더니, 곧 급

6) 북유럽 신화에서 전사한 영웅의 영혼을 발할라로 인도한다는 오딘 신의 시녀.

하게 그녀의 가슴을 애무했고 다시 손을 내려 엉덩이를 쓰다듬더니 욕정으로 고통스러워하는 듯한 표정을 지으며 잠시 물러섰다가 이윽고 본격적으로 한쪽 무릎을 꿇고 털썩 바닥에 주저앉더니 양팔을 둘러 소피의 엉덩이를 감싸 안았다. 누어 니히트 아우스 리베 바이넨……. "스웨덴 새끼 고양이…… 예쁜 것." 빌헬미네가 중얼거렸다. "아, 조금만, 조금만 더 올려 봐!" 무슨 일이 벌어지는지 깨닫는 순간 이미 마음을 결정한 (어떤 경우에라도 자신은 한쪽 날개가 찢어진 나방이나 다름없다는 것을 깨달은 그녀는 즉각적인 자기 최면을 걸어 놓았다.) 소피는 저항하거나 항의하려 하지 않고 순순히 다리를 벌렸다. 그러자 가정부의 혀가 사막의 모래처럼 바싹 마르고 아무런 물기 없는 그녀의 몸속으로 거칠게 파고 들어왔다. 소피는 비틀거리면서도 아무 저항 없이 양팔을 들어올려 주었고, 거대한 양귀비 조각처럼 불타는 머리가 그녀의 아랫도리 앞에서 까닥까닥 움직이는 것을 보고 있었다. 그때 응접실 반대편에서 문이 획 열리면서 회스가 외치는 소리가 들렸다. "빌헬미네! 어디 있나? 사모님이 침실에서 보자고 하신다."

다락방 집무실에 있어야 할 사령관이 잠시 짬을 내 내려와 있던 모양이었다. 예상하지 못했던 그의 출현이 가져온 공포는 즉각적으로 소피에게 전해졌는데, 빌헬미네가 갑자기 발작적이고 필사적으로 그녀의 허벅지를 꽉 잡아서 금방이라도 둘이 같이 비틀거리며 쓰러질 것 같았다. 혀와 머리가 미끄러지듯 떨어져 나갔다. 놀란 가정부는 마비라도 된 듯 한참을 전혀 움직이지 않고 있었고, 얼굴은 공포로 굳어져 있었다. 다행히도 회스가 다시 한번 불러 보고 기다리다가 아무 반응이 없자 낮은 목소리로 투덜대며 곧 자리를 떴고, 복도를 가로질러 다락방으로 이어진 계단 쪽으로 가는 소리가 들렸다. 그러자 가정부는 소피에게서 완전히 떨어져 나가 기진맥진해서 봉제 인형처럼 마룻바닥에 털썩 주저앉았다.

소피는 다락방을 향해 계단을 오르면서 비로소 자신이 어떤 일을 겪었는지 느낄 수 있었다. 다리가 후들거려서 그대로 쭈그리고 앉을 수밖에 없었다. 이렇게 기진맥진해진 것은 성폭행을 당했다는 사실 때문이 아니었고(아우슈비츠에 도착한 지 얼마 안 되어 여자 경비병으로부터 강간을 당할 뻔했던 터라 이런 일이 새롭지도 않았다.) 회스가 위층으로 올라간 후 빌헬미네가 자신의 안전을 보장받으려고 애쓰면서 보인 반응 때문도 아니었다.("사령관한테 말하면 안 돼." 그녀가 으르렁거리며 말했고, 황급히 방을 빠져나가기 전에 그래도 걱정되는지 소피에게 간청하듯이 같은 말을 되풀이했으며 "알게 되면 우리 둘 다 죽일 거야!"라고 말하기도 했다.) 소피는 왠지 모르겠지만 일이 이렇게 됨으로써 자기가 가정부보다 유리해졌다는 생각이 들었다. 그런데 혹시라도, 혹시라도(갑자기 이런 생각이 들자 그녀는 다리 힘이 완전히 풀려 버려 계단에 털썩 주저앉고 말았다.) 위조죄로 유죄 판결까지 받고 회스의 관사에서 엄청난 힘을 휘두르는 이 여자가 자신의 욕망을 채우지 못한 것에 앙심을 품고 자기에게 보복하려 한다면, 사랑을 복수로 바꿈으로써 좌절감을 해소하려 한다면, 사령관에게 쪼르르 달려가 소피가 먼저 자기를 유혹했다고 거짓말을 한다면, 그래서 소피의 중대사를 완전히 망쳐 버린다면. 회스가 동성애를 얼마나 싫어하는지 알고 있던 소피는 그가 빌헬미네에게 그런 거짓말을 듣는다면 자신에게 어떤 일이 일어날지 잘 알았다. 갑자기 (두려움이 가득한 막사에서 숨죽이며 지내는 다른 포로들도 모두 상상해 본 것이겠지만) 주삿바늘이 그녀의 심장 한가운데에 죽음을 주사하는 장면이 떠올랐다.

소피는 계단에 쭈그리고 앉은 채로 몸을 앞으로 숙이고 양손으로 얼굴을 감쌌다. 여러 가지 생각들로 머릿속이 어지러우면서 도저히 견뎌 낼 수 없을 만큼 불안해졌다. 빌헬미네와의 일이 있고 난 지금, 상황이 더 나아진 것인가, 아니면 더 큰 위험에 빠진 것인가? 도무지 알 수 없었다. 클라리온 소리가(높은 음조에 화음이 맞는 B단조로, 듣고 있으면 언제나 「탄호이저」[7]의 거칠고 비탄조인 선율이 떠오르는) 아침 공기를 가르며 울려 퍼져 8시를 알렸다. 한 번도 늦어 본 적이 없었는데 오늘은 늦게 생겼고, 하루 일정을 초 단위로 계획하는 회스가 기다리고 있을 생각을 하니 너무도 두려워졌다. 그녀는 온몸에 열이 있는 것 같고 다리도 후들거렸지만 억지로 자리에서 일어나 다시 계단을 오르기 시작했다. 한꺼번에 너무 많은 일이 그녀를 덮쳤다. 생각을 정리해야 할 일이 너무 많았고, 갑작스러운 충격과 불안감이 너무도 컸다. 정신을 차리지 않으면, 침착을 유지하기 위해 모든 노력을 기울이지 않으면, 줄에 매달려 춤을 추다가 아무렇게나 던져지는 꼭두각시처럼 쓰러지고

7) 리하르트 바그너의 오페라.

말리라는 생각이 들었다. 치골(恥骨) 주위가 욱신욱신 쑤시는 것 같자 정신없이 달려들던 가정부의 머리가 떠올랐다.

소피가 숨이 턱까지 찬 상태로 다락방 바로 아래층 층계참에 다다랐을 때, 반쯤 열린 창문 밖으로 또다시 서쪽 풍경이 눈에 들어왔다. 황량한 운동장 뒤로 우울한 느낌을 주는 포플러들이 보였고, 그 너머로 수많은 유개 화차들이 세르비아와 헝가리 들판의 먼지를 흠뻑 뒤집어쓴 채로 줄지어 서 있었다. 빌헬미네와의 일이 있는 동안 경비병들이 화차 문을 열어 놓았는지, 그리스에서 온 수백 명의 불운한 승객들이 플랫폼으로 떼 지어 내려서고 있었다. 서둘러야 했지만 소피는 그 음울하고 두려운 장면에 이끌려 잠시 걸음을 멈추고 바라보았다. 포플러와 경비병들에게 가려 잘 보이지는 않았다. 유대인들의 얼굴도 보이지 않았고 무엇을 입고 있는지도 알 수 없었다. 대체로 칙칙한 회색으로 보일 뿐이었다. 그러나 플랫폼에는 초록색, 파란색, 빨간색 등 형형색색의 옷들이 쌓여 지중해의 밝은 색조를 마음껏 과시하고 있었고, 그 모습을 보자 그녀는 책과 공상 속에서 본 것을 제외하고 실제로 가 본 적은 없는 그곳이 새삼 그리워졌으며, 어린 시절 수녀원 부속학교에 다닐 때 빼빼 마른 바바라 수녀님이 슬라브 억양의 프랑스어로 우스꽝스럽게 불러 주던 동요가 떠올랐다.

오 클 레 질 들 라 그레스 송 벨!
(오, 아름다운 그리스 섬들이여!)
오 콩텅플레 라 메르 알 롱브르 던 오피기에

(키 큰 무화과나무 그늘 아래의 바다를 묵상하며)

에 에쿠테 투 오투르 레 크리 데 지롱델르.

(제비갈매기 지저귀는 소리 주변의 모든 것을 경청하라.)

볼티장 당 라쥐르 파르미 레 올리비에!

(올리브 나무 사이의 푸름 속에서 날개를 퍼덕이는!)

그녀는 오래전에 그 냄새에 익숙해졌다고, 적어도 체념했다고 생각했다. 그러나 그날 처음으로 살이 타는 끔찍한 냄새가 콧구멍을 공격해서 모든 감각을 일시에 무디게 해 버렸는지, 갑자기 눈의 초점이 흐려지면서 저 멀리 플랫폼에 서 있는 사람들이(멀리서 보니 어느 시골 축제에 모인 사람들 같아 보였다.) 시야에서 서서히 사라져 갔다. 곧이어 그녀는 섬뜩한 공포와 역겨움을 느끼면서 자신도 모르게 손가락을 들어 입 속으로 가져갔다.

……라 메르 알 롱브르 던 오 피기에…….

(……키 큰 무화과나무 그늘 아래의 바다…….)

브로넥이 어디서 무화과를 얻었는지 깨닫게 됨과 동시에 액화된 무화과가 신물에 섞여 목구멍으로 올라왔고, 다리 사이의 바닥으로 물 튀기는 소리와 함께 쏟아졌다. 그녀는 신음하며 머리를 벽에 기댔다. 그렇게 서서 오래도록 먹은 것을 게우고 또 게웠다. 그러고는 후들거리는 다리로 자신이 만들어 놓은 난장판을 피해 한두 걸음 옆으로 가 바닥에 손과 무릎을 대고 털썩 주저앉았고, 이제까지 한 번도 느껴 본 적이 없는 낯선 상실감과 비참함에 몸을 떨며 괴로워했다.

이때의 심정에 대해 그녀가 한 말을 나는 영원히 잊지 못할 것이다. 그녀는 자신의 이름조차 기억이 안 나더라고 했다. "아, 하느님, 저를 도와주세요!" 그녀가 큰 소리로 울부짖었다. "제가 누군지 모르겠어요!" 한동안 그녀는 그렇게 쭈그리고 앉아 심한 감기에 걸린 듯 몸을 떨었다.

거기서 몇 걸음 떨어지지 않은 곳에 있는 보름달 같은 얼굴의 에미의 침실에서 뻐꾸기시계가 미친 듯이 여덟 번을 울어대며 8시를 알렸다. '적어도 오 분은 늦는군.' 소피는 음울한 관심과 이상한 만족감을 느끼며 생각했다. 그녀는 천천히 자리에서 일어나 나머지 계단을 올라가 다락방으로 가는 계단과 연결되어 있는 통로로 들어섰고, 괴벨스와 힘러의 사진만이 벽에 유일한 장식품으로 걸려 있는 그 통로를 지나 다시 층계를 올라 다락방 앞에 다다랐다. 반쯤 열린 문 위에는 "나를 명예롭게 하는 것은 충성심이다."라는 친위대의 성스러운 경구가 새겨져 있었다. 그 너머로 그의 주인이자 구원자의 초상화 아래 회스가 기다리고 있는 모습이 눈에 들어왔는데, 그 모습이 너무도 순결하고 성스러운 수도자 같아 보여서, 반짝이는 가을 아침 속에 드러나 보이는 벽조차 성스러운 빛을 발하고 있는 것 같은 느낌이 들었다.

"구텐 모르겐, 헤어 콤만단트.(안녕하세요, 사령관님.)" 그녀가 말했다.

그날 시간이 흘러도 소피는 회스가 베를린으로 전출되어 간다는, 브로넥으로부터 전해 들은 실망스러운 소식을 마음에서 떨쳐 버릴 수 없었다. 그렇다면 그녀가 계획한 바를 성취하기 위해 빨리 움직여야 했다. 그래서 그날 오후 그녀는 행동을 개시하기로 결심했고, 잘 해내기 위해서 꼭 필요한 침착함을 달라고 하느님께 기도했다. 회스가 다락방으로 돌아오기를 기다리는 동안, 하이든의 「천지창조」의 짧은 소절을 듣고 마음에 일던 소용돌이가 가라앉고 거의 평상심으로 돌아온 것을 느끼면서, 그녀는 사령관이 보이는 흥미로운 변화에 고무되어 있었다. 아라비아산 종마를 볼 때만 해도 어땠는가. 엄격함이 다소 누그러진 것 같았고, 서투르게나마 그녀와 대화를 시도했으며, 뭔가를 암시하듯 그녀의 어깨를 가볍게 만지기까지 하지 않았는가 말이다.(아니면 그녀가 지나치게 확대 해석하는 것일까?) 이런 것들이 그녀에게는 둘 사이에 가로놓여 있던 난공불락의 장벽에 서서히 금이 가고 있다는 신호로 보였다.

또 회스는 그리스 출신의 유대인들에 관해 힘러에게 보내는 편지도 그녀가 받아쓰게 시켰다. 폴란드 문제와 폴란드어와 관계없는 서신을 받아쓴 적은 이제까지 한 번도 없었다. 보통 베를린으로 보내는 공식 서한은 아래층에 있는 무표정한 샤르퓌러(병장) 담당이었다. 그는 정기적으로 위층으로 올라와 여러 친위대 고위 장교들과 지방 총독들에게 보내는 회스의 서신을 작성하곤 했다. 힘러에게 보내는 편지에 생각이 미치자 그녀는 이제 와서야 신기하다는 생각이 들었다. 그녀를 이렇게 민감한 문제에 관여하게 한 것은 무슨 뜻일까? 분명한 사실은, 적어도 그가 다른 죄수들은(그녀와 마찬가지로 특혜를 누리는 사람들조차) 꿈도 못 꿀 기밀 사항을 그녀가 알게 내버려 두었다는 것이다. 이로 인해 그날 업무가 끝나기 전에 그에게 다가갈 수 있겠다는 생각이 점점 더 굳어졌다. 어쩌면 바르샤바를 떠난 날부터 장화 속에 감추어 둔 그 팸플릿을 써먹을(부전여전이었다.) 필요가 없겠다는 생각도 들었다.

씩씩거리며 들어온 회스는 소피가 걱정하던 것과 달리 울어서 빨개진 그녀의 눈 따위는 안중에도 없었다. 아래층에서는 「맥주통 폴카」가 리듬에 맞춰 쿵쿵 울리고 있었다. 그는 편지 한 통을 들고 있었는데 아래층 보좌관을 통해 받은 것이 분명했다. 얼굴은 분노로 붉으락푸르락했고, 이마에는 정맥 한 줄이 파랗게 드러나 팔딱이고 있었다. "이 지긋지긋한 인간들! 편지를 쓸 땐 독일어로 써야 한다는 걸 알면서도 계속 규칙을 어기다니! 얼간이 같은 폴란드 새끼들, 지옥에나 떨어지라고 해!" 그가 그녀에게 편지를 건네주었다. "뭐라고 써 있나?"

"'존경하는 사령관 각하…….'" 소피가 말문을 열었다. 그 편지는(아첨하는 표현이 대단히 많았다.) 수용소 내 콘크리트 공장에 자갈을 공급하는 지역 하청업자에게 온 것이었는데, 그는 요즘 채석장 주변 땅이 엄청나게 젖어 있어서 붕괴 사고가 여러 번 일어났고, 장비 사용에도 문제가 많아 자갈 주문량을 납품 기일까지 공급할 수 없게 되었으니 사령관의 넓은 이해를 바란다고 했다. 그리고 존경하는 사령관 각하께서 인내심을 보여 주신다면, 납품 일정을 다음과 같이 바꾸면 좋겠다고 했다. "그만!" 회스가 갑자기 끼어들어 쉰 목소리로 외치더니,

새 담배를 꺼내 물고 피우다가 다른 손에 들고 있던 담배에 대 불을 붙이면서, 위막성 후두염 환자처럼 기침을 해 댔다. 편지가 사령관의 화를 돋운 것이 분명했다. 그는 입술을 굳게 다물더니 "페어뷘슈트!(빌어먹을!)"라고 중얼거렸고, 곧 소피에게 수용소 내 공장장인 친위대 하우프트슈투름퓌러(대위) 바이츠만이 읽도록 그 편지를 번역하라고 시켰고, 다음과 같은 자신의 전언도 타자해서 첨부하라고 지시했다. "바이츠만 공장장, 이 게으름뱅이 궁둥이에 불이라도 놔서 움직이게 해."

그런데 그가 마지막 말을 내뱉던 바로 그 순간 소피는 끔찍한 두통이 엄청난 속도로 회스를 공격하는 것을 보았다. 마치 편두통이 두개골 밑에 숨어서 끔찍한 유독물질을 내뿜고 있는 토굴이나 미로로 가는 길을 번개가 자갈 하청업자의 편지를 통해 발견하고 내리친 것 같았다. 금세 땀이 쏟아졌고, 손을 아픈 쪽 이마에 대고 손마디가 하얀 손가락으로 이마를 꾹꾹 눌러 보았지만 소용이 없는지 벌어진 입술 사이로 고통으로 앙다문 이들이 드러나 보였다. 소피는 며칠 전에도 이런 모습을 지켜보았는데, 그때는 이렇게 심하지는 않았다. 지금 다시 찾아온 편두통이 그에게 전면적인 포위 공격을 감행하는 듯했다. 고통스러워하는 회스에게 신음 소리가 가늘게 들려왔다. "약, 빌어먹을, 내 약 어딨어!" 그가 낮은 목소리로 으르렁거렸다. 소피는 회스가 편두통약 에르고타민을 놓아두는 간이침대 옆에 놓인 의자로 재빨리 걸어가 유리 물병에서 물 한 잔을 따라 에르고타민 두 알과 함께 사령관에게 건넸다. 약을 삼킨 사령관은 자신이 얼마나 아픈지를 눈으로 표현하려는 듯 눈알을 굴리며 절박한 눈으로 그녀를 바라보았다. 그러고는 신음을 하며 손으로 이마를 한 번 치더니 간이침대에 쓰러져 누워 하얀 천장을 바라보았다.

"군의관을 부를까요?" 소피가 물었다. "지난번에 군의관이……."

"좀 조용히 해. 지금 아무 말도 귀에 안 들어오니까." 어디가 아픈 강아지처럼 겁먹고 칭얼거리는 어투였다.

그는 대엿새 전 마지막으로 편두통 공격을 받았을 때 어느 누구에게도, 심지어 죄수에게도 자신이 고통받는 모습을 보이고 싶지 않다는 듯이 소피에게 빨리 지하실로 내려가라고 명령했다. 그러나 지금은 옆으로 가만히 돌아누운 채 숨 쉬는 리듬에 맞춰 가슴이 오르락내리락하기만 할 뿐이었다. 그가 더 이상 말이 없자, 그녀는 책상 앞으로 돌아가서 독일어 타자기로 자갈 하청업자의 편지 번역본을 치기 시작했다. 자갈 공급업자의 불평(이 단 하나의 짜증스러운 일 때문에 사령관이 그렇게 심한 편두통을 일으킨 것일지 궁금했다.)대로라면 비르케나우에 새 화장장을 건설하는 일은 또 한 번 중대한 휴지기를 맞게 될 것이 분명했다. 충격적이거나 대단히 흥미로운 사실은 아니었다. 작업 중단이나 태업은(회스에게 있어 이것은 화장장 겸 가스실 신축 공사와 관련하여 자재와 설계와 노동력을 자신이 만족할 만큼 효과적으로 움직이지 못하고 있다는 의미였고, 이미 완공이 두 달이나 미뤄진 상태였다.) 그에게 엄청난 골칫거리였고, 지난 며칠간 소피가 지켜보았던 그의 불안과 신경질적 태도의 주된 원인이기도 했다. 그녀가 생각하듯 그것이 두통의 주된 원인이라면, 그가 화장장을 일정대로 건설하지 못한 것이 갑작스러운 그의 전출과 어떤 식으로든 관련이 있는 것일까? 그녀가 편지의 마지막 줄을 치면서 이런 생각을 하고 있는데, 갑자기 그의 목소리가 들려와 깜짝 놀랐다. 그가 있는 쪽으로 돌아본 그녀는 그가 몇 분 전부터 줄곧 자기를 바라보고 있었음을 깨닫고 희망과 불안이 한데 섞인 기분이 들었다. 그가 부르자 그녀는 자리에서 일어나 그의 곁으로 갔지만, 그가 앉으라는 시늉을 하지 않아 그냥 서 있었다.

"좀 나아졌어." 그가 가라앉은 목소리로 말했다. "에르고타민, 정말 대단해. 두통이 줄어들 뿐 아니라 토할 것 같은 기분도 사라지는군."

"다행입니다, 마인 콤만단트.(사령관님.)" 소피가 대답했다. 다리가 후들거렸고, 어찌 된 영문인지 그의 얼굴을 똑바로 쳐다볼 수 없었다. 대신 그녀는 그림을, 번쩍이는 철제 갑옷을 입고, 머리를 떨구고 있는 말 위에 앉아 자신감에 찬 눈으로 발할라[8]와 천년의 밝은 미래를 바라보는 총통의 영웅적 모습을 보고 있었다. 그는 흠잡을 데 없이 온화해 보였다. 갑자기 몇 시간 전 계단에서 무화과를 다 토해 낸 것이 떠올랐고, 그러자 칼로 찌르듯 날카로운 허기가 느껴지며 다리가 점점 더 심하게 후들거렸다. 회스는 오래도록 아무 말이 없었다. 그녀는 그를 바라볼 수 없었다. 지금 그는 침묵 속에서 그녀를 훑어보고 평가하고 있는 것일까? "신나게 신나게 신나게 마셔 봐

---

8) 북유럽 신화에 나오는 오딘 신의 전당. 발키리들에 의해 전사자의 영혼이 향연을 받는 장소.

요." 끔찍한 유사품 폴카가 최고조에 달했는지 시끄러운 합창이 아코디언의 희미한 화음에 맞춰 반복되고 있었다.

"여기엔 어떻게 오게 됐나?" 마침내 회스가 입을 열었다.

소피가 기다렸다는 듯 말을 쏟아 냈다. "와팡카, 독일어로는 아인 추잠멘트라이벤(일제 검거) 때문이었습니다. 지난 초봄이었는데, 제가 바르샤바에서 열차를 타고 있을 때 게슈타포가 일제 단속을 했습니다. 제가 불법으로 고기를, 약간의 햄을 소지한 것이 발각되어……."

"아니, 그게 아니라, 어떻게 해서 수용소에 오게 되었는지가 아니라, 어떻게 여자 포로 막사에서 나올 수 있었나 그 말이야. 어떻게 속기 타자수 집단에 끼게 되었냐고. 타자수들 상당수는 민간인이거든. 폴란드 민간인. 속기 타자수 같은 좋은 일자리를 얻을 만큼 운이 좋은 포로들은 별로 없는데 말이야. 거기 앉아도 돼."

"네, 저는 굉장히 운이 좋았습니다." 그녀가 자리에 앉으면서 말했다. 그녀는 자신의 목소리에서 긴장감이 풀어지는 것을 느끼며 그를 바라보았다. 아직도 그는 심하게 땀을 흘리고 있었다. 그는 쏟아지는 햇살 속에 반듯하게 누워 눈을 반쯤 감고 땀을 뻘뻘 흘리고 있었다. 그렇게 땀을 흘리는 모습을 보니 이상하게도 나약해 보였다. 카키색 셔츠는 땀에 흠뻑 젖어 있었고, 얼굴에도 땀방울이 송글송글 맺혀 있었다. 초기의 격심한 통증으로 온몸이 젖었지만(셔츠 단추 사이를 뚫고 나온 곱슬곱슬한 금색의 배꼽 털과, 목과 팔목에 난 털도 땀으로 축축해져 있을 정도였다.) 지금은 그렇게까지 고통스럽지는 않은 듯했다.

"저는 정말로 굉장히 운이 좋았어요. 운명의 도움을 받은 것 같습니다."

한동안 침묵이 흐른 후 회스가 물었다. "운명의 도움이라니, 무슨 뜻이지?"

그녀는 자기 말이 대단히 어리석고 무모하고 알랑거리는 말로 들릴지도 모르지만 어쨌든 위험을 무릅쓰기로, 그가 준 기회를 잡아 보기로 결심했다. 지난 몇 달 동안 기회만 엿보다가 이제야 잠깐이나마 기회다운 기회가 찾아왔는데, 입 다물고 무력한 노예로 계속 있는 것은 주제넘게 보이는 것보다(비록 무례해 보일 위험이 심각하게 커진다고 해도) 더 자신을 망치는 일이 될 것이었다. '그러니 말해 버리자.' 그녀는 생각했다. 그래서 그녀는 너무 흥분하지는 않으려고 노력하면서, 부당하게 학대받은 사람의 애처로움을 목소리에 담으려고 노력하면서 말문을 열었다. "운명이 저를 사령관님께 데려다주었습니다." 그녀가 유치하고 감상적이라는 것을 알면서도 같은 어조로 말을 이었다. "사령관님만이 이해해 주실 거라고 생각했습니다."

또다시 그는 아무 말도 하지 않았다. 아래층에서는 「맥주통 폴카」가 티롤 지방 요들 가수들의 합창으로 바뀌어 있었다. 그녀는 그의 침묵이 부담스러웠고, 갑자기 그가 의심에 찬 눈으로 자신을 뚫어지게 쳐다보고 있는 것을 알아차렸다. 어쩌면 지금 그녀는 엄청난 실수를 저지르는 것일지도 몰랐다. 마음속에서 불안감이 점점 더 커졌다. 브로넥을 통해서, 그리고 자기가 관찰한 바로도, 그가 폴란드인을 혐오한다는 사실을 알았다. 도대체 무엇 때문에 자기만은 예외일 것이라고 생각했을까? 창문이 닫혀 있어 비르케나우에서 나오는 악취가 들어오지 않는 따뜻한 방 안에서는 회반죽, 벽돌 부스러기, 물에 젖은 나무 냄새가 났다. 이런 냄새를 느끼게 된 것은 이번이 처음이었는데, 마치 콧구멍 속에 곰팡이가 핀 느낌이었다. 둘 사이에 어색한 침묵이 흐르는 동안, 갇혀 있던 금파리들이 윙윙거리며 날다가 천장에 부딪치는 소리가 들렸다. 저 멀리서 화차들이 선로를 바꾸며 내는 소리가 거의 들리지 않을 정도로 희미하게 들려왔다.

"뭘 이해해?" 마침내 그가 꿈꾸듯 멍한 어조로 물었고, 그녀는 이 말에서 좀 더 모험을 해 볼 희망을 보았다.

"착오가 있었다는 것을 이해해 주실 거라고 생각했습니다. 제겐 아무런 잘못이 없다는 것을 이해해 주실 거라고요. 제 말은, 제가 중대한 잘못을 저지르지는 않았다는 사실을, 그래서 제가 즉시 석방되어야 한다는 사실을 이해해 주실 거라고 생각했다는 뜻입니다."

드디어 말해 버렸다. 자신이 생각해도 놀라울 정도로 열의에 차서, 지난 며칠간 끊임없이 연습해 온 말들을, 그러면서도 입 밖에 낼 용기가 있을까 걱정했던 말들을 재빨리 토해 냈다. 이제 심장이 너무도 세차게 뛰어 흉골이 아플 정도였지만, 침착한 목소리를 유지했다는 생각에 자부심을 느꼈다. 매력적인 빈식 독일어가 그토록 감미롭게 술술 흘러나온 것도 마음에 들었다. 이런 자신감 때문에 그녀는 말을 이어 나갈 수 있었다. "제 말이 어리석다고 생각하실지 모르겠습니다, 마인 콤만단트. 언뜻 들으면 말도 안 되는 소리로 들릴 수 있다는 것도 압니다. 하지만 사령관님께서는 이렇게 많은 사람들이 모여 있는 이런 거대한 곳에서는 착오가, 중대한 착오가 생길 수도 있다는 사실을 인정하실 거라고 생각합니다." 그녀는 잠시 말을 멈추고 자신의 심장 박동에 귀를 기울였다. 이렇게 쿵쾅거리는데 사령관에게도 들리지 않을까 걱정스러웠다. 그러나 다행히도 목소리는 아직 침착을 유지했다. "각하." 그녀가 애원하는 듯한 어조로 말을 이었다. "제가 이곳에 온 것은 중대한 착오 때문이라는 사실을 믿어 주시면 좋겠습니다. 아시다시피 저는 폴란드인입니다. 바르샤바에서 제가 저지른 일, 식품 밀반입에 관해서는 분명히 유죄라는 것을 압니다. 하지만 그것은 그렇게 심각한 범죄는 아니었습니다. 전 단지 병으로 위중하신 어머니에게 먹을 것을 구해다 드리려고 했을 뿐입니다. 이것은 제 성장 배경이나 교육 환경 등에 비추어 볼 때 그렇게 큰 죄가 아니었다는 것을 이해해 주시면 좋겠습니다." 그녀가 잠시 말을 멈췄다. 견딜 수 없을 정도로 초조해졌다. 너무 앞서가는 것은 아닐까? 여기서 말을 멈추고 그의 반응을 기다려야 할까, 아니면 계속해야 할까? 짧게 요점을 말해 버리자. 그녀는 즉시 마음을 정했다. "각하, 말씀드리자면 이렇습니다. 저는 크라쿠프 출신인데, 제 부모님은 아주 열성적인 독일 지지자들이셨습니다. 여러 해 동안 국가사회주의와 총통의 원칙을 숭배하는 수많은 제3제국 지지자들의 선봉에 서 계셨습니다. 제 아버지는 뼛속 깊이 유덴파인틀리히(반유대주의자)셨습니다……."

회스는 작은 신음을 내 소피가 말을 멈추게 했다. "유덴파인틀리히." 그가 졸린 듯한 목소리로 중얼거렸다. "유덴파인틀리히. 언제쯤이면 '반유대주의자'라는 말을 안 듣게 될까? 정말, 지겹다, 지겨워!" 그가 거친 한숨을 뱉어 냈다. "유대인, 유대인! 언제쯤이면 그놈의 유대인들 얘기를 안 듣게 될까!"

그가 언짢아하는 태도를 보이자 소피는 주춤했다. 자신의 진술이 잘못되었음을, 너무 앞서갔음을 깨달았다. 회스는 철저하고 예민하며, 개미핥기의 주둥이처럼 외곬인 데가 있어서 한 가지 생각에 몰입하면 다른 가지를 치는 것을 용납하지 않았다. 방금 전에 "여기엔 어떻게 오게 됐나?"라고 물었을 때, 그리고 그 질문대로 '어떻게'에 대해서만 답을 하라고 했을 때, 정말 그것에 대한 답만을 원했던 것이지, 운명과 중대한 판단 착오와 유덴파인틀리히 문제에 대해 듣고 싶은 것이 아니었다. 그의 말이 북쪽에서 불어오는 세찬 바람처럼 그녀에게 휘몰아치자, 그녀는 즉시 진술을 바꾸었다. 그래, 그가 원하는 대로 하자, 그에게 사실만을 얘기하자. 사실만을 짧게. 그래도 알아들을 마음이 있으면 알아듣겠지. 그녀는 이렇게 생각했다.

"그러면 각하, 제가 어떻게 해서 속기 타자수로 뽑히게 되었는지 말씀드리겠습니다. 그것은 제가 지난 4월 이곳에 도착했을 때 여자 포로 막사의 페어트레테린(간수)과 약간의 불미스러운 일이 있었기 때문입니다. 그녀는 막사 부책임자였습니다. 솔직히 말씀드려서, 저는 그녀를 무척이나 두려워했습니다. 왜냐하면 그녀가……." 말투에서 이미 암시했지만 성적인 내용을 자세히 설명해야 하나 망설여졌다. 그러나 눈을 둥그렇게 뜨고 그녀를 바라보는 회스는 그녀가 무슨 말을 하려는지 예상했다.
“레즈비언이었겠지.” 그가 끼어들었다. 피곤한 듯한 어투였지만, 신랄하면서 노한 기색이 역력했다. “창녀 같은 년들, 함부르크 빈민촌에서 굴러다니던 더러운 돼지 같은 년들 중에 하나겠지. 라벤스브뤼크 수용소는 그런 년들을 데리고 있다가, 너희 여자 포로들의 기강을 잡으라고 이리로 보낸 거야. 말도 안 되는 소리지!” 그가 잠시 말을 멈췄다가 이었다. “레즈비언이었지, 그렇지? 네게 접근했을 테고. 내 말이 맞나? 예상할 수 있는 일이지. 너는 젊고 아주 아름다우니까 말이야.” 그가 다시 말을 멈췄고, 그녀는 마지막 말의 의미를 파악하려고 애썼다.(뭔가 다른 의미가 있을까?) 그가 말을 이었다. “난 동성애자들을 경멸해. 인간들이 그런 짐승 같은 짓을 하는 걸 상상만 해도 토할 것 같아. 남자끼리든 여자끼리든 그런 짓을 하는 걸 상상만 해도 말이야. 하지만 갇혀 있는 상황에서는 그런 일이 일어나기 마련이라 문제지.” 소피는 눈을 깜박였다. 무성 희극 영화 필름을 빠르게 돌리듯 그날 아침에 있었던 광적인 사건의 장면들(그녀의 사타구니에서 고개를 든 빌헬미네의 불타는 머리, 동그랗게 벌어진 상태에서 굳어 버린 듯한 그 욕망에 불타는 젖은 입술, 공포가 가득한 눈)이 떠올랐다. 극도의 혐오감으로 일그러진 회스의 얼굴을 보면서 가정부의 모습을 떠올리고 있자니, 비명 혹은 웃음이 와락 터져 나올 것 같아 억지로 참아야 했다. “어처구니없는 일이야!” 사령관이 덧붙인 후 혐오스러운 무언가를 한입 가득 물고 있는 것처럼 입술을 오므렸다.

"단순한 접근이 아니었습니다, 각하." 그녀는 자신의 얼굴이 붉어지는 것을 느낄 수 있었다. "저를 강간하려고 했습니다." 남자 앞에서 '강간'이라는 단어를 입에 담아 본 기억이 없는 그녀의 얼굴은 더욱더 붉어졌고, 얼마 후 조금씩 붉은 기가 사라지기 시작했다. "정말 무섭고 불쾌한 일이었습니다. 저는 여자가 다른 여자에 대해 느끼는……." 그녀가 잠시 머뭇거리다가 말을 이었다. "욕망이 그렇게, 그렇게 강할 거라고는 상상도 못 했습니다. 하지만 그때 일로 알게 되었습니다."

"갇힌 상태에서는 사람들이 평소와는 다르게 이상한 행동을 하지. 잘 아는 사실이야." 그녀가 대답하기도 전에, 그는 간이침대 옆의 다른 의자에 걸쳐 두었던 재킷의 주머니를 뒤져, 은박지에 싸인 초콜릿 바를 하나 꺼내 들었다. "이상도 하지." 그가 분석적이고 추상적인 어투로 말을 이었다. "편두통 말이야. 처음에는 토하고 싶을 정도로 끔찍하게 공격을 해 대거든. 그러다가 약이 말을 듣기 시작하면 굉장히 배가 고파진단 말이야." 그는 은박지를 뜯어 초콜릿을 그녀에게 건넸다. 그가 이런 친절을 베풀기는 이번이 처음이어서 깜짝 놀라 잠시 망설이던 그녀는 불안해하면서도 한 조각을 잘라 입에 넣었다. 평상시처럼 침착해야 할 때에 지나치게 욕심을 드러내고 있다는 생각이 들었지만, 아무래도 상관없었다.

그녀는 회스가 나머지 초콜릿을 먹는 모습을 바라보면서 빠르게 이야기를 진행했다. 지금 그녀의 말을 듣고 있는 남자가 그렇게도 신뢰하는 가정부로부터 성기를 공격받은 사실 덕분에 어투가 더욱더 생생하고 심지어 활기 넘치기까지 했다.

"네, 그 여자는 창녀이고 레즈비언이었습니다. 그녀가 독일 어느 지방 출신인지는 모르겠습니다. 다만 저지대 독일말을 하는 것으로 보아 북부 출신이라는 생각은 들었습니다. 덩치가 굉장히 컸습니다. 어쨌든 그녀가 저를 강간하려 했습니다. 며칠 동안 저를 눈여겨본 것 같았습니다. 그러다가 어느 날 밤 변소에서 제게 접근했습니다. 처음부터 폭력을 휘두르지는 않았습니다. 음식과 비누, 옷, 돈, 뭐든지 주겠다고 했습니다." 소피는 잠시 말을 멈추고 이야기에 몰두한 표정으로 그러나 경계하는 눈초리로 자신을 보고 있는 회스의 보랏빛 섞인 푸른 눈을 바라보았다. "전 굉장히 배가 고팠습니다. 하지만 사령관 각하와 마찬가지로 저도 동성애자들을 혐오하기 때문에 저항하는 것은 어렵지 않았습니다. 그녀를 밀쳐 내려 했습니다. 그랬더니 이 페어트레테린이 불같이 화내면서 저를 공격했습니다. 저는 비명을 지르면서 그녀에게 놓아 달라고 애걸하기 시작했습니다. 하지만 그녀는 저를 벽으로 밀어붙이더니 손으로 제게 그 짓을 하기 시작했습니다. 그때 막사 책임자가 들어왔습니다."

소피가 말을 이었다. "막사 책임자가 이 일을 중단시켰습니다. 페어트레테린을 내보내더니 저한테는 막사 건물 끝에 있는 자기 사무실로 오라고 했습니다. 막사 책임자는 나쁜 사람은 아니었습니다. 각하께서 말씀하신 대로 그녀도 창녀이긴 했지만, 나쁜 사람은 아니었습니다. 그녀는 제가 페어트레테린에게 소리 지르는 것을 들었는데, 막사에 새로 온 포로들은 모두 폴란드인이라는 것을 알았기 때문에 제가 독일어를 잘하는 것을 듣고 깜짝 놀랐다고 했습니다. 어떻게 그렇게 독일어가 유창하냐고 물었습니다. 둘이서 잠시 이야기를 나누는 동안 그녀가 저를 마음에 들어 한다는 것을 알 수 있었습니다. 그녀가 레즈비언이었는지 어떤지는 모르겠습니다. 도르트문트 출신이었습니다. 제 독일어에 감동한 것 같았습니다. 그래선지 저를 도와줄 수 있을 것 같다고 했습니다. 그러고는 제게 커피 한 잔을 주더니 얼마 후 내보냈습니다. 그 후 몇 번 마주쳤는데, 저를 마음에 들어 하는 게 분명해 보였습니다. 이삼 일 후에 막사 책임자가 다시 저를 자기 사무실로 불러서 가 보니, 수용소 행정실 소속의 하우프트샤르퓌러(하사) 귄터라는 각하의 부관 한 명이 와 있었습니다. 제가 뭘 할 수 있는지 이것저것 한참 물어보기에 타자를 칠 수 있고 폴란드어와 독일어로 속기를 잘할 수 있다고 하니까, 타자수 팀에서 저를 필요로 할 것 같다고 했습니다. 자격 조건을 갖춘 언어 전문가가 부족한 상황이라고 했습니다. 그리고 며칠 후에 그가 다시 와서는 저를 다른 곳으로 데려가겠다고 했습니다. 그렇게 해서……."
말을 들으면서 초콜릿 바를 다 먹은 회스는 팔꿈치를 침대 바닥에 대고 몸을 일으킨 후 담배에 불을 붙였다. "그렇게 해서 속기 팀에서 일하게 되었습니다. 열흘 전까지 말입니다. 열흘 전에 제가 여기 특별 임무에 필요하다는 이야기를 듣고, 이리로……."

"이리로 왔다는 말이군." 그가 끼어들었다. 그러고는 한숨을 내쉬었다. "운이 좋았군." 그러고 나서 그가 한 행동 때문에 그녀는 전기 충격을 받은 것처럼 놀랐다. 그가 한 손을 뻗어 그녀의 윗입술에서 무언가를 조심스럽게 떼어 낸 것이다. 아까 먹은 초콜릿 부스러기였다. 그녀가 놀란 눈초리로 바라보는 가운데 그는 담뱃진이 밴 손가락들을 천천히 입술로 가져가더니 그 작은 갈색 초콜릿 부스러기를 입 속으로 집어넣었다. 그녀는 눈을 꼭 감았다. 이 기묘한 성찬식에 놀라 심장이 다시 쿵쾅거리기 시작하고 정신이 혼란스러워졌다.

"왜 그래? 얼굴이 창백한데."

"아무것도 아닙니다, 마인 콤만단트. 약간 어지러워서 그렇습니다. 곧 괜찮을 겁니다." 그녀는 계속 눈을 감고 있었다.

"내가 잘못한 게 뭐야!" 갑자기 벼락같은 외침이 들려와 그녀는 기절초풍할 뻔했다. 눈을 떠 보니 회스가 간이침대에서 일어서서 창가로 걸어가고 있었다. 셔츠 등판은 땀으로 흠뻑 젖어 있고, 창가에 서 있는 그의 온몸이 떨고 있는 듯했다. 그가 초콜릿으로 보인 행동이 둘 사이의 친밀감을 더하는 서곡일지 모른다고 생각하던 그녀는 깜짝 놀라 그를 바라보고 있을 수밖에 없었다. 어쩌면 진짜로 그런 것인지도 몰랐다. 그리고 마치 아주 오랫동안 그녀를 알아 온 것처럼 편하게 불평을 늘어놓는 것일지도 몰랐다. 그가 한 손바닥을 굳게 쥔 다른 손 주먹에 쾅쾅 박으며 말했다. "내가 뭘 잘못했다고 생각하는지 모르겠어. 베를린에 있는 인간들 말이야. 정말 구제 불능들이야. 인간에게, 지난 삼 년간 최선을 다한 인간에게 초인간적인 것을 요구하다니. 너무도 비합리적이야! 계속 뭉기적거리거나 아예 약속을 지키지도 않는 게으른 하청업자들을 다루는 게 얼마나 힘든지 알지도 못하면서 말이야. 바보 같은 폴란드인들을 다뤄 본 적도 없으면서! 난 최선을 다했는데, 감사의 표시가 고작 이건가? 승진이라고? 흥, 웃기지 말라고 해! 난 그 잘난 승진이 되어 오라니엔부르크로 가고, 리베헨셸이 내 자리를 차지하는 걸 보라고? 효율성인지 뭔지 때문에 가당찮은 명성을 누리는 그 지긋지긋한 이기주의자가 내 자리를 차지하는 걸 보라고? 정말 웃기는 일이야. 내게 감사하는 마음이 조금이라도 있다면 이럴 수는 없어." 이상하게도 진짜로 화를 내는 것 같지는 않고 괜히 심통을 부리며 떼를 쓰는 어린아이 같은 목소리였다.

소피는 의자에서 일어나 그에게로 다가갔다. 그녀는 그들 사이의 장벽에 희미하게나마 또 다른 금이 가고 있는 것을 느꼈다. 그녀가 말했다. "각하, 혹시 제 말이 틀렸다면 용서하십시오. 하지만 어쩌면 정말로 각하의 노력에 감사한다는 뜻일지도 모른다는 생각이 듭니다. 상부에서 각하의 고충을 이해하고, 각하가 그동안 맡으신 임무를 수행하시면서 얼마나 힘이 들었는지를 이해한다는 뜻일지도 모릅니다. 주제넘은 것 같아 죄송합니다만, 지난 며칠간 이 집무실에서 각하를 지켜보니 정말 엄청난 스트레스와 압력을 받고 계시는 것을 알 수 있었습니다……." 그녀는 대단히 신중하게 아부와 염려가 배어 있는 말을 골라 했다. 목소리는 점점 더 잦아들었지만, 눈은 계속 땀에 젖은 그의 등을 바라보고 있었다. "각하의…… 각하의 헌신적인 노력에 감사하는 마음에서 나온 조치일지도 모릅니다."

말을 마친 그녀는 회스를 따라 저 아래 들판을 바라보았다.

바람의 방향이 이리저리 바뀜에 따라 비르케나우에서 나오는 연기도 방향을 바꾸었다. 청명한 하늘 아래 그 멋진 하얀 종마가 방목장 잔디밭 울타리 안을 마구 달리며 먼지바람을 일으켰고 그 속에서 꼬리와 갈기가 마구 흩날리고 있었다. 창문은 닫혀 있었지만, 우렁찬 말발굽 소리를 들을 수 있었다. 사령관의 목에서 그르렁그르렁 하는 소리가 들려왔고, 그는 담배를 찾아 주머니를 뒤졌다.

"네 말이 맞으면 좋겠지만…… 아닐걸. 그들이 그 규모와 복잡성을 이해한다면 얼마나 좋겠나! 하지만 그들은 이 특별 작전이 어느 정도 규모인지 전혀 모르는 것 같아. 얼마나 엄청난 숫자인지 전혀 모른단 말이야! 유럽 전역에서, 봄을 맞아 메클렌부르크만으로 몰려드는 청어 떼처럼 수천 명, 아니 수백만 명의 유대인들이 몰려들고 있다는 걸 모른다고. 나도 이 지구상에 다스 에어벨테 폴크가 그렇게나 많은 줄은 몰랐어."

선택된 민족. 그의 표현을 들으니 미약하지만 분명히 나타나기 시작한 장벽의 틈새를 좀 더 벌려 볼 용기가 생겼다. "다스 에어벨테 폴크……." 사령관의 말을 따라 하는 그녀의 목소리에는 경멸이 배어 있었다. "이런 말씀을 드려도 괜찮을지 모르겠습니다만 각하, 그 선택된 민족은 오만하게도 자기들을 인류의 나머지와 차별화한 것에 대해, 자기들만이 구원받을 가치가 있는 민족이라고 자부한 것에 대해 드디어 대가를 치르는 것 같습니다. 기독교인들의 입장에서 볼 때 그토록 오랫동안 그토록 뻔뻔스럽게 신을 모독하는 행동을 자행해 놓고 이제 와서 그 보복을 어떻게 피할 수 있을지 모르겠습니다."(갑자기 아버지의 모습이, 그 괴물 같은 모습이 떠올랐다.) 불안한 마음에 잠시 말을 멈췄던 그녀는 거세게 흐르는 거짓의 강 위를 까닥거리며 흘러가는 나뭇조각 같은 또 다른 거짓말 하나를 보탰다. "저는 더 이상 기독교인이 아닙니다. 각하처럼 저도, 핑계와 얼버무림으로 소일하는 그 한심한 신앙을 버렸습니다. 그러고 나니 왜 유대인들이 각하처럼(오늘 아침에 말씀하신 고트글로이비거(유신론자) 말입니다.) 새로운 세계, 새로운 질서를 갈망하는 사람들에게서뿐만 아니라 기독교인들에게서조차 그런 증오를 받게 되었는지를 이해하기가 훨씬 쉬워졌습니다. 유대인들은 이 세계의 질서를 위협해 왔고, 지금에 와서야 마침내 그 대가를 치르는 겁니다. 그러니 제거하는 것이 백번 지당한 일이라고 생각합니다."

그가 여전히 그녀에게 등을 보인 채로 서서 평온한 어조로 말했다. "이 문제에 대해 상당한 감정이 있는 것처럼 말을 하는군. 여자면서도, 유대인들이 저지를 수 있는 죄에 대해 상당히 많이 아는 것처럼 말을 하고. 재미있군. 어떤 문제에 대해 많이 알거나 이해하는 여자들은 거의 없는데."

"그렇지만 저는 다릅니다, 각하!" 소피가 말했다. 그가 고개를 돌려 그녀를 바라보았다. 정말로 주의 깊게 보는 것은 이번이 처음인 것 같았다. "개인적으로 저는 많은 것을 압니다. 유대인들에 관련된 개인적 경험도 있고요……."

"이를테면?"

그러자 그녀는 충동적으로(지금 자신이 위험을 무릅쓰고 도박을 하고 있다는 걸 알고 있으면서도) 몸을 굽히고, 장화 속을 더듬거리다가 좁은 틈에서 너덜너덜해진 팸플릿을 꺼냈다. "여기요!" 그녀가 제목이 있는 겉장을 펼쳐 그의 눈앞에 갖다 바치며 말했다. "규칙에는 어긋나지만 이것을 지금까지 보관하고 있었습니다. 해서는 안 되는 위험한 일이었다는 거, 잘 압니다. 하지만 여기 있는 팸플릿이 제가 신봉하는 모든 것을 담고 있다는 것을 알아 주시면 좋겠습니다. 각하를 도와드리면서 '최종 해법'이 기밀로 다루어진다는 것을 알게 됐습니다. 그런데 이 팸플릿도 유대인 문제에 대한 '최종 해법'을 제안한 초기 폴란드 문서들 중 하나입니다. 전에도 말씀드린 적이 있는 제 아버지가 이 문서를 작성하시는 것을 제가 도와드렸습니다. 새로운 걱정거리도 많고 신경 쓰셔야 할 일도 많은 각하께서 이 문서를 자세히 읽어 주시리라는 기대는 하지 않습니다. 하지만 적어도 이런 게 있다는 걸 알아 주시면 좋겠습니다. 제 문제가 각하껜 하등 중요한 문제가 아니라는 사실도 잘 압니다. 하지만 이 문서를 한 번만 훑어봐 주시면…… 제가 여기 수용된 것이 전적으로 부당한 일이었음을 아시게 될 겁니다. 그리고 또 제가 바르샤바에서 제3제국을 위해 어떤 기여를 했는지도 말씀드릴 수 있습니다. 거기서 저는 많은 유대인들이, 수배 중이던 유대인 지식인들이 숨어 있는 장소를 독일군에게 알려 주었습니다."

막판에 쓸데없는 말을 지껄이고 있다는 생각이 들자, 그녀는 말을 멈췄다. 그녀는 자기가 끝까지 정신을 차리고 있게 해달라고 기도했다. 그녀는 희망과 공포가 한데 섞인 땀을 작업복 속에서 뻘뻘 흘리고 있었고, 마침내 자신이 그의 의식 속에 파고들었다고, 현실적인 한 인간으로서의 자신의 모습을 그의 인식 영역 안에 심어 놓았다고 생각했다. 대단히 일시적이고 어설프게나마 그에게 자신의 존재를 확실히 각인시킨 것이다. 그가 그녀의 손에서 팸플릿을 가져가면서 뚫어지게 쳐다보는 것만 보아도 알 수 있었다. 자의식에 사로잡힌 그녀는 요염한 표정으로 그의 눈길을 피했다. 그의 귓속으로 기어 들어가라. 갈리시아 농부들 사이에 전해져 내려왔다는 속담이 떠올랐다.

"그렇다면 너는 죄가 없다는 말이군." 그의 어조에서 희미하게나마 친절함이 느껴져서 그녀는 갑자기 희망에 부풀었다.

그녀가 재빨리 대답했다. "각하, 다시 말씀드리지만 저를 이곳까지 오게 한 그 경미한 혐의에 대해서는 유죄임을 저도 인정합니다. 고기 밀반입 혐의 말입니다. 그러나 그것만 생각하지 마시고, 국가사회주의의 신봉자로서 그리고 유대인과 유대주의에 대항한 성전에 적극적으로 참여한 사람으로서의 제 경력을 참작해 주시기를 부탁드리는 것입니다. 지금 들고 계시는 팸플릿은 확인해 보시면 진짜임을 아시게 될 것이고, 그 안에 제 생각이 다 담겨 있음을 아시게 될 것입니다, 마인 콤만단트. 자비를 베풀어 자유를 주실 힘을 가지고 계시는 사령관님, 과거의 제 선행을 고려하여 다시 한번 생각해 주십시오. 제발 제가 바르샤바로 돌아갈 수 있게 해 주십시오. 자비롭고 선하고 공정하신 각하께서는 이 정도 일은 아무것도 아닌 듯 수월하게 하실 수 있으니까 말입니다."

언젠가 로테는 회스가 아부에 약하다고 했다. 하지만 소피는 지금 자신이 너무 심하게 아부한 것은 아닌지 걱정되었다. 그의 눈초리가 새치름해지면서 이렇게 묻는 것을 보니 더더욱 그런 생각이 들었다. "재미있군. 그렇게 열정적이고 그렇게 분노에 차 있다니 말이야. 유대인을 그렇게 극도로 증오하게 된 이유는 뭔가?"

회스처럼 실용적인 사고방식을 가진 사람은 안티제미티스무스(반유대주의)의 독성을 추상적으로 이해하면서도, 한편으로는 본능적으로 감상적인 이야기를 즐긴다는 이론에 근거해 소피는 때를 기다리며 이 이야기를 아껴 놓고 있었다. "각하, 그 문서에는 제가 유대인을 혐오하는 철학적 이유가 다 담겨 있습니다. 크라쿠프에서 교수셨던 아버지와 함께 작성한 그 팸플릿에 말입니다. 우리 가족이 그런 끔찍한 불행을 겪지 않았더라도 우리는 유대인에 대한 적의를 가졌을 것입니다. 그 팸플릿에 적힌 그런 철학적 이유 때문에 말입니다."

회스는 무관심한 표정으로 담배를 피우며 그녀가 말을 계속하기를 기다렸다.

"유대인들이 성적으로 방탕하다는 것은 잘 알려진 사실입니다. 그들의 추악한 특징들 중 하나죠. 제 아버지는 우리 가족에게 불행한 사건이 생기기 전에도, 그런 이유로 율리우스 슈트라이허[9]를 존경하셨습니다. 슈트라이허가 유대인의 그 타락한 특징을 아주 교육적으로 잘 풍자했다고 칭찬하셨습니다. 그리고 우리 가족이 슈트라이허의 통찰력을 전폭적으로

---

9) 독일 나치 신문 발행인이자 선전·선동가.

지지하게 된 데는 비극적인 이유가 있습니다." 그녀가 말을 멈추고 그 비참했던 기억이 다시 떠오르는 듯 고개를 떨구었다. "제게는 크라쿠프에서 저와 함께 수녀원 부속학교에 다니던 여동생이 하나 있었습니다. 저보다 한 학년 아래였습니다. 십 년 전 어느 날 밤 그 애가 게토 근처를 지나다가 유대인에게 성폭행을 당했습니다. 살인마 같은 인간이었습니다. 동생을 뒷골목으로 끌고 가서 여러 차례 강간했습니다. 동생은 목숨은 부지했지만 정신이 파괴되었습니다. 이 년 후에 강물로 뛰어들어 자살했습니다. 아주 불쌍한 아이였습니다. 이 끔찍한 일 하나만으로도 유대인들이 어떤 잔혹 행위를 저지를 수 있는지 간파한 율리우스 슈트라이허의 통찰력이 얼마나 대단한 것인지를 충분히 알 수 있었습니다."

"콤플레테 운진!(말도 안 되는 소리!)" 회스가 퉁명스럽게 내뱉었다. "말도 안 되는 소리야! 허튼소리!"

소피는 고요한 숲길을 걷다가 갑자기 땅이 꺼지면서 어두운 구덩이로 빠져 버린 것 같은 기분이 들었다. 무슨 말을 잘못했을까? 자신도 모르게 나지막하게 울음이 터져 나왔다. "제 말은……." 그녀가 입을 열었다.

"말도 안 되는 소리야!" 회스가 같은 말을 되풀이했다. "슈트라이허의 이론은 완전히 개소리라고. 나는 그 음탕한 쓰레기 같은 주장을 혐오한다. 그 인간이 유대인과 그들의 성적 성향에 관한 쓰레기 같은 주장으로 당과 제국과 세계 여론에 얼마나 큰 피해를 입혔는지 아나? 그런 문제에 대해선 아무것도 모르면서 말이야. 유대인들에 대해 조금이라도 아는 사람은 성적인 면에선 그들이 온순하고 자기 규제가 철저하고 전혀 공격적이지 않고 심지어 병적이라는 생각이 들 만큼 금욕적이라고 말할 거다. 네 여동생에게 일어난 일은 예외적이고."

"정말로 그런 일이 있었습니다!" 예상치 못한 난관에 부딪혀 절망한 그녀가 강하게 거짓말했다. "맹세합니다……."

그가 그녀의 말을 잘랐다. "누가 거짓말이라고 했나? 변태 같은 인간에게 당한 예외적인 경우였을 뿐이라는 거다. 유대인들은 끔찍한 죄악을 저지르는 놈들이긴 하지만 강간을 하지는 않아. 몇 년 동안 슈트라이허가 신문에 써 갈긴 글들은 한마디로 웃기는 소리지. 만일 그가 꾸준히 유대인을 있는 그대로 표현했더라면(세계 경제를 독점하고 지배하려 하고, 도덕성과 문화에 유해한 영향을 끼치고, 볼셰비즘과 다른 수단을 동원해서 문명화된 정부를 전복시키려 하는 것을 세상에 밝히려 했다면) 필요한 역할을 수행했다고 할 수 있겠지. 하지만 유대인을 거대한 자지를 가진 사악한 난봉꾼으로 묘사하는 것은."(그는 진짜로 '슈반츠(자지)'라는 단어를 사용했을 뿐만 아니라 두 손으로 공중에 1미터는 되게 성기 모양을 그려 보여서 그녀를 깜짝 놀라게 했다.) "유대인의 남성성에 대한 근거 없는 찬사에 불과하다. 내가 관찰한 대다수의 유대인 남자들은 한심할 정도로 자지가 작았어. 달려 있는지 없는지도 모르게 말이야. 말랑말랑하고. 바이힐리히(부드럽고). 그래서 더 역겨웠지."

그녀는 슈트라이허와 관련해 전술상 어리석은 실수를 저질렀다.(국가사회주의에 대해 그렇게 잘 알지 못했다는 것은 인정하지만, 당내 모든 계급과 분야의 당원들 사이에서 일어나는 질투와 반감과 언쟁과 내분과 불화를 어떻게 다 알 수 있었겠는가?) 그러나 지금 그런 것이 중요한 것은 아니었다. 그날 들어 마흔 개비째 이바 담배의 라벤더 연기에 휩싸여 있던 회스는 갑자기 뉘른베르크의 가우라이터(주지사)에 대한 비난을 멈추고, 손끝으로 팸플릿을 톡톡 치면서 그녀의 가슴을 철렁 내려앉게 하는 말을 했다. "이 문서는 내게 아무런 의미도 없어. 네가 문서를 작성하는 데 협조했다는 걸 설득력 있게 보여 줬다 하더라도 특별히 달라질 건 없단 말이다. 네가 유대인을 경멸한다는 것을 알 수 있을 뿐이지. 하지만 그건 이미 널리 퍼져 있는 정서이기 때문에 새로울 것도 없고." 그는 냉담하고 멍한 눈으로 머릿수건을 쓴 그녀의 머리 너머 어딘가를 바라보는 듯했다. "그리고 네가 폴란드인이라는 걸, 따라서 제국의 적이라는 걸, 네가 범죄 행위로 유죄 판결을 받지 않아도 제국의 적일 수밖에 없다는 걸 잊은 모양이군. 제국의 고위 간부들 중 상당수는(우선 라이히스퓌러(친위대 제국 총통)부터가) 멘셴티레(인간 동물들) 같은 유대인들과 마찬가지로 너희 폴란드인들은 아무짝에도 쓸모없는 타락한 민족이고, 따라서 증오의 대상이 되어 마땅하다고 생각하고 있어. 우리 조국에 사는 폴란드인들은 P 자 문신을 몸에 새기게 되어 있지. 서서히 시행되고 있어. 너희 민족에게는 불행한 일이겠지만 말이야." 그가 잠시 말을 멈췄다가 다시 이었다. "이 정책에 전적으로 찬성하는 건 아냐. 하지만 솔직히 말해서 너희 민족을 다뤄 보니까 이런 절대적 혐오의 대상이 되기에 충분한 이유가 있다는 걸 알겠더군. 특히 남자들은 뼛속 깊이 아주 너저분한 새끼들이야. 여자들은 대부분 추하기 이를 데 없고."

회스의 비난 때문은 아니었지만 울음이 터져 나왔다. 울지 않으려 했는데, 절대로 감상적이고 약한 모습을 보이면 안 된다고 다짐했는데, 어쩔 수 없었다. 눈물이 줄줄 흘러내리자 그녀는 두 손에 얼굴을 묻어 버렸다. 모든 것이, 모든 것이 수포로 돌아갔다. 그토록 처절하게 부여잡고 있던 나뭇가지가 꺾이는 동시에 바위에서 굴러 떨어지고 말았다. 한 발짝도 앞으로 나아가지 못한 것이다. 이제 모든 것이 끝났다. 손가락 사이로 쉴 새 없이 흐르는 눈물을 어쩌지 못한 채 서서 흐느끼던 그녀는 불길한 운명이 서서히 다가오고 있음을 느꼈다. 모은 두 손이 만들어 내는 어둠 속에서 그녀는 눈을 깜박이며 틈 사이로 앞을 내다보며, 아래층 응접실에서 들려오는 시끄러운 티롤 지방의 노래를, 쿵쾅거리는 튜바와 트럼본과 하모니카의 화음을 압도하며 깔깔거리고 고함 지르는 노랫소리를 들었다.

운트 데어 아담 하트 리베 에어푼덴,
(그리고 아담은 사랑을 만들어 냈고,)
운트 데어 노아 덴 바인, 야!
(그리고 노아는 술을, 그래!)

거의 한 번도 닫힌 적이 없던 다락문이 누군가에 의해 억지로 닫히듯 삐걱거리며 천천히 닫혔다. 문을 닫을 사람은 회스밖에 없었고, 곧이어 그가 그녀에게 다가오는 발소리가 들렸다. 그녀가 눈에서 손을 떼고 올려다보기도 전에 그가 그녀의 어깨를 꽉 잡았다. 그녀는 울음을 멈췄다. 아래층에서 들려오던 노랫소리도 닫힌 문 때문에 많이 약해져 있었다.

운트 데어 다비트 하트 지터 에르샬…….
(그리고 다윗은 현악기를 연주했다…….)

"뻔뻔하게도 넌 날 가지고 놀았어." 그가 불안정한 목소리로 말했다. 그녀는 눈을 떴다. 괴로운 빛이 역력한 그의 눈이 잠깐이지만 통제력을 잃은 듯 희번덕거렸고, 그 눈을 보자 그녀는 그가 주먹을 들어 칠 것 같아 공포에 휩싸였다. 그러나 곧 그는 거칠게 숨을 몰아쉬고 나서 자제력을 되찾은 듯했고, 눈초리도 정상으로 돌아왔으며, 어투도 평상시처럼 딱딱하고 안정된 군인의 어투로 돌아와 있었다. 그럼에도 여전히 거칠고 가쁘게 숨을 몰아쉬는 것과 입술이 떨리는 것을 보면 아직도 마음속에 격랑이 이는 것 같았고, 그 모든 것이 자신에게 분노하는 증거라고 생각되어 그녀는 더욱 큰 공포를 느꼈다. 특별히 무엇 때문에 분노하는지는 알 수 없었다. 어리석은 팸플릿 때문일 수도 있고, 그녀가 자신을 유혹했다는 생각 때문일 수도, 슈트라이허를 칭찬했기 때문일 수도, 그녀가 더러운 폴란드인이기 때문일 수도 있고, 어쩌면 이 모든 것이 복합적으로 작용했기 때문일 수도 있었다. 그런데 갑자기 그의 모습이 마음속의 분노를 보여 주는 것은 틀림없지만, 그 분노가 그녀를 향한 것이 아니라 다른 누군가를, 혹은 다른 어떤 것을 향하고 있다는 생각이 들었다. 그가 잡고 있는 어깨가 아파 왔다. 그는 목에 뭐가 걸린 듯 신경질적으로 기침을 했다.

그는 손아귀에서 힘을 풀더니 퉁명스럽게, 그날 아침 빌헬미네가 인종에 관해 한 말과 비슷한 맥락의 말을 했다. "독일어를 훌륭하게 구사하는 것이나 하얀 피부색과 얼굴 윤곽을 보면 영락없이 아리아인 같아서 네가 폴란드인이라는 것이 믿어지지가 않아. 대다수의 슬라브계 여자들보다 아름다운 얼굴이야. 하지만 넌 네가 말했듯이 폴란드인이지." 그는 자신이 표현하고자 하는 위협적인 요점에는 차마 가까이 가지 못하고 배회하는 것처럼 두서없이 말했다. "나는 유혹하는 여자들을 좋아하지 않아. 내 환심을 사서 뭔가를 얻어 내겠다는 속셈이 보이거든. 이렇게 서투르게 성적으로 접근하려는 여자들의 태도가 아주 혐오스러워. 그 검은 속이 훤히 들여다보이니까 말이다. 너도 마찬가지야. 내가 어리석은 생각에 사로잡혀 잠시나마 내 임무를 소홀히 하게 만들었어. 이런 농탕질은 정말 참을 수가 없다. 하지만 전부 네 탓이라고만은 할 수 없지. 넌 굉장히 매력적인 여자거든.

아주 오래전에 상당히 젊을 때, 농장 일을 하다가 가끔씩 뤼베크 시내로 바람 쐬러 가곤 했어. 그때 「파우스트」라는 무성 영화를 봤는데, 그레트헨 역을 맡은 배우가 믿어지지 않을 만큼 아름다워서 깊은 인상을 받았지. 너무도 아름다운 완벽한 얼굴에 몸매도 환상이었어. 영화를 본 후로 며칠이고, 아니 몇 주간이고 계속 그 배우 생각만 나더군. 꿈에도 자꾸만 나타나서 날 사로잡았고. 이름이 마르가레테 뭐였는데, 성은 잘 기억이 안 나는군. 난 항상 그녀를 마르가레테라고 불렀지. 영화에선 그녀의 목소리를 들을 수 없었지만, 실제로 말하는 걸 들으면 정말 완벽하고 순수하고 아름답게 독일어로 말할 것 같았어. 너처럼 말이야. 그 영화를 열두 번은 더 본 것 같군. 나중에 알게 된 바로는 아주 젊은 나이에 결핵으로 죽었다더군. 그 소식을 듣고 한동안 실의에 빠졌지. 하지만 세월이 흐르니까 서서히 잊히더군. 적어도 그때처럼 나를 온전히 사로잡지는 않게 되더란 말이다. 하지만 그녀를 완전히 잊을 수는 없을 것 같아." 회스가 말을 멈추더니 다시 한번 소피의 어깨를 잡은 손에 힘을 주었는데, 어찌나 세게 잡았던지 어깨뼈가 뻐근하게 아팠다. 그녀는 이상하게도 그가 이런 고통을 통해서 부드러움을 표현하려 한다는 생각이 들었다. 아래층에서 들리던 요들은 그쳐 있었다. 자신도 모르는 사이에 눈을 감은 그녀는 아프더라도 움찔하지 않으려고 애쓰면서 가만히 서 있었다. 그런 그녀의 의식 속으로 쩔렁거리는 금속음과 멀리서 덜컹거리는 화차 소리, 애처로우면서도 날카로운 열차의 기적 소리가 죽음의 관현악처럼 한데 어울려 들어왔다.

"여러 가지 면에서 나는 같은 직업을 가진 사람들과 많이 다르다는 사실을 잘 알고 있다. 군대에서 뼈가 굵은 사람들 말이야. 나는 한 번도 그들 속에 속하지 못했고 항상 따로 놀았지. 혼자서. 그래서 창녀들과 놀아 본 적도 없고. 내 평생에 딱 한 번 사창가에 간 적이 있는데, 아주 젊을 때 이스탄불에서였지. 정말 역겹기 짝이 없는 경험이었어. 창녀들이 음란한 행동을 하는 걸 보니까 토할 것 같더군. 내가 생각하는 미인상은 순수하고 밝게 빛나는 아름다움이 있는 여자다. 하얀 피부에 밝은 머리색을 가진 여자 말이야. 물론 순수 아리아인이라면 머리색은 좀 더 어둡겠지만. 그런 여자를 미인이라고 생각하고 거의 숭배에 가까울 정도로 좋아하지. 마르가레테라는 여배우가 그랬고, 내가 뮌헨에 있을 때 몇 년간 알고 지내던 여자도 그랬어. 그 여자와는 아주 열정적으로 사랑했고, 아이도 하나 낳았지. 하지만 기본적으로 나는 일부일처제에 찬성하는 사람이다. 내 아내를 배신하며 바람을 피운 적이 별로 없어. 하지만 이 여자는…… 이 여자는 내가 생각하던 미인의 전형이었어. 이국적이고 우아한 외모에 순수 게르만 혈통이었거든. 내가 그녀에게 그토록 끌린 건 단순히 섹스, 쾌락 같은 것 때문이 아니었다. 종족 번식이라는 더 큰 목표 때문이었지. 그렇게 아름다운 땅에 내 씨를 뿌리는 것은 정말 가슴 뿌듯한 일이었거든. 너를 보니 그와 비슷한 욕망이 되살아나는군."

회스가 사용하는 나치식의 기괴한 문법과 단어들이 만들어 내는 과열된 이미지들이 소피의 의식의 지류를 타고 올라와 이성을 익사시키는 동안 그녀는 계속 눈을 감고 있었다. 그때 갑자기 땀에 젖은 그의 상반신에서 썩은 고기에서 나는 것 같은 고약한 냄새가 확 풍기면서 그가 그녀의 몸을 거칠게 끌어안았고, 그 순간 그녀는 깜짝 놀라 숨을 헐떡였다. 그의 팔꿈치와 무릎과 짧게 자른 머리가 느껴졌다. 그의 열정은 가정부만큼 강렬했지만, 가정부와 비교할 수 없을 정도로 훨씬 더 서툴렀다. 그녀를 안고 있는 그의 팔은 거대한 파리의 팔처럼 여러 개로 느껴졌다. 그의 손이 서투르게 그녀의 등을 어루만지는 동안 그녀는 숨을 죽였다. 그리고 그의 심장은 사납게 날뛰는 말처럼 쿵쾅거렸다! 인간의 심장이 이렇게 사납게, 땀에 젖은 셔츠 속에서 북소리를 내면서 뛸 수 있다는 것을 그녀는 상상도 못 했더랬다. 많이 아픈 사람처럼 덜덜 떠는 그는 키스 같은 과감한 행동을 할 생각은 못 하는 것 같았다. 다만 그녀는 그의 혀인지 코인지는 모르겠지만 툭 튀어나온 것이 자신의 귀 주변을 더듬거리는 것을 느낄 수 있었다. 그때 갑자기 문을 두드리는 소리가 났고, 그는 재빨리 그녀를 밀쳐 내고 서서 부드럽고 지친 목소리로 "샤이스!(제기랄!)"라고 내뱉었다.

이번에도 그의 부관 셰플러였다. 그는 복도에 서서 방해한 것에 대해 용서를 구한 후, 회스의 부인이 그에게 물어볼 말이 있어 아래 층계참에서 기다린다는 말을 전했다. 수비대 레크리에이션 센터로 영화를 보러 가려는데 이피게니를 데려가도 괜찮겠는지 사령관의 의견을 물어보고 싶어 한다고 했다. 사령관의 장녀인 이피게니는 독감으로 일주일을 앓다가 이제 회복되고 있었는데, 부인은 사령관이 영화관에 데려가도 될 만큼 그 애가 나아졌다고 생각하는지 아니면 슈미트 박사에게 의견을 구해야 한다고 생각하는지 알고 싶어 했다. 회스가 뭐라고 고함치듯 대답했지만 소피는 무슨 말인지 알아들을 수 없었다. 그러나 사령관과 부관이 대화를 나누는 잠깐 동안, 그녀는 가정사로 인해 방해받은 이상 사령관이 영혼을 먹혀버린 트리스탄처럼 나약하게 유혹에 몸을 내맡겼던 마법의 순간은 이제 지나갔다는 것을 직관적으로 알 수 있었다. 그리고 그가 다시 그녀를 향해 돌아서는 순간, 그녀는 자신의 예감이 맞았다는 것과 자신의 계획이 최대의 위기에 봉착했다는 것을 직감할 수 있었다.

소피가 내게 말했다. "그가 내게로 돌아왔을 땐, 얼굴은 아까보다 더 일그러져 있고 더 고통스러운 표정이었어요. 그가 날 때릴 것 같다는 이상한 느낌이 또 들더군요. 하지만 때리지는 않았어요. 대신 내게 바싹 다가오더니 이렇게 말했어요. '난 너와 성교를 하고 싶어.'라고요. 그는 '페어케어(성교)'라는 너무 형식적이고 우스꽝스럽게 느껴지는 말을 쓰더군요. 그러고는 또 말하더군요. '너랑 성교를 하면 나 자신에게서 놓여날 수 있을 것 같아. 망각에 빠질 수 있을 것 같아.' 그러고는 갑자기 표정이 바뀌더군요. 회스 부인이 한순간에 모든 것을 바꿔 버린 것만 같았어요. 표정이 아주 침착하고 심지어 냉정해지기까지 하더니, 곧 이렇게 말했어요. '하지만 난 그럴 수 없고 그렇게 하지도 않을 거다. 위험 부담이 너무 크거든. 그런 짓을 하면 재난이 따라올 거란 말이지.' 그는 내게서 돌아서더니 창가로 걸어갔어요. 그러고는 또 말하더군요. '게다가 임신이라도 되면 큰일이잖아.' 스팅고, 나는 쓰러질 것 같았어요. 엉망으로 얽힌 감정들과 너무도 컸던 긴장감 때문에 정신이 아득해지더라고요. 게다가 그날 아침에 먹은 무화과는 다 토해 버렸고, 사령관에게 받은 초콜릿 한 조각밖에 먹은 게 없던 터라 배가 고파서 더했죠. 그가 다시 나를 향해 돌아서더니 말했어요. '내가 여길 떠나지 않는다면, 모험을 해 볼 텐데 말이야. 네 출신 배경이 어떻든 간에 우리 둘 사이에 영적으로 공통분모가 있을 것 같거든. 그래서 대단한 위험을 무릅쓰고 너와 관계를 가질 텐데 말이야.' 그가 다시 나를 만지거나 붙잡으려 한다는 생각이 들었지만, 그러지는 않더군요. '하지만 그들이 나를 여기서 빼내 버렸어. 그러니 가야지. 그리고 너도 가야 하고. 네가 있던 2번 막사로 돌려보낼 거다. 내일 가도록.' 하고 말했어요. 그러고는 다시 돌아서 버리더군요.

나는 경악했어요. 그에게 접근을 시도했다가 실패했는데, 이젠 나를 원래 있던 곳으로 보낸다잖아요. 내 희망은 산산조각이 나 버렸어요. 그에게 말을 하려고 했는데, 뭐가 목에 걸렸는지 말이 나오질 않더군요. 그가 나를 다시 어둠 속으로 던져 버린 것 같았어요. 그런데도 나는 아무것도 할 수 없었고요. 아무것도. 나는 계속 그를 바라보면서 말을 하려고 애썼어요. 그 아름다운 아라비아 종마는 아직도 저 아래 들판에 있었고, 그는 창가에 기대서서 그 말을 바라보고 있었죠. 비르케나우에서 나오던 연기는 이제 걷히고 없었고요. 그가 베를린으로 전출된 것에 대해 다시 뭐라고 중얼거렸어요. 굉장히 분개한 목소리였죠. '실패'니 '배은망덕'이니 하는 표현을 썼고, 아주 단호한 어조로 '나 자신이 임무를 얼마나 잘 수행해 왔는지 나는 알아.'라고 말하고 나선 한동안 말없이 서서 종마를 바라보더니, 마침내 다시 입을 열더군요. 그가 이렇게 말했다고 나는 확신해요. '인간의 몸을 떠나더라도 여전히 자연 속에 사는 거잖나. 저 말이 되는 것, 저 야수 속에서 사는 것, 그것이 바로 자유일 텐데.'" 소피가 한동안 말을 멈췄다가 다시 이었다. "그 말이 잊히지 않더군요. 정말 너무……." 그러고는 말을 멈췄다. 추억에 잠긴 듯한 눈으로 영사기에 필름 돌아가듯 자기 앞에 펼쳐지는 과거의 일들을 바라보고 있는 것 같았다.

("정말 너무…….") 어쨌다는 것일까?

여기까지 이야기한 소피는 한참 동안 아무 말도 하지 않았다. 두 손으로 눈을 덮고 고개를 숙여 탁자를 내려다보면서 음울한 생각에 빠져 있었다. 이야기를 하던 그 오랜 시간 동안 냉정을 잃지 않았지만, 지금 손가락들 사이로 눈물이 흘러내리는 것을 보니 서럽게 울기 시작한 것 같았다. 나는 그녀가 울도록 조용히 내버려 두었다. 우리는 8월의 비 오는 오후, 벌써 여러 시간째 메이플 코트의 포마이카 테이블에 앉아 있었다. 앞에서 설명한 대로 네이선과 소피가 그 난리를 치고 헤어지고 나서 사흘째 되던 날이었다. 둘이 사라지고 나서 나는 맨해튼으로 아버지를 만나러 갔다.(그것은 내게 중요한 의미가 있는 만남이었고, 사실 나는 아버지와 함께 버지니아로 돌아가기로 결심했다. 그 일에 대해서는 나중에 좀 더 자세히 이야기할까 한다.) 아버지와 만나고 나서 나는 우울한 마음으로 분홍 궁전으로 돌아갔고, 사흘 전 저녁에 본 황폐한 모습을 보게 될 것이라 예상했지 소피를 보게 될 줄은 상상도 못 했다. 그녀는 난장판이 된 자기 방에서 낡은 여행 가방에 잡동사니들을 꾸려 넣고 있었다. 그러나 네이선은 어디에도 보이지 않았고(다행이라는 생각이 들었다.) 소피와 나는 달콤하고도 슬픈 재회의 인사를 나눈 후에 하늘에 구멍이 뚫린 듯 쏟아지는 장대비를 뚫고 서둘러 메이플 코트로 갔다. 말할 필요도 없겠지만, 내가 그녀의 얼굴과 몸을 다시 호흡하게 되어 기쁜 것만큼이나 그녀도 나를 다시 만나 기뻐하는 것 같아 하늘을 날 것 같은 기분이었다. 내가 아는 한 나는, 네이선과 블랙스톡을 제외하면, 소피와 가장 가깝다고 주장할 수 있는 유일한 사람이었고, 소피도 절박하게 내 존재를 부여잡고 있다는 느낌이 들었다.

그녀는 아직도 네이선에게 버림받은 충격에서 벗어나지 못하고 있었지만(그녀는 지난 사흘간 늘어져 누워 있던 초라한 어퍼 웨스트사이드 호텔 창밖으로 몸을 던져 버릴 생각을 여러 번 했다고 아주 심각한 어조로 말했다.) 그와의 이별로 인한 슬픔이 영혼을 피폐하게 하는 동시에 그 슬픔으로 인해 과거의 기억으로 가는 문이 더 활짝 열리고 기억들이 폭포수처럼 쏟아져 나온 것 같았다. 그녀와 이야기를 나누던 그때를 생각하면 한 가지 꺼림칙한 것이 있다. 전에는 한 번도 보지 못한 그녀의 새로운 태도에 놀랐어야 하지 않았나? 그녀는 자리에 앉자마자 술을 마시기 시작했는데, 심각할 정도로 많이는 아니었지만(술을 마신 후에도 말이 꼬이거나 발음이 불명확해지지는 않았다.) 비 오는 음울한 오후에 서너 잔의 위스키를 마신 것은 네이선과 마찬가지로 음주에 비교적 절제된 모습을 보이던 평소의 그녀와는 완전히 다른 모습이었다. 그녀의 팔꿈치 앞에 늘어선 위스키 잔들에 더 신경을 쓰고 걱정했어야 했다. 하지만 나는 평소처럼 맥주를 마시며 그녀의 새로운 행동을 예사로 보고 넘겼다. 어찌 됐든 그날은 그녀의 음주를 간과하고 넘어갔을 것 같은 생각이 드는 것이, 그녀가 다시 입을 열었을 때(눈물을 닦더니 그런 상황에서 보일 수 있는 최선을 다해 솔직하고도 침착하게 루돌프 프란츠 회스와의 그날 일을 마저 이야기하기 시작했다.) 너무도 충격적인 말을 해서 나는 얼굴에 차가운 물을 뒤집어쓴 것처럼 얼얼함을 느꼈기 때문이다. 나는 가쁜 숨을 몰아쉬었고, 팔다리가 갈대처럼 후들거리기 시작했다. 그리고 그때 그녀는 적어도 거짓말을 하는 것이 아니었다…….

"스팅고, 내 아들이 거기 아우슈비츠에 있었어요. 그래요, 아이가 있었어요. 이름이 얀이었는데, 우리가 아우슈비츠에 도착한 바로 그날 그들이 내 아들을 내게서 뺏어 갔어요. 그러고는 열 살밖에 안 되는 아이를 어린이 수용소라는 곳에 넣었어요. 그동안 아이에 대해선 한마디도 안 했기 때문에 놀라는 거 당연해요. 하지만 누구에게도 얘기할 수 없었어요. 너무 힘들었어요. 아이에 대해 생각하는 것조차 너무 힘들었어요. 그래요, 네이선에게는 여러 달 전에 한 번 이 얘기를 했어요. 굉장히 빨리 말하고 나서 앞으로 절대로 이 이야기를 다시 하지 않겠다고, 그리고 다른 누구에게도 이야기해선 안 된다고 말했지요. 지금 당신한테 털어놓는 건 얀에 대해 알지 못하면 나와 회스의 일도 이해하지 못할 것이기 때문이에요. 이후로는 절대로 다시 이야기하지 않을 거고, 당신도 내게 어떤 질문도 해서는 안 돼요. 절대로…….

어찌 됐든 회스가 창가에서 들판을 내려다보던 그날 오후, 나는 그에게 이 이야기를 꺼냈어요. 마지막 카드를 꺼내야 한다는 걸, 그동안 비통해하다가 죽을까 봐 두려워 오 주르 르 주르(그날그날) 마음속 깊이 묻어 두었던 이야기를 그에게 해야 한다는 걸 알았어요. 무슨 짓이라도 해야 했어요. 꿇어앉아 간청하든 고함을 지르든, 어떻게든 그의 마음을 움직여 그가 자비를 베풀 수 있도록, 나까지는 안 되더라도 이 세상에 내가 남긴 유일한 혈육에게만이라도 자비를 베풀 수 있도록 해야 했어요. 그래서 나는 목소리를 가다듬고 말했어요. '헤어 콤만단트(사령관님), 저 자신을 위해 많은 것을 요구할 수 없다는 것 그리고 각하께서는 규칙에 따라 행동하셔야 한다는 것, 잘 압니다. 하지만 저를 되돌려 보내시기 전에 저를 위해 한 가지만 해 주시길 부탁드립니다. 사내아이들이 있는 D 수용소에 제 어린 아들이 있습니다. 이름은 얀 자비스토프스키이고 열 살입니다. 그 아이 수감자 번호를 알게 됐는데, 말씀드리겠습니다. 여기 도착한 날 헤어진 후 육 개월 동안 한 번도 그 애를 보지 못했습니다. 너무도 그 애가 보고 싶습니다. 겨울은 다가오는데 건강은 어떤지 걱정돼 죽겠습니다. 제발 그 애를 석방시킬 수 있는 방법을 고려해 주십시오. 건강이 별로 안 좋은 데다가 아직 너무 어립니다.' 회스는 아무 말 없이 눈 한 번 깜박이지 않은 채로 나를 뚫어져라 쳐다보더군요. 난 서서히 무너지기 시작했어요. 냉정을 잃어 가는 걸 스스로도 느낄 수 있었죠. 나는 팔을 뻗어 그의 셔츠 자락을 꼭 붙잡고 말했어요. '제발, 각하, 제게서 조금이라도 좋은 인상을 받으셨다면, 절 위해 그렇게 해 주시길 간곡하게 부탁드립니다. 저를 풀어 달라는 게 아닙니다. 제 어린 아들만 좀 풀어 주십시오. 각하께서 그렇게 하실 수 있는 방법이 있습니다. 곧 알려 드리겠습니다. 제발, 저를 위해 이 일을 해 주십시오. 제발, 각하. 제발!'

그때 다시 한번 깨달았어요. 나는 그에게 벌레 같은 존재라는 걸, 폴란드산 쓰레기에 불과하다는 걸 말이에요. 그는 내 팔목을 잡아 셔츠에서 떼어 내더니 '그만해!'라고 으르렁거렸어요. '이히 칸 에스 운뫼클리히 툰!'이라고 외치는 그의 분노에 찬 목소리를 결코 잊지 못할 거예요. 그 말은 '나보고 그런 일을 하라니 말도 안 돼.'라는 뜻이죠. 그러고는 또 말하더군요. '적절한 근거 없이 어떤 포로라도 석방하는 것은 불법이다.' 방법을 알려 주겠다 어쩌고 해서 그의 신경에 더 거슬리게 만들었다는 생각이 들더군요. 그가 말했어요. '네 주장은 정말 어처구니가 없군! 날 뭘로 보나? 네 마음대로 조종할 수 있는 뒤믈링(얼간이)으로 보는 건가? 네게 특별한 감정이 있다고 해서? 네게 애정 표현 좀 했다고 해서 내가 적절한 근거도 없이 네 마음대로 움직여 줄 거라고 생각했나?' 그러고는 또 말하더군요. '정말 역겨운 일이야!'

내가 나도 모르게 그에게 몸을 던져 그의 허리를 끌어안고 '제발'을 연발하며 간청했다고 하면 이해할 수 있겠어요, 스팅고? 정말 그랬어요. 하지만 그의 몸이 뻣뻣해지면서 전율이 그를 훑고 지나가는 것이 느껴졌어요. 이제 완전히 끝났다, 이래 봐야 소용없다는 생각이 들더군요. 하지만 멈출 수가 없었어요. 내가 말했죠. '그렇다면 각하, 제 아들을 볼 수 있게만이라도 해 주십시오. 한 번만 그 아이를 볼 수 있게 해 주십시오. 제발 저를 위해 그렇게만이라도 해 주십시오. 사령관님도 제 마음 잘 아실 겁니다. 자녀분들이 있으니까요. 제가 막사로 돌아가기 전에 그 아이를 볼 수 있게, 한 번만 그 아이를 안아 볼 수 있게 해 주십시오.' 이 말을 하면서 스팅고, 난 나도 모르게 사령관 앞에 무릎을 꿇었어요. 무릎을 꿇고 그의 군화에 얼굴을 갖다 댔어요."

소피는 말을 멈추고, 이제 저항할 수 없을 정도로 완전히 자신을 사로잡은 과거를 한참이나 들여다보았다. 그렇게 멍한 표정으로 과거를 회상하면서 위스키를 홀짝이기도 하고 한두 번은 단숨에 마셔 버리기도 했다. 그리고 나를 붙잡고 있어야 과거로 빠져 버리지 않고 현재에 남아 있을 수 있다고 생각하는지 내 손을 아주 꼭 붙잡고 있어서 손이 얼얼할 지경이었다.

"아우슈비츠 같은 곳에 있었던 사람들에 대해, 그리고 그곳에서 사람들이 보인 행동에 대해 이야기들 많이 하잖아요. 스웨덴의 난민 구호소에 있을 때, 아우슈비츠나 비르케나우(나중에 나도 이곳으로 보내졌어요.)에 있었던 사람들은 종종 그곳에서 사람들이 어떤 행동을 했는지 이야기하곤 했어요. 왜 이 사람은 못된 배신자가 되어 동료 포로들에게 잔인하게 굴고 상당수를 죽게 만들었나, 왜 그 사람은 이런저런 용감한 행동을 했고 심지어 다른 사람을 살리기 위해 자기 목숨까지 걸었나, 그런 이야기들을 많이 했죠. 자기도 굶어 죽어 가면서 가지고 있던 빵 한 조각, 감자 한 조각, 묽은 수프를 다른 사람에게 주는 사람들이 있는가 하면, 먹을 것을 조금 얻기 위해 다른 포로들을 배신하고 죽이는 사람들도 있었어요. 그렇게 수용소에서 사람들이 보인 태도는 천차만별이었죠. 어떤 사람들은 비겁하고 이기적으로 행동했고, 다른 사람들은 용감하고 아름답게 행동했어요. 규칙 같은 건 없었어요. 하지만 스팅고, 이 아우슈비츠라는 곳은 정말 끔찍한 곳이에요. 도저히 믿어지지 않을 정도로 끔찍한 곳이죠. 그래서 그곳에 있는 사람이

다른 세상에서처럼 선하게 영웅적으로 행동했어야 한다고 단정 지어 말할 수는 없어요. 그가 훌륭하게 행동했다면 다른 곳에서처럼 그를 칭찬하고 존경할 수는 있겠죠. 하지만 나치는 살인마들이었어요. 살인을 하지 않을 때는 사람들을 혐오스러운 동물로 만들어 버렸어요. 그러니까 그곳에서 사람들이 별로 훌륭하지 않게 행동했다 하더라도, 심지어 짐승처럼 행동했다 하더라도 이해해 줘야 해요. 그런 행동을 한 사람을 혐오하더라도 동시에 불쌍히 여겨야 해요. 누구라도 그런 상황이 되면 짐승처럼 행동하게 되기가 정말 쉽거든요."

소피는 한동안 아무 말 없이 눈을 꼭 감고 고통스러운 표정으로 다시 한번 그 끔찍했던 과거를 들여다보는 것 같았다. "아직까지도 풀리지 않은 의문이 하나 있어요. 이 모든 사실을 알고, 나치가 나를 다른 사람들과 마찬가지로 짐승으로 만들어 버렸다는 것을 알면서도, 바로 이 의문 때문에 내가 그곳에서 한 일에 대해 너무도 많은 죄책감을 가지게 되었어요. 심지어 살아 있다는 것 자체만으로도 죄책감이 들게 되었죠. 도저히 이 죄책감에서 벗어날 수가 없어요. 앞으로도 그럴 거예요." 그녀가 잠시 말을 멈췄다가 다시 이었다. "내 생각에 그 이유는……." 그러나 그녀는 생각을 정리할 수 없는지 말을 멈췄고, 다시 말을 잇는 그녀의 목소리가 떨렸는데, 무엇보다도 피곤해서 그러는 것 같았다. "절대로 벗어날 수 없으리라는 거 알아요. 절대로. 그리고 절대로 벗어날 수 없기 때문에 그 죄책감이 사령관이 내게 남긴 최악의 선물이라고 할 수 있겠죠."

마침내 그녀는 내 손을 잡고 있던 손아귀에서 힘을 풀었고,

내 얼굴을 바라보며 말했다. “난 두 팔로 회스의 군화를 감싸 안았어요. 차가운 가죽 군화가 모피나 다른 포근한 것으로 만들어지기라도 한 듯 군화에 뺨을 대고 비볐어요. 그다음엔 어떻게 했는지 알아요? 심지어 혀로 핥기까지 한 것 같아요. 나치의 군화를 말이에요. 회스가 내게 칼이나 총을 주면서 누구를, 유대인이나 폴란드인을 죽이라고 해도, 그렇게 했을 거예요. 아무 생각 없이, 아니 내 아들을 한 번 안아 볼 수 있다는 생각에 기꺼이 그가 하라는 대로 했을 거예요.

그때 회스가 말하는 소리가 들리더군요. ‘일어나! 이런 행동은 정말 역겹기 짝이 없군. 일어나!’ 그런데 내가 일어나려 하는데, 그가 갑자기 부드러운 목소리로 말하는 거예요. ‘반드시 아들을 볼 수 있게 해 줄게, 소피.’ 그가 처음으로 내 이름을 불렀다는 생각이 들더군요. 그러고는 세상에, 스팅고, 그가 다시 나를 끌어안았어요. 그리고 다시 말했죠. ‘소피, 소피, 아들을 볼 수 있게 해 줄게.’ 잠시 말을 멈췄다가 다시 하더군요. ‘내가 그런 부탁을 거절할 거라고 생각했나? 글라웁스트 두, 다스 이히 아인 웅게호이어 빈? 내가 괴물이라고 생각했나?’”

11장

"아들아, 북부 사람들은 자기네가 미덕에 대해 진정한 특허권을 가졌다고 믿는 것 같다." 아버지가 집게손가락으로 새로 생긴 눈가의 검은 멍을 조심스레 어루만지면서 말했다. "하지만 물론 틀린 생각이지. 흑인들이 할렘의 슬럼가에 사는 것이 사우샘프턴 카운티의 땅콩밭에 사는 것보다 발전한 거라고 생각하냐? 흑인들이 그 참을 수 없는 불결함 속에서 계속 만족할 거라고 생각하냐? 북부 사람들이 그 위선적인 아량에 대해, 관용이라는 이름으로 행한 속이 뻔히 들여다보이는 행동들에 대해 깊이 후회할 날이 올 거다. 내 말 잘 들어라, 언젠가는 북부도 남부보다 더 많이는 아니더라도 남부만큼이나 인종적 편견에 깊이 물들어 있다는 사실이 분명히 드러날 거다. 적어도 남부에서는 그 편견이 공공연히 드러나기라도 하지.

하지만 여기에선……." 아버지가 잠시 말을 멈추고 쓰린 눈을 어루만졌다. "이 슬럼가에 쌓여 가는 폭력과 증오를 생각만 해도 온몸이 다 떨린다." 거의 한평생을 남부에서 진보주의자로 살아온 아버지는 남부의 불의에 대해 잘 알았고, 따라서 남부가 자행한 다양한 인종적 악덕을 북부의 어깨에 떠넘기는 일이 거의 없었다. 그런 점을 잘 알던 터라 나는 다소 놀라면서 아버지의 말을 주의 깊게 듣고 있었다. 그러나 당시 1947년 여름에는 아버지의 말이 얼마나 정확한 예언인지를 몰랐다.

자정이 훌쩍 지난 시각, 우리는 손님들의 속삭임이 정겹게 들려오는 맥알핀 호텔의 어둑하고 쾌적한 바에 앉아 있었다. 뉴욕에 도착한 지 불과 한 시간 만에 택시 면허 번호 8608번, 토머스 맥과이어라는 택시 운전사와 심하게 싸움을 벌이고 있던 아버지를 이리로 모셔 온 것이었다. 노인네(이건 애칭일 뿐이고, 쉰아홉의 아버지는 건장한 덩치에 건강하고 젊어 보였다.)는 심하게 다치지는 않았지만 상당한 소동이 있었다. 대수로운 정도는 아니었지만 이마에 난 작은 상처에서 검붉은 피가 제법 흘러나왔기 때문에 붕대를 약간 잘라 붙여야 했다. 어수선한 상황이 정리된 후, 우리는 바에 앉아 한잔하면서(아버지는 버번을, 나는 늘 그러듯 라인골드를 마셨다.) 주로 체서피크 북부 황폐한 도시에 사는 악의 자식들과 남부의 유토피아 같은 초원에 사는 악의 자식들을 갈라놓는 차이에 대해 대화를 나눴다.(이 문제에는 아버지의 말이 그다지 정확한 예언이 되지 못했는데, 특히 애틀랜타를 예측하지 못했다는 점에서 그랬다.) 그러면서 나는 노인네와 토머스 맥과이어의 싸움 덕분에 잠시나마 오후에 있었던 절망적인 일을 잊을 수 있었다는 생각을 적어도 한 번 이상은 했다.

기억할는지 모르겠지만, 이 모든 일은 소피와 네이선이 내 인생에서 영원히 사라졌다고 생각한 순간으로부터 불과 몇 시간 후에 일어났다. 나는 소피를 다시는 보지 못하리라고 확신했다. 다르게 생각할 하등의 이유가 없었기 때문이다. 그래서 예타 짐머맨의 하숙집을 떠나 아버지를 만나기 위해 지하철을 타고 맨해튼으로 가는 동안 나를 압도했던 음울함은 어머니가 돌아가신 이후 가장 극심한 불안감을 자아내기에 이르렀다. 상실감과 번민이 한데 뒤엉킨, 당혹스러울 정도로 강렬한 감정이었다. 기분은 시시각각 변했다. 급속도로 지나가는 지하철 터널 신호등의 명멸하는 빛을 멍하니 바라보는 동안, 나는 거대한 짐이 쿵 소리와 함께 내 어깨에 놓인 듯 심한 통증을 느꼈다. 어찌나 어깨가 무거운지 실제로 폐를 누르는 것 같았고, 그래서 평상시와 다르게 숨을 헐떡거렸다. 나는 울지 않았다. 아니, 울 수 없었는지도 모른다. 그렇지만 곧 몸져누워 버릴 것만 같은 기분은 자주 들었다. 마치 갑작스러운 죽음을 목격한 것 같았다. 마치 소피가(네이선도 마찬가지였다. 비록 그로 인해 엄청난 분노와 유감과 혼동을 겪게 됐지만, 그는 우리의 삼각관계에 너무나도 복잡하게 얽혀 있어 내가 그에게 느끼던 사랑과 충성심을 갑자기 버릴 수는 없었다.) 눈 깜짝할 사이에 일어나는, 그래서 살아남은 사람들은 어안이 벙벙한 나머지 하늘을 원망할 여력도 없게 되는 끔찍한 교통사고로 사라져 버린 것만 같은 느낌이었다. 지하철이 8번가 아래 물이 똑똑 떨어지는 지하 터널을 덜컹거리며 지나가는 동안, 내가 가장 좋아하던 두 사람이 동시에 내 삶에서 퇴장해 버렸다는 믿기 힘든 사실과 그로 인한 상실감 때문에 내가 산 채로 잿더미 속에 묻힌 것처럼 고통스럽다는 사실이 새삼스럽게 느껴졌다.

"네 용기가 대단히 존경스럽구나." 슈래프츠에서 늦은 저녁을 먹는 동안 아버지가 말했다. "내가 이 도시에 머물 사흘 정도가 문명화된 곳에서 온 사람이 견딜 수 있는 최대한도인 것 같은데 말이다. 넌 어떻게 견디는지 놀라워. 내 생각엔 젊음 덕분에, 그 젊음이 허락하는 엄청난 유연성 덕분에 네가 이 거대한 괴물 같은 도시에게 잡아먹히지 않고 현혹되는 정도로 끝나는 것 같구나. 내가 가 본 적은 없다만, 편지에서 너는 브루클린의 일부가 리치먼드를 연상시킨다고 했는데 정말이냐?"

아버지는 타이드워터 중심부에서 오래도록 기차를 타고 왔음에도 불구하고 여전히 활력이 넘쳤고, 그런 덕분에 나는 잠깐씩이나마 영적인 혼란을 털어 버릴 수 있었다. 아버지는 1930년대 후반 이후로는 처음으로 뉴욕에 온 것인데, 이제 보니 이 도시가 타락한 부(富) 때문에 어느 때보다도 더 바빌로니아를 닮은 것 같아 보인다고 했다. "전쟁의 산물이다, 아들아." 요크타운, 엔터프라이즈 같은 거대한 항공모함을 축조하는 데 일조한 기술자인 아버지가 말했다. "이 나라에서는 모든 것이 더욱더 풍요로워졌다. 전쟁이 우리를 대공황에서 끌어내 줬고, 그 과정에서 우리는 세계에서 가장 힘 있는 나라가 되었지. 앞으로 오랫동안 우리가 공산주의 국가들을 계속 앞서갈 수 있게 해 주는 게 하나 있다면, 그건 돈이다. 그리고 우리에겐 돈이 아주 많지."(이런 말을 했다고 해서 아버지가 극우 반공주의자라고 추정해서는 안 된다. 거듭 말하지만, 아버지는 남부 사람치고는 흔치 않게 좌익 성향을 가졌다. 일례로 이때부터 육칠 년 후 매카시 선풍이 최고조에 달했을 때, 아버지는 주로 지역주의적인 이유로 이십오 년 동안 회원으로 있던 미국 혁명 동지회의 버지니아 지부장으로 당선되었지만, 그 극단적인 보수 단체가 위스콘신주 상원의원[10]을 지지하는 성명서를 발표한 것에 분노해 지부장직을 거부했다.)

남부에서(아니, 다른 시골이라도 마찬가지다.) 올라온 사람들이 경제 분야에 대해 얼마나 잘 아는지는 모르겠지만, 대다수는 뉴욕의 각종 요금과 물가에 한결같이 대경실색을 하는데 아버지도 예외는 아니어서, 둘이 먹은 저녁 식사 계산서를 보고 놀라는 기색이 역력하더니 한동안 툴툴거렸다. 대략 4달러 정도였던 것으로 기억하는데, 디플레가 심하던 당시 대도시의 기준으로 볼 때는 그렇게 터무니없는 가격이 아니었고, 더군다나 슈래프츠는 엄청나게 비싼 고급 식당도 아니었다. "4달러라면 고향에선 주말 내내 푸지게 먹을 수 있겠다." 아버지는 불평했으나 곧 냉정을 되찾았고, 우리는 부드러운 밤공기를 즐기며 브로드웨이와 타임스 광장을 지나 북쪽으로 천천히 걸어갔다. 아버지는 결코 신앙심이 깊은 사람이 아니었음에도 불구하고 경건하고 얼떨떨해 보이는 표정을 지었는데, 이런 반

10) 매카시를 말한다.

웅은 도시의 풍경이 심사에 거슬려서라기보다는 갑자기 뺨을 얻어맞은 것처럼 그 천하고 세속적인 풍경에 충격을 받아서 나온 듯했다.

저주받은 소돔에 비하면(나중에는 소돔처럼 되고 말았지만) 그해 여름의 타임스 광장은 육체적 타락이라는 면에서 오마하나 솔트레이크시티 같은 기독교적 분위기가 지배적인 지역의 따분하기 이를 데 없는 광장보다 더 크게 타락한 것 같지는 않았다. 그렇더라도 현란한 네온사인 사이로 요염하게 걷고 있는, 초라하거나 화려한 매춘부들의 모습이 곳곳에 보였다. 아버지가 섹시한 흑백 혼혈 창녀의 현란한 레이온 치마를 훔쳐보며 개탄하는 듯한 감탄사를 연발하는 것(아버지는 셔우드 앤더슨[11]의 작품 속 등장인물처럼 촌스럽고도 솔직하게 "예루살렘!"이라고 중얼거리기까지 했다.)을 듣는 동안에는 마음속의 깊은 우울함을 잠시 잊을 수 있었으며, 갑자기 아버지에 대해 굉장히 궁금한 점이 떠오르기까지 했다. 어머니가 돌아가신 후 섹스를 한 적이 있을까? 궁금했다. 구 년 동안 홀아비로 지내 왔으니 섹스를 해도 충분히 됐지만, 아버지는 그 연령대의 대다수의 남부 사람들이(아니, 이 문제에 대해서는 대다수의 미국인들이라고 해야 할 것 같다.) 그러듯이 섹스에 대해 말을 삼갔고 심지어 비밀로 하는 것 같기도 했다. 따라서 그 방면의 아버지의 생활에 대해서는 아는 것이 거의 없었다. 나는 아버지가 그 나이에 자신의 불운한 아들처럼 오난[12]의 제단에 자신을 제

---

11) 미국의 소설가.

물로 바치지 않았기를 진심으로 바랐다. 아니, 어쩌면 아버지의 눈길을 내가 잘못 해석했을까? 다행히도 아버지는 마침내 그런 열병에서 완전히 해방된 것은 아닐까?

우리는 콜럼버스 서클에서 택시를 잡아타고 다시 맥알핀 호텔로 향했다. 택시 안에서 내가 낙심한 표정을 짓고 있었는지, 아버지가 물었다. "왜 그러냐, 스팅고?" 나는 슈래프츠에서 먹은 음식이 잘못되었는지 배가 아프다고 얼버무렸다. 마음의 짐을 누군가와 나눠 지고 싶었지만, 최근에 일어난 내 삶의 대격변에 대해 어떤 것 하나라도 차마 털어놓을 수가 없었다. 이 상실감을 어떻게 표현할 수 있겠는가? 소피에 대한 열정적인 짝사랑, 네이선과의 멋진 우정, 몇 시간 전에 있었던 네이선의 광적인 행동 그리고 급작스레 찾아온 결별까지. 이런 상실감을 가져온 저간의 복잡한 상황은 또 어떻게 설명할 수 있겠는가? 러시아 소설(내게 일어난 일은 멜로드라마적인 면에서 러시아 소설과 닮은 데가 많았다.)을 읽지 않은 아버지는 내 이야기를 도저히 이해할 수 없을 것이다. "돈 때문에 너무 어려운 건 아니냐, 스팅고?" 아버지는 몇 주 전에 내게 보낸, 어린 흑인 노예 아리스테를 팔고 받은 돈이 영원히 남아 있으리라고는 생각하지 않는다고 덧붙였다. 그러고는 대단히 간곡하고 우회적으로, 내가 다시 남부로 내려가서 사는 문제에 대한 이야기를 꺼냈다. 아버지가 굉장히 주저하면서 말을 꺼냈기 때문에 미

12) 「창세기」에 나오는 인물로, 형이 죽고 형수를 취할 때 정액을 땅바닥에 뿌렸다고 한다. 그 일에서 자위를 가리키는 말인 '오나니슴'이 생겼다.

처 대답하지 못하고 있는 사이 택시가 맥알핀 호텔 앞에 섰다. "우리가 조금 전에 본 그런 인간들과 함께 사는 것이 건강에 썩 좋을 것 같진 않구나." 아버지가 이 말을 하던 중이었다.

그때 나는 북부와 남부의 슬픈 분열을 어떤 예술 작품이나 사회학적 설명보다 더 생생하게 보여 주는 사건을 목격하게 되었다. 이 일은 서로가 용서 못 할 두 가지 중대한 잘못에서 비롯되었고, 그 잘못은 새스커툰[13]과 파타고니아[14]만큼이나 다른 두 지역의 문화적 차이에 그 원인이 있었다. 먼저 실수한 사람은 아버지였다. 남부에서는(적어도 당시까지는) 일반적으로 팁을 주고받지 않거나 심각하게 생각하지 않았지만, 그렇더라도 토머스 맥과이어에게 5센트를 주지는 말았어야 했다. 아예 주지 않는 것이 더 현명한 일이었을 것이다. 맥과이어의 실수는 아버지 면전에서 '개새끼'라고 욕한 것이다. 그렇다고 팁을 받는 것에 익숙지 않거나 적은 액수의 팁을 받는 것에 익숙한 남부의 택시 운전사라면 이런 상황에서 기분이 상하지 않았을 거라고 말하려는 것은 아니다. 다만 속으로 열이야 받겠지만 적어도 겉으로는 드러내지 않았으리라는 말이다. 뉴욕에 사는 사람이라고 해서 맥과이어가 한 것 같은 욕을 들어도 아무렇지 않으리라는 얘기도 아니다. 다만 그런 욕은 거리에서나 택시 운전사에게 아주 쉽게 들을 수 있는 말이기 때문에 뉴욕 사람이라면 화가 나도 꾹 참고 말았을 것이라는 얘기

13) 캐나다 서스캐처원주 중남부에 있는 도시.

14) 남아메리카 대륙의 남쪽 끝의 지역.

다.

택시에서 내리는 중이던 아버지는 앞 창문으로 코를 들이밀며 믿어지지 않는다는 표정으로 물었다. "내가 무슨 말을 들은 거요?" 표현이 중요한데, 아버지는 "뭐라고 했소?"라고 하지 않고 '듣다'라는 표현을 강조해서 썼다. 여기에는 아버지의 청각 기관은 이제까지 그런 상스러운 말을 들어 본 적이 한 번도 없다는 뜻이 내포되어 있었다. 택시 안이 어두워서 잘 보이지는 않았지만 맥과이어는 목이 두껍고 머리가 붉었다. 그의 얼굴을 제대로 보지는 못했지만 목소리만 들으면 상당히 젊은 사람인 것 같았다. 그가 아무 말 없이 밤거리를 달려가 버렸다면 그것으로 일은 끝났을 것이다. 그러나 다소 주저하는 기색은 있었지만 세게 나오는 것이 느껴졌고, 아버지가 변명의 여지가 없는 그의 욕에 분노하는 것과 마찬가지로 성마른 아일랜드계인 것 같은 택시 운전사는 아버지가 건네준 5센트에 분노하는 기색이 역력했다. 맥과이어는 자신의 생각을 좀 더 문법에 맞게 똑바로 다시 전달했다. "당신이 개새끼인 게 분명하다고 말했소."

보복의 말을 찾아 내뱉는 아버지의 목소리는 크지는 않았지만 분노로 떨리는 절제된 외침이었다. "그러면 나는 당신이 당신을 포함해서 입이 더러운 족속들을 낳은 이 혐오스러운 도시의 셀 수 없이 많은 인간쓰레기들 중 하나인 게 틀림없다고 생각하오!" 옛 선조들이 썼을 법한 화려한 수사학적 표현이 마구 튀어나왔다. "당신은 혐오스러운 인간쓰레기고, 교양은 시궁창 쥐 수준에 지나지 않아! 미국 내 점잖은 곳에서라면 당신처럼 쓰레기 같은 말을 내뱉는 사람은 광장으로 끌려 나와 채찍질을 당할 거요!" 아버지가 격앙된 목소리로 말하자, 맥알핀 호텔의 화려한 차양 아래를 지나던 사람들은 무슨 일인가 싶어 걸음을 멈췄다. "하지만 이곳은 점잖은 곳도 아니고 문명화된 곳도 아니라, 당신이 동료 시민들에게 그런 더러운 말을 함부로 쏟아 내고 있는 거……." 아버지의 열변은 맥과이어가 서둘러 도망치는 바람에 중간에서 끊기고 말았다. 맥과이어는 갑자기 액셀을 밟아 어두운 거리를 뚫고 쏜살같이 사라졌다. 갑자기 허공을 붙잡고 있는 형국이 된 아버지는 인도 쪽으로 급히 돌아섰고, 그렇게 방향을 바꾸는 추진력으로 인해 앞에 세워진 철제 주차 금지 표지판 기둥에 눈먼 사람처럼 머리를 박고 말았다. 만화 영화에서처럼 '쾅' 하는 둔탁한 소리가 메아리쳤다. 결코 재미있는 장면이 아니었다. 이 만화 영화는 비극적인 결말이 되겠구나 하는 생각이 들었다.

그러고 나서 삼십 분 후 아버지는 버번위스키를 홀짝이며 북부가 주장하는 '미덕에 대한 특허권'에 대해 열띠게 성토했다. 내가 피 흘리는 아버지를 부축하며 호텔 로비로 들어서는 순간 마침 호텔 '주치의'가 로비를 지나가고 있었다. 주치의는 형편없는 알코올 중독자처럼 보였지만, 시퍼렇게 멍든 눈을 치료하는 방법은 알았다. 차가운 물과 붕대로 지혈은 했지만, 노인네의 분노까지 어쩌지는 못했다. 아버지는 어둠침침한 맥알핀 호텔 바에 앉아 상처를 어루만지면서(아버지의 퉁퉁 부어오른 눈을 보니 팔십여 년 전 챈슬러스빌에서 한쪽 눈을 잃은 할아버지의 모습도 비슷했을 것 같다는 생각이 들었다.) 분노에 찬 어조로 토머스 맥과이어의 뻔뻔함을 줄기차게 비난했다. 그 표현은 생생하고 수려했지만 계속 듣고 있자니 좀 지루했다. 노인네의 분노는 짐짓 점잖은 체하는 태도에 바탕을 둔 것이 아니라(조선소 직원으로, 그리고 그보다 이전에는 상선을 타고 바다를 누비는 뱃사람으로 살던 아버지라 그런 상소리는 귀에 딱지가 앉을 정도로 들었을 터였다.) 예의범절과 공중도덕에 대한 단순하고 영속적인 믿음에 바탕을 두었다는 생각이 들었다. "동료 시민!" 그것은 사실 좌절된 인류 평등주의를 보여 주는 표현에 지나지 않았고, 아버지는 그것 때문에 상당한 소외감을 느꼈던 것 같다. 간단히 말해서 사람들은 인간적인 말로 서로 대화할 수 없게 될 때 평등을 포기해 버리는 것이다. 침착을 되찾은 아버지는 마침내 맥과이어에 대한 비난을 접고, 증오의 화살을 북부로, 도덕적 우월성을 주장하는 위선적인 태도를 포함해 오만함과 다양한 죄악과 결점을 보이는 북부로 돌렸다. 갑자기 나는 아버지도 어쩔 수 없는 남부인이라는 사실을 깨달았고, 이것이 아버지의 근본적인 자유주의와 충돌하지 않는다는 사실에 충격을 받았다.

열띤 비난이(그리고 비록 경미하다 해도 부상을 당한 충격 탓도 있었을 것이다.) 마침내 아버지를 지치게 한 것 같았다. 아버지의 얼굴이 창백해진 것을 보고 나는 객실로 올라가 쉬어야 한다고 주장했다. 아버지는 마지못해 미리 예약해 둔 5층 객실로 올라가 침대에 몸을 뻗고 누웠다. 천장에 매달린 전기 선풍기가 축 늘어진 손으로 공기를 휘젓는 듯한 바람을 일으켰다. 나는 땀으로 범벅이 된 채 침대에 누워 네이선과 소피에 대해 절망적인 생각을 하면서 음울한 불면의 밤을 이틀이나 보내야 했다. 아버지는 피곤해하면서도 남부에 대해 장황하게 이야기를 늘어놓았다.(나중에야 깨달았지만, 아버지는 나를 북부의 손아귀에서 구해 내겠다는 은밀한 사명을 가지고 뉴욕을 방문한 것이었다. 직접적으로 말은 안 했지만, 내가 양키들의 손으로 넘어가는 것을 막기 위해 애썼다.) 첫날 밤 잠들기 전에 아버지가 한 마지막 말은 내가 이 혼돈의 도시를 떠나 고향으로 내려가 살면 좋겠다는 것이었다. 잠으로 빠져 들어가 조용해지기 직전, 아버지는 저 멀리서 들려오는 것 같은 목소리로 '인간적인 차원'이라는 말을 중얼거렸다.

그 후 이틀은 스물두 살의 청년이 남부에서 올라온 뉴욕을 못마땅해하는 아버지와 한여름 뉴욕에서 했을 법한 일을 하며 시간을 보냈다. 우선 둘 다 가 본 적이 없던 관광 명소(자유의 여신상과 엠파이어 스테이트 빌딩 꼭대기)를 둘러보았다. 그러고는 관광용 보트를 타고 맨해튼을 돌았다. 라디오 시티 뮤직홀에서는 로버트 스택과 에벌린 키스가 나오는 코미디 연극을 보면서 꾸벅꾸벅 졸았다.(이렇게 힘들게 돌아다니는 중에도 소피와 네이선으로 인한 슬픔이 수의처럼 나를 뒤덮고 있었다.) 그러고는 현대미술관도 둘러보았다. 나는 다소 거만한 마음으로 이곳은 노인네에게 별 재미가 없는 곳이겠다 생각했지만, 의외로 아버지는 굉장히 즐거워했다. 특히 선명하고 밝은색에 수직선이 두드러진 몬드리안의 작품들이 기술자인 아버지의 마음에 드는 것 같았다. 우리는 혼 앤드 하다츠의 신기한 자동판매식 레스토랑에서 식사했고, 네딕스와 스토퍼스에도 갔으며, 당시에 내가 고급 요리라고 생각했던 것에 도전해 보기 위해 롱샹 레스토랑에도 갔다. 바도 한두 군데 들렀지만(그중 한 곳은 42번가에 있는 게이 바였는데, 능글맞게 웃어 대는 유령 같은 게이들을 쳐다보던 아버지의 얼굴이 하얗게 질리더니 곧 도저히 믿어지지 않는다는 듯 일그러졌다.) 매일 밤 일찍 돌아와 타이드워터 땅콩밭 사이에 자리 잡은 그 농장에 대해 좀 더 이야기를 나누다가 잠들곤 했다. 아버지는 코를 골았다. 세상에, 어찌나 심하던지! 첫날 밤에는 그 거센 코 고는 소리에도 불구하고 한두 번 정도는 깜빡 잠들 수 있었다. 그러나 둘째 날이자 마지막 날 밤에는 이 거대한 코 고는 소리가(격막이 정상 위치를 이탈해서 생긴 이 증상은 평생 아버지를 괴롭혔을 뿐만 아니라 창문을 열어 놓고 자는 여름날 밤에는 이웃 사람들의 잠까지 방해했다.) 불면증을 가중시켜, 나로 하여금 끔찍한 죄책감에 사로잡히게 했고 나를 통째로 집어삼킬 듯한 요부처럼 급습해 온 성욕에 몸을 떨게도 했으며 마침내 아련한 남부에 대한 추억을 불러일으켜 하얗게 날이 밝아 올 때까지 뜬눈으로 지새우게 만들었다.

죄책감. 불면증에 시달리며 가만히 누워서 생각해 보니, 내가 어릴 때 아버지는 딱 한 번을 제외하고는 나를 심하게 벌한 적이 없었다. 그 한 번의 경우도 내가 벌 받을 만한 못된 짓을 했기 때문에 벌을 받은 것이었다. 그것은 어머니와 관련 있었다. 어머니가 돌아가시기 전 해인 내가 열두 살 때, 어머니를 집어삼킨 암이 서서히 어머니의 뼛속까지 파고 들어가기 시작했다. 어느 날 이미 약해질 대로 약해진 한쪽 다리가 무너져 버렸다. 어머니가 넘어져서 정강이뼈가 부러졌는데, 돌아가실 때까지 전혀 회복되지 않았다. 그 후로 어머니는 부목을 해야 했고, 걸을 때는 지팡이에 의지해 절뚝거리며 걸었다. 어머니는 가만히 누워 있는 것을 싫어해서 되도록 앉아 있으려 했다. 앉을 때면 언제나 부목을 한 다리를 쫙 펴서 등받이가 없는 걸상이나 쿠션을 댄 발판에 올려놓아야 했다. 그때 어머니는 쉰 살에 불과했고, 자신이 곧 죽으리라는 사실을 본인도 알고 있음을 어린 나도 알았다. 때때로 어머니의 얼굴에서 두려움을 보기도 했다. 어머니는 줄곧 책을 읽었고(통증이 도저히 참을 수 없을 정도가 되어 진짜 진통제가 펼 벅을 대신하기 전까지는 책이 어머니의 진통제였다.) 어머니 인생의 마지막 시기에 가장 기억에 남는 모습은 초췌해진 얼굴에 안경을 끼고 『그대 다시는 고향에 가지 못하리』[15]에 열중하는 모습이었는데(어머니는 내가 울프에 대해 알게 되기 훨씬 이전부터 울프의 애독자였으며, 그뿐만 아니라 『먼지는 나의 운명』, 『태양은 내 파멸의 원인』 같은 화려한 제목을 가진 베스트셀러도 많이 읽었다.) 발판에 얹어 놓은 철제 부목을 한 다리만 빼면 페르메이르[16]의 스케치에서나 볼 수 있을 법한 지극히 평온하고 한가로운 모습이었다. 또 추운 날이면 무릎과 부목에 갇힌 다리를 덮던 격자무늬의 낡은 모포도 또렷하게 기억난다. 버지니아주 타이드워터에서는 기온이 많이 내려가는 일이 드물었지만, 날씨 변덕이 심한

15) 토머스 울프의 소설.
16) 네덜란드의 화가.

겨울철에는 일시적으로나마 굉장히 추워지기도 했다. 그런 날씨가 드물었기 때문에 갑자기 찾아온 추위는 항상 사람들을 놀라게 했다. 우리 집 부엌에는 석탄 난로가 있어 한기를 몰아내 주었고, 거실에서는 장작을 때는 작은 벽난로가 그런 역할을 했다.

어머니는 겨울날 오후에는 이 벽난로 앞 소파에 앉아서 책을 읽곤 했다. 모든 외동자식이 그렇듯이 나는 버릇이 없었다. 구제 불능일 정도는 아니었지만 말이다. 겨울철 수업이 끝난 오후 내게 주어진 몇 안 되는 임무 중의 하나는 서둘러 집으로 돌아가 벽난로에 장작이 부족하지 않은지 확인하고 장작을 넣는 일이었다. 어머니가 완전히 몸져눕지는 않았지만, 장작을 넣는 일은 기력에 부쳤기 때문이다. 전화가 있기는 했지만 옆방에 있어 많이 걸어야 했기 때문에 어머니에게는 별 소용이 없었다. 이쯤 되면 내가 어떤 짓을 저질렀는지 추측하기가 그리 어렵지 않을 것이다. 어느 날 오후 나는 어머니를 버렸다. 반 친구와 그 애의 형이 당시 유행하던 차종인 신형 패커드 클리퍼를 태워 주겠다는 말에 홀딱 넘어가고 말았던 것이다. 나는 차를 보고 흥분했다. 그 평범하면서도 우아한 모습에 반해 버렸다. 우리는 서리가 하얗게 내린 시골길을 허세 부리며 신나게 달렸다. 그러는 동안 날이 저물기 시작하고 수은주도 내려갔다. 오후 5시쯤 클리퍼는 우리 집에서 상당히 멀리 떨어진 어느 소나무 숲에 멈춰 섰고, 나는 갑자기 바람이 불고 굉장히 추워졌다는 것을 깨달았다. 그제야 벽난로와 버려진 어머니가 떠올랐고, 놀라서 심장이 멎는 것만 같았다. 빌어먹을, 죄책감…….

그로부터 십 년 후, 나는 맥알핀 호텔 5층 객실에 누워 아버지가 코 고는 소리를 들으면서 칼로 가슴을 찌르는 듯한 고통을 느끼며 죄책감에 대해 생각했다.(그 순간까지 죄책감은 한 번도 내 마음속에서 사라지지 않고 있었다.) 그러나 그 고통은 직무를 유기한 나를 아량으로 감싸 준 아버지에 대한 감사의 마음과 한데 섞여 있었다. 처음 말하는 사실이지만, 아버지는 비교적 자비로운 교파의 기독교인이었다. 그 우중충한 늦은 오후(패커드가 집을 향해 쏜살같이 달리는 동안 바람결에 날리기 시작하던 눈발이 기억에 생생하다.) 아버지는 내가 도착하기 삼십 분 전에 퇴근해서 어머니 곁에 있었다. 도착해 보니 아버지가 혼잣말을 하며 어머니의 손을 마사지하고 있었다. 허름한 집의 치장 벽토를 바른 벽은 사나운 약탈자 같은 겨울 추위를 고스란히 받아들인 것 같았다. 아버지가 도착했을 때 벽난로의 불은 이미 몇 시간 전에 꺼져 있었고, 어머니는 파래진 입술에 추위와 두려움으로 백지장처럼 창백해진 얼굴로 모포 아래서 사시나무 떨듯 떨고 있었다. 방 안은 어머니가 지팡이로 힘들게 떠밀어 넣은 장작에서 나오는 연기로 자욱했다. 문제의 다리를 양손으로 힘겹게 끌어올려 발판에 받쳐 놓고, 죽음을 막는 장벽으로 사용하려고 했던 베스트셀러들 속에 앉아, 암세포가 퍼질 대로 퍼져 있는 아무 쓸모 없는 다리에 종유석처럼 매달린 금속 지지대가 서서히 차가워지는 것을 느끼며, 어머니가 무슨 생각을 했는지는 하느님만이 아실 것이다. 정신없이 뛰어 들어간 나를 사로잡은 것은, 그리고 그 방을 가득 채우고 있는 것처럼 느껴진 것은 어머니의 눈이었다. 안경을 쓴 담갈색의 눈, 공포에 찬 그 눈은 내 눈과 마주치자 재빨리 다른 곳으로 돌아가 버렸다. 그 후로 내 마음에 도저히 지워지지 않는 죄책감을 심어 준 것은 바로 다른 곳으로 눈길을 돌리던 그 신속함이었다. 단칼에 손이 잘려 나가는 것처럼 빨랐다. 그때처럼 어머니가 편찮으시다는 것이, 죽어 간다는 것이 원망스러웠던 때는 없었다. 어머니가 먼저 울음을 터뜨렸고, 나도 따라서 울었다. 그러면서 서로가 넓고 황량한 호숫가의 정반대편에 서 있는 것처럼 서로의 울음소리를 듣고 있었다.

평소에는 부드럽고 관대하던 아버지가 그때는 심한 말을 했던 것 같다. 그러나 내가 기억하는 것은 아버지의 말이 아니라 뼛속까지 얼어붙는 것 같던 추위와 목재 헛간의 어둠이었다. 아버지는 나를 앞세워 헛간으로 가서, 마을에 어둠이 내리고 차가운 달빛이 내 몸속으로 스며들 때까지 거기에 머물러 있게 했다. 그곳에서 내가 얼마나 오랫동안 온몸을 떨며 울었는지는 기억나지 않는다. 단지 내가 어머니가 겪은 것과 똑같은 고통으로 벌 받고 있다는 사실과, 이보다 더 적절한 벌은 없으리라는 사실을 알 뿐이었다. 나만큼 아무 반감 없이 벌을 받은 사람은 별로 없을 것이다. 내가 그곳에 갇혀 있던 것은 기껏해야 두 시간을 넘지 않았던 것 같지만, 내 죄를 속죄할 수만 있다면 새벽까지라도, 아니 내가 얼어 죽을 때까지라도 기꺼이 거기 있었을 것이다. 아버지는 내게 이렇게 적절한 속죄 방법이 필요하다는 사실을 본능적으로 간파했을까? 어찌 되었든(아버지가 흥분하지 않고 침착하게 최선을 다했음에도 불구하고) 내 죄가 어머니의 비참한 죽음과 함께 얽혀 언제나 내 마음속에 자리하는 것을 보면, 내 죄는 속죄할 수 있는 영역을 넘어선 곳에 있는 것이 분명하다.

어머니는 고통이 극한 상태에서 비참한 죽음을 맞이했다. 칠 개월 후 더위가 한창이던 7월의 어느 날, 어머니는 모르핀 주사로 정신이 혼미한 가운데 돌아가셨다. 그 전날 밤 내내 나는 추운 거실에 자욱하던 연기와 피식거리며 스러지던 타다 남은 장작을 떠올렸고, 그날 내가 어머니를 버렸기 때문에 병이 악화되어 그토록 오랫동안 몸져누워 계시다가 돌아가시는 것이라고 생각하며 두려움에 떨었다. 죄책감. 혐오스러운 죄책감. 소금물처럼 마음에 스며드는 죄책감. 인간은 장티푸스균처럼 죄책감이라는 독소를 평생 몸에 지니고 살 수 있다. 맥알핀의 축축하고 울퉁불퉁한 매트리스 위에 누워 몸을 비틀면서, 어머니의 눈을 가득 채웠던 공포를 다시 떠올리고, 그때의 일로 인해 어머니의 죽음이 앞당겨지지 않았을까, 그리고 어머니는 나를 용서했을까 생각하니, 깊은 슬픔이 얼음으로 만든 창처럼 가슴을 뚫고 지나갔다. 빌어먹을. 옆방에서 들려오는 소리에 자극받은 나는 섹스에 대해 생각하기 시작했다.

정상 위치를 이탈한 격막을 뚫고 드나드는 아버지의 바람 소리는 원숭이의 고함 소리, 앵무새가 지저귀는 소리, 코끼리의 나팔 소리 등이 한데 어우러진 정글의 합창 같았다. 이 엄청난 소리의 장막을 뚫고 옆방에서 한 쌍의 남녀가 그 짓(섹스를 가리키는 노인네의 표현이었다.)을 하는 소리가 들려왔다. 부드러운 한숨 소리, 침대가 출렁이는 소리, 노골적인 쾌락의 탄성. 언제까지 남들이 사랑을 나누는 소리를 듣고만 살 것인가? 영원히 그 소리를 직접 만들지는 못할까? 나는 괴로움에 몸부림치면서 생각했다. 그러고 보니 소피와 네이선을 처음 알게 된 것도 이런 식이었다는 것이 기억나서 비참함을 더했다. 스팅고, 엿듣기만 하는 불쌍한 인간. 아버지는 내게 괴로움을 주는 옆방 커플의 공범인 것처럼, 갑자기 투덜거리며 돌아눕더니 조용해졌고, 그 덕분에 나는 옆방에서 들려오는 환희의 소리를 세세히 들을 수밖에 없게 되었다. 마치 바로 앞의 조각상을 보는 것처럼 직접 만질 수 있을 것만 같은 소리가 너무도 가까이서 들려왔고(아, 자기야, 자기야, 자기야. 여자가 탄성을 질렀다.) 곧이어 침대가 규칙적으로 출렁거리는 소리가 들리자(상상력 덕분에 스피커를 크게 틀어 놓은 듯 소리가 증폭되어 들렸다.) 나도 모르게 한쪽 귀를 벽에 갖다 대기까지 했다. 그런 상황에서 근심 어린 대화를 나누는 것이 놀라웠다. 남자는 자신의 물건이 만족할 만큼 큰지 물었고, 얼마 후에는 절정에 도달했는지 물었다. 여자는 모르겠다고 했다. 걱정, 걱정. 그때 갑자기 조용해졌고(체위를 바꾸나 보다고 생각했다.) 나는 에벌린 키스와 로버트 스택이 숨을 헐떡이며 식스나인 체위에 빠져 있는 모습을 상상하다가, 그들은 맥알핀의 투숙객으로는 어울리지 않는다는 생각이 들어 곧 포기했다. 차라리 채터누가 같은 곳에서 온 지칠 줄 모르는 신혼부부가 더 어울릴 것 같았다. 마음속에 펼쳐지는 외설 축제는 번갈아 가며 희생 제물과 그것을 끓이는 큰 솥이 되었다.(그때는 앞으로 몇십 년 지나지 않아이 거리를 따라 죽 늘어선 외설 음란 쇼 극장에서 5달러만 내면 마치 정복자가 신세계를 바라보듯 자유롭고 당당하게 섹스 쇼를 관람할 수 있게 되리라는 사실을, 칼즈배드 동굴 입구처럼 높이 솟은 산호색의 반짝이는 음문(陰門)과 스패니시 모스[17)]처럼 울창한 음모와 세쿼이아나무처럼 거대한 사정하는 남근과 커다란 가슴에 촉촉한 입술, 몽롱한 눈으로 온갖 체위의 섹스를 보여 주는 젊은 포카혼타스들을 볼 수 있게 되리라는 사실은 상상조차 할 수 없었고, 그런 예언을 들었더라도 믿지 않았을 것이다.)

나는 입이 더러운 레슬리 라피더스를 그려 보았다. 그녀와 함께한 시간이 너무도 수치스러웠기 때문에 지난 몇 주간 본능적으로 그녀에 대한 기억을 지워 버렸다. 그러나 지금은, 두 명의 유명한 부부 문제 전문가들(판더펠더와 마리 스토프스 박사였다.)이 추천하는 '여성 상위' 체위(여기에 대해서는 몇 년 전 고향에 있을 때 몰래 열심히 공부했다.)에 있는 그녀의 모습을 상상하면서, 내가 그녀의 가슴에 눌려 숨이 막힐 때까지, 그 검은 머리에 빠져 죽을 때까지 그녀가 내 위에 걸터앉아 마음대로 뛰어놀게 내버려 두었다. 그녀가 내 귀에 대고 속삭이는 말은(끈질기게 나를 유혹했고, 이번에는 거짓이 아니었다.) 아주 음란하고 만족스러웠다. 사춘기 이후 자위로 욕정을 해결해야 할 때도 상당히 창의적이기는 했지만 기독교도답게 절제했다. 그러나 이날 밤에는 욕정이 마구 밀려드는 군중 같았고, 나는 그 발길 아래 짓밟히고 말았다. 레슬리뿐만 아니라 내 마음을

---

17) 소나무 겨우살이의 일종.

사로잡은 다른 두 명의 요부와도 격정적인 사랑을 나누는 모습을 상상하니까 고환이 어찌나 아프던지. 물론 그 둘은 마리아 헌트와 소피였다. 그러고 보니 세 여자 중 한 명은 남부 출신의 백인이고, 다른 한 명은 유대인, 나머지 한 명은 폴란드인이었다. 인종적 배경도 다양하거니와 셋 다 죽고 없는 사람들이라는 점에서 특이한 집합이었다. 물론 모두가 진짜로 죽었다는 뜻은 아니다.(그중 한 명, 관능적인 마리아 헌트만이 창조주의 곁으로 돌아갔다.) 그러나 모두가 내 인생에서 퇴장해 버리고 없다는 점에서는 죽은 것이나 마찬가지였다.

나는 광적인 상상에 사로잡혀서 생각했다. 욕망이 이렇게 가혹할 정도로 불타오른 것은 세 명의 인형 같은 아가씨를 나 자신의 비극적인 실수나 부족함 때문에 잃어버렸다는 생각 때문일까? 아니면 모두 가 버리고 없다는 생각에서 나온, 접근 불가능함에 대한 깨달음이 욕망의 불길을 활활 타오르게 했을까? 손목이 아파 왔다. 내가 이렇게 무모하고 음란하다는 사실이 놀라웠다. 나는 재빨리 파트너를 바꾸기로 마음먹었다. 그랬더니 금방 레슬리가 마리아 헌트로 바뀌었고, 나는 여름 한낮에 체서피크만의 모래밭에 누워 그녀와 뒹굴고 있었다. 그녀는 둥그런 눈에 열망을 담아 나를 쳐다보더니 이윽고 내 귓불을 씹기 시작했다. 상상해 보라. 내 소설에 나오는 여주인공을 가진 것이다! 나는 마리아와의 황홀한 섹스를 오래도록 누릴 수 있었다. 밍크처럼 격정적으로 사랑을 나누는데 갑자기 아버지의 코 고는 소리가 중간에 멈추는가 싶더니 아버지가 침대에서 일어나 화장실을 향해 비틀거리며 걸어갔다.

아버지가 침대로 돌아와 다시 코를 골 때까지 나는 멍한 상태에서 기다렸다. 그러고 나서 나는 해변에 부서지는 파도처럼 사납고도 절망적인 욕망에 사로잡혀 이번에는 소피와 격렬한 사랑을 나누었다. 물론 내가 줄곧 원한 여자는 바로 그녀였다. 놀라운 일이었다. 여름 내내 나를 사로잡은 소피에 대한 열정은 사춘기 소년의 그것처럼 이상적이고 구제 불능일 정도로 감상적인 것이어서 그녀와 섹스를 나누는 완전한 그림 혹은 생생한 상상이 내 마음을 사로잡는 것은 그만두고라도 내 마음속으로 들어와 오래도록 괴롭히는 일도 한 번 없었기 때문이다. 그러나 그녀를 잃었다는 생각에서 오는 절망이 내 목을 옥죄어 오는 가운데, 나는 처음으로 그녀에 대한 내 사랑이 얼마나 절망적이었으며, 내 욕정이 얼마나 측정할 수 없을 정도로 컸는지를 깨달았다. 아버지를 그 고통스러운 잠에서 흔들어 깨울 만큼 크게 신음을 내며(도저히 위로할 수 없는 비통함이 느껴지는 신음이었을 게 분명하다.) 나는 상상 속의 소피를 끌어안고 범람하는 강물 같은 환희의 물줄기를 터뜨렸고, 이런 절정의 순간에 나도 모르게 그녀의 사랑스러운 이름을 애타게 불렀다. 그때 어둠 속에서 아버지의 기척이 들려왔다. 곧이어 아버지가 팔을 뻗어 나를 건드렸다. "괜찮니, 스팅고?" 걱정스러운 목소리였다.

나는 자는 척하면서, 일부러 알아들을 수 없는 말을 중얼거렸다. 하지만 우리 둘 다 깨어 있었다.

아버지의 목소리는 걱정스러운 어조에서 유쾌한 어조로 바뀌었다. "'소우피'[18]라고 외치던데. 희한한 악몽을 꾸었나 보구

나. 목욕하고 있었나 보지?"

"모르겠어요, 뭘 하고 있었는지." 나는 거짓말을 했다.

아버지는 한동안 말이 없었다. 천장에서 선풍기 돌아가는 소리가 단조롭게 들리는 가운데, 잠들지 않는 도시의 밤소리가 간헐적으로 들려왔다. 마침내 아버지가 입을 열었다. "무슨 문제가 있구나. 척 보면 안다. 뭔지 말해 볼래? 내가 도움을 줄 수도 있잖니. 여자 문제냐?"

잠시 망설이다 내가 대답했다. "네, 여자 문제예요."

"뭔지 말해 주겠니? 그 문제에 대해선 나도 일가견이 있으니 말이다."

대략적인 윤곽만을 얘기했지만 아버지에게 털어놓는 것이 확실히 도움이 되기는 했다. 이름을 밝힐 수 없는 폴란드 출신 난민인데 나보다 몇 살 많고 뭐라 형언할 수 없게 아름답고 전쟁의 희생자이기도 하다는 정도만 이야기했다. 그리고 모호하게나마 아우슈비츠를 언급하기는 했지만 네이선 이야기는 하지 않았다. 얼마 전부터 그녀를 사랑하게 됐는데, 여러 가지 이유로 그 사랑을 이룰 수 없게 되었다고 했다. 폴란드에서 보낸 그녀의 어린 시절이나 그녀가 브루클린으로 오게 된 이야기, 직업, 아직도 그녀를 괴롭히는 병에 대한 이야기는 하지 않고 건너뛰었다. 그저 어느 날인가 그녀가 홀연히 사라져 버렸는데, 다시 돌아올 것 같지 않다고만 이야기했다. 그러고는

---

18) '비누투성이의', '미끄러운'이라는 뜻의 soapy와 소피라는 이름이 발음이 유사한 데서 온 착각.

한동안 침묵하다가 비장한 어조로 덧붙였다. "시간이 좀 지나면 나아질 거예요." 나는 화제를 바꾸고 싶다는 뜻을 분명히 했다. 소피 이야기를 하니 참을 수 없는 고통이 발작처럼 다시 찾아왔기 때문이다.

아버지는 안됐다는 의례적인 말을 몇 마디 한 후 다시 침묵했다. "일은 어떻게 되어 가냐?" 마침내 아버지가 입을 열었다. 아까도 그 얘기가 나왔는데, 내가 못 들은 척 넘어갔더랬다. "소설 쓰기는 진척이 좀 있고?"

화제가 바뀌자 기분이 좀 나아지기 시작했다. "아주 잘돼 가고 있었어요. 글이 잘 풀려서 꽤 많이 썼죠. 여자 문제가 생기기 전까지는요. 이 여자랑 헤어지기 전까지는 말이에요. 그 다음에는 거의 손을 놓은 상태고요." 물론 이 말은 내 마음을 제대로 다 표현한 것은 아니었다. 예타 짐머맨의 분홍 궁전으로 돌아가 소피와 네이선이 없는 질식할 것 같은 진공 상태에서 다시 일을 시작하려고 노력할 것을 생각하니, 모두가 가 버리고 없는 지금, 함께한 좋았던 옛 시절의 추억만이 남아 있는 그 음울한 공간에서 글을 쓰려고 애쓸 것을 생각하니 너무도 두려워졌다. "곧 다시 시작할 수 있을 거예요." 스스로도 확신하지 못하는 말을 건성으로 덧붙였다. 대화가 서서히 끝나 가고 있었다.

아버지가 하품을 하더니 졸음이 가득한 목소리로 중얼거렸다. "정말 다시 시작하고 싶다면, 사우샘프턴의 농장이 널 기다리고 있다는 걸 기억해라. 글 쓰기에 딱 좋은 곳이다. 좀 더 생각해 봐라, 스팅고." 그러고는 다시 코를 골기 시작했다.

이번에는 동물의 합창 정도가 아니라, 스탈린그라드 포위 공격 소식을 담은 뉴스 영화의 사운드 트랙처럼 전면적인 폭격 소리가 났다. 나는 절망감에 사로잡혀 머리를 베개 속에 처박았다.

졸다 깨다를 반복하던 나는 잠시나마 잠에 빠지기도 했다. 그러다가 내 후원자 유령인 아리스테라는 노예 소년의 꿈을 꿨는데, 그 꿈은 곧 오래전에 알던 또 다른 노예, 냇 터너에 대한 꿈과 이상하게 합쳐져 버렸다. 나는 숨을 헐떡이며 꿈에서 깼다. 새벽이었다. 희미한 새벽빛이 방 안으로 들어오고 있었고, 저 아래 거리에서는 경찰차의 사이렌 소리가 들렸다. 그 소리는 점점 더 크고 거칠고 날카로워졌다. 나는 날카로운 사이렌 소리를 들으면 흔히들 느끼는 희미한 불안감을 느끼며 그 소리를 들었다. 곧 소리가 점점 약해지더니 우범 지대 쪽으로 사라졌다. 세상에, 도대체 어떻게 이 세기에는 남부의 전원과 날카로운 경적 소리가 울리는 도시가 공존할 수 있게 되었을까? 도저히 이해할 수 없었다.

그날 아침 아버지는 버지니아로 돌아갈 준비를 했다. 아침이 환하게 밝아 오는 동안 그곳에 누워 있는 나를 압도한 것은 그 많은 기억들과 남부에 대한 강렬한 향수를 불러일으킨 냇 터너였던 것 같다. 어쩌면 브루클린에서는 사랑하는 사람들이 다 떠나고 없는 상태라 아버지가 무료 숙식을 제공하겠다고 한 타이드워터의 농장이 훨씬 더 매력적으로 느껴졌기 때문인지도 모르겠다. 어찌 됐든 나는 맥알핀 호텔 커피숍에서 팬케이크를 먹으면서 아버지께 먼저 펜실베이니아역에 가서 기차표를 한 장 더 사 놓고 기다려 달라고 말해 아버지가 놀라 입을 떡 벌리고 나를 쳐다보게 만들었다. 나는 갑자기 찾아온 안도감과 행복감을 느끼며 아버지와 함께 남부로, 농장으로 가서 살겠다고 선언했다. 그러니 아침나절에 예타 짐머맨의 하숙집으로 돌아가 짐을 싸서 나올 수 있도록 시간을 달라고 말했다.

그러나 앞에서 이미 말했듯이 일이 그렇게 풀리지는 않았다. 적어도 당분간은 그랬다. 나는 브루클린에서 아버지에게 전화를 걸어 그냥 뉴욕에 남기로 했다고 말해야 했다. 그날 아침 나는 분홍 궁전 2층 소피가 영원히 떠났다고 생각했던 그녀의 방 난장판 속에서 홀로 서 있는 그녀를 발견했다. 이제 와서 생각해 보면, 희한하게도 나는 아주 결정적인 순간에 그곳에 도착했던 것 같다. 십 분만 늦었더라도 그녀는 짐을 마저 싸서 떠나 버렸을 것이고, 다시는 그녀를 보지 못했을 것이다. 이제 와서 과거에 이랬을 텐데 하고 생각해 봤자 아무 소용없다는 것은 잘 안다. 그러나 지금도 나는 그녀가 내 우연한 간섭을 받지 않았더라면 훨씬 더 낫지 않았을까 하는 생각을 떨쳐 버릴 수 없다. 그랬을 경우 어찌 되었을지는 아무도 모르는 일이지만 어디 다른 곳에, 브루클린이나 심지어 미국이 아닌 다른 곳에 살아 있지 않을까 하는 생각이 든다.

나치의 정책들 중 덜 알려졌지만 더 사악한 것 중 하나로 레벤스보른이라는 정책을 꼽을 수 있다. 나치의 광적인 종족 우월주의와 종족 번식욕의 산물인 레벤스보른(말 그대로 '생명의 원천'이란 뜻이다.)은 우선 체계화된 출산 장려 정책을 통해, 그다음에는 점령국에서 인종적으로 '적당한' 아이들을 조직적으로 유괴함으로써, 신질서에 속하는 우수 인종을 확산시킨다는 목적으로 설계되었다. 이렇게 유괴한 아이들은 본국으로 이송한 후 총통에게 충성하는 가정에 입양시켜, 철저한 국가사회주의 환경에서 양육했다. 이 아이들은 이론상으로는 순수 독일 혈통이어야 했다. 그러나 이 어린 희생자들 중 상당수가 폴란드인이었다는 사실은 인종 문제에서 나치가 흔히 보인 냉소적 편의주의를 다시 한번 확인시켜 준다. 폴란드인은 열등한 민족으로, 다른 슬라브계 민족들과 마찬가지로 유대인 다음으로 대량 학살의 대상이 되어 마땅하다고 간주되었지만, 이들은 또한 게르만 민족과 유사한 신체적 특징을 가졌다고 판단되기도 했다. 이를테면 얼굴 모양이 게르만 민족의 그것과 상당히 비슷했고, 게다가 밝은 금발이기도 해서 다른 어떤 민족보다 나치의 미적 감각을 만족시켜 주었다.

레벤스보른은 나치가 의도했던 것만큼 전면적으로 실시되지는 못했지만 어느 정도 성공을 거두기는 했다. 부모의 품에서 빼앗아 온 아이들이 바르샤바에서만 수만 명에 이르렀고, 이들 중 압도적 다수는(이들은 카를이나 리셀, 하인리히, 트루디라는 새 이름을 받아 제국의 품에 안겼다.) 다시는 친부모와 가족을 만나지 못했다. 그뿐만 아니라 1차 검사에는 통과했지만 더 엄격한 2차 인종 요건 검사에서 불합격한 수많은 아이들은 대량으로 학살되었다.(그중 일부는 아우슈비츠에서 희생되었다.) 이 정책은 히틀러의 잔혹한 정책들 대부분이 그랬듯이 비밀리에 수행되었지만, 이런 사악한 범죄가 완전한 어둠 속에서 실시될 수는 없었다. 1942년 후반의 어느 날, 바르샤바의 폭격 맞은 건물 안에서 소피의 옆 아파트에 살던 친구의 다섯 살 난 금발의 예쁘장한 아들이 감쪽같이 사라졌고 누구도 그 아이를 다시 보지 못했다. 나치는 수고스럽게도 이 일에 대해 연막작전을 폈지만, 소피를 비롯해 모두 누가 범인인지 알았다. 나중에 소피를 당혹스럽게 한 것은, 바르샤바에 있을 때는 너무도 두려워서 계단에 무거운 발소리가 들리기만 해도 얀을 벽장 속에 숨기게 만들었던 이 레벤스보른 정책이 아우슈비츠에 와서는 진정으로 갈망하는 정책, 유일한 희망이 되었다는 사실이었다. 소피의 친구이자 동료 수감자(이 사람에 대해서는 나중에 또 이야기할 것이다.)가 소피에게 의지해 보라고 귀띔해 준 이 정책은 얀의 목숨을 살릴 수 있는 유일한 길이 되었다.

그녀는 내게, 루돌프 회스와의 파국이 있던 그날 오후, 사령관에게 레벤스보른 프로그램에 대해 말을 꺼내려고 했다고 털어놓았다. 영리하고 완곡한 방법으로 할 수 있을지는 모르겠으나 어쨌든 말을 꺼내 볼 수 있다고 생각했다. 그 며칠 전부터 이 문제에 골몰해 온 그녀는 아무리 생각해 봐도 어린 이 수용소에서 얀을 구출할 길은 레벤스보른밖에 없다는 결론에 도달했다. 얀은 그녀처럼 폴란드어와 독일어를 모두 잘 구사할 수 있게 교육받았기 때문에 자격 요건도 충분히 갖췄다는 생각이 들었다. 그녀는 그 전까지 내게 말하지 않던 것을 이때서야 털어놓았다. 그녀는 사령관이 확신을 갖고 결단을 내리도록 유도하기 위해 세부적인 계획까지 다 세워 놓았다고 했다. 즉 사령관이 막강한 권력을 사용하면 캅카스 인종 특유의 주근깨에 푸른 눈을 지녔고 어린 루프트바페(독일 공군) 조종사처럼 조각상 같은 얼굴에 아름다운 금발을 한 데다 독일어를 유창하게 할 줄 아는 폴란드 남자아이 하나쯤은 어린이 수용소에서 쉽게 빼내 크라쿠프나 카토비체, 브로츠와프 아니면 다른 어느 곳에 있는 행정 관서로 이송시킬 수 있고, 거기서 그 아이를 안전하게 독일로 입양시킬 수 있을 것이라고 이야기할 작정이었다고 했다. 아이가 어디로 가는지 몰라도 괜찮다고 할 작정이었고, 아이가 죽음만이 기다리는 아우슈비츠에 남아 있지 않고 생존 가능성이 훨씬 높은 제국 본토 어딘가에 안전하게 살아 있다는 사실만 확인할 수 있다면 그 아이의 행방이나 미래에 대해 절대로 알고자 하지 않겠다고 맹세라도 할 생각이었다고 했다. 그러나 그날 오후에 모든 일이 어그러지고 말았다. 혼돈과 공포에 사로잡힌 그녀는 얀을 구해 달라고 사령관에게 노골적으로 간청했고, 이에 대해 사령관이 분노라는 예측하지 못한 반응을 보였기 때문에 완전히 평정을 잃어버린 그녀는 레벤스보른을 기억할 정신이 있었다고 해도 감히 말을 꺼내지 못했을 것이다. 그러나 아직 끝은 아니었다. 아들을 구원할 차마 말로 표현하기 어려운 이 방법을 회스에게 제안할 기회를 얻기 위해서 그녀는 기다려야 했다. 그리고 그 기다림은 다음 날 기괴하고 비참한 장면을 만들어 내고야 말았다.

그러나 그녀는 이 모든 이야기를 한꺼번에 내게 털어놓을 수는 없었다. 메이플 코트에 앉아 자신이 사령관에게 무릎을 꿇고 간청했다는 데까지 말을 마친 그녀는 갑자기 말을 멈추고 내게서 고개를 돌려 창문을 바라보며 오래도록 침묵을 지켰다. 그러다가 갑자기 화장실 좀 다녀오겠다고 하더니 몇 분 동안 화장실로 사라져 버렸다. 갑자기 주크박스에서 앤드루스 시스터스의 노래가 다시 흘러나왔다. 나는 파리똥 얼룩이 있는 카스테어스 위스키 홍보용 플라스틱 시계를 올려다보았다. 벌써 5시 30분이었다. 놀랍게도 소피는 오후 내내 내게 이야기를 했던 것이다. 그 전까지 루돌프 회스에 대해서는 한 번도 들어 보지 못했지만, 그날 오후 그녀의 대략적인 설명만 듣고도 이제 그는 과민한 내 꿈속에 등장하는 유령들만큼이나 생생하게 내 마음속에 자리하게 되었다. 그러나 그녀는 그런 사람에 대해 그리고 그런 과거에 대해 무한정 이야기를 계속할 수 없었던 것이 분명했고, 그래서 이렇게 단호하게 휴지기를 둔 것일 터였다. 아직도 궁금한 것이 많고 뭔가가 미진하다는 느낌이 들었지만, 그렇다고 이야기를 계속하라고 그녀를 조르지는 않을 작정이었다. 그녀에게 아이가 있었다는 사실을 들은 충격에서 아직 헤어나지 못하고 있었지만, 어쨌든 이쯤에서 이야기를 중단하고 싶었다. 지금까지 쏟아 놓은 이야기만으로도 그녀는 충분히 힘들어했다. 그녀의 마음이 견뎌 낼 수 있는 것보다 훨씬 더 암울한 기억에 사로잡혀 몽롱하면서도 고통스러워하는 그 퀭한 눈을 보면 알 수 있었다. 그래서 나는 적어도 당분간은 이 이야기는 접어 두자고 생각했다.

나는 옷을 단정치 못하게 입은 아일랜드계 웨이터에게 맥주를 주문하고, 소피가 돌아오기를 기다렸다. 비번인 경찰관, 엘리베이터 기술자, 건설공사 감독, 아무 때나 들르는 술고래 같은 단골들이 여러 시간 계속된 여름철 폭우로 희미한 김을 뿜어내며 들어와 자리를 채우기 시작했다. 여전히 멀리 브루클린 외곽에서 천둥소리가 들려오기는 했지만, 탭 댄서 한 명이 춤을 추듯 간헐적으로 후두두 떨어지는 소리가 들리는 것을 보면 비는 거의 잦아든 듯했다. 나는 한쪽 귀로는 그해 여름 사람들을 열광시키던 다저스 팀에 대해 오가는 이야기를 듣고 있었다. 그러다가 갑자기 엉망으로 취하고 싶은 강렬한 열망에 사로잡혀 맥주를 꿀꺽꿀꺽 들이켰다. 이런 마음이 든 것은 부분적으로는 소피가 그려 낸 아우슈비츠의 이미지들 때문이었는데, 이 이미지들은 내가 뉴욕의 무연고자 공동묘지(그리 오래되지 않은 과거에 나는 이곳과 인연이 있었다. 군 생활 말년에 잠시 이곳에 배치된 적이 있었다. 이 외딴섬은 아우슈비츠와 마찬가지로 죽은 자를 화장하는 곳인 동시에 산 죄수들을 가둬 놓는 곳이기도 했다.)에서 경험한 썩어 가는 수의와 부서져 버린 뼈 더미에서 나는 악취를 다시 느끼게 했다. 또다시 화장장의 냄새가 나자, 나는 이 냄새를 몰아내기 위해 맥주를 들이켰다. 엉망으로 취해 버리고 싶은 또 다른 이유는 소피와 관련 있었다. 나는 갑자기 그녀가 사라져 버렸으면 어떡하나 하는 걱정에 사로잡혀 여자 화장실 문을 바라보았다. 그녀가 내 삶에 불어넣은 새로운 위기에 어떻게 대처해야 할지 막막했다. 병적인 허기 같은 그녀에 대한 열정, 내 의지를 모두 마비시킨 이 열정을 어찌해야 할지 알 수 없었다. 내가 받은 기독교 교육은 이런 광적인 상황에 대해서는 아무런 대책도 세워 주지 않았다.

이제 겨우 그녀를 다시 찾았는데, 그녀의 존재가 내게 축복이 되기 시작했는데, 잔인하게도 그녀는 내 인생에서 다시 도망가려는 것처럼 보였다. 그날 아침 분홍 궁전에서 마주쳤을 때 그녀는 떠난다는 말부터 했다. 남아 있는 짐을 싸러 돌아왔다고도 했다. 그녀가 네이선과 헤어졌다는 말을 듣고 걱정하던 블랙스톡이 브루클린 시내, 사무실과 훨씬 가까운 곳에 작지만 적당한 아파트를 하나 찾아 주어서 그리로 갈 것이라고도 했다. 그 말을 듣자 가슴이 철렁 내려앉았다. 네이선은 영원히 그녀를 버렸지만 그녀는 아직도 그를 열렬히 사랑한다는 것이 말하지 않아도 눈에 보였다. 내가 모호하게 그를 언급하자 그녀의 눈은 슬픔으로 어두워졌다. 이런 사실은 그만두고라도, 그녀에 대한 내 열정을 표현할 용기가 없었다. 한참 떨어진 그녀의 새 아파트까지 따라간다면 어리석게 보일 것이었다. 따라갈 방법이 있다고 해도 갈 수는 없을 것이다. 나는 이런 상황에 무력감을 느꼈다. 그러나 그녀는 그 바보 같은 짝사랑 때문에 내 삶의 궤도에서 벗어나려 하고 있었다. 또다시 그녀를 잃게 되리라는 생각이 들자 갑자기 아주 불길한 느낌이 들어 속이 울렁거리기 시작했다. 이유를 알 수 없는 걱정이 나를 압도했다. 그래서 영원처럼 느껴지는 시간 동안(그래 봤자 실제로는 몇 분 정도였을 것이다.) 그녀가 화장실에서 돌아오지 않자, 나는 그녀를 찾아 그 사적인 공간을 침범이라도 하려고 자리에서 일어섰는데, 마침 그때 그녀가 다시 나타났다. 정말 기쁘고 놀랍게도 그녀는 미소 짓고 있었다. 지금까지도 나는 종종 그때 메이플 코트 창밖의 풍경을 바라보던 그녀의 모습을 떠올리곤 한다. 우연인지 하늘의 계획인지 모르겠지만, 그때 지나가는 폭풍우의 마지막 먹구름을 뚫고 먼지 입자가 드러나 보이는 햇빛 한 줄기가 내려와 그녀의 머리를 비췄고, 15세기 그림에서 흔히 볼 수 있는 후광을 머리 둘레에 그리고 있었다. 그녀에게 몸이 달아 있던 그때의 내게는 그녀가 굳이 천사처럼 보일 필요도 없었지만, 어쨌든 그녀는 천사처럼 보였다. 이윽고 후광은 사라졌고, 그녀는 실크 스커트가 풍만한 하체를 감싸며 부드럽게 하늘거리는 가운데 성큼성큼 걸어 내게로 다가왔다. 그 모습을 보고 있던 내 영혼 깊은 곳에 갇힌 얼뜨기는 비탄에 잠겨 희미한 신음을 냈다. 스팅고, 얼마나, 얼마나 오랫동안 이렇게 지켜보기만 해야 하냐?

"너무 오래 걸려서 미안해요, 스팅고." 그녀가 내 옆에 앉으면서 말했다. 오후 내내 그렇게 암울한 이야기를 해 놓고 이렇게 쾌활한 모습이라는 것이 놀라웠다. "화장실에서 러시아계 보헤미안 할머니를 만났어요. 디죄즈 드 본 아벙튀르(점쟁이) 말이에요."

"뭐라고요?" 내가 물었다. "아, 점쟁이 말이군요." 이전에도 이곳에서 몇 번 그 노파를 본 적이 있었다. 브루클린에 있는 수많은 사기꾼 집시들 중 하나 같았다.

"맞아요. 그 점쟁이가 내 손금을 봐 줬어요." 그녀가 밝은 목소리로 말했다. "내게 러시아어로 말했어요. 그런데 뭐라고 했는지 알아요? 글쎄, 이러더라고요. '아가씬 최근에 안 좋은 일이 있었구먼. 남자 문제로 말이야. 불행한 사랑을 했군. 하지만 걱정 말아요. 다 잘될 거야.' 스팅고, 정말 멋지지 않아요? 정말 좋은 소식이죠?"

그때 나는(지금도 그렇지만, 그리고 성차별적인 생각이라면 용서를 바란다.) 가장 이성적으로 보이는 여자들이 실은 그런 초자연적 전율에 쉽게 속아 넘어간다는 사실에 실망감을 느꼈지만, 소피에게는 아무 말도 하지 않았다. 그 점괘가 그녀에게 굉장한 기쁨을 준 것 같았고, 나는 그녀의 밝은 기분에 동조해 주지 않을 수 없었다.(그런데 그것이 무슨 뜻일까? 네이선은 가고 없는데.) 메이플 코트에는 건강에 좋지 않은 그늘이 더 짙어지기 시작했고, 나는 햇볕을 쬐고 싶었다. 그래서 늦었지만 오후 산책을 하는 것이 어떠냐고 했더니 그녀도 선뜻 그러자고 했다.

폭우가 플랫부시를 깨끗하게 씻어 주었다. 번개가 근처 어딘가를 강타했다. 거리에서는 신선한 공기 냄새가 났고, 심지어 사우어크라우트와 베이글 냄새까지 덮어 버린 듯했다. 눈꺼풀이 따가웠다. 나는 강렬한 햇빛 속에서 고통스럽게 눈을 깜박였다. 어둠침침한 메이플 코트에서 소피의 어두운 기억을 듣고 나와서 그런지 프로스펙트 파크를 둘러싼 거리 풍경은 눈이 부실 정도로 아름다웠고, 심지어 지중해 지역의 녹음이 울창한 아테네 같은 느낌마저 들었다. 우리는 퍼레이드 그라운즈 모퉁이까지 걸었고, 공터에서 아이들이 야구하는 모습을 지켜보았다. 머리 위에는 그해 여름 브루클린의 푸른 하늘 어디에서나 볼 수 있었던 무인 비행기가 수도교 극장의 환상적인 야간 쇼를 선전하는 긴 현수막을 드리우며 떠다녔다. 우리는 비에 젖어 축축하며 고약한 냄새가 나는 잔디밭 위에 한참을 쭈그리고 앉아 있었고, 그동안 나는 소피에게 야구 규칙을 설명해 주었다. 그녀는 초롱초롱한 눈으로 진지하게 집중해서 들었다. 나도 규칙 설명에 열중하느라고 소피에게 긴 이야기를 들은 후로 줄곧 마음에 남아 있던 그녀의 과거에 대한 모든 의혹과 궁금증을 잊고 있었다. 결국 아들은 어떻게 되었나 하는 가장 두렵고 궁금한 물음조차 그때는 마음속에 남아 있지 않았다.

그 궁금증이 다시 나를 괴롭히기 시작한 것은 우리가 짧은 거리를 걸어 예타의 집으로 돌아갈 때였다. 나는 소피가 얀의 이야기만큼은 마무리해 줄 수 있지 않을까 생각했다. 그러나 이런 생각도 잠시였고 다른 걱정이 나를 괴롭히기 시작했다. 소피에 대한 걱정이 걷잡을 수 없이 커졌다. 그리고 그녀가 오늘 밤에 아파트로 갈 것이라고 다시 한번 말했을 때 고통은 극에 달했다. 오늘 밤이라니! 그 말은 지금 당장을 의미하는 것이었다.

"당신이 보고 싶을 거예요, 소피." 내가 그녀와 함께 분홍 궁전의 현관으로 가는 계단을 오르며 말했다. 촌스럽게 떨리는 목소리가 절망한 속마음을 드러냈다. "정말로 당신이 보고 싶을 거예요!"

"걱정 말아요, 스팅고. 앞으로도 계속 볼 건데요, 뭐. 정말이라니까요! 게다가 내가 아주 멀리 가는 것도 아니고요. 여전히 브루클린에 있을 건데요." 그녀의 말이 어느 정도 위안은 되었지만 그다지 만족스럽지 못했다. 그녀는 일종의 애정과 예전 관계를 유지하고 싶다는 바람(강한 바람이라고 해도 좋을 것 같다.)을 표현했다. 하지만 눈물과 애정 어린 속삭임을 동반한 감정에는 미치지 못했다. 내게 애정은 있었지만(그것에 대해서는 의심의 여지가 없었다.) 열정이나 사랑은 아니었다. 그러고 보면 나는 희망을 품으면서도 어이없는 착각은 하지 않았던 것 같다.

"함께 저녁 식사도 자주 해요, 우리." 내가 그녀를 따라 2층으로 올라가는 동안 그녀가 말했다. "잊지 말아요, 스팅고. 나도 당신이 보고 싶을 거예요. 어쨌든 당신은 내 가장 친한 친구니까요. 당신과 블랙스톡 선생님." 우리는 그녀의 방으로 들어갔다. 방은 이미 거의 비워진 상태였다. 그런데 놀랍게도 라디오 겸 전축은 아직도 거기 있었다. 모리스 핑크 말로는 네이선이 돌아와서 가져가겠다고 했다던데, 그러지 않은 모양이었다. 소피가 라디오를 틀자 WQXR에서 「루슬란과 류드밀라」의 서곡이 울려 퍼졌다. 그 순간에는 두 사람 모두에게 견디기 어려운 화려하고 낭만적인 음악이었지만, 그녀는 그대로 두었다. 타타르 케틀드럼 소리가 쿵쿵 방 안을 울리기 시작했다. "주소를 적어 줄게요." 그녀가 핸드백을 뒤지며 말했다. 잘 다듬어진 가죽으로 만든 비싼 핸드백(모로코제인 것 같았다.)이었는데, 그것이 내 눈을 끈 이유는 몇 주 전 네이선이 대단히 기분이 좋을 때 그녀에게 사 준 것이라는 사실이 기억났기 때문이다. "날 보러 자주 와요. 그래서 우리 함께 저녁 먹으러 나가요. 그 근처엔 정말 맛있고 가격도 저렴한 레스토랑이 많아요.

그나저나 이상하네. 주소를 적어 놓은 종이가 어디 갔을까? 나도 아직까진 주소를 기억 못 하는데. 컴벌랜드라는 거리에 있는데요, 포트 그린 파크에서 가까워요. 거기서 산책하면 좋겠네요, 스팅고."

"하지만 나 혼자 여기 있으면 많이 외로울 거예요, 소피." 내가 말했다.

그녀는 고개를 들더니 숨김없는 내 애정 표현은 안중에도 없이, 개구쟁이 같은 표정으로 나를 바라보며 결코 듣고 싶지 않은 바보 같은 말을 했다. "곧 아름다운 아가씨가 나타날 거예요. 곧 그렇게 될 거예요. 아주 섹시하면서 레슬리 라피더스처럼 아름다운 아가씨요. 그 아가씨보다는 덜 요염하면서 더 고분고분한 아가씨가……."

"오, 세상에, 소피." 내가 신음하며 말했다. "제발 세상의 레슬리 같은 아가씨들한테서 날 좀 구해 줘요."

그 순간 갑자기 모든 것이, 소피가 곧 떠난다는 사실, 핸드백, 네이선과의 추억이 어렸지만 지금은 거의 비어 버린 방, 음악, 우리가 함께했던 즐거운 시간들, 이 모든 것이 한꺼번에 내게 달려들어 끝도 없는 우울의 나락으로 나를 떨어뜨렸다. 그러자 나는 또다시 신음 소리를, 그녀가 놀라서 바라볼 만큼 커다란 신음 소리를 냈다. 갑자기 격정의 소용돌이에 휘말린 나는 그녀의 팔을 힘껏 잡았다.

"네이선! 네이선! 네이선! 도대체 무슨 일이 있었던 거예요? 무슨 일이 있었어요, 소피? 얘기 좀 해 봐요!" 내가 소리쳤다. 그녀와 코가 닿을 만큼 가까이 있어서, 침이 한두 방울 그녀의 뺨으로 튀었다. "여기 믿어지지 않을 정도로 멋진 남자가 당신에게 빠져 있어요. 백마 탄 왕자님이죠. 당신을 사랑하다 못해 숭배하기까지 하죠. 그 얼굴에서 숭배의 표정을 봤어요, 소피. 그런데 갑자기 당신이 그의 인생에서 사라져 버린 거예요. 도대체 그에게 무슨 일이 있었던 거예요, 소피? 당신을 자기 인생에서 밀어내다니요! 그가 메이플 코트에서 말한 것처럼 당신이 바람을 피웠다고 바보같이 의심을 해서라고 하지 말아요. 뭔가 더 깊은 의미가, 더 깊은 이유가 있어요. 그리고 나는 어쩌라고요? 나는요? 나!" 나도 이 비극에 관련 있음을 강조하기 위해 내 가슴을 치기 시작했다. "이 남자가 나한테는 또 왜 그러는 건데요? 네이선이 내게는 형 같았다는 거, 굳이 말 안 해도 알겠죠, 소피. 빌어먹을. 내 인생에서 네이선 같은 사람은 한 번도 못 봤어요. 네이선보다 더 똑똑하고 더 관대하고 더 재미있고 함께 있기가 더 즐거운, 어우, 진짜, 간단히 말해서 네이선보다 더 위대한 사람은 본 적이 없어요. 난 그 인간을 사랑했다고요! 내 원고를 읽고 열심히 계속 써야 한다는, 그래서 훌륭한 작가가 되어야 한다는 확신을 준 사람이 바로 네이선이었어요. 그가 날 사랑해서 그런 말을 했다고 생각했어요. 그런데 갑자기, 정말 너무도 갑자기 그가 광견병에 걸린 개처럼 으르렁거리며 내게 덤벼드는 거예요. 내가 쓴 글은 쓰레기라고 하고, 자기가 아는 사람들 중에 가장 경멸받아 마땅한 개새끼라도 되는 것처럼 나를 대하는 거예요. 그러고는 당신을 자르듯이 아주 단호하게 나를 잘라 냈죠." 내 목소리는 통제가 불가능할 정도로 올라가 메조소프라노가 되어 있었다. "이런 건 못 참겠어요, 소피! 이제 우리 어떡해요?"

소피의 두 뺨으로 끊임없이 흐르는 굵은 눈물을 보니 이런 식으로 울분을 토로하지 말았어야 했다는 생각이 들었다. 좀 더 자제력을 발휘했어야 했다. 한참 곪고 있는 그녀의 상처를 건드렸다고 해도 이보다 더 고통스러워하지는 않았을 것 같았다. 그러나 어쩔 수 없었다. 사실 내가 울분을 토로하는 중에도 그녀의 슬픔이 내 슬픔과 만나 거대한 강을 이루면서 흘러가는 것을 느낄 수 있었다. "사람들의 사랑을 그런 식으로 짓밟아선 안 되죠. 그건 너무 불공평해요! 그건…… 그건……." 내가 더듬거리기 시작했다. "그건 너무 비인간적이에요!"

그 순간 그녀는 내게서 고개를 돌리더니 큰 소리로 흐느꼈다. 그러다가 마치 몽유병자처럼 두 팔을 늘어뜨리고 방을 가로질러 침대로 걸어갔다. 그러더니 살구색 침대 시트 위로 엎드리며 두 손에 얼굴을 묻었다. 소리를 내지는 않았지만 어깨가 흔들렸다. 나는 침댓가로 가 서서 그녀를 내려다보았다. 내가 흥분을 가라앉히며 침착하게 말했다. "소피, 이런 말 한 거 미안해요. 하지만 도저히 이해할 수가 없어요. 네이선에 대해 아무것도 이해할 수 없고, 어쩌면 당신에 대해서도 마찬가지일 거예요. 앞으로 당신에 대해서는 그래도 많은 것을 이해할 수 있게 될 거라고 생각하지만요." 나는 말을 멈췄다. 그녀가 그렇게도 이야기하고 싶지 않아 하는 것이 분명한 문제를(게다가 그 이야기를 꺼내지 말아 달라고 내게 경고까지 하지 않았는가?) 언급하는 것은 또 다른 상처를 주는 일임을 알았지만, 할 말은 해야겠다는 생각이 들었다. 나는 몸을 숙이고 그녀의 팔에 가볍게 손을 얹었다. 아주 따뜻했고, 놀란 새의 심장처럼 내 손가락 아래서 고동치고 있었다. "소피, 그날 밤 말이에요, 메이플 코트에서 그가 우리를 몰아낸 그날이요, 그 끔찍한 날 밤. 그곳에 당신 아이가 있었다는 사실을 네이선이 알고 있었다는 거잖아요. 아까 당신이 그에게 알려 줬다고 그랬잖아요, 그렇죠? 그런데 어떻게 그렇게 당신한테 잔인할 수가 있어요? 그렇게 당신을 조롱하면서 다른 사람들은 모두(단어가 목에 걸려 넘어오려 하지 않았지만 난 억지로 내뱉었다.) 독가스 형을 당했는데 당신은 어떻게 살아남았냐고 물어볼 수가 있어요? 어쩌면 인간이 그럴 수가 있죠? 어떻게 그렇게 사랑하면서 그렇게 잔인할 수가 있어요?"

그녀는 한동안 아무 말 없이, 두 손에 얼굴을 묻고 엎드려 있었다. 나는 그녀 옆 침댓가에 앉아서 따뜻한, 아니 거의 열이 나는 것 같은 그녀의 팔을 가볍게 어루만졌고, 그러면서도 우두 주사 자국은 조심스럽게 피했다. 그렇게 앉아서 보니 푸른빛이 도는 검은색 문신이, 놀랄 정도로 멋을 부린 일련의 숫자가 아주 잘 보였다. 작은 철조망처럼 멋을 부린 숫자들이 늘어서 있었고, 그중에 숫자 칠은 유럽인들 특유의 사선으로 중간이 나뉘어 있었다. 그녀가 자주 뿌리고 다니는 허브 향수 냄새가 났다. 스팅고, 이 여자가 너를 사랑하게 만들 수 있겠냐? 나는 자신에게 물어보았다. 갑자기 지금 당장 마음을 털어놓으면 어떨까 하는 생각이 들었다. 아냐, 절대로 안 돼. 엎드려 있는 그녀는 아주 약하고 무방비 상태로 보였지만, 나도 울분을 토해 내느라고 지칠 대로 지쳐서 몸이 떨리기까지 했고 욕망은 완전히 사라지고 없었다. 나는 손을 위로 움직여 그녀의 흐트러진 밝은 금발을 가볍게 어루만졌다. 그러고 보니 울음소리가 그쳐 있었다. 이윽고 그녀가 말했다. "그건 네이선 잘못이 아니에요. 항상 이 악마가 있었어요. 그가 텅페트에 사로잡혀 있을 때마다 악마가 나타났어요. 이 악마가 그를 사로잡고 있었던 거예요, 스팅고."

이때 두 가지 이미지(캘리번[19]이라는 검은 괴물과 모리스 핑크가 이야기해 준 무서운 골렘)가 동시에 떠올랐고, 그 둘 중 어느 이미지 때문에 온몸에 전율이 흘렀는지는 모르겠지만 나는 몸을 떨면서 물었다. "악마라니, 소피, 무슨 말이에요?"

그녀는 한동안 아무 말이 없었다. 한참 침묵을 지키다가 고개를 들더니 아주 일상적인 어조로 무슨 말을 했고, 이 때문에 나는 소스라치게 놀랐다. 그녀답지 않은 모습, 그때까지 내가 알아 온 소피와는 또 다른 모습을 보여 주었기 때문이다.

그녀가 말했다. "스팅고, 여기를 당장 떠날 수가 없을 것 같네요. 이곳엔 너무 많은 추억이 서려 있어요. 부탁이 있는데요. 처치 애비뉴에 가서 위스키 한 병만 사다 줘요. 오늘은 정말 취하고 싶어요."

나는 부탁대로 위스키(라이 위스키 750밀리리터)를 사다 주었고, 그녀는 위스키를 마시면서 내가 무대에 등장하기 전 네이선과 보낸 그 파란만장한 한 해 동안 일어난 안 좋았던 일들을 얘기해 주었다. 그가 우리의 삶 속으로 다시 들어오지

19) 셰익스피어의 희곡 「폭풍우」에 나오는 반수인(半獸人).

않았다면 이런 이야기를 자세하게 할 필요도 없을 것이다.

코네티컷주 뉴밀퍼드와 캐넌 사이의 강둑을 따라 남북으로 펼쳐진, 수목이 아름답게 우거지고 꾸불꾸불한 고속도로 위 어딘가에 오래된 여인숙이 있었다. 참나무로 된 마룻바닥은 뒤틀렸고, 흰 벽에 조잡한 그림들이 걸려 있는 햇빛이 잘 드는 침실이 있었으며, 아래층에는 아일랜드계 직원 두 명이 있었고, 벽난로에서는 사과나무 타는 냄새가 났다. 바로 그곳에서(그날 밤 소피가 내게 말했다.) 네이선이 그녀를 먼저 죽이고 자신도 따라 죽는 이른바 동반 자살을 하려 했다. 나뭇잎이 불타듯 붉게 물들던 가을에 일어난 일이었고, 그들이 브루클린 칼리지 도서관에서 처음 만난 후 삼사 개월 정도밖에 지나지 않은 때였다. 소피는 여러 가지 이유로 인해 그 끔찍한 일을 기억할 수밖에 없었을 테지만(예를 들어 그들이 만난 후 네이선이 그녀에게 목소리를 높인 것은 그때가 처음이었다.) 그 주된 이유는 결코 잊을 수 없을 것이라고 했다. 그들이 서로 알게 된 후 처음으로 그가 '다른 사람들'은 다 죽어 가는 마당에 그녀만 아우슈비츠에서 살아남을 수 있었던 것을 자신이 만족할 수 있을 정도로 충분히 설명해 보라고 분노에 차서 주장했던 것이다.

소피가 이 협박과 그다음에 일어난 일들에 대해 비참한 어조로 이야기하는 동안, 바로 며칠 전 밤 메이플 코트에서 우리에게 저주를 퍼부으며 완강하게 마지막 인사를 하던 네이선의 광적인 태도가 내 머릿속에 떠올랐다. 소피에게 그 유사성을 지적하며 질문하려 했지만, 그녀가(네이선과 자주 들르던 코니아일랜드 애비뉴에 있는 작은 이탈리아 식당에서 김이 모락모락 나는 스파게티를 맛있게 먹으며) 네이선과 함께한 생활에 대해 너무 열중해서 이야기했기 때문에, 나는 머뭇거리며 말을 더듬다가 결국에는 바보같이 입을 다물었다. 위스키가 자꾸 걸렸다. 소피가 평소답지 않은 것도, 위스키를 많이 마시는 것도 마음에 걸리고 불안했다. 무엇보다 그녀는 젊은 남자만큼이나 주량이 셌다. 늘 자세가 흐트러지지 않고 단정했던 사람이 이렇게 엄청나게 마셔 대는 것을 보니 당혹스러웠다. 택시를 타고 이탈리아 식당으로 가기 전에 벌써 내가 사다 준 위스키의 사분의 일이 사라지고 없었다.(평소처럼 나는 맥주만 마셨지 위스키에는 입도 대지 않았다. 그녀는 심지어 식당에 위스키를 가져가자고까지 했다.) 나는 이런 태도가 네이선에게 버림받은 비통함에서 나온 일시적인 현상이겠거니 생각했다.

그렇더라도 내게 더 충격적으로 느껴진 것은 그녀의 주량이 아니라 태도였다. 약간의 물에 희석되기는 했지만 86도의 독주도 소피의 혀나 사고 과정에 전혀 영향을 미치지 못했다. 적어도 그녀의 새로운 취미를 알게 된 그날만큼은 그랬다. 그녀는 자세 하나 흐트러지지 않은 채로 그 노란 액체를 술집 여급처럼 기쁘게 웃으며 단숨에 들이켜곤 했다. 슬라브족과 켈트족은 유전적이거나 문화적인 이유로 술에 대한 적응력이 강하다고 들었는데 그녀도 혹시 그런 경우에 해당하지 않나 하는 생각이 들었다. 위스키가 그녀의 표정이나 태도에 영향을 미친 것으로 보이는 증거는 얼굴이 약간 붉어졌다는 것과 두 가지 점에서 그녀가 평소와 다르다는 사실이었다. 우선 갑자기 말이 아주 술술 잘 나오게 되었다. 모든 것을 전부 말로 쏟아내 버렸다. 그렇다고 해서 그 전에는 네이선이나 폴란드 혹은 자신의 과거에 대해 이야기하기를 꺼렸다거나 머뭇거렸다는 뜻은 아니다. 다만 위스키 덕분에 정확한 발음으로 서두르지 않으면서도 술술 말이 풀려 나오는 것 같았다는 뜻이다. 발음하기 힘든 폴란드식 자음 발음이 혀에 기름을 바른 듯 부드럽게 나왔다. 위스키가 그녀에게 미친 또 다른 영향은 상당히 매혹적인 것이었다. 그것은 듣는 사람을 솔깃하게 하는 매력이 분명히 있었지만 대단히 당혹스럽게 만드는 측면도 있었다. 술이 섹스에 대한 침묵의 댐을 한꺼번에 무너뜨린 것이다. 그녀가 네이선과의 애정 생활에 대해 이야기하는 동안 나는 불편함과 재미를 동시에 느끼며 대단히 어색해했다. 그녀는 피그 라틴[20]을 발견한 아이처럼 태연하고 신나는 목소리로 솔직하게 이야기했다. "내 엉덩이가 예쁘댔어요." 그녀가 흐뭇한 표정으로 말하더니 잠시 후 이렇게 덧붙였다. "우리는 거울 앞에서 섹스하는 걸 좋아했어요." 세상에, 그런 짜릿한 이야기를 하면 내 머릿속에 어떤 감미로운 그림들이 떠오르는지 그녀는 알기나 했을까?

그러나 그녀의 기분은 대체로 장례식을 치른 사람처럼 우울해 보였고, 네이선에 대해 이야기할 때는 마치 오래전에 죽은 사람에 대해 말하듯이 계속 과거 시제를 썼다. 서리가 내

20) 어린이들이 놀이에 쓰는 일종의 은어.

리던 코네티컷 근교에서 있었던 '동반 자살' 소동에 대해 이야기할 때, 나는 소스라치게 놀랐고 비통한 기분이었다. 그 이야기를 하기 직전에 그녀는 또 다른 놀라운 소식을 들려주었지만, 내게는 동반 자살 이야기가 더 놀라웠다.

"스팅고." 그녀가 약간 머뭇거리며 말했다. "네이선은 항상 마약을 했어요. 당신이 이 사실을 아는지 모르는지 확신할 수가 없었어요. 어쨌든 난 당신에게 그다지 정직하지 못했던 것 같네요. 하지만 도저히 이 이야기를 꺼낼 수가 없더라고요."

마약이라고, 빌어먹을. 나는 속으로 혼잣말을 했다. 도저히 믿을 수 없었다. 여기까지 읽은 독자들은 어쩌면 벌써부터 네이선에 대해 이런 추측을 했을지 모르지만, 나는 아니었다. 1947년 당시의 나는 섹스에 대해 무지한 것만큼이나 마약에 대해서도 무지했다.(아, 순진한 40년대와 50년대여!) 그해는 오늘날과 같은 마약 문화의 새벽빛도 밝아 오지 않은 상태였고, 중독에 대해 생각하면(혹시라도 생각해 본 적이 있다면 말이다.) 외딴 정신병원에 갇혀 눈을 희번덕거리는 미치광이와 아이들만 보면 침을 흘리는 변태성욕자, 시카고의 뒷골목을 어슬렁거리는 괴짜들, 연기가 자욱한 아편굴에 누워 있는 정신이 혼미한 중국인들 같은 '아편쟁이'의 이미지가 떠오르곤 했다. 마약에 대해서는 돌이킬 수 없을 정도로 타락한 이미지가, 성교에 대한 어떤 이미지들(나는 적어도 열세 살 때까지 섹스는 거대한 체구에 면도도 하지 않은 전과자들이 술에 거나하게 취해서 신발을 신은 채 금발 염색을 한 여자들에게 행하는 야만적인 행동이라고 상상했다.) 만큼이나 사악한 이미지와 오명이 있었다. 나는 마약의 종류와 그 미묘한 차이에 대해 아무것도 알지 못했다. 아편을 제외하고는 마약 종류를 단 하나도 댈 수 없었던 나는 네이선이 마약을 한다는 이야기를 듣자 범죄 행위라는 생각이 퍼뜩 들었다.(범죄 행위라는 생각은 내가 느낀 도덕적 충격에 비하면 부수적인 것에 지나지 않았다.) 내가 절대로 믿을 수 없다고 했더니 그녀는 사실이라고 다시 한번 단언했고, 나는 충격과 호기심에서 그가 어떤 마약을 사용했는지 물었다. 그래서 나는 암페타민[21]이라는 단어를 처음으로 듣게 되었다. 그녀가 대답했다. "벤제드린이라는 약을 사용했어요. 그리고 코카인도요. 엄청나게 많이요. 그래서 때로는 완전히 미쳐 버리기도 했죠. 화이자 실험실에서 그 약품을 쉽게 구할 수 있었어요. 물론 불법이지만요." 그랬구나, 그렇게 갑자기 폭발적으로 화를 내고 폭력적이 되고 편집증을 보인 이유가 거기에 있었구나. 나는 얼마나 어리석었나!

그러나 소피는 네이선이 대체로 자신의 습관을 통제하고 있었다고 말했다. 네이선은 약을 하든 안 하든 항상 신경질적이고 쾌활하고 수다스러우며 흥분해 있었다. 게다가 그들이 함께한 첫 오 개월 동안(그동안 거의 늘 함께 있었다.) 그녀는 그가 실제로 '약을 하는' 것을 본 적이 거의 없었고, 그래서 나중에 가서야 마약을 복용한 상태인지 아니면 약간 흥분해 있지만 약을 하지 않은 평상시의 태도인지를 가늠할 수 있었다. 그리고 그를 만난 후 지난 일 년은 그의 행동과(그것이 마약의

21) 중추 신경을 자극하는 각성제.

영향으로 인한 행동이었든 그렇지 않았든 간에) 그가 그녀의 삶에 함께한다는 사실 그리고 그의 존재 자체 덕분에 그녀는 인생에서 가장 행복한 나날을 보낼 수 있었다. 그녀는 브루클린 예타의 하숙집에 처음 왔을 때 자신이 얼마나 속수무책으로 무력했는지 깨달았다. 이성을 잃지 않으려고, 기억에서 과거를 지워 버리려고 노력하며 자신에 대해 통제력을 발휘하고 있다고 생각했지만(어쨌든 블랙스톡도 그녀가 가장 효율적으로 일을 처리하는 비서라고 말하지 않았던가?) 사실 감정적으로는 무너지기 일보 직전이었고, 물살 센 강물에 던져져 허우적거리는 강아지처럼 운명의 흐름 속에서 허우적거리고 있었다. "그날 지하철에서 손가락으로 나를 강간한 사람 덕분에 그 사실을 알게 됐어요." 그녀가 말했다. 그녀는 자신이 그 충격에서 일시적으로나마 회복되기는 했지만, 점점 더 빠르게 나락으로 미끌어져 가고 있다는 사실을 알았고, 그래서 네이선이(그는 그 중요한 날 절판된 앰브로즈 비어스의 단편소설집을 찾아 도서관에 왔다고 했다. 비어스를 찬미하라! 비어스에게 축복이 있기를!) 흑기사처럼 홀연히 나타나 그녀의 생명을 구하지 않았다면 어떻게 되었을지를 생각만 해도 끔찍하다고 했다.

생명. 그랬다. 네이선이 그녀의 생명을 구해 주었다. 그는 의사인 형 래리의 도움을 받아 그녀의 건강을 회복시켜 주었다. 래리의 추천으로 컬럼비아 장로교 병원에 입원시켜 햇필드 박사의 진단 아래 극심한 빈혈과 다른 영양 결핍 증상을 낫게 해 주었다. 무엇보다도 그는 그녀가 수용소에서 풀려난 지 수개월이 지난 후에도 여전히 괴혈병을 앓고 있음을 발견했고

약을 잔뜩 먹게 해서 그녀를 줄곧 괴롭혀 온 괴혈병이 사라지게 해 주었다. 치료받는 동안 찾아온 더욱더 놀라운 변화는 머리카락이 생기를 되찾았다는 것이다. 그녀는 자신의 탐스러운 금발에 대해 허영에 가까운 자부심을 가지고 있었지만, 지옥에서의 세월을 거치면서 다른 신체 기관과 마찬가지로 머리카락도 망가져 푸석푸석하고 색이 바래기까지 했다. 그러나 햇필드 박사에게 치료를 받으면서 오래지 않아(대략 육 주 정도 후에는) 네이선이 발정 난 수고양이처럼 그녀의 탐스러운 머리를 어루만지며 샴푸 모델을 해도 되겠다고 말할 정도가 되었다.

눈부시게 발전한 미국 의학은 네이선의 감독하에 소피를 그 끔찍한 파괴를 겪은 사람이 회복할 수 있는 최상의 상태로 되돌려 놓았다. 두드러지게 좋아진 것들 중 하나는 새 치아였다. 스웨덴 적십자 의사들이 임시로 해 넣은 의치 대신에 새 틀니를 하게 되었는데, 이것은 래리의 또 다른 대학 동기인 뉴욕 최고의 보철 전문의가 만들어 주었다. 이 틀니는 벤베누토 첼리니[22]의 작품을 연상시킬 만큼 인상적이었다. 그녀가 입을 활짝 벌리면 이가 진줏빛으로 아름답게 빛나서 클로즈업된 진 할로[23]의 모습을 연상시켰고, 어느 화창한 날 그녀가 밝게 웃음을 터뜨렸을 때는 그 하얀 이로 인해 방 전체가 환하게 빛나는 것 같았다.

---

22) 이탈리아의 조각가.
23) 미국의 영화배우.

이렇게 산 자의 땅으로 되돌아온 그녀는 그해 여름부터 초가을까지 네이선과 더할 나위 없이 행복한 나날을 보냈다. 그의 관대함은 지칠 줄을 몰랐고, 그녀는 사치스러운 것을 탐하는 성격은 아니었지만 그가 제공하는 안락한 생활을 좋아했고 그의 관대함을 기쁘게 받아들였다. 사실 그녀는 그가 준 선물에서도 기쁨을 느꼈지만, 아무 대가 없이 주는 것을 기뻐하는 그를 보면서도 기쁨을 느꼈다. 그리고 그는 그녀가 원할 만한 것은 모두(이를테면 아름다운 음악을 담은 레코드 앨범들과 콘서트 티켓, 폴란드어, 프랑스어, 영어로 된 책들, 브루클린과 맨해튼의 각국 식당에서 즐기는 맛있는 요리 등)을 주고 모두 함께 나눴다. 그는 와인에 대한 후각뿐만 아니라 맛있는 요리에 대한 미각도 발달해 있었고(어릴 때 크레플러스[24]와 거필터 피시를 질리게 먹어서 그에 대한 반동으로 나중에 여러 가지 음식을 접하게 되어 미각이 발달했다고 했다.) 그녀에게 뉴욕의 다양하고 맛있는 요리를 먹이는 것을 대단히 즐거워했다.

돈은 전혀 문제 되지 않는 것 같았다. 화이자에서 급료를 많이 받는 것이 분명했다. 그는 그녀에게 멋진 옷과(나도 본 적이 있는 그 우스꽝스럽고 유쾌한 커플 '의상'도 여기에 포함되었다.) 반지, 귀걸이, 팔찌, 목걸이 등을 사 주었다. 그리고 영화도 많이 봤다. 전쟁 중에 그녀는 음악만큼이나 절실하게 영화를 그리워했다. 한때 전쟁 전 크라쿠프에서 그녀는 에롤 플린이나

24) 치즈나 육류 등이 가득 담긴 작은 반죽 주머니. 보통 수프 속에 넣어 끓인다.

멀리 오베론, 클라크 게이블, 캐럴 롬바드 같은 인기 배우가 출연하는 1930년대 미국의 달콤한 사랑 영화에 푹 빠져 살았다. 또한 그녀는 디즈니 영화, 특히 「미키 마우스」와 「백설 공주」를 좋아했고, 「탑 햇!」에 나오는 프레드 애스테어와 진저 로저스에 열광하기도 했다. 그래서 그녀와 네이선은 가끔 주말이면 극장의 낙원인 뉴욕으로 가 금요일 밤부터 시작해서 일요일 마지막 회까지 예닐곱 편의 영화를 연달아 보고, 눈이 벌겋게 되어 돌아오곤 했다. 그녀가 가진 것은 거의 모두, 심지어(그녀가 킥킥 웃으며 말했다.) 피임용 질 좌약에 이르기까지 그의 관대함에서 흘러나왔다. 네이선은 래리에게 소개받은 또 다른 의사에게 부탁해서 그녀가 피임용 좌약을 이용하도록 했고, 이것은 건강이 회복기에 접어든 그녀에게 취해진 마지막 의료 조치였다. 그녀는 그 전까지 그것을 사용해 본 적이 한 번도 없었지만, 해방감을 느끼며 기꺼이 받아들였고, 교회와 완전히 결별한다는 표시라고 생각하기도 했다. 어쨌든 이 좌약은 그녀가 해방감을 느끼게 하기에 충분했다. "스팅고. 난 남자 여자가 그렇게 섹스를 많이 할 수 있을 거라곤 생각도 못 했어요. 그리고 그 좌약을 그렇게 좋아하게 될 줄도 몰랐고요."

소피는 내게 이 장밋빛 인생에서 유일한 골칫거리는 자신의 직장 문제였다고 말했다. 그녀가 물리 치료사인 하이먼 블랙스톡 밑에서 계속 일한다는 사실이 문제였다는 것이다. 일류 의사를 형으로 두었고, 스스로도 헌신적인 과학자라고 생각하며, 마치 자신이 히포크라테스 선서를 한 것처럼 의학 윤리 강령을 신성시했던 네이선은 그녀가 무면허 돌팔이 의사를 위해 일한다는 사실을 참을 수 없어 했다. 그는 그런 돌팔이를 위해 일하는 건 매춘 행위나 마찬가지라고 생각한다고 노골적으로 말했고, 직장을 그만두라고 졸라 댔다. 그는 물리 치료사와 그들의 엉터리 시술 행위에 대해 여러 가지 농담을 만들어 냈고, 그녀는 자신도 모르게 웃음을 터뜨리지 않을 수 없었다. 이렇게 그가 농담조로 이야기했기 때문에 그녀는 그의 반대를 그다지 심각하게 생각하지 않았다. 그의 불만이 점점 더 거세지고 비난이 심각하고 날카로워졌지만, 그리고 그녀가 블랙스톡 밑에서 일을 계속하는 것을 그가 굉장히 불편해하는 것도 알았지만, 그녀는 직장을 그만두라는 요구는 단호하게 거절했다. 직장 문제는 그 둘의 관계에서 그녀가 순순히 그의 요구대로 따를 수 없는 부분이었다. 그녀는 이 문제에 대해서는 단호한 입장을 취했다. 어찌 됐든 네이선과 결혼한 것은 아니었기 때문이다. 이런 상황에서 그녀는 네이선에게 완전히 종속되기를 원치 않았다. 직장 구하기가 하늘의 별 따기만큼 어려운 때라, 더군다나 그녀가 네이선에게 자주 말했듯이 '별다른 재능이 없는' 여자에게는 특히 더 어려운 때라 선불리 직장을 그만두고 싶지 않았다. 게다가 직장에서 블랙스톡에게 모국어로 이야기할 수 있어서 좋았고, 솔직히 말해 그를 상당히 좋아하기도 했다. 블랙스톡은 그녀에게 대부나 좋아하는 삼촌 같은 존재였고, 그녀는 그런 생각을 숨기려고 하지 않았다. 유감스럽게도 그녀는 나중에 가서야, 네이선이 이런 사심 없는 애정을 오해해서 적의를 더욱더 불태우게 되었다는 사실을 깨달았다. 그의 착각에서 비롯된 질투가 그런 폭력적 비극의 불씨를 안고 있지 않았다면, 나중에 가서 그 일을 웃으면서 회상할 수도 있었을 것이다.

이보다 앞서 소피의 주변에서 다소 기괴하고 안 좋은 일이 일어났는데, 그 일이 앞서 설명한 이야기에 대한 이해를 도울 수 있으므로 여기서 소개하고 넘어가야 할 것 같다. 그것은 블랙스톡의 아내 실비아가 알코올 중독자라는 사실과 관련된 일이었다. 그 끔찍한 사건은 소피와 네이선이 처음 만난 후 사 개월 정도가 지난 초가을에 일어났다.

"술을 좀 마신다는 것은 알고 있었어." 나중에 블랙스톡이 비탄에 젖어 소피에게 털어놓았다. "하지만 이렇게 심각할 줄은 몰랐지." 그가 죄책감에 일그러진 표정으로 자신이 의도적으로 문제를 심각하게 생각하지 않으려 했음을 고백했다. 매일 밤 일을 마치고 세인트올번스에 있는 집으로 돌아가면, 아내가 맨해튼에서 칵테일을 딱 한 잔 했다면서 혀 꼬부라진 소리를 하는 걸 듣고도 곧이곧대로 믿으려 했고, 그렇게 혀가 꼬부라지고 비틀거리며 걷는 것은 그녀가 술에 너무 약하기 때문이라고 생각했다. 그러면서도 자기 자신을 속이고 있다는 것을 알았고, 아내에 대한 사랑 때문에 진실을 보지 않으려고 애쓰고 있다는 사실도 알았다. 그러나 그 진실은 그녀가 죽고 며칠 후 너무도 충격적이고 생생하게 드러나고 말았다. 블랙스톡이 절대로 침범하지 않는 성역인 그녀의 개인 옷방 벽장 속에는 서던 컴포트[25] 병 칠십여 개가 죽 늘어서 있었는데, 그 불쌍한 여자는 독하고 달콤한 술을 사서 마시고는 남들의 이목이 두려워 병을 버리지는 못하고 벽장 속에 몰래 숨겨 놓은 것이 분명했다. 블랙스톡은 이런 일이 수개월간, 어쩌면 수년간 지속되어 왔음을 뒤늦게 깨달았다. 그가 슬픔에 젖은 목소리로 소피에게 말했다. "그렇게 응석을 다 받아 주지만 않았다면, 알……(그는 그 말을 차마 하지 못하고 잠시 머뭇거렸다.) 알코올 중독자라는 사실을 있는 그대로 받아들였다면, 정신과 치료라도 받게 해서 고칠 수 있었을 텐데." 그의 끔찍한 자기 질책은 듣고 있기가 민망할 정도였다. "다 내 잘못이야, 내 잘못!" 그는 울음을 터뜨렸다. 그를 가장 괴롭힌 것은, 그녀에게 이런 문제가 있다는 것을 알았으면서도 그녀가 자동차를 몰도록 내버려 두었다는 사실이다.

실비아는 블랙스톡이 애지중지하는 일종의 애완견이었고, 실제로 그는 그녀를 '내 강아지'라고 불렀다. 다른 가족이 없는 그는 실비아에게만큼은 돈을 물 쓰듯 쓰도록 허락해 주었고, 사실 평범한 다른 남편들처럼 아내의 씀씀이가 헤프다고 잔소리를 하기는커녕 자주 맨해튼으로 나가 쇼핑을 하라고 부추기기까지 했다. 그래서 그녀는 자기처럼 부유하고 한가한 부잣집 사모님 친구들과 함께 알트만, 버크도르프, 본윗을 비롯한 고급 의상실을 대여섯 군데씩 돌며 쇼핑을 하고는 자동차 뒷좌석에 쇼핑한 물건 상자들을 산같이 쌓아서 퀸스로 돌아가곤 했다. 그녀는 그렇게 사들인 물건 대부분을 옷장 서랍

---

25) 위스키의 일종으로 주로 칵테일로 마신다.

이나 벽장 속 후미진 곳에 그대로 쟁여 놓았고, 그녀가 죽은 후 블랙스톡은 거기서 한 번도 입어 보지 않은 채 곰팡이가 슬고 있는 가운과 드레스 수십 벌을 발견했다. 상황이 돌이킬 수 없게 될 때까지 블랙스톡이 알지 못했던 것은 아내가 쇼핑을 마친 후에는 보통 그날 쇼핑을 함께 한 친구와 술을 마셨다는 사실이었다. 그녀는 매디슨 애비뉴에 있는 웨스트베리 호텔 라운지를 자주 찾았는데, 그곳의 바텐더가 친절하고 관대하고 신중한 태도를 보였기 때문이다. 그러나 서던 컴포트(그녀는 웨스트베리에서도 이 위스키를 주로 마셨다.)에 대한 신체적 저항력이 급격히 떨어졌고, 그래서 그런 끔찍하고 기괴하기까지 한 재앙이 갑작스럽게 찾아온 것이었다.

어느 날 오후 세인트올번스로 돌아가던 실비아는 엄청난 속도로 달리다가(경찰은 속도계가 시속 136킬로미터에 멈춰 있었다고 밝혔다.) 트라이버러 다리 위에서 중심을 잃어버려 앞서 가던 트럭의 뒷부분을 들이받고 옆으로 미끄러져 가드레일을 다시 들이받았다. 이 과정에서 그녀가 타고 있던 크라이슬러는 산산조각이 나 버렸다. 옆좌석에 타고 있던 실비아의 친구, 브라운스타인 부인은 병원으로 옮겨졌지만 세 시간 후 사망했다. 실비아는 목이 떨어져 나갔는데, 생각만 해도 정말 소름 끼치는 일이었다. 충격과 비탄으로 어안이 벙벙해 있던 블랙스톡은 충돌 당시의 충격으로 아내의 목이 튕겨져 나가 이스트강에 떨어져 사라진 것 같다는 말을 듣자 실성한 사람처럼 울부짖었다.(살다 보면 신문지상에서 어떤 사건을 접하고 나하고는 거리가 먼 일이겠거니 생각하다가 우연히도 그 사건의 당사자와 인연이 닿게 되는 희한한 경우가 심심치 않게 있는데, 이 경우에 내가 그랬다. 그해 봄《데일리 미러》에 난 '여자의 목을 찾아 강 수색 계속'이라는 제목을 읽고는 끔찍해했던 기억이 난다. 얼마 후 그 희생자의 배우자와 이런 식으로 연결될 줄은 꿈에도 모르고 말이다.)

블랙스톡은 넋이 나간 사람 같았다. 그의 슬픔은 아마존 강물처럼 거세게 흘러넘쳤다. 그는 조수인 시모 카츠에게 환자를 맡기고 자신은 무기한 휴업에 들어갔다. 그는 비통한 어조로 어쩌면 사무실 문을 닫고 마이애미비치로 갈지도 모르겠다고 말했다. 그에게는 가까운 친척이 한 명도 없었고, 아내를 잃은 비통함이 너무 큰 상태라(소피는 그 깊고 애절한 슬픔에 감동받지 않을 수 없었다.) 소피가 여동생이나 딸 같은 역할을 하게 되었다. 실비아의 목을 찾는 수색이 계속되던 며칠 동안, 소피는 세인트올번스에 있는 블랙스톡의 집에서 그의 곁을 지키면서 진정제를 가져다주기도 하고, 차를 끓여 주기도 하고, 아내에 대한 그의 애도의 말을 참을성 있게 들어주기도 했다. 수십 명의 조문객이 드나들었지만, 줄곧 그의 곁을 지킨 사람은 그녀뿐이었다. 장례식이 큰일이었다. 블랙스톡은 머리 없이 몸만 묻을 수는 없다고 버텼다. 결국 소피가 마음을 굳게 먹고, 실비아의 목을 찾을 수 없는 만일의 경우에는 어떻게 할지 하는 문제를 비롯한 여러 가지 문제들을 병원 및 경찰 관계자들과 상의할 수밖에 없었다. 그러나 다행히도 실비아의 목이 곧 라이커스아일랜드 물가로 떠밀려 가 발견되었다. 시립 시체 안치소로부터 전화를 받은 것도, 검시관의 다급한 충고를 듣고 아내의 얼굴을 마지막으로 보라고 어렵사리 블랙스톡을 설득한 것도 그녀였다. 마침내 몸이 모두 맞춰진 실비아는 롱아일랜드에 있는 유대인 공동묘지에 안장되었다. 소피는 장례식에 참석한 블랙스톡의 친구들과 환자들이 엄청나게 많은 것을 보고 놀랐다. 문상객들 중에는 뉴욕 시장의 개인 비서와 경찰 고위 간부, 블랙스톡에게 척추 물리치료를 받았다는 유명한 라디오 코미디언 에디 캔터도 있었다.

영구차를 타고 브루클린으로 돌아가는 동안, 블랙스톡은 소피의 어깨에 얼굴을 묻고 하염없이 눈물을 흘리며 이디시어로 그녀에게 고맙다는 말을 되풀이했다. 자기와 실비아에게는 자식이 없었지만 소피가 딸처럼 느껴진다는 말도 했다. 유대교식의 철야 기도는 없었다. 블랙스톡은 혼자 있고 싶어 했다. 소피는 그와 함께 세인트올번스에 있는 그의 집으로 가 그가 정리하는 일을 도와주었다. 그러고 나니 저녁때가 다 되었다. 소피가 지하철을 타고 가겠다고 아무리 말해도 그는 기어코 그 거대한 유람선 같은 플리트우드에 그녀를 태워 브루클린의 분홍 궁전 현관 앞에 내려 주었다. 프로스펙트 파크 위로 어스름하게 저녁노을이 질 무렵이었다. 그는 이제 상당히 침착을 되찾은 것 같았고, 오면서 한두 마디 농담까지 했다. 또 평소에는 술을 거의 입에 대지 않았지만, 그날은 스카치위스키를 약하게 한두 잔 마시기도 했다. 그러나 분홍 궁전 앞에서 그녀 곁에 서 있던 그는 갑자기 무너져 내렸다. 그 어스름한 석양빛을 받으며 그녀를 와락 껴안더니 그녀의 목에 얼굴을 묻고 너무도 외롭게 흐느끼며 울다가 이디시어로 절망에 찬 말을 중얼거렸다. 그가 갑자기 애인끼리 껴안듯 너무 꽉 껴안아서 그녀는 혹시 절망에 몸부림치는 그가 딸에게 바랄 수 있는 위로 이상의 것을 구하는 것은 아닐까 하는 생각이 들기 시작했다. 그녀는 그의 아랫도리가 딱딱해지는 것을 느꼈고 거의 성적인 헐떡거림을 들었다고 생각했다. 그러나 그녀는 곧 그런 의심을 털어 냈다. 그는 지극히 청교도적인 사람이었다. 그토록 오랫동안 함께 일해 오면서도 그녀에게 아무런 접근을 하지 않았는데, 이렇게 실의에 빠진 상황에서 그녀에게 접근할 리는 만무하다는 생각이 들었다. 시간이 흐르면 이런 추측이 맞았다는 사실이 밝혀질 것이었지만, 어쨌든 그녀가 그 길고 불편한 포옹을 후회할 이유는 분명히 있었다. 아주 우연히도 네이선이 2층에서 그 모습을 내려다보고 있었던 것이다.

블랙스톡의 불행을 함께하며 돌봐 주느라고 지칠 대로 지친 소피는 일찍 잠자리에 들고 싶었다. 그러고 싶었던 이유가 또 하나 있었는데, 그다음 날인 토요일 아침 네이선과 함께 코네티컷으로 여행 가기로 했기 때문이었다. 그녀는 며칠 전부터 이 여행을 고대해 왔다. 어릴 적에도 뉴잉글랜드의 멋진 가을 풍경에 대해 들어 본 적이 있었지만, 네이선이 그 특유의 달변으로 자연이 만들어 낸 최고의 단풍에 대해 아주 흥미진진하게 묘사하면서 절대로 놓쳐서는 안 되는 장관이라고 침이 마르게 선전을 한 터라 한껏 기대에 부풀어 있었다. 네이선은 래리의 차를 주말 내내 이용할 수 있게 빌려 놓았고, 유명한 여인숙에 방까지 예약해 놓은 터였다. 이런 사실만으로도 소피의 모험심을 부추기기에 충분했지만, 게다가 그녀는 실비아의 장례식을 위해 잠시 뉴욕을 떠난 것과 몬타우크에서 네이선과 여름 한나절을 보낸 것을 제외하고는 뉴욕시를 벗어나 본 적이 한 번도 없었다. 따라서 미국에 와서 처음으로 목가적인 풍경이 펼쳐지는 아름다운 곳으로 여행을 떠난다는 생각에 그녀는 한껏 마음이 부풀고 신이 났다. 어린 시절 빈과 알토아디제와 이탈리아 북동부의 백운암산맥을 향해 힘차게 달리던 기차 안에서 느낀 기대와 흥분 이상이었다.

그녀는 2층으로 올라가면서 무엇을 입을까 생각하기 시작했다. 날씨가 많이 선선해졌는데, 10월의 삼림 지대에서는 어떤 옷이 어울릴까 고민하던 그녀는 불과 이 주 전에 네이선이 에이브러햄 앤드 스트라우스에서 사 준 가벼운 트위드 정장을 생각해 냈다. 층계참에 다다르자 전축에서 브람스의 「알토 랩소디」가 흘러나왔고, 매리언 앤더슨이 원숙한 목소리로 긴 절망을 극복하고 쟁취해 낸 승리의 기쁨을 노래하고 있었다. 피곤해서였는지 아니면 장례식 여파 때문이었는지 모르겠지만, 그 음악을 듣자 갑자기 울컥 목이 메면서 눈시울이 뜨거워졌다. 음악 소리가 들린다는 것은 네이선이 돌아와 있다는 뜻이었기 때문에 그녀는 두근거리는 가슴으로 발걸음을 빨리 했다. 그러나 그녀가 문을 열면서 "나 왔어, 자기야!"라고 외쳤지만, 놀랍게도 방 안에는 아무도 없었다. 그가 와 있어야 했다. 6시까지는 돌아와 있겠다고 했는데, 보이지 않았다.

잠깐 눈만 붙이려고 누웠던 그녀는 비록 선잠이기는 했지만 피곤한 탓인지 꽤 오래 잤다. 어둠 속에서 눈을 뜬 그녀는 알람 시계의 형광 바늘이 10시가 넘은 시각을 가리키자 갑자기 불안해졌다. 네이선! 약속한 시간에 나타나지 않다니, 아니 메모조차 남기지 않았다니 그답지 않았다. 버림받았다는 느낌이 그녀를 엄습했다. 그녀는 침대에서 벌떡 일어나 불을 켜고 방 안을 서성거리기 시작했다. 그가 퇴근하고 집에 왔다가 뭔가를 사러 나갔고, 그러고는 도로에서 끔찍한 사고를 당한 것이 틀림없다는 생각밖에 나지 않았다. 어딘가에서 재난을 알리는 날카로운 경찰차 사이렌이 들려오는 것만 같았다. 마음 한편에서는 이렇게 공포에 떠는 것이 어리석기 짝이 없다는 생각이 들었지만, 자꾸만 그런 생각이 드는 것은 어쩔 수 없었다. 네이선에 대한 그녀의 사랑은 너무나도 필사적이었고, 어린아이처럼 너무나 의존적이어서, 그의 부재가 가져다준 알 수 없는 공포는 부모로부터 버림받을지도 모른다는, 그녀가 어릴 때 많이 느껴 본 질식할 것 같은 두려움처럼 그녀를 어쩔 줄 모르게 만들었다. 이런 생각도 불합리하다는 것을 알기는 했지만, 어쩔 도리가 없었다. 그녀는 라디오를 켜고 뉴스 아나운서의 말에 귀를 기울임으로써 관심을 다른 데로 돌려 보려고 노력했다. 그러나 별 소용이 없었다. 계속해서 방 안을 거니는 동안 자꾸 끔찍한 일들만 상상되어 마침내 울음을 터뜨리려는 찰나에 갑자기 네이선이 문을 벌컥 열고 들어왔다. 그 순간 그녀는 죽은 자 가운데서 부활한 듯한, 성스러운 빛이 자신에게 쏟아지는 듯한 희열을 느꼈다. 내가 이런 사랑을 하다니. 그녀는 생각했다.

그가 두 팔로 그녀를 꽉 끌어안았다. "섹스하자." 그가 그녀의 귀에 대고 속삭였다. 그러더니 이렇게 덧붙였다. "아냐, 잠깐 기다려. 당신을 위해 깜짝 선물을 준비했어." 안도감에 꽃자루처럼 나약하고 유순해진 그녀는 그의 저항할 수 없는 팔에 안겨 약간 몸을 떨었다. "저녁은……." 그녀가 얼떨떨한 목소리로 말문을 열었다.

"저녁 식사 얘기는 하지도 마." 그가 큰 소리로 말하며 그녀를 놓아주었다. "더 중요한 일들이 있으니까." 그가 즐겁게 지그[26]를 추며 돌아다니는 동안 그녀는 그의 눈을 바라보았다. 평소와는 다르게 반짝거리는 눈빛, 광기에 가까울 정도로 힘있는 목소리로 볼 때 '약'에 취한 상태임을 알 수 있었다. 이렇게까지 심하게 흥분한 모습은 본 적이 없었지만, 놀라지는 않았다. 즐겁고 안심했을 뿐 놀랍지는 않았다. 이전에도 그가 마약에 취한 모습을 본 적이 있었다. "모티 하버네 집에서 즉흥 재즈 연주회가 있대. 거기 가자." 말을 마친 그는 상사병에 걸린 수사슴처럼 그녀의 빰에 코를 비볐다. "코트 입어. 즉흥 연주회에 가서 축하 파티를 해야지!"

"무슨 축하 파틴데, 자기야?" 그녀가 물었다. 그 순간에는 그에 대한 사랑과 구원받았다는 느낌이 너무도 크고 광적이어서 그가 하라고만 했다면 그와 함께 대서양이라도 헤엄쳐 건넜을 것이다. 그럼에도 불구하고 그의 광기에 압도되어 당혹감을 느낀 그녀는(배고픔도 참을 수 없을 정도였다.) 그를 진정시켜 보려고 서투르게 양손을 내밀었지만 허사였다. "무슨 축하 파틴데?" 그녀가 다시 물었다. 그녀 자신도 그의 흥분에 전염

26) 빠른 서양 춤곡.

이 되지 않을 수 없었다. 그녀는 그의 코에 키스했다.

그가 물었다. "전에 했던 실험 얘기 기억나? 지난주 내내 우리를 쩔쩔매게 만든 그 혈액 분류 문제 말이야. 혈청 효소와 관련이 있다고 했던 문제."

소피는 고개를 끄덕였다. 그녀는 그의 연구에 대해서 하나도 이해하지 못했지만, 생리학과 인간 신체의 화학적 수수께끼에 관한 그의 장황한 강연을 항상 성실하게 들었다. 그가 시인이었다면 그녀에게 멋진 시를 읊어 주었을 것이다. 그러나 그는 생물학자여서 그녀를 대적혈구와 헤모글로빈 전기 이동법과 이온 교환 수지의 포로가 되게 했다. 그녀는 이런 것을 전혀 이해하지 못했다. 하지만 네이선을 사랑했기 때문에 이런 알 수 없는 것도 사랑했다. 그래서 대단히 수사학적인 그의 질문에 "아, 그럼, 기억나고말고."라고 대답하게 되었다.

"오늘 오후에 그 문제를 정면 돌파했어. 문제를 완전히 해결했다고. 완전하게 말이야, 소피! 그게 지금까지 최대의 난관이었거든. 이제 표준 통제부를 위해 전체 실험을 한 번 더 해 보는 일만 남았어. 그건 형식적인 일에 불과해. 이제 우리가 역사상 가장 중요한 의학적 돌파구를 마련하는 건 시간문제야!"

"야호!" 소피가 외쳤다.

"키스해 줘." 그가 자신의 입술을 그녀의 입술에 바싹 갖다 대고 속삭이더니, 이내 혀를 그녀의 입 속으로 밀어 넣었고, 마치 섹스를 하듯 입 안을 간질이며 살금살금 나아가다가 다시 빼는 동작을 반복했다. 그러다가 갑자기 입술을 떼더니 말했다. "그러니까 모티네 집에 가서 축하 파티를 하자고. 가자!"

"배고파!" 그녀가 외쳤다. 완강한 반대는 아니었지만, 배가 고프다 못해 아파 오는 터라 말하지 않을 수 없었다.

"모티네 집에서 먹자." 그가 쾌활한 어조로 대답했다. "걱정 마. 간단한 먹을거리는 아주 많을 거야. 가자고!"

"뉴스 속보입니다." 라디오 아나운서의 전형적인 목소리가 두 사람의 관심을 끌었다. 소피는 잠시나마 네이선의 표정이 굳는 것을 보았고, 거울을 보니 자신은 턱이 탈구된 것처럼 돌아가 있어서 이 하나가 빠져 아파하는 듯한 표정이었다. 아나운서는 전 나치 공군 원수 헤르만 괴링이 수감되어 있던 뉘른베르크 감옥에서 사망한 채 발견되었는데, 자살한 것으로 보인다고 말했다. 사인은 청산칼리 중독으로 밝혀졌으며, 몸 어딘가에 숨겨 놓았던 캡슐이나 알약을 먹고 사망에 이르렀다고 했다. 끝까지 연합군을 경멸하는 태도를 보인 그는 그보다 앞서간 요제프 괴벨스, 하인리히 힘러 그리고 최고 지도자인 아돌프 히틀러가 그랬듯이 자살함으로써 적의 손에 보복당하는 운명을 피해 간 것이다. 소피는 온몸에 전율이 흐르는 것을 느꼈다. 네이선의 굳은 표정이 풀리더니 다시 쾌활한 표정이 되었다. 그가 약간 숨을 헐떡거리며 말했다. "젠장! 피해 갔군. 교수대를 피해 갔어. 영리한 개새끼!"

그는 라디오를 집어 들고 다이얼을 이리저리 돌리기 시작했다. 소피는 불안한 듯 서성거렸다. 그녀는 그동안 전쟁과 관련된 모든 것을 머릿속에서 몰아내려고 노력했고, 그해 내내 신문지상을 떠들썩하게 한 뉘른베르크 전범 재판에 대해서도 완벽하게 무시해 버렸다. 뉘른베르크에 대한 기사를 읽지 않겠다고 결심했기 때문에, 자신은 의도적으로 미국 언론에 관심을 가짐으로써 영어 실력을 향상시키는 일을 하지 않은 것이라고 합리화할 수도 있었다. 그녀는 전쟁과 관련된 가까운 과거에 대한 모든 기억과 마찬가지로 뉘른베르크에 관련된 일도 모두 머리에서 몰아냈다. 사실 그녀는 몇 주 전부터 뉘른베르크에서 벌어지던 괴터뎀머룽[27]의 마지막 장면에 대해 아무런 관심이 없었기 때문에, 괴링이 교수형을 선고받았다는 사실조차 몰랐고, 그가 교수형 집행 예정 시간에 불과 몇 시간 앞서 자살을 함으로써 치욕적인 교수형을 피해 갔다는 뉴스에도 이상하리만치 아무런 마음의 동요가 느껴지지 않았다.

H. V. 칼텐보른이라는 사람이 괴링의 자살에 대해 엄숙한 어조로 지루하게 논평을 늘어놓았고(그는 괴링이 마약 중독자였다고 했다.) 소피는 킬킬거리기 시작했다. 그 음울한 논평과는 대조적인 어릿광대의 목소리로 네이선이 독백하는 모습이 아주 우스웠기 때문이다. "도대체 어디에다가 청산칼리 캡슐을 숨긴 거야? 똥구멍 속에? 거기는 간수들이 열두 번도 더 검사해 봤을 텐데! 그래도 그 빵빵한 비곗덩어리 궁둥이 속에 숨길 구석이 있었는지 모르지. 거기 숨겨 놨는데 못 찾았을지도 몰라. 아니면 어디에? 배꼽 속에? 이 속에? 멍청한 간수들이 배꼽은 검사 안 한 거 아냐? 어쩌면 턱 아래 늘어진 목살 속에 숨겨 놨는지도 모르지. 분명히 그 뚱보가 거기에다 숨겨 놨을 거야. 쇼크로스[28]와 텔포드 테일러[29]를 비웃는 동안에도,

27) 신들의 황혼, 체제 붕괴.

그 광기 어린 재판을 비웃는 동안에도, 축 늘어진 턱살 속에 약을 숨겨 놓고 있었을 거야…….” 이 순간 라디오에서 시끄러운 잡음이 들리더니 다시 평론가의 말이 들려왔다. “평론가들 상당수는 강제 수용소 설립의 주된 책임은 괴링에게 있다고 믿습니다. 코믹 오페라에 나오는 어릿광대를 연상시키는 토실토실하고 유쾌하게 생긴 외모지만, 악귀에 사로잡혀 있던 괴링이야말로 역사 속에 영원히 악명을 떨치게 될 다하우, 부헨발트, 아우슈비츠 같은 수용소의 진정한 설립자였습니다…….”

소피는 갑자기 중국식 발 뒤로 걸어가 세면대 앞에서 부산을 떨기 시작했다. 잊고 싶었던 모든 일이 기억 속에 되살아나는 것에 불길한 불안감을 느꼈다. 저 저주받을 라디오를 왜 켰을까? 발 맞은편에서 계속되는 네이선의 독백이 들렸다. 결국에는 그가 어떤 기분이 될지, 그 끔찍했던 과거를 평가하고자 하는 마음이 들면 또 얼마나 화를 낼지 이미 알고 있던 그녀는 그의 독백이 더 이상 재미있게 느껴지지 않았다. 때때로 그는 엄청난 분노에 사로잡혀 그녀를 놀라게 했고, 그 활기차고 쾌활하며 외향적인 모습에서 고민에 휩싸여 절망하는 영혼으로 너무도 빨리 변신하곤 했다. “네이선.” 소피가 큰 소리로 말했다. “네이선, 자기야, 라디오 끄고 우리 빨리 모티네 집에 가요. 정말정말 배가 고파. 어서!”

그러나 그는 그녀의 말을 듣고 있지 않았거나 신경 쓰지 않

28) 뉘른베르크 전범 재판 당시의 영국 법무부 장관.

29) 뉘른베르크 전범 재판 당시 전범들을 기소한 수석 검사.

는 것 같았다. 그녀는 나치의 만행에 대한 그의 집착이, 그가 끌어안고 싶어 하는 것만큼이나 강하게 그녀는 거부하고 싶었던 그 참을 수 없는 역사에 대한 그의 집착이, 몇 주 전 그들이 함께 본 단편 뉴스 영화 때문에 더 강해진 것은 아닌가 생각했다. 그때 그들은 대니 케이(여전히 소피가 제일 좋아하는 어릿광대였다.)가 나오는 영화를 보러 RKO 알비 극장에 갔는데, 들떴던 기분은 바르샤바 지역의 게토를 보여 주는 단편 뉴스 영화 때문에 완전히 깨지고 말았다. 소피의 눈에 너무도 익숙한 곳이 갑자기 화면을 채웠다. 폭발한 화산처럼 폐허가 되어 있었지만 그녀에게는 아주 익숙한 곳이었고(그녀는 그 근처에 살았다.) 전쟁으로 폐허가 된 유럽의 모습을 볼 때마다 늘 그랬듯이 그녀는 눈을 아주 가늘게 뜨고 그 황무지를 걸러 내려고, 혹은 아주 희미한 얼룩처럼 보이게 만들려고 했다. 그러나 낯익은 종교 의식이 벌어지고 있어서 완전히 눈과 귀를 막을 수는 없었다. 유대인들이 모여 자기 민족의 대량 학살과 순교를 추모하는 추모비 제막식을 거행하고 있었고, 가슴에 단검을 맞은 천사처럼 비통하게 유대인의 진혼가를 노래하는 테너 가수의 목소리가 그 음울한 장면에서 울려 퍼졌다. 어둠 속에서 소피는 네이선이 '카디시'[30]라는 친숙한 단어를 중얼거리는 소리를 들었다. 그들이 바깥으로 나왔을 때 네이선은 급히 손을 들어 두 눈을 가렸지만, 눈물이 양 볼을 타고 흘러내리는 것을 숨길 수 없었다. 그녀만의 대니 케이이자 사랑스러운

30) 유대교의 거룩한 기도문.

어릿광대인 네이선이 이런 감정을 표현한 것은 처음이어서 그녀는 상당한 충격을 받았다.

그녀는 중국식 발 뒤에서 부산을 떨었다. "자, 어서 가요, 자기야." 그녀가 약간 조르는 투로 말했지만, 그는 라디오 앞에서 꿈쩍도 하지 않을 태세였다. 그가 낄낄거리며 냉소적인 어투로 말했다. "바보 같은 놈들. 그 뚱보가 다른 놈들처럼 빠져나가는 걸 막지 못하다니!" 그녀는 립스틱을 칠하며, 뉘른베르크 재판 소식이 지난 몇 주간 네이선의 마음을 그렇게도 완전하게 사로잡아 버린 것을 생각하며 놀라워했다. 항상 그러지는 않았다. 그들이 처음 만난 며칠 동안 그는 그녀가 겪은 경험에 대해 잘 알지 못하는 것 같았다. 비록 그 경험의 부산물인 그녀의 영양 실조나 빈혈, 치아 상실 같은 문제들이 계속 그의 관심 대상이자 걱정거리이기는 했지만 말이다. 물론 그가 강제 수용소에 대해 전혀 몰랐던 것은 아니었다. 소피는 그 엄청난 존재가 다른 상당수의 미국인들에게 그랬듯이 네이선에게도 아득히 먼 곳에서 일어나는 드라마이고 아주 추상적이고 너무나 이국적인 것이어서(그리고 너무나 이해하기 어려운 것이어서) 그의 마음에 완전히 자리를 잡지 못했으리라고 생각했다. 그런데 정말 갑자기 태도가 싹 바뀌었다. 바르샤바 게토의 모습을 담은 단편 뉴스 영화가 그를 엄청난 충격으로 몰아넣더니, 얼마 후에는 《헤럴드 트리뷴》의 연재 기사가 그의 눈을 사로잡았다. 뉘른베르크 재판에서 밝혀진 끔찍한 전쟁 범죄 중의 하나를 다룬 심층 분석 기사였는데, 트레블링카 수용소의 유대인 학살 전모를 밝힌 내용이었고 상상도 할 수 없는 그 어마어마한 통계 증거가 충격적이었다.

나치의 범죄는 서서히 그러나 확실히 전모가 드러났다. 강제 수용소의 잔혹 행위에 대한 뉴스는 유럽에서 전쟁이 끝난 1945년 봄에 처음 나왔다. 그로부터 일 년 반이 지난 지금, 산같이 쌓인 똥 더미처럼 정신없이 쌓이는 전쟁 관련 소식들과 뉘른베르크를 비롯해 여러 곳에서 열리는 전범 재판에서 밝혀진 끔찍한 사실들은 많은 사람들이 참아 낼 수 있는 것 이상의 잔혹한 역사를 이야기하기 시작했고, 심지어 시체를 불도저로 밀어 땔감으로 썼다는 충격적인 초기의 뉴스보다도 더 끔찍하고 충격적인 사실들이 소나기처럼 쏟아지고 있었다. 네이선을 바라보던 소피는 지금 그가 충격의 후기 단계 중 하나인 뒤늦은 깨달음의 단계에 있다고 생각했다. 이제까지 그는 아무것도 믿지 않으려 했다. 그러나 이제는 믿게 되었다. 그러자 잃어버린 시간을 만회하려는 듯 강제 수용소와 뉘른베르크와 전쟁과 반유대주의와 유럽에 살던 유대인들의 대량 학살에 대한 사실을 닥치는 대로 머릿속에 집어넣었다.(예전 같으면 주말 밤이면 영화나 콘서트를 보러 갔을 테지만 그즈음에는 네이선 때문에 주로 뉴욕 공립 도서관 브루클린 분관에서 시간을 보냈다. 네이선은 그곳 정기 간행물실에서 자신이 미처 알지 못했던 뉘른베르크 재판 관련 소식을 찾아보고 수십 장씩 메모를 했고 『유대인과 인간의 희생』, 『새로운 폴란드와 유대인들』, 『히틀러가 지킨 약속』 같은 책들을 빌리기도 했다.) 이런 노력과 놀라운 기억력 덕분에 그는 곧 다른 분야에서 그랬듯이 나치의 범죄와 유대인 문제에 관해서도 전문가가 되었다. 언젠가 한번은 소피에게 이렇게 물은 적도 있었다. 세포 생물학의 관점에서 보면 나치의 행동은 중요한 역할을 하는 거대한 세포 집단이 도덕적으로 난폭해져서, 마치 악성 종양이 한 인간의 신체에 미치는 것과 같은 위험을 전 인류에게 끼치는 것이라고 생각해 볼 수도 있지 않을까? 그는 지난 여름과 가을 동안 이처럼 엉뚱한 질문을 자주 했고, 강박관념에 사로잡힌 사람처럼 행동했다.

"다른 나치 지도자들 상당수가 그랬듯이 헤르만 괴링도 미술 애호가였습니다." H. V. 칼텐보른이 늙은 귀뚜라미 같은 목소리로 말했다. "하지만 그의 미술 사랑은 전형적인 나치 방식으로 표출되었죠. 나치 고위 지도자들 중 네덜란드와 벨기에, 프랑스, 오스트리아, 폴란드 같은 국가에서 박물관과 미술관을 약탈하고 개인 소장품을 강제로 빼앗은 일에 책임이 가장 큰 사람이 바로 괴링이었습니다." 소피는 귀를 막고 싶었다. 그 전쟁을, 그 세월을 마음의 어두운 벽장 속에 처박아 놓고 잊어버릴 수는 없을까? 소피는 다시 네이선의 관심을 딴 데로 돌려야겠다는 생각이 들었다. "실험실 일은 정말 잘됐어, 자기야. 축하 파티 시작하지 않을래요?"

네이선은 아무 대답이 없었다. 귀뚜라미 같은 목소리가 괴링의 자살에 대해 무미건조하고 음울한 논평을 계속 쏟아 냈다. 네이선의 집착에 대해 생각하던 소피는 적어도 자신이 저 불쾌한 거미줄에 얽혀 들 걱정은 없다는 사실에 안도했다. 그녀의 감정과 관련된 많은 일에서 그랬듯이, 그는 이 문제에 관해서도 늘 사려 깊고 점잖은 태도를 보여 주었다. 이 문제에 대해서만큼은 그녀가 아주 완강하고 단호하게 자신의 입장을 밝혔기 때문이다. 그녀는 강제 수용소 생활에 대해 말하지 않을 것이고 말할 수도 없다는 사실을 그에게 분명히 했다. 그나마 그에게 이야기해 준 것은 모두 그들이 처음 만난 날 밤, 바로 이 방에서 아주 피상적으로 들려준 것뿐이었다. 그때 그녀의 입에서 나온 몇 마디가 그가 아는 전부였다. 그 후로 그녀는 강제 수용소 생활에 대해 말하고 싶지 않다는 말조차 할 필요가 없었다. 그는 그녀의 뜻을 전적으로 존중해 주었다. 그녀는 과거의 일을 모두 들춰내지 않겠다는 자신의 굳은 결의를 그가 눈치챘다고 생각했다. 그래서 컬럼비아 병원에서 검사를 받을 때 그녀가 겪은 구체적인 학대 행위와 결핍에 대해 분명히 밝혀야 했던 경우를 제외하고 그들은 아우슈비츠에 대해서는 한마디도 하지 않았다. 병원에서 말을 할 때도 대단히 모호하게 했지만, 그는 무슨 말인지 금방 알아차렸다. 그런 이해심은 그녀가 그에게 감사하는 여러 가지 것들 중 하나였다.

찰깍하고 라디오 끄는 소리가 나더니, 네이선이 거칠게 발을 밀치고 들어와 그녀를 껴안았다. 그녀는 이렇게 조급하게 구는 카우보이 같은 공격에 익숙해 있었다. 그의 눈이 반짝였다. 그녀는 불가사의한 원천에서 나온 활기에 휩싸여 고동치는 그의 맥박을 느끼며 그가 얼마나 취해 있는지 알 수 있었다. 그는 다시 그녀에게 키스하기 시작했고, 그의 혀가 그녀의 입을 벌리고 들어와 입 안을 탐험했다. 그는 약에 취해 있을 때면 언제나 사나운 수소가 되어 거칠고 노골적으로 굴었다. 그러면 그녀도 몸이 더워지면서 곧 기꺼이 그를 받아들이게 되곤 했다. 지금 이 순간에도 그녀는 자신의 몸이 서서히 더워지고 축축해지는 것을 느꼈다. 그가 그녀의 손을 이끌어 자신의 성기 위에 올려놓았고, 그녀는 그것을 부드럽게 어루만졌다. 바지 속의 그것은 빗자루 손잡이처럼 굵고 단단해져 있었다. 그녀는 무릎을 구부리고 앉아 낮은 신음 소리를 내며 그의 바지 지퍼를 내렸다. 활기차게 움직이는 그녀의 손과 이에 반응하는 그의 성기 사이에 짜릿한 교감이 오가는 익숙한 순간이 찾아왔다. 그녀는 그의 몸을 더듬을 때마다 어린 아기가 작은 손을 뻗어 어른의 손가락을 만지는 것 같다는 생각을 했다.

그때 갑자기 그가 그녀를 밀어냈다. "가자. 재미는 나중에 보고." 그녀는 그 말이 무슨 뜻인지 알았다. 약에 취한 네이선과의 섹스는 단순히 재미를 보는 것에 그치지 않았다. 그것은 모든 제약을 넘어선 행위였고, 망망대해를 항해하는 것 같은 느낌이었으며, 상상 속에서나 가능한 일이 현실화되었다. 그리고 그럴 때의 섹스는 끝도 없이 계속되었다…….

소피가 말했다. "난 파티가 끝나기도 전에 끔찍한 일이 일어날 거라곤 생각도 못 했어요. 모티 하버의 집에서 있었던 재즈 연주회 말이에요. 그때 나는 네이선에게 전에는 느껴 보지 못한 두려움을 느꼈어요. 모티 하버는 브루클린에서 그다지 멀지 않은 곳에 있는 건물의 맨 꼭대기 층을 빌려 살고 있었어요. 파티는 거기에서 열렸죠. 모티는 당신도 해변에서 만나 본 적이 있죠? 어쨌든 모티는 브루클린 칼리지의 생물학 강사였고, 네이선과는 친한 친구예요. 나는 모티를 좋아하지만, 정말 솔직히 말하자면 스팅고, 네이선의 친구들을 대부분 진심으로 좋아하는 건 아니에요. 남자든 여자든 말이죠. 내 책임도 있다는 걸 알아요. 무엇보다도 나는 낯을 가렸고, 그때는 영어 실력도 별로였어요. 난 영어를 듣고 이해하는 것보다 말을 더 잘하는 편이죠. 그래서 사람들이 한꺼번에 말을 쏟아 내기 시작하면 난 무슨 말인지 하나도 못 알아들어요. 그런데 네이선 친구들은 항상 프로이트니 정신 분석이니 남근 선망이니 하는 것들에 대해, 내가 전혀 알지도 못하고 관심도 없는 것들에 대해 떠들어 대곤 했죠. 그들이 그렇게 엄숙하고 진지하게 말하지 않았더라면 조금은 관심을 가졌을 것 같은데, 다들 엄청 엄숙하고 진지했어요. 아, 그렇다고 그들과 사이가 좋지 않았다는 뜻은 아니에요. 그럭저럭 잘 지냈어요. 단지 그들이 오르가슴 이론이니 오르곤 에너지니 하는 것들에 대해 이야기를 시작하면 나는 관심을 꺼 버리고 다른 것을 생각했을 뿐이에요. 켈 엉뉘!(정말 지겨웠어요!) 그리고 그들도 나를 싫어하진 않았어요. 내가 과거에 대해 이야기를 안 하고 좀 초연한 태도로 있으니까 나에 대해 의심을 하는 것 같고 흥미도 있는 것 같긴 했지만요. 그뿐만 아니라 나는 그 사람들 중에 유일하게 유대인이 아닌 여자인 데다 폴란드 사람이었어요. 그런 것 때문에 나를 이상하고 불가사의한 여자로 보는 것 같더라고요.

어쨌든 우리는 파티에 늦게 도착했어요. 집을 나서기 전에 내가 말려 봤지만 네이선은 기어이 벤제드린을, 네이선은 그냥 '베니'라고 하는데, 한 알 더 먹더라고요. 그래서 네이선 형의 차를 타고 파티장으로 향하는 동안 네이선은 이미 약에 취해 있었어요. 마치 새처럼, 독수리처럼 믿을 수 없을 정도로 도취해 있더라고요. 라디오에서는 「돈 조반니」[31]가 나왔는데, 네이선은 그 리브레토를 다 외우고 있었어요. 그는 이탈리아어로 오페라도 잘 부르거든요. 어쨌든 네이선은 라디오에 나오는 가수를 따라 목청껏 노래를 불렀어요. 오페라에 열중한 나머지 그만 브루클린 칼리지로 가는 길을 지나쳐 버렸지 뭐예요. 그래서 플랫부시 애비뉴를 쭉 달려 바닷가까지 갔죠, 뭐. 게다가 차를 너무 빨리 몰아서 걱정이 되기 시작했어요. 어쨌든 그러다 보니 모티 하버의 집에 늦게 도착했어요. 11시가 넘어서 도착했을 거예요. 정말 엄청 큰 파티였어요. 적어도 100명은 모였을 거예요. 아주 유명한 재즈 그룹이 왔는데, 아, 그 클라리넷을 연주하던 사람 이름을 잊어버렸네요. 음악이 밖에까지 다 들리더라고요. 정말 끔찍이도 시끄러운 음악이었어요. 난 사실 재즈를 별로 좋아하지 않아요. 하지만 네이선이 떠나기 전엔 조금씩 좋아지고 있었는데…….

거기 모인 사람들은 대부분 브루클린 칼리지와 관련이 있었어요. 대학원생들이거나 교수들이거나 그랬죠. 하지만 그 외에도 다양한 사람들이 모였더라고요. 맨해튼에서 모델 일을 한다는 예쁜 아가씨들도 있고, 음악가들도 많고, 흑인들도 꽤 되었어요. 흑인을 그렇게 많이 그렇게 가까이서 본 적이 없었거든요. 참 낯설고 신기하더군요. 그 사람들 웃음소리가 참 듣기 좋았어요. 모두들 한잔하면서 즐거워했어요. 그런데 사

31) 모차르트의 오페라.

람들이 이상한 냄새가 나는 담배를 피우더라고요. 그런 냄새를 처음 맡아 봤어요. 네이선이 마리화나라고 그러더군요. 그냥 '차'라고 부른다고 했어요. 모두들 아주 행복해 보였고, 처음에는 파티가 그리 나쁘지 않았어요. 사실 꽤 즐거웠어요. 곧 끔찍한 일이 일어나리라고는 생각도 못 했고요. 안으로 들어서다가 입구에서 모티를 만났어요. 네이선은 그를 보자마자 실험 얘기부터 꺼내더군요. 거의 소리를 지르다시피 했어요. '모티, 모티, 드디어 해냈어! 그 혈청 효소 문제를 깨끗이 해결했어!' 모티는 이전부터 이 실험 이야기를 들어서 알고 있었어요. 말했죠? 생물학 강사라고. 그가 네이선의 등을 툭툭 치면서 축하한다고 그러더니 맥주로 몇 차례 건배를 하더군요. 그러는 사이에 다른 사람들도 와서 네이선에게 축하한다고 법석을 떨더라고요. 그때 내 기분이 얼마나 좋았는지 모를 거예요. 의학사에 길이 남을 훌륭한 남자와 그렇게 가까이 지내고 있다고 생각하니, 그 남자의 지극한 사랑을 받고 있다고 생각하니, 얼마나 행복했는지 몰라요. 아, 스팅고, 나는 그 자리에서 쓰러져 죽을 것만 같았어요. 그때 네이선이 나를 한 팔로 감싸 꽉 껴안더니 모두에게 말했어요. '이 모든 것이 마리 스클로도프스카 퀴리 이래로 폴란드가 낳은 가장 훌륭한 여성인 여기 이 아가씨의 헌신적인 사랑과 도움이 있었기에 가능했습니다. 또한 이 여성은 제 신부가 됨으로써 제게 또 한 번 영광스러운 순간을 선사할 것입니다!'

스팅고, 그때 내 느낌을 어떻게 표현하면 좋을까요? 상상해 봐요! 네이선과 내가 결혼을 한다는 거예요! 나는 멍한 상태였어요. 도저히 믿어지지 않는 일이 일어나고 있었어요. 네이선이 내게 키스를 했고, 사람들이 미소를 지으며 다가와서 축하의 말을 건넸어요. 난 꿈을 꾸는 거라고 생각했어요. 정말 갑작스러운 일이었거든요. 아, 물론 네이선이 그 전에도 결혼 얘기를 하긴 했어요. 하지만 가볍게 농담조로 얘기했을 뿐이에요. 그때도 나는 흥분했지만, 심각하게 받아들이지는 않았어요. 그래서 그렇게 어안이 벙벙했나 봐요. 도저히 믿어지지 않았어요. 꿈이라고 생각했죠."

소피가 말을 멈췄다. 그녀가 자신의 과거나 네이선과의 관계를 분석할 때면, 혹은 네이선의 이해하기 어려운 측면에 대해 이야기할 때면 양손에 얼굴을 묻는 버릇이 있었다. 마치 모아 쥔 양손이 만들어 낸 어둠 속에서 답이나 단서를 찾으려는 것 같았다. 이번에도 그녀는 그렇게 얼굴을 묻더니 한참 지난 후 다시 고개를 들고 말했다. "결혼 얘기는 네이선이 약에 취해서, 독수리처럼 저 멀리 하늘로 날아가게 만드는 약에 취해서 한 말이라는 것을 이제는 분명히 알겠어요. 하지만 그때는 전혀 그런 생각이 떠오르지 않더라고요. 진짜인 줄 알았어요. 정말 우리가 곧 결혼하게 되는 줄 알았어요. 그 전까지 그렇게 행복했던 순간은 한 번도 없었어요. 그래서 와인을 좀 마시기 시작했어요. 파티는 점점 더 흥겹고 소란스러워졌어요. 그러다가 네이선이 다른 곳으로 가 버렸고, 난 그의 친구들과 대화를 나눴어요. 모두들 앞다퉈 내게 축하한다는 말을 건네더군요. 그중에는 내가 항상 좋아했던 로니라는 네이선의 흑인 친구도 있었어요. 난 로니와 아주 섹시한 동양 아가씨 한 명과 함께 옥상으로 나갔어요. 아, 그 아가씨 이름은 기억이 안 나네요. 로니가 내게 차 한 잔 하겠냐고 묻더군요. 처음에는 무슨 말인지 몰랐어요. 그냥 설탕과 레몬을 넣고 마시는 차를 말하는 줄 알았죠. 그런데 그가 환하게 미소 짓는 걸 보니까 그때서야 마리화나를 얘기한다는 걸 알겠더라고요. 겁이 나더군요. 난 통제력을 잃는 것이 항상 두려웠거든요. 하지만 그땐 너무도 행복해서 아무것도 두렵지 않았어요. 그래서 로니가 건네주는 담배를 받아 들고 한 모금 깊이 빨아들였어요. 왜 그렇게 사람들이 마리화나를 찾는지 알겠더라고요. 정말 멋졌어요!

마리화나는 나를 따뜻한 열기로 채워 줬어요. 지붕 위는 꽤 쌀쌀했지만, 마리화나를 피우니까 갑자기 따뜻해지면서 온 세상이, 그 밤이, 그리고 미래가 아주 아름답게 보이는 거예요. 윈 메르베유, 라 뉘!(경이로운 밤!) 저 아래 브루클린 시가지에서는 100만 개의 작은 불빛들이 반짝거렸죠. 나는 로니와 그의 중국인 여자 친구와 이야기를 나누고, 재즈를 듣고, 하늘의 별을 바라보면서 한참을 그렇게 있었어요. 내 생애 최고의 기분이었어요. 얼마나 시간이 흘렀는지 깨닫지 못하고 있다가 안으로 들어가 보니까 상당히 늦었더군요. 벌써 새벽 4시 가까이 되었더라고요. 파티는 여전히 흥겹게 진행 중이고 음악도 여전했지만, 몇몇 사람들은 이미 가 버리고 없더라고요. 두리번거리면서 네이선을 찾았는데 보이지 않았어요. 몇 사람에게 물어봤더니 한쪽 끝에 있는 방을 가리키더군요. 그래서 그리로 가 봤더니 네이선이 예닐곱 사람과 함께 있었어요. 그런데 그 방 분위기가 이상하더라고요. 즐거운 기색이라곤 찾아볼 수 없고 조용했어요. 마치 누가 끔찍한 사고를 당해서 그 일을 어떻게 처리할지 의논하고 있는 것 같았어요. 방 안으로 들어서는데 분위기가 엄숙하니까 그때부터 불안해지기 시작했어요. 뭔가 아주 심각한 일이, 아주 나쁜 일이 네이선에게 혹은 네이선 때문에 일어날 거라는 생각이 들기 시작했어요. 마치 얼음같이 차가운 바닷물에 몸이 닿은 것처럼 정신이 확 들면서 불길한 느낌이 들었어요. 아주, 아주 불길했어요.

그 사람들은 뉘른베르크에서의 교수형에 대한 라디오 방송을 듣고 있었어요. 특별 단파 방송이었는데, 그걸 뭐라 그러더라…… 아, 생중계 방송이었어요. 잡음이 많이 들리고 목소리가 아주 멀리서 들려오는 것 같았는데, CBS 기자가 뉘른베르크에서 교수형이 집행되는 상황을 하나하나 설명하고 있었어요. 폰리벤트로프[32]와 요들[33]의 형이 이미 집행되었고, 다음에는 율리우스 슈트라이허의 형이 집행될 거라고 했어요. 슈트라이허! 나는 견딜 수 없었어요! 갑자기 식은땀이 흐르면서 토할 것 같았어요. 왜 그랬는지 설명하기가 좀 어렵네요. 물론 이 사람들이 교수형을 당한다는 말을 들으니 정말 기뻤어요. 나는 교수형 집행 때문에 속이 메스꺼운 게 아니었어요. 내가 그렇게도 잊고 싶어 했던 것을 또다시 들춰내니까 너무 힘들더군요. 전에도 얘기했지만, 지난봄에 잡지에서 회스가 목에

---

32) 나치 정권의 외무 장관으로 2차 세계 대전의 발발 원인이 된 여러 조약들을 이끌어 냈다.
33) 독일 장성으로 1945년 5월 무조건 항복 문서에 사인했다.

밧줄을 감고 있는 사진을 봤을 때도 같은 느낌이었어요. 어쨌든 그 방에서는 사람들이 뉘른베르크에서의 교수형 집행 소식을 듣고 있었고, 나는 갑자기 도망치고 싶다는 생각이 간절해졌어요. 과거로부터 자유로워질 수 있을까? 자꾸 그런 생각만 들더군요. 나는 네이선을 바라봤어요. 눈을 보니 아직도 믿을 수 없을 정도로 약에 취해 있더군요. 하지만 다른 사람들과 마찬가지로 교수형 소식에 열심히 귀를 기울이고 있었고, 얼굴 표정은 일그러져 있고 아주 어두웠어요. 화가 나 있는, 위협적인 표정이기도 했어요. 다른 사람들도 마찬가지였고요. 즐겁고 신나던 분위기는 온데간데없이 사라졌더라고요, 적어도 그 방에서는요. 마치 위령 미사에 참석한 것 같았어요. 마침내 뉴스가 끝났고, 아니 어쩌면 라디오가 꺼졌는지도 모르죠. 여하튼 사람들이 갑자기 아주 심각하고 열띤 목소리로 이야기하기 시작했어요.

거기 모인 사람들은 모두 네이선의 친구들이었는데, 나도 조금씩 안면은 있었어요. 그중에 특히 인상에 남는 한 친구가 있었어요. 그와 이야기를 나눠 본 적도 있고요. 해럴드 쇼엔탈이라는 사람이었는데, 나이는 네이선과 비슷한 것 같고, 브루클린 칼리지에서 철학을 가르친다죠, 아마. 아주 열정적이고 진지한 사람이었고, 내가 좀 더 좋아하는 사람들 중 하나였어요. 아주 다정다감한 사람이라고 생각했거든요. 그는 항상 괴로워하는 표정이었고, 불행해 보였어요. 게다가 자신이 유대인이라는 사실에 대단히 신경을 쓰는 것 같았죠. 말도 많이 했는데, 이날은 흥분해서 말을 훨씬 더 많이 하더군요. 그렇다고 네이선처럼 약에 취해 있거나, 맥주나 와인을 많이 마신 것도 아니었어요. 그는 대머리에 콧수염은 축 늘어지고 배가 불룩 나온, 상당히 눈에 띄는 외모였어요. 왜, 그 빙산에 사는 동물 있죠, 영어로 뭐라 그러는지 모르겠네요. 네, 맞아요, 해마. 해마처럼 생겼어요. 그가 파이프를 손에 들고 방 안을 서성거리며 말했어요. '뉘른베르크에서 일어나는 일은, 전범들을 교수형에 처하는 것은 다 어릿광대극이야. 이름뿐인 보복이지. 촌극이야!' 그가 말을 하면 사람들은 항상 귀 기울여 들었어요. 또 이런 말도 했어요. '아직도 유대인들에 대한 살의에 가까운 증오가 독일 국민들의 정신을 썩게 만들고 있는데도 독일 전범들에게 정의의 심판이 내려진다는 착각을 불러일으키게 하는 역겨운 제스처에 불과해. 심판을 받아야 할 사람들은 독일 국민들이야. 전범들이 자기들을 통치하도록, 유대인을 학살하도록 내버려 둔 그들 말이야. 이 몇 안 되는 광적인 살인마들이 아니라.' 그리고 이런 말도 했어요. '앞으로 독일은 어떻게 될까? 이들이 부강해져서 다시 유대인을 학살하도록 내버려 둬야 할까?' 대단한 연설가였어요. 그의 강의를 듣는 학생들은 모두 최면에 빠진 듯 매혹당한다고 하더니 나도 그랬어요. 유대인들에 대해 말할 때는 그의 목소리에서 앙구아스(극도의 불안)가 느껴졌어요. 그는 유대인이 안전하게 살 수 있는 곳이 이 세상에 있기나 하냐고 물었어요. 그러고는 자기가 대답했어요. 아무 데도 없다고요. 또 묻더군요. 역사상 유대인이 안전하게 살 수 있었던 곳이 있기나 했냐고요. 그러고는 또 대답했어요. 아무 데도 없었다고요.

그때 갑자기 그가 폴란드에 대해 이야기하고 있다는 것을 깨달았어요. 그는 전쟁 중에 일부 유대인들이 폴란드에 있는 강제 수용소에서 도망쳐 나와 폴란드 사람들한테 숨겨 달라고 간청했지만 폴란드 사람들은 그들에게 등을 돌리고 도와주지 않았다는 증언이 뉘른베르크인지 어디 다른 곳인지는 모르겠지만 전범 재판에서 나왔다고 말했어요. 폴란드 사람들은 더 끔찍한 일을 했다고도 말했어요. 그런 유대인들을 모두 죽였다고요. 폴란드 사람들이 유대인들을 모두 죽였다는 거예요. 쇼엔탈이 계속 말했어요. 생각만 해도 끔찍한 일이지만 사실이고 이것이 유대인은 어디에서도 결코 안전할 수 없다는 사실을 입증한다고요. '어디에서도'라는 말을 할 때는 거의 절규하는 것 같았어요. 심지어 미국에서도 안전할 수 없다고 했어요! 몽 디외!(맙소사!) 분노에 찬 그의 표정이 기억에 생생해요. 그가 특별히 나를 염두에 두고 하는 말은 아니라는 걸 알았지만, 그가 폴란드에 대해 말할 때는 정신이 더 아득해지면서 다 토할 것 같고 심장이 거칠게 뛰기 시작했어요. 그는 어쩌면 폴란드가 독일보다 더 나쁠지도 모른다고, 적어도 독일만큼은 나쁘다고 말했어요. 유대인을 보호하던 피우수트스키가 죽자마자 유대인을 박해하기 시작한 곳이 폴란드가 아니었냐면서요. 아무 죄 없는 어린 유대인 학생들이 학교에서조차 차별 대우를 받아 폴란드 학생들과는 같은 자리에 앉을 수도 없었고, 미시시피에 살던 흑인들보다 더 못한 대우를 받은 곳이 폴란드가 아니었냐고요. '게토 벤치' 같은 일들이 미국에서는 벌어지지 않을 거라고 누가 보장할 수 있겠냐고 묻기도 했어요. 쇼엔탈이 이런 말을 하니까 자연히 아버지가 떠오르더군요. '게토 벤치' 정책을 만드는 데 일조한 사람이 아버지였으니까요. 갑자기 아버지의 영혼이 그 방에 들어와 내게 다가오는 것 같았어요. 마룻바닥으로 꺼져 버리고 싶더군요. 더 이상 못 참겠더라고요. 그토록 오랫동안 이런 일들을 마음속 깊이 묻어 놓고 있었는데, 싹싹 쓸어 마음의 양탄자 밑에 숨겨 놓고 있었는데(비겁하다는 거 알아요. 하지만 어쩔 수 없었어요.) 그 모든 일들이 쇼엔탈의 입을 통해 다 터져 나오잖아요. 도저히 견딜 수가 없었어요. 메르드(빌어먹을), 도저히 견딜 수가 없었어요!

그래서 쇼엔탈이 이야기를 계속하는 동안 나는 발끝으로 살살 걸어 네이선에게 다가가, 내일 코네티컷으로 여행을 떠나야 하니 이제 집에 가자고 속삭였어요. 하지만 네이선은 꿈쩍도 하지 않았어요. 쇼엔탈의 학생들처럼 최면에 걸린 것 같은 표정으로 그를 뚫어지게 바라보며 그의 입에서 나오는 한마디 한마디를 귀 기울여 듣고 있었어요. 하지만 마침내 입을 열더니 자신은 좀 더 있을 테니 나 먼저 집에 가라고 속삭이더군요. 눈빛이 위험하게 번득여서 겁이 났어요. '크리스마스 때까지도 잠들 수 없을 것 같아.'라고 그가 말했어요. 그러고는 쇼엔탈의 말에 열중해 있으면서 내게 건성으로 말했어요. '집에 가서 좀 자 둬. 내일 아침 일찍 데리러 갈 테니.'라고요. 그래서 나는 서둘러 자리를 떴어요. 칼로 내 가슴을 찌르는 것 같은 쇼엔탈의 말을 듣지 않으려고 애쓰면서요. 택시를 타고 집으로 돌아오는데 기분이 정말 엉망진창이었어요. 우리가 곧 결혼할 거라는 네이선의 말도 완전히 잊어버렸어요. 그 정도로 기분이 엉망이었어요. 금방이라도 입에서 비명이 나올 것만 같았어요."

코네티컷.

시안화나트륨(브로모셀처처럼 별다른 특징이 없는 작고 오톨도톨한 결정체로, 브로모셀처처럼 물에 즉시 녹지만 거품이 일지는 않는다고 네이선이 말했다.)을 담은 캡슐은 아주 작았다. 사실 그녀가 본 어떤 의약품 캡슐보다 작았다. 또한 표면이 반들반들해 사물이 비쳐 보였는데, 그래서 네이선이 누워 있는 소피의 얼굴 바로 위에 그 캡슐을 들어 보이자(그가 엄지와 집게손가락으로 캡슐을 들고 조금 움직이자 분홍색 타원형의 캡슐은 마치 춤을 추듯 약간 회전했다.) 그녀는 석양을 받아 불이 붙은 듯 붉게 빛나는 창밖의 단풍잎들의 축소된 모습이 그 표면에서 반짝이는 것을 보았다. 졸음이 덜 깬 그녀는 두 층 아래에 있는 부엌에서 올라오는 음식 냄새(빵과 양배추 냄새가 섞여서 올라오고 있었다.)를 들이마시며 캡슐이 그의 손에서 천천히 춤추는 것을 바라보았다. 졸음이 파도처럼 그녀의 머리까지 밀고 올라왔다. 그녀는 소리와 빛과 걱정을 사라지게 하는 그 꾸준하고도 편안한 진동을 느낄 수 있었다. 넴뷰탈[34]이 가져다주는 몽환 상태였다. 빨아 먹으면 안 돼. 깨물어 먹어야 돼. 그가 말했다. 하지만 걱정하지 마. 아몬드처럼 달콤 쌉싸름한 맛이 잠시

34) 최면제, 진정제.

느껴질 거고, 복숭아 같은 냄새가 좀 나다가 사라질 거야. 그러면 끝이야! 고통이 찾아들기도 전에 모든 게 끝나고 마는 거야. 어쩌면 아주 잠깐 괴로움이, 아니 불편하다는 느낌이 들 수도 있어. 하지만 그건 딸꾹질처럼 금방 끝나고 별로 심각하지 않아. 리엥,[35] 나다,[36] 니엔테.[37] 다 끝이야!

"그땐 이르마, 내 사랑, 그땐……." 그가 딸꾹질을 했다.

그의 등 뒤로 어스름한 벽 위에 걸린 액자 속에서 머릿수건을 쓰고 있는 할머니의 황갈색 사진을 바라보면서 그녀가 중얼거렸다. "안 그런다고 했잖아. 아까 그랬잖아, 안 그런다고……."

"뭘 안 그래?"

"그렇게 안 부른다고. 다시는 이르마라고 부르지 않겠다고."

그가 무덤덤한 목소리로 말했다. "소피, 소피, 내 사랑. 이르마가 아니지, 물론. 물론. 소피, 내 사랑. 소피."

이제 그는 훨씬 더 평온해 보였다. 그가 소피에게 준 것과 같은 넴뷰탈(둘 다 공포를 느끼며 그가 절대 찾지 못할 것이라고 생각했지만, 불과 두 시간 전에 그가 찾아냈다.)에 의해 오전과 오후에 보이던 광기는 적어도 일시적으로나마 가라앉은 상태였다. 훨씬 더 평온해 보이기는 했지만 아직까지도 약에 취해 있는 상태였다. 그녀는 그가 약에 취했지만 이렇게 평온한 모습일 때는 더 이상 무섭거나 위협적으로 보이지 않는다는 사실이 재미있다고 생각했다. 비록 바로 그녀의 눈앞에 시안화나트

35) '없다'라는 뜻의 프랑스어.
36) '없다'라는 뜻의 스페인어.
37) '없다'라는 뜻의 이탈리아어.

륨이 든 캡슐이라는 분명한 위협이 존재하는데도 말이다. 젤라틴 위에 화이자 상표가 아주 작은 글자지만 분명하게 새겨져 있었다. 캡슐은 아주 작았다. 이 캡슐은 원래 고양이나 강아지를 위한 항생제를 담는 용기인데, 그가 시안화나트륨을 담을 용기로 구한 것이라고 했다. 연구실 기기 사용 절차가 까다로워서 시안화나트륨 10그램(그녀와 자신을 위해 각각 5그램씩)을 구하는 것보다 이 캡슐을 구하는 것이 더 어려웠다고도 했다. 이것은 농담이 아니었다. 다른 시간 다른 장소였다면, 그의 손가락 사이에 있는 그 분홍색 캡슐이 그의 섬뜩한 장난이라고 생각했겠지만 지금은 그럴 수 없었다. 이 끝없는 착란 상태와 그 끔찍한 날을 겪은 지금은 농담으로 생각할 수 없었다. 그 작은 캡슐이 죽음을 담고 있다는 것은 의심할 여지가 없었다. 이상했다. 그가 캡슐을 입에 물고 완전히 깨지지는 않고 표면만 약간 구부러질 정도로 깨무는 것을 보는데도 나른한 느낌밖에 들지 않았다. 이렇게 두려움을 느끼지 않는 것은 넴뷰탈 때문일까, 아니면 그가 아직까지는 진짜로 그러는 게 아님을 직관적으로 알았기 때문일까? 하긴 불과 두 시간 전에도 그런 적이 있었다. 그가 입에서 캡슐을 빼더니 미소 지으며 말했다. "다 끝이야." 그녀는 불과 두 시간 전 바로 이 방에서 그가 똑같은 말을 하며 미소 지었다는 사실을 떠올렸다. 그런데 그때가 일주일 전, 아니 한 달 전 일처럼 아득하게 느껴졌다. 그녀는 하루 종일 끊임없이 계속되던 그의 광기 어린 수다를 중단시킨 것이 도대체 무엇인지 궁금했다.(넴뷰탈이었을까?) 그날 아침 9시쯤 그가 분홍 궁전의 층계를 쿵쾅거리며 올라와 그녀를 깨운 후부터 그의 이야기는 두세 번 잠시 멈췄을 뿐 끝도 없이 계속되었다.

……눈은 아직 감기고 잠도 아직 덜 깬 상태에서, 그녀는 네이선이 낄낄 웃으며 외치는 소리를 듣는다. "빨리 일어나!"

그가 말을 잇는다. "쇼엔탈 말이 맞아. 거기서 일어날 수 있다면, 여기서는 왜 못 일어나겠어? 카자크족이 몰려온다! 여기 유대인 소년은 시골로 도망갈 거라네!"

그녀는 이제 완전히 잠이 깬다. 그가 즉시 자신을 안을 것이라고 예상한 그녀는 잠들기 전에 좌약을 했는지 기억을 더듬는다. 그러고는 했다는 것을 기억해 내고 졸린 눈에 나른한 듯 미소를 지으며 몸을 뒤척여 그를 맞이할 준비를 한다. 그녀는 그가 약에 취해 흥분해 있을 때는 믿을 수 없을 정도로 탐욕스러운 욕정을 보인다는 사실을 기억해 낸다. 그녀 자신도 흥분과 기대감에 휩싸여 모든 것을 기억해 낸다. 초반의 허기진 부드러움과 젖꼭지를 어루만지는 그의 손가락들, 그녀의 다리 사이를 부드럽지만 집요하게 수색하는 손길뿐만 아니라 다른 모든 것들. 그중에서도 특히 드디어 해방되고(아듀, 크라쿠프여!) 자유로워지고 자아에 도취하게 되는 희열, 절정에 도달하게 하는 그의 대단한 능력, 그것도 한두 번이 아니라 마침내 그녀가 지칠 대로 지쳐 나락으로 떨어졌다고 느낄 때까지 그녀 자신에게 몰입해 있는 것인지 그에게 몰입해 있는 것인지 알지 못한 채 자꾸만 나락으로 떨어져 드디어 그와 그녀의 살이 절대로 떨어질 수 없는 상태에 이르게 될 때까지 계속해서 그녀를 절정에 이르게 하는 그의 놀라운 능력을 기억해 낸다.(아마도 그녀가 폴란드어로 생각하거나 말하는 것은 이때가 유일할 것이다. 그녀는 그의 귀에 대고 큰 소리로 속삭인다. "베즈 미니에, 베즈 미니에." 절정에 이를 때면 '날 데려가 줘요, 날 데려가 줘요.'라는 뜻의 이 폴란드 말이 자신도 모르게 튀어나온다. 하지만 언젠가 네이선이 무슨 뜻이냐고 물었을 땐, 쾌활한 목소리로 "'내게 해 줘요, 내게 해 줘요!'라는 뜻이야."라고 거짓말을 했다.) 언젠가 섹스가 끝난 후 네이선이 지친 목소리로 선언했듯이 그들의 섹스는 20세기 최고의 섹스다. 벤제드린이 발견되기 전까지 인간의 섹스는 얼마나 무미건조하고 지루했을지를 상상해 보라. 이제 그녀는 몸이 달아올라 있다. 몸을 뒤척이며 고양이처럼 팔다리를 쭉 편 그녀는 그에게 팔을 뻗어 그를 침대로 끌어들이려 한다. 그는 아무 말도 하지 않는다. 잠시 후 그가 당혹해하는 그녀에게 말한다. "가자! 일어나! 유대인 소년이 당신을 시골 여행에 데리고 갈 거거든!" 그녀가 말문을 연다. "하지만, 네이선……." 그러나 그녀의 말을 막은 그가 집요하고 쾌활한 목소리로 말한다. "자, 자, 어서 일어나! 지금 떠나자!" 이 말에 그녀는 실망한다. 그리고 한편으로는 욕정에 휩싸여 서두르던 자신의 모습에 부끄러움을 느낀다. "자, 어서!" 그가 명령한다. 그녀는 벌거벗은 몸으로 침대를 빠져나가 네이선을 올려다본다. 그는 1달러짜리 지폐를 말아 코에 대고 숨을 들이마시며 창밖 아침 햇살을 바라보고 있다. 그녀는 그것이 코카인임을 즉시 알아차린다…….

……뉴잉글랜드의 황혼 무렵, 네이선의 손과 그 손에 들린 독약 너머로, 주홍색으로 물든 나무와 강렬한 황금색으로 치장한 나무가 조화를 이룬 풍경이 보였다. 바깥에는 저녁노을 속에 나무들이 조용히 서 있고, 거대한 총천연색 지도 같은 단풍 든 이파리들이 조금도 움직이지 않은 채 조용히 펼쳐져 있었다. 멀리서는 고속도로를 달리는 차 소리가 들려왔다. 그녀는 졸렸지만 잠을 자려 하지는 않았다. 이제 그의 손가락 사이에는 분홍색의 똑같은 캡슐 두 개가 들려 있는 것이 보였다. 그가 말했다. "커플용이라는 건 현대에 나온 가장 참신한 개념들 중 하나인 것 같아. 욕실에도 커플용, 집 안 곳곳에 커플용이더군. 그러니까 시안화물도 커플용이 있어야 하는 거 아닌가? 커플이 함께 끝장을 보는 거지. 안 그래, 소피? 내 사랑."

그때 문을 두드리는 소리가 들렸고, 네이선의 손이 가볍게 흔들렸다. "네?" 네이선이 부드러운 어조로 말했다. "랜다우 씨, 랜다우 부인." 문밖에서 주인 여자가 말했다. "라이랜더 부인인데요. 방해해서 정말 죄송합니다!" 목소리가 대단히 부드럽고 알랑거리는 어조였다. "비수기에는 저녁 식사가 7시까지입니다. 말씀드려야 할 것 같아서요. 낮잠을 방해해서 정말 죄송해요. 손님은 두 분뿐이니까, 서두르실 필요는 없어요. 그냥 말씀드려야 할 것 같아서요. 제 남편이 오늘 밤 제일 자신 있는 특별 요리를 할 거랍니다. 콘비프와 양배추 요리요!" 잠시 침묵이 흘렀다. 네이선이 말했다. "알겠습니다. 고맙습니다. 곧 내려가겠습니다."

양탄자를 깐 낡은 계단을 쿵쿵거리며 내려가는 발소리가 들렸고, 나무 계단에서 상처받은 동물이 우는 것같이 끽끽거리는 소리가 들렸다. 아침부터 끊임없이 이야기한 터라 완전히 쉰 목소리로 네이선이 말했다. “생각해 봐, 소피, 내 사랑.” 그는 두 개의 캡슐을 어루만지고 있었다. “대자연에서는 삶과 죽음이 얼마나 밀접하게 얽혀 있는지를 말이야. 자연은 어디에서나 삶과 죽음의 씨앗을 품고 있지. 예를 들어 이 HCN도 글리코시드(일종의 설탕이야.)라는 형태로 엄청 풍부하게 자연 속에 퍼져 있거든. 아주아주 단 설탕이 자연 속 어디에나 들어 있다는 말이야. 쌉싸름한 아몬드 속에, 복숭아 씨 속에, 몇몇 종류의 단풍잎들 속에, 배 속에, 철쭉 속에 설탕이 들어 있다고. 상상해 봐. 당신의 그 하얀 이가 맛있는 마카롱을 씹을 때 느끼는 그 맛이 여기 이 맛과 별반 다르지 않다는 걸…….”

그의 목소리는 불타는 호수 같은 단풍을 바라보는 그녀에게서 서서히 사라져 갔다. 아래층에서 축축하고 진한 양배추 냄새가 올라왔다. 근심 어린 목소리로 모티 하버가 하던 말이 다시 떠올랐다. “그렇게 우울한 표정 하지 말아요. 당신 책임이 아니에요. 당신이 할 수 있는 일은 아무것도 없었을 거예요. 네이선은 당신을 만나기 훨씬 전부터 약에 중독되어 있었어요. 통제할 수 있냐고요? 그래요. 아니, 가능성은 반반이에요. 나도 모르겠어요, 소피! 나도 알고 싶어요! 암페타민에 대해서는 별로 알려진 바가 없어요. 어느 정도까지는 비교적 무해하죠. 하지만 분명히 위험하고 중독성이 있어요. 특히 다른 물질, 이를테면 코카인 같은 것하고 함께 사용할 때는요. 네이선은 베니로 최고조에 이른 상태에서 코카인을 흡입하는 걸 좋아해요. 그건 정말 위험한 일이죠. 그렇게 되면 자제력을 완전히 잃고 아무도 접근할 수 없는 광적인 흥분 상태가 돼요. 구할 수 있는 정보는 다 구해 봤는데, 맞아요, 위험해요, 아주 위험해요. 아, 몰라요, 소피. 그 얘기는 더 이상 안 하고 싶네요. 하지만 그가 약에 취해 위험한 상황인 것 같으면, 곧장 나한테 연락해야 해요. 나나 래리에게……." 네이선 너머로 단풍잎을 바라보던 그녀는 입술이 얼얼한 것을 느꼈다. 넴뷰탈 때문일까? 침대 위에서 몸을 약간 뒤척여 보았다. 그러자 곧 그가 발로 찬 옆구리에서 심한 통증이 느껴졌다.

……"당신이 정절을 지키면 더 좋을 텐데." 네이선이 약에 취해 흥분한 어조로 말한다. 컨버터블의 앞 유리를 때리고 지나가는 광포한 바람 소리를 뚫고 그의 말이 들려온다. 날씨가 서늘한데도 네이선은 차 지붕을 열어 놓았다. 옆에 앉은 소피는 담요로 온몸을 감싸고 있다. 그녀는 그의 말이 무슨 뜻인지 이해가 안 돼 큰 소리로 묻는다. "뭐라 그랬어, 자기야?" 고개를 돌려 그녀를 바라보는 그의 눈은 불안하게 흔들리고, 갈색 타원 속에 있어야 할 눈동자는 사라져 버려 보이지 않는다. "당신이 정절을 지키면 더 좋을 거라고 했어, 점잖은 표현을 쓰자면 말이지." 당혹감과 두려움이 그녀를 사로잡는다. 갑자기 심장이 쿵쾅거리기 시작한다. 그녀는 고개를 돌린다. 둘이 함께한 지난 몇 달 동안 그가 그녀에게 화를 낸 적은 한 번도 없었다. 차가운 당혹감이 맨살에 떨어지는 빗물처럼 그녀

를 엄습한다. 무슨 뜻일까? 그녀는 차창 밖으로 스쳐 지나가는 풍경에(도롯가에 늘어선 손질이 잘된 상록수 관목들과 그 너머 강렬한 색깔의 옷으로 갈아입은 숲, 푸른 하늘, 밝은 태양, 전신주 등) 눈길을 고정시킨다. "코네티컷에 오신 것을 환영합니다. 안전 운전 하세요." 그녀는 그가 차를 굉장히 빨리 몰고 있다는 사실을 깨닫는다. 쌩 하는 소리를 내며 다른 차들을 하나하나 추월하고 있다. 다시 그의 말이 들린다. "점잖지 않은 표현을 쓰자면, 남자나 후리면서 돌아다니지 말란 얘기야, 특히 내가 볼 수 있는 곳에서는!" 그녀가 큰 소리로 숨을 헐떡거린다. 그의 입에서 이런 말이 나오다니, 도저히 믿어지지 않는다. 그에게 뺨을 맞기라도 한 듯 머리가 옆으로 젖혀진 것을 느낀 그녀는 다시 고개를 바로 한다. "자기야, 무슨……." "입 닥쳐!" 그가 버럭 소리를 지른다. 그러고는 한 시간 전 분홍 궁전을 떠난 후로 줄곧 그래 왔듯이 알 듯 모를 듯한 말을 둑이 터진 듯 마구 쏟아 낸다. "당신의 풍만한 엉덩이는 당신의 고용주, 포리스트힐스의 그 존경하는 돌팔이 의사 선생한테는 저항할 수 없는 매력일 거야. 이해해, 충분히 이해하고 말고. 내가 엉덩이를 토실토실 살찌웠을 뿐만 아니라 그 엉덩이에서 환상적인 쾌락을 맛봤으니까 그 마음을 충분히 이해할 수 있어. 돌팔이 의사 선생이 흥분해서 아파 오는 자지와 달아오른 마음으로 얼마나 그 엉덩이를 갈망했을지 충분히 이해할 수 있다고……." 그가 바보처럼 헤헤 웃는 소리가 들린다. "하지만 당신이 그 비열한 사기꾼에게 가랑이를 벌려 주고, 그것도 어젯밤처럼 내 눈앞에서 보란 듯이 그러는 건 도저히 참을 수 없어. 그 새끼가 거기 서서 역겨운 혀로 당신의 목을 핥아 대는 걸 보는 건, 오, 나의 폴란드 매춘부 아가씨야, 그건 정말 참을 수 없어." 그녀는 아무 말도 할 수 없어 속도계만 뚫어지게 바라본다. 70, 75, 80……. 킬로미터로 생각하면 그렇게 나쁘지 않은 속도다. 그러나 그녀는 곧 깨닫는다. 마일이다! 이대로 가다가는 큰일이다! 블랙스톡이랑 잤다고 생각하다니, 질투라고 해도 이건 너무하다고 말도 안 된다고 그녀는 생각한다. 저 뒤에서 희미하게 사이렌 소리가 들린다. 앞 유리에는 깜박이는 빨간 불빛이 반사되어 비친다. 그녀는 말을 하려고 입을 열지만("자기야!"라고 말하려고 한다.) 말이 나오지 않는다. 분노에 찬 그의 비난이 계속된다. 마치 침팬지가 영화 주제가를 부르는 것처럼, 알아들을 만한 부분도 있지만 전체적으로 볼 때 어떤 멜로디인지 무슨 말인지 이해가 되지 않는다. 그의 과대망상에 정신이 아찔해진다. "쇼엔탈의 말이 100퍼센트 맞아. 자살을 도덕적인 악으로 생각하는 건 유대·기독교적 윤리관에 뿌리박힌 감상적인 쓰레기 같은 가치관이야. 제3제국 이후로는 자살이 건전한 생각을 가진 인간이 택할 수 있는 합리적인 선택안이 되어야 해. 안 그래, 이르마?"(왜 갑자기 그녀를 이르마라고 부르는 것일까?) "당신이 만나는 남자마다 가랑이를 벌려 주고 싶어 한다는 사실에 이렇게 놀라서는 안 되는데 말이야. 이제까지 말은 안 했지만 솔직히 말하면, 우리가 처음 만났을 때부터 당신은 참 알 수 없는 구석이 많았어. 당신이 고이 쿠르베[38]일지 모른다고 의심했는지도 몰라. 하지만 기괴한 샤덴프로이데[39] 덕분에 이르마 그리제를 똑 닮은 당신한테 끌리게 됐지 뭐야. 이르마는 굉장히 아름다운 여자여서, 루넨버그에서 재판을 참관한 사람들 말에 따르면 검사들조차 그녀를 보고는 모자에 손을 얹고 인사했대. 엄마는 항상 내가 금발의 이교도 아가씨들한테 끌리는 것을 싫어해서 잔소리가 심했어. 네이선, 좀 점잖은 유대인 청년이 되어서 셜리 머멀스타인 같은 참한 아가씨랑 결혼하는 게 어떻겠니? 아름다운 데다가 보정용 여자 속옷으로 엄청나게 돈을 번 아버지가 있지, 레이크 플래시드에 여름 별장도 있지, 얼마나 좋으냐? 이런 말을 자주 하셨지." (사이렌의 희미한 비명 소리가 여전히 그들을 따라오고 있다. "네이선, 경찰차가 따라와." 그녀가 말한다.) "브라만[40]은 자살을 숭배하지. 동양 사람들 상당수가 그래. 죽음이 뭐 대수냐 이거지. 리에나다, 다 끝이야. 그래서 나도 다시 생각해 보다가 자살도 괜찮다는 결론을 내렸어. 아름다운 이르마 그리제는 아우슈비츠에서 수천 명의 유대인을 죽인 죄로 교수형을 받았지만 처벌을 피해 무사히 도망친 작은 이르마 그리제들도 많지 않았을까. 예를 들어 내가 같이 살게 된 수상한 폴란드 아가씨도 그렇지 않냐는 말이야. 그녀는 100퍼센트 순수 폴란드인일까, 겉으로 보기엔 여러 면에서 폴란드 사람 같아 보이지만 어떻게 보면 독일 영화배우가 크라쿠프의 무서운 백작 부인으로 가장하고 있는 것 같다는 생각이 들 정도로 독일 사람처럼 보이기도 하거든. 게다가 독일 아가씨처럼 생긴 입술에

38) 비유대인 창녀.

39) 남의 불행을 기뻐하는 행위·심리.

40) 인도 카스트 제도에서 제1계급인 승려 계급.

서 술술 흘러나오는 완벽한 독일어를 봐도 그렇고 말이야. 폴란드 여자라! 세상에! 다스 막스트 두 안더른 바이스마헨!(그렇게 다른 사람들을 속이는군!) 인정하는 게 어때, 이르마! 친위대 놈들에게 가랑이를 벌려 줬지, 그렇지 않아? 그래서 아우슈비츠를 빠져나온 거 아닌가, 이르마? 인정해!" (그녀가 양손으로 귀를 막고 흐느끼며 외친다. "아냐! 아냐!" 갑자기 차가 속도를 줄이는 것이 느껴진다. 사이렌 소리가 갑자기 커졌다가 천천히 잦아든다. 경찰차가 옆에 다가와 있다.) "인정해, 파시스트의 창녀야!"……

……그녀는 어둠이 짙어지는 방 안에 누워 단풍잎 색깔이 점점 더 희미해지는 것을 바라보면서, 그의 오줌이 변기 속으로 떨어져 물과 부딪치며 내는 소리를 듣고 있었다. 아까의 일이 기억났다. 깊은 숲속 멋진 단풍잎들 속에서 그는 그녀 위에 서서 그녀의 입에 오줌을 누려 했지만 실패했다. 약으로 최고조에 달했던 기분이 나락으로 치닫기 시작한 것이었다. 아래층에서 올라오는 양배추 삶는 증기와 냄새를 느끼며 그녀는 침대 위에서 몸을 뒤척였고, 이윽고 그가 재떨이 속에 얌전히 놓아 둔 캡슐 두 개에 눈길이 멈췄다. 도자기 재떨이의 가장자리에 고풍스러운 글자체로 '보어스 헤드 여인숙, 미국의 대표 숙소'라고 쓰여 있었다. 그녀는 하품을 하며 참 이상도 하다고 생각했다. 이상하게도 그가 기어이 그녀에게 죽음을 강요한다고 해도 죽음이 두렵지는 않았다. 단지 죽음이 그만을 데려가고 자신은 남겨 둘까 봐 두려웠다. 그의 표현을 빌리자면 예측하지 못한 불상사가 일어나, 둘 다 똑같이 치사량을 복용했는

데도 그만 죽고 그녀 자신은 또 한 번 불행한 생존자로 남게 될까 봐 두려웠다. 네이선 없이는 못 살아. 그녀는 자신이 폴란드어로 중얼거리는 소리를 들었다. 진부하기 짝이 없는 말이었지만, 절대적인 사실이기도 했다. 그의 죽음은 내 마지막 고통이 될 거야. 멀리서 기차의 기적 소리가 휴사토닉이라는 희한한 이름을 가진 계곡을 건너 여기까지 들려왔다. 길게 계속되는 기적 소리는 유럽의 날카로운 기적 소리보다 더 풍부하고 선율이 아름다웠지만, 듣고 있으면 애절한 느낌이 난다는 점에서는 별반 차이가 없었다.

그녀는 폴란드에 대해 생각했다. 어머니의 손에 대해서도. 그녀는 부드럽고 자기를 내세우지 않던 어머니에 대해 자주 생각하는 편은 아니었지만, 지금은 어머니의 우아하고 표현력이 풍부한 피아니스트다운 손이 떠올랐다. 어머니가 연주하곤 했던 쇼팽의 야상곡처럼 강한 동시에 부드러운, 라일락을 연상시키는 미색의 그 손이 떠올랐다. 지금 와서 돌이켜 보니 그렇게 손이 하얐던 것은 그때 이미 결핵이 어머니를 괴롭히고 있었다는 증거였고, 결국 그 손은 영원히 움직이지 않게 되었던 것이다. 엄마, 엄마. 그녀는 속으로 어머니를 불러 보았다. 어린 그녀가 잠자리에 누워 폴란드 아이들이면 누구나 외우고, 어떤 동요보다도 더 깊이 영혼에 각인되어 있는 취침 기도를 할 때면 어머니의 손이 그녀의 이마를 부드럽게 쓰다듬어 주곤 했다. "하느님의 천사여, 제 수호천사여, 언제나 제 곁을 지켜 주소서. 아침이나 낮이나 밤에도 항상 저를 도와주소서. 아멘." 어머니는 한 손가락에 가느다란 금반지를 끼고 있었는데, 눈에 작은 루비가 박혀 있는 코브라가 얽혀 있는 형태였다. 아버지 비에간스키 교수가 초기에 꿈꾼 폴란드 유대인의 이주를 위해 마다가스카르를 둘러보러 갔다가 돌아오는 길에 아덴에서 사 온 반지였다. 정말 저속했다. 어떻게 그런 기괴한 물건을 살 생각을 했을까? 소피는 어머니가 그 반지를 몹시 싫어했지만 아버지를 존중해서 계속 끼는 것을 알았다. 네이선이 오줌 누는 소리가 그쳤다. 그녀는 윤기 있는 금발에 땀이 송글송글 맺힌 채 아라비아의 시장 거리에 서 있는 아버지의 모습을 상상했다…….

……"자동차 경주를 하려면 데이토나비치로 가세요." 경찰관이 말한다. "여기는 메리트 공원 도로입니다. 뭐가 그렇게 바빠요?" 그는 젊고, 금발에, 얼굴에는 주근깨가 있고, 그다지 불쾌하게 생기지는 않았다. 텍사스 보안관 모자를 쓰고 있다. 네이선은 아무 말도 하지 않은 채 앞만 뚫어지게 바라보지만, 그녀는 그가 숨죽이고 뭔가를 빠르게 중얼거리고 있다는 것을 느낀다. 중얼중얼중얼중얼중얼, 그러나 저음으로. "당신과 이 아름다운 아가씨를 공식 통계 수치에 집어넣고 싶어서 그래요?" 경찰관은 이름표를 달고 있다. S. 그젬코프스키. 소피가 말한다. "프셰프라샴…….(제발…….)" 그젬코프스키가 환하게 웃으면서 묻는다. "치 예스테시 폴라키엠?" "네, 폴란드 사람이에요." 반가운 생각이 든 그녀는 이렇게 대답하고 모국어로 이야기를 계속하려 하지만, 경찰관이 말을 막는다. "사실 폴란드어 잘 못해요. 부모님이 폴란드 출신인데 뉴브리튼에 사

시죠. 어쨌든 왜 그렇게 빨리 달렸어요?" 소피가 대답한다. "이 사람은 제 남편인데, 지금 굉장히 당황한 상태예요. 어머니가 돌아가시려고 해서요, 거기……." 그녀는 코네티컷에 있는 지역 이름을 대려고 마구 머리를 굴리다가 곧 한 곳을 생각해 낸다. "보스턴에서요. 그래서 과속을 좀 했어요." 소피는 경찰관의 얼굴을 물끄러미 바라본다. 연한 보라색 눈에 다소 시골티가 나는 각지고 평평한 얼굴이 영락없는 농부의 얼굴이다. 카르파티아산맥[41] 어느 골짜기에서 소나 키우면 어울리겠다는 생각이 든다. "제발." 그녀가 네이선에게 몸을 기울이며, 입을 약간 내밀고 간청한다. "제발, 경찰 아저씨, 이 사람 어머니를 봐서라도 한 번만 봐주세요. 이제부터는 천천히 갈게요, 약속해요." 본론으로 돌아간 그젬코프스키가 퉁명스러운 목소리로 말한다. "이번에는 경고만 하지만, 지금부턴 규정 속도를 지키세요." 네이선이 말한다. "메르시 보쿠, 몽 셰프.(대단히 고맙군요, 나리.)" 여전히 그는 앞만 바라보고 있다. 표시가 나지는 않지만 그의 입은 쉬지 않고 움직이고 있다. 마치 그의 가슴속에 사는 청중에게 말하는 것 같다. 아까부터 땀을 비 오듯이 쏟아 내고 있다. 경찰관은 가 버리고 없다. 자동차가 다시 움직이는 동안 네이선이 혼잣말로 중얼거리는 소리가 들린다. 정오가 거의 다 되었다. 그들은 한적한 가로수 길과 머리 위에 걸린 구름들과 사나운 폭풍우 같은 단풍을 뚫고 북으로 (아까보다는 좀 천천히) 달린다. 여기는 화산에서 뿜어져 나오

41) 동부 유럽에 솟아 있는 습곡 산맥.

는 용암 같은 색깔이, 저기는 폭발하는 별 같은 색깔이 한창이다. 그녀는 이런 풍경을 보거나 상상해 본 적이 한 번도 없었다. 그녀가 이해할 수 없는 네이선의 중얼거림은 어느새 새로운 발작이 시작된 듯 밖으로 분출된다. 그 맹렬한 기색이 그가 차 안에 사나운 쥐들을 풀어놓은 것처럼 그녀를 완벽한 공포 상태로 몰아넣는다. 폴란드. 반유대주의. 그들이 게토에 불을 지를 때 당신은 뭐 하고 있었어, 자기야? 폴란드 주교가 다른 폴란드 주교에게 했다는 말을 들어 봤어? "자네가 오는 줄 알았으면, 카이크[42]라도 구워 놓을 걸 그랬어."라고 말했대. 하하하! 네이선, 제발, 더 이상 나를 괴롭히지 마. 그녀는 생각한다. 그때 일을 떠올리게 하지 마! 그의 소매를 잡아당기는 그녀의 뺨 위로 눈물이 주르르 흘러내린다. "당신한테 말은 안 했지만, 당신한테 말은 안 했지만." 그녀가 절규한다. "1939년에 아버지는 자기 목숨을 걸고 유대인들을 구해 주셨어! 게슈타포가 들이닥쳤을 때 유대인들을 대학교 연구실 마룻바닥 밑에 숨겨 주셨대. 아버진 좋은 사람이셨어, 그 유대인들을 구해 줬기 때문에 돌아가셨어……." 그녀는 절망 속에서 자신이 방금 전에 내뱉은 거짓말이 목구멍을 콱 막고 있는 것처럼 숨이 차서 켁켁거리다가 갈라지는 목소리로 다시 말을 잇는다. "네이선! 네이선! 내 말을 믿어 줘, 자기야, 내 말을 믿어 줘!" '댄버리시 경계선.' "카이크라도 구워 놓을 걸 그랬어!" 하하하! 중얼중얼중얼……. 이제 그녀는 그의 말을 귓등으로 흘리면

42) 유대인을 경멸하여 부르는 말.

서 골똘히 생각한다. 어디서 차를 멈추고 뭘 좀 먹게 할 수 있다면, 그동안 나는 빠져나가서 모티나 래리에게 전화할 수 있을 텐데. 이리로 와 달라고 할 수 있을 텐데……. 이윽고 그녀가 말한다. "자기야, 배고파 죽겠어, 어디 차 좀 세우고……." 네이선이 중얼거린다. "이르마, 내 강아지, 이르마, 리프헨(자기야), 지금은 크래커 한 조각도 못 먹겠어. 당신이 1000달러를 준다고 해도 말이야. 아, 이르마, 난 날고 있어, 지금 하늘을 날고 있어, 이렇게 높이, 이렇게 높이 날아 본 적은 한 번도 없었어. 아, 당신을 안고 싶어, 이교도 아가씨, 파시스트 추종자, 이걸 만져 봐……." 그가 그녀의 손을 끌어다 불룩해진 자신의 바지 앞섶에 올려놓고 꽉 누른다. 그녀는 그의 성기가 고동치다가 오그라들다가 다시 고동치기를 반복하는 것을 느낀다. "오럴 섹스, 그게 내가 원하는 거야. 당신의 그 500즐로티[43]짜리 오럴 섹스 말이야, 이르마, 그곳에서 빠져나오기 위해 친위대원 몇 명의 자지를 빨아 줬어? 프라이하이트(자유)를 얻기 위해 지배자의 자지를 몇 개나 빨았냐니까? 쓸데없는 말은 집어치우고, 이르마, 당신이 내 자지를 빨아 줬음 좋겠어. 이렇게 높이까지 날아 본 건 이번이 처음이야, 지금 당장 그 섹시한 입술로 내 걸 빨아 줘. 저 푸른 하늘과 불타는 단풍잎 아래에서 말이야. 발롬브로사[44] 시냇물을 뒤덮고 있는 단풍잎처럼 두꺼운 내 자지를 빨아 줘, 발롬브로사라, 존 밀턴이군……."

---

43) 폴란드의 화폐 단위.

44) 존 밀턴이 『실락원』의 모델로 삼았다는 이탈리아의 지역.

……벌거벗은 그가 침대로 걸어와 가볍고 조심스럽게 그녀 곁에 누웠다. 두 개의 캡슐이 아직도 재떨이 속에서 반짝이고 있었다. 그녀는 졸음에 겨워 몽롱한 상태에서 그가 캡슐을 잊어버렸는지, 그 분홍색 캡슐로 다시 그녀를 위협할지 궁금해졌다. 그녀를 잠 속으로 밀어 내리는 넴뷰탈이 잔잔한 바다의 따뜻한 물결처럼 그녀의 발목을 잡았다. "소피, 내 사랑." 말문을 연 그의 목소리에서도 졸음이 느껴졌다. "소피, 내 사랑, 후회되는 게 딱 두 가지 있어." 그녀가 물었다. "뭔데, 자기야?" 그가 대답하지 않자, 그녀는 다시 물었다. "뭔데?" 그가 마침내 입을 열었다. "실험실에서 그렇게 열심히 연구했는데, 그 결실을 보지 못하리라는 거 말이야." 이상하다, 그의 말을 들으면서 그녀는 생각했다. 그날 처음으로 그의 목소리에서 흥분과 위협과 광기와 잔인함이 사라지고, 대신 낯익은 부드러움이 느껴졌다. 그녀가 이제는 들을 수 없게 됐다고 하루 종일 슬퍼했던 그 부드럽고 위안을 주는 목소리였다. 그도 마지막 순간에 구원을 받은 것일까? 진정제 덕분에 구원의 항구로 다시 떠밀려 들어온 것일까? 이제 죽음을 잊고 잠 속으로 빠져 들어갈까?

바깥 계단에서 삐걱거리는 소리가 나더니, 상냥한 여자 목소리가 다시 들려왔다. "랜다우 씨, 랜다우 부인, 방해해서 죄송합니다만, 식사 전에 한잔하실 생각이 있는지 남편이 알고 싶어 해서요. 음료는 뭐든지 다 됩니다만, 남편은 특히 핫 럼 펀치를 잘 만든답니다." 잠시 후 네이선이 대답했다. "네, 그러면 럼 펀치 두 잔 부탁합니다, 고맙습니다." 평소의 네이선 같은 목소리였다. 그가 다시 부드러운 목소리로 중얼거렸다. "또 하나는, 또 하나는 우리한테 아이가 없었다는 거야." 그녀는 점점 더 짙어져 가는 창밖의 어둠을 바라보았고, 이불 속에서는 손톱이 손바닥을 꾹 눌러 칼로 찌르는 것 같은 아픔을 느꼈다. 그녀는 생각했다. 왜 지금 그런 말을 하는 거지? 그가 언젠가 말했듯이 오늘 나는 마조히즘적인 성향이 있는 창녀고, 그는 내가 원하는 것을 주고 있을 뿐이야. 그렇다고 하더라도 왜 이런 고통까지 주는 거지? "어젯밤 결혼하자는 얘기를 했을 땐 진심이었어." 그가 말했다. 그녀는 아무런 대답도 하지 않았다. 아주 오래전의 크라쿠프 거리가 떠올랐고, 유서 깊은 자갈길을 걷는 말발굽의 또각또각 하는 소리가 들렸다. 어느 어두운 극장에서 밀짚모자를 비스듬히 쓰고 몸에 털을 곧추 세운 채 폴란드어로 마구 지껄여 대는 도널드 덕의 모습이 뜬금없이 떠올랐고, 어머니의 유쾌한 웃음소리가 들렸다. 그녀는 생각했다. 아주 조금이라도 과거의 빗장을 열 수만 있다면, 그에게 이야기해 줄 수 있을지도 모른다. 하지만 과거가, 아니 죄책감이, 아니 다른 무언가가 내 입을 틀어막고 있다. 왜 나는 그에게 내가 겪은 일을 이야기해 줄 수 없을까? 그리고 내가 잃은 것을…….

……그가 열에 들뜬 목소리로 같은 말을 반복하고 있는데도("애만 태우지 말고, 이르마 그리제.") 그의 손이 마치 그녀의 머리카락을 뿌리째 뽑아내려는 듯 거칠게 쥐어뜯는데도, 그의 다른 손이 그녀의 어깨를 너무 세게 눌러 어깨가 부서질 것처

럼 아픈데도, 그가 그녀 아래에 누워 몸을 떨며 나락에 떨어져 자신의 광기 어린 지하 세계를 헤매는 듯한 느낌을 주는데도, 지극한 공포가 그녀를 휩싸고 있는데도, 그녀는 그의 성기를 빨면서 그 익숙한 희열을 느끼지 않을 수가 없다. 그래서 빨고, 빨고, 또 빨고 있다. 끝도 없이……. 그녀의 손가락들이 그가 누워 있는 언덕 중턱의 비옥한 흙을 마구 움켜쥐고 있고, 손톱에 흙이 잔뜩 낀 것이 느껴진다. 땅은 축축하고 서늘하고, 어디선가 장작 때는 냄새가 나는 것 같고, 반투명한 눈꺼풀 속으로 불타는 듯한 단풍이 걸러져 들어온다. 그리고 그녀는 빨고 또 빨고 있다. 울퉁불퉁 튀어나온 자잘한 혈암 때문에 무릎이 아프지만, 그녀는 아픔을 덜려고 무릎을 다른 곳으로 움직이지는 않는다. "아, 아, 이르마. 날 빨아 줘, 이르마. 유대인 소년을 빨아 줘." 그녀는 단단해진 고환을 한 손바닥으로 감싸고, 거미줄같이 섬세한 음모를 쓰다듬는다. 늘 그러듯이 그녀는 자신의 입 속으로 매끄러운 야자나무가 들어오는 것을, 그 부드러운 해면질의 머리와 부풀다가 꽃을 피우는 이파리들이 있는 야자나무가 들어오는 것을 상상한다. 언젠가 그가 한 말이 생각난다. "우리만의 독특한, 이 환상적인 공생 관계가 가능할 수 있었던 것은, 그동안 두려움에 떠는 유대인 공주들이 피해 온 크고 단단하고 외로운 유대인 자지와 오럴 섹스를 갈망하는 슬라브 여자의 아름다운 입술이 만났기 때문이야." 이제 그녀는 불안하고 두려운 가운데에도 이런 생각을 한다. 맞아, 맞아, 그가 내 죄책감을 없애 주었어. 내가 그렇게도 자지를 빨고 싶어 하는 것은 죄가 아니라고, 그러니 부끄러워할 필요가 없다고 했지. 남편이 목석같아서 내가 빨아 주는 것을 원하지 않은 것이나, 바르샤바의 내 연인이 그렇게 해 달라고 말하지 않아서 내가 시작도 못 한 것은 내 잘못이 아니라고 했어. 난 단지 2000년을 내려온 오럴 섹스를 죄악시하는 유대·기독교적 전통의 희생자일 뿐이라고 했어. 변태들만 오럴 섹스를 좋아한다는 건 말도 안 되는 통념일 뿐이라고 했어. 날 빨아 줘. 그가 항상 말했지, 즐겨, 즐기라고! 그래서 두려움이 구름처럼 그녀를 감싸고 있는 지금도, 그가 그녀를 질책하고 학대하고 있는 지금도, 그녀는 단순한 기쁨이나 쾌락을 넘어서는, 영원히 잊지 못할 것 같은 희열을 느끼고 있다. 서늘한 기운이 그녀의 등을 훑고 내려가 몸이 떨리는데도 그녀는 빨고 빨고 또 빨고 있다. 그가 그녀의 머리를 더 잔인하게 쥐어뜯을수록, '이르마'라는 그 끔찍한 이름으로 불러서 그녀를 괴롭히면 괴롭힐수록, 그의 성기를 빨고 싶은 욕망이 더 커진다는 사실에 그녀는 놀라지도 않는다. 그리고 잠시 빠는 것을 멈추고 숨을 헐떡이며 "오, 하느님, 자기 것을 빠는 게 너무 좋아."라고 말할 때는 예전과 마찬가지로 단순하고 자발적인 경탄의 말이 나온 것일 뿐이다. 그녀는 눈을 떠 일그러진 그의 얼굴을 바라보다가 다시 빨기 시작한다. 그러면서 그의 중얼거림이 이제 외침으로 바뀌어 바위투성이 언덕배기에서 메아리로 울려 퍼지기 시작했다는 것을 깨닫는다. "날 빨아 줘, 파시스트의 창녀, 이르마 그리제, 유대인을 태워 죽인 매춘부야!" 맛있고 매끄러운 야자나무 몸통이 점점 더 부풀어 오르는 것을 보니 그가 곧 절정에 도달할 모양이다. 그녀는 서서히 입놀림을 멈추고 그 범람하는 물결을, 거세게 분출하는 야자유를 받아들일 준비를 한다. 그러는 동안, 늘 그랬듯이, 이유를 설명할 수 없는 눈물이 자신의 눈가에 그렁그렁 맺히는 것을 느낀다…….

……"쉽게 내려오고 있어." 오랜 침묵 끝에 그가 중얼거린다. "부서질 거라고 생각했어. 심하게 부서질 거라고 생각했어. 하지만 쉽게 내려오고 있어. 다행히도 바비[45]를 찾았기 때문이야." 그가 잠시 말을 멈췄다가 다시 이었다. "찾는 게 쉽지 않았지, 그렇지? 바비 말이야."

"응." 그녀가 대답했다. 지금 그녀는 무척 졸렸다. 바깥은 거의 어두워져 있었고, 불타는 듯하던 단풍잎들도 윤기를 잃고 암회색 가을 하늘빛에 물들어 버렸다. 침실 전등이 깜박였다. 네이선 곁에 누운 소피는 몸을 뒤척여 벽을 바라보았다. 거기에는 이전 세기의 뉴잉글랜드 할머니가 호박색의 후광에 휩싸인 채 앉아 자애롭고 당혹스러워하는 표정으로 그녀를 바라보고 있다. 사진사가 일 분 동안 가만히 있으라고 그랬나 보다. 소피는 몽롱한 상태에서 이런 생각을 했다. 그녀는 하품을 했고, 잠시 졸다가 다시 하품을 했다.

"어디서 찾았지?" 네이선이 물었다.

"자동차 글러브 박스에서." 그녀가 대답했다. "오늘 아침에 넴뷰탈병을 거기다 넣고도 그 사실을 잊고 있었잖아."

45) 바르비투르 약제. 진정제, 수면제를 말한다.

"세상에, 끔찍해라. 정말 맛이 갔군. 그때 나는 우주에 있었어. 바깥 우주에. 완전히 갔다고!" 갑자기 그가 담요를 바스락거리며 몸을 돌리더니 그녀를 찾아 더듬거렸다. "아, 소피, 사랑해." 그가 한 팔로 그녀를 감싸 안고 그녀의 몸을 끌어당겼다. 그와 동시에 그녀는 비명을 질렀다. 커다란 비명은 아니었지만, 칼로 찌르는 듯한 격한 고통 때문에 나온 진짜 비명이었다. "네이선!"……

……(그러나 윤이 나게 닦인 가죽 구두 앞머리가 그녀의 갈비뼈 사이를 심하게 차고, 뒤로 빠졌다가 다시 같은 곳을 찼을 때는, 비명을 지르지 않는다. 폐에서 헐떡이는 숨소리만 나오고 가슴 아랫부분에서 끔찍한 통증이 점점 더 커졌을 뿐이다.) "네이선!" 그것은 고통에 찬 신음이지 비명이 아니다. 그녀의 거친 숨소리 사이로 그의 잔인한 말이 들려온다. "**운트 디…… 에스에스 매트헨…… 슈프라흐트…… 더티 위딘슈바인!!**(그리고…… 친위대 계집년…… 말해…… 더러운 유대인 돼지!)" 그녀는 고통에도 몸을 움찔하지 않고 대신 고통을 받아들인다. 그리고 그 고통을 그의 위협과 조롱, 저주 등 그가 보인 야만적 행동과 말을 쌓아 두는 그녀의 마음속 깊은 곳에 있는 저장실 혹은 쓰레기통에 집어넣는다. 그의 손에 질질 끌려와 언덕 위 가시덤불과 관목이 우거진 곳에 누워 있는 그녀는 울지도 않는다. 이곳에서는 저 아래 나뭇잎들이 휘날리는 황량한 주차장에 지붕을 닫은 그들의 차가 외롭게 서 있는 모습이 나무들 사이로 보인다. 하늘은 부분부분 구름에 덮여 어두운 가운데, 날이 서서히 저문

다. 숲으로 들어온 지도 벌써 몇 시간은 지난 것 같다. 그는 세 번 그녀를 찬다. 발이 또다시 뒤로 빠지자 그녀는 떨면서(두려움이나 고통 때문이라기보다는 다리와 팔과 뼛속까지 스미는 것 같은 가을의 한기 때문이다.) 기다린다. 그러나 발이 이번에는 그녀를 차지 않고 낙엽 속에 머문다. 그가 말한다. "네 위에 오줌을 싸 줄게! 분더바(훌륭해), 이 얼마나 기발한 생각이야!" 이제 그는 옆으로 돌려져 있던 그녀의 얼굴을 구둣발로 밀어 위를 향하게, 자신의 얼굴을 올려다볼 수 있게 한다. 가죽의 차갑고 매끈한 감촉이 그녀의 뺨에 느껴진다. 그가 바지 지퍼를 내리는 것을 보고, 그의 지시에 따라 입을 벌리면서도, 그녀는 잠시 멍한 상태로 그가 예전에 한 말을 떠올린다. 자기야, 자기는 자아라는 게 전혀 없는 것 같아. 어떤 일이 있은 후에 그가 굉장히 부드러운 목소리로 말했다. 어느 여름날 저녁, 실험실에서 전화를 건 그가 지나가는 말로 언젠가 요크빌에서 함께 먹은 누스회른헨이라는 페이스트리가 먹고 싶다고 했고, 그러자 그녀는 그에게 알리지도 않고 즉시 지하철을 타고 플랫부시에서 86번가까지 수킬로미터를 달려가 사방을 뒤진 끝에 마침내 누스회른헨을 사 가지고 몇 시간이 지난 후 집으로 돌아와서는 그에게 건네주며 환한 미소와 함께 "부알라, 무슈, 디 누스회른헨!(자, 선생님, 누스회른헨이에요!)"이라고 말했다. 하지만 이래서는 안 돼. 그가 무한한 애정이 깃든 어조로 말했다. 내 작은 변덕을 다 맞춰 주려는 것은 미친 짓이야, 내 사랑 소피, 자기야, 자기는 자아라는 게 전혀 없는 것 같아!(이 말을 떠올리며 그녀는 생각한다. 자기를 위해서는 어떤 일이라도 할 수 있어, 어떤 일이라도, 어떤 일이라도!) 그러나 지금 그녀의 얼굴 위에 오줌을 누려는 시도는 그에게 그날 최초의 낭패를 안겨 준다. "입을 크게 벌려." 그가 명령한다. 그녀는 지시대로 입을 크게 벌리고 입술을 떨며 그를 지켜본다. 그러나 그는 실패한다. 부드럽고 따뜻한 오줌 방울이 세 방울 정도 그녀의 이마에 떨어지고는 그것으로 끝이다. 그녀는 눈을 감고 기다린다. 그녀 위에서는 그가 머뭇거리는 것이 느껴지고, 아래에서는 축축한 냉기가 올라오며, 저 멀리서는 바람과 나뭇가지와 나뭇잎들이 만들어 내는 거친 혼돈의 소리가 들린다. 그가 신음 소리를, 두려움에 떨리는 신음 소리를 내는 것이 들린다. "이런, 제기랄, 부서지고 말 것 같아." 그녀는 눈을 뜨고 그를 바라본다. 갑자기 초록빛이 돌 정도로 창백해진 그의 얼굴은 물고기의 아랫배를 연상시킨다. 이렇게 땀을 많이(그것도 이렇게 추운 날씨에) 흘리는 얼굴은 본 적이 없다. 그의 얼굴은 기름을 바른 것처럼 땀으로 번들번들하다. "부서지고 말 것 같아." 그가 소리 지른다. "부서지고 말 것 같다고!" 그는 그녀 옆에 털썩 쭈그리고 앉아 양손에 얼굴을 묻어 눈을 가리고 신음하며 떤다. "아, 빌어먹을, 부서지고 말 것 같아, 이르마, 날 도와줘!" 갑자기 그들은 서둘러 산 중턱에 난 길을 내려간다. 그녀는 부상자를 도와 대피하는 간호사처럼 그를 이끌고 자갈이 깔린 길을 내려가고, 가끔씩 그가 잘 내려오고 있는지 확인하기 위해 뒤를 돌아보기도 한다. 그는 어설프게 붕대를 맨 것처럼 한 손으로 양쪽 눈을 가리고 비틀거리며 따라온다. 그들은 아래로 아래로 내려간다. 물살이 센 시내를 따라 걷다가 판자로 만든

다리를 건너고 분홍색, 오렌지색, 주홍색으로 불타고 곳곳에 희고 가늘고 곧은 자작나무들이 서 있는 숲을 통과해 아래로 아래로 내려간다. 이번에는 그가 속삭이는 소리가 들린다. "부서지고 말 것 같아!" 마침내 그들은 주립 공원 주차장으로 쓰이는 편평한 공터에 다다른다. 자동차는 뒤집어진 쓰레기통 옆에서 그들을 기다리고 있다. 더러운 우유통들과 일회용 종이 접시, 사탕 껍질 같은 것들이 강한 바람에 이리저리 날아다닌다. 마침내! 그는 짐이 놓여 있는 뒷좌석으로 몸을 숙이고 자기 여행 가방을 찾아 든 후 땅에 던져 놓고, 열심히 돈 될 만한 것을 찾는 넝마주이처럼 가방 속을 뒤지기 시작한다. 가방 속에 있던 내용물(양말, 셔츠, 속옷, 넥타이 등 남성 용품)이 바깥으로 마구 쏟아져 나오는 동안 소피는 어쩔 줄 모르고 아무 말 없이 곁에 서 있는다. "좆같은 넴뷰탈!" 그가 사납게 소리 지른다. "어디다 놓은 거야! 빌어먹을! 아, 빌어먹을, 찾아야……." 그러나 그는 말을 마치지도 않고 일어서서 방향을 돌리더니 앞좌석으로 몸을 밀어 넣고 운전대 밑에 손을 넣어 찾아보고 나서 이윽고 글러브 박스를 열고 뒤지기 시작한다. 찾았다! "물!" 그가 숨을 헐떡이며 외친다. "물!" 그러나 통증과 혼란 속에서도 상황을 미리 예상한 그녀는 이미 뒷좌석 음식을 담아 놓은 바구니(이제까지 건드리지도 않았다.)에서 진저 에일[46] 한 병을 꺼내 놓았고, 말을 잘 듣지 않는 병마개와 씨름하다가 마개를 따고 거품이 마구 쏟아져 나오는 진저 에일 병

46) 생강 맛을 곁들인 비알코올성 청량음료.

을 그에게 건넨다. 알약을 꿀떡 삼키는 그를 바라보는데 이상한 생각이 든다. 불쌍한 놈. 그녀는 생각한다. 이 말은 몇 주 전 같이 본 「잃어버린 주말」이란 영화에서 알코올 중독자인 레이 밀랜드가 위스키에서 구원을 찾으려고 애쓰는 모습을 보면서 네이선이 한 말이다. "불쌍한 놈." 네이선은 그렇게 중얼거렸다. 진저 에일 병을 들고 꿀떡꿀떡 마시는 동안 목 근육이 빠르게 씰룩이는 그의 모습을 보면서 그녀는 그 영화 장면을 떠올리며 생각한다. 불쌍한 놈. 그녀가 네이선에게 동정심 같은 얕잡아 보는 감정을 느낀 것이 이번이 처음이라는 사실만 빼면 그리 이상할 것도 없다. 그녀는 자신이 그를 동정하게 되는 것을 참을 수 없다. 이런 생각이 들자 얼굴이 굳는다. 그녀는 천천히 땅바닥에 쭈그리고 앉아 차에 몸을 기댄다. 바람이 불면서 먼지와 함께 주차장에 있는 쓰레기가 주위에서 날아다닌다. 끔찍한 기억이 갑자기 되살아나듯이 옆구리에서 칼로 찌르는 것 같은 날카로운 통증이 느껴진다. 그녀는 통증의 윤곽을 그려 보려는 듯이 손가락으로 갈비뼈를 살살 어루만진다. 뼈가 부러진 것은 아닐까 하는 생각이 든다. 멍한 상태에서 시간이 얼마나 흘렀는지도 잊고 있었다고 생각한다. 앞좌석에 대자로 뻗어 누운 채 한 다리를 떨고 있는(그녀에게는 진흙 묻은 바짓단이 떨고 있는 모습만 보일 뿐이다.) 그가 무언가를 중얼거리는 소리가 들린다. 발음이 모호하고 소리가 작아서 잘 들리지 않지만 '죽음의 필연성'이라고 하는 것 같다. 그러고 나서 웃음소리가 들린다. 그리 크지는 않다. 하하하하……. 그리고 한동안 아무 소리가 없다. 이윽고 그녀가 조용히 말한다.

"자기야, 나를 이르마라고 부르지 마."

"나를 이르마라고 부르는 것만은 참을 수가 없었어요." 소피가 나를 보며 말했다. "네이선이 하는 일이면 무엇이든 받아들일 수 있었지만, 나를 이르마 그리제로 부르는 것만은 참을 수 없었어요. 수용소에서 그 괴물 같은 여자를 한두 번 본 적이 있어요. 그녀에 비하면 빌헬미네는 천사였죠. 그가 발로 차고 때리는 것보다 이르마 그리제라고 부르는 게 더 고통스러웠어요. 그래서 그날 밤 여인숙에 도착하기 전에 나는 그가 그렇게 부르지 못하게 하려고 애썼어요. 그리고 그가 나를 '소피 내 사랑'이라고 부르기 시작했을 때, 이제 약 기운이 서서히 사라지고 있다는 걸 느꼈죠. 그때까지도 독약이 든 캡슐로 나를 위협했지만 말이에요. 캡슐을 볼 땐 정말 무서웠어요. 그가 어디까지 갈지 알 수 없었으니까요. 난 우리가 결혼해서 함께 산다는 생각에 흥분해 있던 터라 죽고 싶지 않았어요. 함께 죽든 따로 죽든 말이에요. 정말 죽고 싶지 않았어요. 어쨌든 넴뷰탈의 약효가 나타나기 시작한 것 같았어요. 그가 천천히 흥분 상태에서 깨어나는 것을 알 수 있었죠. 그리고 그가 너무도 세게 나를 꽉 끌어안았을 땐 너무 아파서 기절할 것 같았어요. 그래서 비명을 질렀는데, 그제야 그는 자신이 내게 무슨 짓을 했는지 깨달았어요. 죄책감에 사로잡혀서 내게 계속 속삭였죠. '소피, 소피, 내가 당신한테 무슨 짓을 한 거야, 어떻게 당신을 아프게 할 수 있었을까?' 하지만 그가 바비라고 부르던 다른 알약이 약효를 발휘하기 시작해서, 그는 계속 눈을 뜨고 있을 수 없었죠. 곧 잠이 들어 버렸어요.

얼마 후에 여인숙 주인 여자가 다시 층계를 올라오더니 문 밖에서 묻더군요. 언제 내려올 거냐고요. 시간이 많이 늦어지고 있는데, 럼 펀치와 저녁 식사를 하러 언제 내려올 거냐고요. 그래서 내가 우린 둘 다 많이 피곤해서 그냥 자야겠다고 했더니 굉장히 화가 나서, 너무한다는 둥 다른 사람 생각은 눈곱만큼도 안 하냐는 둥 불평을 늘어놓더군요. 하지만 난 신경 쓰지 않았어요. 나도 너무 피곤하고 졸렸거든요. 그래서 침대로 돌아가 네이선 옆에 누워 잠을 청하려 했어요. 그런데 세상에, 그 순간, 독약이 든 캡슐이 아직도 재떨이에 놓여 있다는 사실이 생각났어요. 공포에 사로잡혔죠. 그걸 어떻게 해야 할지 몰라서 두려웠어요. 굉장히 위험한 거잖아요. 창밖으로 던지거나 쓰레기통에 버리면 캡슐이 갈라지면서 연기가 나와 누군가를 죽일지도 모른다는 생각이 들어 그렇게 할 수도 없었어요. 변기에 버릴까 생각했지만, 그래도 연기가 나오거나 독약이 녹아내려 물이나 심지어 지구를 오염시킬까 봐 걱정이 되더군요. 네이선 눈에 안 띄게 버려야 한다는 건 알았지만, 도대체 어떻게 해야 할지 모르겠더라고요. 결국 변기에 버리기로 결심했어요. 욕실에 있는 변기에요. 욕실에선 희미한 불빛이 흘러나오고 있었어요. 나는 아주 조심스럽게 재떨이에서 캡슐을 집어 들고 어둠 속을 살금살금 걸어가 욕실로 들어가서는 변기 속에 던졌어요. 상상했던 것처럼 물에 뜨지 않고 작은 조약돌 두 개처럼 가라앉더군요. 재빨리 물을 내리니까 곧 사라졌어요.

그러고는 다시 침대로 돌아가 누웠어요. 처음으로 그렇게 깊이 잤나 봐요, 꿈도 꾸지 않고. 얼마나 잤는지 모르겠지만, 한밤중에 네이선이 깨서 소리를 질렀어요. 그때까지 먹은 모든 약이 반응하는 게 틀림없었지만, 한밤중에 그가 내 곁에서 미쳐 날뛰는 악마처럼 소리 지르는 걸 듣고 있자니 너무 무서웠어요. 수킬로미터 안에 있는 사람들이 모두 깨지 않은 게 신기할 정도였어요. 어쨌든 나는 그가 지르는 비명 소리에 깜짝 놀라 잠이 깼고, 그는 죽음과 파멸과 교수형과 가스실과 불가마에서 타 죽고 있는 유대인들에 대해 고래고래 소리를 지르기 시작했어요. 하루 종일 두려움에 떨었지만, 이때가 제일 무서웠어요. 그렇게 한참을 미쳤다가 제정신으로 돌아왔다가 하더니 이제 완전히 미쳐 버린 것 같았어요. '우린 죽어야 해!' 어둠 속에서 그가 고함을 질렀어요. 그러고는 마치 길게 신음을 내뱉듯 '죽음을 피할 수는 없어.'라고 하더니, 내 몸위로 팔을 뻗어 테이블 위를 더듬거렸어요. 캡슐을 찾는 거였어요. 이상하죠, 이 모든 일이 불과 몇 분 안에 일어난 거예요. 그는 아주 지친 상태여서 내가 양팔로 그를 붙잡고 끌어다 앉힐 수가 있겠더라고요. 그렇게 앉히고는 계속 다독거렸어요. '자기야, 자기야, 좀 더 자. 다 괜찮아. 악몽을 꿨을 뿐이야.' 내 말과 행동이 효과가 있었는지, 그는 곧 다시 잠에 빠졌어요. 방 안은 칠흑같이 어두웠죠. 나는 그의 뺨에 입을 맞췄어요. 피부가 서늘해져 있더군요.

우리는 자고 자고 또 잤어요. 마침내 눈을 떴을 때, 창문으로 들어오는 해의 방향을 보니 정오가 넘어 있더군요. 숲 전체에 불이 붙은 듯 창밖의 나뭇잎들이 밝게 빛나고 있었어요. 네이선은 아직 자고 있었고, 난 오래도록 그의 곁에 누워 생각에 잠겼죠. 나는 결코 기억하고 싶지 않은 일을 더 이상 숨길 수 없다는 사실을 깨달았어요. 나 자신에게도 숨길 수 없었고, 네이선에게도 마찬가지였고요. 이 이야기를 그에게 해주지 않으면 우린 같이 살 수 없었어요. 그에게 절대로, 절대로 말 못 할 일들이 있었지만, 적어도 한 가지만은 그가 알아야 했어요. 그러지 않으면 우리 관계를 지속할 수 없고, 결혼도 못 할 테니까요, 절대로. 그리고 네이선이 없으면 나는…… 아무것도 아니니까요. 그래서 그에게 이 이야기를 해야겠다고 결심했죠. 비밀은 아니었지만, 기억을 떠올릴 때의 고통을 도저히 견딜 수 없을 것 같아 말 못 하고 있던 그 일을요. 네이선은 아직도 자고 있었어요. 얼굴은 아주 창백했지만, 광기는 완전히 사라지고 평화로워 보였어요. 약 기운이 완전히 사라지고, 악마가 완전히 떠나고, 텅페트의 검은 바람이 완전히 잦아들어, 내가 사랑한 네이선으로 돌아왔다는 느낌이 들었어요.

나는 침대에서 일어나 창가로 가서 숲을 바라보았어요. 불타는 듯한 나무들이 참으로 아름답더군요. 그 풍경을 바라보고 있자니 옆구리의 통증도, 그동안 일어난 일들도 모두 잊을 수 있었어요. 독약이 든 캡슐이나 그가 내게 한 미친 짓들까지 모두요. 크라쿠프에서 살던 어린 시절 신앙심이 깊을 때, 나는 혼자 '하느님의 그림자 놀이'라는 걸 하곤 했어요. 구름이나 불길, 초록이 물든 산 중턱, 푸른 하늘같이 아주 아름다운 것을 보면 그 속에서 하느님의 모습을 찾아내는 놀이였어요. 마치 하느님이 내가 보는 곳에 살고 계셔서 그 모습을 실제로 찾아낼 수 있기라도 한 것처럼 말이에요. 그날 창가에서 멀리 강까지 이어지는 멋진 단풍 숲과 화창한 푸른 하늘을 바라보는 동안, 나는 잠시 모든 것을 잊고 다시 아이가 되어 그 속에서 하느님의 모습을 찾아내려고 했어요. 공기 속에서 아주 좋은 냄새가 나서 보니까 숲 저 멀리서 연기가 피어오르고 있더군요. 난 그 연기 속에서 하느님의 모습을 보았어요. 하지만 그때 내가 알던 사실이 떠올랐어요. 하느님이 다시 나를 떠나 버렸다는 사실, 영원히 나를 버렸다는 사실이요. 실제로 하느님이 거대한 야수처럼 내게 등을 돌리고 발을 쿵쾅거리며 숲속으로 들어가 버리는 모습이 보이는 것 같았어요. 스팅고, 난 그의 거대한 등을 보았어요, 숲속으로 사라지는 하느님의 등을 보았어요. 밝았던 빛이 바래고 갑자기 공허감이 밀려들더군요. 그리고 그때의 기억이, 네이선에게 들려줘야 할 그때의 기억이 되살아났어요.

마침내 네이선이 잠에서 깼을 때 나는 침대 위 그의 곁에 앉아 있었어요. 그가 미소를 지으면서 뭐라고 말을 했는데, 전날 일어난 일을 기억하지 못하는 것 같았어요. 우리는 잠에서 깨면서 서로에게 던지는 일상적인 대화를 한두 마디 나눴어요. 그러다가 내가 그의 얼굴 가까이까지 몸을 굽히고 말했어요. '자기야, 자기한테 꼭 해야 할 말이 있어.' 그가 웃으면서 말했죠. '그렇게 심…….' 그러다가 갑자기 말을 멈추더니 다시 말했어요. '뭔데?' 내가 말했어요. '당신은 내가 폴란드에 아무 연고가 없는 여자라고, 결혼한 적도 없고 가족도 없고 과거도 없는 여자라고 생각했어, 그렇지?' 잠시 말을 멈췄다가 다시 말했어요. '나 스스로 그렇게 보이게 행동했어. 과거의 기억을 파헤치고 싶지 않았으니까. 그리고 당신도 그게 편한 것 같았고.' 그는 고통스러운 표정으로 나를 보았죠. 내가 다시 말했어요. '하지만 당신에게 말해 줄 게 있어. 난 아주 오래전에 결혼했고, 아이도 하나 있었어. 얀이라는 사내아이였는데, 아우슈비츠에 함께 갔어.' 거기에서 말을 멈춘 나는 고개를 돌렸고, 그는 오래도록, 정말 오래도록 아무 말이 없었어요. 마침내 그가 말하는 소리가 들렸어요. '오, 하느님, 오, 하느님.' 그는 이 말만을 계속했어요. 그러다가 다시 조용해지더니 얼마 후에 묻더군요. '그 아이는 어떻게 됐어? 당신 아들은 어떻게 됐어?' 그래서 내가 말했죠. '몰라. 잃어버렸어.' 그가 다시 물었어요. '죽었다는 뜻이야?' 내가 대답했어요. '몰라. 응, 어쩌면. 그건 별로 중요하지 않아. 그냥 잃어버렸어. 잃어버렸어.'

그 말밖에 할 수 없었어요. 아, 한 가지는 덧붙였어요. '당신에게 털어놓았으니까, 당신도 이것만은 약속해 줘. 다시는 내 아이에 대해 묻지 말아 줘. 그 아이 이야기를 꺼내지도 말고. 나도 다시는 그 아이 이야기를 하지 않을 거야.' 그는 한마디로 약속해 줬어요. '그래.' 하지만 그의 얼굴이 너무도 슬픔에 차 있어서 난 다시 고개를 돌려야 했어요.

스팅고, 왜냐고 묻지 말아요. 이런 일이 있은 후에도 나는 네이선이 원하는 것이면 무엇이든 받아들일 준비가 되어 있었어요. 그가 내 위에 오줌을 누어도 좋았고, 강간을 해도, 칼로 찔러도, 때려도, 내 눈을 멀게 해도 상관없었어요. 어쨌든 오랫동안 침묵하던 그가 마침내 다시 말문을 열었어요. '소피, 내 사랑, 당신이 알다시피, 난 미쳤어. 정상이 아니야. 미쳐서 미안해.' 그리고 잠시 후에 묻더군요. '섹스하고 싶어?' 나는 두 번 생각해 볼 것도 없이 바로 대답했어요. '응, 물론.' 그리고 우리는 오후 내내 사랑을 나눴어요. 그러면서 나는 고통을 잊을 수 있었어요. 하느님, 얀, 내가 잃어버린 모든 것을 잊을 수 있었어요. 그리고 네이선과 내가 조금은 더 함께 살 수 있겠다는 걸 느낄 수 있었어요."

12장

그녀의 오랜 독백이 끝난 새벽, 나는 소피를 침대로 밀어 넣어야 했다. 당시 유행했던 표현을 쓰자면 '쏟아 넣어야' 했다. 그녀가 그렇게 퍼마셨는데도 줄곧 흐트러지지 않고 논리적으로 이야기하는 것을 보고 나는 많이 놀랐다. 하지만 새벽 4시, 바가 문을 닫을 즈음에는 그녀도 상당히 취해 있었다. 나는 무리해서 택시를 잡아 타고 분홍 궁전으로 돌아갔고, 택시 안에서 그녀는 내 어깨에 머리를 기대고 잠에 곯아떨어졌다. 나는 그녀가 앞서서 계단을 오르게 하고 뒤에서 그녀의 허리를 밀고 올라갔는데, 그녀는 위험할 정도로 비틀거렸다. 부축해서 침대에 눕히자 그녀는 작게 한숨을 내쉬더니 옷도 벗지 않은 채 곧바로 혼수상태로 빠져들었다. 나도 술에 많이 취하고 지쳐 있었다. 나는 소피에게 이불을 덮어 주고 내 방으로 내려가 옷을 벗고 이불 속으로 미끌어져 들어간 다음 곧 깊은 잠 속으로 빠져들었다.

눈을 떠 보니 늦은 아침 햇살이 내 얼굴을 따갑게 비추고 있었다. 단풍나무들 사이로 들려오는 새들의 짹짹거리는 소리와 멀리서 들려오는 변성기에 접어든 사내아이들의 고함이 안 그래도 지끈거리는 머리를 더 아프게 했다. 지난 한두 해 동안에 경험한 것 중 최악의 숙취였다. 말할 필요도 없겠지만, 맥주도 많이 마시면 몸과 마음을 해칠 수 있다. 갑자기 모든 감각이 끔찍할 정도로 확대되었다. 아무것도 입지 않은 등 아래 시트의 보풀은 옥수수수염처럼 까끌까끌하게 느껴지고, 바깥에서 들려오는 참새의 지저귐은 익수룡이 비명을 지르는 소리 같고, 트럭 바퀴가 도로에 팬 웅덩이에 빠지면서 내는 소리는 지옥의 문이 쾅 하며 닫히는 것같이 거칠고 크게 들렸다. 내 모든 신경절이 떨고 있었다. 또 하나, 나는 '숙취 시 흥분'이라는 이름으로 알려진 알코올로 야기된 정욕에 휩싸여 땀을 뻘뻘 흘리고 있었다. 지금쯤이면 독자들도 눈치챘겠지만, 나는 보통 때면 결코 채워지지 않는 욕망의 먹이가 되곤 했다. 다행히 자주 찾아오지는 않았지만 그날처럼 아침나절에 격렬한 욕망에 휩싸일 때면 모든 에너지가 생식기에 집중된 비참한 생물이 되어, 남녀를 가리지 않고 다섯 살짜리 어린애라도 품에 안을 수 있는 상태가 되고, 심지어 맥박이 뛰고 따뜻한 피가 흐르는 척추동물이라면 어느 것하고라도 성교를 할 상태가 되곤 했다. 자위도 이 절박하고 격렬한 욕망을 가라앉히기에는 역부족이었다. 이런 욕망은 지극히 압도적이고, 강한 생식 본능에서 비롯되기 때문에 간편한 임시방편으로 만족시킬 수 없었다. 이런 착란 상태(정말로 그랬다.)를 원시적이라고 표현한다고 해도 과장이 아니라고 생각한다. 이런 광기에 대해 해병대에서는 "지나가는 개하고라도 하고 싶다."라는 표현을 쓰곤 했다. 그러나 존스비치와 바로 윗방에 있는 소피를 생각하고는 남자답게 씩씩하게 침대에서 벌떡 일어났다.

나는 복도로 고개를 내밀고 2층을 올려다보며 소피를 불렀다. 그녀의 방에서는 바흐의 선율이 작게 흘러나왔다. 문 뒤에서 들리는 소피의 대답은 무슨 말인지는 잘 못 알아들겠지만 상당히 활기차게 들렸다. 나는 다시 방으로 들어와 샤워를 했다. 토요일이었다. 전날 밤, 나에게 갑작스러운 애정(물론 술김이었겠지만)을 느낀 그녀는 포트 그린 파크 근처에 있는 새 거처로 옮기기 전에 주말을 분홍 궁전에서 보내겠다고 약속했다. 그뿐만 아니라 존스비치로 소풍을 가자는 내 제안에도 흔쾌히 동의해 주었다. 나는 그곳에 가 본 적은 없었지만 코니아일랜드보다는 덜 붐비는 해변이라는 것을 알았다. 샤워장 역할을 하는 수직으로 세워진 곰팡내 나는 분홍색 금속 통 속에 서서 시원찮게 졸졸 흐르는 물을 맞으며 비누칠을 하면서, 소피와 함께 갈 소풍에 대해 본격적으로 계획을 세우기 시작했다. 나는 소피에 대한 내 열정이 가진 희비극적 성격을 잘 알았다. 한편으로 나는 그녀라는 존재가 내게 가한 고통이 얼마나 우스운지를 알 만큼 충분한 유머 감각을 가지고 있었다. 그동안 연애 소설을 상당히 섭렵했던 터라 달리는 기차 안에서 엉덩이를 까 내보이는 것 같은 절박하고 비참한 내 행동이

'상사병'이라는 단어의 우습고도 좋은 예가 된다는 것을 알았다.

그러나 그것은 반 정도는 농담이었다. 짝사랑이 내게 가져다준 번민과 고통이 내가 불치병에 걸렸다는 사실을 알게 되는 것만큼이나 잔인했기 때문에 역작용으로 나온 농담이었다. 상사병의 유일한 치료약은 그녀도 나를 사랑해 주는 것이었지만, 그런 진실한 사랑의 가능성은 암 치료제가 세상에 나오는 것만큼이나 요원해 보였다. 때때로(지금 이 순간도 그중 하나였다.) 나는 "넌 쌍년이야, 소피!"라고 큰 소리로 저주를 퍼붓고 싶기도 했다. 호감이기는 하지만 사랑은 아닌 어중간한 감정보다는 그녀의 조롱과 증오를 받는 편이 더 나을 것이기 때문이다. 전날 밤 그녀가 쏟아 낸 이야기로, 네이선의 무서운 모습과 잔인함과 절망적인 부드러움과 변태적인 에로티시즘과 죽음의 악취로 내 머릿속은 아직도 지끈거렸다. "엿 먹어라, 소피!" 나는 가랑이에 비누칠을 하면서 큰 소리로 천천히 그녀에게 저주를 퍼부었다. "네이선은 네 인생에서 퇴장해 버렸어, 영원히 사라져 버렸다고. 죽음의 힘은 사라졌어, 가 버렸다고! 그러니 이제 날 사랑해 줘, 소피, 내 사랑. 나를 사랑해 줘! 생명을 사랑해 달라고!"

나는 몸을 닦으면서, 모든 감정의 벽을 뚫고 그녀에게 사랑을 고백해서 어떻게든 그녀의 사랑을 얻어 낼 경우, 그녀가 내 구혼을 거부할 수 있는 실질적인 이유에 대해 객관적으로 생각해 보았다. 그녀의 반대 사유는 다소 골칫거리가 될 것이었다. 우선 나는 그녀보다 상당히 젊었다.(마침 거울을 보니 사춘기도 다 지났는데 코 옆에 여드름 하나가 한창 물이 올라 있었다.) 그러나 이것은 여자가 연상인 커플을 괜찮은 것으로, 적어도 받아들일 만한 것으로 보이게 만든 역사적 전례가 많기 때문에 그다지 큰 문제는 아니었다. 문제는 경제적으로 볼 때 내가 네이선만큼 풍족하지 않다는 사실이었다. 소피는 탐욕스럽다고 할 정도는 아니지만, 미국의 풍요로운 삶을 사랑했다. 게다가 극기와 자제력이 그녀의 두드러진 특징도 아닌 것 같은데, 도대체 내가 어떻게 우리 둘이 풍족하게 살 수 있을 만큼 돈을 벌 수 있을지 생각만 해도 암담해서 저절로 신음이 흘러나왔다. 그 순간 이런 생각에 대한 반사 작용처럼 나는 팔을 뻗어 약장 속에 숨겨 놓은 내 개인 금고인 존슨 앤드 존슨 반창고 상자를 꺼냈다. 기절초풍하게도 그 안에는 한 푼도 남아 있지 않았다. 도둑을 맞은 것이었다. 그래서 완전히 빈털터리가 된 것이었다.

도둑을 맞은 사람의 마음을 압도하는 어두운 감정들(유감, 절망, 분노, 전 인류에 대한 증오 같은 것들) 중에 보통 가장 늦게 찾아오면서 가장 해로운 것이 의심이라는 감정이다. 나는 이른바 관리인으로서 분홍 궁전 곳곳을 돌아다니고 내 방 열쇠도 가지고 있던 모리스 핑크를 의심하지 않을 수 없었다. 아무런 증거도 없이 남을 의심한다는 생각에 안 그래도 불쾌한데, 약간이나마 그 두더지 같은 관리인을 좋아하기 시작했기 때문에 더 불쾌한 마음이 들었다. 게다가 핑크는 한두 번 내 부탁을 들어주었고, 그런 사실 때문에 그를 의심하면서도 마음은 혼란스럽기만 했다. 물론 나는 이런 의심을 소피에게조차 털어놓을 수 없었고, 내 방에 도둑이 들었다는 소식을 들은 그녀의 동정심과 걱정은 정말 대단했다.

"오, 스팅고, 어떡해요! 가엾은 스팅고! 어쩌다가." 침대 머리맡 베개에 기대 앉아 『태양은 다시 떠오른다』[47] 프랑스어판을 읽던 그녀는 급히 침대를 내려왔다. "스팅고! 누가 그런 짓을 했을까요?" 꽃무늬 실크 실내복을 입은 그녀가 충동적으로 나를 끌어안았다. 갑자기 닥친 불행에 정신이 없던 나는 그녀의 가슴이 기분 좋게 밀착되어 있는데도 아무런 느낌이 들지 않았다. "스팅고! 도둑이 들었다고요? 이를 어떡해!"

나는 입술이 떨렸고, 창피하게도 눈물이 나오려 했다. "사라졌어요!" 내가 말했다. "다 사라졌어요! 300달러가 조금 넘는 돈이, 내 전 재산이 사라졌어요! 이제 어떻게 책을 써요? 이제 한 푼도 없는데, 잠깐만……." 나는 재빨리 지갑을 꺼내 살펴보았다. "40달러밖에 없는데. 어젯밤 외출할 때 가지고 나간 40달러밖에 없는데. 아, 소피, 이건 총체적인 난국이에요!" 그 와중에도 나 자신이 네이선을 흉내 내고 있다는 생각이 들었다. "이런 불행이 있나!"

소피는 격한 감정을, 심지어 통제가 완전히 불가능한 네이선의 격한 감정까지도 가라앉힐 수 있는 불가사의한 능력을 가졌다. 나로서는 이해하기 어려운 마술 같았지만, 어쩌면 유럽인 특유의 성격과 모성애가 합쳐져 나온 것일지도 모른다는 생각은 들었다. "쉬잇!" 그녀가 짐짓 비난하는 투로 이렇게

47) 어니스트 헤밍웨이의 장편 소설.

내뱉으면 화가 나서 날뛰던 사람도 멈칫하다가 결국에는 씩 웃고 말 것이었다. 이때 나는 아주 당황한 터라 웃을 여유까지는 없었지만, 그녀는 내 흥분을 상당히 쉽게 가라앉혀 주었다. "스팅고." 그녀가 내 어깨를 가볍게 토닥이며 말했다. "그런 끔찍한 일을 당하다니 정말 안됐어요. 하지만 그렇더라도 원자폭탄이 당신에게 떨어진 것처럼 행동해서는 안 되잖아요? 이런, 우리 큰 아기, 울 거 같네. 300달러가 뭐 그리 큰돈이라고 그래요? 곧 훌륭한 작가가 되면 일주일에 300달러씩 벌게 될 거예요! 물론 지금으로서는 큰 돈이죠. 그런 돈을 도둑맞다니 안됐어요. 메, 셰리, 스 네 파 트라지크.(그러나 이건 비극이 아니에요.) 당신이 할 수 있는 일은 아무것도 없어요. 그러니 그만 잊어버려요. 그리고 약속한 대로 존스비치에 가요, 우리! 알롱지!(가요!)"

그녀의 말은 상당히 효과가 있어서 나는 빨리 마음을 진정할 수 있었다. 그녀 말대로 도둑맞은 일이 내게 큰 재난이기는 했지만, 상황을 바꾸기 위해 내가 할 수 있는 일은 아무것도 없었다. 그래서 나는 마음을 느긋하게 먹고 소피와 남은 주말을 즐기기로, 적어도 그러려고 노력이라도 하기로 결심했다. 끔찍한 미래와 맞서는 것은 월요일부터 해도 될 일이었다. 나는 리우데자네이루에서 과거를 잊고 즐기는 탈세자처럼 해변 소풍을 고대하기 시작했다.

나는 나 자신의 깐깐함에 스스로도 놀라면서, 소피가 반쯤 남은 위스키병을 가방에 넣는 것을 막으려고 했다. 그러나 그녀는 유쾌한 목소리로 '해장술'일 뿐이라고 주장했다. 네이선에게 주워들은 말이 분명했다. "당신만 숙취로 고생하는 건 아네요, 스팅고." 그녀가 덧붙였다. 그녀의 음주에 대해 내가 심각하게 걱정하기 시작한 것이 그때부터였을까? 그 전에는 그녀가 술을 찾는 것은 무엇보다도 네이선에게 버림받은 충격과 상실감을 잊기 위해서이고, 일시적 현상일 뿐이라고 생각했다. 그러나 이제는 그렇게 확신할 수가 없었다. 그녀와 함께 소란스러운 지하철 안에서 함께 흔들리며 가는 동안 의심과 걱정이 나를 괴롭혔다. 우리는 금방 지하철에서 내렸다. 존스비치로 가는 버스는 노스트랜드 애비뉴에 있는 지저분한 터미널에서 출발하는데, 그곳은 태양에 가까이 가기 위해 밀치고 밀리는 브루클린 사람들로 늘 초만원이었다. 소피와 나는 마지막으로 버스에 올라탔다. 무덤 같은 터널 속에 서 있는 버스 안은 악취가 났고 칠흑같이 어두웠으며 자리를 찾아 움직이는 손님들로 가득 차 있었지만 굉장히 조용했다. 버스 뒤편에 있는 낡고 엉덩이 부분이 움푹 들어간 우리 자리를 찾는 순간까지 그 고요함은 불길하고 당혹스럽게 느껴졌다. 그러나 자리를 찾아 천천히 뒤편으로 걸어가는 동안, 이런 사람들은 중얼거리거나 한숨을 내쉬거나 살아 있다는 표시를 내면 안 된다는 못된 생각이 들기도 했다.

버스가 갑자기 출발해 햇빛 속으로 나가자, 승객들의 모습이 보였다. 유년기 후반을 맞은 십 대 초반의 유대인 어린이들이었는데, 모두 농아였다. 아니, 한 아이가 들고 있는 '베스 이스라엘 농아 학교'라고 손으로 쓴 플래카드를 보고 모두 유대인이라고 추측했을 뿐이다. 가슴이 풍만하고 마음씨 좋아 보이는 부인 두 명이 상냥하게 미소 지으며 복도를 돌아다니면서 마치 무언의 합창단을 지휘하듯이 손가락들을 바삐 움직여 수화를 했다. 여기저기서 아이들이 활짝 웃으며 손가락들을 날개처럼 파드닥거려 대답했다. 나는 숙취 때문인지 자꾸만 바닥으로 꺼지는 것 같은 느낌이 들면서 몸이 떨렸다. 게다가 뭔가 불길한 일이 다가온다는 느낌도 들었다. 괴롭힘을 당하는 신경과 귀가 막힌 천사들의 모습과 엔진에서 새어 나오는 불완전 연소되는 연료 냄새가 한데 어우러져 고통스러운 걱정이라는 환영을 만들어 냈다. 옆자리에서 들려오는 소피의 목소리와 그녀의 신랄한 말도 내 불안과 공포를 덜어 주지는 못했다. 위스키를 조금씩 마시기 시작한 소피는 어느새 놀라울 정도로 수다스러워져 있었다. 그러나 정말 놀라운 것은 그녀가 네이선에 대해서 하는 말과, 목소리에서 느껴지는 그에 대한 깊은 원한이었다. 그녀가 이런 어조로 네이선에 대해 말한다는 것이 믿어지지 않았던 나는 그게 다 위스키 때문이라고 생각했다. 엔진이 지르는 고함 소리와 푸른빛을 띤 탄화수소 연기 속에서 불편하고 불안한 마음으로 소피의 말을 들으면서 마음속으로 어서 빨리 깨끗한 해변에 닿기를 기도했다.

소피가 말했다. "어젯밤에 말이에요. 어젯밤에 스팅고, 당신에게 코네티컷에서 일어난 일을 얘기해 준 다음에 말이에요, 처음으로 깨달은 게 있어요. 네이선이 그런 식으로 나를 떠난 것을 내가 기뻐하고 있다는 걸 깨달았어요. 정말로요. 정말로 기뻐하고 있다고요. 그동안 나는 전적으로 그에게 의존했어요. 하지만 그건 바람직한 일이 아니죠. 그가 없이는 움직일 수도 없었어요. 아주 작은 일을 결정할 때조차 먼저 네이선을 떠올렸어요. 아, 알아요, 그에게 엄청난 빚을 졌다는 거. 그가 내게 얼마나 많은 것을 해 주었는지도요. 다 알죠, 물론. 하지만 그의 귀여움을 받는 새끼 고양이처럼 사는 것은 싫어요. 귀여움 받고 섹스하는 대상이 되는 것은……."

"하지만 그가 약에 취해 있었다고 했잖아요." 내가 끼어들었다. 이상하게도 그를 변호해 줘야 할 것 같은 생각이 들었다. "내 말은, 그가 약에 취해 있을 때만 당신에게 그렇게 못되게 군 게 아니냐는 거죠."

"약이라고요?" 그녀가 날카로운 목소리로 외쳤다. "맞아요, 약에 취해 있었어요. 그런데 그게 변명이 될 수 있나요? 변명거리가? 그 사람은 약에 취해서 그런 행동을 하는 거다, 그러니 불쌍히 여겨야 한다, 이런 말을 하는 사람들을 보면 정말 화가 나요. 웃기지 말라 그래요, 스팅고!" 이럴 때 보면 네이선과 어투가 똑같았다. "그는 나를 죽일 뻔했어요. 때렸어요! 부상을 입혔다고요! 왜 내가 그런 남자를 계속 사랑해야 해요? 어젯밤에 얘기는 안 했지만 무슨 일까지 있었는 줄 알아요? 코네티컷에서 나를 찼을 때 갈비뼈 하나를 부러뜨렸어요! 나를 의사에게 데리고 가야 했죠, 래리 말고 다른 의사한테요. 난 엑스레이를 찍고 육 주 동안이나 붕대를 하고 있어야 했어요. 의사한테는 내가 넘어져서 갈비뼈가 부러진 거라고 거짓말을 둘러대야 했어요. 아, 스팅고, 그런 남자가 사라져 줘서 기뻐요! 그렇게 잔인한 사람이…… 그렇게…… 그렇게 마로네트(부정직)한 사람이. 그를 떠나게 되어 행복해요……." 그녀가 입술에 묻은 위스키 방울을 혀로 닦으면서 선언했다. "기분이 정말 날아갈 것 같아요. 이제 네이선은 필요없어요. 난 아직 젊고 괜찮은 직업도 있고 섹시하니까 다른 남자를 쉽게 찾을 수 있을 거예요. 하! 어쩌면 시모 카츠와 결혼하게 될지도 모르죠. 나와 불륜 관계라고 의심했던 그 물리 치료사와 결혼한다고 네이선이 놀라거나 하지는 않겠죠? 그리고 그의 친구들을 안 보게 돼서 기뻐요. 네이선의 친구들 말이에요!"

나는 고개를 돌려 그녀를 바라보았다. 그녀의 눈은 분노로 번득였고, 목소리는 날카로웠다. 그녀가 입을 다물게 하고 싶었지만, 나 말고는 듣는 사람도 없는 것 같아 그냥 내버려 두었다. "그의 친구들도 참을 수가 없었어요. 아, 그의 형 래리는 굉장히 좋아했어요. 래리는 보고 싶을 거예요. 그리고 모티 하버도 많이 좋아했죠. 하지만 정신 분석에 열중해 있고, 항상 자신의 조그만 아픔에만 신경 쓰는 다른 친구들은, 자신의 잘난 두뇌와 정신과 의사의 말만 믿는 다른 친구들은 정말 견디기 힘들었어요. 당신도 그들이 하는 말을 들어 봤죠, 스팅고? 그러니 내 말이 무슨 뜻인지 알 거예요. 그렇게 웃기는 헛소리가 어디 있어요. 만날 내 정신과 의사가 어쩌고저쩌고…… 정말 혐오스러워요. 당신은 그들이 어떤 고통을 겪었다고 생각할지도 모르겠어요. 하지만 정신과 의사한테 엄청난 돈을 주고 불쌍한 영혼을 상담하는 그들이요? 안락한 생활을 누리며 미국에서 사는 유대인들이요? 아악!" 전율이 그녀의 온몸을 훑고 지나갔고 그녀는 고개를 돌려 버렸다.

소피의 음주와 분노와 신랄함(이 모든 것이 내게는 아주 낯설게 느껴졌다.)이 도저히 참을 수 없을 정도가 될 때까지 내 불안감은 점점 더 커져만 갔다. 그녀가 쉼 없이 지껄이는 동안 내 몸은 불행한 변화를 겪고 있었다. 아플 정도로 가슴이 두근거리고, 기관차 화부처럼 땀을 뻘뻘 흘렸으며, 변덕스러운 신경쇠약증 환자의 발기 현상을 겪는지 성기가 터질 정도로 부풀어 올라 딱딱해졌다. 그리고 우리를 실은 버스는 악마에게 붙잡혀 있는 것 같았다. 매연을 뿜어내며 방갈로가 늘어선 황량한 퀸스와 나소를 덜커덩거리며 달려온 노쇠한 버스는 영원히 우리를 가둬 둘 모양이었다. 나는 아이들의 기괴한 무언극이 진행되는 동안 아리아를 부르듯 높아지는 소피의 목소리를 듣고 있었다. 그녀의 말이 주는 부담을 받아들일 감정적인 준비가 되어 있지 않았던 나는 당혹스러운 느낌을 지울 수 없었다. "유대인들!" 그녀가 흥분한 어조로 말했다. "결국 그들도 모두 똑같아요, 수 라 포.(한 꺼풀 벗기면.) 대가를 바라지 않고 기꺼이 자기 것을 내줄 수 있는 유대인은 한 명도 없다는 아버지 말씀이 옳았어요. 유대인들은 항상 반대급부를 바란다고 하셨죠. 아, 네이선, 네이선이 좋은 예가 되겠네요! 그래요, 그가 나를 많이 도와줬고, 건강하게 만들어 줬어요. 그래서요? 그가 날 사랑해서, 친절해서 그렇게 했다고 생각해요? 아니에요, 스팅고. 그는 나를 이용하고, 가지고 놀고, 섹스하고, 때리기 위해 그렇게 했을 뿐이에요. 나를 가질 수 있는 물건 취급한 거예요! 그래요, 물건이요. 네이선이 그러는 건 정말 유대인다웠어요. 그는 내게 사랑을 준 것이 아니라, 사랑이라는 돈으로 나를 산 거예요, 유대인들이 늘 그러듯이요. 유대인들이 유럽에서 그렇게 증오의 대상이 되는 것도 당연한 일이에요. 돈만 주면 원하는 것은 무엇이든 얻을 수 있다고 생각하니 말이에요. 심지어 사랑도 돈으로 살 수 있다고 생각하잖아요!" 내 셔츠 소매를 꼭 붙잡은 그녀에게서 라이 위스키 냄새가 풍겼다. "유대인들! 난 그들을 증오해요! 오, 스팅고, 당신에게 거짓말을 했어요. 크라쿠프에 대해 당신에게 한 말은 모두 거짓이었어요. 난 어릴 때부터 줄곧 유대인들을 증오해 왔어요. 그들은 이런 증오를 받아도 싸요. 난 그 더러운 유대인 코숑(돼지)들을 증오해요!"

"아, 제발, 소피, 제발." 나는 그녀가 괴로운 마음에서 하는 말일 뿐 진심이 아니라는 것을, 그리고 아직도 열렬히 사랑하는 네이선보다는 유대인이라는 그의 태생을 공격하기가 더 쉬워서 그런 말을 한 것임을 알았다. 그렇더라도 네이선과 유대인에 대해 이런 불쾌한 말을 하는 것을 듣고 있자니 마음이 좋지 않았다. 그럼에도 불구하고 말의 힘은 대단해서, 그녀의 신랄한 비난을 들으면서 나도 어느 정도 동화되었는지, 버스가 덜컹거리며 존스비치의 아스팔트 주차장으로 들어가는 동안, 내 전 재산을 도둑맞은 일과 모리스 핑크에 대해 진지하게 생각해 보게 되었다. 핑크! 불평이나 해 대는 거지 같은 유대인 새끼!

어린 농아들은 우리와 함께 버스에서 내리면서 우리 발을 밟기도 했고, 내려서는 우리를 둘러싸면서 서로 나비 같은 손짓을 연신 해 대곤 했다. 그 아이들과 떨어질 수 있을 것 같지 않았다. 해변으로 가는 동안 아이들이 마치 말 없는 수행원들처럼 우리를 따라와 다소 섬뜩한 느낌이 들었다. 브루클린에서는 그렇게도 청명하던 하늘이 이곳에서는 구름이 잔뜩 끼어 있었고, 지평선 부근은 어두컴컴했으며, 바다에는 기름기 떤 파도가 천천히 일렁이고 있었다. 해변에서는 해수욕객이 몇 명 드문드문 눈에 띄었고, 공기는 숨을 쉴 수 없을 정도로 후텁지근했다. 아직도 내 몸과 신경은 흥분 상태였지만, 거의 참을 수 없을 정도로 걱정스럽고 우울한 마음이었다. 이상하게도 그날 아침 소피의 라디오에서 나오던 「마태 수난곡」의 애절한 절규가 귓가를 울렸고, 얼마 전에 읽은 17세기 시 한 구절이 떠오르기도 했다. "……죽음은 생명의 빛이 틀림없으니, 이교도들조차 의심하리라, 사는 것이 죽는 것인지를……." 나는 고뇌의 고치 속에 들어앉아 땀을 뻘뻘 흘리며, 도둑맞은 일과 빈털터리에 가까운 재정 상태에 대해, 내 소설과 어떻게 그 소설을 끝낼 수 있을까 하는 문제에 대해, 그리고 모리스 핑크를 계속 의심해야 하나 하는 문제에 대해 고민했다. 무언의 신호에 반응이라도 하듯이, 농아들이 해변을 날아다니는 물새처럼 갑자기 흩어지더니 곧 사라져 버렸다. 소피와 나는 두더지 가죽 같은 회색빛 하늘 아래에서 해변을 따라 터벅터벅 걸었다. 해변에는 우리 둘밖에 보이지 않았다.

소피가 말했다. "네이선은 유대인에게 있는 나쁜 습성은 다 가지고 있어요. 좋은 습성은 조금도 없고요."

"유대인에게 좋은 습성이 있다니, 뭔데요?" 내가 갑자기 화가 불끈 치밀어 올라 퉁명스럽게 물었다. "약장에서 내 돈을 다 훔쳐 간 건 모리스 핑크라는 유대인이었어요. 틀림없어요!

돈에 미친, 돈만 아는 유대인 새끼!"

반유대주의자 두 명이 여름 소풍을 하고 있었다.

대략 한 시간 동안, 소피는 위스키를 거의 반 병 정도 마셨다. 그녀는 인디애나주 게리에 있는 폴란드 술집에서 술을 마셔 대는 매혹적인 술꾼 같았다. 그러나 움직임에는 한 치의 흐트러짐도 보이지 않았다. 단지 혀만 좀 부드러워졌을 뿐이고(그렇다고 혀가 꼬부라진 소리를 하지 않았고, 말의 속도만, 때로는 도저히 따라잡을 수 없을 정도로, 빨라졌다.) 전날 밤에 그랬듯이 나는 그 강력한 독주가 그녀 마음의 구속을 모두 풀어 버리는 것을 놀라워하며 바라보고 듣고 있었다. 무엇보다도 네이선을 잃은 것이 기괴하게도 성적인 영향을 미쳤는지, 그녀는 지나간 사랑에 대해 한동안 생각에 잠겼다.

그녀가 말했다. "수용소에 가기 전에, 바르샤바에 애인이 있었어요. 나보다 몇 살 어린 남자였죠. 그때 스물도 안 됐어요. 이름이 요제프였죠. 왜 그랬는지 모르겠지만, 네이선에게는 그에 대해 한 번도 말한 적이 없어요." 그녀가 말을 멈추더니 입술을 깨물고 있다가 다시 말을 이었다. "아니, 왜 그랬는지 알아요. 네이선이 질투해서, 심하게 질투해서 나를 증오하고, 과거에 애인이 있었다고 나를 벌 줄 게 분명했기 때문이에요. 네이선은 질투가 그 정도로 심했어요. 그래서 그에겐 요제프에 대해 한마디도 하지 않았죠. 상상해 봐요, 과거의 연인을, 그것도 죽은 사람을 증오한다면, 얼마나 끔찍해요!"

"죽었어요? 왜 죽었어요?"

그러나 그녀는 내 말을 듣고 있는 것 같지 않았다. 그녀는 담요 위에서 몸을 뒤척여 가방에 손을 뻗더니 놀랍고 기쁘게도 맥주 캔 네 개를 꺼냈다. 그녀가 좀 더 일찍 맥주를 내게 건네는 것을 잊어버렸다는 사실에도 나는 전혀 기분이 나쁘지 않았다. 물론 맥주는 많이 미지근해져 있었지만, 내게는 전혀 상관이 없었다.(나도 그녀와 마찬가지로 해장술이 절실히 필요했다.) 그녀가 그중 한 캔을 따 거품이 이는 맥주를 내게 건네주었다. 맥주와 함께 무얼 넣었는지 알 수 없는 샌드위치도 가져왔는데, 그것에는 둘 다 손도 대지 않았다. 우리는 사람 그림자 하나 없는 외딴곳, 잡초가 간간이 섞인 모래언덕 사이 모래밭에 누워 있었다. 여기에서는 엔진 오일처럼 보기 흉한 회색빛이 도는 초록색 바닷물이 흐느적거리며 모래를 적시다가 빠져나가는 모습이 잘 보였지만, 우리의 모습은 바람기 하나 없는 하늘을 나는 갈매기들만이 볼 수 있었다. 안개가 손에 잡힐 듯 짙게 끼어 있고, 천천히 떠다니는 구름 뒤로 희미한 원 모양의 태양이 걸려 있었다. 해변 풍경은 굉장히 음울했다. 나는 거기에 오래 머물기를 바라지 않았어야 했지만, 축복받은 슐리츠 맥주가 적어도 일시적으로나마 내 두려움의 발작을 가라앉혔다. 성적 흥분만이 사라지지 않고 있었고, 하얀 라스텍스 수영복을 입은 소피가 내 곁에 있다는 사실과, 우리가 누워 있는 모래밭이 다른 사람들 눈에는 잘 띄지 않는다는 사실 때문에 흥분은 가중되었으며, 이런 은밀함이 나를 열에 들뜨게 했다. 레슬리 라피더스와의 불행한 밤 이후로는 처음으로 내 성기가 너무도 광적으로 오랫동안 불끈 화가 나 있어서 스스로 거세를 해 버릴까 하는 생각이 잠깐 들기도 했다. 그런 내 상태를 소피에게 들키지 않기 위해 배를 깔고 엎드려서(해병대에서 입던 칙칙한 녹색 수영복을 입고 있었다.) 늘 그랬듯이 참을성 있는 고해 신부의 역할을 했다. 그리고 다시 한번 내 안테나의 전원이 들어오자, 그녀의 말에는 숨기거나 속이는 것이 없다는 정보가 내 머리로 전달되었다.

"하지만 네이선에게 요제프 이야기를 하지 않은 또 다른 이유가 있었어요. 네이선이 질투하지 않을 거라고 생각했더라도 이야기하지 않았을 거예요."

"왜요?"

"네이선은 요제프에 대해 아무 말도 믿지 않았을 것이기 때문이에요. 아무것도요. 이것도 유대인 문제와 관련 있어요."

"소피, 도통 무슨 말인지 모르겠어요."

"아, 이건 정말 복잡한 문제예요."

"얘기해 봐요."

"이건 또 내가 네이선에게 한, 아버지에 대한 거짓말과 관련 있어요. 나로서도 어쩔 수 없는 일이었어요."

내가 숨을 깊이 들이마신 후 말했다. "소피, 당신 때문에 헛갈려 죽겠어요. 무슨 말인지 속 시원히 이야기해 봐요."

"알았어요, 스팅고. 네이선은 유대인들이 관련된 문제에 관해서는 폴란드인들에게 좋은 면이 있다는 사실을 절대로 믿으려고 하지 않았어요. 유대인들을 구하기 위해 자기 목숨까지 건 선한 폴란드인들도 있었다는 사실을 그가 믿게 할 수가 없었어요. 내 아버지도……." 소피가 말을 멈췄다. 목 뒤에서 뭐가 잡아끄는지 한동안 머뭇거리더니 이윽고 다시 입을 열었다. "내 아버지도…… 아, 이런, 당신에겐 이미 말해 줬군요. 난 당신에게 그랬듯이 네이선에게도 거짓말을 했어요. 그리고 당신에게는 나중에 진실을 털어놓았지만, 네이선에게는 그럴 수 없었어요. 왜냐하면…… 왜냐하면 내가 겁쟁이였기 때문이에요. 나는 내 아버지가 흉악한 괴물이라는 사실을 알게 됐고, 그 사실을 네이선에게 숨겨야 했어요. 비록 아버지가 어떤 사람이었는지 무슨 짓을 했는지는 나와 아무 상관도 없는 일이었지만요. 아버지의 행동에 대해 내가 비난받을 이유도 전혀 없고요." 그녀가 잠시 머뭇거리다가 말을 이었다. "정말 암담하더군요. 아버지에 대해 거짓말을 했는데, 네이선이 믿으려고 하지 않으니까 말이에요. 그래서 나는 요제프에 대해서는 절대로 그에게 말할 수 없겠구나 생각했죠. 선하고 용감했던 요제프에 대해서는 말이에요. 이번에는 거짓말이 아닌데도, 진실인데도 말을 못 하겠더라고요. '하나를 얻으면 하나를 잃는다.' 네이선이 즐겨 쓰던 말이에요. 하지만 나는 아무것도 얻을 수 없었어요."

"요제프는 어떤 사람이었는데요?" 내가 다소 성급하게 물었다.

"우리는 바르샤바에서 같은 건물에 살았어요. 폭격을 당했지만, 사람이 들어가 살 수 있도록 대강 손을 본 건물이었죠. 하지만 정말 형편없는 건물이었어요. 점령 기간 동안 바르샤바가 얼마나 끔찍한 곳이었는지 당신은 상상도 못 할 거예요. 먹을 거라곤 거의 없었고, 약간의 물만 마시며 버텨야 할 때도 자주 있었어요. 그리고 겨울이면 얼마나 추웠는지 몰라요. 나는 타르 종이를 만드는 공장에서 일했어요. 하루에 열 시간, 아니 열한 시간 정도를 일했죠. 그렇게 오랫동안 타르 종이를 만지다 보니 손에서 항상 피가 났어요. 솔직히 말하자면 난 돈을 벌기 위해서가 아니라 노동자 신분증을 계속 갖고 있기 위해 일했어요. 노동자 신분증이 없으면 노예 노동자로 독일에 있는 강제 수용소로 보내졌거든요. 나는 그 건물 4층에 있는 작은 아파트에 살았고, 요제프는 이복 누나와 함께 아래층에 살았어요. 반다라는 이름의 그의 누나는 나보다 약간 나이가 많았어요. 그들은 조국 해방군이라는 지하 운동 단체에서 활동했어요. 요제프에 대해 제대로 묘사할 수 있다면 정말 좋겠는데, 그럴 수가 없어요. 적당한 표현이 떠오르지 않아요. 나는 그를 아주 많이 좋아했어요. 하지만 솔직히 낭만적인 사랑, 뭐 그런 건 아니었어요. 그는 키가 작고 근육질이었고, 굉장히 열정적이면서도 예민한 사람이었어요. 그리고 폴란드 사람치고는 피부색이 굉장히 가무잡잡했고요. 이상하죠, 우리는 그렇게 자주 사랑을 나누진 않았어요. 같은 침대에서 자면서도요. 그는 한창 진행 중인 전투를 위해 힘을 아껴야 한다고 말했어요. 공식 교육은 별로 받지 못한 사람이었어요. 나와 마찬가지였죠, 전쟁 때문에 교육의 기회를 빼앗긴 경우였어요. 하지만 책을 많이 읽었고, 굉장히 똑똑했어요. 공산주의자도 아니었어요. 무정부주의자였죠. 바쿠닌[48]을 존경했죠. 그

48) 러시아의 혁명가. 급진적인 무정부주의자.

리고 철저한 무신론자였어요. 이상하죠, 당시만 해도 나는 굉장히 독실한 가톨릭 신자였거든요. 그래서 내가 어떻게 하느님을 믿지 않는 남자와 사랑에 빠질 수 있는지 가끔씩 놀라워하곤 했어요. 어쨌든 우리는 종교에 대해서는 말하지 않기로 합의했고, 그대로 따랐어요."

"요제프는 살해……." 그녀가 잠시 말을 멈추고 생각을 정리하더니 다시 말을 이었다. "살인 청부업자였어요. 자신이 속한 지하 운동 단체를 위해서 살인을 했어요. 유대인을 배반하고, 유대인이 숨어 있는 곳을 누설하는 폴란드 사람들을 찾아내 죽였어요. 당시 바르샤바 전역에는 유대인들이 많이 숨어 있었죠. 나튀렐르멍(당연히) 게토에 살던 유대인이 아니라 더 높은 계층의 아시밀레한(동화된) 유대인 지식인들이 상당수 숨어 살았어요. 그런 유대인들을 나치에게 넘기는 폴란드 사람들도 많았어요. 때로는 대가를 바라고 그렇게 하기도 했고, 때로는 아무런 대가 없이도 유대인들을 배반했죠. 요제프는 지하 운동 단체에서 그런 배신자들을 찾아내 처단하는 임무를 맡고 있었어요. 피아노 줄로 배신자들의 목을 졸라 죽였어요. 어떻게든 배신자들을 알아내 목을 졸라 죽였죠. 그렇게 사람을 죽이고 돌아오면 그는 줄곧 토했어요. 예닐곱 명은 그렇게 죽였을 거예요. 옆 건물에 요제프와 반다와 내가 잘 아는 여자가 살았는데, 나이는 서른둘에 이름은 이레나, 아주 아름다운 여자였어요. 우리는 그 여자를 아주 좋아했어요. 전쟁이 나기 전엔 선생님이었대요. 이상하죠, 그녀는 미국 문학을 가르쳤다고 했는데, 하트 크레인이라는 시인에 대해 잘 알았다는 게 기억나네요. 하트 크레인이라는 시인, 알아요, 스팅고? 아무튼 그녀도 같은 지하 운동 단체에서 활동했어요, 아니 적어도 우리는 그렇게 생각했죠. 하지만 나중에 알고 보니까 이중간첩 역할을 하면서 나치에게 유대인들을 많이 넘겨줬더군요. 그래서 요제프가 그녀를 죽여야 했어요. 그도 그녀를 굉장히 좋아했지만 말이에요. 어느 날 밤늦게 피아노 줄로 그녀의 목을 감아 죽이고 돌아와서는 그다음 날 내내 내 방 창가에 서서 창밖을 보며 아무 말도 하지 않더군요."

소피의 말은 여기서 멈췄다. 나는 모래에 얼굴을 대고 하트 크레인에 대해 생각했다. 갈매기 울음소리와, 밀려왔다가 사라지는 미약한 파도의 리듬에 따라 심장이 고동치는 것이 느껴졌다. "그리고 내 곁에 있는 그대에게 축복 있으라, 요정이 우리에게 속삭이며 은밀히 우리를 이끌어 가나니……."

"요제프는 어떻게 죽었어요?" 내가 다시 물었다.

"그가 이레나를 죽인 후에 나치가 그의 존재를 알게 됐어요. 이레나를 죽인 후 일주일쯤 지났을 때였죠. 나치에게는 우크라이나 살인 청부업자들이 있었어요. 어느 날 오후, 내가 나가고 없을 때 그들이 찾아와서 칼로 요제프의 목을 베었더군요. 내가 집에 돌아갔을 땐 이미 반다가 그를 발견했더라고요. 그는 계단에서 피를 흘리며 죽어 가고 있었어요……."

몇 분 동안 우리는 아무 말도 하지 않았다. 그녀가 한 말은 모두 사실임이 분명했고, 나는 우울한 기분에 사로잡혔다. 그런 기분이 든 것은 양심에 거리꼈기 때문이다. 내 마음속의 이성은 나와 요제프를 다른 상황으로 몰아넣은 세계적인 사건들에 대해 나 자신을 비난할 하등의 이유가 없다고 말했지만, 그럼에도 불구하고 최근에 내게 일어난 일을 부끄러워하며 돌이켜보지 않을 수 없었다. 요제프와 소피와 반다가 말로 형용할 수 없을 정도로 끔찍한 지옥에서 고통받는 동안 스팅고는 무얼 하고 있었나? 글렌 밀러[49]의 음악을 듣고, 맥주를 퍼마시고, 술집에서 법석을 떨고, 자위나 하면서 보내지 않았던가? 이 얼마나 불공평한 세상인가! 끝도 없이 계속되는 것 같은 침묵이 흘렀다. 내가 여전히 모래에 엎드려 얼굴을 묻고 있는데, 갑자기 소피의 손이 내 수영복 속으로 들어오더니 허벅지와 엉덩이가 만나는 아주 민감한 곳, 고환에서 1센티미터도 채 떨어지지 않은 그곳을 가볍게 어루만졌다. 너무도 놀라웠고, 갑자기 정욕의 불길이 확 타오르는 것 같았다. 나도 모르는 사이에 목구멍 깊숙한 곳에서 침이 꼴딱꼴딱 넘어가는 소리가 났다. 갑자기 그녀의 손가락들이 빠져나갔다.

"스팅고, 우리 벗어요." 그녀가 이렇게 말하는 것을 들었다고 생각했다.

"뭐라고요?" 내가 놀라서 물었다.

"옷을 벗자고요. 알몸이 되자고요."

독자들이여, 잠시만 상상해 보라. 한동안 당신이 어떤 불치병에 걸렸다고 생각하며(그것도 충분한 이유가 있어서 그렇게 생각하며) 살아왔다고 상상해 보라. 그런데 어느 날 아침 전화벨이 울려서 받으니 의사가 이렇게 말하는 것이다. "걱정할 거

49) 미국의 재즈 트롬본 연주자, 편곡자, 지휘자.

없습니다. 오진이었어요." 아니면 이런 상황을 상상해 보라. 당신에게 엄청난 경제적 불운이 닥쳐와 파산하고 빈털터리가 되어, 그 끔찍한 지옥에서 벗어날 방법으로 자살을 생각하고 있었다. 이때 전화벨이 울려 받으니, 50만 달러짜리 복권에 당첨되었다는 소식이다. 이런 소식들도 소피의 제안을 들은 후 내가 느낀 놀라움과 격심한 욕정에서 나오는 행복감을 가져다주지는 못했을 것이라고 말해도 과장이 아니다.(앞에서도 말했듯이 나는 그때까지 여자의 알몸을 한 번도 실제로 본 적이 없었다.) 지극히 노골적인 그녀의 손길과 그녀의 말 덕분에 나는 믿을 수 없을 정도로 빠르게 숨을 헐떡였다. 의학 용어로 과다 호흡이라는 상태가 되었던 것이 아닌가 싶다. 그때 나는 한 순간 완전히 정신을 잃고 쓰러질 것 같다는 생각이 들기도 했다.

내가 지켜보고 있는데도 그녀는 스스럼없이 수영복을 벗었다. 그래서 나는 중년이 된 후에야 보게 되리라고 생각했던 것을(풍만한 가슴과 생기발랄해 보이는 젖꼭지, 부드럽고 둥근 배와 귀여운 배꼽 그리고(나는 '심장아, 제발 진정 좀 해라.'라고 속으로 생각했다.) 아름답게 대칭을 이룬 삼각형의 금색 음모를 가진 은백색의 젊은 여자의 몸을) 가까이서 감상하게 되었다. 내 문화적 환경(십 년 동안 포르노 잡지에서조차 음모가 있는 부분은 가려지거나 검게 칠해져 있는 여자들의 알몸 사진만을 접했다.) 덕분에 여자들에게도 음모가 있다는 사실을 잊고 있던 나는 놀란 눈으로 그 부분을 유심히 노려보았고, 소피는 갑자기 돌아서서 물가로 뛰어가기 시작했다. "어서요, 스팅고. 옷 벗고 물속으로 들어가자고요!" 나는 그제야 자리에서 일어서서 그녀가 물속으로 뛰어가는 모습을 멍하니 바라보았다. 성배를 찾아 헤매던 기독교 기사도 내가 소피의 통통한 엉덩이를 바라보는 것처럼 그렇게 넋을 잃고 성배를 바라보지는 않았을 것이다. 이제 소피는 첨벙거리며 탁한 바닷물 속으로 뛰어들었다.

내가 그녀를 따라 바로 물속으로 뛰어들지 못한 것은 내게 닥친 상황이 너무도 놀라웠기 때문이었던 것 같다. 짧은 순간에 너무도 많은 일이 일어나 넋을 잃은 나는 발이 붙어 버린 것처럼 그 자리에 서 있었다. 음울한 어조로 바르샤바에서의 일을 털어놓다가 갑자기 음탕하고 유쾌한 기분으로 바뀐 것을 어떻게 이해해야 할까? 나는 이런 경험이 처음이라서 대단히 흥분되면서도 동시에 혼란스럽기 짝이 없었다. 주변에는 사람 그림자조차 보이지 않았지만, 나는 굉장히 쭈뼛거리며 수영복을 벗었다. 어두운 구름이 빠르게 흘러가는 회색빛 하늘 아래서 내 남성을 천사들에게 드러내 보이며 서 있었다. 나는 걱정과 기쁨이 한데 섞여 머리가 지끈거리는 것을 느끼며 마지막 캔에 남은 맥주를 벌컥벌컥 마셔 댔다. 그러면서 소피가 수영하는 모습을 지켜봤다. 그녀는 수영을 꽤 잘했고 아주 편안하고 즐거워 보였다. 나는 그녀가 너무 편안해하지 않기를 바랐다. 그렇게 위스키를 많이 마시고 수영을 해도 괜찮을까 하는 걱정이 스쳐 갔다. 대기는 후텁지근했지만 나는 마치 말라리아에 걸린 듯 온몸이 떨리고 한기가 느껴졌다.

"스팅고." 그녀가 내게 걸어오면서 킬킬거리며 말했다. "튀 방드.(가운데 물건이 섰네요.)"

"뭐…… 뭐라고요?"

"섰다고요."

그녀는 즉시 알아보았다. 어찌해야 할지 몰랐지만, 지나치게 서투르다는 인상은 주지 않으려고 태연하게(몸이 떨리는 상태인지라 가능한 한 태연하게 보이려고 노력하면서) 담요 위에 앉으며 팔뚝으로 발기한 성기를 가려 보려고 했지만, 헛수고였다. 갑자기 성기가 팔뚝을 툭 치며 겉으로 드러나 보였고, 그 순간 그녀는 내 옆에 털썩 주저앉아 나를 끌어안았다. 우리는 미친 듯이 서로 엉켜들었다. 나는 그 후로 포옹이 가져다준 고통스러운 흥분을 자제하려고 노력하는 것을 단념했다. 그녀에게 키스하는 동안 내 입에서 조랑말이 히힝 하는 듯한 소리가 났다. 키스가 내가 할 수 있는 전부였다. 나는 다른 곳을 만지면 그녀가 부서져 버리기라도 할까 봐 두려워서 허리만 꽉 끌어안고 있었다. 그녀의 앙상한 갈비뼈가 느껴졌다. 네이선이 이 곳을 찼다는 사실과 함께 그녀가 과거에 굶주렸다는 사실이 떠올랐다. 내 몸의 떨림은 계속되었다. 그녀의 입 속에서 나는 달콤한 위스키 맛과 그녀의 혀와 내 혀가 서로 얽힌 감미로움만을 느낄 수 있었다. "스팅고, 왜 이렇게 몸을 떨어요?" 그녀가 잠시 내게서 입을 떼고 속삭였다. "긴장을 풀어요!" 그러나 나는 창피하게도 침을 흘리고 있었고, 우리의 혀가 서로 엉켜 있는 동안 내가 그렇게 침을 많이 흘렸다는 사실이 무척 수치스러웠다. 도대체 왜 그렇게 침을 줄줄 흘리는지 이해할 수 없었고, 이런 수치와 걱정 때문에 내 꿈에 나타나 그렇게도 나를 달뜨게 만들었던 그녀의 가슴과 엉덩이 혹은 더 깊은 곳까지 탐험하는 것은 엄두도 내지 못했다. 나는 이름 모를 잔인한 마비 상태에 빠져 있었다. 만 명의 장로교 주일학교 교사들이 롱아일랜드 하늘 위에 구름처럼 몰려들어 험악한 눈으로 나를 내려다보고 있어서 손이 마비된 듯한 느낌이었다. 일 초가 일 분처럼, 일 분이 한 시간처럼 흘러갔지만, 나는 전혀 진도를 나가지 못했다. 그러나 그때 내 고통에 종지부를 찍어 주려는 것인지, 아니면 진도를 나가려는 것인지, 소피가 움직이기 시작했다.

"멋진 슐롱을 가지고 있네요, 스팅고." 그녀가 섬세하지만 단호하게 내 남근을 잡으며 말했다.

"고마워요." 내가 중얼거렸다. 세상에, 그녀가 내 거기를 잡다니, 도저히 믿어지지 않았지만, 나는 어색함을 깨기 위해 말을 딴 데로 돌리려고 했다. "왜 슐롱이라고 부르죠? 우리 남부 사람들은 다르게 부르는데." 내 목소리가 민망할 정도로 심하게 떨렸다.

"네이선이 그렇게 불러서요. 남부에서는 어떻게 부르는데요?"

"'코'라고 부르기도 하고요. 남부에서도 북쪽에서는 '동'이라거나 '연장'이라고 부르기도 해요. 아니면 '피터'라고 하든가."

"네이선이 '도크'라고 부르는 것도 들었어요. '푸츠'라고도 했고요."

"내 것이 마음에 들어요?" 내가 작은 목소리로 속삭였다.

"귀여워요."

무엇 때문에 이 대화가 끝났는지 지금은 기억이 가물가물하다. 물론 그녀는 좀 더 괜찮은 표현으로 나를 칭찬해 줬어야 했다. '거대하다'라든가, '윈 메르베유(놀라운 것)', 아니면 '크다'라는 표현도 괜찮았을 텐데, '귀엽다'는 영 아니었다. 이런 생각 때문에 내가 시무룩한 표정으로 아무 말이 없어서 그랬는지, 갑자기 그녀가 내 성기를 어루만지면서 말로 표현할 수 없을 정도로 격렬한 욕망을 깨우기 시작했다. 그녀의 능숙한 솜씨는 고급 창부 같기도 했고 젖 짜는 여자 같기도 했다. 너무도 황홀했다. 그녀가 빠르게 숨을 몰아쉬며 한숨을 쉬었고, 나도 그 뒤를 따라 한숨을 쉬었다. 그녀가 속삭였다. "반듯하게 누워 봐요, 스팅고, 자기야." 갑자기 그녀가 그렇게도 솔직하게 묘사했던 그녀와 네이선의 열정적인 오럴 섹스 장면이 머리를 스쳐 갔다. 그러나 이 환상적인 긴장(세상에, 그녀가 나를 '자기'라고 불렀다.)과 갑작스러운 천국으로의 초대는 나로서는 너무도 견디기 어려운 일이었다. 나는 도축되는 숫양처럼 절망에 휩싸여 한숨을 쉬며 눈을 꼭 감은 채 수문을 열었고, 그러자 세찬 물줄기가 뿜어져 나왔다. 그러고 나자 성난 남근이 축 늘어져 버렸다. 이런 절망의 순간엔 웃으면 안 되는 일이었지만, 그녀는 킥킥 웃음을 터뜨렸다.

그러나 몇 분 후 내가 절망하고 있다는 사실을 알아차린 그녀가 말했다. "이런 일 때문에 슬퍼하지 말아요, 스팅고. 간혹 가다 이런 일이 일어날 때가 있어요." 나는 눈을 꼭 감은 채 젖은 종이봉투처럼 구겨진 채로 누워 있었다. 내 실패의 깊이를 가늠할 수 없었다. 조루. 마음 깊은 곳 어딘가에서 개구쟁이들이 "조루래요."라고 놀려 대고 있는 것 같았다. 나는 다시는 눈을 뜨고 세상을 대할 수 있을 것 같지가 않았다. 진흙에 갇혀 버린 연체동물, 바다에서 가장 발달 단계가 낮은 동물, 그게 나였다.

다시 그녀가 깔깔 웃는 소리가 나서 나는 살짝 눈을 떴다. "이것 봐요, 스팅고." 그녀가 바로 내 눈앞에서 말했다. "이게 피부에 좋대요." 정신 나간 폴란드 여자가 한 손으로는 위스키 병을 들고 병째로 홀짝이면서, 다른 한 손(내게 그토록 커다란 흥분과 치욕을 동시에 안겨 준 그 손이었다.)으로는 내 정액을 묻혀 자기 얼굴에 바르고 부드럽게 마사지를 하고 있었다.

"정액에는 비타민이 가득하다고 네이선이 항상 그랬어요." 그녀가 말했다. 어떤 이유에선지 내 눈은 그녀의 문신에 고정되어 있었다. 그날따라 그 문신이 굉장히 낯설게 느껴졌다. "그렇게 비참한 얼굴 하지 말아요, 스팅고. 그게 세상의 끝은 아니에요. 그런 일은 모든 남자들에게 한 번씩은 일어나요, 특히 젊은 남자들에게요. 예를 들어 바르샤바에서 요제프와 내가 처음으로 사랑을 나눌 때 요제프도 그랬어요. 그도 숫총각이었거든요."

"내가 숫총각이라는 거 어떻게 알았어요?" 내가 비참한 기분이 들어 한숨을 쉬며 물었다.

"쉽게 알 수 있어요, 스팅고. 당신이 레슬리라는 아가씨와 못 잤다는 것도 알았어요. 그 아가씨와 잤다고 했을 때, 당신이 꾸며 댄다는 것도 다 알았죠. 불쌍한 스팅고…… 아, 좀 더 정직하게 말하자면, 스팅고, 사실은 몰랐어요. 그냥 추측했을 뿐이에요. 하지만 내 말이 맞았죠, 스팅고?"

"맞아요." 내가 신음하듯 내뱉었다. "눈처럼 순결했어요."

"요제프는 여러 면에서 당신이랑 많이 닮았어요. 정직하고 직접적이었죠. 그래서 어떤 때는 어린아이처럼 보이기도 했고요. 설명하기가 쉽지 않네요. 어쩌면 바로 그 때문에 내가 당신을 많이 좋아하는지도 몰라요, 스팅고. 당신이 요제프와 많이 닮았기 때문에. 나치가 그를 죽이지 않았다면, 난 그와 결혼했을지도 모르죠. 그가 이레나를 죽인 후에 누가 그를 배신했는지 아무도 알 수 없었어요. 정말 불가사의한 일이었죠. 하지만 누군가가 나치에 정보를 흘린 게 틀림없어요. 우리는 이렇게 소풍을 가곤 했죠. 전쟁 중인 데다 먹을 것이 거의 없었기 때문에 소풍을 가기가 굉장히 어려웠어요. 하지만 여름에 한두 번 정도 시골로 가서 이렇게 자리를 깔고……."

경악할 일이었다. 불과 몇 분 전에 끈적끈적한 관능의 순간을 맛보고 나서(비록 서툴러서 제대로 해 보지도 못하고 끝나 버렸지만, 내가 경험한 일 중 가장 심하게 영혼을 뒤흔든 대격변의 순간이었다.) 그녀가 과거를 회상하며 마치 몽상에 빠진 사람처럼 재잘대고 있다는 것이 정말 충격적이었다. 그녀는 우리의 충격적인 접촉을 댄스홀에서 투스텝 한 번 같이 춘 것 정도로밖에 여기지 않는 듯했다. 술기운 때문일까? 그녀의 눈이 다소 흐리멍덩해져 있고, 담배 경매인처럼 이야기를 술술 풀어냈다. 이유야 어찌 됐든, 그녀의 무관심하고 태평한 태도는 내게 큰 상처를 주었다. 그녀는 폰즈 콜드크림을 바르듯이 내 정액을 자기 얼굴에 바르면서, 자신이 '자기야'라고 부른 나에 대해서나 우리에 대해서가 아니라, 이미 오래전에 죽어 땅에 묻힌 애인에 대해 이야기했다. 불과 몇 분 전만 해도 나를 신비로운 오럴 섹스의 세계로, 열네 살 이후로 기대감에 가득 차 기다려 온 성사(聖事)인 오럴 섹스의 세계로 이끌어 가려 했다는 사실을 벌써 잊은 것일까? 여자들은 전기 스위치를 끄듯 그렇게 쉽게 욕망의 불을 끌 수 있는 것일까? 그리고 요제프! 그녀가 아직도 옛 애인을 못 잊고 그리워하는 것이 나를 미치게 만들었다. 짧은 순간이나마 그녀가 내게 보여 준 열정이 나를 요제프의 대타로 생각했기 때문이라는 생각이 들자 도저히 견딜 수 없었지만, 그렇다고 그런 생각을 밀쳐 낼 수도 없었다. 그녀가 서서히 흐트러지는 모습이 눈에 띄었다. 과장되고 쉰 듯한 목소리에, 입술은 노보카인[50]으로 마취된 듯 천천히 어색하게 움직였다. 마치 최면에 걸린 듯한 그녀의 모습은 상당히 충격적이었다. 나는 그녀의 손에서 조금 남아 있는 위스키병을 빼앗았다.

"요제프가 죽지 않았다면 어떻게 됐을까 생각할 때마다 가슴이 너무 아파요, 스팅고. 그를 정말 좋아했어요. 네이선보다 훨씬 더 많이 좋아했죠. 요제프는 네이선처럼 나를 학대하지 않았어요, 단 한 번도요. 누가 알아요? 그가 죽지 않았다면 우린 결혼했을 거고, 결혼했으면 인생이 많이 달라졌겠죠. 우선 한 가지, 그의 이복 누나 반다 말이에요. 우리가 결혼했다면 나는 그녀의 사악한 영향력에서 그를 구해 냈을 거예요. 그러면 우린 정말 행복했을 거고요. 위스키 어딨어요, 스팅고?" 그녀가 말하는 것을 들으면서, 나는 그녀가 보지 못하

---

50) 치과용 국부 마취제.

게 등 뒤로 병을 가져가 남은 위스키를 모래 위에 쏟아부었다. "위스키요. 어쨌든 반다는 크베츠(불평꾼), 정말 대단한 크베츠였어요!"(나는 크베츠라는 단어를 좋아했다. 네이선이 즐겨 쓰던 표현이었다. 또 네이선 얘기가 나오는군!) "요제프를 죽게 만든 사람이 반다였어요. 그래요, 인정할게요……. 유대인을 배신한 사람에게 보복하기 위해 누군가가 필요했다는 사실은 이해해요. 하지만 왜 만날 요제프가 그 누군가가 되어야 하죠? 왜요? 그게 다 그 크베츠, 반다 때문이에요. 그래요, 반다는 지하 운동단체의 지도자였어요. 그렇다고 해도 자기 동생을 우리 지역의 유일한 살인 청부업자로 만들 이유가 뭐란 말이에요? 그게 말이 돼요? 요제프는 살인을 하고 돌아오면 늘 토했어요, 스팅고. 토했다고요! 거의 초주검이 될 때까지요."

나는 그녀의 얼굴이 잿빛으로 변하는 것을 지켜보았다. 그녀가 무슨 말을 중얼거리며 위스키병을 찾는 듯 주위를 더듬었다. 내가 말했다. "소피. 소피, 위스키는 다 마시고 없어요."

과거의 기억에 빠져 멍해진 그녀는 내 말을 듣는 것 같지 않았고, 눈에는 눈물이 그렁그렁 맺히기 시작했다. 갑자기 나는 '슬라브인의 우울증'이라는 말의 뜻을 이해할 수 있게 되었다. 눈 덮인 하얀 들판 위로 검은 그림자가 드리우듯이 슬픔이 그녀의 얼굴을 삽시간에 뒤덮었다. "반다, 나쁜 년! 반다가 모든 불행의 원인이었어요. 모든 일이요! 요제프가 죽은 것 그리고 내가 아우슈비츠로 간 것, 그 밖의 모든 일이 다 반다 때문이에요!" 그녀가 흐느껴 울기 시작했고, 눈물이 그녀의 뺨을 타고 볼썽사납게 흘러내렸다. 나는 당혹스러워 어찌할 바를 몰랐다. 비록 에로스는 떠나가고 없었지만, 그녀를 끌어당겨 안았다. 그녀의 얼굴이 내 가슴에 와 닿았다. "아, 제기랄, 스팅고, 나는 너무 불행해요!" 그녀가 울부짖었다. "네이선은 어디 있죠? 요제프는요? 모두들 어디 있어요? 아, 스팅고, 죽고 싶어요!"

"쉿, 소피." 내가 맨살이 드러난 그녀의 어깨를 가볍게 토닥이며 말했다. "다 잘될 거예요."(그럴 가능성, 거의 없다!)

"날 붙잡아 줘요, 스팅고." 그녀가 절망적인 어조로 속삭였다. "날 붙잡아 줘요. 길을 잃은 느낌이에요. 오, 세상에, 길을 잃고 헤매는 기분이에요! 이제 어쩌죠? 이제 어쩌면 좋죠? 너무 외로워요!"

술과 피로, 슬픔, 후텁지근한 날씨, 이 모든 것이 합쳐져 그녀를 내 품 안에서 잠들게 한 것이 틀림없었다. 맥주에 취하고 지쳐 버린 나도 아이들이 안도감을 느끼기 위해 갖고 다니는 담요인 양 그녀의 몸을 꼭 붙들고 잠에 빠졌다. 그러고는 내 인생을 그대로 반영하듯 여기저기 정처 없이 떠돌아다니는 피곤한 꿈을 꾸었다. 무언가 알 수 없는 것을 찾아 가파른 계단을 오르기도 했고, 노 젓는 배를 타고 물결이 느린 해협을 지나기도 했으며, 비스듬히 기울어진 볼링 레인을 따라가기도 했고, 미로처럼 복잡하게 얽힌 철도 조차장을 누비고 다니기도 했으며,(거기서는 듀크 대학 시절에 내가 존경한 영문학 교수가 트위드 양복을 말쑥하게 차려입은 채로 빠르게 움직이는 전철용(轉轍用) 기관차의 운전대를 잡고 있었다.) 불빛이 현란한 지하 1층과 2층 그리고 터널을 돌아다니기도 했고, 끔찍한 악취가 나는 하수구 속을 헤매고 다니기도 했다. 늘 그러듯이 왜 그러고 다니는지 정확하게는 알 수 없었지만, 잃어버린 개와 관계있는 것 같았다. 그러다가 발작하듯 깜짝 놀라 눈을 떠 보니 소피는 내 품에서 사라지고 없었다. 비명이 나올 것 같았지만 목 뒤에서 걸린 듯했고, 대신 낮은 신음만 흘러나왔다. 심장이 사납게 고동치기 시작했다. 비틀거리며 수영복을 입은 나는 모래언덕 위로 올라가 해변을 내려다보았다. 음울한 모래밭에는 아무것도 보이지 않았다. 그녀가 완벽하게 내 시야에서 사라져 버린 것이다.

나는 모래언덕 뒤를 살펴보았다. 풀이 말라비틀어져 있는 불모지인 그곳에는 아무도 없었다. 근처 모래밭에는, 내 쪽으로 다가오는 땅딸막한 사람의 형체 말고는 아무도 없었다. 그쪽으로 달려가면서 보니, 덩치 크고 가무잡잡한 피부의 해수욕객이 핫도그를 우적우적 먹으면서 걸어오고 있었다. 그의 검은 머리카락은 가운데에 가르마가 난 상태로 딱 달라붙어 있었다. 그가 멍청한 표정으로 씩 웃어 보였다.

"저기 혹시 사람을…… 금발의 아가씬데요, 아주 매력적인 금발의 아가씨를 보셨어요?" 내가 더듬거리며 물었다.

그는 그렇다고 고개를 끄덕이며 미소를 지었다.

"어디서요?" 내가 안도감을 느끼며 다시 물었다.

"노 아블로 잉글레스.(나 영어 못 해요.)" 그의 대답이었다.

아직도 그와의 대화가 기억에 선명하게 남아 있는 것은, 무엇보다도 그의 대답을 듣는 바로 그 순간 털이 북실북실한 그의 어깨 너머로 소피의 모습을 보았기 때문일 것이다. 그녀의 머리는 저 멀리 기름기 있는 초록색 파도 위의 금색 점으로 보였다. 나는 곧바로 바다로 뛰어들었다. 나는 평소에도 수영을 꽤 잘하는 편이지만, 그날은 올림픽에 출전해도 될 만큼 엄청난 기량을 발휘했다. 완만한 파도를 거슬러 헤엄쳐 가는 동안에도 엄청난 공포와 필사적인 마음 때문에 내 팔과 다리의 근육이 더 잘 움직여 준다는 사실을, 그래서 내 안에 있는 줄 몰랐던 엄청난 힘으로 나를 앞으로 앞으로 나아가게 하고 있다는 사실을 깨달았다. 나는 부드럽게 일렁이는 파도를 거슬러 성큼성큼 헤엄쳐 가면서 그녀가 이렇게 멀리까지 나와 있다는 사실에 놀라움을 금할 길이 없었다. 내가 잠시 수영을 멈추고 선헤엄을 치며 얼마만큼 와 있는지를 가늠하고 그녀의 위치를 확인했을 때, 걱정스럽게도 그녀는 여전히 베네수엘라 쪽으로 물살을 가르고 나아가고 있었다. 내가 두 번이나 소리를 질렀지만, 그녀는 수영을 계속해 갔다. "소피, 돌아와요!" 내가 다시 외쳤다. 차라리 하늘에 대고 부탁하는 편이 나을 것 같았다.

나는 숨을 깊이 들이마시고, 몇 년 만에 처음으로 기독교의 신에게 기도한 다음, 점점 더 희미하게 작아져 가는 젖은 금발을 향해 남쪽으로 힘차게 수영해 갔다. 그때 갑자기 내가 엄청난 속도로 나아가고 있다는 사실을 깨달았다. 짠 바닷물이 들어가 희미해진 눈으로도 소피의 머리가 점점 더 커지고 가까워지는 것이 보였기 때문이다. 이제 보니 그녀는 수영을 하고 있지 않았고, 몇 초 안에 그녀를 따라잡을 수 있을 것 같았다. 눈 아래로는 물에 가라앉아 있었지만, 아직까지는 물에 빠져 허우적대는 것 같지 않았다. 하지만 그녀의 눈빛은 구석에 몰린 고양이처럼 불안하게 흔들렸고, 바닷물을 벌컥벌컥 마셔 대는 것이 기진맥진한 게 분명했다. "오지 마! 오지 마!" 그녀가 한 손을 힘없이 내저어 내가 다가가는 것을 막으면서 숨을 헐떡거리며 말했다. 그러나 나는 그녀를 향해 돌진해 뒤에서 그녀의 허리를 꽉 붙들고 "닥쳐!"라고 소리를 질렀다. 다행히도 그녀는 내 팔에 안기자 예상했던 것처럼 저항을 하지는 않았고, 힘을 빼고 내게 몸을 기댄 채 내가 끄는 대로 해안으로 끌려왔다. 그러면서 처량하게 흐느꼈고, 그 흐느낌은 보글보글 이는 거품이 되어 내 뺨에 부딪치기도 하고 내 귀로 들어오기도 했다.

내가 그녀를 모래 위로 끌어올리자 마자, 그녀는 무릎을 꿇고 엎드린 자세로 2리터나 되는 바닷물을 토해 냈다. 그러고는 켁켁거리며 물가 모래 위에 그대로 쓰러지더니 간질 발작을 일으킨 사람처럼 무섭게 몸을 떨기 시작했다. 그때까지 나는 인간이 그토록 격렬한 슬픔에 사로잡혀 경련을 일으키는 모습을 한 번도 본 적이 없었다. 그녀가 신음하듯 내뱉었다. "아아, 왜 나를 죽게 내버려 두지 않았어요? 왜 물에 빠져 죽게 내버려 두지 않았어요? 나는 정말 나쁜 사람인데. 정말 끔찍이도 나쁜 사람인데. 왜 나를 죽게 내버려 두지 않았어요?"

나는 벌거벗은 채 쓰러져 누워 있는 그녀 곁에 어쩔 줄을 몰라 하며 서 있었다. 내가 말을 걸었던 뚱뚱한 해수욕객이 좀 떨어진 곳에서 우리를 바라보며 서 있었다. 입술에 케첩이 묻어 있었다. 그가 음울한 어조의 스페인어로 무언가 충고를 했다. 갑자기 피곤이 한꺼번에 몰려오는 것을 느낀 나는 소피

곁에 털썩 주저앉아, 그녀의 맨등을 부드럽게 쓸어내렸다. 육안으로 보이는 척추의 윤곽, 각각의 척추뼈, 그녀의 고통스러운 호흡에 따라 오르락내리락하는 긴 뱀 같은 선. 그때의 촉감이 아직도 생생하다. 따뜻한 빗방울이 한 방울 두 방울 떨어지기 시작하더니 이제 제법 얼굴에 방울방울 맺힐 정도로 내렸다. 나는 내 머리로 그녀의 어깨를 가렸다. 그때 그녀가 말했다. "날 물에 빠져 죽게 내버려 뒀어야 했어요, 스팅고. 나처럼 나쁜 사람은 없어요. 아무도! 나처럼 나쁜 사람은 하나도 없어요."

그러나 나는 그녀에게 옷을 입혀서 버스를 타고 브루클린의 분홍 궁전으로 되돌아갔다. 커피를 마시고 나서 술이 깬 그녀는 늦은 오후부터 초저녁까지 잠을 잤다. 잠에서 깨어난 후에도 그녀는 여전히 불안하고 힘이 없어 보였지만(죽으려고 혼자서 무작정 바다로 수영해 들어갔던 일이 기력을 완전히 소진시킨 게 틀림없었다.) 익사 직전까지 갔던 사람치고는 비교적 침착해 보였다. 짠 바닷물을 많이 마셔서 딸꾹질을 했고, 그 후로 몇 시간 동안이나 숙녀답지 못하게 큰 소리로 트림을 했다는 것만 빼고는 어디 아픈 곳은 없어 보였다.

그녀는 이미 자신의 과거 저 밑바닥까지 나를 데리고 갔다. 그러나 몇 가지 문제에 대해서는 진실을 숨기고 있었다. 그랬던 그녀가, 아직까지 내게 그리고 (누가 알겠는가?) 자기 자신에게까지 숨기고 있던 일을 모두 밝히지 않으면 현재로 돌아올 수 없다는 것을 깨달았는지도 모른다. 그래서 비에 젖은 주말 동안 그녀는 지옥에서 보낸 세월에 대해 훨씬 더 많은 이야기를 들려주었다.(그렇다고 모든 것을 들려준 것은 아니었다. 아직까지도 한 문제는 그녀의 마음속에, 말로 표현할 수 없는 영역에 고이 묻혀 있었다.) 그리하여 마침내 나는 바르샤바에서 아우슈비츠로, 그리고 이 활기찬 브루클린 거리로 악마처럼 잔인하게 그녀를 쫓아다닌 '악(惡)'에 대해서 대략의 윤곽을 잡게 되었다.

소피가 잡힌 것은 1943년 3월 중순이었다. 요제프가 나치의 사주를 받은 우크라이나 살인 청부업자들에게 죽임을 당하고 나서 며칠 후였다. 바람이 강하게 불고 구름이 낮게 깔린, 겨울을 연상시키는 우중충한 날이었다. 그녀는 그때를 늦은 오후로 기억했다. 그녀가 타고 있던 세 칸짜리 전차가 빠르게 달리다가 바르샤바 외곽 어딘가에서 날카로운 소리를 내며 갑자기 멈춰섰을 때, 단순한 예감 이상의 강렬한 느낌이 그녀를 사로잡았다. 그것은 자신이 강제 수용소로 보내질 것이라는 확신이었다. 예닐곱 명의 게슈타포가 전차로 올라와 모두 밖으로 내리라고 명령하기도 전에 이런 불행한 확신이 들었다. 전차가 갑자기 몸을 떨며 멈춰서는 동안 그녀는 그렇게도 두려워하면서 한편으로는 예상하고 있던 와팡카(일제 검거)임을 알아차렸다. 열차가 갑자기 빠르게 속도를 줄일 때 이미 불길한 예감이 들었다. 급브레이크를 밟으며 서는 바퀴에서 나는 자극적인 금속 냄새에서도, 붐비는 객차 안에 서거나 앉아 있던 승객들이 한꺼번에 몸이 앞으로 쏠리며 넘어지지 않으려고 허공을 붙잡는 광경에서도 불길함이 느껴졌다. 이건 사고가 아니야, 게슈타포가 검문하는 걸 거야. 그녀는 생각했다. 그때 "라우스!(밖으로 나와!)"라는 외침이 들려왔다.

그들은 4킬로그램의 햄 덩어리를 즉시 찾아냈다. 배가 많이 나온 임산부처럼 보이도록 신문지에 햄을 싼 후 배에 둘렀던 그녀의 책략은 이미 낡을 대로 낡은 수법이 되어서, 사람들을 속인 것이 아니라 오히려 그곳에 관심이 쏠리게 만들었다. 그녀는 그 소중한 햄을 판 농장 여자가 강권하는 바람에 시도해 본 것이었다. "적어도 시도는 해 보세요. 그냥 가지고 다니면 틀림없이 잡힐 거예요. 게다가 당신은 시골 바바스(바보들) 같지 않고 지적으로 보이고 옷도 그렇게 입었으니까 괜찮을 거예요." 그러나 소피는 와팡카가 있을지 모른다는 것이나, 이렇게 철저하리라는 사실을 전혀 예상하지 못했다. 게슈타포 한 명이 소피를 축축한 벽돌 벽에 붙여 세우더니, 재킷 호주머니에서 주머니칼을 꺼내 불쑥 튀어나온 그녀의 가짜 태반 속으로 능숙하고 여유 있게 푹 찔러 넣으면서 그녀를 흘끔 쳐다보았고, 폴란드인의 어리석은 속임수에 대한 경멸을 굳이 감추려고도 하지 않았다. 그의 숨결에서 치즈 냄새가 났다. 칼이 최근까지도 만족스럽게 꿀꿀거렸을 돼지의 엉덩이 살 속으로 푹 들어갈 때 그가 말했다. "아야 소리도 못 하나, 리프헨(자기야)?" 그러나 공포에 사로잡혀 있던 그녀는 간절한 어조로 일상적인 변명 몇 마디밖에 할 수 없었고, 이에 대해서는 독일어를 잘한다는 칭찬만이 되돌아왔을 뿐이다.

그녀는 고문을 받으리라고 확신했는데, 어찌 된 영문인지 고문은 피해 갔다. 그날따라 독일군들은 거대한 소동에 휘말려 든 것 같았다. 체포되어 구금되는 수백 명의 폴란드인들로 거리마다 북적거렸다. 따라서 그녀가 저지른 범죄(육류 밀반입은 중죄였다.)는 평소 같으면 가장 철저한 조사 대상이 되었을 테지만, 대혼란의 와중에 그 심각성이 간과되거나 잊힌 채 넘어간 것 같았다. 그러나 그녀나 햄이 주목받지 않고 그냥 넘어가지는 않았다. 바르샤바에 있는 악명 높은 게슈타포 본부(사탄의 거처라는 느낌이 들 만큼 무시무시했다.)에서, 햄은 수갑을 찬 그녀와 외알 안경을 낀 다혈질적인 게슈타포 사이에 놓인 책상 위에서 신문지가 벗겨진 채 분홍색 살을 드러내고 있었다. 오토 크러거[51]를 빼다 박은 듯 닮은 게슈타포 간부는 햄을 어디에서 구했는지 다그쳐 물었다. 그의 통역사인 폴란드 아가씨는 발작하듯 기침을 해 댔다. "넌 밀수범이야!" 게슈타포가 서투른 폴란드어로 외쳤고, 이에 대해 독일어로 대답한 소피는 그날 두 번째로 독일어 실력에 대한 칭찬을 들었다. 1938년에 나온 할리우드 영화에서 본, 박아 넣은 어금니가 두드러져 보이는 나치의 교활한 미소. 그러나 그것은 의례적인 인사말에 불과했다. 당신의 행동이 얼마나 심각한 죄가 되는지 몰랐나? 종류를 막론하고 모든 육류는, 특히 이런 좋은 품질의 육류는 제국민들을 위한 것임을 몰랐나? 그가 점잖은 목소리로 물었다. 그러면서 긴 손톱으로 햄 조각을 떼어내 입으로 가져가 조금씩 갉아 먹었다. 호흐쿠알리테츠플라이슈.(끝내주는 고기군.) 갑자기 그가 날카로운 어조로 고함치듯 물었다.

51) 미국 영화 배우.

어디서 이런 햄을 구했나? 누가 이런 걸 공급했나? 소피는 불쌍한 농장 여자를 떠올렸고, 그녀에게도 보복이 가해질까 봐 두려워 말을 돌려 보기로 했다. "이 햄은 제가 먹으려던 게 아니에요. 바르샤바 저 반대편에 살고 계시는 어머니께 드리려던 겁니다. 결핵으로 위독하시거든요." 이런 이타적인 감정이 나치의 전형 같은 그의 마음을 조금이라도 움직일 수 있기를 바랐다. 문밖에서는 자꾸만 노크 소리가 났고, 전화벨이 시끄럽게 울려 대기 시작했다. 게슈타포에게는 참으로 바쁜 하루임이 틀림없었다. "네 어머니가 어떻든 알게 뭐야!" 그가 고함을 질렀다. "내가 알고 싶은 것은 이 햄을 어디서 구했냐는 거다! 지금 이야기하지 않으면 두드려 패서라도 실토하게 만들고 말 테다!" 그러나 노크 소리가 계속되었고, 전화벨이 다시 울리기 시작했다. 그 작은 사무실이 정신병자의 병실이 되어 버린 듯했다. 게슈타포 장교는 부관에게 폴란드 년을 끌고 가라고 소리를 질렀다. 소피가 그를, 그리고 자신의 햄을 본 것은 그때가 마지막이었다.

다른 날 같았으면 잡히지 않았을지도 모른다. 칠흑같이 어두운 유치장에서 십여 명의 바르샤바 사람들과 함께(남자와 여자가 섞여 있었고, 모두 낯선 사람들이었다.) 기다리는 동안 이런 생각이 자꾸만 그녀를 괴롭혔다. 이들은 대부분(전부는 아니지만) 이삼십 대의 젊은 사람들이었다. 태도를 보니(아마도 무표정한 얼굴로 침묵하는 것 때문일 것이다.) 저항 단체 소속인 것 같았다. 아르미아 크라요바(AK). 조국 해방군. 고기를 구하기 위해 (처음에 계획했던 대로) 하루만 더 기다렸다가 노비드

부르로 갔다면, 그 전차에 있지 않았으리라는 생각이 갑자기 들었다. 게슈타포는 그날 그 시각에 그 전차를 탄 해방군 조직원들을 체포하기 위해 매복하고 기다리고 있었던 것이다. 나치는 종종 그랬듯이 특이한 물고기를 가능한 한 많이 잡기 위해 그물을 넓게 쳤고, 그물에는 각양각색의 작고 흥미롭게 생긴 피라미들도 걸려들었다. 소피는 그렇게 걸려든 피라미들 중 하나였다. 돌바닥에 주저앉은(이때가 자정 무렵이었다.) 그녀는 돌봐 줄 사람 하나 없는 집에 남아 있을 얀과 에바를 생각하니 걱정이 되어 미칠 지경이었다. 유치장 밖 복도에서는 일제 검문의 희생자들이 속속 모여듦에 따라 왁자지껄 떠드는 소리, 발을 질질 끄는 소리, 몸이 서로 부딪치는 소리 등이 계속 들려왔다. 한번은 그녀의 머리 위 창살이 끼워진 작은 창문을 통해 낯선 얼굴이 지나가는 것을 보았는데 가슴이 쿵 하고 내려앉는 것 같았다. 얼굴에서 피가 줄줄 흘렀기 때문이다. 브와디스와프라는 젊은 남자였다. 지하 운동 단체 신문의 편집자였던 그와는 그녀의 아파트 아래층에 있는 요제프와 반다의 집에서 몇 번 짧은 대화를 나눈 적이 있었다. 이유는 모르겠지만 그의 얼굴을 보는 순간, 반다도 체포되었을 것이라는 확신이 들었다. 그러자 또 다른 생각이 퍼뜩 들었다. "자애로우신 성모 마리아여." 그녀의 입에서 본능적으로 기도가 흘러나왔고, 젖은 나뭇잎처럼 팔다리가 후들거리기 시작했다. 이제 햄은(이미 게슈타포가 다 먹어 버렸다는 사실은 그만두고라도) 중요한 문제가 아니었고, 그녀의 운명은(그것이 어떤 운명이든 간에) 이 저항 단체 조직원들의 운명과 하나로 엮이게 되었다는 생각이 들었다. 그리고 그 운명은 '공포'라는 단어조차 무색하게 하는 불길한 예감과 함께 그녀를 덮쳤다.

소피는 한숨도 못 자고 그날 밤을 꼬박 새웠다. 유치장 안은 춥고 무덤 속처럼 깜깜했다. 새벽 무렵에 그녀 곁에 내던져진 사람이 여자라는 것만 짐작으로 알 수 있었다. 창살 사이로 새벽빛이 밝아 오는 가운데, 그녀 곁에서 졸고 있는 그 여자가 반다라는 것을 안 그녀는 놀랐다기보다는 충격을 받았다. 희미한 빛 속에서 반다의 얼굴에 난 커다란 멍이 서서히 드러나기 시작했다. 짓이겨진 보랏빛 포도알을 연상시키는 끔찍한 모습이었다. 반다를 깨우려던 소피는 잠시 망설이다가 손을 거둬들였다. 바로 그때 그녀가 깨어나 신음하면서 눈을 뜨더니 소피를 바라보았다. 구타로 엉망이 된 반다의 얼굴에 나타난 충격의 표정을 그녀는 결코 잊을 수 없을 것이다. "조시아!" 반다가 그녀를 끌어안으며 말했다. "조시아! 여기서 뭐 하는 거야?"

소피는 울음을 터뜨렸고, 완전히 자포자기한 비참한 심정으로 반다의 어깨에 기대 한참을 울고 나서야 겨우 말을 할 수 있었다. 반다의 인내심과 다독임은 늘 그랬듯이 커다란 위로가 되었다. 그녀의 어깨를 토닥이며 위로의 말을 건네는 반다는 언니 같기도 했고, 어머니 같기도 했으며, 사려 깊은 간호사같이 느껴지기도 했다. 소피는 반다의 팔에 안겨 그대로 잠이 들 수도 있을 것 같았다. 그러나 그녀는 너무 큰 걱정 근심으로 고통스러웠고, 어느 정도 감정을 추스르고 나자 전차에서 체포된 경위를 털어놓았다. 이야기를 끝마치는 데는 채

일 분도 걸리지 않았다. 그녀는 지난 열두 시간 동안 끝없이 자신을 괴롭힌 질문에 대한 답을 듣기 위해 불필요한 말은 빼고 서둘러 경위를 토해 냈다. 그러고는 다급하게 물었다. "아이들은, 반다? 얀과 에바는? 안전해?"

"응, 안전해. 여기 어딘가에 있어. 나치가 애들을 해치진 않았어. 우리 건물에 있는 사람들을 모두 체포했어. 당신 아이들까지도. 완전히 싹쓸이를 했어." 고통스러운 표정이 반다의 넓고 강단 있는 얼굴을 스쳐 지나갔고, 끔찍한 멍 때문에 흉측해 보였다. "오, 하느님, 오늘 우리 단체 사람들이 너무 많이 잡혀 왔어. 그들이 요제프를 죽였을 때 우리도 그리 오래가진 않을 거라고 생각은 했지만 말이야. 끔찍한 일이야!"

적어도 아이들이 다치지는 않았다. 소피는 엄청난 안도감과 함께 반다에게 고마운 마음이 들었다. 갑자기 그녀는 충동을 참을 길이 없어 손을 들어 자줏빛 멍이 선명한 반다의 일그러진 얼굴 위로 가져갔지만 만지지는 않고 손을 거둬들였다. 그러면서 다시 울음을 터뜨렸다. "그놈들이 무슨 짓을 한 거야, 반다?" 그녀가 울먹이며 속삭였다.

"게슈타포 한 놈이 나를 계단 아래로 밀더니 짓밟았어. 아, 이건……." 반다가 눈을 치떴지만, 나올 것 같던 저주의 말은 나오지 않았다. 독일인에 대해서는 아주 오랫동안 끊임없이 저주를 퍼부어 왔기 때문에 아무리 신선한 표현의 저주라고 해도 진부하게 들려서, 차라리 아무 말 하지 않는 것이 나았다. "그렇게 심하진 않아. 부러진 데는 없는 것 같아. 실제로 아픈 거보다는 보기에 더 흉측해 보일 거야." 그녀가 다시 소피를 껴안고 혀를 끌끌 찼다. "불쌍한 조시아. 그놈들의 더러운 함정에 걸려들다니."

반다! 사랑과 질투, 불신, 의존성, 적의, 경탄의 감정이 한데 얽혀 있는 터라 그녀에 대한 소피의 감정을 한마디로 정의 내리거나 가늠해 보는 일은 가능할 것 같지 않았다. 그들은 어떤 면에서는 아주 많이 닮았고, 또 다른 면에서는 굉장히 달랐다. 처음에 그들이 친해질 수 있었던 것은 둘 다 음악에 대해 남다른 열정과 애정을 갖고 있기 때문이었다. 반다는 음악학교에서 성악을 공부하기 위해 바르샤바에 왔지만, 소피와 마찬가지로 전쟁으로 인해 그녀의 꿈도 산산조각이 나고 말았다. 우연히도 소피가 반다와 요제프와 같은 건물에 살게 되었을 때, 그들이 친구가 될 수 있었던 것은 바흐와 북스테후데, 모차르트, 라모 덕분이었다. 반다는 키가 크고 운동선수 같은 체격에 남자처럼 민첩한 팔다리, 불타는 빨간 머리를 가진 젊은 아가씨였다. 그녀의 눈은 소피가 이제까지 본 것 중 가장 청명한 푸른색을 띠고 있었다. 얼굴에는 호박색의 작은 주근깨가 잔뜩 나 있었다. 다소 도드라져 보이는 턱 때문에 아름답다고는 할 수 없는 얼굴이지만, 늘 활기에 차 있고 밝게 빛나는 열정을 가지고 있어서 때로는 굉장히 멋진 사람으로 변신하기도 했다. 그녀는 자신의 머리 색깔처럼 밝게 빛나는 불꽃이 되었다.(소피는 그녀를 볼 때 '푸게즈(혈기 넘치는, 밝은)'라는 단어를 자주 떠올리곤 했다.)

소피와 반다의 배경에는 적어도 한 가지 대단히 유사한 점이 있었다. 그것은 둘 다 열성적인 독일 숭배 분위기 속에서 자라났다는 사실이다. 사실 반다는 무크호르흐 폰크레치만이라는 독일인 성(姓)을 가지고 있었는데, 이는 그녀가 독일인 아버지와 폴란드인 어머니 사이에서 태어났기 때문이다. 그녀가 태어난 우치는 독일이 상공업에서, 특히 섬유업에서는 전적으로는 아니더라도 막강한 영향력을 발휘하던 곳이다. 싸구려 모직물 제조업자였던 그녀의 아버지는 딸에게 독일어를 배우게 했고, 그래서 그녀도 소피처럼 독일어를 완벽하게 구사했지만, 마음과 영혼은 온전히 폴란드인의 것이었다. 소피는 아무리 열정적인 애국자가 많은 땅에서 나고 자랐다고 해도 인간의 가슴에 그렇게 격렬한 애국심이 자리할 수 있다는 사실을 도저히 믿을 수 없었다. 반다는 자신이 숭배하던 로자 룩셈부르크[52]의 화신이었다. 그녀는 아버지에 대해 거의 말한 적이 없었고, 자신에게 흐르는 독일인의 피를 왜 그렇게도 철저히 거부하는지를 설명하려 하지도 않았다. 소피는 반다가 전쟁 후에 자유로운 폴란드, 가장 이상적으로는 해방된 무산계급의 천국이 되는 폴란드를 꿈꿔 왔다는 사실과, 이런 열정으로 인해 헌신적인 저항 단체 조직원이 되었다는 사실만을 알 뿐이었다. 반다는 두려움이 없었고 지칠 줄도 모르며 영리하기까지 한 선동가였다. 반다의 열정과 다른 능력들은 차치하고라도, 정복자의 언어를 완벽하게 구사한다는 사실 때문에 그녀는 지하 운동 단체에서 더없이 소중한 존재가 되었다. 그리고 그녀는 소피도 독일어를 완벽하게 구사할 수 있지만 그

52) 폴란드의 여성 혁명가이자 경제학자.

재능을 저항 단체를 위해 쓰는 것을 거부한다는 사실을 알았고, 이로 인해 처음에는 반다가 소피에게 인내심을 잃고 화를 내다가 나중에는 둘 사이가 완전히 벌어질 위기까지 맞기도 했다. 소피는 나치에 저항하는 지하 운동 단체에 관련되는 것을 끔찍이도 두려워했고, 이런 태도가 반다에게는 애국심이 전혀 없을 뿐만 아니라 도덕적으로 비겁한 모습으로 보였다.

요제프가 살해당하고 일제 검거가 있기 이삼 주 전, 조국 해방군 대원들이 바르샤바에서 그리 멀지 않은 프루슈쿠프라는 마을에서 게슈타포의 트럭 한 대를 훔쳐 왔다. 트럭에는 귀중한 문서들이 들어 있었는데, 반다는 한번 흘끗 보고 나서도 그 방대한 양의 문서가 최고급 기밀을 담고 있음을 알아차릴 수 있었다. 그런데 분량이 막대했고, 번역하는 일이 시급했다. 그래서 반다가 소피에게 문서 번역을 도와 달라고 요청했고, 소피는 다시 한번 이 제의를 거절해서, 그들 사이의 오래된 논쟁에 또다시 불이 붙었다.

반다가 말했다. "나는 사회주의자야. 그리고 당신은 정치적 성향이 전혀 없고. 게다가 당신은 기독교 신자이기도 하고. 그런 건 아무래도 상관없어. 옛날 같으면 당신을 경멸하고 싫어했겠지. 내 친구들은 당신 같은 사람하고는 상종도 하지 않을 거야. 하지만 난 그런 견해에 머물러 있지 않고 좀 더 성숙해진 것 같아. 내 동지들 일부가 그렇게 어리석고 경직된 생각을 하고 있는 걸 보면 화가 나거든. 그뿐만 아니라 당신도 잘 알겠지만, 난 당신을 아주 좋아해. 그러니까 당신에게 정치적이거나 이데올로기적인 바탕에서 호소하지는 않을게. 당신이 그런 일에 말려드는 걸 원하지 않는다는 거 알아. 그런 일은 당신에게 맞지 않는다는 것도 인정해. 하지만 우리 조직원이라고 해서 모두 다 정치적인 목적으로 이 일을 하는 건 아냐. 당신에게 인류애라는 이름으로 부탁할게. 당신의 도덕성을 믿고 부탁할게. 한 인간으로서, 한 명의 폴란드인으로서의 당신에게 부탁할게."

반다가 간곡히 부탁할 때마다 늘 그랬듯이, 소피는 고개를 돌리고 아무 말도 하지 않았다. 그녀는 창밖으로 보이는 바르샤바의 황량한 겨울 풍경을, 폭격으로 부서진 건물들과 검게 더러워진 눈에 덮인 벽돌 더미를 바라보았다. 예전 같으면 슬픔의 눈물을 흘리게 만들 풍경이었지만 이제는 아무런 느낌이 없고, 약탈당하고 두려움에 가득 차서 굶주리며 죽어 가는 도시의 일상적인 황량함과 불행을 보여 주는 음산한 풍경이라는 생각만 들 뿐이었다. 지옥에 교외 지역이 있다면, 바로 이곳 같을 것이었다. 그녀는 갈라져 아픈 손가락 끝을 빨았다. 싸구려 장갑조차 구할 수 없었다. 장갑 없이 타르 종이를 만드는 일을 하다 보니 손이 말이 아니었다. 엄지손가락 하나는 심하게 감염되어 아팠다. 그녀가 반다에게 말했다. "예전에도 말했지만, 다시 한번 말할게. 난 그럴 수 없어. 그러지도 않을 거고. 그뿐이야."

"같은 이유로?"

"응." 반다는 왜 그녀의 결정을 최종적인 것으로 받아들이고 그녀를 내버려 두지 못할까? 불쾌한 느낌이 들 정도로 끈질겼다. "반다." 소피가 부드러운 어조로 말했다. "필요 이상으로 강하게 내 주장을 펼치고 싶지 않아. 당신도 분명히 아는 일을 반복해서 말하는 것도 민망하고. 당신은 근본적으로 민감한 사람이잖아. 어쨌든 내 입장에서는 그런 위험을 무릅쓸 수 없어. 애들이 있는데……."

갑자기 반다가 끼어들었다. "조국 해방군의 다른 여성 동지들도 아이들이 있어. 그 생각 좀 고치는 게 어때?"

"전에도 말했지만 나는 '다른 여성 동지들'이 아니고, 조국 해방군 소속도 아니야." 소피가 이번에는 화를 내면서 반박했다. "나는 나야! 내 양심에 따라 행동할 거고. 당신에게는 아이들이 없으니까, 이런 말도 쉽게 할 수 있는 거야. 나는 내 아이들의 목숨을 위태롭게 하는 일은 할 수 없어. 안 그래도 지금 힘들게 지내고 있는 아이들인데."

"조시아, 당신이 자신을 다른 사람들과는 다르다고 생각하는 것은 꽤나 건방진 일인 것 같은데. 전혀 희생하려고 하지 않고……."

"희생했어." 소피가 날카롭게 맞받았다. "이미 남편과 아버지를 잃었고, 어머니도 결핵으로 죽어 가고 있어. 도대체 얼마나 더 희생해야 돼?" 반다는 소피가 벌써 삼 년째 작센하우젠 어딘가에 묻혀 있는 남편과 아버지에 대해 품고 있는 반감 혹은 무관심을 알 리가 없을 것이었다. 어찌 됐든 그녀의 말은 그 나름대로 호소력이 있었고, 소피는 마침내 반다의 어조가 바뀐 것을 감지할 수 있었다. 이제 반다는 대단히 간곡한 어투로 말했다.

"당신이 반드시 위험한 입장에 처할 필요는 없어, 조시아.

우리 동지들이나 내가 하는 것처럼 정말로 위험한 일을 하라는 것도 아니고. 단지 당신의 머리를, 두뇌를 조금 빌리자는 것뿐이야. 당신의 훌륭한 독일어 실력으로 도와줄 수 있는 가치 있는 일들이 정말 많아. 그들의 단파 방송을 듣고 번역하는 일 같은 것 말이야. 어제 프루슈쿠프에서 탈취한 게슈타포 트럭에서 나온 문서도 번역해 주고 말이야. 그 문서 말인데, 조시아. 금 덩어리만큼 가치 있는 거야, 틀림없어! 나도 번역할 거지만 문서가 너무 방대하고, 나는 수천 가지 다른 일들도 처리해야 해. 그 문서의 일부를 안전하게 이리로 옮겨 와서 당신이 번역해 준다면 얼마나 도움이 될지 모르겠어, 조시아? 걱정 마, 정말로 안전하게 옮길 수 있어. 아무도 의심하지 않게." 반다는 잠시 말을 멈췄다가 완강한 어조로 말을 이었다. "다시 한번 생각해 봐, 조시아. 그렇게 버티지만 말고. 당신이 우리 모두를 위해 무엇을 할 수 있나 생각해 봐. 당신의 조국, 폴란드를 생각해 봐!"

날이 저물고 있었다. 천장에서는 작은 전구가 힘없이 빛을 내고 있었다. 그래도 그날 밤은 운이 좋은 편이었다. 아예 전기가 들어오지 않는 날도 많았으니까 말이다. 소피는 새벽부터 타르 종이가 든 상자를 운반했고, 이제 감염으로 부풀어 오른 엄지손가락보다 등이 더 아팠다. 늘 그랬듯이 몸이 더럽고 께름칙한 기분이었다. 그녀는 피곤에 지쳐 뻑뻑해진 눈으로 태양이 한 번도 비치지 않았을 것 같은 스산한 도시 풍경을 바라보며 곰곰이 생각에 잠겼다. 그녀는 지친 나머지 하품을 했고, 더 이상 반다의 말을 듣고 있지 않았다. 아니, 귀에 거슬리고 단조롭고 때로 위협적이고 간곡하기도 한 그녀의 말이 귀에 들어오지 않았다고 해야 옳을 것 같다. 소피는 요제프가 어디에 있는지, 안전한지 궁금해졌다. 지금 그는 피아노 줄을 재킷 속에 숨긴 채 이 도시의 어딘가에서 누군가의 뒤를 쫓고 있을 것이었다. 살인과 보복이라는 너무도 무거운 임무에 짓눌린 열아홉 살의 청년. 소피는 그를 사랑하는 것은 아니었지만, 굉장히 좋아했다. 침대 안에서 느껴지는 그의 온기를 좋아했으며, 그가 돌아올 때까지 걱정하곤 했다. 성모님, 도대체 무슨 삶이 이런가요! 그녀는 생각했다. 낡은 구두창처럼 더럽고 특색 없는 거리에서는 독일군 소대가 거센 바람 속을 쿵쾅거리며 걸어가고 있었는데, 튜닉[53]의 깃이 바람에 휘날리고 모두들 어깨에 총을 걸치고 있었다. 그녀는 그들이 길모퉁이를 돌아 다른 거리로(중간에 가로막고 있는 폭격 맞은 건물만 없었더라면 인도에 세워진 철제 교수대가 보일 것이었다.) 사라지는 모습을 멍하니 바라보고 있었다. 그 교수대는 중고품 상인이 헌옷을 늘어놓고 파는 선반만큼이나 기능적이었고, 그동안 셀 수 없이 많은 바르샤바 시민들이 그 철봉에 달린 밧줄에 걸려 몸을 비틀며 죽어 갔다. 그리고 지금도 그런 일은 계속되고 있었다. 주여, 이런 일은 언제나 끝이 나나요?

그녀는 지칠 대로 지쳐서 썰렁한 농담조차 할 기운이 없었지만, 갑자기 반다의 말을 자르고 자신의 마음속에 있는 얼토당토않은 말을 해 주고 싶은 생각이 들었다. 나를 당신네 세

53) 군인이나 경관들이 입는 짧은 제복 상의.

계로 끌어들일 수 있는 유일한 것이 있다면 그 라디오일 거야. 런던에서 나오는 방송을 듣는 거. 하지만 전쟁 뉴스를 듣겠다는 말은 아냐. 연합군의 승전보나 폴란드군의 전투 소식, 폴란드 망명 정부로부터의 지령, 이런 걸 듣겠다는 말이 아냐. 토머스 비첨 경이 지휘하는 「코지 판 투테」[54]를 다시 한번 들을 수만 있다면 당신이 그러듯이 위험을 무릅쓰고 도와 달라는 대로 도와주겠어. 너무도 이기적이고 놀라운 생각이었지만(그런 생각이 드는 순간에도 그것이 참으로 비열하고 이기적인 생각임을 그녀는 알고 있었다.) 그런 생각이 드는 것은 어쩔 수 없었다.

한동안 그런 생각을 한 것에 대한 부끄러움이, 그것도 반다와 요제프같이 헌신적이고 용감한 사람들(그녀의 아버지와는 정반대로 인류와 폴란드 동포를 위해 헌신하고, 박해받는 유대인들을 돕기 위해 노력하는 사람들)과 같은 지붕 아래 살면서 그런 생각을 했다는 사실에 대한 부끄러움이 그녀를 사로잡았다. 그녀 자신은 결백했지만, 광적인 집착을 드러낸 말년의 아버지를 도왔고, 그 잔학한 팸플릿과 관계되었다는 사실만으로도 온몸이 더럽혀진 것 같은 느낌이었다. 그래서 이 헌신적인 남매와 좋은 관계를 유지하는 것을 정화의 은총처럼 여겼다. 그녀가 몸을 떨자 부끄러움은 더욱 커졌고, 얼굴뿐 아니라 온몸이 화끈거리는 것 같았다. 그들이 비에간스키 교수에 대해 알게 된다면, 혹은 그녀가 지난 삼 년간 그 팸플릿 사본을 몸에 지니고 다녔다는 사실을 알게 된다면 어떻게 생각할까?

54) 모차르트의 오페라.

그리고 그 이유를 알게 된다면? 말로 표현하기조차 어려운 그 이유를 알게 된다면? 불행한 일이 생길 경우, 나치와 협상하기 위해 갖고 다닌다는 것을 알게 된다면? 그래, 그 비열하고 수치스러운 행동에 대한 비난을 면할 길이 없겠지. 그녀는 생각했다. 반다가 의무감과 희생에 대해 장황하게 연설을 늘어놓는 동안 자신의 비밀을 떠올리며 고통스러워진 소피는 평정을 유지하기 위해 그 비밀을 마음속 깊이 넣어 두고, 다시 반다의 말에 귀를 기울였다.

반다가 말했다. "살다 보면 모두가 발 벗고 나서야 할 때가 있어. 내가 당신을 얼마나 아름다운 사람으로 생각하는지는 당신도 잘 알 거야. 그리고 요제프는 당신을 위해서라면 목숨도 버릴 거고!" 반다의 목소리가 높아졌고, 소피의 아픈 곳을 마구 찔러 대기 시작했다. "하지만 이제 더 이상 우리를 이런 식으로 대접해서는 안 돼. 책임을 져야 돼, 조시아. 이제 더 이상 살살 피해 다닐 수 없는 때가 온 거야. 선택을 해야 돼!"

바로 그때 소피는 저 아래 거리에 있는 자신의 아이들을 보았다. 인도를 천천히 걸어오면서 무언가 진지하게 이야기를 했고 어린아이들이 흔히 그러듯이 장난도 치고 있었다. 행인 몇 명이 아이들을 스쳐 지나 집을 향해 발걸음을 재촉했다. 바람을 막기 위해 옷을 잘 여며 입은 노인 한 명이 걸어오다가 얀과 부딪쳤고, 얀은 그에게 손으로 건방진 동작을 해 보이더니, 이윽고 여동생과 나란히 걸으며 무언가를 열심히 설명했다. 플루트 교습을 끝낸 에바를 데리러 갔다 오는 길이었다. 플루트 교습은 열 블록쯤 떨어진 곳에 있는, 폭격으로 파괴된 건물 지하에서 있었다. 매일의 사정에 따라 교습 일정이 임의로 바뀌었고 때로는 갑작스럽게 즉흥적으로 이루어지기도 했다. 선생인 스테판 자오르스키라는 남자는 바르샤바 관현악단의 플루트 연주자였는데 소피는 에바를 학생으로 받아 달라고 그에게 온갖 감언이설로 아부와 간청을 해야 했다. 소피가 지불할 수 있는 보잘것없는 수업료 외에는 쫓겨난 음악가가 삭막하고 음산한 도시에서 음악 수업을 해서 좋을 것이 별로 없었다. 주로 불법이기는 했지만, 돈을 벌 수 있는 더 좋은 방법이 많았다. 그러나 그는 관절염으로 양 무릎을 못 써 심하게 다리를 절었고, 이로 인해 다른 돈벌이는 생각하기 어려웠다. 게다가 아직 젊고 총각이었던 자오르스키는 소피를 보자마자 첫눈에 반해 버려서(그녀를 보고 첫눈에 반한 남자들은 그 외에도 많았다.) 가끔씩이라도 아름다운 그녀를 보는 즐거움을 누리기 위해 교습을 허락했다. 그뿐만 아니라 소피 또한 에바에게 음악을 가르치지 않는 것은 생각도 할 수 없는 일이라는 사실을 말하며 조용한 목소리로 끈질기고 열성적으로 그를 설득했다. 차라리 인생을 거부하지 그녀의 부탁을 거부하기는 어려웠다.

플루트. 마법에 걸린 플루트. 부서지거나 조율이 안 된 피아노밖에 남지 않은 도시에서 플루트는 음악에 입문하는 어린아이에게 좋은 악기로 보였다. 에바는 플루트를 무척 좋아했다. 수업을 시작한 지 사 개월 정도가 지나자 자오르스키는 이 조그만 여자아이의 천부적 재능을 놀라워하고 마치 이 아이가 신동이라도 되는 듯이,(어쩌면 신동이었을지도 모르지만)

제2의 란도프스카,[55] 제2의 파데레프스키,[56] 음악의 신전에 이름을 올릴 또 한 명의 위대한 폴란드 음악가라도 되는 듯이 법석을 떨었고, 소피가 지불하는 약간의 돈조차 받지 않았다. 놀랍게도 자오르스키가 금발의 지니[57]처럼 갑자기 거리에 모습을 드러냈다. 그의 불그레한 얼굴과 빗자루 털 같은 머리카락, 창백한 눈에서는 걱정이 느껴졌고, 허기진 표정이었다. 그가 입은 칙칙한 녹색 모직 스웨터는 좀이 슬어 구멍이 숭숭 나 있었다. 놀란 소피는 창문으로 몸을 기대고 밖을 내려다보았다. 관대하면서 신경과민 증상이 있던 이 남자는 소피가 예측할 수 없는 어떤 집착이나 이유로 인해 서둘러서 아이들을 쫓아온 것이 틀림없었다. 그런데 갑자기 그가 그렇게 나타난 이유가 분명해졌다. 열정적인 선생이던 그는 최근에 가르쳐 준 것에 대해(운지법인지 구절법인지 뭔지는 모르겠지만) 내용을 수정하거나 더 자세히 설명하기 위해서 절뚝거리며 에바를 쫓아온 것이었다. 소피는 깊은 감동을 받았다.

그녀는 이제 옆 건물 입구 근처에 서 있는 아이들과 자오르스키를 소리쳐 부르기 위해 창문을 약간 열었다. 에바는 금발을 양 갈래로 땋아 내렸고, 앞니가 빠져 있었다. 저런데도 플루트를 불 수 있나? 소피는 갑자기 궁금해졌다. 자오르스키는 에바에게 가죽 케이스를 열고 플루트를 꺼내게 하더니 받아 들어 아이 앞에 높이 들어 올리고는 직접 불지는 않고 손가락

55) 폴란드 출생의 프랑스 피아니스트, 쳄발로 연주자.
56) 폴란드의 작곡가.
57) 아라비아 동화에 나오는 요정, 정령.

으로 몇 가지 아르페지오[58] 동작을 보여 주었다. 그러고는 플루트를 입에 대고 몇 음절을 불었다. 그러나 소피는 한동안 그 소리를 들을 수 없었다. 거대한 그림자들이 겨울 하늘을 뒤덮었다. 머리 위로 루프트바페[59] 폭격기 편대가 고막이 터질 듯한 굉음을 내며 동쪽, 러시아 방면으로 낮게 날아갔다. 다섯, 열, 그다음엔 스무 대의 괴물 같은 폭격기가 독수리 모양으로 하늘에 펴져 날고 있었다. 마치 일정대로 움직이는 듯 늦은 오후가 되면 꼭 나타나서 집을 부서질 정도로 흔들어 놓고 가 버렸다. 반다의 목소리도 엄청난 굉음 속에 묻혀 버렸다.

폭격기 편대가 지나가자 소피는 아래를 내려다보았고 에바가 연주하는 것을 (아주 잠깐이었지만) 들을 수 있었다. 음악은 익숙했는데, 누구의 작품인지는 가물가물했다. 헨델인가? 아니면 페르골레시? 글루크? 가슴을 찌르는 향수가 느껴지는 복잡하고 달콤한 트릴과 신비로운 조화가 돋보였다. 전부 합해 봐야 열 개 정도의 음이었지만 소피의 영혼 깊숙한 곳까지 파고드는 것 같았다. 그 음악은 그녀의 과거와 그녀의 꿈, 앞으로 하느님이 어떤 미래를 준비했든 간에 그녀가 아이들을 위해 바라는 것, 그 모든 것을 담고 있었다. 갑자기 정신을 잃을 것처럼 현기증이 나고 팔다리가 후들거리며, 격렬한 사랑에 사로잡힌 것 같은 느낌이 들었다. 그러는 동시에 기쁨이(불가사의하게도 감미로운 동시에 절망적인 느낌을 주는 기쁨이) 그녀

58) 화음을 이루는 음을 연속해서 빨리 연주하는 기법.
59) 나치 시대의 독일 공군.

의 몸을 훑고 지나갔다.

그러나 그 작고 완벽한 연주는 시작과 동시에 끝나는 듯한 느낌을 주며 공기 중으로 증발해 버렸다. "잘했어, 에바!" 자오르스키가 말했다. "바로 그거야!" 그러고는 에바와 얀의 어깨를 가볍게 토닥이더니 발길을 돌려 자신의 지하실을 향해 절뚝거리며 걸어갔다. 얀이 에바의 땋은 머리 한쪽을 잡아당기자 에바가 소리를 질렀다. "하지 마, 오빠!" 그러고 나서 아이들은 아래층 복도로 달려 들어왔다.

"이제 결론을 내려야 해!" 반다가 완강한 어조로 말했다.

소피는 한동안 아무 말도 하지 않았다. 그러다가 아이들이 앞다투어 계단을 올라오는 소리가 들리자, 부드러운 어조로 대답했다. "말했듯이 난 이미 선택했어. 난 관여하지 않을 거야. 진심이야! 슐루스!(끝이야!)" 마지막 단어에서 목소리가 높아졌다. 그녀는 왜 그 말을 독일어로 했는지 자신도 이해할 수가 없었다. "슐루스 아우스!(끝난 일이야!) 그게 내 마지막 대답이야!"

소피가 게슈타포에게 체포되기 전 오 개월 동안, 나치는 폴란드 북부를 유덴라인(유대인이 없는) 지역으로 만들기 위해 활발한 노력을 기울였다. 1942년 11월부터 시작해서 이듬해 1월에 이르기까지 강제 이송 정책을 실시했고, 이에 따라 비아위스토크 북동부에 살던 수천 명의 유대인들이 강제로 기차에 태워져 전국에 있는 강제 수용소로 이송되었다. 바르샤바역에 모였다가 전국의 수용소로 흩어졌는데, 대부분은 아우슈비츠로 보내졌다. 한편 바르샤바에서는 유대인들에 대한 작전이(적어도 대규모 강제 이송 작전은) 소강 상태에 들어갔다. 전쟁 말기에 나온 통계를 보면 바르샤바에서의 강제 이송은 이미 대대적으로 실시되었음을 알 수 있다. 1939년 독일이 폴란드를 침공하기 전, 바르샤바에 살던 유대인 숫자는 대략 45만 명으로 세계에서 뉴욕 다음으로 가장 많은 수를 자랑하고 있었다. 그러나 불과 삼 년 후에는 그 수가 7만 명 수준으로 급감했다. 나머지 유대인들은 대부분 아우슈비츠뿐만 아니라 소비보르, 베우제츠, 헤움노, 마이다네크, 트레블링카에서 사망했다. 트레블링카 수용소는 편리하게도 바르샤바 근교의 황량한 시골에 자리 잡고 있었고, 강제 노동을 시키기 위해 상당수의 유대인들을 살려 둔 아우슈비츠와 달리 대량 학살만을 실시하는 곳이 되었다. 그러므로 1942년 7, 8월에 일어난 바르샤바 게토에서의 대규모 '재정착' 정책이 트레블링카 가스실의 설립과 시기적으로 일치하는 것은 우연이 아니었다.

바르샤바에 남아 있던 7만 명의 유대인 중 대략 절반 정도는 파괴된 게토에서 '합법적으로' 살고 있었다.(소피가 게슈타포 감옥에서 괴로워하던 순간에도 그들 상당수는 몇 주 후에 있을 4월 봉기에서 순교자로서 죽음을 맞을 운명임을 모르고 살고 있었다.) 나머지 3만 5000명 대부분은(인터게토라 불리는 지역 곳곳에서 은밀히 숨어 사는 사람들은) 쫓겨 다니는 동물들처럼 도시 속 폐허가 된 건물들에 숨어서 절망 속에 살았다. 그들은 나치에 쫓겨 다녔을 뿐만 아니라, 깡패 같은 '유대인 사냥꾼'들(요제프의 살해 대상이었다.)과 그 영문학 여교수처럼 돈에 쉽게 매수될 수 있는 다른 폴란드 사람들의 배신 같은 끝도 없는 두려움을 견뎌 내야 했다. 심지어 같은 유대인들의 계략 때문에 붙잡히는 경우도 있었다. 반다는 끔찍한 일이기는 하지만, 요제프마저 배신당하고 살해당한 일은 나치가 고대하는 상황의 반전을 의미한다고 소피에게 누차 말했다. 그것은 조국 해방군 조직 내에서조차 틈이 벌어지고 있음을 의미한다고 했다. 세상에, 이 얼마나 슬픈 일인가! 그러나 반다는 그런 일을 전혀 예상 못 했던 것은 아니라고 덧붙였다. 결국 그들 모두가 같은 솥에 던져져 부글부글 끓게 된 것은 유대인들 때문이었다. 그러나 조국 해방군 조직원들 중에는 대단히 헌신적인 유대인들도 포함되어 있었다는 것은 중요한 사실이다. 비록 조국 해방군이 유럽의 다른 저항 단체들처럼 유대인의 구원과 보호 외에 다른 중대한 사명도 가지고 있기는 했지만(실제로 폴란드 안에도 공공연히 반유대주의를 표방하는 저항 단체가 한두 개 있었다.) 일반적으로는 유대인들 돕기가 우선 순위 높은 곳에 올라 있는 과제였다. 그러므로 조직원들이 수십 명씩 속속 잡혀 들어가고, 결백하고 가까이하기 어려우며 저항 운동과 전혀 관계가 없던 소피마저 우연히 함정에 빠지게 된 것은 부분적으로는 끊임없이 추적당하고 생명의 위협을 받는 유대인들을 도우려는 저항 단체의 노력 때문이었다고 말해도 무리는 아니다.

소피가 게슈타포 감옥에 갇혀 있던 이 주를 포함해 거의 3월 내내, 비아위스토크에서 바르샤바를 경유해 아우슈비츠로 향하는 유대인 수송은 일시적으로 중단되었다. 이것은 소피와 저항 단체 조직원들이(그 수가 벌써 250명에 달했다.) 즉시 아우슈비츠 수용소로 이송되지 않은 이유를 설명해 줄 수 있을 것이다. 항상 효율성을 지향하는 독일인들은 가능한 한 많은 인원을 한 번에 실어 나르기 위해 새로운 포로들이 잡힐 때까지 기다렸고, 바르샤바에서 강제 이송되는 유대인들이 없는 상황이라 이송을 미루는 것이 마땅한 일로 생각되었을 것이 틀림없다. 또 한 가지 중요한 문제인 북동부로부터의 유대인 강제 이송이 중단된 사실에 대해서는 더 설명하고 넘어가야 할 것 같다. 이렇게 이송이 중단된 것은 비르케나우에 화장장이 건립된 것과 밀접한 관련이 있었다. 아우슈비츠 수용소가 생긴 후로 수용소 내에 있던 원래의 화장장이 가스실과 함께 아우슈비츠 전체를 포괄하는 대량 학살의 주요 시설로 사용되어 왔다. 최초의 희생자는 러시아인 전쟁 포로들이었다. 아우슈비츠 수용소 건물들은 원래 폴란드 기병대의 막사와 부속 건물 들이었다가 독일군이 접수한 것이었다. 경사진 슬레이트 지붕에 가로로 넓게 뻗은 낮은 이 건물은 원래는 채소 저장실이었는데, 독일군은 그곳이 그들의 목적에 적합하다는 사실을 깨달은 것이 분명했다. 순무와 감자를 높게 쌓아 두던 널찍한 지하 동굴 같은 방은 사람들을 한꺼번에 질식시키기에 안성맞춤이었고, 거기에 붙어 있는 대기실들은 일부러 설계해서 그렇게 만들었다고 해도 될 만큼 화장용 불가마를 설치하기에 최적의 조건이었다. 굴뚝만 하나 세우고 나서 학살자들은 업무를 시작했다.

그러나 그곳은 쏟아져 들어오기 시작한 포로들을 모두 받아들이기에는 너무 좁았다. 1942년에 대량 학살을 위한 소규모 임시 벙커 몇 개를 급조했지만, 그 많은 포로들을 학살하고 처리하기에는 역부족이었고, 비르케나우에 거대한 새 화장장들을 건립하는 것만이 궁극적인 해결책이 될 수 있었다. 독일군은, 아니 유대인과 다른 민족 노예들은 그해 겨울 화장장 건립에 힘을 쏟았다. 이때 만든 네 개의 거대한 소각로 중 첫째 것이 소피가 게슈타포에 체포된 날로부터 일주일 후 가동에 들어갔고, 둘째 것은 그로부터 여드레 후인 4월 1일 소피가 아우슈비츠에 도착하기 불과 몇 시간 전부터 가동되었다. 그녀는 3월 30일에 바르샤바를 떠났다. 그날 소피와 얀, 에바뿐만 아니라 반다를 포함해 250명에 달하는 저항 단체 조직원들은 말키니아에서 이송된 1800명의 유대인들이 타고 있는 기차에 올라타야 했는데, 말키니아는 비아위스토크에 남아 있던 유대인들을 구금하던 바르샤바 북동부에 있는 임시 수용소였다. 그 기차에는 유대인들과 조국 해방군 조직원들 외에도 200여 명의 남녀 바르샤바 시민들이 타고 있었는데, 이들은 게슈타포의 돌발적이지만 가차 없는 와팡카에 걸려든 사람들로서 운 나쁘게도 우연히 검문 장소 근처에 있다가 붙잡힌 것이었다. 아니면 기껏해야 경범죄로 잡힌 사람들이었다.

이렇게 불운했던 폴란드 사람들 중에는 스테판 자오르스키도 포함되어 있었다. 그는 노동 허가서를 가지고 있지 않았고, 언젠가 한번은 소피에게 그 사실로 인해 자신에게 위험이 닥칠 것 같다는 불길한 예감을 털어놓은 적도 있었다. 소피는 그도 잡혔다는 사실을 알고 깜짝 놀랐다. 게슈타포 유치장에 있을 때 먼발치에서 그를 본 적이 있고, 기차에서도 한 번 흘끗 본 적이 있었지만, 인간들이 부대끼며 무서운 열을 뿜어내는 대혼란의 와중에 그와 이야기를 나누는 것은 엄두도 낼 수 없었다. 이 기차는 아우슈비츠로 향하는 이송 열차들 중에서 가장 많은 포로들을 태우고 간 열차들 중 하나였다. 수송 규모만 보더라도 독일군이 비르케나우의 새 시설을 사용해 보기를 얼마나 고대하고 있었는지 잘 알 수 있다. 유대인들 중에서 노동에 적당한 사람들을 골라내기 위한 선택은 이루어지지 않았다. 열차에 타고 있던 포로들 전원이 학살되는 경우가 그렇게 드물지는 않았지만, 이 경우는 살인 기술적 측면에서 최상의 장비를 갖춘 가장 최근에 건립한 최대 규모의 시설을 사용하고 과시하고 싶어 하던 독일군의 열망을 잘 보여 준다. 제2화장장 최초 가동에서 이들 1800명의 유대인들이 모두 죽음을 맞았다. 단 한 명도 즉각적인 가스실행을 피하지 못했다.

소피는 바르샤바에서의 생활과 게슈타포에게 체포되어 구금된 일에 대해서는 대단히 솔직하게 이야기해 주었지만, 흥미롭게도 아우슈비츠로 가는 기차를 타는 순간부터 그곳에 도착하고 나서의 일에 대해서는 굉장히 말을 아꼈다. 처음에는 이것이 이야기하면 찾아올 너무도 큰 공포 때문이라고 생각했다. 부분적으로는 내 생각이 맞았지만, 나중에 가서야 이렇게 침묵을 지키고 말을 피한 진짜 이유가 따로 있었다는 사실을 알게 되었다. 그녀에게 이야기를 들을 당시에는 그런 생각은 거의 하지 못했다. 통계 수치를 이용한 앞부분의 내용이 추상적이거나 정적으로 보인다면, 그것은 전쟁이 끝난 지 얼마 안 된 오래전 당시에는 이 역사적 사실에 직접적으로 관여하는 전문가를 제외한 일반인은 거의 구할 수 없었던 정보를 이용해 소피와 다른 사람들이 무력한 희생자로 참가한 그 사건들의 바탕이 되는 커다란 배경을 이토록 오랜 세월이 흐르고 나서야 재창조해 내려고 했기 때문이다.

그 후로 나는 많이 생각해 보았다. 비에간스키 교수가 좀 더 살아서 자기 딸과 손자 손녀의 운명이 자신의 우상이던 국가사회주의자들과 자신이 공유한 유대인 학살이라는 꿈의 실현에 부속되어 버렸다는 것을, 헤어날 길 없이 한데 얽혀 버렸다는 것을 알았다면 어떤 생각을 했을까 종종 궁금해지기도 했다. 그는 제국을 동경했지만, 자부심이 강한 폴란드인이었다. 또한 그는 권력 문제에 대해서는 대단히 냉철한 판단력을 가지고 있었음이 틀림없다. 그런 그가 나치가 유럽의 유대인들에게 행한 대량 학살이 완수되고 나면 그 손길이 자기 동포들을 옥죄어 올 것이라는 사실, 독일 민족은 폴란드 민족을 대단히 혐오해서 유대인이라는 더 큰 혐오의 대상을 처리하고 나면 그다음 목표는 폴란드인들이라는 사실을 어떻게 그렇게 깨닫지 못했을까 이해하기 어렵다. 물론 교수 자신의 운명을 좌우한 것도 폴란드인에 대한 혐오였다. 그러나 한 가지에 집착하는 성격이 다른 많은 일은 보지 못하게 만든 것이 분명했다. 그렇다고 하더라도(폴란드인과 다른 슬라브계 사람들이 유대인들 다음으로 학살 대상에 올라 있지 않았다고 하더라도) 그런 지극한 혐오가 마치 거대한 자석이 자잘한 금속 부스러기들을 다 모아들이듯이 노란 배지를 달지 않은 수천 명의 사람들을 모아들여 희생시키리라는 사실을 예상하지 못했다는 것은 아이러니가 아닐 수 없다. 소피는 언젠가 그동안 말하지 않던 크라쿠프에서의 생활의 일부를 이야기하면서, 아버지가 딸에 대해서는 무자비했지만 손자 손녀만큼은 진심으로 지극하게 사랑했다고 말했다. 이 할아버지가 살아서 자신이 유대인을 위해 생각해 낸 지옥불 속에 그토록 사랑하던 얀과 에바가 빨려 들어가는 것을 보았다면 어떤 반응을 보였을까 도저히 상상이 되지 않는다.

나는 소피의 문신을 영원히 잊지 못할 것이다. 팔뚝에 난 작은 이빨 자국처럼 보이는 보기 흉한 그 문신은 분홍 궁전에서 그녀를 처음 보던 날 그녀가 유대인이라고 착각하게 만들었다. 당시는 뭘 잘 모르던 때라서, 이 섬뜩한 문신은 유대인 생존자들에게만 있는 것이라고 생각했다. 내가 지금까지 장황하게 설명한, 소피가 체포되어 게슈타포 유치장에 갇혀 있던 그 끔찍한 이 주 동안 수용소에 일어난 변화에 대해 그때 알았더라면, 나치의 새로운 정책으로 인해 그녀가 유대인이 아니었음에도 불구하고 유대인처럼 낙인찍힌 것이라는 사실을 이해했을 것이다. 상황을 설명하자면 이렇다……. 소피를 비롯한 비유대인들은 분류 과정에서 즉각적인 가스실행을 면제받았다. 이때 행정적인 편의를 위해 새로운 문신 제도가 등장한다. 아리아계 포로들에게 문신을 실시하는 정책은 3월 후반에 가서야 도입되었고, 소피는 그 정책하에 문신이 새겨진 최초의 비유대인들 중 한 명이었다. 처음에는 당혹스럽게 느껴질지 몰라도 새 정책을 이해하기는 어렵지 않다. 이것은 죽음의 발전기를 돌리는 일과 관련 있었다. '최종 해법'이 수립되고 만족스러울 만큼 많은 유대인들이 새 가스실로 향하도록 결정된 상황에는 더 이상 그들의 숫자를 셀 필요가 없었다. 유대인은 한 명도 예외 없이 죽이라는 힘러의 명령은 이미 내려져 있었다. 이제 유대인이 사라진 수용소에서는 아리아인들이 그 자리를 대신했고, 신원 파악을 위해 그들에게 문신이 새겨졌으며, 그들은 살인적인 노동에 시달리다가 천천히 죽어 가는 운명을 맞게 되었다. 그래서 소피의 팔에도 문신이 새겨진 것이다.(아니, 적어도 원래 계획은 이랬다. 그러나 다른 일에서도 흔히 볼 수 있듯이 이 계획도 변화를 겪었다. 곧 반대되는 명령이 나와 원래 명령이 취소되는 일이 벌어지곤 했다. 독일군 사령부 내에서는 살인에 대한 욕망과 노동력의 필요성에 대한 인식이 갈등을 빚고 있었다. 그해 늦은 겨울, 아우슈비츠에 도착한 포로들 중 건강 상태가 양호한 포로들은 남녀를 불문하고 강제 노동을 하도록 분류되었다. 이렇게 형성된 걸어 다니는 사자(死者)들의 사회에 소피가 속하게 되었고, 거기에는 유대인들과 비유대인들이 섞여 있었다.)

소피가 아우슈비츠에 도착한 날은 4월 1일 만우절이었다. 수상한 농담들이 오가는 날. 푸아송 다브릴(만우절), 폴란드어로는 라틴어와 마찬가지로 프리마 아프릴리스. 지난 몇십 년 동안 만우절을 맞을 때마다, 그리고 내 아이들이 귀여운 장난을 하며 "만우절이야, 아빠!"라고 외칠 때마다 내 마음이 칼로 찌르듯 아픈 것은 그날이 되면 꼭 소피가 떠오르기 때문이다. 그래서 평소에는 아이들에게 더없이 관대한 아버지이던 나는 그날만큼은 스컹크처럼 툴툴거리곤 한다. 나는 유대·기독교의 신을 증오하는 것만큼이나 만우절을 증오한다. 그날은 소피의 여행이 끝난 날이었다. 그리고 그로부터 불과 나흘 후 유대인이 아닌 포로들은 가스실로 보내지 말라는 명령이 베를린에서 루돌프 회스에게 내려왔다.

소피는 오랫동안 내게 아우슈비츠에 도착한 날에 대해 자세히 들려주려 하지 않았다. 어쩌면 마음의 평정을 잃을까 봐 이야기를 하지 못했을 수도 있다. 아무래도 상관없다. 그러나 그날 그녀에게 일어난 일에 대해 완전히 알게 되기도 전에 나는 그날 일어난 일들에 대해 대강이나마 그림을 그려 볼 수 있었다. 역사는 그날을 예년보다 따뜻하고 새싹과 고비류 식물들이 나오고 개나리가 어린 봉오리를 맺었으며 화창하고 청명하고 봄기운이 완연했던 날로 기록한다. 기차에서 내린 1800명의 유대인들은 신속하게 트럭에 실려 비르케나우로 수송되었는데, 이 일은 정오부터 시작되어 두 시간 정도가 소요되었다. 이들에 대해서는 선별 작업이 이루어지지 않았고, 건장한 남자들까지 포함해 남녀노소 모두가 가스실로 직행했다. 이 일이 있은 직후 눈에 보이는 포로들을 모두 깨끗이 청소해 버리고 싶은 욕망에 시달린 듯, 플랫폼에 나와 있던 친위대 장교들은 화차 한 대에 타고 있던 저항 단체 조직원들을(대략 200명 정도였다.) 바로 가스실로 보내 버렸다. 그들도 트럭에 실려 그곳을 떠났고, 그 뒤에는 반다를 포함해 쉰여 명의 동지들이 남게 되었다.

그 후 흥미롭게도 그 절차가 중단되었고, 기다림이 오후 내

내 계속되었다. 아직 두 대의 화차에는 저항 단체의 나머지 조직원들 외에도 소피와 얀과 에바 그리고 바르샤바 일제 검거 때 잡힌 폴란드인들이 남아 있었다. 대기는 거의 땅거미가 질 무렵까지 여러 시간 계속되었다. 플랫폼에서는 친위대 장교들과 군의관들, 경비병들이 이러지도 저러지도 못한 채 우왕좌왕하고 있는 것 같았다. 베를린에서 새로운 명령이 내려왔나? 기존의 명령을 대신하는 명령이? 어느 것도 확신할 수 없었고 단지 그들이 불안해하고 있다는 것만은 분명해 보였다. 하지만 그런 것은 별로 중요하지 않았다. 마침내 친위대가 작업을 재개했는데, 이번에는 선별 작업으로 바뀐 것 같았다. 진행을 맡은 부사관들이 화차에 남아 있는 포로들로 하여금 모두 밖으로 나와 줄을 서게 했다. 그러고 나서는 군의관들이 나섰다. 선별 작업은 대략 한 시간이 조금 넘게 진행되었다. 소피와 얀과 반다는 수용소로 보내졌다. 이렇게 수용소로 보내진 포로들이 전체의 대략 반 정도 되었다. 나머지 반은 비르케나우에 있는 제2화장장으로 보내졌다. 그중에는 음악 선생인 슈테판 자오르스키와, 일주일 후면 여덟 살이 되는 그의 제자 에바 마리아 자비스토프스카가 포함되어 있었다.

13장

그 여름 주말 동안 소피가 내게 쏟아낸 기억들을 토대로 짧은 삽화 하나를 그리고 넘어가야겠다. 독자들은 이것이 아우슈비츠를 이해하는 데 어떻게 도움이 되는지 이해하지 못할지도 모르겠지만 분명히 도움이 되며, 소피가 혼돈스러운 자신의 과거를 이해하려고 노력할 때마다 부딪치는 가장 이해하기 힘들고 마음을 불안하게 하는 부분에 대한 이야기다.

장소는 다시 크라쿠프. 때는 1937년 6월 초순이다. 등장인물은 소피와 그녀의 아버지 그리고 이 이야기에는 처음 등장하는 명사인 발터 뒤르펠트 박사. 그는 라이프치히 근처인 로이나에서 왔고, IG 파르벤인두스트리라는 인테레센게마인샤프트(재벌 기업)(당시로서는 엄청난 대기업이었다.)의 이사인데, 그 기업의 명성과 규모만으로도 비에간스키 교수는 한껏 우쭐해

했다. 뒤르펠트 박사 자신은 두말할 것도 없다. 산업 특허권에 관한 국제법이 전공인 교수는 뒤르펠트 박사가 독일 산업을 이끄는 거물들 중 한 명임을 익히 알았다. 뒤르펠트 앞에서 그가 익살스럽고 비굴하게 행동하는 것으로 묘사한다면, 그것은 불필요하게 교수의 품위를 떨어뜨리는 일이 될 것이고, 그가 독일의 위력을 설명하며 가끔 보여 준 아첨하는 태도를 지나치게 강조하는 일이 될 것이다. 교수도 자기 분야에서는 뛰어난 전문가이자 학자로서 명성을 날리고 있다. 또한 그는 상당히 사교적인 사람이기도 하다. 그럼에도 불구하고 소피가 보기에 그는 이 거물이 자기를 찾아 준 데 대해 이루 말할 수 없을 정도로 황송해하고, 거물을 기쁘게 하려는 노력은 옆에서 보기에 민망할 정도다. 이 만남은 공적인 목적은 전혀 없고 순전히 사적인 친교의 자리이다. 뒤르펠트가 휴가를 맞아 아내와 함께 동유럽을 여행하고 있는데, 뒤셀도르프에 사는 상호 간의 지인이(그도 교수처럼 특허권 권위자다.) 우편과 마지막에는 전보를 통해 이 만남을 주선한 것이다. 뒤르펠트의 일정이 빡빡하기 때문에 만남은 오랜 시간 이루어지지 않을 것이고, 심지어 함께 식사할 계획도 포함되어 있지 않다. 콜레기움 마이우스를 비롯해 대학 캠퍼스를 쭉 둘러보고, 바벨성에 갔다가 시장에서 태피스트리[60]를 구경하고, 잠시 차 한 잔 함께 나누고, 그래도 여유가 있다면 일정에 없는 명소를 잠시 방문하고는 끝이다. 오후 한나절 유쾌한 시간을 함께 보내고, 곧

60) 색색의 실로 수놓은 벽걸이나 실내 장식용 비단.

침대차[61]를 타고 브로츠와프로 떠나는 것이다. 교수는 더 많은 시간을 함께하고 싶어 한다. 적어도 네 시간 정도는 함께 있으면 어떻겠냐는 것이 그의 생각이다.

뒤르펠트 부인은 몸이 좋지 않다. 데어 두르히팔(감기) 기운이 있어 시내 관광을 하지 않고 프란쿠스키 호텔 객실에 남아 있다. 셋이서 바벨성을 둘러보고 내려온 후 차를 마시는 동안, 교수는 크라쿠프의 수질이 열악한 것에 대해 지나치게 비탄하는 어조로 사과하고, 매력적인 뒤르펠트 부인을 잠깐밖에 보지 못한 것에 대한 유감을 지나치게 과장해 표현한다. 뒤르펠트는 쾌활하게 고개를 끄덕이고, 소피는 어색해한다. 그녀는 교수가 나중에 일기에 적기 위해 자신들이 나눈 대화를 재구성하는 것을 도우라고 할 것임을 안다. 또한 그녀는 자신이 이 모임에 끌려 나온 것은 두 가지 목적에서라는 사실도 안다. 하나는 그녀가 당시 미국 영화에 자주 나오던 표현을 빌리자면 '죽이는 미모'이기 때문이고, 또 하나는 그녀의 외모와 태도, 언어적 능력을 통해 산업계의 거물인 이 저명한 손님에게 독일 문화와 교양의 원칙에 충실하면 (이 슬라브의 오지에서조차) 독일인에게 전혀 뒤지지 않고 제국 내에 있는 가장 열성적인 인종 순수주의자조차 반박할 수 없을 정도로 매력적인 프로일라인(아가씨)이 나올 수 있다는 사실을 보여 줄 수 있기 때문이다. 적어도 그녀는 그런 역할에 어울리는 것처럼 보인다. 그녀는 이 자리가 어색하고 불편하기만 하다. 그녀는 조

61) 유럽 대륙 철도의 침대차.

용히 앉아서 대화가 혹시 심각해지더라도 나치의 정치 이야기는 피해 갔으면 하고 기도한다. 그녀는 교수의 인종적 견해가 극단적인 방향으로 바뀐 데 대해 혐오감을 느끼고, 이 자리에서 그 위험하고 어리석은 견해를 듣게 되거나 의무감에서 맞장구를 칠 수밖에 없게 되는 경우가 생길까 봐 두렵기 그지없다.

그러나 그녀는 걱정할 필요가 없다. 지금 솜씨 있게 대화를 이끌어 가는 교수의 마음을 사로잡은 것은 정치가 아니라 문화와 경제다. 뒤르펠트는 입가에 엷은 미소를 띤 채 교수의 말을 듣고 있다. 정중하고 주의 깊은 그는 사십 대 중반으로 보이는데 살은 별로 찌지 않았고 잘생겼으며 건강한 혈색에 놀랄 정도로 손톱이 깨끗하다.(이런 세세한 것까지 보게 된 것에 그녀 자신도 놀라워한다.) 투명한 매니큐어를 칠한 듯 반짝거리고, 끝에는 미색의 초승달 모양이 나타나 있다. 그의 옷차림새는 흠잡을 데가 없다. 영국제가 분명한 검은색 플란넬 맞춤 양복은 아버지의 밝은 세로줄 무늬 양복을 초라하고 촌스럽게 보이게 한다. 담배도 크레이븐 에이라는 영국제다. 교수의 말을 듣는 그의 눈은 유쾌하고 장난기가 어려 있다. 그녀는 그에게 다소 끌리는 것을 느낀다. 아니다, 상당히. 그녀는 자신이 얼굴을 붉히고 있다는 것을 안다. 그녀의 아버지는 역사적 사실을 들추어 가며, 독일어를 사용하는 문화와 전통이 크라쿠프를 비롯한 폴란드 남부에 미친 영향을 강조한다. 이 얼마나 오래도록 지속되어 왔으며 지울 수 없는 전통인가! 물론 크라쿠프가, 그리 멀지 않은 과거에 칠십오 년간 우호적인 오스트리아의 통치를 받았다는 사실을 말할 필요는 없다.(물론 교수는 이런 말까지 하고 있지만 말이다.) 나튀얼리히(당연히) 여기에 대해서는 뒤르펠트 박사도 알고 있었다. 하지만 크라쿠프시는 동유럽에서는 거의 유일하게 자체 헌법을, 마그데부르크시에서 형성된 중세 법에 바탕을 둔 '마그데부르크 법'이라고 불리는 헌법을 가지고 있다는 사실도 알까? 그렇다면 크라쿠프 사회가 독일 학문과 법, 독일 정신에 깊이 영향을 받고 있어서 시민들 중에는 폰호프만슈탈[62]이 말했듯이(아니면 게르하르트 하우프트만[63]이었던가?) 고대 그리스어 이래로 가장 표현력이 풍부한 언어인 독일어를 사용하고 교육하고 싶어 하는 사람들이 많다는 것이 놀랄 만한 일이었을까? 소피는 갑자기 아버지의 관심이 그녀에게 와 있는 것을 깨닫는다. 딸이 곁에 있는데도 불구하고 아버지는 조시아가 비록 최고의 교육을 받지는 못했지만, 호흐슈프라헤(표준 독일어)뿐만 아니라 움강스슈프라헤(회화체 독일어)를 완벽하게 구사할 수 있고, 더 나아가 어떤 지방 사투리라도 그대로 흉내 낼 수 있다고 자랑을 늘어놓는다.

그다음에는 아버지가 부추기는 바람에 소피가 여러 독일 사투리를 구사해 보여야 하는 괴로운 순간이 찾아온다. 그녀는 어릴 때부터 이렇게 사투리 흉내를 기가 막히게 잘 냈는데, 이를 본 아버지가 그 후로 필요할 때마다 사투리 흉내를

62) 오스트리아의 시인, 극작가.

63) 독일의 극작가, 소설가, 시인.

내도록 시키곤 했다. 이것은 아버지가 때때로 그녀에게 자행하는 가벼운 학대들 중 하나다. 수줍음 많은 소피는 뒤르펠트 앞에서 사투리 흉내를 내는 것이 정말 싫지만 일그러진 미소를 지으며 아버지의 명령에 따라 슈바벤 사투리로 시작해 바이에른의 느린 말투, 드레스덴과 프랑크푸르트 사투리, 하노버 지방에 사는 색슨족이 쓰는 북부 독일어 그리고 마침내 (자포자기한 마음이 자신의 눈에 드러나 보일 것이라고 생각하며) 슈바르츠발트의 기괴한 사투리를 흉내 내 보인다. "엔트쥐켄트!(매력적이군요!)" 뒤르펠트가 유쾌하게 웃음을 터뜨리며 외친다. "멋져요! 정말 멋져요!" 그녀의 사투리 흉내에 매혹되기는 했지만 그녀가 불편해한다는 것을 감지한 뒤르펠트가 장기 자랑 시간을 능숙하게 일찍 끝낸 것 같다. 뒤르펠트가 아버지에게 불쾌해하는 것인가? 모르겠다. 그러기를 바란다. 아빠, 아빠. 두 비스트 아인…… 오, 메르데…….(당신은 하나의…… 오, 젠장…….)

소피는 참을 수 없을 정도로 지루함을 느끼면서도, 가까스로 대화에 귀를 기울이며 앉아 있다. 교수는 호기심을 드러내지 않으면서 은근하게 화제를 돌려 두 번째로 자신의 마음을 사로잡고 있는 주제인 상공업에 대해, 특히 독일 상공업과 지금 한창 약진하는 상공업 활동을 관장하는 권력에 대해 이야기하기 시작한다. 이 분야에 대해서는 뒤르펠트의 신뢰를 얻어 내기가 쉽다. 교수는 세계 무역 구조에 대해 백과사전같이 포괄적인 지식을 가졌기 때문이다. 그는 어떤 주제에 대해 말을 꺼내야 할 때와 피해 가야 할 때, 직접적으로 이야기해야 할 때와 신중하게 돌려 말해야 할 때를 안다. 그는 총통에 대해서는 단 한 번도 언급하지 않는다. 그는 지나치게 황송해하며 뒤르펠트로부터 손으로 만 쿠바제 고급 시가를 받아 들고는, 최근에 독일이 거둔 성과에 대해 찬사를 늘어놓는다. 그는 정기 구독 하는 취리히 경제 신문에서 최근에야 IG 파르벤인두스트리가 새로이 품질을 개선한 합성고무를 미국에 대량으로 수출하게 되었다는 기사를 읽었다고 했다. 이 얼마나 영광스러운 제국의 승리인가! 교수가 감탄한다. 소피는 아부에 쉽게 넘어갈 것 같지 않은 뒤르펠트가 이 말에는 기쁜 듯 미소를 지으며 활기차게 이야기를 시작하는 모습을 지켜본다. 그는 교수가 그 주제에 대해 기술적인 부분까지 잘 알고 있다는 사실에 만족해하며, 몸을 약간 숙이고 처음으로 그 단정하게 손질된 손까지 써 가며 활기차게 이야기한다. 소피는 이해하기 어려운 기술적인 이야기가 오가자 맥락을 놓치고, 여자의 관점에서 뒤르펠트를 평가한다. 그는 정말로 매력적이다. 갑자기 그녀는 부끄러움을 느끼며 이런 생각을 마음에서 털어 내려고 한다.(유부녀에 아이까지 둘 있는 여자가 이런 생각을 하다니!)

이제 뒤르펠트는 자제력을 잃지 않고는 있지만, 마음속에서 분노가 솟아오르는 모양이다. 불끈 쥔 주먹의 손가락 마디들이 모두 하얗게 변해 가고, 입 주변도 긴장한 듯 굳어지며 하얗게 질려 간다. 그는 가까스로 분노를 억누르며 디 엥글렌더(영국인)와 디 홀렌더(네덜란드인)의 제국주의에 대해서, 다른 경쟁 기업들을 시장에서 몰아내기 위해 천연고무 가격을 담합해 결정하는 두 강대국의 음모에 대해 열변을 토한다. 게다가 그들은 IG 파르벤이 시장을 독점한다고 비난하기까지 한다. 그런 상황에서 우리가 무엇을 할 수 있겠는가? 조금 전까지의 온화하고 침착하던 어조와는 너무도 다른 신랄하고 날카로운 어조에 소피는 놀라움을 금치 못한다. 우리가 거둔 성공에 세계가 놀라는 것은 당연하다! 말레이반도와 동인도 제도에서 독점적으로 천연고무를 생산·판매하는 영국과 네덜란드 기업들이 천연고무에 대해 천문학적 가격을 책정한 상황에서, 독일이 우수한 기술력을 발휘해 경제적이고 내구적이고 탄성력이 있으며 '기름 방지성'까지 있는 합성고무를 생산하는 것 외에 다른 대안이 있을 수 있겠는가! 바로 그겁니다! 기름 방지성이요! 교수가 열의에 가득 찬 목소리로 뒤르펠트의 말을 따라 한다. 이 만남을 위해 미리 연구해 둔 교활한 교수는 새 상품이 그토록 혁신적이고 가치 있으며 매력적일 수 있는 주된 특징이 기름 방지성임을 알았다. 아부가 또다시 효과를 발휘한다. 뒤르펠트는 교수의 언급에 만족스러운 듯 미소를 짓는다. 그러나 종종 그러듯이 교수는 어디에서 끝을 맺을지 모른다. 비듬이 떨어져 있는 세로줄 무늬 양복의 어깨를 으쓱이며, 그는 자신의 지식을 과시하기 시작한다. '니트릴', '뷰나 N', '탄화수소의 중합반응' 같은 화학 전문 용어를 중얼거리는 것이다. 그러나 영국과 네덜란드에 관한 정당한 분노를 토로하다가 말이 끊긴 뒤르펠트는 이전의 점잖고 초연한 모습으로 돌아가서는 엷은 미소를 띤 채 허풍을 떠는 교수의 모습을 바라보는데, 약간 불쾌해하고 지루해하는 것이 눈에 보인다.

그러나 희한하게도 교수는 최고의 실력을 발휘해 다시 상대방을 매혹시켜 잃었던 점수를 되찾는다. 호텔 리무진(구식이지만 손질이 잘되어 있고 광택제 냄새가 나는 다임러였다.) 뒷좌석에 셋이 나란히 앉아 크라쿠프 남쪽에 있는 비엘리치카의 소금 광산으로 가는 동안, 교수가 들려주는 폴란드의 소금 산업과 그 100년사 이야기는 아주 재미있고 생동감 넘치며 절대로 지루하지 않다. 그는 자신을 매력적인 강연자이자 날카롭고 설득력 있는 대중 연설가로 만들어 준 재능을 아낌없이 발휘한다. 이제 잘난 척하지도 자의식에 사로잡혀 쭈뼛거리지도 않는다. 비엘리치카 소금 광산을 세웠다는 왕의 이름이 '수줍은' 볼레스와프라는 설명에는 웃음이 터져 나왔고, 이와 함께 교수가 시의 적절하게 던진 한두 마디의 농담 덕분에 뒤르펠트는 다시 느긋해진 것 같다. 그가 뒤로 기대앉는 것을 보며 소피는 그에 대한 호감이 점점 더 커지는 것을 느낀다. 독일 산업계의 거물로는 보이지 않는데. 그녀는 생각한다. 그녀는 곁눈질로 그를 훔쳐보며, 그가 오만해 보이지 않고 왠지 모르게 따뜻하고 약해 보이기도 한다는 사실에 깊은 인상을 받는다. 외로운 것일까? 시골로 들어서자 산들바람에 살랑이는 신록과 알록달록한 야생화로 불이 붙은 듯 보이는 들판이 눈에 가득 들어온다. 한창 빛을 발하는 폴란드의 봄. 뒤르펠트는 그 아름다운 풍경을 보며 진심 어린 찬사를 보낸다. 소피는 그의 팔이 자신의 팔에 맞닿아 있는 것을, 그리고 자신의 맨팔에 소름이 돋는 것을 느낀다. 팔을 빼내 보려 하지만 꽉 끼어 앉아 있기 때문에 그럴 수 없다. 그녀는 몸을 약간 떨다가 곧 긴장을 푼다.

당연한 일이겠지만 남에게 허리를 굽혀 본 적이 거의 없는 뒤르펠트는 미약한 사과의 말 몇 마디 하는 것조차 어색해한다. 영국과 네덜란드 기업들 이야기를 하며 그렇게 흥분하지 말았어야 했는데 미안합니다. 그가 온화한 목소리로 교수에게 말한다. 하지만 그들의 명백한 독점 관행과 세계가 공평하게 나눠 가져야 할 고무 같은 천연 상품의 공급을 조작하는 행위는 비난받아 마땅하죠. 독일과 마찬가지로 자원이 풍부한 해외 식민지를 가지지 않은 폴란드 사람이니까 이 말이 무슨 뜻인지 알 겁니다. 만약에 끔찍한 전쟁이 일어난다면 이는 군국주의나 맹목적인 정복욕(얼토당토않게도 독일 같은 일부 국가들이 이런 생각을 한다고 의심들을 하고 있죠.) 때문이 아니라 이런 탐욕 때문이에요. 영국이 가졌던 동남아시아의 해협 식민지 같은, 수마트라나 보르네오에 해당하는 식민지를 모두 빼앗긴 독일 같은 나라가, 국제적인 해적들과 모리배가 득시글대는 적대적인 세상을 대면하게 되었을 때 어떻게 해야 하죠? 베르사유[64]의 유산! 그래요! 독일은 창조적이 될 수밖에 없었습니다. 혼란 속에서 천부적 재능만으로 자기가 쓸 것을(모든 것을!) 만들어야 하고, 서서히 다가오는 적들과 홀로 맞서야 했으니까요. 여기서 그의 연설은 끝난다. 교수는 환하게 웃으며 손뼉을 친다.

이제 뒤르펠트는 말이 없다. 연설에서 엿볼 수 있던 열정에

64) 1차 세계 대전 후 연합국과 독일이 체결한 강화조약.

도 불구하고 침착하기 그지없다. 그는 분노나 공포에 휩싸인 어조가 아니라 부드럽고 편안한 어조로 연설했고, 소피는 그런 그의 말과 그 말이 전달하는 확신에 감동받았다. 그녀는 정치와 세계 정세에 대해서는 잘 모르지만, 그렇다고 완전히 바보는 아니다. 그녀는 자신이 뒤르펠트의 생각에 감동받은 것인지 그의 외모에 감동받은 것인지 알 수 없지만(어쩌면 둘 다인 것 같다.) 그의 말에서 진정성과 합리성을 느낀다. 그는 대학 내의 진보적이고 급진적인 소수 학생들에게 비아냥거림과 혹평을 받는 전형적인 나치의 모습이 아니다. 어쩌면 그는 나치가 아닐지도 모른다. 그녀는 낙관적으로 생각해 본다. 하지만 그처럼 높은 지위에 있는 사람은 모두 나치 당원이 되어야 하지 않는가? 그렇지 않은가? 뭐, 별로 중요하지 않다. 지금 그녀는 달콤하고 제멋대로이며 감각적인 에로티시즘에 휩싸여 있고, 이런 감정은 그녀가 아주 어릴 때 빈에서 타 보았던 프라터 페리스[65] 꼭대기에서 느낀 것 같은 달콤하면서도 참을 수 없을 만큼 극단적인 공포감을 준다.(이런 감정이 온몸을 훑고 지나가는 와중에도 그녀는 불과 한 달 전 남편과의 사이에서 있었던 충격적인 일을 떠올리고는 몸을 움찔한다. 긴 코트를 입은 남편이 어둠에 싸인 침실 문 앞에 서 있어 실루엣으로만 보인다. 그리고 부엌칼로 갑자기 얼굴을 찌르는 것 같은 엄청나게 고통스럽고 잔인한 카지크의 말이 들려온다. 아무리 백치라도 이건 이해할 거야. 당신 아버지가 얘기한 것만큼 백치는 아닐지도 모르니까. 내가

65) 거대한 회전 놀이 기구.

당신한테 남자 구실을 못 하면 그것은 정력이 부족하기 때문이 아니라, 당신의 모든 것이, 특히 당신의 몸이 내게 아무런 느낌도 주지 않기 때문이야……. 당신 침대의 냄새조차 역겨워서 도저히 참을 수가 없어.)

얼마 후 두 사람이 소금 광산 입구에 서서 파릇하게 싹이 난 보리가 바람에 물결치는 햇살 가득한 들판을 바라보는 동안, 뒤르펠트가 그녀의 신상에 관해 묻는다. 그녀는 자신이 교직원의 아내이며 전업 주부라고 대답하고, 피아노를 공부하고 있으며 한두 해 후에는 빈에서 공부를 계속할 수 있기를 바란다고 대답한다.(한동안 그곳에는 두 사람만이 남아 있고, 그들은 가까이에 서 있는다. 소피는 남자와 단둘이 있게 되기를 이만큼 간절히 바란 적이 없었다. 이렇게 둘만 남은 것은 작은 돌발 상황이 발생했기 때문이다. 소금 광산에 도착하고 보니 입구에 수리를 위해 소금 광산을 폐쇄하므로 방문객의 출입을 금한다는 팻말이 붙어 있었다. 이를 본 교수는 사과의 말을 쏟아 내며 그들에게 잠시만 기다리라고, 자신이 이곳 책임자와 개인적인 친분이 있으므로 그에게 말하면 문제를 해결할 수 있을 것이라고 말한 후 어디론가 부리나케 사라졌다.) 뒤르펠트는 소피가 아주 젊어 보인다고 말한다. 거의 소녀로 보인다고! 그녀에게 아이가 둘이나 있다는 사실이 믿어지지 않는다고도 한다. 그녀는 아주 어릴 때 결혼해서 그렇다고 대답한다. 그는 자기도 아이가 둘 있다고 한다. 그러고는 "나는 가정적인 사람이오."라고 덧붙인다. 이 말은 장난기 어린 말로 들리기도 하고 뭔가를 암시하는 것 같기도 하다. 처음으로 그들의 눈이 서로 부딪치고, 그가 감탄하는 듯한 눈으로 거리낌 없이 그녀를 바라본다. 그녀는 간통을 저지른 것 같은 죄책감을 느끼며 고개를 돌린다. 그녀는 그의 눈을 피해 그에게서 몇 걸음 떨어지며 아버지가 어디 있는지 모르겠다고 소리 내 중얼거린다. 자신의 목소리가 떨리는 것이 느껴진다. 마음속에서는 또 다른 목소리가 내일 아침 미사에 가라고 중얼거린다. 그녀의 어깨 너머로 그가 독일에 가 본 적이 있냐고 묻는다. 그녀는 그렇다고, 몇 년 전 여름에 베를린에 머문 적이 있다고 대답한다. 아버지의 휴가 때 그곳에서 지낸 것이다. 그때 그녀는 어린아이였다.

그녀는 또다시 독일에 가고 싶다고, 라이프치히에 있는 바흐의 무덤을 보고 싶다고 말하고는 당혹스러워하며 말을 멈춘다. 왜 그에게 이런 말을 했을까. 바흐의 무덤에 꽃을 놓는 것이 그녀의 비밀스러운 소망이기는 했지만 말이다. 그러나 그의 부드러운 웃음소리에서는 이해심이 느껴진다. 라이프치히는 내 고향이에요! 당신이 오면 우리 함께 바흐의 무덤에 가봅시다. 그가 말한다. 위대한 음악가들의 무덤을 다 찾아가 볼 수도 있겠군요. 그녀는 마음속으로 깜짝 놀란다. '우리'라니, '당신이 오면'이라니. 이것은 초대의 말인가? 모호하고 은근한 말이지만, 분명 초대의 뜻을 담은 것이 아닐까? 그녀는 이마 근육이 씰룩이는 것을 느낀다. 그녀는 조심스럽게 화제를 돌린다. 크라쿠프에도 좋은 음악이 많아요, 폴란드도 아름다운 음악으로 넘쳐 나죠. 그녀가 말한다. 그래요? 하지만 독일만큼은 아닐 겁니다. 그가 말한다. 당신이 독일에 오면 바이로이트[66]에 함께 갑시다. 그런데 바그너를 좋아하나요? 아니면 바흐 축제에 갈 수도 있고요. 그것도 아니면 로테 레만, 클라이버, 기제킹, 푸르트벵글러, 바크하우스, 피셔, 켐프 등의 공연을 보러 갈 수도 있죠. 그의 목소리는 은근하고 부드러우며, 정중하면서도 경박스러운 면도 있고, 저항할 수 없을 정도로 매력적이고, (그녀에게는 아주 괴로운 일이지만) 지극히 도발적이다. 바흐를 좋아하면 텔레만도 좋아하겠군요. 그럼 우리 함부르크에서 그를 위해 축배를 듭시다! 본에서는 베토벤을 위해 축배를 들고요! 바로 이 순간 자갈밭을 걸어오는 발소리가 교수가 돌아오고 있음을 알린다. 그가 기쁜 목소리로 "열려라, 참깨!"라고 외친다. 소피는 자신의 마음이 쿵 하고 내려앉으며 바람이 빠져나가는 소리가 들리는 것만 같다. 음악과는 거리가 먼 아버지…….

그녀의 회상 속에 나오는 그때의 기억은 이것이 전부다. 그녀가 자주 방문한 이 거대한 지하 소금성은 교수가 주장하듯이 인간이 만든 유럽의 7대 불가사의 중에 하나이든 아니든 간에, 기대에 못 미치는 것이라기보다는 장관이기는 하나 그녀의 마음에 크게 와닿지 못할 뿐이다. 뭐라 표현하기 어려운 흥분과 도취감이 번개처럼 그녀를 때리고 가서 마음이 멍하고 혼란스러워졌기 때문이다. 그녀는 뒤르펠트와 다시는 눈을 맞추지 못한다. 그러나 그의 손을 흘끗 훔쳐보기는 한다. 왜 이렇게 손에 마음이 끌릴까? 엘리베이터에서 내려 둥근 천장

---

66) 독일의 남부 바이에른주에 있는 도시로, 리하르트 바그너가 직접 설계·건립한 축제 극장이 있다. 이곳에서 매년 7, 8월 바그너 음악 축제가 열린다.

이 있는 동굴 같은 방들과 미로 같은 복도들, 하늘로 날아오르는 듯한 트랜셉트[67]들로 이루어진 반짝이는 소금 왕국(수세기 동안 인간의 피와 땀으로 만든 지상의 성당을 지하로 끌어들인 것 같은 거대한 건축물) 안을 돌아다니는 동안, 소피는 뒤르펠트의 존재와 그동안 열 번도 넘게 들은 아버지의 설명을 마음에서 몰아낸다. 자신이 어떻게 이렇게 한순간에 어리석고도 파괴적인 열정에 사로잡힐 수 있는지 놀랍기만 하다. 아무래도 마음을 단단히 먹고 이 남자를 마음에서 몰아내야 한다. 그래, 마음에서 몰아내는 거야……. 알레!(그렇게 해!)

그리고 그녀는 그렇게 했다. 뒤르펠트를 얼마나 단호하게 마음에서 몰아냈는지 비엘리치카 소금 광산을 방문하고 돌아오고 나서 한 시간쯤 후 그와 그의 아내가 크라쿠프를 떠난 뒤 그가 그녀의 기억 속에 나타나 괴롭히거나 낭만적인 기억의 단편으로라도 의식의 가장자리에 머무른 적은 단 한 번도 없었다. 무의식적 의지력이 그만큼 강했기 때문일 수도 있겠고, 그를 다시 보겠다는 희망을 가져 봐야 아무 소용 없음을 알았기 때문일 수도 있겠다. 비엘리치카의 동굴 속으로 떨어지는 돌멩이처럼 그는 그녀의 기억에서 완전히 사라졌고, 그저 한때의 악의 없는 끌림으로 먼지 낀 추억의 앨범에 한 자리를 차지하게 되었을 뿐이다. 그러나 그로부터 육 년 후 그녀는 뒤르펠트를 다시 보게 되었다. 그의 열정과 욕망의 창조물인 합성고무가 역사에 입지를 굳건히 함에 따라, 그는 IG 아

67) 십자형 교회당의 좌우 날개 부분. 수랑이라고도 한다.

우슈비츠라고 알려진 파르벤의 거대한 복합 공장의 주인이 되었다. 수용소에서 이루어진 그들의 두 번째 만남은 크라쿠프에서의 첫 만남보다 더 짧고 사적인 측면은 더 적었다. 이 두 번의 만남에서 소피는 대단히 중요하게 연관된 두 가지 인상을 강하게 받았다. 폴란드에서 가장 영향력 있는 반유대주의자들 중 한 사람이 함께한 그 봄날 오후 소풍에서, 그녀가 존경한 발터 뒤르펠트는 자기를 접대한 주인과 마찬가지로 유대인에 대해서는 단 한마디도 입에 올리지 않았다. 그러나 육 년이 지난 후 다시 만났을 때는 뒤르펠트의 입에서 나온 말은 거의 전부가 유대인과 그들을 망각 속으로 사라지게 만드는 일에 대한 것이었다.

플랫부시에서의 그 긴 주말 동안 소피는 에바에 대해서는 내가 이미 추측하던 사실, 즉 그 아이는 수용소에 도착한 바로 그날 비르케나우에서 죽임을 당했다는 사실을 단 몇 마디로 요약해 준 것 외에는 아무 말도 하지 않았다. "그들이 에바를 데려갔고, 난 그 후로 다시는 그 애를 보지 못했어요." 이것이 그녀가 내게 해 준 말의 전부였다. 그녀는 아무런 부연 설명을 하지 않았고, 나도 좀 더 자세히 이야기해 달라고 요구할 수도 없었고 하지도 않았다. 그녀가 아무렇지도 않은 듯, 심지어 냉담한 태도로 전해 준 이 소식은 한마디로 말해 끔찍했고, 그 말을 듣자마자 나는 말문이 막혀 버렸다. 아직도 그때 소피가 그렇게 침착했다는 것이 놀랍게 느껴진다. 그녀는 재빨리 얀에 대한 이야기로 넘어가, 그 애가 선택 과정에서 살아

남았고 어린이 수용소에 수용되어 있다는 것을 상당한 시일이 흐른 후 소문으로 들어 알게 되었다고 했다. 아우슈비츠에서의 처음 육 개월에 대해 그녀가 들려준 이야기를 종합해 보면, 아들 얀이 살아 있지 않았다면 에바의 죽음으로 인한 충격과 비통함으로 인해 그녀 자신도 죽고 말았을 것이라고 추측할 수 있을 뿐이었다. 비록 그녀의 손길이 닿지 않는 곳에 있지만 얀이 아직 살아 있다는 사실이, 그리고 어떻게든 그 아이를 다시 보게 되리라는 희망이 그녀로 하여금 악몽 같은 생활을 견디게 해 주었다. 그 아이에 대한 생각과 가끔씩 얻게 되는 정보(이를테면 아이가 건강하다든가 아직 살아 있다든가 하는)가 그나마 위안이 되어 매일 아침 눈을 뜨면 맞게 되는 지옥 같은 생활도 견뎌 낼 수 있었다.

그러나 내가 앞에서 언급했고, 회스를 유혹하려던 계획이 실패로 돌아간 그 이상한 날 소피가 회스에게 자세히 설명했듯이, 그녀는 선택된 특권층 중 하나였고, 수용소에 새로 도착한 다른 사람들과 비교했을 때 '운이 좋은' 사람이었다. 처음에는 포로용 막사에 배치되었는데, 거기에 계속 있었더라면 다른 사람들과 마찬가지로 정확하게 계산된 기간만큼 삶 속에서의 죽음을 견뎌 내다가 죽음을 맞을 것이 분명했다.(이 이야기 끝에 소피가 친위대 하우프트슈투름퓌러(대위) 프리츠의 환영사에 대해 말해 주었는데, 소피와 그의 말을 있는 그대로 다시 옮겨 보는 것이 좋을 것 같다. "그의 말이 정확하게 기억나요. 그가 말했죠. '너희는 요양원이 아니라 강제 수용소에 온 것이다. 여기서 나갈 수 있는 방법은 하나밖에 없다. 굴뚝으로 연기가 되어 나가는 거다.' 그러고는 '이 사실이 마음에 안 드는 사람은 철사로 목을 매고 죽어도 좋다. 여기 유대인이 있으면, 너희는 이 주 동안만 살게 될 것이다.'라고 했죠. 그러고는 이렇게 말했어요. '여기 수녀가 있나? 수녀는 신부들과 마찬가지로 한 달 동안 살게 된다. 나머지는 모두 석 달이다.'" 소피는 수용소에 도착한 후 스물네 시간이 안 돼 사형 선고를 받은 것이었고, 프리츠가 독일어로 이를 확인해 준 것일 뿐이었다.) 그러나 그녀가 나중에 회스에게 설명했듯이 막사에서 레즈비언 간수에게 강간을 당할 뻔한 것과 구타, 친절한 막사장의 중재 같은 희한한 사건들이 일어나 그녀는 다른 막사에서 생활하며 번역사 및 속기사로 일하게 되었고, 그곳에서 그녀는 수감자들이 필연적으로 겪게 되는 죽음으로의 파멸 과정에서 보호받을 수 있었다. 그리고 첫 육 개월이 끝날 때쯤, 또 다른 행운이 찾아와 회스의 집이라는 보호막을 제공한 것이다. 그러나 그렇게 되기 전에 중요한 만남이 먼저 있었다. 그녀가 사령관의 집으로 들어가기 며칠 전, 그들이 수용소에 도착한 후로 보이지 않았고 그동안 끔찍한 비르케나우 수용소에 갇혀 있었다는 반다가 소피를 찾아와서는 얀을 구해 낼 가능성에 대해 희망을 불어넣는 동시에 소피가 도저히 낼 수 없을 것 같은 엄청난 용기를 요하는 일을 해 달라고 요구함으로써 그녀를 공포에 떨게 만들었다.

"당신은 그 짐승 같은 새끼의 집에 머무는 동안 우리를 위해 일해 줘야 해." 반다가 막사 모퉁이에 서서 소피에게 속삭였다. "이게 어떤 기회인지 당신은 잘 모를 거야. 우리는 당신 같은 사람을 이런 상황에 집어넣게 되기를 기다리고 기도하고 있었어. 거기 있는 동안 항상 눈과 귀를 열어 놓고 있어. 들어봐, 소피, 당신이 그곳에서 일어나는 일을 우리에게 알려 줘야 해. 아주 중요한 일이야. 경비병들의 교대 시간, 정책의 변화, 친위대 고위 장교들의 이동 상황 등 어떤 것이라도 값으로 따질 수 없는 귀중한 정보가 될 거야. 수용소의 운영에 관한 어떤 내용이라도 좋아. 그놈들의 더러운 선전 선동에 관한 어떤 소식이라도 좋아. 이 지옥에서 우리에게 남은 거라고는 사기밖에 없어. 라디오, 라디오를 구할 수 있다면 정말 좋겠는데! 당신이 라디오를 구할 가능성은 거의 제로에 가깝지만 어떻게든 하나만 훔쳐 내 준다면, 그래서 우리가 런던 방송을 들을 수만 있다면, 그건 수천 명의 목숨을 살리는 일이 될 거야."

반다는 병이 중했다. 바르샤바에서 얼굴에 입은 그 끔찍한 멍이 사라지지 않고 있었다. 비르케나우 여자 수용소의 상태는 무시무시할 정도로 열악했다. 그녀가 앓아 오던 만성적인 기관지 질환이 악화되었고, 이로 인해 양 볼이 심하게 붉어져 벽돌색 머리카락과 조화를 이루는 것처럼 보였다. 소피는 이 용감하고 결단력 있고 열정적인 여자를 보는 것도 이번이 마지막이 될 것임을 직관적으로 깨닫고는 두려움과 슬픔과 죄책감이 뒤섞인 복잡한 심정이 되었다. "몇 분밖에 더 있을 수가 없어." 반다가 말했다. 그녀가 갑자기 폴란드어를 그만두고 빠르고 시원스러운 회화체 독일어로 소피에게 속삭였다. 근처를 왔다 갔다 하는 역겨운 얼굴의 여자 막사 부책임자가 염탐꾼이나 밀고자처럼 보인다고 말했는데, 그 말이 맞았다. 이윽고 그녀는 소피에게 레벤스보른에 관한 자신의 계획을 설명하면서, 상당히 황당하게 들릴지 몰라도 그것이 얀을 수용소에서 구해 낼 수 있는 유일한 길임을 이해시키려고 노력했다.

반다는 이 일을 성사시키려면 소피가 본능적으로 꺼리는 일을 많이 해야 할 것이라고 말했다. 그녀가 말을 멈추고 고통스럽게 기침을 해 대다가 다시 말을 이었다. "소문으로 당신 소식을 들었을 때 당신을 봐야 한다는 사실을 깨달았어. 우리는 여기서 어떤 일이 일어나는지 다 듣고 있어. 지난 몇 개월 동안에도 당신이 정말 보고 싶었지만, 당신이 새로운 일을 맡게 되었다는 소식을 들으니까 꼭 만나야겠다는 생각이 들더군. 여기 당신을 보러 오려고 나는 모든 위험을 무릅썼어. 잡히면 끝이야! 하지만 이 지옥에서는 위험을 무릅쓰지 않고는 아무것도 얻을 수 없지. 그래, 다시 한번 말해 줄 테니까 내 말을 믿어. 얀은 잘 있어. 예상했던 것보다 더 잘 있는 것 같아. 그래, 한 번이 아니라 울타리 사이로 세 번 봤어. 당신을 속이지 않을게. 그 애는 많이 말랐더라고. 나만큼 말랐어. 어린이 수용소 상황도 열악하기 짝이 없거든. 비르케나우에서는 모든 것이 끔찍한 상황이야. 하지만 내 말 들어 봐. 그들이 애들을 어른들만큼 심하게 굶기지는 않는 것 같아. 왠지는 모르겠지만, 어쩌면 양심상 그럴 수가 없나 보지. 한번은 내가 그 애에게 사과를 몰래 가져다준 적도 있어. 그 애는 건강하게 잘 지내고 있어. 살아남을 거야. 그래, 참지 말고 울어, 소피. 당신이 얼마나 가슴이 찢어질지 알아. 하지만 희망을 버리면 안 돼. 겨울이 오기 전에 그 애를 여기서 빼내야 돼. 레벤스보른이 황당하게 들릴지 몰라도, 실제로 그런 정책이 실시되고 있어. 바르샤바에서도 그런 일이 있었잖아. 리존네 아이 기억 안 나? 그러니 얀을 여기서 빼내려면 그 방법을 시도해 보는 수밖에 없어. 그래, 그 애가 독일로 보내지면 어디 사는지 알 수 없게 될 가능성이 높다는 거 알아. 하지만 적어도 그 애가 건강하게 살아 있을 가능성도 높잖아, 안 그래? 그리고 나중에라도 그 애를 찾아낼 가능성도 있고 말이야. 전쟁이 영원히 계속되지는 않을 테니까.

들어 봐! 모든 것은 당신이 회스와 어떤 관계를 맺느냐에 달렸어. 얀과 당신의 운명뿐만 아니라 우리 모두의 운명이 거기에 달렸다고, 조시아. 이제 그와 한지붕 아래 살게 될 테니, 그를 이용해야 해. 이용하라고! 제발 한 번만 그 가톨릭 신자의 깐깐한 도덕성 좀 잊어버리고, 성적 매력을 이용해 봐. 이런 말 해서 미안하지만, 조시아, 그에게 환상적인 섹스를 한번 맛보게 해 줘 봐. 그러면 당신 하자는 대로 다 할걸. 우리 조직 정보원이 레벤스보른에 대해 정보를 모은 것처럼, 그 인간에 대해서도 정보를 모아 모든 것을 다 알고 있어. 회스는 여체에 대한 욕망이 억눌려 있어서 언제라도 쉽게 무너질 수 있는 사람이야. 그러니까 그 욕망을 이용해 봐! 그를 이용해 보라고! 폴란드 사내애 하나 빼내서 레벤스보른 프로그램에 보내는 건 그에게는 아무것도 아냐. 게다가 제국에도 도움이 되는 일이지. 그리고 회스와 잠을 자는 건 적에게 협조하는 것이 아니라 정탐 활동이야, 제5열[68]이지! 그러니 당신은 그 인간을 최

---

68) 진격해 오는 정규군에 호응해 적국 내에서 각종 모략 활동을 하는 조직

대한 이용하려고 노력해야 돼. 조시아, 이건 하늘이 주신 기회야! 그 집에서 당신이 하는 일은 우리 모두에게, 그리고 폴란드인과 유대인 모두에게 아주 중요한 의미가 있어. 이 수용소에서 일어나는 불행을 중단시킬 수 있는 기회이기도 하지. 그러니 조시아, 제발 부탁이야, 우리를 실망시키지 말아 줘!"

시간이 다 되어 갔다. 반다는 가야 했다. 그녀는 가기 전에 소피에게 마지막으로 몇 마디 더 충고했다. 예를 들면 브로넥에 관한 문제도 있었다. 그녀의 설명은 이랬다. 사령관 집에 들어가면 브로넥이라는 잡역부를 만날 것인데, 그는 사령관사와 수용소 내에 있는 저항 단체와의 중요한 연결 고리 역할을 하고 있다. 겉으로 보면 친위대의 하수인 같지만, 다른 목적을 이루기 위해 그렇게 보이도록 했을 뿐 친위대와 회스에게 아첨하는 끄나풀은 아니다. 그는 회스의 신뢰를 받는 애완동물 같은 폴란드인이고 겉으로 보기에는 비굴할 정도로 굽실거리지만, 그 속에는 애국자의 심장이 뛰고 있고 정신적으로 너무 부담되거나 복잡한 일이 아닌 임무에 대해서는 믿을 만한 사람이라는 것을 이미 입증해 보였다. 사실 그는 사고 과정에 혼란을 일으키게 하는 실험의 대상이 되어 바보가 되었고, 그래서 좀 지각없기는 했지만 영리하고 믿을 만했다. 스스로 일을 시작할 수는 없지만, 시키는 일을 수행하는 능력은 뛰어나, 지하 운동을 위해 기꺼이 도구 역할을 했다. 폴란드여, 영원하기를! 반다는 브로넥이 아주 순종적이고 유순한 충복으로 보

적인 무력 집단 또는 그 집단의 구성 요원.

여서 회스의 의심을 전혀 받지 않기 때문에 지하 운동 조직을 위한 스파이이자 심부름꾼 역할을 해내는 데 적당하다는 것을 소피도 곧 알게 될 것이라고 했다. 그러면서 브로넥을 믿고, 가능하면 브로넥을 이용하라고 했다. 그러고는 눈물을 흘리며 오래도록 소피를 끌어안고 있다가 떠났다. 뒤에 남은 소피는 무력감과 비참함을 느꼈다.

그리하여 소피는 사령관사에서 열흘을 보내게 되었다. 그 기간 중 사건의 절정을 이룬 날은 소피가 세세하게 기억하고 나도 이미 자세하게 묘사한 바 있는 그 흥분과 걱정 근심이 가득했던 바로 그날이었다. 회스를 유혹하려던 섣부른 시도가 역작용을 일으켜 얀을 수용소에서 풀려나게 할 가능성은 사라져 버렸지만, 그래도 그 애를 직접 볼 수 있게 해 주겠다는 씁쓸하면서도 저항할 수 없는 약속을 받아 낸 바로 그날이었다.(물론 이 만남은 너무도 짧을 것이어서 헤어진 후를 견뎌 낼 수 있을지는 의문이었지만 말이다.) 두려움과 부주의로 인해 사령관에게 레벤스보른 이야기를 꺼내지 못했고, 그래서 얀을 수용소에서 빼낼 수 있는 합당한 방법을 제시할 가장 좋은 기회를 잃어버린 날이었다. (그녀는 그날 저녁 지하실로 내려가면서 생각했다. 정신을 차려서 내일 아침에 그녀의 계획을 설명하지 않는다면, 회스가 모자 상봉을 위해 얀을 자신의 다락방 집무실로 데려오게 하겠다고 약속한 내일 아침 그 계획을 설명하지 않는다면 모든 것이 끝이다.) 그날은 또한 기존의 두려움과 고통 외에 참을 수 없을 정도로 무거운 과제와 책임의 부담이 더해진 날이기도 했다. 그로부터 사 년 후 브루클린의 술집에 앉은 소피는 그 엄청난 과제와 책임감 때문에 두려움에 떨게 되어 마침내 일을 그르치게 되었다는 사실과, 여전히 마음을 괴롭히던 수치심과 죄책감에 대해 이야기했다. 이것은 그녀의 가장 어두운 고백 가운데 하나였고, 그녀의 표현을 빌리자면 자신의 '나쁨'을 여실히 보여 주는 예이기도 했다. 나는 이 '나쁨'이 회스를 유혹하고자 했던, 그리고 아버지의 팸플릿을 가지고 그를 조종하려고 했던 서투른 시도에 대한 죄책감 정도로 생각했지만, 그 수준을 훨씬 벗어남을 서서히 깨닫기 시작했다. 절대적인 악이 얼마나 절대적으로 한 인간을 마비시킬 수 있는지 서서히 깨닫기 시작했다. 소피의 실패는 회스뿐만 아니라 어찌 보면 사소하지만 엄청나게 중요한 역할을 할 수 있는 금속과 유리와 플라스틱의 합성물, 반다가 소피는 절대로 훔쳐 낼 수 없으리라고 생각한 라디오와도 관련 있었다. 그녀는 자신에게 찾아온 절호의 기회를 완전히 놓쳐 버린 것이다…….

회스의 다락방 집무실의 대기실 역할을 하는 층계참 아래층에는 사령관의 다섯 자녀 중 중간인 열한 살짜리 에미의 방이 있었다. 소피는 다락방을 오갈 때마다 그곳을 지나쳤고, 방문이 열려 있을 때가 많다는 것을 알았다. 이토록 엄격하게 정리 정돈이 잘된 곳에서 사소한 물건 하나 훔치는 것도 살인만큼이나 상상조차 할 수 없는 일임을 감안하면, 그리 놀라운 일도 아니었다. 소피는 두세 번 정도 걸음을 멈추고 말끔하게 정돈되고 먼지 하나 없이 깨끗한 소녀의 침실을 훔쳐보았다.(아우크스부르크나 뮌스터라면 이 정도 말끔한 것은 그리 대단한 것도 아닐 터였다.) 방 안에는 꽃무늬 이불이 덮인 튼튼해 보이는 싱글 침대, 동물 봉제 인형이 놓인 의자, 은제 트로피, 뻐꾸기시계가 있었다. 벽에는 여러 장의 사진(알프스산 풍경, 행진하는 히틀러 청년단, 바다 풍경, 수영복을 입은 에미, 경주하는 조랑말들, 총통과 '하이니 힘러 아저씨'의 초상화, 미소 지은 엄마, 평복을 입고 미소 짓는 아빠의 사진 등이었다.)을 담은 싸구려 액자가 걸려 있고, 방 한쪽으로는 자질구레한 장신구와 보석을 담은 상자들을 넣어 두는 서랍장이 보였고, 그 옆에 휴대용 라디오가 놓여 있었다. 항상 그녀의 관심을 끈 것은 라디오였다. 정작 라디오가 켜져 있는 것을 보거나 들은 적은 거의 없었는데, 그것은 아래층에 있는 커다란 전축이 밤이고 낮이고 음악을 울려 대기 때문이었다.

한번은 문 앞을 지나가는데 라디오가 켜져 있었다. 슈트라우스의 왈츠를 닮은 꿈결같이 아름답고 현대적인 왈츠가 흘러나왔고, 아나운서는 베이르마흐트(독일군) 방송이라고 소개했다. 빈이나 프라하에서 송출되는 방송인 것 같았다. 맑고 부드러운 현악기 소리가 놀랄 정도로 선명하게 들렸다. 그러나 소피를 매혹한 것은 음악이 아니라 라디오 자체였다. 그 모양과 크기가, 앙증맞고 귀여운 작은 몸체가, 그 놀라운 휴대성이 그녀를 매료시켰다. 소피는 기술의 발전이 이렇게까지 작고 경이로운 물건을 만들어 낼 수 있으리라고는 단 한 번도 생각해 본 적이 없었고, 제3제국에서 갓 태어난 전자공학이 그동안 얼마나 많은 획기적 발명품을 창조해 냈는지를 간과하고 있었다. 라디오는 책 한 권 정도 크기밖에 되지 않았다. 지멘스라는 상표가 라디오 앞판에 음각으로 새겨져 있었다. 겉은 짙은 밤색의 플라스틱 커버로 덮여 있고, 한쪽 모서리 부분에는 안테나가 솟아 나와 있으며, 성인 남자의 손바닥 안에 쉽게 놓일 만큼 작은 밑판에는 전지를 넣는 곳이 있었다. 라디오를 보자 공포와 열망이 한꺼번에 솟구쳤다. 그러고 나서 회스와 결정적인 대면을 한 10월의 그날 황혼 무렵, 눅눅한 지하 숙소로 내려가던 소피는 열린 문틈 사이로 라디오를 보았다. 이제 더 이상 머뭇거리거나 미루지 말고 어떻게든 라디오를 훔쳐야 한다는 생각이 들자 두려움으로 가슴이 철렁 내려앉았다.

그녀는 계단에서 몇 발자국 떨어지지 않은 곳, 복도의 어스름한 그늘 속에 서 있었다. 라디오에서는 부드럽고 감상적인 음악이 흘러나오고 있었다. 위에서는 회스의 부관이 군홧발로 층계참 주변을 쿵쾅거리며 걷는 소리가 들렸다. 회스는 수용소를 돌아보기 위해 관사를 나가고 없었다. 그녀는 힘이 쭉 빠진 상태로 한기와 허기를 느끼며 한동안 거기 서 있었다. 병이 나거나 쓰러질 것만 같았다. 살면서 이렇게 긴 하루는 처음이었다. 그 긴 하루 동안 그녀가 이루고 싶어 하던 모든 것이 비참하게 무산되고 말았다. 아니, 완전히 무산된 것은 아니었다. 적어도 얀을 보게 해 주겠다는 회스의 약속을 받아 냈으니 말이다. 이것은 칠흑 같은 어둠 속에 반짝이는 한줄기 빛과 같았다. 그러나 모든 일을 그렇게 엉망으로 그르치고 말았다는 것은, 그리고 사실상 모든 상황이 사령관사에 들어오기 전의 상황으로 되돌아가고 말았다는 것은, 그래서 지옥과도 같은 수용소 막사에서 또다시 밤을 맞게 되었다는 것은 도저히 받아들일 수도 이해할 수도 없는 일이었다. 그녀는 배가 너무

고파서 현기증과 구역질이 나는 것 같아 눈을 감고 벽에 몸을 기댔다. 그날 아침 바로 그 자리에서 그녀는 무화과를 다 토해 냈다. 그 토사물은 폴란드인 수감자나 친위대 병사가 이미 치웠는데도, 아직도 시큼 달큼한 냄새가 나는 것 같았다. 배고픔 때문에 갑자기 위가 쪼그라들듯이 아팠다. 눈을 감은 채 무심결에 손으로 벽을 더듬어 올라가는데 갑자기 동물의 털이 만져졌다. 덥수룩한 털에 덮인 악마의 눈알을 만진 기분이었다. 그녀는 단말마의 비명을 지르고 숨을 헐떡이며 눈을 떴다. 그녀의 손이 뿔이 난 수사슴의 턱을 스쳐 지나간 것이다. 1938년에 300미터 떨어진 곳에서 총을 쏘아 잡은 것인데, 뒷머리를 정통으로 맞혔다고 했다.(회스가 수용소를 방문한 친위대 고급 장교에게 하는 말을 들었다.) 쾨니히 호수 옆 언덕에서 잡았는데, 베르히테스가덴[69]이 인접해 있어서, 총통이 집에 있었다면(누가 아는가, 어쩌면 있었을지도 모르는 일이다!) 총소리를 들었을지 모른다고도 했다.

미세한 핏발까지 드러나 보이도록 인위적으로 손질된 사슴의 툭 튀어나온 유리 눈알 속에 여위고 지친 소피의 얼굴이 있었다. 그녀는 자신의 모습을 물끄러미 바라보며, 이렇게 지치고 긴장되고 어찌할 줄 모르는 상황에서도 끝까지 정신을 놓지 않아야 한다고 마음을 다잡았다. 에미의 방을 지나다니며 계단을 오르내릴 때마다, 그녀는 나름대로 전략을 세우고 다시 수정하는 일을 반복했고, 그러면서 마음속에서는 두려

69) 독일 남동부 바이에른주에 있는 도시로 히틀러의 별장이 있던 곳.

움과 걱정이 점점 더 커져 갔다. 그녀는 반다의 믿음을 저버리면 안 된다는 생각에 시달렸지만, 일을 수행하기는 너무도 어려웠다! 제일 중요한 문제는 어떻게 하면 의심을 받지 않을 수 있는지였다. 라디오같이 희귀하고 귀중한 물건이 사라지는 것은 엄청나게 중요한 사건이어서 보복과 처벌, 고문, 심지어 죽음까지도 불러올 수 있었다. 자동적으로 집 안에서 일하는 포로들이 의심받게 되어 제일 먼저 수색과 심문과 구타를 당할 것이 분명했다. 심지어 그 통통한 유대인 양복장이들도! 그러나 소피가 부여잡아야 하는 희망이 하나 있었다. 그것은 친위대 군인들의 존재였다. 만일 소피 같은 포로들만 관사 위층에 드나들 수 있었다면, 이런 절도를 저지르는 것은 불가능한 일일 것이다. 자살 행위나 마찬가지일 것이다. 그러나 친위대 군인들이(명령서와 메모, 송장(送狀), 양도 증서 등을 전하는 전령들과 슈투름만(소령), 로텐퓌러(일등병), 운터샤르퓌러(상병) 등 각종 계급의 사병들이) 하루에도 수십 명씩 회스의 집무실을 드나들었다. 그들도 에미의 라디오에 눈독을 들였을 것이고, 개중에 적어도 두세 명은 절도죄를 저지를 수도 있는 사람들이었을 것이다. 어쨌든 라디오가 사라지면 그들도 의심의 대상이 될 것이었다. 포로들보다 훨씬 더 많은 친위대 군인들이 회스의 집무실에 들락거릴 명분이 있었기 때문에, 소피처럼 신뢰를 받는 포로는 즉각적인 의심의 대상이 안 될 수도 있다는 가정이 그녀에게는 설득력 있어 보였다.

이 절도 계획이 성공하기 위해서는 다들 시나리오대로 정확하게 움직여 주어야 했다. 소피는 전날 밤 브로넥과 대강의 동선을 맞춰 놓았다. 우선 그녀가 작업복 속에 라디오를 숨기고 급히 아래층으로 내려가 지하실의 어두운 구석에서 브로넥에게 전해 줄 것이다. 그러면 브로넥은 관사 정문 밖에 숨어서 기다리는 접선책을 찾아 재빨리 라디오를 전해 주어야 했다. 한편 집 안에서는 라디오가 없어진 것을 알고 한바탕 소동이 날 것이다. 제일 먼저 지하실 수색이 있을 것이다. 그러면 브로넥은 수색에 가담해 절뚝거리고 돌아다니며 충고랍시고 이런저런 말을 떠벌리며 협조자의 밉살스러운 열성을 보일 것이다. 분노와 소동 속에서 아무것도 나오지 않을 것이다. 그러는 사이 공포에 떨던 포로들도 서서히 마음을 놓게 될 것이다. 한편 수비대 어딘가에서는 여드름이 한창인 운터샤르퓌러(상병)가 이 무모한 중죄를 저지른 범인이 자기라는 말을 듣고 경악할 것이다. 이렇게 사건은 지하 운동 조직의 작은 승리로 끝날 것이다. 이제 수용소 안 깊은 어둠 속에서는 남녀 조직원들이 귀중한 라디오 주위에 모여 앉아 멀리서 들려오는 희미한 쇼팽의 폴로네즈를 듣기도 하고, 권고와 전쟁의 승전보와 연합군 소식을 들으면서 삶을 다시 찾을 수 있다는 희망을 얻게 될 것이다.

소피는 지금 당장 재빨리 들어가 라디오를 가지고 나오지 않으면, 기회는 영영 다시 오지 않을 것임을 알았다. 그래서 그녀는 가만히 방 안으로 걸어 들어갔다. 심장이 미친 듯이 쿵쾅거렸고, 두려움은 사악한 친구처럼 딱 달라붙어서 떨어질 줄을 몰랐다. 몇 걸음 걸으니 바로 방 안이었다. 이렇게 비틀거리며 방 안으로 들어서면서도 무언가가 잘못됐다는, 전술과 타이밍에 문제가 있다는 느낌이 들었다. 라디오의 서늘한 플라스틱 표면에 손을 얹는 순간, 마치 소리 없는 아우성처럼 방 안을 가득 채우고 있던 재앙에 대한 불길한 예감이 그녀를 엄습했다. 그토록 눈독을 들이던 물건을 만지는 바로 그 순간, 자신이 실수를 했다는 것을 알아차렸고(왜 그 순간 크로케 게임을 망친 것 같은 기분이 들었을까?) 어느 여름인가 아버지가 정원에서 말한 경멸의 말이 떠올랐다. 너는 뭐 하나 제대로 할 줄 아는 게 없구나. 그러나 그녀가 이런 생각을 하는 바로 그 순간 등 뒤에서 다른 목소리가 들렸다. 잠재의식에서 이런 상황을 예상하고 있었는지 쌀쌀맞고 딱딱한 독일어도 별로 놀랍지 않았다. "복도를 오르락내리락할 일이 있을진 몰라도, 이 방에는 볼일이 없을 텐데." 뒤돌아보니 에미가 서 있었다.

에미가 벽장문 앞에 서 있었다. 소피는 그 소녀를 그렇게 가까이서 본 적이 한 번도 없었다. 그 애는 옅은 푸른색의 레이온 팬티를 입고 있었고, 같은 색 브래지어 속에는 열한 살 소녀의 작은 가슴이 봉긋하게 솟아 있었다. 얼굴은 마치 덜 구운 비스킷처럼 놀랄 정도로 새하얗고 둥그랬으며, 금발의 곱슬머리가 이마를 덮고 있었다. 전체적으로 잘생긴 얼굴이면서도 어딘지 모르게 퇴폐적인 느낌이 났다. 코는 꽤나 예쁘장하게 오뚝 솟아 있고, 입과 눈은 마치 인형이나 풍선에 그림을 그려 넣은 것 같았다. 다시 생각해 보니 퇴폐적이라기보다는 진화가 덜 되거나 아직 완성되지 않은 얼굴 같아 보이기도 했다. 소피는 말문이 막힌 채 그 아이를 보며 생각했다. 아버지가 옳았어. 난 뭐 하나 제대로 하는 게 없어. 지금도 주변 상황을 먼저 살펴보아야 했는데. 그녀는 더듬거리며 말문을 열었다. "죄송합니다, 그네디게스 프로일라인(아가씨). 전 단지……." 그러나 에미가 말을 막았다. "변명하려고 하지 마. 넌 라디오를 훔치러 여기 들어왔어. 내가 봤어. 네가 라디오를 들려고 하는 걸 내가 봤다고." 에미의 얼굴에는 표정이 거의 없었다. 어쩌면 표정을 짓는 방법을 모르는 것일 수도 있었다. 그 애는 거의 알몸으로 있으면서도 아주 태연한 태도로 벽장 속으로 천천히 손을 뻗어 흰색의 긴 원피스를 꺼냈다. 그러고는 돌아서서 소피를 바라보며 사무적인 어조로 말했다. "아버지한테 이를 거야. 그러면 넌 처벌받을 거야."

"보려고 했을 뿐이에요!" 소피가 둘러댔다. "맹세해요! 이 방 앞을 많이 지나다녔는데, 이렇게…… 이렇게 작고 귀, 귀여운 라디오는 본 적이 없어서…… 진짜로 나온다는 게 믿어지지가 않았어요. 그래서 한번 보고 싶어서……."

"거짓말하지 마." 에미가 말했다. "넌 라디오를 훔칠 작정이었어. 얼굴 표정이 그랬어. 한번 보기만 하려는 표정이 아니라 훔치려는 표정이었어."

"제 말 좀 믿어 줘요." 소피가 말했다. 울음이 터질 것 같았다. 온몸에 힘이 빠진 듯 나른했고, 다리는 무겁기 짝이 없었다. "가져가려던 게 아니라……." 그러나 그녀는 말을 끝맺지 않고 멈췄다. 이래 봤자 소용없겠다는 생각이 들어서였다. 일을 완전히 망쳐 버린 이상 아무것도 중요하게 느껴지지 않았다. 한 가지 중요한 것이 있다면 다음 날 아들을 보는 일이었는데, 설마 에미가 그 일을 방해할 수 있을까?

"가져가려 했어." 소녀가 고집을 피웠다. "그거 70마르크나 한단 말이야. 가져가서 지하실에서 음악을 들을 수도 있을 테고. 넌 더러운 폴란드인이고, 폴란드 사람들은 다 도둑놈이야. 폴란드 사람들은 집시보다 더 못된 도둑이고 더 더럽다고 엄마가 그랬어." 그 둥근 얼굴을 심하게 찡그려서 코 주위로 주름이 잡혔다. "너한테서 더러운 냄새가 나!"

소피는 눈 안쪽에서 어둠이 몰려오는 것을 느꼈다. 입에서는 신음이 새어 나왔다. 측량할 수 없는 스트레스 때문인지 아니면 배고픔이나 슬픔, 공포 때문인지 아니면 또 다른 무엇 때문인지는 몰라도 적어도 일주일 이상 생리가 지연되고 있었는데(수용소에 들어와서 벌써 두 번이나 이런 일이 있었다.) 갑자기 지금 아랫도리에서 축축하고 따뜻한 분비물이 물컹하고 한꺼번에 쏟아져 나오는 느낌이었고, 동시에 눈앞에는 저항할 수 없는 어둠이 펴졌다. 에미의 얼굴이 달이 이지러지듯 점점 더 흐려졌고, 자신이 나락으로 떨어지는 느낌이었다. 완만한 시간의 파도에 몸을 맡긴 듯 그녀는 정신을 잃은 상태에서 잠시 졸았고, 그러다가 멀리서 들려오는 것 같은 동물의 울부짖음 소리가 점점 더 커지더니 잔인한 포효로 바뀌자 힘없이 눈을 떴다. 잠시나마 그녀는 이 포효가 북극곰이 외치는 소리이고, 자신은 칼날같이 차가운 바람을 맞으며 빙산 위에 떠다니고 있다고 생각했다. 콧구멍이 화끈거렸다.

"일어나." 에미가 말했다. 밀랍처럼 새하얀 얼굴이 아주 가까이 있어서 뺨에 그 아이의 숨결이 느껴졌다. 그제야 소피는 자신이 바닥에 반듯이 누워 있고, 에미가 그녀 곁에 쭈그리고 앉아 암모니아 약병을 그녀의 코 아래에서 흔들고 있는 것을 알아차렸다. 활짝 열린 창문으로 차가운 바람이 들어와 방 안을 가득 채웠다. 짐승이 울부짖는 소리는 수용소의 호각 소리였고, 이제 점점 더 작아졌다. 에미의 무릎 옆에는 녹색 십자가가 그려진 작은 약상자가 놓여 있었다. "기절했어." 에미가 말했다. "움직이지 마. 피가 통할 수 있도록 한동안 머리를 수평으로 놓고 있어. 그리고 코로 숨을 깊이 들이마셔. 차가운 공기가 기운을 내는 데 도움이 될 거야. 한동안 그렇게 가만히 있어." 기억이 되살아나면서 소피는 자신이 중요한 막이 빠진 연극에서 연기를 하는 배우 같다는 생각을 했다. 이 아이가 나치의 소년 돌격대원처럼 그녀를 향해 비난을 퍼부어 댄 것이 불과 일 분 전이 아니었던가?(그보다 더 오래전일 수는 없을 것 같았다.) 지금 천사 같은 동정심은 아니더라도 친절하게 그녀를 돌보는 이 아이가 바로 그 아이일 수 있을까? 그녀의 기절이 부풀어오른 태아 같은 얼굴을 한 이 무서운 아이의 마음속에 억눌려 있던 간호사 같은 충동을 불러일으킨 것일까? 소피는 신음을 내며 몸을 뒤척였다. "가만히 있어야 돼!" 에미가 명령했다. "난 청소년 1급 응급처치 자격증이 있어. 내 말대로 해, 알았어?"

소피는 가만히 누워 있었다. 속옷을 입지 않았는데, 얼마나 옷을 더럽혔는지 알 수 없었다. 작업복 뒤가 축축했다. 이런 상황에 이런 걱정까지 한다는 것이 놀랍기는 했지만, 그녀는 얼룩 하나 없이 깨끗한 에미의 방바닥을 더럽히지나 않았는지 걱정되었다. 아이의 태도 속 무언가가 그녀의 무력감을 증대시켰고, 보살핌과 괴롭힘을 동시에 받는다는 생각이 들게 만들었다. 그녀는 에미가 자기 아버지의 대단히 냉담하고 초연한 목소리를 그대로 닮았다는 것을 깨달았다. 간호사의 부드러움은 온데간데없이 이제 아이는 부산을 떨면서 마구 재잘거렸고(세게 때리는 것이 기절한 환자를 정신 들게 하는 데 도움이 된다고 응급처치 요강에 나와 있다면서, 소피의 뺨을 얼얼할 정도로 세게 때렸다.) 친위대의 영혼과 본질이 유전자에 깊이 박혀 있는 작은 오버슈투름반퓌러(중령) 같아 보였다.

연거푸 손찌검을 당한 소피의 뺨에 만족스럽게 홍조가 돌기 시작하자, 에미는 그녀에게 일어나 침대에 기대앉으라고 명령했다. 명령에 따르던 소피는 갑자기 자신이 바로 그 순간에 그렇게 기절했던 것이 다행이라는 생각이 들었다. 점차 정상 크기로 돌아온 동공을 통해 천장을 바라보던 소피는 에미가 일어서서 그녀를 다정한 표정으로, 아니 적어도 관대하고 호기심에 찬 표정으로 바라보고 있다는 것을 알아차렸다. 소피가 폴란드 사람인 데다가 도둑이라고 몰아붙이던 매서움은 온데간데없었다. 가장 불쌍한 존재를 보살핀다는 생각을 해서 그랬는지, 그녀를 보살피면서 카타르시스를 느낀 것 같았다. 이제 아이는 포동포동하고 얼굴이 둥근 소녀로 돌아와 있었다. 에미가 중얼거렸다. “넌 굉장히 예쁘네. 네가 스웨덴 사람이 틀림없다고 빌헬미네가 그랬어.”

소피가 별다른 의미 없이 달래는 듯한 부드러운 목소리로 말했다. “그런데 원피스에 새겨진 마크는 뭐예요? 굉장히 예쁘네요.”

"수영 선수권 대회 우승자 훈장이야. 난 입문자급에서 우승했어. 여덟 살밖에 안 됐는데. 여기서도 수영 대회가 있으면 좋을 텐데, 없어. 전쟁 때문이야. 여기선 소와강에서 수영을 하는데, 진짜 마음에 안 들어. 완전히 흙탕물이야. 입문자급 대회에서 내가 얼마나 빨랐다고."

"어디에서 대회가 있었는데요?"

"다하우에서. 거기엔 주둔군 자녀들을 위한 멋진 수영장이 있었어. 심지어 수영장 물을 데울 수도 있었지. 하지만 그건 이리로 전출되어 오기 전의 일이야. 다하우가 아우슈비츠보다 훨씬 좋아. 그리고 그곳은 제국 내에 있고. 저기 내 트로피들 좀 봐 봐. 가운데 있는 큰 거 말이야. 제국 청년단장인 발두어 폰시라흐가 직접 준 거야. 내 앨범 보여 줄게."

에미는 경대 서랍에서 사진과 오린 신문 기사 조각으로 가득 차 있는 커다란 앨범을 꺼내 들고 낑낑거리면서 소피에게 오다가 중간에 잠시 발길을 멈추고 라디오를 켰다. 딱딱거리는 소리와 찍찍거리는 귀에 거슬리는 잡음이 방 안을 가득 채웠다. 에미가 다이얼을 조정하자 잡음이 사라지고 대신 승리의 기쁨에 도취된 듯 의기양양한 호른과 트럼펫의 합창이 들려왔다. 헨델풍의 음악이었다. 오싹하는 한기가 등뼈를 타고 내려가는 것이 느껴졌다. "다스 빈 이히.(이게 나야.)" 소녀가 허여멀겋고 피둥피둥한 몸에 수영복을 입고 찍은 자신의 사진들을 가리키며 같은 말을 반복하기 시작했다. 다하우에는 전혀 해가 비치지 않았나? 소피는 나른하고 자포자기한 기분을 느끼며 생각했다. "다스 빈 이히…… 운트 다스 빈 이히." 에미는 엄지

손가락으로 사진들을 꾹꾹 누르며 마치 주문을 외우듯 단조로운 목소리로 '나, 나, 나'를 반복했다. "나, 다이빙도 배우기 시작했어." 에미가 말했다. "여기 봐 봐, 이게 나야."

소피는 더 이상 사진을 보지 않았고(모든 것이 흐릿해져 버렸다.) 대신 활짝 열린 창문 밖으로 보이는 10월의 하늘과 수정 방울처럼 밝게 반짝이는 금성을 바라보았다. 대기의 동요가 느껴지고 주위가 갑자기 밝아진 것 같은 느낌이 드는 것이, 차가운 밤공기의 회전으로 인해 연기가 땅쪽으로 내려올 것임을 알려 주는 것 같았다. 그날 아침 이후 처음으로 소피는 인간의 살이 타는 냄새를(목을 옥죄어 오는 손처럼 피할 길 없는 그 냄새를) 맡았다. 그리스에서 온 나머지 여행자들을 태우고 있는 것이었다. 트럼펫! 승리의 기쁨이 넘치는 시끄러운 찬송가 소리와 호산나, 숫양이 우는 소리, 수태 고지를 표현하는 선율이 라디오에서 쏟아져 나왔다. 이를 듣고 있던 소피는 자신이 맞지 못할, 다가올 수많은 아침에 대해 생각하게 되었다. 그러다가 갑자기 흐느끼기 시작했고, 소리 내어 혼잣말을 했다. "그래도 내일, 얀을 보게 될 거야. 얀을."

"왜 울어?" 에미가 물었다.

"모르겠어요." 소피가 대답했다. 그러고는 이렇게 말하려고 했다. "D 수용소에 아들이 있어서요. 그리고 아가씨의 아버님께서 내일 제가 아들을 볼 수 있게 해 주신대서요. 그 아이도 아가씨와 나이가 비슷할 거예요." 그러나 라디오에서 금관악기의 합창을 방해하며 돌연 아나운서의 목소리가 흘러나와 하려던 말을 하지 못했다. "이시 롱드르!(여기는 런던입니다!)" 은박지에 싸인 듯 멀리서 들려오는 작은 목소리였지만 무슨 말인지 분명히 알아들을 수는 있었다. 프랑스인들을 위한 방송이 분명했는데 카르파티아산맥을 넘다 보니 송신 방향이 잘못됐는지 이 아누스 문디[70]의 한 구석에서도 들을 수 있게 된 듯했다. 앞다투어 굴러 나오는 듯한 말을 들으며 소피는 가슴 속 깊이 숨겨 둔 연인에게 하듯이 누군지 모르는 아나운서를 축복했다. "리탈리 아 데클라레 켄 에타 드 게르 에그지스트 콩트르 알르만뉴…….(이탈리아는 독일과의 전쟁을 선포했습니다…….)" 런던에서 들려오는 아나운서의 목소리에서 은근한 기쁨을 감지할 수 있었던 소피는 본능적으로 이 소식이 제국에는 실질적이고 영속적인 고민거리가 생겼음을 의미한다는(비록 어떻게 혹은 왜 그렇다는 것인지는 설명할 수 없었지만) 사실을 깨달았다.(에미를 올려다보니 그 아이는 프랑스어를 못 알아들은 것이 분명했다.) 이탈리아가 독일과의 동맹을 끊었다는 것이 중요한 것이 아니었다. 그녀는 마치 나치가 결국에는 꼭 망한다는 소식을 들은 것 같은 기분이었다. 다시 아나운서의 말을 들어 보려 하는데 이제는 잡음밖에 들리지 않았다. 그녀는 계속 눈물을 흘렸다. 얀 때문만이 아니라 다른 것 때문에, 주로 자신 때문에 눈물이 났다. 라디오를 훔치지 못해서, 그리고 이제 다시 훔쳐 보려는 용기를 내지 못하리라는 생각에 눈물이 났다. 불과 몇 달 전 바르샤바에서 반다가 너무나도 이기적이고 못됐

70) '세계의 항문'이란 뜻으로 아우슈비츠 수용소를 가리킨다. 나치 장교이자 의사였던 하인츠 틸로가 붙인, 혐오감을 담은 별명이다.

다고 비난한 소피의 모성애와 보호 본능은 가장 잔인한 시험을 받고도 결코 사라지거나 극복되지 않았고, 그래서 지금 그녀는 직무를 제대로 수행하지 못했다는 수치심에 몸을 떨며 눈물을 흘렸다. 그녀는 떨리는 손가락들로 눈을 가렸다. "너무 배가 고파서 우는 거예요." 그녀는 에미에게 이렇게 속삭였고, 이 말은 적어도 부분적으로는 사실이었다. 다시 기절할 것만 같았다.

악취가 점점 더 심해졌다. 어둠이 내린 지평선에 희미한 저녁놀이 걸려 있었다. 에미는 차가운 바람이나 악취가 나는 공기를, 혹은 둘 다를 막으려고 창가로 걸어갔다. 에미를 바라보던 소피의 눈에 벽에 걸린 자수 액자가 들어왔다. 셸락 도료를 바르고 소용돌이 장식을 한 소나무 액자 속에는 독일어 문장이 한껏 멋을 부린 글씨체로 수놓아져 있었다.

하늘에 계시는 아버지께서 죄악과 지옥에서
인간을 구원하셨듯이,
히틀러께선 독일 민족을
파멸에서 구원하신다.

창문이 쾅 소리를 내며 닫혔다. "유대인을 태우는 냄새야." 에미가 소피를 향해 돌아서며 말했다. "너도 알고 있겠군. 집 안에서는 그 이야기를 하는 게 엄격하게 금지되고 있지만, 뭐, 넌 죄수니까. 유대인은 우리 독일 민족 최대의 적이야. 이피게니 언니와 나는 유대인들을 주제로 짧은 노래를 만들었어. 어떻게 시작하냐 하면 '데어 이치히…….'"

소피는 터져 나오는 흐느낌을 억지로 참고 양손으로 눈을 가렸다. "에미, 에미 아가씨……." 그녀가 속삭였다. 눈을 감은 그녀 앞에 에미가 거대한 태아의 모습으로 다하우와 아우슈비츠의 검은 물속을 천천히 헤엄치는 환영이 보였다.

"에미, 에미!" 그녀가 절망적인 어조로 말했다. "왜 이 방 안에 하늘에 계시는 아버지라는 말이 있는 거죠?"

이것이 그녀가 가진 마지막 종교적 단상들 중 하나였다.

그날 밤(사령관사에 머물며 일하는 죄수로서의 마지막 밤) 이후로 소피는 거의 십오 개월을 더 아우슈비츠에서 보냈다. 앞에서 말했듯이 그녀의 침묵 때문에 이 긴 수용소 생활은 내게 공백으로 남아 있었고 지금도 그렇다. 그러나 분명히 말할 수 있는 것 한두 가지는 있다. 그녀는 회스의 집을 나온 후에도 대단히 운이 좋아 번역과 타자 일을 계속할 수 있었고, 따라서 비교적 특혜를 받는 죄수 집단에 계속 남을 수 있었다. 그리하여 비참하고 궁핍한 생활이기는 했지만, 다른 대다수 죄수들처럼 천천히 죽음을 맞는 운명은 피할 수 있었다. 그녀가 신체적으로 최악의 고통을 겪어야 했던 것은 동쪽에서 러시아군이 진격해 들어오고 수용소가 서서히 와해되어 간 마지막 오 개월 동안이었다. 그 후 그녀는 비르케나우 여자 수용소로 옮겨졌고, 거기에서 극심한 굶주림과 병으로 거의 죽음의 문턱까지 갔다.

사령관사를 나온 후 그 긴 세월 동안 소피는 성적 욕구를 느끼거나 그것 때문에 괴로워한 적이 한 번도 없었다. 물론 질병과 쇠약해진 몸 상태 때문에 그랬겠지만(특히 그 끔찍했던 비르케나우에서는 더더욱 그랬다.) 그녀는 심리적 요인도 있다고 확신했다. 사방에 죽음이 널려 있고 죽음의 냄새가 만연한 가운데 성적 본능을 느낀다는 것은 음탕하고 사악한 일로 느껴졌고, 그래서 그나마 남아 있던 욕구도 사라지고 말았으리라는 생각이었다. 적어도 그녀의 경우는 그랬다. 그랬기 때문에 사령관사의 지하실에서 자던 그 마지막 밤 꾸었던 꿈이 한층 더 생생하게 마음속에 각인되었는지도 모르겠다고 했다. 아니면 그 꿈 때문에 그 후로 어떤 욕구도 생기지 않게 되었는지 모르겠다고도 했다. 사람들이 대부분 그렇듯이 소피도 꿈을 세세한 부분까지 생생하게 그토록 오래 기억하는 경우가 드물었다. 그러나 그 꿈은 너무도 격렬하고 노골적으로 관능적이고 두려울 정도로 불경스러워서 기억에 생생하게 남았다. 그래서 오랜 세월이 흐른 후에도(세월이 흐름에 따라 자연스럽게 농담조를 띠게 되기까지 했다.) 그녀는 최악의 건강 상태와 정신적 고뇌는 그만두고라도 바로 이 꿈 때문에 섹스에 대한 생각을 감히 함부로 할 수 없게 되었다고 생각했다.

에미의 방을 나온 소피는 아래층 지하실로 내려가 자신의 초라한 침상 위로 푹 쓰러졌다. 그러고는 마침내 아들을 보게 되었다는 생각을 잠시 하다가 곧바로 잠에 빠져들었다. 그리고 곧 그녀는 해변을 따라 혼자 걷고 있었다. 꿈속에서 흔히 그렇듯이 낯익어 보이기도 하고 낯설어 보이기도 하는 해변이었다. 발트해의 모래밭이었는데, 무엇 때문인지 그녀는 그곳이

슐레스비히홀슈타인 해변이라고 믿었다. 그녀의 오른쪽으로는 바람이 세차게 부는 얕은 키엘만이 있고 그 위에는 돛단배 몇 척이 떠 있었다. 저 멀리 덴마크의 황량한 해변을 향해 북쪽으로 걷고 있는 그녀의 왼편에는 모래언덕들이 있었고, 그 뒤로는 정오의 햇빛을 받고 서 있는 소나무와 상록수로 이루어진 숲이 있었다. 그녀는 옷을 입고 있었지만, 마치 매혹적인 투명 옷을 입은 듯 알몸인 것처럼 느껴졌다. 그녀는 투명 스커트가 살랑이는 대로 탐스러운 엉덩이를 흔들며 아주 당당하고 도발적으로 걸었고, 파라솔 아래 누워 있는 해수욕객들의 눈길을 끈다는 것을 의식했다. 해수욕객들을 뒤로한 채 이윽고 풀이 자라는 좁은 길과 해변이 만나는 곳에 이르렀고, 그녀는 이곳을 지나 계속 걸어갔다. 뒤에서 한 남자가 그녀를 따라오고 있었고, 그의 시선은 관능적으로 흔들리는 그녀의 엉덩이에 고정되어 있었다. 이제 남자는 그녀를 따라잡아 나란히 걸으면서 그녀를 바라보았고, 그녀도 그를 바라보았다. 낯선 얼굴이었다. 쾌활한 중년의 독일 남자처럼 생겼고 매력적이었다. 아니, 매력적이라는 말이 부족할 정도로 매력적이어서 그녀는 자신의 몸이 욕망으로 달아오르는 것을 느꼈다. 그런데 이 남자는 누구일까? 그가 누구일까 골몰하던("구텐 탁.(안녕하세요.)"이라고 속삭이는 목소리가 아주 익숙하게 들렸다.) 그녀는 갑자기 그가 유명한 가수라는 사실을, 베를린 오페라단의 헬덴테노어(주인공 테너)라는 사실을 기억해 냈다. 그는 하얀 이를 드러내며 미소를 지어 보이면서 그녀의 엉덩이를 부드럽게 쓰다듬더니 무슨 말인지 모르겠지만 굉장히 음란한 말을 몇 마디 속삭이고는 곧 사라졌다. 따뜻한 바닷바람 냄새가 그녀의 코끝을 간질였다.

그녀는 바다를 내려다보는 모래언덕 위에 있는 예배당 문 앞에 서 있었다. 그 남자의 모습이 보이지는 않았지만 근처 어딘가에 있다는 것을 느낄 수 있었다. 예배당은 복도 양편으로 나무 의자들이 줄지어 서 있고 햇빛이 따사롭게 들어오는 소박한 곳이었다. 제대 위에는 소나무를 그대로 깎아 만든 아무런 장식도 칠도 되지 않은 십자가가 걸려 있고, 그녀는 욕망에 들뜬 상태로 십자가를 보며 서 있었다. 그녀는 킥킥 웃음을 터뜨렸다. 왜 그 작은 예배당 안에 「슐라게 도흐, 게뷘슈테 슈툰데(원하는 시간에 울려라)」라는 비극적 칸타타가 비탄에 젖은 알토로 울려 퍼지는 이때에 그녀는 킥킥 웃고 있는 것일까? 그녀는 이제 아무것도 걸치지 않은 알몸으로 제대 앞에 서 있었다. 멀리서 또 가까이서 부드럽게 쏟아지는 음악이 그녀를 축복처럼 감쌌다. 그녀는 다시 킥킥 웃었다. 해변에서 본 남자가 다시 나타났다. 그도 알몸이었다. 아직도 그의 이름이 떠오르지 않았다. 이제 그는 미소를 짓고 있지 않았다. 그녀를 무시무시하게 노려보고 있었고, 그의 얼굴에 나타난 이런 위협의 표정이 그녀를 흥분시켰다. 그가 엄격한 목소리로 아래를 보라고 명령했다. 그의 성기가 굵고 단단하게 서 있었다. 그는 그녀에게 무릎을 꿇고 그것을 빨라고 명령했다. 그녀는 미칠 것 같은 흥분에 사로잡혀 그가 하라는 대로 했다. 입술로 포피를 잡아당기자 검푸른 귀두가 나타났고, 너무 커서 한입에 다 들어갈 것 같지 않았다. 그러나 그가 하라는 대로 성기를 빨면서 숨이 막힐 것 같은 흥분을 느꼈고, 한편 죽음과 시간을 표현하는 바흐의 곡 때문에 온몸에 전율이 흘렀다. 슐라게 도흐, 게뷘슈테 슈툰데! 그가 그녀를 밀어내더니 뒤로 돌아 제대 앞 피골이 상접한 몰골로 십자가에 매달린 그리스도의 형상이 있는 휘장 아래에 무릎을 꿇고 엎드리라고 명령했다. 그녀는 그의 명령대로 뒤로 돌아 마치 네발짐승처럼 손과 무릎을 바닥에 대고 엎드렸다. 발소리가 요란한 바닥에서 연기 냄새가 났다. 털이 덥수룩하게 난 그의 배와 사타구니가 탄력 있는 그녀의 엉덩이 사이로 헤집고 들어왔다. 화가 나 발딱 서 있는 성기가 그녀의 음부 속에 깊숙이 박혀 앞뒤로 흔들어 대는 동안 그녀는 환희에 찬 비명을 질렀다.

그로부터 몇 시간이 지나 브로넥이 음식 찌꺼기가 든 들통을 들고 와 그녀를 깨운 후에도 그 꿈은 여전히 마음에서 사라지지 않았다. 그가 말했다. "어젯밤에 당신을 기다렸는데 안 오더군. 기다릴 수 있을 만큼 기다렸는데, 너무 늦어서 정문에서 기다리던 접선책도 그냥 가야 했어. 라디오는 어떻게 됐어?" 그가 낮은 목소리로 말했다. 다른 사람들은 아직 자고 있었다.

망할 놈의 꿈! 그녀는 여러 시간이 흘렀는데도 그 꿈을 마음에서 털어 버릴 수 없었다. 그녀는 지칠 대로 지친 표정으로 고개를 흔들었다. 브로넥이 같은 질문을 반복했다.

"나 좀 도와줘요, 브로넥." 그녀가 멍한 표정으로 땅딸막한 남자를 올려다보며 말했다.

"왜 그래?"

"누군가를 봤어요……. 너무 끔찍해." 말하는 그녀 자신도 무슨 말인지 알 수 없었다. "내 말은, 아아, 너무 배가 고파요."

"그럼 이걸 좀 먹어. 토끼 고기 스튜 남은 거야. 고기도 많이 들어 있어."

스튜는 미끄럽고 차갑게 식어서 기름이 굳어 있었지만, 소피는 옆의 침상에서 자고 있는 로테의 가슴이 고르게 오르락내리락하는 것을 지켜보며 게걸스럽게 먹어 댔다. 그렇게 먹는 사이에 잡역부에게 자신이 사령관사를 떠나게 되었다는 소식을 들려주었다. "아, 정말, 어제부터 얼마나 배가 고팠는지 몰라요. 고마워요, 브로넥."

"기다렸어. 어떻게 된 거야?"

"그 애 방문이 잠겨 있었어요." 그녀가 거짓말을 했다. "들어가려고 했는데 문이 잠겨 있었어요."

"그리고 오늘 막사로 되돌아간다는 말이군. 소피, 당신이 보고 싶을 거야."

"나도 그럴 거예요, 브로넥."

"어쩌면 아직 기회가 있을지도 몰라. 당신이 다락방으로 다시 올라갈 때 라디오를 가져올 수도 있잖겠어? 그러면 내가 받아서 숨겨 뒀다가 오늘 오후에 전해 주면 되고."

왜 이 얼간이는 포기를 모를까? 이제 라디오는 물 건너갔다, 완전히! 예전 같으면 쉽게 의심의 대상에서 벗어날 수 있을지 모르겠지만 지금은 아니었다. 만일 오늘 라디오가 없어진다면 그 맹랑한 아이가 어젯밤 일을 떠벌려 댈 것이 분명했다. 이제 라디오는 제자리에 가만히 있어야 했다. 특히 얀을 만나기로 되어 있는 오늘 같은 날에는 라디오에 무슨 문제가 생기면 안 되었다. 상상도 할 수 없을 정도로 불안에 떨면서도 이 상봉을 얼마나 고대해 왔는가 말이다. 그래서 그녀는 또다시 거짓말을 했다. "이제 라디오는 포기해야 해요, 브로넥. 가지고 나올 방법이 없어요. 그 어린애가 항상 문을 잠그고 다녀요."

"알았어, 소피. 하지만 무슨 일이 생기면…… 혹시라도 라디오를 가지고 나오게 되면, 재빨리 나한테 건네줘야 해. 여기 지하실에서 말이야." 그는 낄낄 헛웃음을 웃었다. "루디는 절대로 나를 의심하지 않을 거야. 내가 자기 손바닥 안에 있다고 생각하거든. 내가 정신적으로 모자란다고 생각하고." 그러고는 어스름한 새벽빛 속에서 부서진 이가 가득한 입을 벌리고 묘한 미소를 지어 보였다.

소피는 확신까지는 아니었지만 예지력을 믿었고, 심지어 미래에 대한 투시력까지도 있다고 믿었다.(실제로 그녀는 앞으로 일어날 일을 감지하거나 예견한 적이 몇 번 있었다.) 그런 능력을 초자연적 존재와 연결시키지는 않았지만 말이다. 사실 그녀는 자꾸만 예지력에 의존하려고 했고, 나는 그런 생각을 하지 못하게 하려고 설득하곤 했다. 우리는 그런 놀라운 직관력의 순간도 완벽하게 자연적인 '단서'(이를테면 기억 속에 묻혀 있던 상황이라든지 잠재의식 속에 잠복해 있는 상황)에서 나온다는 것을 믿게 되었다. 그녀가 꾼 꿈만 하더라도 그렇다. 꿈속에서 섹스를 하던 상대가 결국에는 발터 뒤르펠트라는 결론에 도달하게 되었고 육 년 만에 처음으로 그를 보게 되기 전날 밤 그의 꿈을 꿨다는 사실에 대해서는 초자연적 예지력에 근거한 설명 말고는 달리 설명할 방도가 없어 보인다. 사실 크라쿠프에서 그녀의 마음을 단숨에 사로잡은 매력적이고 점잖은 방문객이, 그 후로 오랜 세월 동안 한 번도 생각한 적이 없고 이름을 들은 적도 없던 그 남자가, 그런 꿈을 꾼 지 불과 몇 시간 후에 그것도 꿈에서 본 것과 똑같은 얼굴, 똑같은 목소리를 가지고 그녀 앞에 나타났다는 것은 논리적인 설명을 벗어나 초자연적 범주에 속하는 일로 보인다.

하지만 정말로 이름조차 한 번도 들어 본 적이 없었던가? 나중에 과거의 기억을 정리하던 그녀는 그 이름이 불리는 것을 들은 적이 있다는 것을, 그것도 꽤 여러 번 있다는 것을 깨닫게 되었다. 루돌프 회스가 부관인 셰플러에게 부나 공장 뒤르펠트 씨에게 전화를 걸라고 말하는 것은 자주 들었지만, 전화를 받는 사람이 오래전 그녀의 마음을 사로잡았던 그 사람이라는 사실은 생각도 하지 못했다.(잠재의식 속에서는 했는지 모르겠지만 말이다.) 그런 일이 족히 열 번은 넘었다. 회스는 매일같이 뒤르펠트라는 사람과 전화 통화를 했다. 그뿐만 아니라 그녀가 가끔씩 훑어보았던 회스의 보고서나 메모에도 같은 이름이 자주 등장했다. 그러므로 이런 단서들을 종합해 분석해 보면, 발터 뒤르펠트가 그녀의 섬뜩하고 쾌락적인 리베슈트라움(사랑의 꿈)에 주인공으로 등장한 이유를 이해하기가 그리 어렵지 않다. 또한 그 꿈속의 연인이 그렇게 쉽게 악마로 돌변한 이유를 이해하는 것도 그렇게 어렵지 않다.

그날 아침 그녀가 회스의 집무실 밖 대기실에서 들은 목소리는 꿈속에서 만난 남자의 목소리와 똑같았다. 그녀는 당장이라도 문을 박차고 들어가 아들을 끌어안고 싶었지만, 지난 열흘간 그랬듯 바로 집무실로 들어가지는 못했다. 그녀의 지위가 바뀐 것을 아는 듯 회스의 부관인 셰플러가 퉁명스러운 목소리로 그녀에게 밖에 서서 기다리라고 명령했기 때문이다. 그때 갑자기 뭐라 말로 표현할 수는 없지만 이상한 의심이 생겼다. 회스가 얀을 만나게 해 주겠다고 약속은 했지만, 정말로 얀이 저 방 안에 있단 말인가? 회스와 그녀의 꿈속에 나타난 남자와 똑같은 목소리를 가진 남자가 큰 소리로 나누는 이상한 대화를 들으면서? 그녀는 셰플러의 냉담한 눈길을 의식하며 불안에 떨면서 몸을 꼼지락거렸다. 그의 냉담한 태도로 보아 그는 그녀가 특권을 잃고 다시 평범한 죄수가 되었다는 것을, 낮은 자 중의 낮은 자가 되었다는 것을 아는 것이 분명했다. 그는 비웃는 듯한 표정이었고, 그녀에게 적대감을 가진 것 같았다. 그녀는 벽을 장식한 괴벨스의 초상화에 눈을 고정시키고 있었다. 그런데 그때 이상한 그림이 떠올랐다. 얀이 회스와 다른 남자 사이에 서서 한 번은 사령관을 올려다보고 또 한 번은 당혹스러울 정도로 익숙한 목소리를 가진 낯선 남자를 올려다보는 모습이 상상되었다. 갑자기 오르간의 베이스 파이프에서 나오는 화음처럼 과거로부터 울려 나오는 소리가 들렸다. **위대한 음악가들의 무덤을 다 찾아가 볼 수도 있겠군요.** 그녀는 깜짝 놀라 숨을 헐떡였고, 이 소리에 부관도 깜짝 놀랐다. 얼굴을 맞은 듯이 그녀의 고개가 뒤로 젖혀졌다. 그녀는 다시 고개를 바로 하며 그 목소리의 주인공 이름을 가만히 되뇌었다. 일순간 10월의 그날과 몇 년 전 크라쿠프에서의 오후가 분간할 수 없을 정도로 함께 섞여 버렸다.

"루디, 당신이 상급자들에게 책임이 있는 거 알아요." 발터 뒤르펠트가 말했다. "그리고 나는 당신이 직면한 문제를 결코 가볍게 생각하지 않아요! 하지만 나도 책임이 있는 사람이고, 따라서 이 문제를 해결할 방법이 없는 것 같군요. 당신에게는 당신을 감시하는 상급자들이 있고, 내게는 주주들이 있어요. 나는 주주라는 기업의 권력 계급에게 책임이 있고, 그들은 지금 한 가지만을 끈질기게 요구하죠. 미리 결정된 생산율을 유지하기 위해 더 많은 유대인을 확보해야 한다고 말이에요. 부나에서뿐만 아니라 내 광산에서도 말이오. 그 석탄을 캐내야 하거든! 지금까지는 그래도 괜찮았어요. 심각하게 뒤처지지는 않았으니까. 하지만 요즘 나온 예상 통계 수치나 공식을 보면⋯⋯ 불길해요, 아주. 나한테는 더 많은 유대인이 필요해요!"

회스의 목소리는 처음에는 잘 들리지 않을 정도로 작았지만 곧 커져서 그 대답을 분명하게 알아들을 수 있었다. "제국 총통께 이 문제에 대해 결정을 내리라고 강요할 순 없소. 그건 당신도 잘 알 거요. 지침을 요구하거나 제안을 할 수는 있지만, 어떻게 하라고 강요를 할 수는 없어요. 게다가 그분은 어떤 이유에선지는 몰라도 이 유대인 문제에 대해서는 결론을 잘 내리지 못하시는 것 같거든."

"그리고 물론 당신의 개인적인 생각은⋯⋯."

"내 개인적인 생각은 정말로 건장한 유대인들만 뽑아서 부나와 파르벤 광산 같은 곳에서 일을 시켜야 한다는 거요. 골골거리는 인간들은 비용만 많이 들고 부담만 되거든. 하지만 이곳에서 내 개인적인 생각은 아무런 가치가 없소. 상부의 결정을 기다려야 해요."

"힘러를 졸라서 결정을 내리게 할 순 없겠소?" 뒤르펠트가 다소 신경질적인 어조로 물었다. "당신 친구이기도 하다니 어쩌면……." 그러나 곧 말을 멈췄다.

"말했듯이 난 제안만 할 수 있을 뿐이오." 회스가 대답했다. "그리고 내가 어떤 제안을 해 왔는지는 당신도 알 거라고 생각하는데. 발터, 당신 입장을 모르는 바 아니오. 그리고 당신이 나와 의견이 같지 않다고 해서 기분이 나쁘지도 않고. 당신은 어떤 대가를 치러도 좋으니 노동력을 더 확보했으면 좋겠다는 입장 아니오. 골골대며 죽을 날만 기다리는 늙은이라도 일정 열량의 에너지를 생산할 수는 있을 테니까."

"바로 그거요!" 뒤르펠트가 끼어들었다. "그게 내가 바라는 전부요. 그러니 딱 육 주간만 시험 기간을 둬 봅시다. 현재 그 프로그램의 대상이 되는 유대인들이 어떤 쓸모가 있는지 알아보게 말이오. 그게 뭐였더라……." 그가 말끝을 흐렸다.

"특별 작전이오." 회스가 말했다. "근데 그게 그렇게 쉽지가 않아요. 제국 총통은 한편으로는 아이히만에게, 다른 한편으로는 폴과 마우러에게 압력을 받고 있어요. 안보와 노동력 확보라는 문제가 충돌을 빚고 있는 거지요. 아이히만은 안보상의 이유로 모든 유대인이 특별 작전의 대상이 되기를 바라요. 개개인의 나이나 건강 상태 같은 걸 따질 것 없이 전부 다 말이오. 건강 상태가 완벽한 유대인 레슬러가 있다고 해도 살려 두지 않을걸요. 비르케나우 시설은 이런 정책을 실시하기 위해 만들어졌어요. 하지만 그다음에 어떤 일이 벌어졌는지 봐요! 제국 총통은 당신네 부나 공장뿐만 아니라 이 사령부가 노동력을 공급하는 모든 광산과 군수품 공장에서 필요한 노동력 수요를 맞추기 위해 '모든 유대인에 대한 특별 작전'의 원래 명령을 수정해야 했소. 그 결과는 분열이죠. 중간에서 완전히 갈라졌어요. 분열…… 그게 무슨 단어였더라? 새로 나온 심리학적 표현인데, 그 왜……."

"디 스키조프레니(정신분열증)."

"그래, 맞아요. 그리고 빈에 사는 그 정신과 의사, 그 사람 이름이 생각 안 나네……."

"지크문트 프로이트."

한동안 둘 다 아무 말이 없었다. 이 짧은 휴지기 동안 소피는 거의 숨도 쉬지 않고 얀의 모습을 상상하고 있었다. 상상 속에서 아이는 들창코 아래 입을 약간 벌리고 푸른 눈으로 사령관(불안한 일이 있을 때마다 흔히 그랬듯이 집무실 안을 서성이는)을 쳐다보다가 이윽고 바리톤 목소리를 가진 남자 쪽으로 눈길을 돌렸다. 그 남자는 이젠 그녀의 꿈속에 나타난 악마 같은 습격자가 아니었고 예전에 만나 라이프치히와 함부르크, 바이로이트, 본에 데려가 주겠다고 약속한 방문객이었다. 아주 젊어 보이는군요! 그 목소리가 속삭였더랬다. 거의 소녀로 보이는군요! 그리고 이런 말도 했다. 나는 가정적인 사람이오. 그녀는 얀의 모습을 그려 보는 데 너무 열중해 있었고, 곧 있을 만남에 대한 기대로 거의 숨을 쉴 수 없을 정도로 흥분해 있었기 때문에(나중에 그녀는 숨을 쉬기도 어려웠다고 회상했다.) 발터 뒤르펠트가 지금은 어떤 모습일지에 대한 호기심은 그녀의 마음속에 잠시 등장했다가 곧 사라져 버렸다. 그러나 그의 목소리에서 느껴지는 무언가가(서두르면서도 단호함이 느껴지는 무언가가) 그녀가 곧 그를 만나게 될 것임을 말해 주는 것 같았고, 그가 사령관에게 한 마지막 말은(그 어조와 뜻과 뉘앙스는) 레코드판의 홈에 새겨진 결코 지울 수 없는 글씨처럼 그녀의 기억에 각인되었다.

그의 목소리에서 웃음기가 느껴졌다. 그는 이제까지 둘 다 입 밖에 내지 않던 단어를 내뱉었다. "어떻게 됐든 그들은 결국 죽을 거라는 걸 당신도 알고 나도 알잖소. 좋아요, 오늘은 이만합시다. 유대인들 때문에 우리 모두 정신분열증이 생기겠군. 특히 내가 말이오. 생산에 차질이 빚어지면 내가 이사들 앞에 가서 아파서 그랬다고, 정신분열증 때문에 그랬다고 변명할 수 있을 것 같아요? 말도 안 되지!" 밖에서는 잘 들리지 않았지만 회스가 뭐라고 말한 것 같았고, 뒤르펠트는 내일 다시 만나 이야기하자고 쾌활한 어조로 대답했다. 몇 초 후 뒤르펠트는 대기실에서 소피를 스쳐 지나가면서도 그녀를, 더러운 죄수복을 입고 있는 창백한 폴란드 여자를 알아보지 못했다. 그러나 스쳐 지나가면서 우연히 그녀와 몸이 닿자 본능적인 정중함으로, 그리고 그녀가 기억하는 크라쿠프에서의 그 세련된 신사의 어조로 "비테!(죄송합니다!)"라고 말했다. 그러나 그의 모습은 과거의 낭만적이고 멋진 모습이 아니었고, 완전히 한물간 모습이었다. 얼굴과 목은 부은 듯 살이 붙어 있었고, 몸통은 돼지처럼 살이 쪘으며, 셰플러가 공손히 전해 준 중절모를 받아 쓰는 모습을 보니 육 년 전 그녀를 흥분시킨 손질이 잘된 이국적인 손톱들은 탱탱한 소시지 토막처럼 변해 있었다.

"그러면 얀은 어떻게 된 거예요?" 내가 소피에게 물었다. 이번에는 알고 넘어가야 한다는 생각이 들었다. 그녀가 들려준 모든 이야기 중에서 결론을 알 수 없는 얀의 운명이 나를 가장 괴롭히고 있었다.(그녀가 아무렇지도 않은 듯 냉담한 어조로 들려준 에바의 죽음에 대한 이야기는 나도 받아들인 다음에 의식의 저편으로 밀어 버렸던 것 같다.) 그녀는 아주 끈질기게도 이 부분에 대해서는 건들면 너무도 고통스러운 듯 조심스럽게 피해 가려고 했다. 나 자신이 참을성이 없다는 것이 좀 부끄러웠고, 그녀의 기억 중에서도 거미줄처럼 약한 부분에 침입하는 것이 싫었지만, 나는 그녀가 비밀을 털어놓으려 하는 찰나임을 직관적으로 알았고, 그래서 가능한 한 조심스러운 목소리로 그녀에게 이야기를 계속하라고 부추겼다. 일요일 밤 늦은 시각(해변에서의 자살 소동이 있은 후 여러 시간이 흘렀다.)이었고, 우리는 메이플 코트에 앉아 있었다. 자정이 가까운 시각이었고, 지나치게 무더운 안식일의 끝자락이어서 그런지 동굴 같은 바 안에 손님이라곤 우리 둘밖에 없는 것 같았다. 소피는 정신이 멀쩡했다. 둘 다 세븐업을 마시고 있었다. 오랫동안 거의 쉬지 않고 말하던 그녀가 말을 멈추고 손목시계를 보더니 이제 분홍 궁전으로 돌아가 자야 할 시간이라고 말했다. "짐을 새 거처로 옮겨야 해요, 스팅고. 내일 아침에 짐을 옮기고, 그러고 나서 블랙스톡 박사님 사무실로 출근해야 해요. 몽 디외(맙소사), 내가 직장 여성이라는 걸 자꾸만 잊게 되네요." 그녀는 일그러지고 지친 표정으로 번쩍이는 작은 보물, 네이선이 준 손목시계를 물끄러미 내려다보고 있었다. 네 군데 숫자판에 작은 다이아몬드가 박혀 있는 오메가 금시계였다. 가격이 얼마나 할지 상상하기도 싫었다. 내 마음을 읽기라도 한 듯 소피가 말했다. "네이선한테서 받은 이런 비싼 물건들을 계속 가지고 있으면 안 되겠죠." 새로운 슬픔이 그녀의 목소리에 깃들어 있었다. 수용소 생활을 회상할 때와는 다른, 좀 더 절박한 어조였다. "버리든지 어떻게 해야 할 것 같아요. 다시는 그를 보지 않을 테니까."

"가지고 있으면 왜 안 되나요? 그가 선물로 준 것들이잖아요. 그냥 가지고 있어요!"

"그러면 하루 종일 그 남자 생각만 하게요." 그녀가 지친 목소리로 대답했다. "아직도 그를 사랑해요."

"그러면 팔아 버려요." 내가 약간 언짢은 어투로 말했다. "그가 알아도 할 말 없을 거예요. 전당포에 갖다줘요."

"그렇게 말하지 말아요, 스팅고." 그녀가 전혀 화난 기색 없이 말했다. 그리고 이렇게 덧붙였다. "언젠가는 당신도 사랑을 한다는 게 어떤 건지 알게 될 거예요." 지루하기 짝이 없는 슬라브인 같으니라고.

우리는 한동안 말없이 앉아 있었다. 나는 그녀의 마지막 말에 드러난 그 지극한 무심함(지루함은 그만두고라도 말이다.)에 대해, 자기 말을 듣고 있는 사람이 자기를 짝사랑해 번민하고 있다는 사실을 알아차리지 못하는 둔감함과 무관심에 대해 생각했다. 침묵 속에서 나는 내 터무니없는 사랑의 힘으로 그녀를 저주했다. 그러다가 갑자기 정신이 들어 현실 세계로 돌아왔다. 나는 폴란드가 아니라 브루클린에 있었다. 내 마음속에는 소피에 대한 번민 외에도 막연한 불안감이 크게 자리하고 있었다. 마음을 갈가리 찢어 내는 듯한 불안과 걱정이 나를 따라다니며 괴롭히기 시작했다. 소피의 이야기에 너무 몰두해 있다 보니, 어제 도둑을 맞아 거의 무일푼이 되어 버렸다는 냉혹한 현실을 까맣게 잊고 있었다. 이러한 현실과 소피도 곧 분홍 궁전을 떠나리라는 사실 그리고 그렇게 되면 완성되지 않은 소설 원고 뭉치들과 함께 나 혼자 남아 돈 한 푼 없는 상태로 비틀거리며 플랫부시를 돌아다니게 되리라는 추측이 한데 뒤섞여 절망감이 들었고 가슴이 칼에 찔린 듯 아팠다. 소피와 네이선 없이 맞을 외로움이 너무도 두려웠다. 돈이 없다는 사실보다 훨씬 더 두려웠다.

나는 마음은 괴롭지만 겉으로는 아무렇지도 않은 척하면서 생각에 잠긴 듯한 소피의 우울한 얼굴을 바라보았다. 그녀는 내게 너무나도 익숙해져 버린 생각하는 포즈를, 양손을 둥그렇게 구부려 눈을 살짝 가린 포즈를 취하고 있었는데, 여러 가지 감정이 복잡하게 얽혀 있는 듯한 표정이었다.(지금 그녀는 무슨 생각을 하고 있을지 궁금했다.) 당혹감, 놀라움, 되살아난 공포, 슬픔, 분노, 증오, 상실감, 사랑, 체념, 이 모든 것들이 내가 지켜보는 그 순간에도 마구 뒤엉킨 상태로 그녀의 마음을 장악하고 있는 것 같았다. 그러고는 그런 감정들이 한꺼번에 사라져 버린 것 같았다. 그러자 그녀는 내게 들려주던 연대기적 이야기를, 결론에 거의 도달한 상태에서 중단되어 버린 이야기를 끝맺어야 한다는 사실을 깨달은 것 같았다. 저녁 내내 과거를 풀어내게 한 추진력이 아직 줄어들지 않았고, 많이 지쳐 있기는 했지만 그 끔찍하고 상상도 할 수 없는 기억의 단편들을 다 긁어모아 털어놓겠다는 충동을 느끼는 것 같아 보였다.

그런데도 그녀는 무엇 때문인지 바로 본론으로 들어가 아들에게 일어난 일을 털어놓지 못했다. 내가 다시 한번 "그래서 얀은요?"라고 물었을 때에도 잠시 공상에 빠진 듯한 얼굴로 다른 이야기를 하기 시작했다. "내가 한 일이 정말 부끄러워요, 스팅고. 바다로 헤엄쳐 들어간 일 말이에요. 당신을 그렇게 위험에 빠뜨리다니, 내가 정말 못된 짓을 했어요. 정말 나빴어요. 용서해 줘요, 스팅고. 솔직히 말해서 전쟁 후로 자살을 생각해 본 적이 많았어요. 정기적으로 어떤 리듬을 타고 그런 생각이 드는 것 같아요. 전쟁 직후 스웨덴에 있는 강제 추방자를 위한 구호 센터에 있을 때에도 자살하려고 했어요. 예배당에 관한 꿈 얘기에서 눈치챘을지 모르겠지만, 난 르 블라스펨(신성 모독)에 집착했어요. 센터 밖에 작은 교회가 있었는데, 가톨릭 교회는 아니고 루터파 교회인 것 같았어요. 아무래도 상관없었지만요. 내가 이 교회 안에서 자살을 하면, 르 플뤼 그랑 블라스펨(가장 심한 신성 모독), 최고의 신성 모독죄를

범하게 된다는 생각이 들었어요. 그러고 싶었어요. 아우슈비츠 이후로 난 하느님을, 하느님이 존재한다는 사실을 믿지 않았어요. 하느님이 내게서 등을 돌렸다. 자주 이렇게 혼잣말을 했죠. 그랬기 때문에 내가 하느님을 엄청나게 증오한다는 걸 보여 주기 위해 생각해 낼 수 있는 최고의 신성 모독죄를 저지를 생각이었어요. 바로 하느님의 교회에서, 그 신성한 곳에서 자살하는 거였죠. 그때 나는 아주 약해져 있고 심하게 앓고 있었는데, 얼마 후 기운이 좀 나더군요. 어느 날 밤에 계획을 실행에 옮기기로 결심했어요.

그래서 머물고 있던 병원에서 구한 아주 날카로운 유리 조각을 몰래 숨겨 가지고 센터 정문 밖으로 나갔어요. 하나도 어렵지 않은 일이었어요. 교회는 굉장히 가까운 곳에 있었고요. 센터엔 경비원이나 보초도 없었어요. 그래서 아무 어려움 없이 저녁 늦게 센터를 빠져나가 교회에 다다랐죠. 교회 안에는 불빛이 밝혀져 있었어요. 나는 유리 조각을 들고 오래도록 뒷좌석에 앉아 있었어요. 여름철이었는데, 스웨덴에서는 여름철엔 밤에도 해가 지지 않아요. 서늘하고 창백한 빛을 띠며 해가 떠 있죠. 그곳은 시골이어서 밖에서 개구리 우는 소리가 들리고 전나무와 소나무 냄새도 나더군요. 아주 기분 좋은 향기였어요. 어릴 때 가 봤던 이탈리아의 백운암산맥이 떠오르더군요. 그렇게 한동안 앉아서 하느님과 대화를 나누는 상상을 했어요. 하느님이 내게 물었죠. '왜 성스러운 내 집에서 자살을 하려고 하니, 소피?' 내가 큰 소리로 이렇게 대답한 기억이 나네요. '그렇게 지혜로우시다면서 모르신다면, 저도 말씀드릴 수 없어요.' 그랬더니 하느님이 말했어요. '그래, 너만의 비밀이라는 뜻이구나.' 그래서 내가 대답했죠. '그래요. 당신께는 말씀드릴 수 없는 나만의 비밀이에요. 내 마지막이자 유일한 비밀이요.' 그러고 나서 나는 유리 조각으로 팔목을 긋기 시작했어요. 그래서 어떻게 됐는지 알아요, 스팅고? 팔목을 조금 그으니까 아프고 피가 좀 나더군요. 그때 그만뒀어요. 무엇 때문에 그만뒀는지 알아요? 맹세하지만, 한 가지 생각 때문에 그만두게 됐어요. 한 가지요! 아프거나 두려워서가 아니었어요. 두려움 같은 건 이미 없었어요. 루돌프 회스 때문이었어요. 갑자기 그의 모습이 떠오르면서 그가 아직도 폴란드나 독일 어딘가에 살아 있다는 생각이 든 거예요. 팔목을 긋는 바로 그 순간 회스의 모습이 떠올랐어요. 그래서 그만뒀어요. 내 말이 폴리(미친 소리)처럼 들린다는 거 알아요. 하지만 루돌프 회스가 살아 있는 한 내가 죽을 수는 없다는 생각이 퍼뜩 떠올랐어요. 그렇게 되면 그가 완전히 승리하는 게 될 테니까요."

긴 침묵이 흐른 다음 그녀가 다시 말문을 열었다. "다시는 아들을 보지 못했어요. 그날 아침 내가 회스의 집무실로 들어갔을 때 얀은 없었어요. 당연히 거기 있을 거라고 확신하고 있었기 때문에, 난 그 애가 장난으로 책상 밑에라도 숨어 있을 거라고 생각했어요. 그래서 책상 아래를 찾아봤는데도 없었어요. 장난이라고 생각했어요. 그 애가 거기 있으리라는 걸 조금도 의심하지 않았거든요. 난 그 애 이름을 소리쳐 불렀어요. 회스는 문을 닫고 서서 나를 바라보고 있었어요. 내가 그에게 얀이 어디 있냐고 물었죠. 그랬더니 이렇게 대답하더군요. '어젯밤 네가 간 뒤에, 네 아이를 여기로 데려올 수 없다는 사실을 깨달았어. 그런 불행한 결정을 내리게 된 데 대해 미안하게 생각한다. 그 아이를 여기 데려오는 일은 위험한 일이었어. 내 입장을 난처하게 할 수 있는.' 그가 이 말을 하고 있다는 사실을 믿을 수가 없었어요. 도저히 믿어지지 않았죠. 그러다가 갑자기 믿게 됐어요. 다 믿어지더군요. 그러고는 미쳐 버렸어요. 완전히 미쳐 버렸어요!

내가 무슨 짓을 했는지 기억이 안 나요. 한동안 정신을 놓았던 게 분명해요. 모든 게 캄캄해요. 하지만 두 가지 행동을 한 것은 분명해 보였어요. 하나는 그를 공격한 거였어요. 손으로 공격했나 봐요. 정신이 들고 나서 보니까 그가 억지로 의자에 앉혔는지, 내가 의자에 앉아 있더군요. 고개를 들어 보니까 그의 뺨에 내가 손톱으로 할퀸 자국이 나 있었어요. 그는 손수건으로 뺨에서 피를 닦아 내고 있더군요. 그러고는 나를 내려다보는데, 화가 난 기색은 전혀 없이 아주 침착해 보였어요. 또 하나 기억나는 것은 내 귓가에 울리는 메아리였는데, 불과 일 분 전에 그에게 외치던 내 목소리였어요. '그럼 나를 가스실로 보내 줘요!' 그렇게 외친 기억이 나요. '내 딸을 죽였듯이 나도 가스실로 보내 죽여 줘요!' 나는 그에게 소리치고 또 소리쳤어요. '나를 가스실로 보내 줘요!' 그리고 독일어로 욕도 많이 한 것 같아요. 그런 욕이 귓가에 생생하게 울린 걸 보면요. 그러고 나서 나는 두 손에 얼굴을 묻고 흐느꼈어요. 그가 무슨 말을 하는지 하나도 들리지 않았어요. 그러다가 마침내 그의 손이 내 어깨를 잡는 게 느껴졌고, 내게 말하는 소리가 들리더군요. '다시 한번 말하지만, 미안하게 생각한다. 그런 결정을 내리지 말았어야 했어. 어떻게 다른 식으로라도 네게 보상할 수 있도록 노력해 볼게. 내가 할 수 있는 일이 뭐가 있을까?' 스팅고, 이 남자가 이렇게 말하는 걸 듣는 게 참 이상했어요. 미안한 어조로 자신이 내게 무슨 일을 해 줄 수 있는지 묻다니요. 참 낯설었어요.

물론 그 말을 들으니까 레벤스보른이 떠오르더군요. 반다가 시도해 보라고 해서 그 전날 회스에게 이야기하려 했다가 하지 못한 거 말이에요. 나는 울음을 멈추고 마음을 가다듬은 다음 그를 올려다보며 말했어요. '저를 위해 이 일을 해 주시면 좋겠어요.' 그러고는 '레벤스보른'이란 말을 꺼냈죠. 그의 표정을 보니 내가 무슨 말을 하는지 아는 게 분명했어요. 내가 이런 식으로 말했던 것 같아요. '제 아이를 어린이 수용소에서 빼내 친위대가 실시하는, 그리고 사령관님도 아시는 레벤스보른 프로그램에 넣어 주세요. 그 아이를 제국으로 보내주시면, 훌륭한 독일인으로 자랄 거예요. 그 애는 금발에 독일인처럼 생겼고 독일어도 저처럼 완벽하게 구사할 수 있어요. 그 애만큼 적당한 폴란드 아이도 별로 없어요. 내 아들 얀이 레벤스보른을 위해 얼마나 완벽한 조건을 갖추었는지 모르시겠어요?' 회스는 오래도록 아무 말 없이 서서 내가 할퀸 자국을 가볍게 어루만졌어요. 그러다가 이렇게 말했어요. '네 말이 가능한 해결책일 수도 있겠다는 생각이 드는군. 좀 더 생각해 보지.' 그러나 그 말만으로는 충분하지 않았어요. 그는 당장이라도 내 입을 닥치게 할 수 있었겠지만, 지푸라기라도 잡고 싶을 만큼 필사적인 심정이 된 나는 말을 마저 해야 했어요. '아뇨, 그것보다 좀 더 확실한 대답을 해 주세요. 불확실한 상태에서 사는 것은 더 이상 견딜 수 없어요.' 얼마 후 그가 말했어요. '알았어, 그 아이를 수용소에서 빼내 주지.' 하지만 이 말조차 내게는 충분하지 않았어요. 내가 말했죠. '그걸 제가 어떻게 알아요? 그 애가 수용소에서 석방되었는지 제가 어떻게 확인할 수 있죠? 또 이것도 약속해 주셔야 해요. 그 애가 독일 어디로 보내졌는지 제게 알려 주겠다고도 약속해 주셔야 해요. 전쟁이 끝나고 그 아이를 다시 볼 수 있도록 말이에요.'

스팅고, 내가 사령관에게 그런 요구를 하고 있다는 게 나도 믿어지지 않았어요. 하지만 솔직히 말해서 스팅고, 나는 나에 대한 그의 감정에 의지하고 있었어요. 그 전날 나를 끌어안고 '내가 괴물이라고 생각하나?'라고 묻던 그가 내게 보여 준 감정에 의지하고 있었어요. 그 안에 남아 있는 일말의 인간적 감정에 기대를 걸고 있었던 거죠. 내가 말을 마치고 나니까 그는 또 한동안 말이 없더니 이렇게 대답했어요. '알았어, 약속하지. 그 아이를 수용소에서 빼내 줄 거고, 그 아이의 행방에 대해서는 가끔씩 너에게 전갈이 가도록 해 주지.' 그 말을 듣고 내가 물었어요. 그의 화를 부추길지 모른다는 생각은 들었지만 어쩔 수 없었어요. '제가 어떻게 확신할 수 있죠? 제 딸아이는 이미 죽었고, 얀이 없으면 제게는 아무것도 남지 않게 돼요. 어제 사령관님은 제게 오늘 얀을 보게 해 주겠다고 말씀하셨지만, 약속을 지키지 않으셨잖아요.' 이 말이 그의 아픈 곳을 건드린 것 같았어요. 그가 이렇게 대답하더군요. '믿어도 돼. 가끔씩 내가 알려 주지. 독일군 장교로서 내 명예를 걸고 맹세하니까 믿어도 돼.'"

소피는 말을 멈추고, 메이플 코트의 어두컴컴한 실내와 날개를 파드닥거리며 그 안을 돌아다니는 나방들을 바라보았다. 바 안에는 우리와 피곤한 기색이 역력한 아일랜드계 바텐더만이 남아 있었고, 그는 금전 등록기 앞에서 딸그락거리는 소리를 내고 있었다. 이윽고 소피가 다시 말문을 열었다. "하지만 그는 약속을 지키지 않았어요, 스팅고. 그 후로 아들을 단 한 번도 보지 못했어요. 난 왜 이 친위대 군인에게 명예 같은 게 있을 거라고 생각했을까요? 어쩌면 아버지 때문인지도 몰라요. 아버지는 항상 독일군과 독일군 장교들에 대해, 그들의 높은 명예욕과 규율 같은 것에 대해 말씀하셨거든요. 하지만 회스는 약속을 지키지 않았고, 일이 어떻게 되었는지 모르겠어요. 그 후 얼마 안 되어 회스는 베를린으로 전출되어 갔고, 나는 막사로 되돌아가서 평범한 속기사로 생활했어요. 단 한 번도 회스로부터 소식을 받지 못했어요. 심지어 그다음 해 그가 아우슈비츠로 돌아왔을 때에도 그는 나를 찾지 않았어요. 그래도 한동안 나는 얀이 수용소에서 석방되어 독일로 보내졌다고, 그래서 곧 그 애가 어디 있는지, 건강은 어떤지를 알려 주는 전갈을 받게 될 거라고 믿고 기다렸어요. 하지만 아무런 전갈도 받지 못했어요. 그러던 중 언젠가 반다로부터 정말 끔찍한 소식을 담은 쪽지를 받게 됐어요. 거기에는 이렇게만 쓰여 있었어요. '얀을 또 봤어. 그 애는 예상했던 것만큼 잘 지내고 있었어.' 스팅고, 난 그 글을 읽고 죽을 뻔했어요. 그 말은 얀이 수용소에서 석방되지 않았다는 거잖아요. 레벤스보른이고 뭐고 회스는 그 애에 대해서는 아무 조치도 취하지 않았던 거예요.

그러고 나서 이삼 주 후에 우리 막사에 잠시 들른 프랑스 저항 단체 소속 여자 포로를 통해서 반다로부터 또 다른 소식을 듣게 됐어요. 그 여자 말로는 얀이 어린이 수용소를 나갔다는 말을 내게 전하라고 반다가 그랬다더군요. 이 말을 듣고 잠시 동안 나는 기뻐서 어쩔 줄을 몰랐어요. 그러나 곧 이게 기뻐할 일이 아니라는 걸, 그 소식은 얀이 죽었다는 뜻이라는 걸 깨달았어요. 레벤스보른 프로그램에 따라 독일로 보내진 게 아니라 죽었다는 의미라는 걸 알게 됐어요. 병이 들어 죽었거나 얼어 죽었거나 말이에요. 그해 겨울은 정말 끔찍이도 추웠거든요. 하지만 도대체 얀이 어떻게 됐는지, 정말로 비르케나우에서 죽었는지, 아니면 독일 어딘가로 보내졌는지는 알아낼 방법이 없었어요." 소피가 잠시 말을 멈췄다가 다시 이었다. "아우슈비츠는 아주 거대한 곳이라 누군가의 소식을 알아내기가 참으로 어려웠어요. 어쨌든 회스는 약속했던 것과는 달리 한 번도 내게 소식을 전해 주지 않았어요. 몽 디외! 그런 사람한테 자기 말대로 마이네 에레(내 명예)가 있을 거라고 믿은 내가 바보였죠. 세상에 '내 명예를 걸고'라니! 정말 추악한 거짓말쟁이였어요! 네이선 말대로 사기꾼에 지나지 않았어요. 그리고 나는 그에게 끝까지 쓰레기 같은 폴란드인에 지나지 않았고요." 잠시 말이 없던 그녀가 두 손으로 감싸고 있던 고개를 들고 나를 바라보며 말했다. "스팅고, 나는 얀이 어떻게 됐는지 모르고 살았어요. 차라리……." 그러나 그녀는 끝을 맺지 못하고 입을 다물었다.

고요. 무기력. 여름이 다 간 느낌. 인생의 바닥에 다다른 것 같은 느낌. 나는 소피에게 아무 말도 해 줄 수 없었다. 그녀가 약간 흥분한 어조로 들려준 끔찍하고 가슴 아픈 소식을 듣고서도 아무 말도 해 줄 수 없었다. 그 소식은 앞서 말한 이야기처럼 끝도 없이 계속되는 상실의 아리아 중 일부처럼 느껴졌다. "얀에 대해 뭔가 소식을 들을 수 있을지도 모른다고 생각했어요. 하지만 반다로부터 마지막 소식을 듣고 나서 얼마 안 돼, 그녀의 저항 활동이 발각되어 붙잡혔다는 것을 알게 됐죠. 그들은 유명한 감옥으로 그녀를 데리고 가서 고문을 하고는 천장에 매달린 갈고리에 그녀를 걸어 두었대요. 그녀는 거기 걸려서 천천히 질식해서 죽어 갔다더군요……. 어제 내가 반다를 크베츠라고 했죠. 그게 당신에게 한 마지막 거짓말이었어요. 반다는 내가 알던 사람들 중에 가장 용감한 사람이었어요."

희미한 불빛 아래 앉아 있는 소피와 나는 참을 수 없이 끔찍한 소식들이 차곡차곡 쌓이면서 신경이 거의 끊어질 정도까지 팽팽하게 당겨져 있는 느낌을 받았다. 나는 아우슈비츠에 대해 한마디도 더 듣고 싶지 않았고, 그래서 이제 그만하라고 단호하게 말할 작정이었다. 그러나 앞에서 얘기한 그 여세가 아직도 소피에게 남아 있어서(많이 지쳐 보이기는 했지만 말이다.) 내친김에 끝까지 가겠다는 듯 사령관과의 마지막 작별에 대해서도 이야기하기 시작했고, 나는 그저 듣고 있을 수밖에 없었다.

"'이제 가 봐.' 그가 내게 말했어요. 그래서 나는 돌아서서 가려다가 중간에 발걸음을 멈추고 말했어요. '당케, 마인 콤만단트, 절 도와주셔서요.' 그랬더니 그가 이렇게 말하는 거예요. '저 음악 들리나? 프란츠 레하르를 좋아하나? 내가 좋아하는 작곡가지.' 정말이요, 정말 그렇게 말했어요. 나는 이 황당한 질문에 너무 놀라서 잠시 멈칫거렸어요. 갑자기 프란츠 레하르라니. 잠시 후에 대답했죠. '아뇨, 별로 좋아하지 않는데요. 왜요?' 그는 잠시 실망한 듯한 표정이더니 가 봐도 된다고 다시 말했어요. 그래서 집무실을 나왔죠. 에미의 방을 지나가는데, 라디오가 켜져 있더군요. 이번에는 쉽게 가지고 나올 수 있을 것 같았어요. 조심스럽게 주위를 살펴봤는데 어디에도 에미가 보이지 않았거든요. 하지만 나는 얀에 대한 희망 때문에 내가 해야만 할 일을 할 용기를 내지 못했어요. 게다가 이번에는 그들이 제일 먼저 나를 의심할 게 분명했고요. 그래서 라디오를 그대로 두고 발걸음을 옮기는데, 갑자기 나 자신에 대해 끔찍한 증오심이 들더군요. 하지만 나는 라디오에 손대지 않았어요. 라디오에서는 계속 음악이 흘러나왔죠. 라디오에서 어떤 음악이 나왔는지 상상할 수 있겠어요? 한번 추측해 봐요, 스팅고."

지금처럼 이야기를 풀어 나가다 보면, 아이러니를 삽입하는 것이 부적당해 보일 때가 있는데(아이러니 쪽으로 가고자 하는 욕구가 커질 때라도 말이다.) 그것은 아이러니가 조금만 잘못하면 답답함으로 빠질 수 있고, 따라서 독자들의 인내심을 시험하게 될 수 있기 때문이다. 그러나 소피는 내가 신뢰하는 목격자였고, 내가 의심할 하등의 이유가 없는 증언의 끝맺음 형식으로서 아이러니를 스스로 도입했기 때문에 나는 그녀의 말을 그대로 옮겨야겠다. 단지 그녀가 감정적으로 지칠 대로 지쳐 있는 불안정한 어조인 동시에 들뜬 것 같기도 하고 지극한 슬픔에 사로잡힌 것 같기도 한 어조로 이런 말을 했다는 것을 덧붙이고자 한다. 나는 소피가 이런 어조로 말하는 것을 한 번도 들어 본 적이 없었고, 다른 사람들의 경우에도 마찬가지였다. 이런 어조는 히스테리가 발병할 것이라는 신호탄으로 느껴지기도 했다.

"어떤 음악이 나왔는데요?" 내가 물었다.

"프란츠 레하르의 오페레타 「다스 란트 데스 레헬른스(미소 짓는 나라)」의 서곡이었어요."

우리가 조금 걸어서 분홍 궁전으로 돌아갔을 때는 이미 자정이 훨씬 넘어 있었다. 소피는 이제 침착해져 있었다. 은은한 어둠이 깔린 밤거리를 돌아다니는 사람은 우리 말고는 아무도 없었다. 단풍나무가 줄지어 서 있는 거리 양쪽으로 늘어선 플랫부시 주택들은 불이 모두 꺼져 있었으며, 다들 잠들어 있는지 고요했다. 그녀는 나와 나란히 걸으면서 한 팔로 내 허리를 감싸 안았다. 잠깐이나마 향수 냄새가 내 감각을 자극했지만, 그녀의 이런 동작이 단지 남매간이나 친구 간에 할 수 있는 동작 정도의 의미밖에 없다는 것을 이제 알았고, 게다가 그녀의 길고 긴 이야기를 듣고 나니 어떤 욕망이나 자극도 생기지 않았다. 우울과 낙담만이 8월의 어둠처럼 나를 휘감고 있어서 과연 잠들 수 있을지조차 의문이었다.

희미하게 불빛이 새어 나오는 예타의 분홍 궁전으로 다가가면서 우리는 표면이 울퉁불퉁한 인도 위에서 약간 비틀거렸고, 바를 나온 후 처음으로 소피가 입을 열었다. "알람 시계 있어요, 스팅고? 짐을 새 거처로 옮기고 나서 정각에 출근하려면 아침에 굉장히 일찍 일어나야 해요. 지난 며칠간은 블랙스톡 박사님이 많이 봐 줬지만, 이제 정신 차리고 일을 다시 시작해야죠. 주중에 나한테 전화해 줄래요?" 그녀가 하품을 삼키는 소리가 들렸다.

알람 시계에 대해 대답을 하려는데, 분홍 궁전 현관을 감싸고 있는 칠흑 같은 어둠 속에서 짙은 회색 그림자 하나가 떨어져 나오는 것이 보였다. 갑자기 심장이 사납게 쿵쾅거리기 시작했고 나는 "오, 하느님." 하고 탄성을 내뱉었다. 네이선이었다. 내가 나지막하게 그의 이름을 부르는 순간 소피도 그를 알아보고 작은 신음을 냈다. 한순간이지만 나는 그가 우리를 공격할 것이라고 나 나름대로 합리적인 생각을 했다. 그러나 그때 네이선이 부드러운 목소리로 소피를 불렀다. 그러자 그녀가 내 허리에서 서둘러 팔을 뗐는데, 너무 서두르는 바람에 내 셔츠 자락이 바지허리에서 비어져 나왔다. 내가 머뭇거리며 그 자리에 서 있는 동안 그들은 서로를 향해 달렸고, 소피의 흐느낌이 들리는가 싶더니 곧 그들은 서로를 와락 껴안았다. 그들은 늦여름의 어둠 속에서 오래도록 그렇게 껴안고 하나가 되어 서 있었다. 마침내 네이선이 딱딱한 인도 위에 천천히 무릎을 꿇고 앉더니 양팔로 소피의 발을 감싸 안고 끝도 없이 긴 시간을 미동도 하지 않은 채 그대로 있었다. 지극한 사랑이나 충성심, 회개하는 마음 혹은 탄원하는 마음을 보여 주는 것 같았고, 어쩌면 이 모든 감정을 다 담은 행동이었는지도 모른다.

14장

네이선은 적절한 때에 쉽게 우리를 되찾았다.

소피와 네이선 그리고 나 스팅고가 대단히 순조롭게 화해한 후에 제일 먼저 일어난 일들 중 하나는 네이선이 내게 200달러를 준 일이다. 그들이 감동적인 상봉을 하고, 네이선이 소피와 함께 다시 2층에 자리를 잡고, 내가 화려한 색조의 내 방 안에 몸을 편히 누인 지 이틀 후, 네이선은 소피로부터 내가 도둑을 맞았다는 소식을 들었다.(덧붙여 말하자면 모리스 핑크는 범인이 아니었다. 네이선은 내 욕실 창문이 강제로 뜯겼다가 다시 붙은 흔적이 있다는 것을 발견했다. 만일 모리스 핑크가 범인이라면 그런 수고를 할 필요가 없었을 것이다. 나는 함부로 사람을 의심한 것이 부끄러워졌다.) 그다음 날 오후 오션 애비뉴에 있는 식당에서 점심을 먹고 돌아와 보니 책상 위에 수취인이 내 이름으로 된 200달러짜리 수표가 놓여 있었는데, 1947년 당시 나처럼 빈털터리에 가까웠던 사람에게는 경악할 만한 액수였다. 수표 앞에 손으로 쓴 메모가 붙어 있었는데 "남부 문학의 더 큰 영광을 위하여"라고 쓰여 있었다. 나는 소스라치게 놀랐다. 당연한 말이겠지만 그 돈은 하늘이 주신 선물로, 가까운 미래에 대한 걱정으로 노심초사하던 나를 즉시 구해 낼 수 있었다. 그 돈을 거절하기는 거의 불가능했다. 그러나 종교적이고 전통적인 윤리 관념을 갖고 있던 나로서는 그 돈을 그냥 선물로 받아들이기도 어려웠다.

그래서 선의를 가지고 한참을 옥신각신한 끝에 우리는 이른바 타협이라고 할 수 있을 만한 것에 도달했다. 내가 소설을 출판할 때까지는 200달러가 선물로 남기로 했다. 그러나 내 소설이 출판사를 찾아 내가 경제적 압박에서 자유로워질 만큼 충분한 돈을 벌면, 오로지 그때가 되어서야, 네이선은 내가 갚고 싶어 하는 만큼의 돈을(이자는 없이 원금만을) 받기로 했다. 내 마음 한구석에서는 작고 소심하고 비열한 목소리가, 네이선이 이렇게 큰 선물을 하는 것은 며칠 전날 밤 그토록 잔인하게 소피와 나를 자신의 삶으로부터 밀어내면서 내 소설에 가한 끔찍한 공격을 속죄하기 위한 것이라고 속삭였다. 그러나 나는 이런 생각을 아무런 가치 없는 비열한 생각이라고 일축했다. 특히 네이선이 마약 때문에 흥분해서 그토록 무책임한 말을, 지금은 자신도 기억하지 못하는 말을 했다는 사실을 소피를 통해서 알게 되었기 때문에 단호하게 그런 생각을 버릴 수 있었다. 그는 자신이 미쳐 날뛰며 얼마나 파괴적인 행동을 했는지뿐만 아니라 무슨 말을 했는지조차 기억하지 못하는 것이 분명했다. 게다가 나는 네이선에게, 적어도 곁에서 늘 따라다니던 악마들을 물리친 매력적이고 관대하고 활기 넘치는 네이선에게 푹 빠져 있었다. 우리에게 돌아온 것은 그런 네이선, 그날 저녁 그를 압도했던 끔찍한 악령에서 벗어난 다소 핼쑥하고 창백한 모습의 네이선이어서 그에게 지극한 형제애를 느꼈다. 나보다 더 기뻐한 사람은 소피였다. 그녀의 기쁨은 거의 정신착란에 가까울 정도였고, 옆에서 보고 있자니 정말 감동적이었다. 네이선에 대한 그녀의 지칠 줄 모르는 열정은 정말 경이로웠다. 그녀는 그가 학대했던 사실을 완전히 잊었거나 완전히 용서한 것 같았다. 그가 유죄 판결을 받은 어린이 성추행범이나 살인범이었다고 해도 그녀는 틀림없이 전혀 주저하지 않고 기꺼이 그를 용서하고 끌어안았을 것이다.

나는 네이선이 메이플 코트에서 그 난동을 부린 후로 며칠 동안을 어디에서 보냈는지 몰랐다. 소피가 지나가는 말로 한 것을 들어 보면 포리스트힐스에 있는 형 집에서 지낸 것 같기는 했지만 말이다. 그러나 그의 부재와 행방은 별로 중요해 보이지 않았다. 마찬가지로, 돌아온 네이선의 매력이 너무도 커서 그가 불과 며칠 전에 소피와 내게 엄청난 적대감과 악의를 담아 욕을 해 대 우리 둘 다 육체적으로 병이 나기까지 했다는 사실도 그다지 중요해 보이지 않았다. 어떻게 보면 소피가 네이선의 간헐적인 마약 복용을 아주 생생하고 섬뜩하게 묘사해 준 덕분에 나는 돌아온 네이선에게 더 끌리게 되었다고도 할 수 있겠다. 내 반응이 지나치게 감상적이기는 했지만, 그의 악마적인 측면은(때때로 그를 사로잡아 버리는 하이드 씨의 성격은) 그의 낯선 천재성에 필수적이고 흥미로운 부분으로 보였다. 나는 앞으로 전과 같은 일이 또 일어날지도 모른다는 막연한 불안감을 가지고도 그의 이런 측면을 순순히 받아들였다. 분명히 말해서 소피와 나는 잘도 속아 넘어가는 사람들이었다. 그가 우리 삶에 다시 들어와 준 것만으로도, 영원히 사라졌다고 생각했던 기쁨과 활기와 관대함과 재미와 마법과 사랑을 다시 가져다준 것만으로도 충분했다. 사실 그가 분홍 궁전으로 돌아와 2층에 다시 사랑의 둥지를 튼 것이 아주 자연스럽게 느껴져서, 그가 언제 어떻게 그날 밤 가지고 나간 가구와 옷가지와 다른 짐들을 다시 가져와 예전에 있던 그대로 놓았는지, 그래서 그런 것들을 가지고 집을 나간 적이 전혀 없는 것처럼 보이게 되었는지 알 수 없었다.

다시 옛날로 돌아간 것 같았다. 그동안 아무 일도 일어나지 않은 것처럼, 네이선의 격렬한 분노가 우리 세 사람 사이의 우정과 행복을 완전히 파괴할 뻔한 일이 없었던 것처럼 일상이 다시 돌아가기 시작했다. 이제 9월이었고, 아직도 지글지글 끓는 듯한 여름 열기가 부드러운 안개처럼 거리를 뒤덮고 있었다. 아침이면 네이선과 소피는 처치 애비뉴의 지하철역에서 따로따로 지하철을 타고, 네이선은 화이자 실험실로, 소피는 브루클린 시내에 있는 블랙스톡의 물리치료실로 향했다. 그리고 나는 기쁜 마음으로 소박한 참나무 책상 앞으로 되돌아갔다. 소피가 나를 사로잡는 것을 단호히 거부했고, 소피가 마땅하고 자연스럽게 속해 있는 네이선에게 기꺼이 그녀를 돌려주었으며, 그녀에 대한 내 열정은 기껏해야 서툰 풋사랑에 지나지 않았음을 다시 한번 인정했다. 소피가 나를 허황된 공상에 사로잡히게 할 일이 없어졌으므로, 나는 그동안 손을 놓고 있던 소설에 목적의식을 갖고 다시 열성적으로 매달리게 되었다. 소피가 내게 들려준 과거 이야기를 완전히 잊지 않아서 가끔씩 우울해지는 것은 어쩔 수 없었지만, 대체로 그녀의 이야기를 마음속 깊이 묻어 두고 내 일에 전념할 수 있었다. 어떤 경우에라도 삶은 계속되기 마련이다. 또한 나는 격렬한 창작열에 사로잡혀 있었다. 내게도 풀어놓아야 할 나만의 비극적인 이야기가, 내 작업 시간을 온전히 요구하는 나만의 이야기가 있다는 것을 확실히 깨닫고 있었다. 네이선의 금전적 기부(창의적인 예술가가 받을 수 있는 가장 든든한 격려의 형태가 이것이다.)에 힘이 난 나는 엄청나게 빠른 속도로 글을 쓰기 시작했고, 그러면서 고치고 가다듬기를 계속해 비너스 벨벳 연필심을 하나 둘씩 뭉툭하게 만들었다. 그러는 사이에 긴 아침 작업이 끝나고 나면 책상 위에는 다섯, 여섯, 일곱, 심지어 여덟이나 아홉 매의 원고가 쌓이곤 했다.

그리고 네이선은 (돈 문제는 완전히 제쳐 두고) 내가 처음부터 그렇게도 존경한 형이자 스승, 건설적인 비평가, 못 하는 것이 없는 소중한 친구의 역할로 되돌아왔다. 그는 내가 심혈을 기울여 쓴 원고들을 다시 읽기 시작했다. 며칠간 작업해서 이십오 매에서 삼십 매 정도의 분량이 되면 그 원고를 가지고 2층으로 올라가 읽고 나서 두세 시간쯤 후에 가지고 내려오곤 했다. 보통 미소를 지으며 내가 가장 필요로 하는 칭찬을(날카로운 비판이 깃들지 않은 절대적인 칭찬인 경우는 드물었지만) 해 주곤 했다. 어색한 리듬으로 절뚝거리는 문장과 짐짓 점잔을 빼는 듯한 의견, 자위하는 것 같은 경박스러움, 적절치 못한 은유를 알아보는 그의 눈은 날카롭기 그지없었다. 그러나 대체로 그는 내 음울한 타이드워터 우화에, 이제 막 작품 활동을 시작한 젊은 작가가 열정과 정교함과 애정을 담아 표현하려고 한 풍경과 날씨에, 장례식에 참석하기 위해 어두운 얼굴로 버지니아 저지대를 여행하는 내 등장인물들에게, 그리고 마지막으로 가장 중요한 것은 그의 표현대로 '전율이 흐를 만큼' 독창적인 남부에 대한 시각에(그는 여기에서 내가 포크너의 영향을 받은 것을 간파했고, 나도 기꺼이 인정했지만) 완전히 매료되었다. 나는 그가 내 소설을 읽으면서 남부에 대한 편견을 수용이나 이해 쪽으로 바꾸어 가는 것이 느껴져서 속으로 기뻐했다. 그는 이제 내 앞에서 언청이와 동전 버짐, 린치, 백인 노동자를 직접적으로 언급하며 남부를 조롱하지 않았다. 내 작품이 그에게 상당한 영향을 미치기 시작한 것이었고, 그를 무척 존경하던 나는 그의 반응에 깊은 감동을 받았다.

"컨트리클럽에서의 파티 장면, 훌륭해." 그가 말했다. 어느 토요일 이른 오후였고, 우리는 내 방에 앉아 있었다. "한 가지, 어머니와 흑인 하녀의 대화 부분은 글쎄, 잘 모르겠어. 내가 보기에는 적절한 것 같은데. 남부의 여름 묘사는 어떻게 하고 있는지 모르겠군."

우쭐한 기분이 된 나는 고맙다는 말을 중얼거린 후 캔 맥주를 벌컥벌컥 마셨다. "상당히 잘돼 가고 있어요." 내가 의식적으로 겸손한 말투로 말했다. "마음에 든다니 기뻐요. 정말 기뻐요."

그가 말했다. "내가 직접 남부로 내려가서 어떤지 봐야 할 것 같아. 자네 글을 읽으니까 자꾸 보고 싶어져. 자네가 안내해 주면 되겠네. 어때, 친구? 옛 남부 연방으로의 여행 말이야."

그 말에 나는 펄쩍 뛸 듯이 기뻐했다. "좋지요, 물론! 정말 멋진 여행이 될 거예요! 워싱턴에서 시작해 쭉 아래로 내려가면 되겠네요. 프레더릭스버그에 광적일 만큼 남북 전쟁에 관심 있는 동창 놈이 살거든요. 그 친구 집에 머물면서 버지니아 북부의 격전지를 돌아보면 되겠군요. 머내서스, 프레더릭스버그, 윌더니스, 스폿실베이니아 같은 곳들 말이에요. 그러고 나서 차를 한 대 구해 타고 리치먼드로 내려가 피터즈버그를 돌아보고, 사우샘프턴 카운티에 있는 아버지 농장으로 가면 되겠네요. 곧 땅콩 수확 철이 될 텐데……."

내가 신이 나서 생생한 설명까지 곁들여 여행 일정을 늘어놓는 동안 네이선도 내 기분에 전염됐는지 덩달아 흥분한 것 같았고, 내 이야기를 들으며 활기차게 고개를 끄덕이기도 했다. 나는 이 여행이 교육적이고 진지하고 광범위하면서도 재미있고 신나는 여행이 되리라고 생각했다. 버지니아를 돌아본 후에는, 아버지가 자란 노스캐롤라이나의 해안 지역을 돌아보고 나서 찰스턴, 서배너, 애틀랜타를 거쳐 딕시랜드[71] 심

71) 미국의 남부를 일컫는 말.

장부를 천천히 지나 남부의 중심인 앨라배마, 미시시피를 돌아보고 마지막으로는 포동포동하고 맛있는 즙이 흘러나오는 개당 2센트짜리 굴과 환상적으로 맛있는 오크라와 왕새우가 지천인 뉴올리언스를 돌아보는 게 좋을 것 같았다. "멋진 여행이 될 거예요." 내가 맥주 한 캔을 다시 따며 기쁜 목소리로 외쳤다. "남부 요리의 정수를 맛볼 수 있을 거예요. 프라이드 치킨. 허시퍼피. 베이컨을 곁들인 완두콩 요리. 그리츠.[72] 콜러드 그린스.[73] 황어 소스를 끼얹은 햄 요리. 네이선, 정통 남부 요리를 맛보면 너무 맛있어서 기절할 거예요!"

나는 맥주에 기분 좋게 취해 있었다. 찌는 듯이 더웠지만 공원에서 산들바람이 불어왔고, 산들바람이 창문 블라인드에 부딪쳐 퍼덕이는 소리 사이로 2층에서 베토벤의 음악이 들려왔다. 토요일이라 오전만 일하고 돌아온 소피가 틀어 놓은 것이었는데, 그녀는 샤워를 할 때면 언제나 전축 볼륨을 최고로 올려 놓곤 했다. 나는 남부 여행에 대해 장황하게 이야기를 늘어놓으면서도 과장하고 있다는 것을 알았고, 성찰적 진보주의와 남부에 대한 적의를 가진 건방진 뉴요커만큼이나 혐오해 마지않는 외골수 남부 사람처럼 말하고 있다는 생각이 들었지만, 그것이 별로 중요하게 생각되지는 않았다. 나는 아침 집필 작업의 성과가 좋아서 기분이 한껏 들뜬 상태였고, 심혈을 기울여 묘사한 남부의 매력이 황홀경이나 커다란 번민처럼

72) 옥수수 가루로 만든 아침 식사용 죽 또는 수프.
73) 케일 비슷한 녹색 채소에 햄이나 돼지고기 등을 섞어 만든 샐러드.

나를 덮쳐 감정적으로 약해진 상태였다. 물론 나는 전에도 이런 달콤 쌉싸름한 감상에 빠진 적이 있었지만(가장 최근에는 내 남부적 감성으로 레슬리 라피더스를 유혹했지만 결과적으로는 실패로 돌아갔을 때 그랬다.) 그날은 특히 더 감정적으로 약해져 있어서, 누가 건드리기라도 하면 와락 울음을 터뜨릴 것만 같은 기분이었다. 2층에서 들려오는 「4번 교향곡」의 아름다운 아다지오가 고요하고 꾸준한 심장 박동처럼 내 감상적인 기분과 조화롭게 섞이고 있었다.

"자네와 함께 갈게, 친구." 네이선이 내 뒤 의자에 앉아서 말했다. "남부에 가 볼 때가 된 것 같아. 지난 초여름에(까마득한 옛날처럼 느껴지는군.) 자네가 남부에 대해 한 말이 잊히지 않고 자꾸만 생각났어. 북부와 남부에 대해 한 말이라고 하는 게 더 적절할 것 같군. 우리는 종종 그랬듯이 논쟁을 벌이고 있었는데 자네가 이런 말을 했던 게 기억나. 적어도 남부 사람들은 북부에 와서 어떤지 보기라도 하는데, 북부 사람들 중에는 남부에 가서 어떤지 보는 수고를 하는 사람이 거의 없다고 말이야. 제멋대로고 독선적인 무지에 사로잡혀 있는 북부 사람들이 참 오만해 보인다고도 했지. 북부 사람들이 지적인 오만에 사로잡혀 있다고도 했어. 자네가 사용한 단어들이 그때는 지나치게 과장되고 강한 표현이다 싶었는데, 가만 생각해 보니까 자네 말이 맞을지도 모른다는 생각이 들더라고." 그가 잠시 말을 멈췄다가 열정적인 목소리로 다시 말했다. "나 자신도 오만했다는 생각이 들어. 한 번도 본 적이 없고 알지도 못하는 곳을 어떻게 혐오한다고 말할 수 있겠나? 자네와 함께 갈게. 우리 같이 가자고!"

"고마워요, 네이선." 내가 갑자기 샘솟는 애정을 느끼며 대답했다.

나는 맥주 캔을 든 채 소변을 보기 위해 비틀거리며 화장실로 들어갔다. 생각보다 좀 더 취한 것 같았다. 변기 뚜껑 곳곳에 오줌을 질질 흘리면서 누었다. 사방으로 튀기면서 떨어지는 오줌 소리에 섞여 네이선의 목소리가 들려왔다. "나 10월 중순에 휴가야. 그리고 자네도 지금처럼 작업하면 그때쯤이면 상당히 많이 쓸 거야. 그러면 자네도 잠시 숨 돌릴 필요가 있을 거라고. 남부에 가는 거 그때로 잡으면 어때? 소피도 그 돌팔이 밑에서 일을 시작한 후로 한 번도 휴가를 받지 못했으니 이 주쯤 쉴 자격이 충분히 있고 말이야. 형 차를 빌릴 수 있어. 어차피 형은 그 컨버터블이 필요하지 않을 테니까. 올즈모빌[74]을 새로 뽑았거든. 컨버터블을 운전해서 워싱턴까지 가자고……." 그가 말하는 동안에도 내 눈은 약 상자, 며칠 전 도둑을 맞기 전까지는 아주 안전해 보였던 금고에 머물러 있었다. 모리스 핑크가 아니라면 누구일까? 또다시 궁금해졌다. 플랫부시에는 항상 좀도둑이 많았다. 누가 훔쳐 갔는지는 더 이상 중요하지 않았고, 처음에 느낀 분노와 유감은 잃어버린 돈에 대한 기이하고도 복잡한 불안감으로 바뀌어 있었다. 어쨌든 그 돈은 한 인간을 팔아서 얻은 수익금이 아니던가! 아리스테! 내 할머니의 노예이자 내 구세주! 여름 동안 브루클린

74) 미국 GM제의 승용차.

에 살면서 쓴 돈의 상당 부분을 지원해 준 사람이 바로 흑인 노예 소년 아리스테였다. 죽어서까지 살신성인해 내가 소설을 쓰기 시작한 초기에 먹고살 수 있도록 해 주었으니, 더 이상 나를 지원하지 않는 것이 어찌 보면 마땅한 일일지도 몰랐다. 이제 한 세기에 걸친 죄책감으로 얼룩진 돈에 의지해 살지 않아도 되는 것이다. 나는 목숨과 맞바꾼 돈의 영향력에서 벗어난 것이, 노예 제도와 결별한 것이 기뻤다.

그런데 어떻게 해야 노예 제도와 완전히 결별할 수 있을까? 울컥 목이 멘 나는 그 단어를 소리 내어 내뱉었다. "노예 제도!" 내 마음 한구석에는 노예 제도에 대해 글을 써야겠다는 욕망이 자리하고 있었다. 노예 제도가 가장 깊숙이 묻어 둔 고통스러운 비밀들을 토해 내도록 해야 했다. 이런 욕망은 나로 하여금 노예 제도의 후손들에 대해 글을 쓰게 만든 욕망만큼이나 꼭 필요한 것이었다. 그 제도의 후손들은 1940년대 버지니아 타이드워터의 광기 어린 인종 격리 정책에 흔들리며 우왕좌왕하고 있었고, 내가 사랑하는 이 새로운 남부 사람들이 보이는 모든 움직임과 제스처는 노예 출신인 흑인 이웃들을 의식해 나온 것이었다. 그렇다면 백인 흑인 가릴 것 없이 우리 모두는 어떤 의미에서 노예가 되어 있는 것이 아닐까? 흥분이나 불안에 사로잡혀 있을 때는, 내가 작가로 남아 있는 한 노예 제도의 구속에서 벗어나지 못하리라는 생각이 들었다. 약간 술에 취해 들뜬 기분으로 아리스테를 생각하다 아버지를 생각했고, 그러고는 제임스강의 흙탕물에서 세례를 받는 흑인의 모습을 생각하다가 다시 맥알핀 호텔에서 코를 골며

자는 아버지의 모습을 떠올렸다. 그때 갑자기 냇 터너가 떠올랐고 그러자 격렬한 그리움이 마치 창으로 찌르듯 나를 덮쳤다. 나는 화장실에서 비틀거리며 나가면서 나도 모르게 큰 소리로 그 이름을 불렀고, 내 말을 들은 네이선은 깜짝 놀랐다.

"냇 터너!" 내가 말했다.

"냇 터너?" 네이선이 당혹스러운 표정으로 물었다. "도대체 냇 터너가 누구야?"

"냇 터너는 1831년 육십 명 정도의 백인을 죽인 흑인 노예였어요. 참고로 그에게 살해당한 백인들 중에 유대인은 없었어요. 그는 제임스강 가에 있는 내 고향에서 그리 멀지 않은 곳에 살았어요. 그가 유혈 폭동을 주도한 지역의 한중간에 아버지의 농장이 있어요." 나는 네이선에게 이 비범한 흑인에 대해 내가 아는 얼마 안 되는 정보를 들려주기 시작했다. 그의 삶과 행적은 두꺼운 베일에 가려 있었다. 그가 나서 자란 고향 사람들 중에서도(다른 지역 사람들은 물론이고) 그의 존재를 기억하는 사람이 드물었다. 내가 말하는 동안 소피가 들어와(샤워를 해서 더 산뜻해진 얼굴에 홍조를 띠고 있고 아주 아름다웠다.) 네이선이 앉아 있는 의자의 팔걸이에 걸터앉았다. 그녀도 곧 내 이야기에 귀를 기울이면서, 무심결에 네이선의 어깨를 쓰다듬었다. 그러나 내 이야기는 금방 끝이 났다. 그 남자에 대해 해 줄 수 있는 말이 별로 없었기 때문이다. 그는 역사 속에서 홀연히 나타나 대격변의 와중에 단 한 번 엄청난 일을 저지르고는 다시 홀연히 사라졌다. 자신에 대해 아무런 설명도, 이름 외에는 아무것도 남기지 않았다. 그는 새롭게 조명되어야 할 대상이었다. 그날 오후 술에 취해 들뜬 상태에서 소피와 네이선에게 그에 대해 설명해 주는 동안, 나는 그에 대해 글을 써야 한다는 것을, 그래서 그를 오로지 내 것으로 만들고 세상 사람들을 위해 그를 재창조해야 한다는 것을 처음으로 깨달았다.

"멋지다!" 내가 흥분해서 소리쳤다. "방금 내가 무슨 생각을 했는지 알아요, 네이선? 그 노예에 대해 책을 쓸 거예요. 그리고 시기도 우리 여행하고 딱 맞아떨어지네요. 10월 중순쯤 되면 나도 이 소설에서 한숨 돌릴 수 있게 될 거예요. 그 전에 대강 다 써 놓을 거니까요. 그러고 나서 사우샘프턴으로 내려가 냇 터너가 활동한 지역을 돌면서 사람들을 인터뷰하고 그 옛날 집들도 돌아보는 거예요. 그러면서 그곳 분위기를 파악하고 정보를 수집하고 메모를 하고요. 냇 터너에 대한 소설이 내 다음 작품이 될 거예요. 그리고 당신과 소피는 교육적으로 아주 가치 있는 경험을 하게 되는 거고요. 그곳을 돌아보는 것이 우리 여행 중에서 가장 환상적인 부분이 될 거예요……."

네이선은 한 팔로 소피를 끌어당겨 꼭 껴안았다. "스팅고. 정말 기대가 돼. 10월에 우리 남부로 떠나자고." 그러고 나서 그는 소피의 얼굴을 올려다보았다. 둘이 교환하는 사랑의 눈길이(단 한순간이었지만 눈과 눈이 만나 하나로 엉키는 것이) 당혹스러울 정도로 격렬하고 친밀해서 나는 고개를 돌렸다. "말할까?" 네이선이 소피에게 물었다.

"응. 스팅고는 우리의 가장 친한 친구잖아."

"그리고 우리의 증인이 되어 줄 거고. 스팅고, 우리 10월에 결혼해!" 그가 흥분한 어조로 말했다. "그러니까 이 여행은 우리의 신혼여행도 겸하게 될 거야."

"이런, 세상에!" 내가 소리를 질렀다. "축하해요!" 그러고는 네이선이 앉아 있는 의자로 걸어가 두 사람 모두에게 키스를 해 주었다.(소피에게는 귀 옆에 키스했는데, 치자 향이 강하게 풍겼다. 네이선에게는 그 우뚝 솟은 콧날에 입을 맞춰 주었다.) "정말 잘됐어요." 내가 진심으로 말했다. 불과 얼마 전에도 그처럼 황홀한 순간과 앞으로 더 큰 기쁨이 찾아오리라는 기대감이 다가오는 불행을 보지 못하게 했다는 사실은 까맣게 잊고 있었다.

그로부터 열흘쯤 지난 9월의 마지막 주 어느 날, 나는 네이선의 형 래리로부터 전화를 받았다. 아침에 모리스 핑크가 전화가 왔다면서 복도에 있는 때 묻은 공중전화 앞으로 나를 불러냈을 때 나는 깜짝 놀랐다. 누군가에게서 전화를 받는다는 사실도 놀라웠지만, 특히 내가 자주 소식을 접하면서도 실제로 만나 본 적은 없는 사람에게 전화를 받는다는 사실이 더 놀라웠다. 그 음성은 따뜻하고 호감이 갔다. 브루클린 사람의 어투가 좀 더 두드러진 것을 빼고는 네이선의 목소리와 거의 똑같았다. 처음에 안부를 물을 때는 일상적인 어투였지만, 한번 만나자고, 빠르면 빠를수록 좋다는 말을 할 때에는 다소 완강한 느낌이 들었다. 그는 자신이 짐머맨의 집으로 오는 것보다는 내가 포리스트힐스에 있는 자신의 집으로 오는 것이 낫겠다면서, 괜찮겠냐고 물었다. 그러고는 이렇게 보자고 하는 건 네이선 때문이라고, 시급한 일이어서 그런다고 덧붙였다.

나는 주저하지 않고 그렇게 하겠다고 대답했고, 그날 오후 그의 집으로 찾아가기로 약속했다.

나는 킹스 카운티와 퀸스 카운티를 연결하는 미로 같은 지하 통로에서 길을 잃었고, 버스를 잘못 타고 황량한 자메이카에 내려 헤매느라 래리의 집에 도착했을 때는 한 시간도 훨씬 넘게 늦어 있었다. 그러나 래리는 문 앞까지 나와서 나를 아주 반갑게 맞아 주었다. 그는 호화로운 아파트 촌에 있는 크고 안락한 아파트에 살았다. 나는 그처럼 보자마자 바로 호감이 가는 사람을 별로 만나 보지 못했다. 그는 네이선보다 키가 작고 약간 뚱뚱하기까지 했다. 물론 나이는 더 먹었으며, 흥미롭게도 동생과 많이 닮았다. 그러나 형제간의 차이는 두드러져 보였다. 네이선이 예민하고 변덕스러우며 예측 불가능하다면, 래리는 침착하고 부드러우며 남을 안심시키는 능력이 있는 것 같았다. 이는 부분적으로는 의사라는 직업 때문이기도 했겠지만, 그 사람의 성격이 본질적으로 견실하고 친절하기 때문인 듯했다. 내가 늦은 것을 사과하려 하자 그는 괜찮다며 나를 안심시킨 후, 몰슨 캐나디언 에일 한 병을 정중하게 건네며 말했다. "네이선 말로는 맥주를 아주 좋아하신다던데." 그러고는 담쟁이덩굴이 덮인 산뜻한 튜더 양식 건물들이 내려다보이는 커다란 창가 의자에 앉아서 대화를 나눴는데, 그의 말을 듣고 있자니 우리가 이미 서로 잘 아는 친한 사이인 것 같은 느낌이 들었다.

래리가 말했다. "네이선이 당신을 높이 평가한다는 말은 굳이 할 필요도 없을 것 같군요. 그리고 부분적으로는 그런 이유 때문에 당신을 이리로 부른 거기도 해요. 사실 서로 만난 건 얼마 되지도 않았는데, 당신이 네이선의 제일 친한 친구가 되었다고 들었어요. 당신 작품에 대해, 당신이 얼마나 훌륭한 작가인지에 대해 이야기를 많이 하더군요. 당신을 최고로 생각하고 있어요. 얘기 들었겠지만, 네이선도 작가가 되겠다고 생각하던 때가 있었죠. 상황만 괜찮았더라면 뭐라도 될 수 있었을 겁니다. 당신도 깨달았겠지만, 그 애는 아주 예리한 문학적 판단력이 있거든요. 그런 친구가 당신이 아주 훌륭한 소설을 쓴다고 생각할 뿐만 아니라 당신을 멘시(좋은 사람)라고 생각한다는 걸 당신도 알아야 할 것 같군요."

나는 고개를 끄덕이면서 나 자신도 알아듣지 못할 말을 중얼거렸다. 칭찬을 받은 기쁨에 얼굴이 달아올랐다. 세상에, 그런 칭찬을 곧이곧대로 다 받아들이고 그렇게 기뻐하다니! 그러나 아직도 그가 나를 부른 이유를 알 수 없었다. 우리가 문학가로서의 내 재능과 내 성격상의 장점에 대한 이야기를 계속했더라면 본론으로 들어가기가 훨씬 늦어졌겠지만, 그다음에 내가 한 말이 우연히도 우리의 대화를 본론으로, 다시 말해 네이선에 대한 이야기로 바로 들어가게 해 주었다. "네이선에 대해 말씀하신 것 전적으로 동의해요. 문학에 관심 있는 과학자를 만나기란 쉽지가 않거든요. 문학적 가치에 대해 그렇게 훌륭한 통찰력을 가진 사람은 더더욱 찾아보기 힘들고요. 그런데 네이선은 화이자 같은 대기업의 생물학 실험실 수석 연구원이면서……."

래리가 미소를 지으며(그러나 그 미소도 그 뒤에 숨은 고통스러운 표정을 완전히 감출 수는 없었다.) 부드럽게 내 말을 잘랐다. "미안한데요, 스팅고. 이렇게 이름을 불러도 괜찮겠죠. 미안한데, 이걸 빨리 얘기해 버리는 게 나을 거 같네요. 당신이 알아야 할 다른 사실들도 같이 말이에요. 네이선은 생물학 실험실 연구원이 아니에요. 진짜 과학자가 아니에요. 아무런 학위도 없어요. 그냥 꾸며 낸 말일 뿐이에요. 미안해요, 하지만 당신이 알아 둬야 할 것 같아서."

세상에! 나는 잘 속아 넘어가는 바보 같은 인간으로 살아야 할 운명인가? 내가 가장 좋아하는 사람들한테 항상 속아 넘어가면서? 소피가 그렇게 자주 내게 거짓말했다는 것만으로 충분한데, 이젠 네이선까지. "하지만 이해가 안 되는데요." 내가 말문을 열었다. "지금 하신 말씀은……."

"내 말은." 래리가 부드러운 어조로 끼어들었다. "내 말은 생물학자 어쩌고 하는 것은 내 동생 네이선의 가면이라는 거죠. 아, 물론 아침마다 화이자로 출근하기는 해요. 화이자 도서관에서 일해요. 책임질 일이 거의 없고, 다른 사람을 괴롭히지 않으면서 책을 많이 볼 수 있는 한직이죠. 가끔 진짜 연구원들이 부탁하는 연구를 조금씩 하기는 해요. 하지만 결코 위험한 일은 못 하게 하죠. 이런 사실은 아무도 몰라요. 네이선의 그 여자 친구, 소피라는 아가씨도 모르죠."

말문이 막힐 지경이었다. "하지만 어떻게……." 나는 무언가 할 말을 찾아내려고 애썼다.

"화이자 고위 간부 중에 아버지의 절친한 친구분이 계시거든요. 큰 호의를 베푸신 거죠. 네이선을 취직시키는 일은 그다지 어렵지 않았어요. 또 네이선이 제정신일 때는 도서관에서 자신이 해야 할 일을 정말 잘 해낸다고 하더군요. 잘 알겠지만 네이선은 천재라고 해도 될 정도로 머리가 명석하잖아요. 문제는 제정신이 아닐 때가, 미쳐 있을 때가 대부분이라는 거죠. 그렇지 않았다면, 뭐라도 마음잡고 했다면 그 분야에서 정말 대단히 인정받는 존재가 되었을 게 분명해요. 문학, 생물학, 수학, 의학, 천문학, 언어학, 어떤 분야에서라도 말이에요. 하지만 네이선은 결코 제정신으로 돌아오지 못했어요." 래리는 다시 희미하게 씁쓸한 미소를 지으면서 양손을 부드럽게 맞잡았다. "요는, 내 동생 네이선이 미쳐 있다는 거예요."

"오, 하느님."

"편집성 정신분열증인가 뭔가라고 하더군요. 뇌 전문가들이 뭘 제대로 알고나 하는 소린지 100퍼센트 확신할 순 없지만 말이에요. 어쨌든 이 병은 몇 주고 몇 달이고 심지어 몇 년이고 아무런 증상 없이 잘 지내다가 갑자기 펑! 하고 증상이 나타나는 거예요. 한순간에 돌아 버리는 거죠. 게다가 최근 몇 달간 상황을 엄청나게 악화시킨 것은 네이선이 사용하는 마약이었어요. 사실은 이 문제에 대해서도 당신과 상의하고 싶어서 불렀어요."

"오, 하느님." 내가 다시 한번 중얼거렸다.

거기 앉아서 래리가 완전히 체념한 듯 침착한 목소리로 솔직하게 이 끔찍한 사실들을 털어놓는 것을 들으면서, 나는 머릿속에 휘몰아치는 소용돌이를 가라앉히려고 노력했다. 나는 거의 비통한 심정이 되었다. 네이선이 신체상의 퇴행성 불치병으로 죽어 간다는 말을 들었더라도 이렇게 충격받지는 않을 것 같았다. 내가 지푸라기라도 붙잡는 심정으로 더듬거리며 말했다. "하지만 도저히 믿어지지가 않는군요. 그가 하버드에 대해 이야기할 때는……."

"아, 네이선은 하버드 안 나왔어요. 어떤 대학도 나오지 않았어요. 물론 지적 능력이 모자라서가 아니었죠. 그 애는 내가 평생 동안 읽을 책보다 더 많은 책을 이미 다 읽었죠. 하지만 네이선처럼 아픈 사람은 공식적인 교육을 지속적으로 받을 수 없을 뿐이죠. 셰퍼드 프랫, 매클리언스, 페인 휘트니,[75] 이런 데가 그가 나온 학교라면 학교일 수 있겠네요. 괜찮은 정신병원치고 그 애가 안 가 본 곳이 없을걸요."

"아, 정말 끔찍하고 슬픈 일이네요. 나도 그가……." 적당한 말을 찾을 수 없었다.

"그가 안정된 상태가 아니라는 것은 알았단 말이죠? 정상이 아니라는 것은."

"네. 바보라도 그건 알았을 거예요. 하지만 그렇게 심각한 줄은 몰랐어요."

"언젠가, 그러니까 네이선이 십 대 후반일 때 한 이 년 정도, 완전히 정상인 것처럼 보일 때가 있었어요. 물론 착각이었죠. 전쟁[76]이 나기 한두 해 정도 전이었는데, 우리 부모님은 브루클린하이츠에 있는 고급 주택에 살고 계셨어요. 어느 날 밤인

75) 이 세 곳은 정신병원 혹은 요양원이다.
76) 1차 세계 대전을 말한다.

가, 부모님과 엄청나게 다투던 네이선이 집을 불태워야겠다는 생각을 하게 됐나 봐요. 정말로 불을 질렀어요. 그때 그 아이를 정신병원에 장기간 입원시켜야 했죠. 정신병원에 입원시킨 게 그때가 처음이었어요. 그 후로도 정신병원을 몇 번 들락날락했죠."

래리 입에서 전쟁이라는 말이 나오자 네이선을 만난 후로 줄곧 궁금해하면서도 어떤 이유에서인지 그냥 무시하고 있던 문제가 떠올랐다. 전쟁 당시 네이선은 군에 복무해야 할 나이였는데, 그가 군 복무에 대해서는 아무런 얘기도 하지 않아서, 나는 괜히 사적인 문제를 물어보지 않는 편이 좋겠다 싶어 궁금해도 참고 있던 터였다. 하지만 지금은 도저히 참을 수 없었다. "전쟁 동안 네이선은 뭘 했나요?"

"물론 병역을 면제받았죠. 제정신일 때 낙하산 부대에 지원하려고 했는데, 우리는 아예 그런 일이 일어나지 못하게 해 놓았어요. 어느 부대에서도 복무할 수 없었을 거예요. 그래서 집에 있으면서 프루스트의 작품과 뉴턴의 『프린키피아』를 읽곤 했죠. 가끔씩 정신병원을 들락거리기도 했고요."

나는 한동안 아무 말도 하지 않았다. 이제까지 별것 아닐 것이라고 억누르고 있던 네이선에 대한 불안과 의심을 너무나도 명쾌하게 사실로 확인시켜 준 이 모든 정보를 가능한 한 모두 받아들이려고 애쓰고 있었다. 그렇게 조용히 앉아 생각에 잠겨 있는데, 서른 살쯤 되어 보이는 검은 머리의 아름다운 여자가 방으로 들어와 래리 쪽으로 걸어가더니 그의 어깨를 만지며 말했다. "잠깐 나갔다 올게, 자기야." 내가 자리에서 일어서자 래리는 아내 미미를 소개시켜 주었다.

"만나 뵙게 되어 정말 반가워요." 그녀가 내 손을 잡으면서 말했다. "네이선 문제에 대해 우리를 도와주시면 좋겠어요. 우리는 네이선을 많이 사랑하고 걱정하고 있어요. 그가 당신 이야기를 자주 해서 당신도 내 시동생처럼 느껴지네요."

내가 뭐라고 인사말을 중얼거리고 나서 무슨 말을 덧붙이기도 전에 그녀가 말했다. "두 분이 대화를 나누시도록 전 이만 나가 볼게요. 다음에 또 뵈면 좋겠네요." 그녀는 놀라울 정도로 아름답고 상냥했다. 그녀가 우아한 걸음으로 두꺼운 양탄자(이제 보니 두툼하고 따뜻하며 너무 화려하지도 않은 디자인이었고, 꽤나 값이 나갈 것 같았다.) 위를 걸어 방을 나가는 모습을 보자 저절로 한숨이 나왔다. 책 한 권 출판하지 못한 채 빈털터리로 고달프게 사는 이름 없는 작가가 아니라, 매력적이고 지적이고 돈도 잘 벌면서 섹시한 아내를 가진 유대인 비뇨기과 의사가 되었더라면 얼마나 좋았을까?

"네이선이 자신 혹은 우리 가족에 대해 당신에게 얼마만큼 얘기했는지 모르겠네요." 래리가 에일 맥주를 한 병 더 건네주며 말했다.

"별로요." 내가 말했다. 그러고 보니 자신이나 가족에 대한 이야기를 정말 별로 안 했다는 생각이 들어 놀라웠다.

"너무 자세히 이야기하면 지루할 테니 간단히 말할게요. 아버지는 상당한 돈을 벌어들이셨어요. 여러 가지 사업을 하셨지만, 주로 코셔 수프를 캔에 넣어 상품화해서 돈을 버셨죠. 라트비아에서 이곳 미국으로 이민 오셨을 때, 아버진 영어를 한마디도 못 하셨지만, 이민 온 지 삼십 년 만에 엄청난 재산을 모으셨어요. 불쌍한 분이죠. 지금은 양로원에 계세요, 아주 비싼 양로원에요. 돈 좀 있다고 과시하려는 게 아니라, 우리 가족이 네이선에게 어떤 치료를 받게 했는지 강조하기 위해서 말하는 겁니다. 그 애는 돈으로 살 수 있는 가장 좋은 치료를 받아 왔어요. 하지만 어떤 치료도 효과가 오래가진 않더군요."

래리는 말을 멈추고 길게 한숨을 쉬었고, 그 한숨에는 고통스럽고 우울한 기분이 짙게 배어 있었다. "그래서 지금까지 그 긴 세월 동안 네이선은 페인 휘트니나 릭스, 메닝거 같은 정신병원을 들락날락했고, 중간에 비교적 제정신이고 안정된 기간 동안에는 밖에서 당신이나 나처럼 정상적으로 생활하며 보냈어요. 화이자 도서관에 일자리를 잡아 주었을 때는 이제 네이선도 영구적 관해[77]를 맞이할 때가 되었다고 생각했죠. 그런 관해나 완전 치료가 드물기는 하지만 완전히 불가능한 건 아니라고 하니까요. 사실 완치율도 상당히 높다고 하더군요. 그 애도 화이자에서의 일에 상당히 만족하는 것 같았어요. 비록 사람들에게 자신이 하는 일을 부풀려서 자랑한다는 소문이 들려왔지만, 특별히 해가 되는 일은 아니었죠. 새로운 의학 기술을 개발했다는 위대한 망상조차 누구에게 해를 끼치지는 않았고요. 그가 안정을 찾고 정상으로 돌아오는 것 같아 보였어요. 완전히는 아니더라도 많이 돌아온 것 같았죠. 그런데 이 아름답고 상냥하고 불행한 과거를 가진 폴란드 아가씨가 나

77) 의학적으로 병세가 호전되고 나아지는 것.

타난 거예요. 불쌍한 아가씨 같으니라고. 네이선 말로는 그 둘이 결혼할 거라던데, 어떻게 생각해요, 스팅고?"

"지금 같은 상태면 힘들겠죠?" 내가 물었다.

"거의 그렇죠." 래리가 주저하다가 말했다. "하지만 어떻게 말리겠어요? 통제가 불가능할 정도로 완전히 미친 것 같으면 영원히 격리시켜야겠죠. 하지만 네이선은 중간에 정상으로 보이는 기간이 상당히 길다는 게 문제예요. 그 기간이 완전한 치유를 의미하지 않는다고 누가 자신할 수 있겠어요? 그런 경우도 많이 보고되어 있는데 말이죠. 그런 일이 일어날 수도 있는데 어떻게 최악의 경우만 상상하고 분명히 또다시 미쳐 날뛸 거라고 단정하고 다른 사람들처럼 살지 못하게 막을 수 있겠어요? 반대로, 네이선이 그 사랑스러운 아가씨와 결혼하고 아이를 낳았다고 생각해 봅시다. 그런데 그 후에 다시 발병했다고 상상해 봐요. 그러면 모두에게 얼마나 불행한 일이 되겠어요!" 그가 잠시 말을 멈추고 마음까지 꿰뚫어 보는 듯한 눈으로 나를 바라보더니 다시 말을 이었다. "내겐 아무런 해답이 없어요. 당신에겐 있나요?" 그러더니 다시 한숨을 내쉬고 말했다. "때로는 인생이 끔찍한 덫이라는 생각이 드는군요."

나는 의자에 앉아서 불안한 마음에 자꾸만 몸을 꼼지락거렸고, 갑자기 말로 표현할 수 없을 정도로 우울해져 마치 내 등에 온 우주의 무게가 실린 듯한 기분이 들었다. 어떻게 래리에게 당신의 동생이자 내 사랑하는 친구가 벼랑 끝까지 간 적이 있었다고 알려 줄 수 있단 말인가? 나는 광기에 대해 종종 이야기를 들었음에도, 그것은 저 먼 곳에 있는 정신병원 병실에서 날뛰는 악마에 사로잡힌 불쌍한 영혼들이 앓는 끔찍한 병이라고 생각했기에 나와는 상관없는 일이라고 여겼다. 그런데 지금 그 광기가 내 무릎 위에 쭈그리고 앉아 있는 것이었다. "제가 어떻게 하면 좋겠어요? 제 말은, 왜 저를……."

"왜 당신을 이곳으로 불렀냐고요?" 그가 부드러운 어조로 끼어들었다. "당신을 왜 불렀는지 솔직히 나도 잘 모르겠어요. 어쩌면 네이선이 약을 하지 않도록 당신이 도와줄 수 있겠다는 생각이 들어서요. 지금으로서는 그게 네이선에게 가장 큰 문제거든요. 아주 위험해요. 벤제드린을 복용하지 않는다면, 자신을 추스르고 정상적인 생활을 할 가능성이 상당히 높아질 수도 있어요. 그런데 내가 할 수 있는 일은 별로 없군요. 우리는 여러 면에서 아주 친하죠. 좋든 싫든 난 그에게 역할 모델이 된 것 같더군요. 하지만 그 애는 내 권위주의적인 면을 싫어하기도 해요. 게다가 얼굴을 자주 보는 것도 아니고. 하지만 그는 당신을 아주 가까운 친구로 생각하고 당신을 존중하더군요. 그런 당신이 그를 죽음으로 몰아갈 수도 있는 약물을 끊도록 그를 설득할 수도(아니, 그건 너무 강한 말인 것 같군요.) 그에게 말을 잘 해 볼 수도 있지 않을까 싶어서요. 그리고 그가 아주 위험한 상황이 아니라면 당신에게 이런 스파이 역할을 해 달라고 하고 싶진 않아요. 그저 그를 주의 깊게 보고 있다가 그가 요즘 어떻게 지내는지 가끔씩 전화로 알려 줬으면 해요. 그와 완전히 소식이 끊긴 것 같고 무력감을 느낄 때가 아주 많았는데, 가끔씩 당신이 소식을 전해 준다면 큰 도움이 될 것 같군요. 내가 너무 무리한 부탁을 하는 건가요?"

"아뇨. 절대로 그렇지 않아요. 도움을 드릴 수 있어서 기쁩니다. 네이선을 돕겠습니다. 소피도요. 그 둘은 내게 아주 소중한 사람들이니까요." 이제 가야겠다는 생각이 들어 나는 자리에서 일어나 래리와 악수를 했다. "상황이 나아지겠죠, 뭐." 나는 스스로도 믿지 않는 낙관적인 말을 중얼거렸다.

"그러겠죠." 래리가 대답했다. 미소를 지으려다가 일그러진 그의 표정을 보면서 그도 나만큼이나 자신이 없으면서 낙관적인 생각을 붙잡고 있구나 하는 생각이 들었다.

래리를 만난 후에도 나는 직무를 태만히 하며 살았다. 래리는 내가 네이선을 주시하면서 분홍 궁전과 자기의 연락책 역할을 해 주기를, 보초로서 그리고 네이선의 발뒤꿈치를 살짝 물어 그를 통제할 수 있는 일종의 경비견으로서의 역할을 해 주기를 기대했다. 내가 마약중독 단계 중 지금 민감한 휴지기를 맞은 네이선을 진정시키고 더 나아가 영원히 정상적인 생활을 하도록 어떤 영향을 미칠 수 있으리라고 생각한 것 같았다. 어찌 됐든 친구라면 그 정도는 되어야 하지 않는가? 하지만 나는 손을 뗐다.(당시에는 이런 표현이 일반적으로 쓰이지는 않았지만 나의 태만함을, 아니 좀 더 정확히 말해 직무 유기를 설명해 주는 가장 적절한 표현인 것 같다.) 내가 그 중요한 며칠 동안 현장에 있었더라도, 네이선을 통제해서 그가 파멸의 나락으로 떨어지는 것을 막지 못했을까 때때로 자신에게 물어보곤 했다. 그럴 때마다 내 대답은 안타깝게도 "그렇다."나 "아마도 그랬을 것이다."였다. 그리고 래리에게 들은 심각한 문제들을 소피에게 전했어야 했을까? 그러나 어떤 일이 일어날지 확신하지 못한 나는 어찌 되었건 네이선은 파멸이라는 미리 결정된 운명(소피의 운명까지 불가피하게 얽혀 들어가 있는 운명)을 향해 미친 듯이 달려가고 있었다는 궁색한 변명을 대며 위안을 삼곤 했다.

이 파국과 관련해 이상한 일들 중 하나는 내가 그들 곁을 떠나 있었던 것은 아주 짧은 기간, 채 열흘도 안 되는 기간이었다는 것이다. 어느 토요일 소피와 함께 존스비치로 소풍을 갔던 것을 제외하고, 수개월 전 뉴욕에 도착한 후로 뉴욕시 외곽으로 나가 본 것은 이때가 처음이었다. 그리고 그 여행의 목적지는 뉴욕시 경계선 바로 바깥에 있는 곳으로, 조지 워싱턴 다리 북쪽으로 차를 타고 삼십 분쯤 가면 나오는 록랜드 카운티에 있는 소박한 시골집이었다. 이렇게 여행하게 된 것은 또 다른 예상치 못한 전화를 받았기 때문이다. 전화를 건 사람은 잭 브라운이라는 평범하기 짝이 없는 이름을 가진 해병대 동기였다. 나는 전화를 받고 너무 놀라서 도대체 어떻게 내 전화번호를 알아냈냐고 물었더니, 그는 버지니아의 아버지 집으로 전화를 걸어 내 전화번호를 알아냈다며 별로 어렵지 않았다고 대답했다. 그 목소리를 들으니 아주 반가웠다. 잭 브라운의 고향인 사우스캐롤라이나를 통과해 흐르는 진흙탕 강물처럼 걸쭉한 남부 사투리가 오랫동안 듣지 못한 밴조 음악처럼 감미롭게 내 귀를 간질였다. 요즘 어떻게 지내냐고 물었더니 그가 이렇게 대답했다. "좋아, 스팅고, 아주 좋아. 여기 올라와서 양키들 속에서 사는 것도 괜찮은 일이데. 그나저나 한

번 놀러 와라."

나는 잭 브라운을 아주 좋아했다. 젊을 때 사귄 친구들은 나중에 만난 친구들과는 달리 희한하게도 우정과 사랑이 평생 가는 경우가 많은데, 잭 브라운이 내게는 그런 친구들 중 하나였다. 그는 똑똑하고 착하고 박식했으며, 놀랄 정도로 창의적인 유머 감각이 있고, 사기와 사기꾼을 알아보는 출중한 능력을 가졌다. 남부 법정에서 나올 법한 남부 사투리를 은근히 사용하기도 했던(이는 부분적으로는 유명한 판사였던 그의 아버지에게 아이디어를 따온 것 같았다.) 그의 신랄한 유머는 전쟁 당시 듀크에서의 그 힘든 훈련 기간 동안 나를 끊임없이 웃게 만들었다. 훈련을 통해 우리를 아무것도 모르는 풋내기 신병에서 능력 있는 병사로 바꿔 놓겠다고 결심한 해병대는 이 년간의 교육 과정을 일 년도 안 되는 기간에 억지로 실시해 의도했던 바와 다르게 어설프기 짝이 없는 졸업생들만 양산하게 되었다. 나보다 약간 나이가 많은 잭은(나보다 구 개월이 많았는데, 이것이 당시에는 아주 중요한 의미가 있었다.) 전쟁터에 가게 되었고, 나는 운 좋게도 털끝 하나 다치지 않은 채 계속 훈련을 받았다. 전황이 급박하게 돌아가자 잭은 태평양에 파병되어 이오지마[78] 공격을 준비하게 되었고, 나는 노스캐롤라이나 늪지대에서 계속 전투 훈련을 받았다. 그때 그는 내게 편지를 보내곤 했는데, 놀랄 정도로 긴 그 편지들은 유쾌하고

78) 유황도라고도 하며 2차 세계 대전 당시 일본군 기지로 사용되었다가 1945년 3월 미 해병대와의 전투에서 일본군이 패한 후에는 미 공군 기지로 사용되었다.

도 외설적이었고 격렬한 감정을 드러내 보이다가도 체념한 듯 낙관적이고 쾌활한 어조를 견지했다. 나는 그런 문체가 잭만의 고유한 문체라고 생각했는데, 나중에 보니까 『캐치 22』에서 기적적으로 부활해 있었다. 심지어 끔찍한 부상을 당한 후에도(이오지마에서 한쪽 다리를 거의 다 잃었다.) 그는 의기양양하다고 할 만큼 쾌활함을 잃지 않았고, 병원에 누워서 주아 드 비브르(삶의 기쁨)와 스위프트[79] 식의 신랄함과 에너지 넘치는 편지를 써 보내곤 했다. 그가 자살이라도 하고 싶은 절망에 빠지지 않을 수 있었던 것은 엄청난 인내심 덕분이었다고 생각한다. 그는 의족을 하고서도 전혀 의기소침해하지 않았고, 절뚝거리며 걷는 모습이 허버트 마셜처럼 매력적이라고 너스레를 떨기까지 했다.

이런 이야기를 하는 것은 잭이 가진 인간적 매력과, 네이선과 소피에 대한 내 의무를 게을리하는 부담까지 지면서도 그의 초대에 뛸 듯이 기뻐한 이유를 설명하기 위해서다. 듀크 시절에 조각가가 되고 싶어 한 잭은 전쟁이 끝난 후 미술 학생 연맹에서 공부한 후, 나약 근처의 조용한 구릉에 자리를 잡고 주철과 판금으로 거대한 규모의 작품을 만들며 살았다. 이렇게 경제적 걱정 없이 작품 활동에 주력할 수 있었던 것은 (그가 거리낌 없이 인정한 대로) 사우스캐롤라이나 최대의 방적 공장 소유주의 딸인 아내가 엄청난 지참금을 가져왔기 때문이다. 초대를 받고 나서 처음에는 지금 한창 소설을 잘 쓰고 있

79) 『걸리버 여행기』로 유명한 영국의 작가.

는데 갑자기 중단하면 나중에 다시 쓰기가 힘들어질지 모른다는 이유를 대면서 거절했지만, 그는 자기 집 안에 나 혼자 작업할 수 있는 공간이 있다면서 내 걱정을 일시에 해결해 주었다. 그가 아내 얘기를 꺼내며 덧붙였다. "그리고 돌로레스에게 여동생이 있는데 마침 우리 집에 온대. 이름이 메리 앨리스거든. 지금 한창 물이 오른 스물한 살의 아가씨인데, 정말 그림같이 예뻐. 르누아르의 그림 말이야. 게다가 아주 적극적이야." 나는 흐뭇한 마음으로 '적극적'이라는 단어를 곱씹어 보았다. 끊임없이 샘솟는 성적 기대감이 그의 이야기를 들으면서 벌써 마음을 압도하고 있었기 때문에 더 이상의 유인책은 필요 없었다.

메리 앨리스. 오, 하느님, 메리 앨리스. 메리 앨리스에 대한 이야기는 곧 쓰겠다. 그녀는 내게 심리적으로 나쁜 영향을 끼쳤기 때문에, 비록 짧은 기간이지만 나와 소피의 관계를 어둡게 채색했기 때문에 이 이야기에서 꼭 언급해야 할 중요한 인물이다.

소피와 네이선과 관련해서는, 내가 떠나기 전날 저녁 메이플 코트에서 있었던 작은 파티 이야기를 간단히 하고 넘어가야겠다. 그 파티는 즐거운 행사가 되어야 했지만(그리고 다른 사람의 눈에는 그렇게 보였겠지만) 두 가지 이유 때문에 나는 불안하고 불길한 느낌을 떨쳐 버릴 수 없었다. 첫째는 소피의 음주 문제였다. 네이선이 돌아오고 나서 한동안은 소피도 술을 자제하는 것 같았는데 아마도 곁에 있는 네이선이 의식되어서인 듯했다. 예전의 그들은 샤블리 와인 한 병 정도를 마실 뿐 그 이상 마시는 것을 본 적이 없었다. 그러나 이제 소피는 네이선이 없을 때 마시던 습관대로 셸레이 위스키를 연거푸 마셔 댔고, 처음에는 별다른 변화를 보이지 않고 멀쩡하다가도 결국에는 혀가 꼬부라지는 소리를 내곤 했다. 그녀가 왜 다시 독주를 마셔 대는지 이유를 알 수 없었다. 나는 아무 말도 하지 않았지만(말을 해도 네이선이 해야 하지 않나 싶어서였다.) 소피가 너무나 빠르게 알코올 중독자가 되어 가는 게 아닌가 싶어 몹시 걱정되었다. 더군다나 네이선이 이런 상황을 눈치채지 못하는 것 같아서, 아니 눈치챘다고 하더라도 이렇게 독주를 많이 마셔 대는 위험한 습관을 버리도록 하기 위해 필요한 예방 조처를 취하지 않아서 굉장히 당혹스러웠다.

그날 저녁 네이선은 평소처럼 말이 많고 매력적이었으며, 내게 맥주가 떨어질 만하면 큰 잔으로 시켜 주고 또 시켜 주고 해서 나중에는 심하게 취기가 오를 정도가 되었다. 그는 어디서 주워들었는지 주로 유대인이 등장하는 연예계와 관련된 엄청나게 재미있는 농담을 여러 개 들려주어 소피와 나를 넋을 잃게 만들었다. 나는 그가 수개월 전 내 지성과 감성을 포위 공격한 첫날 이후로 내가 보아 온 것 중 가장 건강한 상태라고 생각했다. 이렇게 재미있고 매력적인 사람과 함께 있다는 사실에 기쁨으로 몸을 떨기까지 한 나는, 마침 그가 한 짧은 말 한마디에 물이 순식간에 하수구로 빠져 내려가듯이 기쁨이 사라지는 것을 느꼈다. 분홍 궁전으로 돌아가려고 다들 자리에서 일어설 때였다. 광기가 숨어 있는 눈의 동공 뒤편이 앞으로 나온 상태에서 나를 바라보며 그가 갑자기 진지해진 어조로 말했다. “자네가 내일 아침 시골로 향할 때 생각할 거리를 마련해 주기 위해 지금까지 말 안 하고 있었는데 말이야, 자네가 돌아오면 우리에겐 엄청나게 큰 축하거리가 생겨 있을 거야. 뭐냐 하면, 우리 연구팀이 소아마비 백신 개발에 성공했다는 것.” 그는 당시에는 너무나 큰 두려움을 불러일으키던 단어에 이르러서는 음절마다 똑똑 끊어서 분명히 발음했다. 소아마비의 종말. ‘마치 오브 다임스’[80]가 더 이상 필요 없게 되었다. 인류의 구세주 네이선 랜다우가 나타났으므로. 나는 울고 싶었다. 무슨 말이라도 한마디 해야 했지만, 래리의 말이 기억난 나는 아무 말도 할 수 없었다. 그래서 어둠 속을 천천히 걸어 분홍 궁전으로 돌아가면서, 조직과 세포 배양에 관한 네이선의 열성적인 설명에 귀를 기울였다. 그러다가 한번은 소피의 딸꾹질을 멈추게 하기 위해 걸음을 멈추고 그녀의 등을 때리기도 했지만, 연민과 두려움으로 점점 더 무거워져만 가는 마음으로 한마디도 하지 않은 채 다시 발걸음을 옮겼다.

그 후 여러 해가 흐른 지금도 록랜드 카운티에서의 체류가 네이선과 소피에 관한 걱정으로부터 해방된 즐거운 휴가였다고 말할 수 있으면 좋겠다는 생각을 하곤 한다. 일주일에서 열흘 정도 창의적인 집필 활동에 몰두하다가, 잭 브라운이 넌지시 한 말로 기대를 갖게 된 환상적인 섹스를 할 수 있었다면, 그것은 그동안 내가 겪은 걱정 근심과 곧 다시 겪게 될 도저히 상상할 수 없을 정도로 커다란 걱정 근심에 대한 충분한

80) 미국의 소아마비 구제 모금 운동 단체.

보상이 되었을지도 모르겠다. 그러나 그 방문은 대혼란으로 끝이 났고, 그 명백한 증거는 앞에서 소개한 레슬리 라피더스와의 일을 적어 놓은 일기장에 적혀 있다. 논리적으로는 그 방문이 내가 그렇게도 기대한 것처럼 즐겁고 평화로운 휴식이 되어야 했다. 사실 그런 휴식이 될 수 있는 요소는 모두 갖추고 있었다. 숲속 깊숙이 한적한 곳에 자리 잡은 옛 식민지 시대 네덜란드 양식의 고풍스러운 농가, 매력적이고 젊은 주인과 쾌활한 그의 아내, 편안한 잠자리와 풍요로운 남부식 식탁, 넘쳐 나는 독주와 맥주 그리고 메리 앨리스 그림볼의 품에서 마침내 절정에 도달하리라는 밝은 희망이 있었다. 매력적인 보조개에 티 하나 없이 깨끗한 삼각형의 얼굴, 도발적으로 약간 벌어진 촉촉한 입술, 탐스럽게 흘러내리는 금발, 걸을 때마다 출렁이는 탐스러운 엉덩이를 가진 메리 앨리스는 컨버스 칼리지에서 영어학을 전공한 매력적인 아가씨였다.

이보다 더 매력적인 휴식이 있을 수 있을까? 여기 하루 종일 글쓰기에 몰두하는 젊은 남자가 있다. 나무 의족을 한 조각가 친구의 조각칼 소리가 경쾌하게 들려오고 부엌에서는 치킨과 허시퍼피 튀기는 냄새가 풍겨 온다. 그날 저녁에 모두들 한자리에 모여 앉아 맛있는 저녁 식사를 하며 고향 사투리로 나지막하게 정담을 나눌 것이고, 게다가 그 자리는 두 명의 아리따운 젊은 여성이 함께해 더 화기애애해질 것이며 그중의 한 명은 밤이 깊어지면 그와 함께 열정적으로 사랑을 나누며 서로 속삭이고 신음하고 기쁨에 찬 비명을 지르리라는 기대에, 그는 더 신이 나서 글을 써 내려간다. 사실 매우 가정적이고 소박한 이런 환상은 대부분 실현되었다. 나는 잭 브라운과 그의 아내와 메리 앨리스와 함께 지낸 그 기간 동안 상당한 분량의 원고를 썼다. 우리 넷은 종종 숲에 있는 수영장에서 함께 수영을 했고(날씨는 여전히 더웠다.) 식사 때마다 함께 모여 즐겁게 고향 이야기를 나누곤 했다. 그러나 고통스러운 점도 있었다. 그것은 존재한다는 생각조차 못 했고 당연히 경험한 적도 없는 변태적인 성행위에 노출되었던 새벽의 시간들, 내가 메리 앨리스와 몰래 만나던 그 새벽의 시간들이었다. 메리 앨리스에 대해서는 수개월 전 또 다른 재난과도 같은 경험에 대해 내가 휘갈겨 써 놓은 그 일기장에 아주 냉혹하게, 그것도 레슬리와 비교해 분석해 놓았다.

……콕 티즈[81]보다 더 나쁜 유형이 있다는 것을 이제야 깨닫는다. 동이 트기 전 몇 시간 동안 이곳에 앉아 귀뚜라미 소리를 들으며, 사흘 동안 계속된 그녀의 황당한 행동과 내게 일어난 재난을 곱씹어 보고 있다. 욕실 거울에 나 자신을 비춰 보니 얼굴과 몸에서 뭐가 빠져 있거나 흉한 곳은 한 군데도 없다. 사실 상당히 괜찮은 외모라고 할 만하다. 우뚝 솟은 코에 지적인 갈색 눈, 건강한 혈색, 멋진 골격,('귀족적'이라고 할 만큼은 아니지만, 충분히 각이 져서 지나치게 평범한 얼굴은 아니다.) 남성적인 턱과 입, 이 모든 것을 종합해 보면 바이탈리스 광고에 나오는 모델처럼 전형적인 미남은 아니더라도 미남이라고 하기에

81) 아슬아슬하게 유혹하면서도 몸은 허락하지 않는 여자.

충분한 얼굴이다. 그러므로 그녀가 내 외모에 혐오감을 느꼈을 리는 만무하다. 메리 앨리스는 감수성이 풍부하고 교양 있으며(아니, 좀 더 정확히 말하자면, 그녀와 내가 모두 관심 있는 책들 중 한두 권에 대해 깊은 식견을 가졌다.) 고상하면서도 유머 감각이 있고(까르르 웃어 젖힐 일은 없었지만, 형부인 잭 브라운에 버금가는 유머 감각을 가졌다.) 남부에서 자란 여자치고는 '세상사'에 대해 비교적 진보적이고 자유로운 견해를 가진 것 같다. 그런데 종교에 대해 자주 언급하는 경향이 있기는 하다. 둘 중 어느 누구도 사랑한다고 선언한다든가 하는 경솔한 행동은 하지 않는다. 그러나 그녀가 심하게는 아니더라도 성적으로 흥분한 것은 분명해 보인다. 그러나 레슬리와는 정반대되는 이미지로, 우리가 뜨겁게 포옹할 때 보이는 열정(어느 정도 꾸미고 과장된 부분이 있다는 게 내 생각이다.)에도 불구하고 그녀는 (상당수의 남부 여자들과 마찬가지로) 언어 영역에서는 상당히 점잔을 뺀다. 예를 들어 그저께 밤 한 시간 정도 공을 들여 이제 막 '사랑을 나누는' 단계로 들어가려 하면서 너무도 흥분해 있던 나는 그녀의 귀에 대고 엉덩이가 멋지다고 부드럽게 속삭이면서 손을 뻗어 만지려고 했다. 그러자 그녀가 몸을 떼어 내며 날카로운 목소리로 말했다. "그 단어 정말 싫어요! '히프'라고 할 수 없어요?" 그때 나는 더 이상 노골적이거나 음란한 표현을 쓰면 모든 것이 물거품이 되고 말지도 모른다는 것을 깨달았다.

멜론처럼 탐스럽고 둥근 젖가슴도 보기 좋았지만, 그녀의 어느 부분도 엉덩이만큼 완벽하고 멋져 보이지는 않는다. 그 엉덩이는 소피의 것을 제외하고는 가히 엉덩이의 귀감이 될 만한 것으로, 그녀가 자주 입는 우중충하고 헐렁한 플란넬 치마 속에 숨어 있으면서도 아주 완벽한 조화를 보여 준다. 그런 그녀의 엉덩이를 볼 때마다 내 생식선은 노새에게 걷어채기라도 한 것처럼 통증을 느낀다. 키스하는 능력은 그저 그렇다. 지칠 줄 모르는 힘과 기술로 영원히 기억될 레슬리와는 달리 그녀의 키스는 많이 서투르다. 메리 앨리스가 레슬리와 마찬가지로 그녀의 탐스러운 몸속 좀 더 깊은 곳에는 손가락 하나 대지 못하게 할지라도, 왜 나는 그녀가 기꺼이 해 주는 유일한 서비스가(비록 즐거움도 없고 기계적이기는 하지만) 몇 시간이고 나의 성기를 어루만져 주는 것이라는 기괴한 사실에 당혹스러움을 느낄까? 내가 온몸의 힘이 빠져 축 늘어질 때까지 그리고 이 기괴한 성행위에 수치심을 느낄 때까지 손으로 해 주는 것이라는 사실에 왜 당혹스러움을 느낄까? 내 평생에 거의 처음으로 경험하는 것이라 처음엔 무척 자극적이었다. 그 침례교도 아가씨의 손이 엄청나게 긴장해서 서 있는 내 성기를 만질 때의 느낌이 너무도 황홀해서 거의 정신을 잃을 지경이었고, 그래서 나는 곧바로 항복하고 우리 둘을 모두 젖게 만들었다. 까다로운 성격의 그녀는 놀랍게도 별로 개의치 않는 것 같았고, 내가 건네준 손수건으로 손을 쓱쓱 닦았다. 그러나 사흘 밤 동안 아홉 번의 오르가슴을 경험하고 나서는(하룻밤에 세 번씩이었다.) 아무런 느낌도 없을 정도로 둔감해졌고, 이런 행위가 굉장히 변태적이라는 생각이 들었다. 이탈리아 사람들이 '펠라티오(구강성교)'라고 부르는 것을 해도 좋다는 나의 무언의 암시에(손으로 그녀의 머리를 부드럽게 아래로 밀어 내리는 동작을 해 보였다.) 그녀는 갑자기 극도의 혐오감을 표현했고(마치 캥거루 고기를 날로 먹으라는 요구를 받은 것처럼 반응했다.) 나는 그 방법을 완전히 포기해 버렸다.

그리하여 조용히 땀을 흘리는 가운데 하룻밤이 가고 또 다른 밤이 온다. 그녀의 젊고 탐스러운 가슴은 소박한 면 블라우스 속에 철저히 갇혀 있다. 그녀의 허벅다리 사이에 숨어 있는 요새에는 접근할 엄두도 내지 못한다. 포트 녹스[82)]처럼 견고하고 안전하다. 그러나 보라! 매시간마다 내 성기는 불끈 일어서고, 메리 앨리스는 아주 무심한 얼굴로 그것을 잡고 마라톤 선수처럼 끈질기게 상하 운동을 시켜 준다. 그러는 동안 나는 우스꽝스럽게도 숨을 헐떡이며 신음을 내뱉다가 "오, 세상에, 너무 좋아, 메리 앨리스!" 같은 말을 내뱉고, 아름답지만 냉담하기 짝이 없는 그녀의 얼굴을 가끔씩 훔쳐보며, 내 안에서 욕망과 절망이(이 행위의 변태성과 황당함을 의식하게 되면서 절망이 점점 더 커진다.) 똑같이 솟아오르는 것을 느낀다. 이제 완전히 동이 튼다. 안개에 휩싸인 고요한 래머포 언덕이 보이고, 새들이 지저귀는 소리가 들려온다. 불쌍한 내 성기는 죽어 가는 벌레처럼 축 늘어져 있다. 이렇게 깊은 절망과 좌절을 느끼는 건 적어도 부분적으로는 메리 앨리스가 너무도 냉담한 표정으로 내게 해 주는 서비스는 나 자신이 더 많은 애정을 담아 더 잘할 수 있다는 것을 알았기 때문이라는 것을 깨닫는 데 왜 며칠 밤이나 걸려야 했을까.

82) 미국 켄터키주의 연방 금괴 보관소 소재지.

다음 내용을 일기에 적어 넣은 것은 잭 브라운의 집에서의 체류가 거의 끝나 갈 즈음(처음으로 가을의 서늘한 냉기가 느껴진 비 오는 아침)이었다. 거미가 기어가듯 알아보기 힘든 글씨체는(물론 여기에 그대로 옮겨 놓을 수는 없지만 말이다.) 내가 얼마나 격심한 감정의 소용돌이를 겪었는지를 잘 보여 준다.

잠 못 이루는 밤. 잭 브라운의 오해가 나를 비참하게 한다고 해서 내가 무척이나 좋아하는 그를 비난할 순 없다. 메리 앨리스가 내 고통의 원인이 된 게 그의 잘못은 아니지 않은가. 그는 지난 한 주간 메리 앨리스와 내가 스컹크처럼 줄곧 섹스를 해왔다고 생각하는 게 분명하다. 그가 나와 둘만 있을 때 다 안다는 듯 싱글거리는 표정으로 내 옆구리를 쿡쿡 찌르면서 한 말을 종합해 보면 내가 자신의 아름다운 처제와 한껏 재미를 보고 있다고 생각하는 게 틀림없다. 그러나 겁쟁이인 나는 그의 잘못된 생각을 바로잡아 주려는 엄두도 내지 못하고 있다. 오늘 밤, 이제까지 먹어 본 것 중 가장 맛있는 버지니아 햄이 인상적인 저녁 식사를 마치고, 우리 넷은 나약으로 가서 그저 그런 영화를 한 편 보고 돌아왔다. 자정이 지나자 잭과 돌로레스는 침실로 들어가 버리고, 메리 앨리스와 나는 1층 일광욕실에 있는 우리 사랑의 보금자리에 편히 누워 불행한 의식을 재개한다. 나는 기죽지 않으려고 맥주를 많이 마신다. '키스'가 시작된다. 처음에는 상당히 감미롭고 좋지만, 지나치게 오랫동안 전희가 계속되는 것 같은 느낌이 든다. 이윽고 이제 나로서는 지루하고 거의 참을 수 없을 정도로 불쾌한 일이 되어 버린 그녀의 행동이 또다시 시작된다. 이제 메리 앨리스는 내가 먼저 행동을 주도하기를 기다리지도 않고 바로 내 바지 지퍼를 더듬어 내린 후, 그 야비한 손으로 이미 많이 지치고 식상해 있는 내 성기를 무감하게 만지기 시작한다. 그러나 이번에는 내가 하루 종일 예상했던 대결을 벌일 준비를 하며 그녀의 손길을 가로막는다. 내가 말한다. "메리 앨리스, 이제 우리 터놓고 얘기 좀 해 보는 게 어떨까? 어떤 이유에선지 우린 이 문제에 대해 거의 이야기를 나누지 않았잖아. 당신을 많이 좋아하지만, 솔직히 말해서 이렇게 좌절감만 주는 행동은 더 이상 받아들일 수 없어. 혹시 그게 두려워서…….(그녀가 말에 민감하다는 것을 잘 아는 나로서는 차마 노골적으로 표현할 수 없다.) 혹시 그게 두려워서 그래? 만일 그렇다면 사고를 치지 않을 방법이 있어. 아주 조심할게. 약속해." 그녀는 한동안 말이 없더니 치자 향이 강하게 나는 탐스러운 머리를 내 어깨에 기대고 한숨을 쉰 후 말문을 연다. "아냐, 그런 게 아냐, 스팅고." 그러고는 다시 입을 다문다. "그럼 뭐야? 키스한 거 빼고는 말 그대로 당신을 건드리지도 못했어. 어디도! 자연스러운 일이 아닌 것 같아, 메리 앨리스. 사실 우리가 하는 행위가 좀 변태적인 것 같다는 생각도 들어." 한동안 침묵하던 그녀가 말문을 연다. "아, 스팅고, 나도 모르겠어. 나도 당신을 아주 많이 좋아해. 하지만 당신도 알다시피 우리가 서로 사랑하는 건 아니잖아. 내게 섹스와 사랑은 따로 떨어질 수 없는 거야. 내가 사랑하는 남자를 위해서 섹스를 남겨 놓고 싶어. 우리 모두를 위해 그게 좋을 것 같아. 예전에 한 번 심하게 덴 적이 있거든." 내가 묻는다. "데었다는 말이 무슨 뜻이야? 누구를 사랑한 적이 있었어?" 그녀가 대답한다. "응, 그렇다고 생각했어. 그 사람한테 심하게 데었어. 다시는 그런 일 당하고 싶지 않아."

그녀가 내게 들려준 슬픈 사랑 이야기는 지독히 불쾌하면서 대단히 보편적인 이야기로, 1940년대의 도덕성과 그녀가 내게 그런 고문을 자행하게 만든 정신 병리학적 이유를 동시에 설명해 준다. 그녀에게는 월터라는 약혼자가 있었는데 해군 항해사였고, 그 둘은 약혼할 때까지 사 개월 동안 연애했다고 한다. 약혼하기 전 이 기간 동안(그녀는 세상 누구라도 흠잡지 못할 완곡한 표현을 써서 설명한다.) 그들은 본격적인 성관계를 갖지 않았다. 다만 그의 간절한 부탁으로 그의 성기를 때려 주었고('그를 자극했고')(내게 그랬던 것처럼 무덤덤하게 해 주었겠지만 말이다.) 그가 '쏟아 내도록' 하기 위해서(그녀는 실제로 이 불쾌한 단어를 썼다.)뿐만 아니라, 그가 자꾸만 침범하려는 소중한 곳을 보호하기 위해 매일 밤 이 짓을 했다.(사 개월이라니! 월터의 푸른색 해군복 바지와 그 바지를 흠뻑 적셨을 정액을 상상해 보라!) 그 불쌍한 해군이 결혼할 의향이 있음을 공식적으로 밝히고 반지를 내밀었을 때에야(메리 앨리스는 그 단조롭고 순진한 어조로 계속 말한다.) 그녀는 허리 아래의 깊은 곳을 허락했다. 이것은 그녀가 자라는 동안 버팀목이 되어 준 침례교 신앙이 결혼할 가능성조차 없는 상태에서 성적 결합을 하는 사람들에게는 죽음만큼이나 확실한 고통이 따를 것이라고 가르쳤기 때문이다. 그녀는 말을 계속하면서도 결혼을 하기도 전에 그런 행동을 한 것이 엄청난 죄악이라고 진짜로 믿는 것 같왔다. 여기서 그녀는 나를 분노로 떨게 만드는 말을 하고야 만다. "내가 당신을 열망하지 않는다는 뜻이 아니야, 스팅고. 내게도 강한 욕망이 있어. 월터가 내게 사랑을 나누는 법을 가르쳐 줬어." 그러고는 그녀가 '의견 존중', '부드러움', '정절', '이해', '연민' 등 쓰레기 같은 기독교 관념에 대해 진부하기 짝이 없는 생각을 늘어놓는 것을 들으면서 갑자기 나는 강간을 하고 싶은 강한 욕망에 휩싸인다. 어쨌든 그녀의 이야기에 끝을 맺자면, 월터는 결혼식 전날 그녀를 버렸고 그것은 그녀 인생 최대의 충격이었다. "그렇게 해서 심하게 데고 만 거야, 스팅고. 이제 다시는 그런 일을 당하고 싶지 않아."

나는 한동안 아무 말도 하지 않는다. "그것 참 안됐군. 슬픈 얘기야." 그러고는 빈정거림을 감추려고 노력하면서 덧붙인다. "정말 슬픈 얘기야. 그런 일이 많은 사람에게 일어나는 것 같아. 하지만 월터가 왜 당신을 버렸는지는 알 것 같아. 메리 앨리스, 건강하고 젊은 두 남녀가 결혼이라는 가장무도회를 거치고 나서야 섹스를 할 수 있다고 생각해? 정말로 그렇게 생각해?" 그녀의 몸이 굳어지더니 그 끔찍한 단어가 나오자 놀라 숨을 헐떡거리며 내게서 몸을 빼낸다. 그녀의 까다로운 태도에 내 안에서는 분노의 불길이 더욱 거세진다. 그녀는 내게서 분노가 마구 뿜어져 나오는 것에 깜짝 놀란다.(그런 그녀의 반응은 어찌 보면 당연한 일일지도 모른다.) 나도 그녀에게서 몸을 빼내 일어선다. 이제 걷잡을 수 없어진 분노로 몸을 떨며 서서, 키스로 립스틱이 번진 그녀의 입술이 놀라서 약간 벌어져 있는 걸 바라본다. "당신은 월터에게 사랑을 나누는 법을 배우지 못했어, 이 어리석은 거짓말쟁이 아가씨!" 내가 큰 소리로 외친다. "당신은 이제까지 살면서 단 한 번도 섹스를 제대로 해 보지 못했어! 월터에게 배운 거라곤 당신 가랑이 사이로 들어오고 싶어 하는 불쌍한 자지들을 손으로 만져 주는 방법밖에 없을걸. 당신의 그 아름다운 엉덩이가 기쁨을 느끼게 하려면 단단하게 선 자지가 필요해. 당신이 가둬 놓고 있는 보지 사이로 기꺼이 몸을 쑤셔 박을 자지 말이야, 빌어먹을……." 나는 이성을 잃어버리고 이런 말을 쏟아 내는 자신이 부끄러워져 숨을 헐떡이며 말을 멈춘다. 그러나 메리 앨리스가 여섯 살짜리 어린아이처럼 손가락으로 양쪽 귀를 다 막고 눈물을 줄줄 흘리는 모습을 보니 실성한 듯 웃음이 터져 나온다. 트림을 하니 맥주가 올라온다. 나 자신이 사나운 괴물로 변한 것 같다. 그러나 그녀에게 윽박지르는 걸 멈출 수 없다. "당신 같은 콕 티즈들은 수백만 명의 용감한 젊은 남자들을 완전히 고자로 만들어 버렸어! 당신들의 그 소중한 엉덩이를 지키기 위해 전쟁터에서 목숨을 거는 남자들을 말이야." 말을 마친 나는 일광욕실 문을 박차고 나가 발을 쿵쿵 울리며 2층 내 침실로 올라간다. 그리고 여러 시간 동안 잠을 이루지 못하고 뒤척이다가 마침내 살큼 잠에 빠져서는(프로이트적인 명확성 때문에 소설에 싣기는 싫지만, 친애하는 일기장이여, 네게까지 숨기고 싶지는 않다.) 내 평생 처음으로 동성애를 하는 꿈을 꾼다!

그날 늦은 아침나절(앞에 실은 내용을 일기장에 적어 놓고 몇 통의 편지를 쓰고 나서 얼마 지나지 않아서였다.) 나는 지난 며칠간 신나게 글쓰기 작업을 해 온 탁자 앞에 앉아, 우울한 기분으로 검은 구름처럼 내 의식을 스치고 지나간 동성애의 환상에 대해(내 마음속에서 곪아 가면서 내 영혼의 전반적 건강을 걱정하게 만든 그 환상에 대해) 생각했다. 계단에서 잭 브라운의 절뚝거리는 발소리가 들리더니 이윽고 나를 부르는 소리도 들려왔다. 호모가 되어 버렸다는 끔찍하지만 있을 법한 가능성에 대한 두려움에 푹 빠져 있던 나는 그가 부르는 것을 듣지도 못했고 즉시 대답하지도 못했다. 메리 앨리스가 나를 거부했다고 해서 내가 갑자기 동성애자로 변모하는 것은 지나친 비약이라는 느낌도 들었지만, 가능성을 완전히 배제할 수도 없었다.

듀크 대학교에서 심리학 과목을 들으면서 나는 성적인 문제를 다룬 책을 상당히 많이 읽었고, 그 책들을 통해 몇 가지 설득력 있는 사실들을 알았다. 즉 갇혀 있는 영장류 수컷들은 암컷이 곁에 없으면 자기네끼리 교접하려 하며 많은 경우에는 성공을 거둔다는 사실이다. 또한 오랫동안 징역살이를 해 온 죄수들 중 상당수는 기꺼이 동성애적 행동을 하게 되는데, 그런 행동이 오히려 당연해 보이기까지 한다는 것이다. 여러 달 동안 바다에 나가 생활하는 남자들은 서로에게서 즐거움을 찾을 것이다. 내가 해병대에 있을 때 '포기 베이트'(사탕이라는 의미의 속어)의 어원에 대해 듣고는 대단히 흥미로워한 적이 있는데, 그것은 나이 든 선원들이 볼과 엉덩이가 포동포동한 어린 선원들을 꾀기 위한 유인책이라는 의미에서 비롯되었다고 했다. 아, 몰라, 남색꾼이 됐으면 됐지, 뭐 어때. 나는 생각했다.

나만 그렇게 된 것도 아니고 전례가 많지 않은가. 게다가 내가 비록 형식적으로 어디에 갇힌 적은 없더라도, 감옥에 갇혀 있는 것이나 돛배를 타고 이성 간의 건전한 섹스라는 목적지를 향해 끝도 없이 항해해 가는 것이나 매한가지 아닌가. 스무 살 짜리 죄수나 사랑에 번민하는 원숭이의 성적 본능을 통제하는 기제와 유사한 내 안의 심리적 밸브가 터져 버려 나를 생물학적 선택이라는 압력의 불쌍한 희생자(그러나 틀림없는 변태)로 만들어 놓았다고 생각해 볼 수 있지 않을까?

음울한 기분으로 이런 생각에 빠져 있던 나는 문밖에서 잭 브라운이 외치는 소리에 깜짝 놀라 정신이 들었다. "일어나, 친구, 전화 왔어!" 전화번호를 남긴 곳은 분홍 궁전밖에 없었으므로 전화가 올 데도 거기밖에 없다는 생각에 불길함을 느끼며 계단을 내려간 나는 모리스 핑크의 낯익은 목소리를 듣자 더욱 불안해졌다.

"빨리 돌아와야겠어. 여기 난리가 났어."

처음에는 심장이 멎는 듯하더니 갑자기 사납게 쿵쾅거리기 시작했다. "무슨 일인데요?" 내가 나지막한 목소리로 물었다.

"네이선이 또 미쳐 날뛰는데, 이번에는 정말 심해. 불쌍한 인간."

"소피! 소피는 어때요?"

"소피는 괜찮아. 네이선이 또 그 여잘 늘씬하게 팼는데, 그래도 어디 크게 다친 데는 없는 것 같아. 네이선이 소피를 죽이겠다고 설치더라고. 그래서 소피는 도망쳐 버렸고 지금은 어디 있는지 몰라. 그런데 도망가면서 자네한테 전화 좀 해 달라고 그러더라고. 빨리 돌아오는 게 좋겠어."

"네이선은 어때요?"

"그 인간도 어디론가 가 버렸는데, 곧 돌아올 거라고 하더라고. 미친 새끼. 경찰에 신고할까?"

"아니, 아뇨." 내가 재빠르게 대답했다. "젠장, 하지 말아요!" 그리고 잠시 가만히 있다가 덧붙여 말했다. "갈게요. 소피 좀 찾아봐 줘요."

전화를 끊고 나서 몇 분 동안 마음을 졸이던 나는 잭 브라운이 아래로 내려오자 마음을 가라앉히기 위해 그와 커피를 마셨다. 이전에도 소피와 네이선 그리고 그들의 폴리 아 되(둘이서 하는 미친 짓)에 대해 잭에게 이야기한 적이 있었지만 아주 대략적인 내용만 얘기해 준 터라, 이제 괴롭지만 좀 더 자세히 들려줘야 할 것 같다는 생각이 들었다. 내 말을 들은 후 그는 어떤 이유에서인지 내가 미처 생각하지 못하던 것을 하라고 제안했다. "그 형이라는 사람한테 전화해." 그가 주장했다.

"알았어." 내가 말했다. 그리고 다시 수화기를 집어 들었지만, 살면서 종종 만나게 되는 커다란 위기의 순간에 우리를 방해하는 난관에 부딪치게 되었다. 비서는 래리가 의사 모임에 참가하기 위해 토론토에 가 있다고 했다. 부인도 함께 갔다고 했다. 제트 여객기가 나오기 전인 그 시절의 토론토는 도쿄만큼 먼 곳이었다. 나는 절망의 한숨을 푹 내쉬었다. 전화를 끊자마자 다시 전화벨이 울렸다. 이번에도 한결같이 퉁명스러운 모리스 핑크였는데, 예전에는 그의 어투가 아주 마음에 안

들었지만 지금은 대단히 반갑게 느껴졌다.

"방금 소피한테 연락받았어."

"어디 있대요?" 내가 큰 소리로 물었다.

"그 폴란드 의사 사무실에 있었다는데, 지금은 거기에 없고 팔 엑스레이를 찍어 보려고 병원에 갔대. 네이선이 팔을 부러뜨린 것 같대. 개새끼. 소피가 당신보고 꼭 좀 와 달래. 당신이 데리러 올 때까지 오늘 오후 내내 그 의사 사무실에 있겠다고 했어." 그래서 나는 분홍 궁전으로 돌아갔다.

사춘기 후반 성년기로 들어서기 직전에 있는 많은 젊은이들에게 스물둘이라는 나이는 가장 걱정 근심이 많은 나이라고 할 수 있다. 지금 와서 생각해 보면 나도 그 나이 때는 불만이 엄청나게 많았고 반항적이었으며 고민이 참 많았지만, 글쓰기가 격한 감정들을 안전하게 붙잡아 주었다. 종이 위에 내 불행과 고민과 긴장을 그대로 쏟아부을 수 있었기 때문에, 내가 쓰던 소설이 일종의 카타르시스를 느끼게 하는 도구로서의 역할을 했다고 할 수 있다. 물론 내 소설은 그 이상의 의미를 가졌지만, 앞서 말한 것 같은 역할도 했기에 나는 사람들이 자신의 세포 조직을 소중히 하듯이 내 소설을 애지중지할 수밖에 없었다. 그러나 나는 아직도 상당히 나약했다. 나를 둘러싼 갑옷과 투구 곳곳에 금이 가 있었고, 키르케고르적인 불안의 공격을 받는 경우도 종종 있었다. 서둘러서 잭 브라운의 집을 나와 소피에게 가던 그날 오후도 그런 경우 중 하나였다. 나약함과 무능함과 자기혐오가 극도로 심해져 나 자신을 괴롭혔다. 뉴저지를 거쳐 맨해튼으로 가는 버스 안에서 나는 거의 말로 형용할 수 없는 공포의 독기에 노출된 채 지칠 대로 지쳐 앉아 있었다. 전날 마신 맥주로 속이 안 좋았고, 예민해진 신경 때문에 걱정은 더욱 커졌다. 곧 있을 소피와 네이선과의 만남을 생각하니 온몸에 전율이 느껴졌다. 메리 앨리스(그녀에게 작별 인사도 하지 못하고 떠났다.)와 파국을 맞으면서 내 안의 정력은 거의 다 사라져 버린 느낌이었고, 그동안 내가 동성애자의 성향이 있다는 사실을 모르고 살아온 것은 아닌가 하는 의심과 함께 낙담만 자꾸 커져 갔다. 포트리 근처에서 창문에 비친 내 모습을 보았는데, 창백하고 불행해 보이는 얼굴이 스쳐 지나가는 주유소와 식당 들 가운데 겹쳐 보였다. 나는 존재의 공포에 대해 눈과 귀를 막으려고 애썼다.

브루클린 시내에 있는 블랙스톡의 사무실에 도착한 것은 오후 5시가 다 되어서였다. 소피와 번갈아 가며 비서로 근무하는 다소 마른 노처녀 같은 인상의 여자를 제외하고 대기실에 아무도 없는 것을 보면 진료 시간이 끝난 것이 분명했다. 그녀는 소피가 아침나절 늦게 팔 엑스레이를 찍으러 나가서 아직 안 돌아왔지만 곧 올 때가 되었다고 말했다. 그녀가 앉아서 기다리라고 했지만 나는 서 있겠다고 대답했고, 그때까지 내가 본 것 중 가장 섬뜩한 짙은 자주색으로 페인트칠된(아니, 자주색으로 물이 들여졌다고 해야 더 정확할 것 같다.) 방 안을 불안하게 서성거렸다. 소피가 이런 무시무시한 색깔의 환경에서 일해 왔다는 생각이 들자 당혹스러운 마음이 들었다. 벽과 천장은 세인트올번스에 있는 블랙스톡의 저택을 장식한 것과 똑

같은 자줏빛으로(언젠가 소피에게 들은 기억이 있었다.) 칠해져 있었다. 이런 정신 나간 인테리어가 죽은 실비아의 아이디어에서 나온 것은 아닌지 궁금해졌다. 검은 띠를 두른 실비아의 사진이 한쪽 벽에 걸려 있었는데, 그 속에서 실비아는 더없이 자애로운 표정으로 미소 지으며 방 안을 내려다보고 있었다. 사방에 붙어 있는 다른 사진들은 블랙스톡과 대중문화 스타들의 친분 관계를 보여 주었다. 블랙스톡과 퉁방울눈의 에디 캔터, 블랙스톡과 그로버 웨일런이 찍은 사진이 보였고, 블랙스톡과 셔먼 빌링슬리와 실비아가 스토크 클럽에서 찍은 사진도 있었다. 또한 블랙스톡과 메이저 보스, 블랙스톡과 월터 윈첼, 심지어 블랙스톡과 앤드루스 시스터스가 찍은 사진도 보였는데, 이 세 여가수의 풍성한 머리카락이 커다란 꽃다발처럼 블랙스톡의 얼굴을 감싸고 있었고 블랙스톡이 자랑스럽게 고개를 쳐들고 있는 사진의 아랫부분에는 "사랑하는 하이미에게, 패티, 맥신, 라번이."라고 휘갈겨 쓴 글씨가 보였다. 우울하고 예민한 상태에서 쾌활한 물리 치료사와 그의 친구들 사진을 보고 있자니 마음이 더 우울해졌다. 나는 소피가 빨리 나타나 내 불안을 덜어 주기를 기도했다. 그러는 찰나에 그녀가 문을 열고 들어왔다.

오, 불쌍한 소피. 퀭한 눈에 머리는 산발이었으며 많이 지쳐 보였고, 얼굴은 탈지유처럼 창백한 푸른빛을 띠고 있었다. 그사이에 폭삭 늙은 것 같았다. 마흔은 되어 보였다. 나는 부드럽게 그녀를 끌어안았고, 우리는 한동안 아무 말도 하지 않았다. 그녀는 울지 않았다. 마침내 그녀를 바라보며 물었다.

"팔은, 팔은 어때요?"

"부러지진 않았대요. 심한 타박상일 뿐이래요."

"다행이네요. 네이선은 어디 있어요?"

"몰라요." 그녀가 머리를 흔들며 중얼거렸다. "몰라요."

"조처를 취해야겠어요. 당신을 해치지 못할 곳에 그를 가둬놓든지 해야겠어요." 갑자기 엄청난 죄책감과 함께 그래 봤자 다 소용없으리라는 생각이 마음을 압도했다. "여기 있었어야 했어요." 내가 신음하듯 중얼거렸다. "어딜 가면 안 됐는데. 여기 있었더라면……."

그러나 소피가 말을 막았다. "쉿, 스팅고. 그렇게 생각하지 말아요. 우리 한잔하러 가요."

소피는 풀턴 스트리트에 있는 큼직한 거울이 사방을 둘러싼 싸구려 중국 식당 바의 등받이 없는 의자에 앉아서, 내가 없는 동안 일어난 일들을 들려주었다. 처음에는 더할 나위 없이 기쁘고 행복했다. 그렇게 평온하고 밝은 기분의 네이선은 처음 보았다. 다가오는 남부로의 여행과 결혼식에 마음을 빼앗긴 그는 일종의 결혼식 준비 발작 상태로 들어가 주말에 소피를 데리고 엄청나게 물건을 사들였다.(한번은 맨해튼의 삭스 5번가[83]에서 두 시간이나 머물기도 했다.) 이렇게 쇼핑을 하면서 그는 소피에게 커다란 사파이어 약혼반지와 할리우드 여배우에게나 어울릴 것 같은 화려한 예복과 찰스턴, 애틀랜타, 뉴올리언스 같은 촌스러운 도시 사람들을 깜짝 놀라게 할 만큼 비

83) 뉴욕의 최고급 백화점.

싸고 화려한 여행복 몇 벌을 사 주었다. 심지어 그는 카르티에 매장에 들러 결혼식 증인이 될 내게 줄 시계를 사기도 했다. 그 후로는 밤마다 둘이 나란히 앉아 남부의 지형과 역사에 대해 공부했고, 여행 안내서도 여러 권 섭렵했으며, 특히 네이선은 내가 데려가겠다고 약속한 버지니아 격전지들에 대한 예비 지식을 얻기 위해 『리 장군의 부하들』이라는 책을 열중해서 읽었다.

모든 준비는 네이선의 신중하고 지적이고 조직적인 방식에 따라 이루어졌다. 그는 나일강을 따라 탐험하는 빅토리아 시대 영국의 식민 제국 건설자처럼, 우리가 여행할 지역들의 신비에 대해(이를테면 면화와 땅콩의 생태, 걸러와 케이준 같은 지역 사투리의 기원, 심지어 악어의 생리학 등에 대해) 많은 주의를 기울였다. 그는 소피에게도 자신의 열성을 전염시켰고, 여기저기서 모아들인 유용한 정보와 아무짝에도 쓸모없는 정보를 모두 그녀에게 전해 주었다. 네이선을 사랑하는 소피는 다른 어떤 주보다도 조지아에서 복숭아가 많이 난다거나 미시시피에서 가장 높은 곳은 해발 2만 4000미터라는 식의 쓸모없는 지식의 단편들까지 모조리 흡수했다. 네이선은 심지어 브루클린 칼리지 도서관에서 조지 워싱턴 케이블의 소설 두 권을 빌려 오기까지 했다. 그리고 남부 특유의 느린 말투를 흉내 내 그녀의 감탄을 자아내기도 했다.

왜 그녀는 경고 신호가 깜박이기 시작했을 때 감지하지 못했을까? 이번에는 계속 그를 주의 깊게 지켜보았고, 그래서 그가 암페타민을 복용하지 않았다고 확신했다. 그러나 그 전날 둘이 직장에 출근했을 때(그녀는 블랙스톡의 사무실로, 그는 화이자 '연구실'로 말이다.) 무엇 때문인지는 모르겠지만, 그는 다시 자신을 통제하지 못하게 되었다. 어쨌든 그가 전에도 그랬듯이 첫 신호를 보냈을 때, 그녀는 어리석게도 방심하고 있어서 그의 흥분에서 불길한 전조를 읽어 내지 못했다. 화이자에서 전화를 걸어 고음의 들뜬 목소리로 머지않아 놀랄 만한 소식이 있을 것이라고, 위대한 과학적 발견이, '돌파구'가 마련되었다는 소식이 전해질 것이라고 말했는데도 말이다. 어떻게 그렇게 어리석을 수 있었을까? 네이선의 분노 폭발과 그에 따르는 파괴 그리고 그 결과에 대한 그녀의 설명은 지친 나를 위해서였는지 몰라도 아주 간결했고, 어떤 면에서는 너무 간결해서 더 고통스럽게 느껴졌다.

"모티 하버가 일 년간 프랑스로 유학 가는 친구를 위해 파티를 열었어요. 난 사무실에서 진료비 청구서 발송을 돕느라고 늦게까지 일해야 했기 때문에 네이선에게 사무실 근처에서 저녁을 먹고 파티 장소로 곧장 갈 테니 거기서 보자고 했죠. 그런데 내가 파티 장소에 도착하고 나서 한참이 지났는데도 네이선이 오지 않는 거예요. 한참 후에 그가 나타났는데, 약에 완전히 취해 있는 게 눈에 보이더라고요. 하루 종일, 심지어 내게 전화를 걸 때에도 그렇게 취한 상태였을 거라고 생각하니 기절할 것만 같았어요. 어쩌면 그렇게 어리석게도 아무런 느낌을 못 받았는지 모르겠어요. 파티에서는 별다른 물의를 일으키지 않았어요. 통제가 불가능하게 날뛰거나 그러진 않았죠. 하지만 벤제드린에 취해 있는 게 너무나도 분명해 보였어요. 그가 사람들한테 자신이 개발한 소아마비 치료제 얘기를 할 때는 내 심장이 쿵 하고 내려앉는 것 같더군요. 저러다가 약 기운이 떨어지면 얌전히 잠이 들 수도 있다고 생각했죠. 때로는 난폭해지지 않고 그냥 잠들기도 했거든요. 마침내 네이선과 함께 집에 돌아갔는데, 그리 늦진 않은 시각이었어요. 한 12시 30분쯤 되었을 거예요. 그때부터 그가 나한테 소리를 지르기 시작하면서 걷잡을 수 없이 난폭해지더군요. 최악의 템페트에 사로잡혀 있을 때 그가 항상 하는 행동 있잖아요. 내가 자기를 속이고 바람을 피웠다고 비난하는 거요. 이번에도 다른 남자랑 잤다고 비난을 퍼부어 대더군요."

그녀가 잠시 말을 멈추고 왼손을 들어 머리카락을 뒤로 넘기는데, 어딘가 부자연스럽게 느껴져 무엇일까 곰곰이 생각해 보니 오른팔로 하면 편할 것을 굳이 왼팔로 하는 것이었다. 오른팔이 많이 아픈 것이 분명했다.

내가 물었다. "이번에는 누구랑 잤대요? 블랙스톡이요? 아니면 시모 카츠? 제기랄. 소피, 이 인간이 약에 취해 날뛰는 것만 아니라면 벌써 아구창을 날려 버렸을 거예요. 빌어먹을, 이번에는 누구랑 자면서 자기를 속였대요?"

그녀가 격렬하게 고개를 흔들었다. 금빛 머리카락이 수척하고 절망적인 표정의 얼굴 위로 헝클어져 흘러내렸다. "그런 건 별로 중요하지 않아요, 스팅고. 그냥 어떤 남자와 잤대요."

"그래서 어떻게 됐어요?"

"내게 마구 고함을 질러 댔어요. 그리고 벤제드린을 더 먹었죠. 어쩌면 코카인도 했는지 몰라요. 그건 정확히 모르겠어요.

그러고는 문을 쾅 닫고 나가 버렸어요. 다시는 돌아오지 않겠다고 고함을 치면서요. 나는 어둠 속에 누워 있었어요. 한동안 너무 무섭고 걱정돼서 잠을 잘 수가 없었어요. 그러다가 겨우 잠이 들었는데, 얼마나 잤는지는 모르겠어요. 그가 다시 돌아와서 눈을 떠 보니 새벽이었어요. 그는 나갈 때처럼 문을 박차고 들어왔어요. 미친 듯이 고함을 지르면서 말이에요. 그 때문에 집 안 사람들이 다 깼죠. 나를 침대에서 질질 끌어내려 마룻바닥에 패대기를 치더니 소리쳤어요. 어떤 남자와 잤다고 말이에요. 그리고 나와 그 남자를 어떻게 죽일지, 그리고 자신도 어떻게 죽을지 마구 떠들어 댔어요. 오, 몽 디외, 스팅고, 네이선이 그런 상태인 건 처음 봤어요, 처음이요! 그는 여기 이 팔을 심하게 걷어차더니 다시 나갔어요. 그러고 나서 나도 집을 나왔죠. 그게 전부예요." 소피가 입을 다물었다.

나는 담뱃재 얼룩과 물방울이 여기저기 있는 탁자 위로 천천히 고개를 숙였다. 혼수상태나 다른 어떤 자비로운 무의식 속으로 빠져들고 싶은 마음이 굴뚝같았다. 얼마 후 나는 고개를 들고 소피를 바라보며 말했다. "소피, 이런 말 하고 싶진 않지만 네이선을 격리시켜야 해요. 위험해요. 격리시켜야 한다고요." 마치 흐느끼는 것처럼 목구멍에서 꾸르륵 소리가 났다. "영원히 말이에요."

그녀는 떨리는 손으로 바텐더에게 신호를 보내 얼음을 넣은 위스키를 주문했다. 이미 목소리에서 취기가 느껴지고 혀가 꼬부라지는 소리가 나기 시작했지만 막을 수 없었다. 위스키가 오자 그녀는 한 모금 꿀떡 마시고 나서야 나를 바라보며 말했다. "당신에게 말하지 않은 게 있어요. 새벽에 그가 돌아왔을 때의 일 중에서요."

"뭔데요?" 내가 물었다.

"그가 총을 가지고 있었어요. 권총이요."

"아, 제기랄, 제기랄, 제기랄, 제기랄." 판이 튀듯 나도 모르게 계속 같은 욕을 중얼거렸다.

"날 쏘겠다고 그러더군요. 그리고 정말로 내 머리에 겨눴어요. 하지만 쏘지는 않았어요."

나는 아까와는 달리 기도를 중얼거렸다. "오, 우리 주 예수 그리스도여, 우리를 불쌍히 여기소서."

상처는 점점 더 벌어져 피가 콸콸 쏟아지는데 마냥 그렇게 앉아서 두려워하다 죽을 수는 없었다. 한동안 아무 말 없이 고민에 고민을 거듭한 나는 행동 계획을 세웠다. 먼저 소피와 함께 분홍 궁전으로 가서 그녀가 짐을 싸는 것을 도울 것이다. 그러고 나서 그녀는 즉시 집을 떠나 직장에서 멀지 않은 곳에 있는 세인트 조지 호텔에서 적어도 하룻밤을 묵어야 한다. 그러는 동안 나는 어떻게든 토론토에 있는 래리에게 연락해서 상황이 대단히 심각하다는 것을 알리고, 무슨 일이 있어도 그가 당장 돌아오게 할 것이다. 그리고 임시로나마 소피를 안전하게 숨겨 둔 상태에서 네이선을 찾아 정신이 돌아오도록 애써 볼 것이다. 이런 생각만으로도 두려움에 가슴이 철렁 내려앉았다. 너무도 두렵고 혼란스러워서 거기 앉아 있는 동안에도 아까 마신 맥주가 다 넘어오는 것 같았다. "갑시다." 내가 말했다. "지금 당장."

짐머맨의 집에 도착하자 나는 우리의 충실한 첩자인 모리스 핑크에게 소피가 짐을 싸서 나르는 것을 도와 달라고 50센트를 주었다. 소피는 술에 취해 비틀거리며 방 안을 돌아다녔고, 커다란 여행 가방에 옷가지와 화장품과 보석 등을 싸 넣으면서 눈물을 흘렸다.

"아, 이 아름다운 정장들. 삭스에서 산 건데. 이것들을 어떻게 하죠?"

"가져가요, 젠장." 여러 켤레 되는 그녀의 구두를 다른 가방에 담으면서 내가 짜증스러운 목소리로 말했다. "이럴 땐 아무 말 말고 서둘러야 해요. 네이선이 언제 돌아올지 몰라요."

"이 아름다운 웨딩드레스는요? 이건 어떡해요?"

"그것도 가져가요! 안 입으면 전당이라도 잡히게."

"전당이요?"

"그래요, 맡기고 돈을 받을 수도 있단 얘기예요."

그렇게 잔인하게 굴 의도는 아니었는데, 내 말을 들은 소피는 실크 드레스를 바닥에 떨어뜨리더니 양손에 얼굴을 묻고 큰 소리로 울음을 터뜨렸다. 두 뺨으로 눈물이 줄줄 흘러내렸다. 내가 잠시 그녀를 안고 달래는 동안 모리스가 뚱한 표정으로 우리를 지켜보았다. 바깥은 이미 어두워져 있었다. 갑자기 트럭의 경적 소리가 요란하게 울려 나는 소스라치게 놀랐다. 신경을 쇠톱으로 잘라 내는 것 같은 느낌이었다. 이런 일상의 소음에 더해 복도에서 전화벨 소리가 요란하게 울렸고, 나는 신음 혹은 비명이 나오려는 것을 억지로 참았다. 전화를 받은 모리스가 나를 찾는 전화라고 외치자 내 불안감과 두려움은 더욱더 커졌다.

네이선이었다. 분명히, 틀림없이, 의심의 여지 없이 네이선이었다. 그런데 왜 나는 상황이 어떻게 돌아가는지 알아보기 위해서 록랜드 카운티에서 잭 브라운이 전화를 한 것이라고 잠시 착각했을까? 그것은 남부 사투리 때문이었다. 돼지고기와 옥수수 찌꺼기가 이에 낀 전형적인 남부 사람이 말하는 것이라는 착각이 들 만큼 너무도 완벽한 억양의 남부 사투리였다. 그 목소리는 버베나, 세족식을 하는 침례교도, 사냥개 혹은 존 C. 캘훈[84)]만큼이나 남부적이었고, 그래서 그 목소리가 "어이, 잘 지냈나? 별일 없고?"라고 말하는 것을 들으며 미소를 짓기까지 했다.

"네이선!" 내가 짐짓 쾌활한 목소리로 외쳤다. "잘 지냈어요? 어디 있어요? 목소리를 들으니까 진짜 좋네요!"

"우리 남부로 여행 가는 거 아직 유효하지? 자네랑 나랑 소피랑? 남부 여행 가는 거지?"

어떻게든 그의 비위를 맞춰 가며 이야기를 계속하는 한편 그가 어디에 있는지를 알아내야 했다. 아주 어려운 일이었다. 내가 즉시 대답했다. "그럼요, 네이선. 마침 나도 소피하고 그 얘기를 하던 중이었어요. 세상에, 소피에게 엄청나게 멋진 옷들을 사 줬더군요! 어디 있어요, 네이선? 추가로 생각해 낸 여행 계획을 당신에게 들려주고 싶어요."

네이선이 내 캐롤라이나 선조들의 말투를 꼭 닮은 쾌활하

---

84) 미국의 역대 부통령들 중 한 명.

고 어르는 듯한 목소리로 끼어들었다. "자네랑 소피 양과 함께 여행 가는 거 진짜 기대가 돼. 우리 인생에서 최고의 시간을 보낼 거야, 그렇지 않나, 친구?"

"최고의 여행이 될 거예요."

"자유 시간도 많이 갖게 될 거야, 그렇지?" 그가 말했다.

"그럼요, 자유 시간도 많을 거예요." 그가 무슨 뜻으로 그런 말을 하는지 알지 못한 채 불안감을 느끼며 내가 대답했다. "우리가 하고 싶은 것이면 무엇이든 할 수 있는 시간이 있을 거예요. 남부는 10월이라도 아직 따뜻하거든요. 수영도 하고 낚시도 하고, 모빌베이에서 배를 띄우고 뱃놀이도 할 수 있어요."

"내가 바라는 게 바로 그거야." 그가 느린 남부 말투로 말했다. "자유 시간이 많은 거. 내 말은, 세 사람이 함께 여행을 하고 돌아다니는데 말이야, 아무리 제일 친한 친구라고 해도 항상 함께 있는 것은 좀 답답할지도 몰라. 그래서 난 가끔씩 혼자서 자유 시간을 가질까 해. 버밍엄이나 배턴루지나 뭐 그런 곳에서 한두 시간쯤 혼자 돌아다니는 것도 좋을 것 같지 않아?" 그가 잠시 말을 멈추고 낄낄 웃더니 다시 말했다. "그렇게 되면 너도 자유 시간이 생기겠지, 그렇지 않아? 어쩌면 여자와 재미를 봐도 될 만큼 충분한 자유 시간이 될지도 몰라. 아직도 크고 있는 남부 소년, 여자 맛을 좀 봐야지, 안 그래?"

나는 이 이상한 말에 뭔가 저의가 있는 것 같다는 생각에 불안감을 느끼며 열없게 웃기 시작했다. 그가 나를 일순간에 낚아채기 위해 잔인한 낚싯바늘을 드리웠다는 사실을 알지 못한 나는 그가 내민 미끼를 덥석 물었다. "맞아요, 네이선. 여기서든 거기서든 준비가 된 괜찮은 여자를 만나고 싶어요." 나는 메리 앨리스 그림볼을 떠올리며 말을 이었다. "남부 여자들은 다리를 벌리게 하기가 아주 힘들어요. 이런 표현 미안해요. 하지만 일단 다리를 벌리기로 결심하면 잠자리에서 그렇게 환상적일 수가 없……."

"아니, 친구." 그가 갑자기 끼어들었다. "남부 여자 맛을 보는 걸 얘기하는 게 아니고! 폴란드 여자 맛을 보는 걸 말하는 거야! 내 말은, 네이선이 제프 데이비스의 백악관이나 스칼렛 오하라가 깜둥이들한테 말채찍을 휘두른 농장을 둘러보러 가고 없는 동안 그린 매그놀리아 모텔에 남아 있는 스팅고는 뭘 할 거냐는 얘기지. 뭘 할까? 상상해 봐! 스팅고가 제일 친한 친구의 아내와 뭘 하고 있을까요? 와! 둘이 함께 침대에 있네! 스팅고가 그 부드럽고 말 잘 듣는 폴란드 여자 위에 올라타고, 미친 듯이 섹스를 하는구먼! 히히!"

네이선이 말하는 동안 소피가 내 곁으로 다가와 서성이면서 알아들을 수 없는 말을 중얼거렸다. 무슨 말인지 못 알아들겠는 것은 부분적으로는 내 귀에서 갑자기 맥박이 쿵쾅거리며 뛰는 소리가 들렸기 때문이다. 또한 공포와 번민에 사로잡힌 나머지 팔다리에서 힘이 다 빠져나가 후들거리기 시작하는 것을 빼고는 아무것에도 주의를 기울일 수 없기 때문이기도 했다. "네이선!" 내가 숨을 헐떡이며 외쳤다. "오, 하느님……."

이제 그의 목소리는 내가 항상 브루클린 지식인 층의 것으로 생각하던 어조로 바뀌어 있었다. 어찌나 사납게 으르렁거리는지 수많은 전자 세포도 그 광포한 인간적 분노의 힘을 걸러 낼 수 없을 것 같았다. "이 개새끼! 돼지 같은 새끼! 제일 좋은 친구라고 생각한 네가 내 등 뒤에서 날 배신하다니, 지옥에나 떨어져라, 개새끼야! 원고랍시고 건네주면서 '아, 네이선, 정말 고마워요.' 하며 가증스러운 웃음을 지었지. 입에 침이나 바르고 아양을 떠시지. 내가 결혼하려고 한 여자와 불과 십오 분 전만 해도 침대에서 뒹굴어 놓고 말이야. 내가 결혼하려고 한 여자야, 과거 시제라고. 날 배신하는 음흉한 남부 놈한테 다리를 벌리는 년이랑 결혼하느니 차라리 지옥불에 떨어지고 말겠다!"

나는 잠시 수화기를 귀에서 떼고 소피를 바라보았다. 놀란 표정으로 입을 떡 벌리고 있는 그녀는 네이선이 무슨 말을 하며 날뛰는지 분명히 간파한 것 같았다. "오, 하느님, 스팅고. 그가 당신이라고 생각한다는 걸 알리고 싶지 않았어요."

나는 무력감과 고통을 느끼며 다시 수화기를 귀에 댔다. "너희 연놈을 잡으러 갈 거야." 그러고 나서 한동안 긴장된 침묵이 흘렀다. 그러더니 찰칵 하는 금속성 소리가 났다. 하지만 전화가 끊어진 것은 아니었다.

"네이선. 제발 진정해요! 어디예요?"

"그리 멀지 않은 곳에 있어, 친구. 바로 길모퉁이에 있지. 친구를 배신하는 네놈을 잡으러 갈 테다. 그러고는 어떻게 할지 알아? 쓰레기 같은 너희 연놈을 어떻게 할지 알아? 들어 봐……."

내 귓가에 폭발음이 들렸다. 거리 때문인지, 아니면 전화기에 소음을 줄여 주는 어떤 장치가 되어 있기 때문인지, 귀를 멍멍하게는 했지만 청각이 상할 정도로 총성이 크게 들리지는 않았다. 한꺼번에 1000여 마리의 벌이 모여드는 것처럼 윙하는 소리가 오래도록 귓가에 남았다. 네이선이 들고 있는 전화기에 대고 총을 쐈는지, 아니면 공중에 대고 쐈는지, 그것도 아니라면 어느 버려진 이름 없는 벽에 대고 쐈는지는 모르겠지만, 그의 말대로 바로 모퉁이에 있다고 생각될 만큼 아주 가까이서 들려서 나는 공포에 사로잡혀 수화기를 떨어뜨리고는 몸을 돌려 소피의 손을 잡았다. 전쟁 후로 총성을 들어 본 적은 한 번도 없었다. 네이선의 총성을 들은 그때 나는 앞으로는 또다시 총성을 듣는 일은 없을 것이라고 생각했다. 지금 생각해 보면 참으로 순진했다. 그러나 이 잔인한 20세기를 보내면서 우리의 영혼을 파괴하는 상상도 할 수 없는 폭력 행위가 일어날 때마다 내 기억은 네이선에게(약에 취해 어느 이름 없는 방이나 공중전화 박스에서 연기가 피어오르는 총신을 들고 있는, 내가 사랑하던 미치광이에게) 돌아가곤 했고, 그의 이미지는 항상 광기와 망상과 실수와 꿈과 다툼으로 점철된 불행한 세월이 끝도 없이 계속될 것임을 예언하는 것 같았다. 그러나 그 순간의 나는 말로 표현할 수 없는 공포만을 느꼈다. 나는 소피를, 소피는 나를 바라보았다. 그리고 우리는 도망쳤다.

15장

다음 날 아침 버지니아로 내려가기로 결정한 소피와 나는 펜실베이니아 기차를 타고 우선 워싱턴으로 향했다. 그러나 기차가 중간에 정전되는 바람에 뉴저지주 라웨이에 있는 휘트나 공장 바로 맞은편 버팀 다리 위에서 멈춰 서고 말았다. 기차가 그렇게 멈춰 서 있던 십오 분 동안 나는 마음의 평정을 되찾았고, 희망을 가지고 미래를 바라보게까지 되었다. 앞뒤 잴 것도 없이 네이선을 피해 도망 나와 펜실베이니아역에서 초조해하며 잠 못 이루는 밤을 보낸 후에, 그 정도로 침착을 유지할 수 있었다는 것이 지금 생각해도 놀랍다. 피곤해서 눈이 뻑뻑했고, 마음은 아직도 우리가 가까스로 피할 수 있었던 엄청난 파국에 머물고 있었다. 시간이 흐르면서 소피와 나는 네이선이 전화를 걸었을 때 가까운 곳에 있지 않았으리라는 생각을 굳히게 되었다. 그럼에도 불구하고 그의 잔인한 협박을 들은 우리는 각자 커다란 여행 가방 하나씩만 들고 사우샘프턴 카운티에 있는 농장으로 내려가기 위해 서둘러 분홍 궁전을 나올 수밖에 없었다. 나머지 짐에 대해서는 나중에 걱정하기로 했다. 그 순간부터 우리는 가능한 한 네이선으로부터 멀리 도망가야 한다는 공동의 목표에 사로잡혀(어떤 면에서는 그 목표 아래 일치단결했다고도 할 수 있겠다.) 있었다.

그렇더라도 기차에 타고 있을 때 마침내 나를 찾아온 마음의 평정은 내가 기차역에서 건 두 통의 전화 중 첫 번째 전화가 연결되지 않았더라면 불가능했을 것이다. 그것은 래리에게 건 전화였는데, 그는 자기 동생이 처한 위험을 즉시 알아차리고 지체 없이 토론토에서 돌아와 가능한 한 최선을 다해 네이선을 안정시키고 문제를 해결하겠다고 말했다. 우리는 서로에게 행운을 빌어 주었고, 계속 연락을 취하자고 했다. 그리하여 나는 네이선에 대한 책임에서 벗어났고, 도망치면서 그를 버린 것이 아니라고 생각했다. 어찌 됐건 나는 내 목숨을 부지하기 위해 도망치는 게 아닌가. 두 번째 전화는 아버지에게 걸었는데, 소피와 내가 남부로 내려가고 있다는 말을 듣자 아버지는 기꺼이 환영해 주었다. "정말 잘 결정했다!" 멀리서 아버지가 벅찬 목소리로 외쳤다. "그 사악한 곳을 떠나오기로 했다니 말이야!"

그리하여 라웨이에 멈춰 선 붐비는 객차에 앉아서(소피는 내 옆에서 졸고 있었다.) 열차 안을 돌아다니며 먹을 것을 파는 상인에게서 산 미적지근한 우유와 함께 오래되어 곰팡내가 나는 듯한 빵을 우적우적 씹으면서, 나는 침착하고 애정이 넘치는 마음으로 내 앞에 펼쳐질 세월을 상상해 보기 시작했다. 네이선과 브루클린을 뒤로한 지금, 나는 내 인생의 새로운 장을 열려 하고 있었다. 우선 계산해 보니 엄청난 장편이 될 내 소설은 벌써 삼분의 일 정도가 완성된 상태였다. 우연인지 몰라도 내가 잭 브라운의 집에서 쓴 부분은 앞의 이야기가 어느 정도 마무리되는 중간역 같은 부분이어서, 소피와 함께 농장에 자리를 잡고 나면 쉽게 매듭을 짓고 다음으로 넘어갈 수 있을 것이었다. 일주일 정도 새로운 농촌 환경에 적응하는 기간을 갖고 나면(흑인 일꾼들과 인사하고, 식품 저장실을 채우고, 이웃들을 만나고, 농장에 딸려 있다고 아버지가 말한 낡은 트럭과 트랙터 모는 법을 배우는 등의 일을 하면서 말이다.) 소설 쓰기를 재개할 수 있을 것이고, 운이 좋다면 1948년 말까지는 탈고하고 출판사에 보낼 준비를 끝낼 수 있을 것이다.

이런 희망찬 생각을 하면서 나는 소피를 내려다보았다. 그녀는 헝클어진 금발의 머리를 내 어깨에 기대고 곤히 잠들어 있었다. 나는 한 팔로 그녀의 몸을 부드럽게 감싸 안으면서 그녀의 머리에 가볍게 입을 맞췄다. 고통스러운 기억이 아프게 나를 찔렀지만 그 기억을 마음에서 억지로 밀어냈다. 이 여자에게 이토록 오랫동안 가슴 터질 듯한 욕망을 느끼는 것을 보면 동성애자일 리는 없지 않겠는가? 물론 버지니아에 자리를 잡고 나면 우리는 결혼을 해야 할 것이다. 당시 그곳의 윤리는 결혼하지 않은 남녀 간의 동거를 허용하지 않았다. 네이선에 대한 기억을 없애고 우리 둘의 나이 차를 극복하는 등 성가신 문제들이 남아 있었지만, 나는 소피가 기꺼이 따라와 주리라고 생각했다. 그래서 그녀가 깨면 이런 내 계획을 넌지시 비쳐 보기로 결심했다. 그녀가 몸을 뒤척이며 무슨 말을 중얼거렸다. 지치고 야윈 모습인데도 너무도 아름다워서 나는 울고 싶어졌다. 오, 하느님, 이 여자가 곧 제 아내가 됩니다. 나는 생각했다.

기차가 갑자기 앞으로 기울어지며 조금 움직이다가 비틀거리며 다시 멈춰 섰다. 객차 안 곳곳에서 낮은 신음이 들려왔다. 내 옆 통로에 서 있던 선원 한 명이 맥주 한 캔을 꿀꺽꿀꺽 마셔 댔다. 뒷좌석에서는 아기가 차 안이 떠나가라 울어 댔고, 그 소리를 듣고 있자니 미친 듯이 우는 아기가 대중교통 수단 안에서 내 가까이에 자리를 잡게 된 것이 어떤 필연적인 운명에 의한 것인지도 모른다는 생각이 들었다. 나는 부드럽게 소피를 끌어안고 내 소설에 대해 생각했다. 그동안 소설에 들인 내 땀과 열정을 생각하니 자부심과 만족감이 밀려들었다. 이제 이야기는 아직 집필을 시작하지는 않았지만 천 번은 더 마음속으로 생각해 놓은 강렬한 대단원을 향해(고통받고 외톨이가 된 여자가 어느 여름날 내가 막 떠나온 도시의 무감한 거리에서 외로운 죽음을 맞는다는 대단원을 향해) 미리 정해진 길을 우아하고 아름답게 걸어가고 있었다. 한순간 마음에 어두운 그늘이 드리웠다. 내가 과연 열정과 통찰력을 발휘해 이 젊은 여성의 자살을 제대로 그려 낼 수 있을까? 지극히 현실적으로 보이게 할 수 있을까? 이 여성의 시련을 상상해야 하는 앞으로의 어려움을 생각하니 심란해졌다. 그럼에도 불구하고 이 소설의 작품성에 대해서는 자신 있었고, 이미 적당히 우울한 제목도 생각해 두었다. 『밤의 유산』. "오늘 밤 그것은 거대한 죽음의 무대를 상속받는다."라는 결구가 인상적인 매슈 아널드의 「위령 기도」(여성의 정신을 위한 비가(悲歌)다.)에서 따온 구절이다. 이런 내 소설이 수천 독자들의 영혼을 사로잡지 못할 리가 있겠는가? 검댕이 덮인 휘트나 공장(볼품없이 커다란 건물에 달린 커다란 창문들이 아침 햇빛을 반사하고 있었다.)의 외관을 바라보며, 나는 홀로 번민하고 땀과 열정을 쏟아부어 만들어 낸 내 작품의 수준에 다시 한번 자부심과 행복을 느꼈다. 또 다시 아직 쓰지 않은 절정에 대해 생각하던 나는 1949년이나 1950년에 내 작품에 감복한 평론가가 쓸 작품평을 상상했다. "몰리 블룸 이후로 여성의 마음속 독백을 가장 설득력 있게 그려 낸 작품." 얼마나 자랑스러운 일인가! 대단하지 않은가!

소피는 여전히 자고 있었다. 나는 앞으로 그녀가 내 옆에서 잠들 밤들을 흐뭇한 마음으로 상상했다. 우리 부부의 침대를 상상하면서 크기와 모양은 어떤 것이 좋을까, 우리의 격렬한 사랑을 지탱하려면 매트리스가 충분히 넓고 탄력 있어야 할 텐데 하는 생각을 했다. 우리 아이들에 대해서도 상상해 보았다. 폴란드산 미나리아재비와 엉겅퀴처럼 농장 주변을 뛰어다니는 금발의 아이들. 그 애들을 부르는 나의 유쾌한 목소리가 들리는 것 같았다. "소 젖 짤 시간이다, 저지!" "완다, 닭들에게 먹이를 주렴!" "타데우시! 스테파니아! 헛간 문을 닫아라!" 아버지가 보내 준 사진으로밖에 보지 못한 농장에 대해 생각하면서, 그 농장을 유명한 작가가 사는 아담하고 기품 있는 곳으로 그려 보려고 애썼다. 포크너가 살던 미시시피의 집에 '로언 오크'라는 이름이 있듯이, 우리 농가에도 적절한 이름을 붙일 작정이었다. 이왕이면 그 농가의 존재 이유가 된 땅콩과 관련 있는 이름이면 좋을 것 같았다. '구버 헤이븐'[85)]은 너무 우스꽝스러워서 땅콩과 관련해 이름 짓는 것은 포기해 버렸다. 대신 좀 더 품위 있고 당당한 이름을 생각해 보았다. '파이브 엘름스'(농장에 느릅나무가 다섯 그루 정도 있기를, 아니 한 그루만이라도 있기를 바랐다.)도 괜찮을 것 같고, '로즈우드'나 '그레이트 필즈' 혹은 친애하는 농장 여주인의 이름을 따서 '소피아'라고 하는 것도 좋을 것 같았다. 내 상상 속에서는 세월이 저 먼 미래의 수평선까지 푸른 언덕처럼 평화롭게 펼쳐져 있었다. 『밤의 유산』은 대단한 성공을 거두며 젊은 작가에게는 드물게 영광의 월계관이 씌워진다. 그다음에는 내 전쟁 경험을 바탕으로 어리석은 자들의 희비극을 통해 군대를 생생하게 해부해 보여 주는 간결하고 강렬한 인상의 단편 소설을 발표해 또다시 주목받는다. 한편 소피와 나는 한적하고 소박한 농장에서 생활한다. 작가로서의 내 명성이 점점 더 커지면서 언론의 인터뷰 요청이 쇄도하지만 나는 모든 요청을 단호하게 거부한다. "난 땅콩을 재배하는 농부일 뿐입니다."라고 내가 말한다. 그리고 서른 무렵, 비극적인 흑인 선동가였던 냇 터너의 삶을 그린 『불타는 잎새』라는 또 다른 대작을 발표한다.

---

85) '땅콩들의 안식처'라는 뜻. 영어로 땅콩 혹은 너트는 '미치광이', '정신병자'라는 뜻도 있으므로 중의적인 표현이라고 할 수 있다.

기차가 또다시 앞으로 기우는가 싶더니 이번에는 천천히 조심스럽게 움직이기 시작했고 점점 더 속력을 냈다. 이와 함께 라웨이의 초라한 벽들이 뒤로 물러서는 광경을 물끄러미 바라보는 동안 내 상상 속의 그림은 증발해 버렸다.

소피가 갑자기 낮은 신음을 내며 깨어났다. 나는 그녀를 내려다보았다. 열이 좀 있는지 이마와 뺨이 불그스레했고, 입 주변에는 작은 땀방울이 송글송글 맺혀 있었다. "여기가 어디에요, 스팅고?" 그녀가 물었다.

"뉴저지 어딘가예요."

"워싱턴까지 가는 데 얼마나 걸려요?"

"세 시간에서 네 시간 사이요."

"그러고 나서 농장까지 가는 데는요?"

"정확히는 모르겠어요. 리치먼드로 가는 기차를 탈 거고, 리치먼드에선 사우샘프턴으로 내려가는 버스를 탈 거예요. 시간이 꽤 걸릴 거예요. 농장은 노스캐롤라이나주에 있거든요. 그래서 난 우리가 오늘 밤은 워싱턴에서 묵고 내일 아침에 농장을 향해 출발하면 좋겠어요. 리치먼드에 가서 묵을 수도 있지만, 워싱턴에 묵으면 당신이 구경할 곳들이 좀 있거든요."

"좋아요, 스팅고." 그녀가 내 손을 잡으며 말했다. "당신 말대로 할게요." 그리고 잠시 말이 없던 그녀가 다시 말문을 열었다. "스팅고, 가서 물 좀 가져다줄래요?"

"그래요." 나는 복도에 늘어선 사람들(주로 군인들이었다.)을 헤치고 걸어가 차량 사이의 연결 통로 근처에서 수도꼭지를 발견했고, 종이컵에 미지근하고 비위생적으로 보이는 물을 받았다. 조금 전의 공상 때문에 여전히 들뜬 마음으로 자리로 돌아가던 나는 소피가 여행 가방에서 반 리터짜리 포 로지스 병을 꺼낸 것을 보자 일순간에 가슴이 철렁 내려앉았다.

"소피." 내가 부드러운 어조로 말했다. "세상에, 아직 오전이에요. 게다가 아침도 안 먹었잖아요. 그러다가 간경변이 되면 어쩌려고 그래요."

"괜찮아요." 그녀가 컵에 위스키를 따르며 말했다. "아까 역에서 도넛 한 개 먹었어요. 세븐업도 마셨고요."

나는 나지막하게 신음을 내뱉었다. 과거의 경험으로 볼 때 문제를 복잡하게 만들고 주위의 이목을 끌 만큼 소란을 피우지 않고는 이 문제를 해결할 방법이 없었다. 기대할 수 있는 거라고는 전에도 한두 번 그랬듯이 그녀가 방심한 틈을 타서 위스키병을 숨기는 것이었다. 나는 자리에 깊게 들어앉았다. 기차가 덜컹거리며 점점 더 속도를 내자 뉴저지의 황량한 공업 지대 풍경이 빠른 속도로 우리를 지나쳐 갔다. 누추한 빈민가, 금속 박판을 만드는 창고, 핑핑 돌아가는 간판이 있는 허름한 식당, 창고, 화장장처럼 생긴 볼링장, 롤러장처럼 생긴 화장장, 초록색 화학약품 찌꺼기가 찐득하게 표면을 덮은 웅덩이, 주차장, 불꽃과 함께 겨자색 연기를 뿜어내는 노즐이 두드러져 보이는 거대한 정유 공장. 토머스 제퍼슨이 이런 풍경을 봤다면 무슨 생각을 했을까? 소피는 불안한 표정으로 창밖을 보다가 고개를 돌려 위스키를 컵에 따라 마시기를 반복하다가 나를 바라보며 물었다. "스팅고, 이 기차가 워싱턴에 도착하기 전 중간에 서나요?"

"승객을 내리고 태우기 위해서 어느 역에 일이 분 정도 설 거예요. 왜요?"

"전화를 걸고 싶어서요."

"누구한테요?"

"네이선이 어떻게 됐는지 알고 싶어서요. 괜찮은지 알고 싶어서."

전날 밤의 고통이 다시 살아나자 끔찍한 우울이 내 마음을 덮쳤다. 나는 소피의 팔을 꽉 잡았다. 너무 세게 잡았는지 그녀가 움찔했다. "소피. 잘 들어요. 이미 끝난 일이에요. 당신이 할 수 있는 일은 아무것도 없어요. 그가 우리 둘 다 죽이려고 했던 걸 모르겠어요? 래리가 토론토에서 돌아와 해결할 거예요. 어찌 됐든 네이선의 형이니까요. 가장 가까운 친척이니까. 네이선은 미쳤어요, 소피! 격리시켜야 해요."

내 말이 채 끝나기도 전에 그녀가 울기 시작했다. 컵을 쥐고 있는 손 위로 눈물이 뚝뚝 떨어졌다. 손가락들이 아주 여위고 핏기 없어 보였다. 팔뚝에 난 푸른색 이빨 자국 같은 잔인한 문신이 눈에 들어왔다. "네이선 없이 어떻게 살아야 할지 모르겠어요." 그녀가 말을 멈추고 흐느꼈다. "래리에게 전화할까 봐요."

"지금은 통화할 수 없어요. 기차를 타고 버팔로쯤 오고 있을 테니까요."

"그러면 모리스 핑크에게 전화할까 봐요. 그 사람이라면 네이선이 집에 돌아왔는지 알려 줄 수 있을 거예요. 약에 취했을 때 그렇게 집에 돌아와 넴뷰탈을 먹고 자 버리는 경우가 종종 있거든요. 그러고 나서 잠이 깨면 괜찮아져요. 상당히 괜찮아져요. 모리스라면 그가 이번에도 그랬는지 어쨌는지 알 수 있을 거예요." 그녀는 코를 풀더니 딸꾹질하듯 계속 흐느꼈다.

"아, 소피, 소피." 내가 속삭였다. 이제 다 끝났어요. 이렇게 말하고 싶었지만 차마 그럴 수 없었다.

기차가 천둥 같은 소리를 내며 필라델피아역으로 들어가더니 햇빛이 비치지 않는 동굴 같은 역사 안에서 날카로운 비명 소리와 함께 몸을 떨며 멈춰 섰다. 이를 바라보던 나는 예상치 못했던 고향에 대한 그리움으로 고통을 맛보게 되었다. 창문에 비친 내 모습을 보니 너무 오랫동안 실내에서 글만 써서 그런지 얼굴빛이 많이 창백해 보였다. 그런데 그 얼굴 너머로 또 다른 내가, 십여 년 전 소년일 때의 내 모습이 보였다. 갑자기 그때가 기억나자 나는 큰 소리로 웃으면서 활기를 되찾았고, 점점 더 불안해하는 소피의 정신을 딴 데로 돌리면서 기운을 북돋아 주기로, 최소한 노력은 해 보기로 결심했다.

"여기가 필라델피아예요." 내가 말했다.

"큰 도시예요?" 그녀가 물었다. 울면서도 이만큼이나마 호기심을 보여 주어 나는 기운이 났다.

"음, 중간쯤 큰 도시라고나 할까요. 뉴욕처럼 엄청나게 큰 도시는 아니지만, 그래도 크기는 해요. 나치가 들어오기 전 바르샤바 정도의 크기일 것 같네요. 이곳 필라델피아는 내가 난생처음 본 대도시였어요."

"그게 언제였는데요?"

"열한 살 때였으니까 1936년이네요. 그 전에는 북쪽으로 와 본 적이 없어요. 내가 여기 도착하던 날 정말 웃기는 일이 있었어요. 필라델피아에 이모네 부부가 살았는데, 어머니는(돌아가시기 한 이 년쯤 전이었을 거예요.) 나를 여름방학 때 일주일 정도 이모네 집에서 지내게 하셨어요. 나 혼자 그레이하운드 버스를 타고 가야 했죠. 당시에는 어린아이들이 혼자서 여행을 많이 다녔는데 그래도 안전했어요. 어쨌든 하루 종일 버스를 타고 돌아다녀야 했어요. 타이드워터에서 버스를 타고 아주 멀리까지 빙 돌아서 리치먼드에 왔다가 거기서 다시 워싱턴으로 향했고, 그러고 나서 볼티모어를 통과하는 여행이었어요. 어머니는 흑인 하녀에게(이름이 플로렌스였던 걸로 기억해요.) 프라이드치킨을 만들게 해서 커다란 종이봉투에 넣고 차가운 우유를 보온병에 담아 내게 들려 보내셨어요. 여행할 때 먹는 음식으론 정말 최고였죠. 리치먼드와 워싱턴 사이의 어딘가에서 그 점심을 게걸스럽게 다 먹어 치웠어요. 그러고 나서 이른 오후가 되니까 버스가 아브르드그레이스에 멈춰 섰어요."

"프랑스어다, 그죠? 아브르라는 걸 보니까."

"맞아요, 메릴랜드주에 있는 작은 마을이죠. 우리도 거길 지나갈 거예요. 어쨌든 거기서 잠시 쉰다기에 우르르 몰려 내렸는데, 아주 초라한 작은 휴게소가 있더군요. 화장실도 있고 탄산음료 같은 것도 팔고 그러는 곳 말이에요. 그런데 거기서 경마 기계를 봤어요. 버지니아와 달리 메릴랜드에서는 도박이 어느 정도 법으로 허용되거든요. 그 경마 기계에 5센트짜리 동전을 넣고, 트랙을 달리는 열두 마리의 말 중에서 한 마리를 골라 내기를 거는 거예요. 어머니가 용돈으로 정확히 4달러를 주셨던 기억이 나요. 대공황 시절이었으니 엄청나게 큰 돈이었죠. 수중에 돈도 있겠다, 말에게 내기를 한다는 생각에 신이 나서 5센트 동전을 기계에 밀어 넣었어요. 소피, 당신은 상상도 못 할 거예요. 세상에 그 기계가 잭팟을 터뜨렸지 뭐예요. 잭팟이 뭔지 알아요? 갑자기 불이 반짝반짝하더니 5센트짜리 동전이 무더기로 쏟아져 나왔어요. 수십 개는 되었을 거예요. 믿어지지 않았어요! 15달러 정도는 나온 것 같아요. 5센트 동전으로만요. 동전이 사방에 떨어졌어요. 나는 너무 기뻐서 제정신이 아니었어요. 그런데 문제는 이 동전을 어떻게 옮기느냐 하는 거였어요. 그때 나는 흰색 리넨 반바지를 입고 있었는데, 그 반바지 호주머니에 동전을 가득 집어넣으니까 너무 많아서 다 흘러나오더라고요. 게다가 그 식당 주인은 아주 심술궂어 보이는 부인이었는데, 내가 동전을 달러 지폐로 좀 바꿔 달라고 하니까 길길이 뛰더라고요. 십팔 세 이상만 경마 기계를 이용할 수 있는데 머리에 피도 안 마른 녀석이 도박을 했다면서 이 사실이 알려지면 자기는 영업 허가가 취소될지 모르니 빨리 꺼지지 않으면 경찰을 부르겠다고 고함을 질러 댔어요."

"열한 살이었다고요?" 소피가 내 손을 잡으면서 말했다. "열한 살의 스팅고라니 상상이 안 가요. 흰색 리넨 반바지를 입은 아주 귀여운 소년이었겠군요." 소피의 코는 많이 울어서 아직도 붉었지만, 눈물은 멈춰 있고, 눈이 유쾌하게 반짝이는 것도 같았다.

"그래서 나는 그냥 버스에 올라타고 필라델피아로 향했죠. 굉장히 먼 길이었어요. 내가 조금만 움직여도 불룩 튀어나온 호주머니에서 동전이 여러 개 미끄러져 떨어져 좌석 사이로 떼굴떼굴 굴러갔어요. 그 동전들을 주워 오려고 일어서면 상황은 더 안 좋아졌어요. 호주머니에서 동전이 더 많이 떨어져 굴렀거든요. 윌밍턴에 도착할 때쯤 되니까 운전사는 화가 곧 폭발할 것 같더라고요. 그리고 승객들은 걸핏하면 떨어져 구르는 동전들과 그걸 주으려고 애쓰는 나를 내려다보고 있었고요." 나는 잠시 말을 멈추고, 기차가 천천히 움직이기 시작함에 따라 뒤로 멀어져 가는 플랫폼에 있는 사람들을 바라보았다. "어쨌든." 내가 내 손을 잡고 있는 소피의 손을 꼭 잡으며 말했다. "마지막 비극은 버스 정류장에서 일어났어요. 여기서 그리 멀지 않은 곳일 거예요. 그날 저녁에 이모부 내외가 날 기다리고 계시는 걸 보고 버스에서 내려서 뛰어가다가 뭐에 걸렸는지 그만 넘어지고 말았어요. 그때 양쪽 호주머니가 다 터졌고 동전이 다 빠져나와 주차되어 있는 버스들 아래로 마구 굴러가 버렸어요. 날은 이미 어두워져 있었고요. 이모부가 날 일으켜 세우고 옷을 툭툭 털어 주신 다음에 보니까 주머니 속에는 5센트짜리 동전 다섯 개 정도밖에 남지 않았더군요. 나머지는 영원히 사라져 버렸고요." 하나도 보태지 않고 솔직하게 이 우스꽝스러운 경험을 소피에게 들려주다 보니까 나 자신도 유쾌해졌다. 내가 덧붙여 말했다. "지나친 욕심을 경계하라는 교훈이 있는 이야기예요."

소피가 한 손을 들어 얼굴을 가렸지만, 어깨가 들썩이는 것으로 보아 터져 나오는 웃음을 참지 못하는 것 같았다. 그러나 아니었다. 다시 울고 있었다. 절대로 벗어날 수 없을 듯한 고통의 눈물이 또 흐르고 있었다. 내 이야기가 무심결에 그녀의 어린 아들에 대한 기억을 떠올리게 했는지도 몰랐다. 나는 한동안 그녀가 숨죽여 흐느끼도록 내버려 두었다. 얼마 후 좀 진정이 되었는지 그녀가 물기 어린 눈으로 나를 바라보며 물었다. "우리가 가는 버지니아에는요, 스팅고, 벌리츠 어학원이 있을까요?"

"어학원은 왜 찾아요? 내가 아는 사람들 중에서 가장 많은 언어를 아는 사람이 당신인데."

"영어 때문에요. 영어로 말은 제법 잘하고 읽을 수도 있어요. 하지만 쓰기를 배워야 할 것 같아요. 영어로 글쓰기는 정말 못하거든요. 영어 단어는 철자가 아주 이상해요."

"글쎄, 잘 모르겠어요, 소피. 리치먼드나 노포크에 어학원이 몇 개 있을 거예요. 하지만 두 곳 다 사우샘프턴에서는 상당히 멀어요. 왜 영어로 글쓰기를 배우고 싶다는 거죠?"

"아우슈비츠에 대해서 글을 쓰고 싶어요. 그곳에서 내가 경험한 것에 대해 쓰고 싶어요. 폴란드어나 독일어, 프랑스어로는 쓸 수 있을 것 같은데 영어로 쓰면 더 좋을 것 같아서요."

아우슈비츠. 지난 며칠간 여러 가지 일들이 있어서 마음 한 구석에 밀어 넣고 거의 잊고 있던 곳이다. 그런데 갑자기 뒤통수를 치듯 되돌아왔고, 그렇게 맞은 뒤통수가 아팠다. 소피는 컵에 따른 위스키를 한 모금 벌컥 들이켜더니 작게 트림을 했다. 말하는데 벌써부터 혀가 꼬부라진 소리가 났다. 이쯤 되면 얼마 안 있어 생각이 걷잡을 수 없어지고 행동하기가 어려워지리라는 것을 나는 그녀를 지켜본 경험으로 알았다. 그 컵을 바닥에 내동댕이치고 싶은 생각이 불쑥 들었다. 그러나 이런 순간에도 소피에게 좀 더 단호하게 행동하지 못하는 내 나약함이나 우유부단함이나 심지 굳지 못함이 원망스러웠다. 나는 결혼할 때까지만 기다리자고 생각했다.

"아우슈비츠에 대해 사람들이 아직도 모르는 것들이 너무 많아요!" 그녀가 열띤 목소리로 말했다. "내가 당신한테 이야기하지 못한 것들도 많고요. 물론 이야기해 준 것도 많죠. 밤이건 낮이건 그곳이 유대인을 태우는 냄새로 가득 차 있었다는 건 얘기했죠. 하지만 비르케나우에 대해선, 그들이 나를 굶기기 시작해서 나중엔 너무도 병이 위중해져서 거의 죽을 뻔했다는 사실에 대해서는 거의 이야기하지 않았어요. 그리고 경비병이 수녀의 옷을 벗기고 개한테 공격하도록 시켜서 개가 그녀의 몸과 얼굴을 심하게 물어뜯어 몇 시간 후에 죽는 것을 목격한 일에 대해서도 이야기하지 않았어요. 그리고……." 여기서 그녀는 잠깐 말을 멈추고 허공을 응시하더니 다시 말을 이었다. "들려줘야 할 끔찍한 일들이 너무도 많아요. 영어로 글 쓰는 법을 배운다면 그런 이야기들을 소설로 쓰고 싶어요. 그래서 우리가 결코 할 수 없을 거라고 믿은 일들을 나치가 어떻게 하도록 만들었는지를 사람들에게 알려 주고 싶어요. 예를 들어 회스만 해도 그래요. 얀만 없었다면 그가 나를 안게 하려고 그렇게 애쓰지 않았을 거예요, 절대로. 그리고 유대인들을 그렇게 증오하는 척하지도 않았을 거고,

아버지의 팸플릿을 내가 쓴 척하지도 않았을 거예요. 그 모든 것이 얀을 위한 일이었어요. 그리고 내가 훔치지 못한 라디오만 해도 그래요. 그걸 훔치지 못한 게 아직도 사무치게 후회되지만, 만일 훔쳤다고 해 봐요. 내 아들은 어떻게 되었겠어요? 아들을 위한 모든 계획이 수포로 돌아가 버리고 말았을 거예요. 그리고 내가 회스를 위해 일하면서 얻은 정보를 저항 단체 조직원들에게 하나도 전할 수 없었어요. 왜냐하면 너무도……." 그녀가 잠시 머뭇거렸다. 손이 떨렸다. "너무도 두려워서요. 그들은 내가 모든 걸 두려워하게 만들었어요! 이제 그런 나 자신에 대해 진실을 밝혀야 하지 않을까요? 내가 엄청난 겁쟁이였다는 사실을, 더러운 콜라브라트리스(협력자)였다는 사실을, 내 목숨 하나 건지기 위해서 못된 짓을 많이 했다는 사실을 책이라도 써서 밝혀야 하지 않을까요?" 그녀는 거칠게 신음 소리를 냈고, 그 소리가 요란한 기차 소음조차 누를 만큼 굉장히 커서 주변 사람들이 고개를 돌려 우리를 쳐다보았다. "아, 스팅고, 난 더 이상 이런 일들을 마음에 담아 두고 살 수 없어요!"

"쉿, 소피! 당신이 협력자가 아니었다는 건 당신 자신이 더 잘 알잖아요. 지금 자신을 속이고 있는 거예요! 당신은 희생자였다는 거 알잖아요. 이번 여름에 당신이 내게 말했잖아요, 아우슈비츠 같은 곳은 사람들을 정상 세계에서와는 다르게 행동하게 만든다고. 그곳에서 사람들이 한 행동을 일반적인 윤리적 관점에서 판단해서는 안 된다고 그랬잖아요. 그러니 제발 소피, 제발, 제발 당신 자신을 괴롭히지 말아요! 당신 잘못이 아닌 일을 가지고 괴로워하는 거예요, 지금. 계속 그러면 병나요! 제발 그만해요." 그러고는 목소리를 낮춰 이제까지 한 번도 사용한 적 없는 애정이 담긴 호칭을 썼다. 그러면서도 스스로 놀라움을 금할 수 없었다. "제발 이제 그만해, 자기야, 당신 자신을 위해서라도." '자기야'라는 표현이 어쩨 좀 과장된 것 같았지만(벌써부터 남편처럼 말을 하고 있었다.) 그래도 하고 싶은 것은 어쩔 수 없었다.

나는 또 그해 여름 100번은 더 혀끝에 맴돌던 말을 하려고 했다. "사랑해요, 소피." 그 단순한 말을 할 것이라는 생각만으로도 심장이 쿵쾅거리기 시작했는데, 내가 입을 열기도 전에 소피는 화장실에 다녀오겠다고 말했다. 그녀는 일어서기 전에 컵에 담긴 위스키를 다 비웠다. 나는 그녀가 금발을 까닥거리고 예쁜 다리를 비틀거리며 사람들을 제치고 객차 뒤칸으로 걸어가는 모습을 걱정스럽게 지켜보았다. 그러고는 고개를 돌리고 《라이프》를 읽기 시작했다. 그러다가 설핏 졸음이, 아니 잠이 들어 버린 것 같았다. 긴장과 두려움 속에 뜬눈으로 밤을 지새운 터라 지칠 대로 지친 나머지 물에 빠진 듯 잠 속으로 푹 빠져들었던 것이다. 근처에서 차장이 "모두 승차하세요!"라고 외치는 소리에 깜짝 놀라 벌떡 일어나 보니 벌써 한 시간가량이 흘러 있었다. 소피는 내 옆자리로 돌아와 있지 않았고, 갑작스러운 두려움이 온몸을 휘감는 것 같았다. 창밖을 보니 어두운 터널 속 전등불이 하나 둘 뒤로 멀어지고 있었다. 기차가 볼티모어를 출발하는 것이었다. 보통 때 같으면 쉰 명은 족히 되는 복도에 서 있는 사람들의 배와 엉덩이를 제치고 차량 연결 통로까지 가는 데에 이 분 정도는 걸렸겠지만, 나는 단 몇 초 만에 통로까지 갔고, 그러면서 어린아이 하나를 쓰러뜨리기까지 했다. 나는 두려움에 휩싸여 여자 화장실 문을 쾅쾅 두드렸다. 왜 그녀가 아직도 그 안에 있을 것이라고 생각했을까? 가발 같은 머리를 하고 뺨에는 분을 덕지덕지 칠한 뚱뚱한 흑인 여자가 얼굴을 빠끔히 내밀더니 날카로운 소리로 외쳤다. "저리 가요! 미쳤어요?" 나는 즉시 자리를 떴다.

기차 안의 고급 객실에서 감상적인 배경 음악이 흘러나오고 있었다. 소피가 잘못 찾아 들어가 잠들어 있기를 바라며 침대칸 하나하나를 정신없이 뒤지고 다니는 동안 퍼시 그레인저의 「카운티 가든스」라는 노래가 내 뒤를 따라다녔다. 이제 두 가지 가능성이 나를 괴롭혔다. 하나는 그녀가 볼티모어에서 내렸을 가능성이고 또 다른 하나는, 아, 빌어먹을, 생각하기조차 두려웠다. 나는 보이는 화장실마다 문을 열어 보았고, 네다섯 개의 화려한 특등 객차 안을 조심스레 살펴보았으며, 혹시나 하는 마음에 하얀 앞치마를 두른 흑인 웨이터들이 식용유 냄새에 찌든 복도를 왔다 갔다 하는 식당칸도 훑어보았다. 그리고 마침내 안락의자와 바 등을 갖춘 클럽 객차에 다다랐다. 금전 등록기가 놓인 작은 책상 뒤로 회색 머리의 상냥한 중년 부인이 앉아 있었는데, 내가 불안한 목소리로 소피의 행방을 묻자 안됐다는 눈으로 나를 바라보았다.

"네, 봤어요." 그녀가 대답했다. "전화를 찾고 있더군요. 세상에, 기차에서 말이에요! 브루클린으로 전화를 걸고 싶다고 그랬어요. 불쌍한 아가씨, 울고 있더군요. 좀 취한 것 같았어요. 저쪽으로 갔어요."

나는 소피를 기차의 맨 끝, 덜컹거리는 소리가 요란하게 들리는 사방이 막힌 연결 통로에서 찾았다. 철사망을 덧댄 유리문에는 맹꽁이자물쇠가 채워져 있고 밖으로는 늦은 아침의 햇빛을 받아 반짝이는 선로가 쭉 펼쳐지며 저 멀리 메릴랜드의 푸른 솔밭 가운데에서 한 점으로 모아지고 있었다. 그녀는 바닥에 주저앉아 상체를 벽에 기대고 있었다. 금발이 바람에 휘날리고 있었으며, 위스키병을 꼭 쥐고 있었다. 몇 주 전 술에 취한 상태에서 바다로 수영해 들어간 그때처럼(피로와 죄책감과 깊은 슬픔으로 넋이 나가 있던 그때처럼) 그녀는 이미 갈 데까지 간 것 같았다. 나를 올려다보며 뭐라고 말을 했는데, 무슨 말인지 알아들을 수 없었다. 나는 그녀에게 가까이 몸을 숙였다. 그녀의 입술을 읽으면서 슬픔이 가득한 목소리에 귀를 기울이니 무슨 말인지 겨우 알아들을 수 있었다. "더 이상 살 수 있을 것 같지 않아요."

호텔 직원들은 희한한 사람들을 많이 만난다. 워싱턴에서 그리 멀지 않은 곳에 있는 콩그레스 호텔 프런트 데스크의 나이 많은 직원이 무슨 생각을 했을지 아직도 궁금하다. 전혀 성직자답지 않은 리넨 양복을 입었지만 보란 듯이 성경을 들고 다니는 월버 인트위슬이라는 젊은 목사와 마구 헝클어진 금발에 얼굴은 기차의 검댕과 눈물로 얼룩져 있으며 술에 만취해서 체크인을 하는 동안 외국인의 억양으로 알아듣지도 못할 말을 중얼거리는 목사의 아내를 보고 무슨 생각을 했을

지 말이다. 결국 그는 내 말을 믿고 방을 주기로 했는데, 내가 감쪽같이 위장했기 때문이다. 옷이 안 받쳐 주기는 했지만 내가 꾸며 낸 이야기와 행동이 그럴듯해 보인 것 같았다. 1940년대에는 결혼 안 한 남녀가 같은 호텔 방에 묵는 것이 허용되지 않았고, 게다가 숙박계에 부부라고 거짓으로 써넣는 것은 대단히 위험한 일이었다. 게다가 여자가 술에 취해 있다면 그 위험은 더 커졌다. 나는 위험을 무릅쓰고 있다는 것을 알았지만, 약간이라도 종교적인 색채를 가미한다면 그 위험은 줄어들 수 있다는 사실도 알았다. 그래서 기차가 유니언역에 들어서기 전에 여행 가방에서 검은색 가죽 장정의 성경을 꺼내 들었고, 성직자 같은 점잖은 목소리와 행동이 사실임을 입증이라도 하려는 것처럼 숙박계에 큼직한 글씨로 '유니언 신학교, 버지니아주 리치먼드'라고 주소를 써넣기도 했다. 다행히도 내 계략이 먹혀들어 직원은 소피에게 별다른 관심을 기울이지 않았다. 워싱턴에서 일하는 고용인들 상당수가 그렇듯이 남부 출신이던 두 턱이 진 이 늙은 남자는 남부 사람이 흔히 그렇듯 수다스러웠고 내가 목사라는 사실에 감명받은 것 같았다. "편히 쉬십시오, 목사님 그리고 사모님. 어느 교파 소속이신가요?"

장로교라고 대답을 하려는데, 그가 친구를 알아보고 반갑게 짖어 대는 사냥개처럼 먼저 수다를 떨기 시작했다. "저는 침례교인인데요, 십오 년 동안 워싱턴 제2침례교회를 다녔지요. 거기에 윌콕스 목사님이라고 정말 설교 잘하시는 훌륭한 목사님이 계세요, 혹시 들어 보셨을지도 모르겠네요. 버지니아주 플루바나 출신이신데, 저도 거기서 나고 자랐죠. 물론 그 목사님이 저보다 훨씬 젊은 분이시지만요." 무겁게 축 늘어져 있는 소피를 한 팔로 안고 내가 걸음을 옮기려 하자, 그는 종을 흔들어 졸린 표정의 흑인 벨보이를 불렀고 내게 카드 한 장을 건네주었다. "해산물 요리 좋아하시나요, 목사님? 강가에 있는 이 식당에 가 보세요. 허조그스라는 곳인데요. 워싱턴에서 게 요리를 최고로 잘하는 집이죠." 그리고 우리가 오래된 엘리베이터의 더러워진 연두색 문 앞에 다다랐을 때 그가 큰 소리로 물었다. "인트위슬 목사님. 혹시 포하탄 카운티에 사는 인트위슬 가문과 관계가 있으신가요?" 남부로 돌아온 것 같았다.

콩그레스 호텔은 트루아지엠 클라스(3등칸) 분위기를 풍겼다. 7달러를 주고 얻은 방은 비좁기 그지없고 우중충하고 답답했으며, 별 특징 없는 뒷골목을 바라보고 있어서 한낮인데도 햇빛이 잘 들지 않았다. 내 어깨에 기대 비틀거리며 방으로 들어간 소피는 벨보이가 우리 가방을 낡아 빠진 스탠드 옆에 놓고 내게서 25센트의 팁을 받아 들기도 전에 침대로 폭 고꾸라졌다. 바깥 턱에 비둘기 똥이 어지럽게 떨어져 있는 창문을 열었더니, 10월의 훈훈한 산들바람이 방 안으로 상쾌하게 불어 들어왔다. 저 멀리 유니언역에서 기차의 기적 소리와 덜커덩거리는 소리가 희미하게 들려왔다. 좀 더 가까운 곳에서는 군악대의 북과 트럼펫, 심벌즈 등 관악기들이 어우러진 당당한 음악 소리가 들렸다. 파리 두 마리가 거만하게 윙윙거리며 천장 근처를 날고 있었다.

나는 침대 위 소피 곁에 누웠다. 침대는 스프링이 낡아서 가운데가 푹 들어갔지만, 해먹에 누운 것처럼 그녀에게 굴러갈 정도로 푹 들어간 것은 아니었다. 밑에 있는 담요 시트에서는 세탁할 때 사용한 염소 표백제 냄새 아니면 정액 냄새가 났는데 어쩌면 그 둘이 합쳐진 것일지도 몰랐다. 지칠 대로 지쳐 있고 소피의 상태를 크게 걱정하고 있어서 그랬는지 그녀에게 항상 느끼던 원초적이고 강렬한 욕망이 좀 사그라져 있었다. 하지만 그녀의 몸에서 나는 향기와 수천 번의 섹스로 푹 들어간 정액 묻은 침대와 그녀가 내 곁에 있다는 사실 때문에 나는 몸을 움찔하기도 했고 안절부절못하면서 잠을 이룰 수 없었다. 멀리서 정오를 알리는 종소리가 들렸다. 소피는 내 옆에 누워 입을 벌리고 자고 있었고, 숨결에 희미하게나마 위스키 냄새가 묻어 나왔다. 그녀가 입은 실크 드레스는 목둘레가 깊이 파인 것이어서 한쪽 가슴의 대부분이 드러나 보였고, 가슴을 보자 만지고 싶다는 욕망이 걷잡을 수 없이 커졌다. 그래서 그렇게 했다. 처음에는 푸른 정맥이 드러나 보이는 가슴을 손가락 끝으로 살짝 어루만지는 정도에 불과했지만, 곧 손바닥과 엄지손가락으로 조심스럽게 그 부드러운 둥근 가슴을 감아쥐고 눌러 보기도 하고 애무하기 시작했다. 부드러운 애무 행위와 함께 순수한 욕망의 불길이 걷잡을 수 없이 타오르더니 곧 가슴을 칼로 쑤시는 듯한 수치심이 찾아들었다. 술에 취해 잠들어 있는 소피의 몸을 몰래 만지다니, 시체를 탐하는 것같이 비열한 행동이라는 생각이 들었다. 그래서 나는 동작을 멈추고 손을 거둬들였다.

그러나 잠이 오지 않았다. 생각은 사람들의 모습과 풍경, 소리, 목소리, 과거에 경험한 장면, 미래에 경험할 장면들 속을 마구 헤엄치고 다녔다. 너무도 광포하고 잔인해서 재빨리 생각을 떨쳐 내야 했던 네이선의 분노에 찬 고함, 최근에 쓴 내 소설 속 장면들, 마치 무대에 올라 연기하는 배우들처럼 자신들의 대사를 지껄이는 등장인물들, 전화기를 통해 들려오던 아버지의 기뻐하는 목소리,(노인네의 말이 맞지 않는가? 이제 나는 남부를 영원한 고향으로 삼아야 하지 않을까?) '파이브 엘름스'의 들판 너머 숲속 깊이 자리한 연못이나 수영장 가에 앉아 있는 소피, 라스텍스 수영복을 입은 그녀, 건강이 완전히 회복된 그녀의 유연하고 풍만한 몸과 긴 다리, 그녀의 무릎 위에 앉아 있는 우리의 첫아기가 방긋 웃는 모습, 귀청이 찢어질 것 같은 끔찍한 총성, 붉게 노을진 하늘, 격정적인 사랑을 나누는 밤, 평화로운 새벽, 사라진 아이들, 승리, 슬픔, 모차르트, 비, 9월의 숲, 고요, 죽음 그리고 사랑. 점점 더 멀어져 가는 군악대의 「보기 대령 행진곡」을 듣고 있자니 갑자기 과거에 대한 그리움이 물밀듯이 몰려왔다. 나는 그리 오래지 않은 과거, 전쟁 중의 한때를 떠올렸다. 캐롤라이나인지 버지니아인지 정확히는 기억나지 않지만 부대에서 휴가를 받아 나온 나는 바로 이 도시(역사의 망령들이 사방에 흩어져 있는 몇 안 되는 도시들 중 하나인 이곳)의 어느 호텔에서 (여자도 없이) 잠들지 못하고 깨어 있었다. 이 도시의 거리를, 칠십오 년쯤 전의 이 거리를, 형제끼리 서로 죽이는 비통한 전쟁이 한창일 때의 거리를 상상해 보았다. 푸른색 군복을 입은 군인들, 도박꾼들, 창녀들, 중절모를 쓴 사기꾼들, 화려한 군복의 의용군들, 바쁜 듯이 사람들을 헤치고 오가는 기자들, 돈벌이에 열을 올리는 기업가들, 꽃무늬 모자를 쓴 예쁜 아가씨들, 수상한 눈초리의 남부 연방 스파이들, 소매치기들, 장의사들(이 장의사들은 포토맥강 남쪽의 격전지에서 희생당하는, 그리고 그 유혈이 낭자한 전쟁터와 숲에서 땔나무처럼 아무렇게나 쌓이는 수만 명의 어린 병사들과 순교자들을 기다리며 한시도 쉬지 않고 관을 짜고 있었다.)로 거리가 넘쳐 났다. 이렇게 넓고 비개성적이고 현대적인 도시가, 한 나라의 수도가, 진짜 역사의 망령들이 출몰하는 도시 중의 한 곳이라는 사실이 내게는 항상 낯설게 느껴지고 심지어 경이롭기까지 했다. 점점 더 멀어져 가는 군악대가 연주하는 음악은 부드러운 자장가처럼 내 마음을 평화롭게 해 주었고, 그래서 나는 잠에 빠져들었다.

내가 잠에서 깨어났을 때 소피는 침대 위에 무릎을 세운 자세로 구부리고 앉아 나를 내려다보고 있었다. 나는 혼수상태에 빠진 사람처럼 잠을 잤다. 그사이에 방 안의 빛의 밝기가 바뀐 것으로 보아(정오에도 해 질 녘 정도의 빛만 들어왔는데, 지금은 거의 캄캄했다.) 서너 시간이 지났음을 알 수 있었다. 그녀가 얼마나 오랫동안 나를 보고 있었는지는 알 수 없었지만, 상당히 오래도록 그러고 있었으리라는 불안한 느낌이 들었다. 그녀의 표정은 부드럽고 눈에는 호기심과 심지어 장난기까지 어려 있었다. 얼굴은 여전히 창백하고 여위었으며 눈 아래 피부가 거무스레하게 변해 있었지만, 술은 거의 다 깬 것 같고 기운을 많이 차린 듯했다. 적어도 잠깐이나마 아까 기차에서 보인 발작에서 완전히 회복된 것 같았다. 내가 눈을 깜빡이며 올려다보자 그녀가 과장되고 웃음기 어린 목소리로 말했다. "인트위슬 목사님, 안녕히 주무셨어요?"

"아, 소피." 내가 희미한 공포에 휩싸인 목소리로 말했다. "지금 몇시예요? 완전히 시체처럼 자 버렸네."

"방금 전 밖에서 교회종이 울렸어요. 세 번 치는 것 같던데요."

나는 잠이 덜 깬 상태로 몸을 뒤척이며 그녀의 팔을 어루만졌다. "이제 나가 봐야 해요. 오후 내내 여기서 이러고 있을 순 없어요. 당신에게 백악관과 국회 의사당, 워싱턴 기념비를 보여 주고 싶어요. 그리고 링컨 대통령이 총을 맞은 포드 극장도요. 그리고 링컨 기념관도. 봐야 할 것들이 진짜 많아요. 그리고 돌아다니기 전에 무얼 좀 먹기도 해야 하고……."

"배는 하나도 안 고파요. 하지만 도시를 구경하고 싶기는 해요. 잠을 자고 나니까 기분이 한결 나아졌어요."

"전등불이 나가듯 금방 잠들더군요." 내가 말했다.

"당신도 마찬가지예요. 깨서 보니까 입을 떡 벌리고 코를 골면서 신나게 자던걸요."

"거짓말." 내가 좀 놀란 목소리로 말했다. "난 코 안 골아요. 이제까지 코를 곤 적이 한 번도 없어요. 아무도 그런 얘기 안 했어요."

"그건 당신이 다른 사람이랑 잠을 자 본 적이 없기 때문이죠." 그녀가 놀리는 투로 말했다. 그러고는 몸을 숙이고 내 입술 위에 촉촉하고 감미로운 키스를 하며 장난처럼 내 입 속으로 혀를 집어넣더니 곧 빼 버렸다. 내가 반응을 보이기도 전에 벌써 그녀는 좀 전의 얌전한 자세로 되돌아가 있었다. "아, 소피." 내가 말문을 열었다. "이러면 내가……." 나는 말을 잇지 못하고 손을 들어 올려 내 입술을 닦았다.

"스팅고. 우리 어디로 가는 거예요?"

좀 당혹스러웠다. 내가 대답했다. "말했잖아요. 워싱턴의 관광 명소를 둘러볼 거라고. 먼저 백악관에 갈 거예요. 어쩌면 해리 트루먼……."

"아니, 스팅고." 이제 그녀가 좀 더 진지한 어조로 말했다. "내 말은, 우리가 정말로 어디로 가는 거냐고요. 어젯밤 네이선이…… 그래요, 어젯밤 네이선이 그런 행동을 하고 우리가 부리나케 짐을 싸서 나온 후로, 당신은 '집으로 돌아가야 해요, 집으로!'라는 말만 계속했어요. '집으로!'라는 말만요. 그리고 나는 너무 무서워서 이렇게 당신을 따라왔어요. 그리고 우리 둘이 지금 여기 이 낯선 도시에 있는데, 왜 우리가 여기 있는지 모르겠어요. 우리가 어디로 가는 건데요? 어떤 집으로요?"

"소피, 전에 말했잖아요. 우리는 버지니아 남부에 있는 농장으로 가는 거예요. 그곳에 대해서는 이미 다 말했기 때문에 달리 덧붙일 말이 없어요. 땅콩 농장이에요. 난 직접 보지는 못했는데, 아버지 말로는 현대적인 편의 시설을 다 갖춘 아주 좋은 집이래요. 세탁기, 냉장고, 전화, 실내 부엌, 라디오 등등 없는 게 없대요. 일단 자리를 잡고 나면 리치먼드로 가서 좋은 전축하고 레코드판을 많이 사 오는 거예요. 우리 둘이 좋아하는 음악은 다요. 거기에 밀러 앤드 로즈라는 백화점이 있는데, 레코드 코너가 정말 좋거든요. 적어도 내가 미들섹스에서 학교 다닐 땐……."

또다시 그녀가 부드러운 어조지만 날카롭게 캐물었다. "'일단 자리를 잡고 나면'이요? 그러면 어떻게 되는 건데요? '자리를 잡는다'라는 게 무슨 뜻이에요, 스팅고?"

이 질문으로 인해 커다랗고 버거운 침묵이 찾아왔다. 그제야 깨달았지만 그 질문에 대한 대답은 대단히 진지해야 했으므로 나는 즉각적인 대답으로 그 공백을 메울 수 없었다. 그래서 나는 바보같이 침을 꿀떡 삼킨 후, 한동안 말없이 생각에 잠겼다. 관자놀이로 피가 확 몰리는 것 같고, 그 초라한 작은 방 안이 황량하고 고요한 무덤 속처럼 느껴졌다. 마침내 내가 천천히, 그러나 생각했던 것보다 더 용감하고 침착하게 대답했다. "소피, 나는 당신을 사랑해요. 당신과 결혼하고 싶어요. 우리가 그 농장에서 함께 살면 좋겠어요. 거기서 책을 쓰고 싶어요. 어쩌면 평생 거기서 살면서요. 그리고 당신이 나와 함께 살면서 나를 도와주고 아이들을 낳고 키우면 좋겠어요." 잠시 말을 멈추고 머뭇거리던 내가 곧 다시 말을 이었다. "당신이 필요해요. 아주 많이요. 당신에게도 내가 필요하기를 바란다면 너무 주제넘은 생각인가요?" 말을 하면서 보니 언젠가 본 영화에서 조지 브렌트가 화려한 할리우드 여객선의 1등 선실 승객용 갑판에서 올리비아 드 하빌랜드에게 청혼할 때와 목소리와 어조가 똑같다는 생각이 들었지만, 처음으로 사랑을 고백할 때는 이렇게 떨리는 목소리로 다소 과장해서 해야 한다고 생각하며 위안을 삼았다.

소피가 몸을 기울이더니 내 얼굴 옆에 자신의 얼굴을 댔다. 나는 그녀의 뺨에서 미열을 느꼈다. 내가 눈을 내리깔고 실크 드레스에 휩싸인 그녀의 엉덩이가 내 옆에서 가볍게 흔들리는 것을 보는 동안 그녀가 내 귀에 대고 속삭였다. "오, 스팅고, 당신은 정말 사랑스러운 사람이에요. 나를 여러모로 잘 돌봐 줬어요. 당신이 없으면 난 어떡할지 생각만 해도 끔찍해요." 그러고는 잠시 말을 멈췄다. 그녀의 입술이 내 목을 스쳤다. "그런데, 스팅고, 이거 알아요? 나는 서른이 넘었어요. 이렇게 늙은 여자와 어떻게 결혼한다고 그래요."

"내가 다 알아서 할게요, 다 알아서 할 수 있어요."

"나이가 비슷한 아가씨를 만나서 아이 낳고 살아야죠. 나 같은 여자 말고요. 게다가……." 그녀가 다시 입을 다물었다.

"게다가 뭐요?"

"의사들은 내가 아이 갖는 걸 아주 신중하게 생각해야 한다고 했어요. 그런 일을……." 다시 입을 다물었다.

"당신이 경험한 그런 일을 겪은 후에는요?"

"그래요. 하지만 그뿐만이 아니에요. 나는 늙고 추해져 있는데도 당신은 아직 젊은 날이 언젠가 올 거예요. 그때 당신이 젊고 예쁜 아가씨들을 쫓아다니면 나는 어떡해요? 그런다고 당신한테 뭐라 그럴 수도 없고."

"아, 소피, 소피." 내가 속삭였다. 그렇지 않다고 항변하고 싶었지만, 머릿속은 온통 아직 그녀가 "나도 당신을 사랑해요."라고 답하지 않았다는 생각뿐이었다. "그렇게 말하지 말아요. 당신은 항상 내…… 내……." 나는 부드럽고 적당한 표현을 찾으려고 애썼지만 쉽지 않았다. “내게 최고로 남아 있을 거예요.” 너무도 세속적이고 진부한 표현이었다.

그녀가 다시 몸을 일으켜 바로 앉았다. “당신과 함께 그 농장에 꼭 가 보고 싶어요. 당신 말을 듣고서 포크너를 읽었더니 남부에 꼭 가 보고 싶어졌어요. 우리 거기 가서 결혼은 하지 말고 한동안 함께 지내는 게 어때요? 그러면서 결정…….”

“소피, 소피. 나도 그러면 좋겠어요. 그러면 더 이상 바랄 게 없을 것 같아요. 결혼에 목숨 건 것도 아니고. 하지만 남부 사람들이 어떤지 잘 모를 거예요. 점잖고, 관대하고, 착한 사람들인 건 분명해요. 하지만 우리가 살게 될 곳처럼 작은 시골에서는 결혼하지 않고 함께 사는 것이 불가능해요. 소피, 그곳은 기독교인들 천지예요! 일단 우리가 동거한다는 소문이 퍼지면, 이 선량한 버지니아 사람들이 우리 온몸에 타르를 칠하고 새털을 붙여 둘러메고 다니다가 둘을 꽁꽁 묶어서 강에 던져 버릴 거예요. 정말이에요, 정말 그럴 거예요.”

소피가 킥킥 웃으면서 말했다. “미국 사람들 진짜 재밌네요. 폴란드가 아주 청교도적인 줄 알았더니, 여기가…….”

완전히 쾌활함을 되찾은 것은 아니지만 그나마 밝은 기색을 보이던(부분적으로는 내 노력 덕분이었다.) 소피의 기분이 일순간에 바뀐 것은 사이렌 소리 혹은 사이렌의 합창과 뒤이어 들리는 엄청난 혼돈의 소리 때문이었다. 도시의 사이렌은 멀리서 들리더라도 대단히 혐오스러운 소음이고, 불필요하게 영혼을 교란시키면서 광포한 분위기를 조성한다. 우리가 묵은 호텔 바로 앞의 좁은 거리에서 올라오는 사이렌 소리는 반대편에 있는 더러운 건물 벽에 부딪쳐 오르면서 증폭된 것 같았고 날카로운 비명 소리가 되어 우리 방 창문을 타고 넘어 들어왔다. 고문하는 듯한 소리 때문에 귀청이 떨어질 것 같았다. 나는 침대에서 벌떡 일어나 창문을 닫아 버렸다. 어두운 거리 끝에 있는 창고 같은 건물에서 연기가 마구 솟아올랐지만, 소방차들은 무엇 때문인지 몰라도 앞으로 나아가지 못하고 호텔 옆에 멈춰 서서 너무도 날카로운 사이렌 소리만 하늘로 뿜어 올리고 있었다.

창문을 닫았더니 좀 나아졌는데도, 소피에게는 아무런 도움이 안 되는 모양이었다. 그녀는 침대 위에 대자로 누워서 베개를 얼굴 위에 올려 누르고는 발뒤꿈치로 침대를 자꾸만 찼다. 우리 둘 다 도시에서 산 지는 얼마 되지 않았지만 이런 소음의 방해에 익숙해져 있었는데도, 이렇게 가까이에서 들은 적은 없었기 때문에 둘 다 많이 놀란 게 사실이었다. 워싱턴이라는 작고 한적한 도시에서 뉴욕에서도 들어 보지 못한 소음을 경험하다니 놀라웠다. 이제 앞을 가로막는 방해물이 치워졌는지 소방차가 움직이기 시작하면서 사이렌 소리는 점점 줄어들었고, 나는 침대에 누워 있는 소피에게 관심을 돌렸다. 그녀가 나를 올려다보았다. 그 끔찍한 소음이 내게는 신경에 거슬리는 정도였지만, 소피에게는 기다란 가죽 채찍으로 온몸을 때리는 것 같았음이 분명했다. 상기된 채 찡그린 표정을 짓고 있던 그녀는 벽을 향해 돌아누워 몸을 심하게 떨더니 다시 울기 시작했다. 나는 그녀 곁에 앉았다. 그러고는 아무 말 없이 그녀를 지켜보았다. 이윽고 울음소리가 잦아들더니 그녀가 말했다. “정말 미안해요, 스팅고. 나 자신을 통제할 수 없는 것 같아요.”

“괜찮아요, 지금 잘하고 있어요.” 나는 확신도 없으면서 이렇게 말했다.

그녀는 한동안 벽을 바라보고 누워 아무 말도 하지 않았다. 마침내 그녀가 입을 열었다. “스팅고, 살면서 똑같은 꿈을 자꾸자꾸 꾼 적 있어요? 반복되는 꿈 말이에요.”

“있죠.” 내가 어머니가 돌아가신 후 꾸었던 꿈(어머니의 관이 열린 채 정원에 있고, 암으로 망가진 어머니의 얼굴이 비를 맞으면서 고통스럽게 나를 쳐다보는 꿈)을 떠올리며 대답했다. “있어요.” 내가 다시 말했다. “어머니가 돌아가신 후로 자꾸만 꾸게 되는 꿈이 있어요.”

“그런 꿈은 부모님하고 관계있는 걸까요? 내 꿈에서는 자꾸만 아버지가 나타나요.”

“이상하죠? 어쩌면 그럴지도 모르죠. 잘 모르겠어요. 부모는 한 사람의 인생에서 중요한 존재니까 그럴지도 모르죠.”

“좀 전에 잠들었을 때 자주 꾸던 아버지 꿈을 또 꿨어요. 하지만 깨어났을 땐 잊어버렸나 봐요. 그런데 소방차 사이렌 소리를 들으니까…… 정말 끔찍한데도 어딘지 모르게 음악 같은 느낌이 들었어요. 사이렌 소리도 음악이라고 할 수 있을까요? 아주 충격적인 소리였는데, 그 소리를 들으니까 다시 꿈이 생각났어요.”

“어떤 꿈인데요?”

“어릴 때 내게 일어난 일과 관련 있는 꿈이에요.”

"그게 뭔데요?"

"음, 꿈 얘기를 하기 전에 당신이 먼저 알아야 할 게 있어요. 그때가 아마 내가 당신처럼 열한 살일 때였을 거예요. 여름이었는데, 말했듯이 백운암산맥 근처에서 휴가를 보내고 있을 때였죠. 여름이면 그곳 볼차노 북쪽에 있는 오버보첸이라는 작은 마을에 있는 별장을 빌려서 온 식구가 거기서 여름을 보냈어요. 물론 그곳은 독일어를 사용하는 마을이었고요. 그곳엔 폴란드 사람들의 별장이 모여 있었어요. 주로 크라쿠프와 바르샤바에서 온 대학교수들과 부자들, 폴란드 귀족이라고 불릴 수 있을 만한 사람들이 여름을 거기서 보냈어요. 거기서 본 교수들 중에 브로니스와프 말리노프스키라는 유명한 인류학자가 있었어요. 아버지는 말리노프스키에게 자신의 생각을 주입하려고 했지만, 그는 아버지를 몹시 혐오했어요. 언젠가 크라쿠프에서 어떤 어른이 하는 말을 들은 적이 있는데, 말리노프스키 교수는 내 아버지 비에간스키 교수를 벼락출세한 대책 없는 속물로 생각한다고 했어요. 그건 그렇고 오버보첸에 차르토리스카 공작 부인이라는 엄청난 부자가 머물고 있었는데, 아버지는 여름에 그곳에 가면 그녀와 자주 만나곤 하셨어요. 그녀는 유서 깊은 폴란드 귀족 가문 출신이고 엄청난 부자인 데다가 유대인에 대한 견해가 같았기 때문에 아버지는 그녀를 좋아하셨어요.

그때는 피우수트스키의 시대였어요. 폴란드에 사는 유대인들이 보호받고 그런대로 인간다운 생활을 하던 때였는데, 아버지와 차르토리스카 공작 부인은 유대인 문제에 대해 대화를 나누면서 언젠가는 그들을 제거할 필요성이 있다고 말하곤 했어요. 이상하죠, 스팅고. 아버지는 크라쿠프에서는 나나 어머니 혹은 다른 누구 앞에서라도 유대인들에 대한 당신의 증오를 이야기할 땐 항상 신중하셨거든요. 적어도 내가 어릴 때는요. 그런데 이탈리아 오버보첸에서 차르토리스카 공작 부인과 함께 있을 때는 달랐어요. 공작 부인은 여든 살의 할머니였는데, 한여름일 때도 고급스러운 긴 가운을 입고 보석으로 치장하고 있었어요. 아주 커다란 에메랄드 브로치를 한 모습이 아직도 생생해요. 그 부인과 아버지는 그녀의 고급스러운 별장에서 차를 마시면서 유대인에 대해 대화를 나누곤 했어요. 항상 독일어로 말했고요. 부인에겐 베른 산악 지대에서 태어난 아주 아름다운 개가 있었는데, 난 항상 그 개와 놀면서 두 분의 대화를 엿듣곤 했어요. 줄곧 유대인에 대해 나누던 대화를요. 그리고 그들을 어딘가로 보내 버린다든가 몽땅 제거해 버리는 문제에 대해 이야기를 나누기도 하더군요. 심지어 공작 부인은 그 일을 하기 위해 기금을 모아야 한다고도 했어요. 유대인들을 섬으로 보내 버려야 한다고 했어요. 실론, 수마트라, 쿠바 같은 섬으로요. 그렇지만 주로 마다가스카르 이야기를 많이 했어요. 나는 공작 부인의 손자(영국인이었어요.)와 게임을 하거나 큰 개와 놀거나 전축에서 나오는 음악을 들으면서 둘의 대화를 반은 듣고 반은 흘려 버렸어요. 내 꿈과 관련이 있는 건 바로 그 음악이에요."

소피는 다시 말을 멈추더니 손가락으로 감은 눈 위를 꾹꾹 눌렀다. 단조로운 그녀의 어조가 약간 생기를 띠기 시작했다.

그녀가 과거에 대한 기억에서 잠시 딴생각으로 옮아간 듯 나를 바라보며 말했다. "우리가 가는 곳에서도 음악은 들을 수 있겠죠, 스팅고? 난 음악이 없으면 오래 견디지 못할 거예요."

"음, 솔직히 말할게요, 소피. 뉴욕을 벗어난 시골에서는 라디오의 클래식 방송이 안 잡혀요. WQXR도 없고 WNYC도 없어요. 토요일 오후에 밀턴 크로스와 메트로폴리탄 오페라만 나와요. 나머진 다 컨트리 음악이에요. 그중에도 멋진 곡들이 많아요. 어쩌면 당신도 로이 에이커프 팬이 될지 몰라요. 하지만 아까 말했듯이 그곳에 자리를 잡고 나면 제일 먼저 전축하고 레코드판부터 삽시다."

그녀가 말했다. "네이선이 레코드판을 그렇게 많이 사 줘서 내가 버릇이 잘못 들었나 봐요. 하지만 음악은 나한텐 피 같은걸요. 삶을 유지시켜 주는 피 말이에요. 그래서 어쩔 수 없어요." 그녀가 잠시 말을 멈췄다가 다시 과거의 기억으로 되돌아갔다. "차르토리스카 공작 부인에게 전축이 있었어요. 초기에 나온 전축들 중 하나였기 때문에 그렇게 좋진 않았죠. 어쨌든 나는 전축이란 걸 그때 처음 보았고 소리를 들어 본 것도 그때가 처음이었어요. 희한하죠, 스팅고? 음악을 사랑하는 유대인 혐오자라니 말이에요. 그녀는 레코드판을 정말 많이 갖고 있었는데, 우리를 위해(어머니와 아버지와 나 그리고 몇 명의 손님들이 더 있을 때도 있었어요.) 판을 틀어 주면 나는 기뻐서 어쩔 줄 몰랐죠. 그럴 때면 모두 둘러앉아 음악을 듣곤 했어요. 대부분이 이탈리아와 프랑스의 오페라 아리아였는데(베르디와 로시니, 구노 같은 작곡가의 오페라요.) 내가 좋아한 레코드는 따로 있었어요. 너무 좋아서 거의 기절할 지경이었던 거요. 아주 귀한 레코드였던 게 틀림없어요. 소음이 많고 아주 오래된 거였는데 너무 좋았어요. 슈만하잉크가 부른 브람스의 가곡이었어요. 한쪽 면은 「데어 슈미트(대장장이)」였고, 다른 쪽은 「폰 에비게 리베(영원한 사랑으로)」였어요. 거기 앉아서 판 긁히는 소음과 함께 그 아름다운 노래가 흘러나오는 것을 홀린 듯이 들으면서, 이제까지 내가 들어 본 것 중에 최고로 아름다운 노래라고 생각했던 게 기억나요. 천사가 하늘에서 내려온 것 같았어요. 이상하죠, 아버지와 함께 그렇게 자주 공작 부인 댁에 갔으면서도 그 노래들을 들은 건 딱 한 번뿐이었어요. 다시 듣고 싶어서 미치겠더라고요. 한 번만 다시 들을 수 있다면 무슨 짓이라도, 심지어 나쁜 짓이라도 할 것 같았어요. 다시 한번 들려 달라고 부탁하고 싶은 생각도 굴뚝같았죠. 하지만 난 수줍음을 많이 탔고, 게다가 내가 그렇게 용감하게 굴면 아버지가 벌을 내리실 게 분명했어요.

그래서 자꾸만 반복해서 다시 꾸게 되는 꿈속에서는 차르토리스카 공작 부인이 멋진 가운을 입고 나타나서 전축 앞으로 가죠. 그러고는 돌아서서 물어요. 마치 내게 묻는 것 같아요. '브람스의 가곡을 듣고 싶어요?'라고 물어요. 그러면 난 항상 그렇다고 대답하려고 해요. 하지만 내가 무슨 말을 하기도 전에 아버지가 끼어드세요. 아버지가 공작 부인 곁에 서서 나를 내려다보면서 말씀하시죠. '저 아이를 위해 그 음악을 틀지 마세요, 부인. 저 아이는 아주 어리석어서 곡을 이해 못 한답니다.' 그러면 나는 고통을 느끼며 깨어나는 거예요……. 그런데 이번에는 좀 더 심했어요, 스팅고. 조금 전에 꾼 꿈에서는 아버지가 공작 부인에게 음악에 대해 이야기한 것이 아니라…….” 소피가 머뭇거리다가 중얼거렸다. “내 죽음에 대해 이야기하고 계셨어요. 내가 죽기를 바란다고요.”

나는 소피에게서 돌아서서 창가로 걸어갔다. 불안하고 불행하다는 느낌에 내장이 꼬인 듯 아팠다. 희미하지만 매캐하게 타는 냄새가 방 안으로 스며 들어왔지만, 나는 창문을 열고 연한 푸른색 연기가 거리를 뒤덮고 있는 곳을 바라보았다. 불에 타는 건물 너머 저 멀리에서 연기가 거칠게 뭉치면서 구름처럼 솟아오르는 것이 보였지만 불길은 보이지 않았다. 페인트나 타르 혹은 니스가 뜨거운 고무와 섞여서 내는 듯한 악취가 점점 더 강해졌다. 사이렌 소리가 더 많이 들렸지만 이번에는 반대편에서 들려와서 희미했고, 보이지 않는 창문 위로 뿜어지는 물기둥은 숨은 지옥을 만나 연기 구름으로 증발해 버리고 마는 것 같았다. 아래 거리에서는 셔츠 소매를 걷어붙인 얼뜨기들이 주저하면서도 화재 현장 쪽으로 걸어가고 있었고, 경찰관 두 명이 나무 바리케이드로 도로를 막기 시작하는 모습도 보였다. 호텔이나 우리에게는 전혀 위험하지 않았지만, 그럼에도 불구하고 걱정 때문에 몸이 떨렸다.

소피를 향해 돌아서는데, 그녀가 침대에서 나를 올려다보며 말했다. “스팅고, 당신에게 지금 해야 할 말이 있어요. 이제까지 누구에게도 하지 않은 말이에요. 누구에게도.”

“얘기해 봐요.”

“이 사실을 모르면, 당신은 나에 대해 아무것도 이해하지 못할 거예요. 또 나는 이제야 누군가에게 이 일을 털어놓아야 한다는 걸 깨닫게 되었고요."

"말해 봐요, 소피."

"우선 술 좀 마시게 해 줘요."

나는 망설이지 않고 그녀의 여행 가방이 있는 곳으로 가서 뒤죽박죽으로 섞여 있는 물건들 중에서 두 번째 위스키병을 꺼내 들었다. 그녀가 그곳에 숨겨 놓은 것을 이미 알고 있었다. 그래, 마셔요, 소피, 그럴 만한 것 같으니. 나는 속으로 혼잣말을 했다. 그러고는 작은 욕실로 들어가 옅은 녹색 플라스틱 컵에 물을 반쯤 따라서 침대로 가지고 갔다. 소피는 그 컵에 위스키를 가득 따랐다.

"좀 마실래요?" 그녀가 물었다.

나는 고개를 가로젓고는 창가로 돌아가 멀리 화재 현장에서 날아온 매캐한 연기를 들이마셨다.

"내가 아우슈비츠에 도착한 날은." 그녀가 내 뒤에서 말문을 열었다. "정말 화창했어요. 개나리가 활짝 피어 있었고요."

그때 나는 노스캐롤라이나주 롤리에서 바나나를 먹고 있었다. 소피를 만난 후로 이 생각을 한 것이 그때가 처음은 아니었지만, 부조리의 의미와 그 결정적이고 돌이킬 수 없는 공포를 절감한 것은 그때가 처음이었다.

"그런데 스팅고, 그 전 겨울 어느 날 밤에 반다가 자신과 나와 내 아이들의 죽음을 예견한 적이 있었어요."

나는 소피의 이야기를 들으면서 정확히 언제부터 인트위슬 목사가 "오, 하느님, 오, 나의 하느님."이라는 말을 속삭이기 시작했는지 기억하지 못한다. 그러나 그녀의 이야기가 계속되는 동안 밖에서는 근처 건물들 지붕 위로 연기가 거침없이 솟아오르고 마침내 광포한 불길이 하늘로 솟구치기 시작하는 것을 보면서, 독실한 장로교 목사의 탄원도 아무 의미가 없다는 것을 깨달았다. 반복해서 중얼거린 "오, 하느님."이라든가 "오, 나의 하느님." 같은 말은 바보가 꾸는 하느님에 대한 꿈이나 하느님 같은 존재가 있을 수 있다는 생각만큼이나 공허하게 느껴졌다.

"나는 이 세상에 존재하는 모든 나쁜 것, 모든 악은 내 아버지와 관련 있다고 생각하게 되었어요. 그해 겨울 바르샤바에서는 아버지와 아버지의 글에 대해 아무런 죄책감도 느끼지 않았어요. 하지만 이 끔찍한 수치심은 자주 느꼈죠. 수치심은 죄책감과는 달라요. 수치심이 죄책감보다 훨씬 더 견디기 어려운 비참한 감정이죠. 난 아버지의 꿈이 내 눈앞에서 현실이 되고 있다는 사실이 정말 견디기 어려웠어요. 나는 반다와 한집에 살았기 때문에, 혹은 그녀와 아주 친했기 때문에 많은 일들을 알게 됐어요. 그녀는 세상 돌아가는 일에 대해 아주 많은 정보를 가지고 있었죠. 그래서 나는 그때 벌써 독일군이 수천 명의 유대인을 트레블링카와 아우슈비츠로 이송하고 있다는 사실을 알았어요. 처음에는 단순히 강제 노동을 시키기 위해 이송하는 거라고들 생각했어요. 하지만 저항 단체의 첩보 능력이 뛰어났기 때문에 우리는 곧 끔찍한 일이 자행되고 있다는 진실을 알게 됐어요. 그건 아버지가 원하시던 거였죠.

그런 생각이 드니 괴로워서 미치겠더군요.

타르 종이 공장에 일하러 갈 때면 걸어서 가든 전차를 타고 가든 게토를 지나가야 했어요. 독일인들이 게토에 살던 유대인들을 완전히 싹 쓸어가진 않았지만, 그러는 과정이었죠. 유대인들이 양팔을 머리 뒤로 한 채 줄을 서서 소 떼처럼 끌려다니고, 독일군은 그들에게 총을 겨누고 있는 장면을 가끔씩 볼 수 있었어요. 유대인들은 아주 비참하고 무력해 보였어요. 언젠가 한번은 그들을 바라보다가 토할 것 같아서 전차에서 내려야 했어요. 이 모든 일과 공포를 아버지가 허가하고 계시는 것 같았어요. 허가할 뿐만 아니라 어떤 면에서는 이런 일을 일으킨 장본인 같았어요. 이런 생각을 더 이상 마음속에 묻어 두고 살 수 없었어요. 누군가에게 털어놔야 할 것 같았어요. 바르샤바에서는 내 배경에 대해 잘 아는 사람이 하나도 없었어요. 남편 성을 쓰면서 살았거든요. 어쨌든 반다에게 이 사실을, 이 죄악을 털어놓기로 결심했어요.

하지만…… 하지만 스팅고, 내가 인정하고 넘어가야 할 다른 사실도 있었어요. 뭐냐 하면 난 유대인들에게 일어나는 이 믿어지지 않는 일에 완전히 마음을 빼앗겼어요. 어떤 느낌인지 정확히 표현할 수는 없지만 즐거움은 아니었어요. 오히려 그 반대라고 할 수 있었죠. 역겨움에 더 가까울 거예요. 어쨌든 난 게토를 지나가다가 멀리서 걸음을 멈추고 독일군이 유대인을 체포하는 모습을 홀린 듯이 바라보곤 했어요. 그리고 그 순간에도 내가 왜 그렇게 그 장면에 홀려 있는지 알았죠. 너무 놀라웠어요. 그런 생각을 하는 나 자신을 견디기가 힘들었어요. 독일인들이 이 놀랄 만한 에너지를, 초인간적인 에너지를, 유대인을 전멸시키는 데 다 써 버린다면, 나는 안전하리라는 생각이 갑자기 든 거예요. 아니, 안전한 게 아니라, 비교적 안전하다고 해야 맞겠네요. 우리도 상황은 아주 나빴지만 저렇게 붙잡힌 무력한 유대인들보다는 훨씬 안전하다는 생각이 들었어요. 그리고 독일인들이 유대인들을 전멸시키는 데 힘을 다 써 버리면 나와 얀과 에바는 더 안전해진다고 생각했어요. 심지어 위험한 짓을 서슴지 않는 반다와 요제프도요. 하지만 이런 생각 때문에 나는 더 부끄러워졌고, 그래서 지금 말하는 그날 밤 반다에게 모든 걸 털어놓기로 결심했어요.

그날 밤 우리는 아주 형편없는 저녁 식사를 하고 있었어요. 콩과 순무를 넣은 수프와 소시지 비슷한 걸 한 조각 먹은 걸로 기억해요. 식사를 하면서 우리는 듣고 싶은 음악에 대해 얘기했어요. 내가 정말 하고 싶은 이야기는 차마 꺼내지 못하고 미루고 또 미루고 있었고요. 그러다가 마침내 용기를 내서 물었어요. '반다, 혹시 비에간스키라는 이름을 들어 본 적 있어? 즈비그니에프 비에간스키?'

반다가 한동안 멍한 눈으로 나를 바라보더니 말했어요. '응, 들어 봤어. 크라쿠프에 사는 파시스트 교수 말이지? 전쟁 전에 한동안 유명했지. 몇 번 여기 와서 유대인들을 저주하는 우스꽝스러운 연설을 했어. 그 사람에 대해서는 까맣게 잊고 있었네. 그 후로 어떻게 됐는지 모르겠어. 아마도 독일을 위해서 활동하고 있겠지.'

'죽었어.' 내가 말했죠. '그 사람이 내 아버지야.'

반다가 떨더군요. 밖이나 안이나 많이 추웠어요. 진눈깨비가 창문을 때리는 소리가 들렸어요. 아이들은 옆방에서 자고 있었죠. 아래층 내 아파트는 석탄도 나무도 다 떨어져서요. 적어도 반다네 집에는 그 애들을 따뜻하게 해 줄 만한 이불이 있었거든요. 나는 반다를 물끄러미 바라봤는데, 그녀의 얼굴에는 아무런 표정이 없더군요. 잠시 후에 그녀가 말했어요. '그랬군. 그 사람이 당신 아버지였다고. 그런 사람을 아버지로 두다니 기분이 참 이상했겠네. 어떤 사람이었어?'

난 그녀의 반응에 놀랐어요. 그녀가 너무도 침착하게, 너무도 자연스럽게 그 사실을 받아들이는 것 같았거든요. 바르샤바에 있는 저항 단체 대원들 중에서 유대인을 돕기 위해 가장 많은 일을 한 사람이 바로 반다였거든요. 정말 위험하고 어려운 일인데도 말이에요. 게토를 도우려고 무진 애를 썼지요. 그리고 단 한 명의 유대인이라도 배신한 사람은 폴란드를 배신한 것이나 마찬가지라고 생각했어요. 유대인을 배신한 폴란드 사람을 처단하는 일을 요제프에게 맡긴 사람도 반다였어요. 그녀는 유대인 문제에 대해서는 아주 호전적이고 헌신적인 사회주의자였어요. 그런 그녀가 내 아버지 이야기를 듣고도 전혀 놀라는 기색이 없었어요. 내가 오염되었다고 생각하지도 않는 것 같았고요. 내가 말했죠. '아버지에 대해선 이야기하기가 참 힘들어.' 그러자 그녀가 아주 부드러운 목소리로 말했어요. '그럼 하지 마, 소피. 당신 아버지가 누구였는지는 신경 안 써. 아버지의 죄악 때문에 당신이 비난받을 이유도 없고.'

그래서 내가 말했어요. '참 희한하지? 아버진 제국 내에서 독일인들에게 죽임을 당하셨어. 작센하우젠에서.' 그런데 그녀는 이런 아이러니에서조차 별다른 느낌을 못 받는 것 같았어요. 눈을 깜빡거리면서 한 손으로 머리카락을 쓸어내렸어요. 그녀의 붉은 머리카락은 영양 상태가 안 좋아서 많이 빠졌고 윤기 없이 우중충했어요. 그녀가 말했어요. '그는 독일군 점령이 시작된 이후에 야기에우워 대학에서 독일의 비위를 맞춘 교수들 중 한 명이었을걸.'

내가 말했어요. '맞아, 그리고 내 남편도. 당신에게 얘기 안 했지만 남편은 아버지의 충복이었어. 난 남편을 혐오했어. 언젠가 당신에게 남편은 독일군이 침공했을 때 저항하다가 전투에서 사망했다고 했는데 거짓말이었어. 미안해, 용서해 줘.'

내가 말을 마저 끝내려고 하는데 반다가 말을 잘랐어요. 그러고는 담배에 불을 붙였죠. 담배가 생기면 미친 듯이 피워 대곤 했던 게 생각나네요. 그녀가 말했어요. '조시아, 그런 건 하나도 중요하지 않아. 그들이 어떤 사람들이었건 관심 없어. 중요한 건 당신이야. 당신 남편이 고릴라고, 당신 아버지가 요제프 괴벨스면 또 어때? 그래도 당신은 여전히 내가 사랑하는 친구인걸.' 그러고 나서 창가로 가더니 블라인드를 내렸어요. 그녀는 뭔가 위험한 일이 다가올 때 블라인드를 내리곤 했죠. 우리가 살던 아파트는 5층짜리 건물이었고, 폭격으로 다 폐허가 된 주변 건물들에 비해 비교적 멀쩡하게 서 있어서 그 안에서 뭔가 수상한 일이 벌어지면 독일군에게 쉽게 들킬 수 있었어요. 그래서 반다는 항상 조심했죠. 그녀가 손목시계를 보더니 말했어요. '곧 누가 찾아올 거야. 게토에 있는 유대인 지

도자 둘이 권총 몇 자루를 받으러 오는 거야.'

세상에! 반다가 총이나 비밀 회합 혹은 독일군의 매복 공격을 받을 가능성이 있는 어떤 위험에 대해 말할 때면 난 언제나 심장이 철렁 내려앉으면서 토할 것 같은 느낌이 들곤 했어요. 유대인을 돕다가 잡히면 그건 죽음을 의미했거든요. 온몸에 식은땀이 흐르고 힘이 쭉 빠지는 것 같았어요. 아, 난 정말 겁쟁이였어요! 반다가 이런 내 증상을 알아차리지 못하기를 바랐어요. 이렇게 겁 많고 소심한 것도 아버지로부터 물려받은 게 아닐까 하는 생각도 들었어요. 그때 반다가 말했어요. '비밀 정보망을 통해 이 유대인에 대해 알게 됐어. 아주 용감하고 유능한 사람인가 봐. 그런데 지금 굉장히 절망적인 상황이래. 어떤 저항 운동 단체에 소속되어 있는데 그 조직이 무너질 위기에 처해 있대. 그가 우리 조직에 전언을 보내왔는데, 곧 게토에서 전면적인 봉기가 있을 거래. 우린 다른 조직들과 거래해 왔지만, 이 사람은 정말 설득력이 대단한 사람이라……. 이름이 펠트숀이라는 것 같아.'

우리는 한동안 그 유대인들을 기다렸지만 오지 않았어요. 반다는 총은 건물 지하에 숨겨 놓았다고 했어요. 나는 아이들을 보러 침실로 들어갔어요. 방 안인데도 살이 떨어져 나갈 듯이 추웠고, 얀과 에바의 머리 위로 입김이 작은 구름을 만들어 내고 있었어요. 창문 틈 사이로 바람이 들어오는 소리가 들렸어요. 하지만 낡고 폭신한 오리털 이불이 난방 대신에 아이들을 따뜻하게 보호해 주고 있었죠. 그래도 날이 밝으면 석탄이든 나무든 연료를 좀 구할 수 있기를 기도했어요. 창밖은 말할 수 없이 어두웠어요. 온 도시가 칠흑 같은 어둠에 싸여 있었죠. 나도 추워서 온몸이 떨렸어요. 그날 저녁에 에바는 감기에 걸린 데다가 귀가 많이 아파서 오래도록 잠을 이루지 못했어요. 너무 아파하더라고요. 하지만 반다가 아스피린을 구해 와서(구하기 아주 힘든 거였는데, 반다는 마음만 먹으면 못 구하는 게 없는 것 같았어요.) 겨우 잠들 수 있었죠. 나는 내일 아침이면 에바의 감기가 다 낫기를, 아프지 않기를 기도했어요. 그때 노크 소리가 나서 거실로 되돌아갔어요.

다른 유대인은 잘 기억이 나지 않지만(그는 말을 별로 안 했거든요.) 펠트숀이라는 사람은 기억해요. 연한 갈색 머리에 땅딸막하고 사십 대 중반쯤 되어 보였는데, 눈이 아주 날카롭고 지적이었어요. 두꺼운 안경을 썼는데도(한쪽 렌즈는 금이 가서 풀로 붙였던 것이 생각나네요.) 그의 눈이 나를 꿰뚫어 보는 것 같았어요. 그리고 예의 바르게 행동했지만 굉장히 화가 나 있는 걸 알 수 있었어요. 분노가 극에 달해 있어서 건드리면 곧 터질 것 같았어요. 그가 반다에게 단도직입적으로 말했어요. '지금은 대금을 지불할 수 없어요. 지금 당장 무기 값을 치를 수는 없다고요.' 그의 폴란드 말은 잘 이해할 수 없었어요. 발음도 이상하고 더듬거리기도 했고요. '하지만 곧 지불할 수 있을 거요. 지금 당장은 아니더라도 말이오.' 그가 다시 말했어요.

반다는 펠트숀과 또 한 명의 유대인에게 앉으라고 한 후 독일어로 말하기 시작했어요. 그녀가 처음 한 말은 어떻게 들으면 퉁명스럽고 비난조라고 할 수도 있었어요. '당신 억양이 독일어 억양이군요. 원한다면 독일어로 이야기해도 좋고 이디시

어로 해도 좋아요. 원하는 대로……'

하지만 그는 완벽한 독일어로 무척 화가 난 듯 그녀의 말을 가로막았어요. '이디시어를 할 필요는 없어요! 당신이 태어나기 전부터 독일어를 썼으니까……'

그때 반다가 잽싸게 그의 말을 끊었어요. '그렇게 자세하게 설명할 필요는 없어요. 독일어로 해요. 여기 내 친구와 나도 독일어를 하니까. 무기에 대해서는 굳이 돈을 낼 필요가 없어요. 특히 지금은 더더욱 돈을 낼 필요가 없고요. 나치 친위대에서 훔쳐 온 것들인데, 훔친 걸 돈 받고 팔고 싶지는 않으니까요. 하지만 공동 자금으로 쓸 수는 있을 것 같군요. 돈 문제는 나중에 얘기합시다.' 우리는 모두 자리에 앉아 있었어요. 희미한 전구 아래 탁자에 말이에요. 반다가 펠트숀 곁에 앉아 있었고요. 전등에서는 희미한 노란 불빛이 깜박깜박 켜졌다 꺼지기를 반복했어요. 곧 불이 완전히 나갈 것 같았어요. 반다는 펠트숀과 다른 한 명의 유대인에게 담배를 내밀었고, 그들은 하나씩 받아 들었어요. 반다가 말했죠. '유고슬라비아산 담배인데 이것도 독일군에게서 훔친 거예요. 이 전등이 곧 나갈 것 같으니까 빨리 본론으로 들어갑시다. 그런데 먼저 알고 싶은 게 있어요. 펠트숀, 당신이 어떤 사람인지 어떤 활동을 해 왔는지 좀 말해 줄래요? 내가 누구와 거래를 하는지 알고 싶고 그럴 권리도 있다고 생각해요. 그러니 이야기 좀 해 봐요. 어쩌면 우린 한동안 거래를 하게 될지도 모르니까.'

이렇게 반다는 다른 사람들을 대할 때, 심지어 낯선 사람들을 대할 때라도 놀라울 정도로 직설적이었어요. 뻔뻔하다고 할 수 있을 정도였고 거친 남자 같았죠. 하지만 그녀에게는 부드럽고 여린 면도 있어서 그런 거친 면을 상쇄할 수 있었어요. 그녀의 얼굴이 떠오르네요. 아주 핼쑥해 보였어요. 이틀 동안 한잠도 못 자고 일을 했어요. 그것도 늘 그랬듯이 아주 위험한 일을요. 그녀는 지하 운동 단체 신문 만드는 일에 많은 시간을 할애했는데, 이것도 아주 위험한 일이었어요. 당신에게도 언젠가 말한 기억이 나는데, 그녀는 창백한 얼굴에 주근깨투성이고 턱도 커서 그다지 아름다운 얼굴은 아니었어요. 하지만 그녀에게는 사람을 끄는 묘한 매력이 있었어요. 그때도 펠트숀만큼이나 거칠고 화가 난 표정이었는데, 그런데도 바라보고 있자니 그녀에게 빨려 들어갈 것만 같았어요.

펠트숀이 말했어요. '내가 태어난 곳은 비드고슈치지만, 내가 어릴 때 부모님이 날 독일로 데리고 가셨소.' 그러고는 화난 목소리로 빈정거리듯 말을 이었어요. '그래서 폴란드어를 잘 못하는 거요. 사실 게토에는 폴란드어를 가능한 한 쓰지 않으려는 동지들이 꽤 되죠. 압제자의 언어가 아닌 다른 나라 말을 쓰는 것이 더 낫지 않겠어요? 티베트어나 에스키모어는 어떨까?' 그러더니 좀 더 부드러운 어조로 말을 이었어요. '얘기가 딴 데로 샜네요. 미안합니다. 나는 함부르크에서 자라고 거기서 교육을 받았어요. 거기 새로 생긴 대학교의 1회 졸업생이에요. 대학을 졸업하고 나선 김나지움에서 교사 생활을 했어요. 뷔르츠부르크에 있는 김나지움에서 불문학과 영문학을 가르쳤어요. 거기서 교사 생활을 하던 중에 체포됐죠. 내가 폴란드 출신이라는 게 밝혀져서 1938년 아내와 딸 그리고 폴란드 출신의 많은 유대인들과 함께 그곳에서 추방당했어요.' 그가 잠시 말을 멈췄다가 신랄한 어조로 말했어요. '나치를 피해서 왔더니, 그놈들이 따라와서 괴롭히네요. 하지만 나치와, 동포라고 생각했던 폴란드 사람 중에 누가 더 무서운지 알아요? 적어도 나치에 대해선 그들이 무슨 짓을 할 수 있는지 알기라도 하죠.'

반다는 이 말을 무시하고 총 얘기를 시작했어요. 총을 두꺼운 종이에 싸서 건물 지하에 숨겨 놨다고 했어요. 탄약도 한 상자 있다고 했죠. 그러고 나서 손목시계를 보더니 정확히 십오 분 후에 조국 해방군 조직원 두 명이 지하실에서 총과 탄약이 든 상자들을 1층 복도로 날라다 놓을 거라고 했어요. 그러고는 사전에 약속한 신호를 주기로 했다고요. 그녀가 신호를 들으면 펠트숀과 다른 유대인에게 알려 줄 것이고 그러면 즉시 방을 나가 계단을 내려가서 복도에 놓인 상자들을 들고 가능한 한 빨리 건물을 나가면 된다고 했어요. 그리고 한 가지 주의할 점도 있다고 했죠. 권총들(루거였던 것으로 기억해요.) 중에 하나는 총포 공이인지 뭔지가 고장 났다면서 가능한 한 빨리 대체할 총을 마련해 주겠다고 했어요.

그러자 펠트숀이 말했어요. '우리에게 얘기하지 않은 게 하나 있는 것 같군요. 총이 몇 자루나 있는 거요?'

반다가 그를 바라보며 말했어요. '얘기 들었을 거라고 생각했는데요. 루거 자동 권총 세 자루요.'

펠트숀의 얼굴이 하얗게 질리더군요. 정말로 새하얘졌어요. '믿어지지 않는군요.' 그가 나지막한 목소리로 말했어요. '적어도 열두 자루는 된다고, 어쩌면 열다섯 자루까지 가능하다고 들었는데. 수류탄도 몇 개 있을 거라고 했고. 세상에, 이럴 수가!' 분노와 절망이 동시에 느껴지는 표정이었어요. 그가 고개를 절레절레 흔들면서 말했어요. '루거 세 자루라니. 게다가 하나는 공이도 고장 났고. 이런, 세상에!'

반다는 자신의 감정을 다스리려고 노력하면서 아주 사무적인 어조로 말했어요. '현재로선 그게 우리가 구할 수 있는 최선이에요. 앞으로 좀 더 구해 보려고 노력할 거고요. 지금 탄약은 400발 정도 있어요. 탄약도 더 필요할 테니 그것도 더 구하도록 애써 볼게요.'

펠트숀이 갑자기 한층 부드러워진 어조로 사과했어요. '그런 반응을 보여서 미안해요. 좀 더 많다고 들었기 때문에 사실을 알고 나니까 실망스러워서 그랬어요. 게다가 오전에는 다른 조직을 만나서 도움을 받을 수 있는지 확인하고 거래하려고 했거든요.' 그가 잠시 말을 멈추고 분노한 표정으로 반다를 바라보았다. '정말 끔찍했어요. 믿어지지 않을 정도로! 주정뱅이 개새끼들이었어요! 우리를 비웃고 조롱하더라고요. 비웃고 조롱하는 걸 즐겼어요. 우리를 카이크라고 불렀어요. 더러운 폴란드인들!'

반다가 사무적인 어조로 물었어요. '조직 이름이 뭐래요?'

'ONR이라고 그러던데요. 하지만 어제 다른 폴란드 저항 단체를 만났을 때도 반응은 비슷했어요.' 그가 분노와 절망이 가득한 표정으로 반다를 바라보며 말했다. '권총 세 자루와 비웃음과 조롱만 가지고 2만 명이나 되는 나치를 막아 내야

하다니. 빌어먹을, 도대체 무슨 일이 일어나고 있는 거죠?'

반다는 펠트숀의 말에 굉장히 동요되는 것 같았어요. 모든 것에, 인생 자체에 분노하는 것 같았죠. 그녀가 말했어요. 'ONR은 독일에 협력하는 사람들이 모인 단체예요. 광적인 파시스트들이죠. 그들로부터 도움을 기대하느니 차라리 우크라이나 사람들이나 한스 프랑크[86]에게 기대하는 게 나을걸요. 한 가지만 더 경고할게요. 공산주의자들도 조심해요. 파시스트들만큼이나 흉악하니까. 어쩌면 더 나쁠 수도 있고. 코르진스키 장군이 이끄는 공산주의 게릴라들을 만나면 그 자리에서 총에 맞을 수도 있어요.'

'정말 말도 안 되는 일이군요! 권총 세 자루를 준 것은 고맙지만, 기대를 많이 했다가 지금 얼마나 허탈한지 알아요? 도저히 이해할 수 없는 일들이 일어나고 있어요! 『로드 짐』[87]이란 소설을 읽어 봤어요? 한 항해사가 침몰하는 배와 승객들은 나 몰라라 버려 둔 채 자기만 구명보트를 타고 탈출하는 얘긴데. 이렇게 비교해서 미안하지만 지금 상황이 그 소설에 나온 상황과 똑같다는 생각이 드는 건 어쩔 수 없네요. 우리는 물에 빠져 죽든지 말든지 하라고 버림받았어요. 그것도 우리 동포들한테!'

반다가 자리에서 일어나 양손 손가락 끝들만 탁자에 댄 채 몸을 받치고 서서 펠트숀에게로 몸을 기울이더군요. 이번에도

86) 히틀러의 부관.

87) 영국 작가 조지프 콘래드의 장편 소설.

냉정을 잃지 않으려고 애쓰고 있었지만, 그러기가 어려운 것 같았어요. 굉장히 창백하고 지쳐 보였어요. 그녀가 아슬아슬하게 감정을 억누르고 있는 듯한 목소리로 말문을 열었어요. '펠트숀, 당신은 어리석거나 순진하거나 아니면 둘 다인 것 같군요. 콘래드의 작품을 좋아하는 사람이 어리석지는 않을 테니까 순진한 것이겠네요. 폴란드가 반유대주의 국가라는 분명한 사실을 잊지는 않았겠죠. 당신 스스로도 '압제자'라는 말을 썼으니까. 실제적으로 반유대주의를 만들어 낸 나라에 살면서, 우리 폴란드 사람들이 제일 먼저 만들어 낸 게토에 살면서, 동포들에게 무슨 도움을 기대했어요? 무슨 이유에서건, 이상주의 때문이건, 도덕적 확신 혹은 단순한 인간적 유대감 때문이건 간에 당신들의 생명을 구하기 위해 노력하는 우리 몇몇 사람들을 제외하고 나머지 폴란드 사람들한테 무슨 도움을 기대했어요? 펠트숀, 당신 부모님은 유대인 혐오자들에게서 벗어나기 위해 당신을 데리고 폴란드를 떠났을 거예요. 불쌍한 분들, 유대인을 사랑하는 따뜻하고 인간적인 독일의 품이 갑자기 차갑게 식으면서 당신들을 밀쳐 내리라곤 생각도 못 하셨겠죠. 당신이 폴란드로 돌아왔을 때 독일에서와 마찬가지로 유대인 혐오자들이 당신과 아내와 딸을 기다리고 있으리라곤, 당신들을 갈아 마실 준비를 끝낸 채 기다리고 있으리라곤, 생각도 못 하셨을 거예요. 이 나라는 잔인한 나라예요, 펠트숀. 그동안 너무도 자주 패배를 맛보았기 때문에 더욱 더 잔인해졌어요. 복음서에 쓰여 있는 쓰레기 같은 말은 믿지 말아요. 역경은 이해와 동정이 아니라 잔인함을 낳으니까요.

그리고 폴란드 사람처럼 패배를 경험한 사람들은 당신네 유대인들처럼 분열해 흩어진 사람들을 잔혹하게 대하는 방법을 잘 알아요. 당신이 카이크라는 말만 듣고 ONR 사람들에게서 벗어날 수 있었다는 게 놀라울 지경이에요!' 그녀가 잠시 말을 멈추고 숨을 고르더니 다시 말했어요. '이상하지 않아요? 그런데도 나는 이 나라를 정말 사랑하고, 필요하다면 지금 당장이라도 이 나라를 위해 기꺼이 죽을 수도 있다는 게 이상하지 않아요?'

펠트숀이 반다를 노려보면서 말했어요. '나도 그러고 싶지만 물론 그럴 순 없어요. 나 자신의 목숨까지 기꺼이 내놓을 순 없어요.'

반다가 걱정되기 시작했어요. 그렇게 지치고 기력이 약해진 모습은 처음 봤어요. 그동안 제대로 자지도 못하고 제대로 먹지도 못한 채 너무 일에만 매달려 왔거든요. 그러더니 이제 목소리가 자꾸만 갈라졌고, 탁자에 대고 있는 손가락들이 떨렸어요. 눈을 꽉 감고 있었는데 온몸이 조금 흔들리기도 했어요. 저러다 기절할지도 모른다는 생각이 들었어요. 그때 그녀가 눈을 뜨더니 슬픔에 찬 쉰 목소리로 말하기 시작했어요. '『로드 짐』 얘기를 했으니 말인데 나도 그 책 읽어 봤어요. 당신이 한 비유가 적절하다고 생각해요. 하지만 그 책의 결말은 잊은 것 같군요. 결국에는 그 주인공이 자신의 배신을 어떻게 속죄하는지 잊은 것 같군요. 그는 자신의 죽음을 통해 속죄하죠. 자신의 고통과 죽음을 통해서요. 우리 몇몇 폴란드인들이 우리 동포가 당신네 유대인들을 배신한 것을 속죄할 수 있다고 생각한다면 너무 주제넘은 걸까요? 비록 우리의 투쟁이 당신네를 구하진 못하더라도 속죄할 수 있다고 생각한다면? 뭐, 그런 건 별로 중요하지 않을 것 같네요. 당신들을 구하든 못 구하든, 나는 우리가 우리의 고통과 죽음을 통해 속죄하려고 노력했다는 사실만으로도 만족할 수 있을 것 같으니까요.'

말을 멈췄던 반다가 잠시 후 다시 말을 이었어요. '당신을 화나게 할 생각은 아니었어요, 펠트숀. 당신은 용감한 사람이에요, 그건 분명해요. 오늘 밤 목숨을 걸고 여기까지 온 것만 봐도 알 수 있죠. 난 당신네 유대인들이 어떤 시련을 겪고 있는지 잘 알아요. 지난 여름 트레블링카에서 몰래 반출된 사진들을 본 후로 더 잘 알아요. 나는 그 사진들을 맨 처음 본 사람들 중 하나였는데, 처음에는 다른 사람들과 마찬가지로 그 사진이 사실일 거라고 믿지 않았어요. 하지만 지금은 믿어요. 공포에서는 당신들이 겪는 시련보다 더 큰 공포를 불러일으키는 게 없을 것 같아요. 게토 근처를 지날 때마다 커다란 드럼통 속에 갇힌 쥐들이 기관총을 가진 미치광이에게 마구 총을 맞고 있는 모습을 상상하게 돼요. 당신들이 그렇게 무력한 상황에 놓인 쥐들 같아요. 하지만 우리 폴란드 사람들도 사정이 별반 다르지 않아요. 당신네 유대인들보다 더 많은 자유를 가진 건 사실이에요. 이동의 자유가 있고, 즉각적인 위험으로부터 훨씬 더 많이 벗어나 있죠. 하지만 매일 포위 공격을 당하는 건 당신들하고 마찬가지예요. 당신들이 드럼통 속에 갇힌 쥐들이라면 우리는 불타는 건물 속에 갇힌 쥐들이라고 할까요? 우리는 불길을 피해서, 시원한 곳을 찾아서, 안전한 곳을 찾아서 움직일 수 있어요. 그러면서 지하실로 내려갈 수도 있고요. 그러는 와중에 극소수의 쥐들은 건물에서 도망칠 수도 있겠죠. 날마다 우리 상당수가 산 채로 불에 타 죽고 있지만, 그 수가 엄청나게 많으니까 구원을 받는 쥐들도 생겨나죠. 불이 우리 모두를 집어삼킬 수는 없을 테고, 언젠가는 불이 꺼질 테니까요. 그렇게 되면 살아남는 쥐들도 많겠죠. 하지만 드럼통 속의 쥐들 중에는 살아남는 쥐들이 거의 없을 거예요.' 반다가 깊이 숨을 들이마시며 펠트숀을 바라보더니 다시 말을 이었다. '하나만 물을게요, 펠트숀. 건물 안에 있는 공포에 싸인 쥐들 중에서 바깥 드럼통 속에 있는 쥐들을 걱정하는 쥐가 얼마나 될까요? 어떤 유대 관계도 느끼지 못하던 그 쥐들을 걱정하는 쥐가 얼마나 될까요?'

펠트숀은 반다를 노려보고만 있었어요. 몇 분 동안이나 그녀에게 눈을 떼지 않았죠. 그는 아무 말도 하지 않았어요.

반다가 시계를 보더니 말했어요. '정확히 사 분 후에 휘파람 소리가 들릴 거예요. 그 소리를 들으면 여기를 나가서 계단을 내려가요. 짐은 복도 끝 현관 옆에 놓여 있을 거예요.' 그러더니 다시 잠시 말을 멈췄다가 말을 이었어요. '사흘 전에 게토에서 당신 동포 중 한 명과 협상을 했어요. 이름은 말하지 않을게요. 그럴 필요가 없을 테니까. 그는 당신네 단체와 정반대되는 견해를 가진 조직의 지도자라고만 말할게요. 시인 아니면 소설가인 것 같았는데, 그가 마음에 들었어요. 하지만 그가 한 어떤 말은 도저히 참을 수 없었어요. 당신네 유대인들에 대해 말하면서 '우리 소중한 고통의 유산'이라는 표현을

쌌어요. 지나치게 허세를 부리는 것 같고 역겨웠어요.'

그 순간 펠트손이 끼어들었어요. '레벤탈이죠? 모제스 레벤탈. 그 감상적인 놈밖에 그런 말 할 인간이 없어요.' 그 말에 우리 모두가 약간 소리 내 웃었어요. 반다도 미소를 짓더군요.

반다가 말했어요. '나는 고통이 소중하다는 생각을 경멸해요. 이 전쟁에서는 모두가 고통받고 있어요. 유대인, 폴란드인, 집시, 러시아인, 체코인, 유고슬라비아인, 그 밖의 다른 민족들까지요. 모두가 피해자예요. 물론 유대인들이 피해자 중의 피해자고요. 그게 다른 민족과 다른 점이죠. 하지만 어떤 고통도 소중하진 않아요. 모두들 비참하게 죽어 갈 뿐이에요. 당신이 가기 전에 사진 몇 장을 보여 주고 싶군요. 얼마 전에 입수한 건데, 레벤탈과 이야기를 나눌 때도 호주머니 속에 갖고 있었어요. 그에게 보여 주고 싶었지만, 어떤 이유 때문에 그렇게 하지 않았어요. 그 사진들을 보여 줄게요.'

바로 그때 불이 나갔어요. 전등이 깜박거리다가 꺼져 버린 거예요. 두려움에 심장이 얼어붙는 것 같았어요. 때때로 그냥 전기가 나가는 경우가 있었어요. 하지만 독일군이 매복 공격을 하기 전에 건물의 전원을 내려 버리는 경우도 있었어요. 자기네 탐조등으로 숨어 있는 사람들을 찾아내기 위해서요. 우리는 한동안 가만히 있었어요. 작은 난로에서 불빛이 약하게 흔들리고 있었죠. 얼마 후 반다는 단순한 정전이라고 생각했는지 초를 꺼내 불을 붙였어요. 나는 여전히 몸이 떨리는 것을 주체 못 하고 있었죠. 반다가 촛불 아래 탁자 위에 사진 몇 장을 던지면서 말했어요. '한번 봐요.'

우리는 모두 몸을 숙이고 사진을 들여다봤어요. 처음에는 뭔지 모르겠더라고요. 그냥 나뭇가지들이 마구 쌓여 있는 것 같았어요. 그러다가 뭔지 알아차렸죠. 정말 견딜 수 없이 끔찍한 장면이었어요. 유개 화차에 수십 명, 아니 100명 정도의 죽은 아이들이 쌓여 있는 사진이었어요. 얼어 죽어서 몸이 굳어버린 채로 말이에요. 다른 사진들도 마찬가지였어요. 모두 얼어서 굳은 채로 죽은 아이들이 수십 명씩 유개 화차에 쌓여 있는 사진들이었죠.

'이 아이들은 유대인이 아니에요.' 반다가 말했어요. '폴란드인이에요. 모두 열두 살 이하고요. 불타는 건물에서 살아남지 못한 쥐새끼들이라고 할 수 있겠네요. 이 사진들은 조국 해방군 조직원들이 자모시치와 루블린 사이 어딘가 측선에 세워져 있던 열차로 몰래 접근해서 찍어 온 거예요. 이 기차 하나에만도 이렇게 죽은 아이들이 수백 명에 달해요. 물론 다른 측선에 세워진 기차들도 여럿 있었대요. 기차마다 이렇게 굶어 죽거나 얼어 죽거나 아니면 둘 다의 이유로 죽은 아이들이 수백 명씩 쌓여 있었다는군요. 이 사진은 단지 작은 예에 불과해요. 이렇게 죽은 아이들을 모두 합하면 수천 명이 될 거예요.'

아무도 말하지 않았어요. 모두들 거칠게 숨만 내쉴 뿐 아무 말도 하지 않았어요. 마침내 반다가 입을 열었어요. 이번에는 정말로 목이 메고 불안하게 떨리는 목소리더군요. 피로와 비통함이 극에 달한 것 같았어요. '이 아이들이 정확하게 어디서 왔는지는 모르겠지만, 어떤 아이들인지는 알 것 같아요.

소위 레벤스보른이라는 독일화 계획에서 불합격 판정을 받은 아이들이라고 생각해요. 자모시치 근처에서 온 것 같고요. 강제로 부모들에게서 뺏은 수천 명의 아이들 중에 인종적으로 부적합하다고 판정되어 마이다네크나 아우슈비츠에서 처리되도록, 다시 말해 죽도록 결정된 아이들이라고 하더군요. 하지만 목적지까지 가지도 못했어요. 상당수의 다른 기차들과 마찬가지로 이 기차도 측선에 세워져 방치되었고, 그 아이들은 여기 보이는 이 상태로 죽어 가게 되었죠. 얼어 죽은 아이들도 있고 굶어 죽은 아이들도 있었지만, 더 많은 아이들은 밀폐된 객차 안에서 질식해서 죽었어요. 자모시치 지역에서만도 3만 명의 아이들이 사라졌어요. 그중에서 이미 수천 명이 죽었고요. 이것도 대량 학살이에요, 펠트숀.' 그녀가 두 손을 들어 양쪽 눈을 비비더니 다시 말했어요. '자모시치에서 학살당한 수천 명의 무고한 어른들 이야기도 해 줄 생각이었지만 하지 않을래요. 너무 피곤하고 갑자기 많이 어지럽거든요. 이 아이들 이야기로도 충분한 것 같고.'

반다의 몸이 약간 흔들렸어요. 내가 그녀의 팔꿈치를 잡아 부드럽게 끌어당기며 앉히려고 했죠. 하지만 그녀는 아랑곳않고 서서 뭔가에 홀린 듯 단조로운 목소리로 계속해서 이야기했어요. '여기 있는 사람들 중에서 나치는 당신을 가장 혐오해요, 펠트숀. 그래서 당신이 가장 많이 고통받을 거예요. 하지만 그들이 유대인들만 괴롭히고 끝나진 않을 거예요. 그들이 유대인을 전멸시키고 나면 손 털고 학살을 멈출 거라고 생각해요? 세상과 화해할 거라고 생각해요? 만일 그런 착각을 한다면 그들의 사악함을 과소평가하는 거예요. 당신을 해치우고 나면 그다음엔 나를 잡으러 올 거예요. 난 반은 독일인인데도 말이에요. 내 끝을 볼 때까지 쉽게 놔주지 않을 거예요. 그다음에는 여기 있는 내 친구, 이 아름다운 금발의 여자를 잡아서 당신에게 한 일을 이 여자에게도 자행할 거예요. 그와 동시에 이 친구의 아이들도 살려 두지 않겠죠. 사진 속 아이들을 살려 두지 않았듯이요.'"

점점 더 어두워지는 워싱턴의 허름한 호텔 방에서 소피와 나는 의식하지 못하는 사이에 자리를 바꿨다. 이제는 내가 침대에 누워 천장을 뚫어지게 바라보고 있고, 소피는 내가 서 있었던 창가에 서서 멀리 불이 난 곳을 바라보며 생각에 잠겨 있었다. 한동안 아무 말이 없는 그녀의 옆모습을 바라보니 그녀는 연기가 피어오르는 곳을 물끄러미 바라보며 과거의 기억에 깊이 빠져 있는 듯했다. 창턱에 앉은 비둘기들이 구구거리는 시끄러운 소리에 섞여, 저 멀리 화재 현장에서 불길을 잡으려고 애쓰는 사람들의 고함 소리가 희미하게 들려왔다. 이제 교회 종소리가 4시를 알렸다.

마침내 소피가 다시 말문을 열었다. "말했듯이 그다음 해 아우슈비츠에서 독일군이 반다를 잡아 고문한 다음 갈고리에 걸어 질식해서 죽게 만들었어요. 그 소식을 듣고 나니까 그동안 보아 온 그녀의 여러 가지 모습이 많이 떠올랐는데, 그중에서도 지금 말한 그날 저녁 그녀의 모습이 자꾸만 떠오르더군요. 펠트숀과 다른 유대인이 총을 가지러 나가자 그녀는 탁자 위에 엎드려 팔 속에 얼굴을 묻고 울었어요. 지칠 대로 지친 모습이었죠. 이상하죠, 스팅고? 그 전에는 그녀가 우는 모습을 한 번도 본 적이 없었어요. 우는 것이 약한 모습을 드러내는 거라고 생각하나 보다 했죠. 그런데 그날은 하염없이 우는 거예요. 난 그녀 곁에 앉아서 그녀의 어깨를 어루만졌어요. 그녀는 아주 젊었어요. 나랑 비슷한 나이였으니까요. 그리고 아주 용감했어요.

반다는 레즈비언이었어요, 스팅고. 그녀의 성적 취향이 어땠는지는 그때도 별로 중요하게 생각되지 않았고 지금도 마찬가지예요. 하지만 그녀에 대해 많은 이야기를 했으니까 이 점도 밝히고 넘어가야 할 것 같다는 생각이 들어요. 우리는 한두 번 정도 같이 잤어요. 하지만 그건 우리 둘에게 별 의미가 없었어요. 그녀는 내가 자신이 바라는 방식으로 반응하지 않는다는 걸 잘 알았고, 절대 나한테 어떤 행동을 강요하지 않았어요. 화를 내지도 않았고요. 난 그녀를 사랑했죠. 나보다 나은 인간이고 믿을 수 없을 정도로 용감했으니까요.

아까 말했듯이 반다는 자신과 나와 내 아이들의 죽음을 예견했어요. 그녀는 탁자 위에 엎드린 채 그대로 잠이 들어 버렸어요. 깨우고 싶지 않았어요. 조금 전에 그녀가 아이들에 대해 한 말이, 그리고 얼어 죽은 그 불쌍한 아이들의 모습이 떠오르더군요. 전에는 경험하지 못했던 엄청난 공포가 갑자기 나를 사로잡았어요. 이전에도 끔찍한 우울함과 공포를, 거의 죽음과 같은 공포를 자주 맛보았는데도, 그때 느낀 공포에 비하면 아무것도 아닌 것같이 느껴질 정도였어요. 나는 아이들이 잠들어 있는 방으로 들어갔어요. 반다의 말에 너무도 두려워진 나는 하지 말아야 할 행동을 했어요. 그런 행동을 하면서도 하지 말아야 한다는 것을 알았고요. 나는 얀과 에바를 깨워 둘을 양팔로 꼭 끌어안았어요. 둘을 안고 있자니 참 무겁더군요. 아이들은 아직 잠에 취한 채로 신음 소리를 내며 뭐라고 속삭였어요. 그런데 앞으로 둘을 꼭 끌어안고 절대로 놓고 싶지 않다는 절박한 바람 때문에 그랬는지, 이상하게 가볍게 느껴지기도 했어요. 우리에게 닥쳐올 일에 대한 반다의 예측이 자꾸만 귓가를 맴돌아 무척이나 두렵고 절망스러웠어요. 그녀의 말이 사실이 될 텐데, 그 끔찍한 일을 막을 수 없을 거라고 생각하니 정말 두려웠어요.

창밖은 춥고 어두웠어요. 바르샤바엔 불빛이라곤 하나도 없었죠. 말로 표현할 수 없이 춥고 어두운 도시였어요. 어둠과 바람과 추위와 진눈깨비를 제외하고는 아무것도 없는 도시였어요. 난 창문을 열고 얼음과 바람이 방 안으로 들어오게 했어요. 아이들을 끌어안고 그대로 어둠 속으로 뛰어내리고 싶은 충동이 마구 솟구쳤어요. 그 후로 그렇게 하지 않은 걸 얼마나 후회했는지 몰라요."

소피와 그녀의 아이들과 반다를(최근의 일제 검거에서 잡힌 저항 단체 조직원들과 다른 폴란드 시민들과 함께) 아우슈비츠로 실어 나른 열차의 객차는 다소 특이했다. 독일인들이 보통 유대인들을 수송할 때 사용하던 유개 화차나 가축 수송 차량이 아니었다. 놀랍게도 낡기는 했지만 아직 쓸 만한 고급스러운 침대차로, 복도에는 양탄자가 깔려 있고 따로 객실 칸이 나누어져 있으며 각 객실 칸마다 간이 화장실이 딸려 있고 창문에는 폴란드어와 프랑스어, 러시아어, 독일어로 창밖으로 상체를 내밀지 말라는 경고 문구가 쓰인 마름모꼴의 표지판이 붙어 있었다. 심하게 낡았지만 아직 쓸 만한 좌석들과 화려하지만 많이 더러워진 샹들리에 같은 내부 시설들을 보니 이 유서 깊은 침대 칸은 한때 일등석 승객들을 실어 날랐을 것이 분명해 보였다. 한 가지 차이점만 빼면 그녀가 어린 시절 아버지를 따라(아버지는 여행을 할 때도 상류층임을 과시하고 싶어 했다.) 빈이나 볼차노, 베를린으로 여행하면서 탔던 열차와 똑같은 것 같았다.

그 차이점은(아주 불길하고 답답한 것이어서 소피는 보자마자 숨이 턱 막히는 것 같았다.) 창문이 모두 널빤지로 완전히 막혀 있다는 것이었다. 또 하나 차이가 있다면, 원래 대여섯 명이 정원인 객실 칸에 독일군이 열다섯 명 내지 열여섯 명을 그들이 가진 짐과 함께 마구 밀어 넣은 것이다. 그래서 희미한 불빛 아래 사람들이 가득 들어차게 되어, 남녀 할 것 없이 좁은 발판에 붙어 서서 끊임없이 흔들리는 열차의 움직임 속에서 쓰러지지 않으려고 서로를 꼭 붙들고 있었지만, 자꾸만 앉아 있는 사람들의 무릎으로 넘어지곤 했다. 재치 있는 저항 단체 지도자 한두 명의 제안에 따라 앉아 있는 사람과 서 있는 사람이 얼마쯤 가다가 자리를 서로 바꾸기로 했다. 이런 계획이 공간 문제에는 분명히 도움이 되었지만, 따닥따닥 붙어 있는 사람들의 몸에서 나오는 질식할 것 같은 열기와 불쾌한 냄새를 해결해 주지는 못했다. 고문이라고 할 것까지는 못 되었지만 굉장히 불편하고 불쾌한 여행이었다. 얀과 에바가 그 객실 칸에 탄 유일한 아이들이어서, 번갈아 가며 소피와 다른 사람들의 무릎에 앉아서 갔다. 어두운 객실 안에서 누군가가 토했고, 객실 칸을 비집고 빠져나가 발 디딜 틈 없이 사람들이 가득 찬 복도를 지나 화장실로 들어가기 위해 필사적으로 노력하는 것 같았다. "유개 화차가 낫지. 적어도 거기선 몸이라도 펼 수 있으니까." 누군가가 신음하듯 중얼거렸다. 그러나 흥미롭게도 지옥 같은 수용소를 향해 유럽 전역을 가로지르는 열차들을 기준으로 볼 때, 움직이다가 멈추기도 하고 측선으로 들어가 방치되기도 한 열차들을 고려해 볼 때, 소피의 기차 여행은 그렇게 길지는 않았다. 새벽 6시에서 정오까지 아침 한나절이면 갈 길을 단지 서른 시간 정도 걸려서 갔을 뿐이지 며칠씩 걸리지는 않았다.

그녀가 자주 말했듯이 상황을 희망적으로 보려고 노력하던 그녀는 독일군이 그녀를 비롯한 포로들을 고급 열차에 태웠다는 사실에서 적지 않은 위안을 얻었다. 나치는 수용소로 보내는 사람들을 화물이나 가축을 싣는 열차에 태워 보낸다는 사실이 일반적으로 알려져 있었다. 그래서 얀과 에바와 함께 열차에 오른 소피는 독일군이 비록 낡았지만 고급스러운 열차를 이용하는 것은 마침 이 열차가 비어 있고 사용이 가능했기 때문이라는(임시로 널빤지를 대어 막은 창문이 그 증거였다.) 합리적인 생각을 재빨리 밀어냈다. 대신 그녀는 좀 더 위로가 되는 다른 가정을 사실이라고 믿으려고 애썼다. 전쟁 전에 부유한 여행객들이 고개를 끄덕이며 졸고 갔을 이 화려한 호텔

로비 같은 시설에 자신이 태워졌다는 사실은 특혜를 의미한다고, 말키니아에서 열차의 앞부분 가축 싣는 칸에 태워져 몇 날 며칠을 갇힌 상태로 여행해 온 1800명의 유대인들보다는 더 나은 대우를 받게 되리라는 의미라고. 하지만 이런 생각은 그녀가 게토에 대해 가졌던 생각(나치가 유대인을 전멸시키는 데 전념하게 되면 그녀와 얀과 에바는 안전할 거라는 생각)만큼이나 어리석고 아무 근거가 없고 심지어 비열하기까지 했다.

오슈비엥침(아우슈비츠)이라는 지명이 처음으로 객실 칸 사람들의 입에서 입으로 전해지는 것을 들었을 때 소피는 눈앞이 캄캄하고 팔다리가 후들거리는 것 같았지만, 기차가 그곳을 향해 간다는 데에는 의심의 여지가 없어 보였다. 창문에 덧댄 합판의 깨진 틈으로 가는 빛줄기가 들어왔고, 그래서 기차에 올라탄 지 한 시간도 안 돼서 그녀는 그 창틈으로 보이는 새벽 풍경으로 미루어 기차가 남부로 향하고 있다는 것을 알 수 있었다. 교외 지역 대신에 바르샤바를 둘러싼 시골 마을을 지나 초록으로 물들어 가는 들판과 자작나무들이 가득한 숲을 지나가는 것을 보니 정남쪽으로, 크라쿠프 방향으로 가고 있었다. 생각해 볼 수 있는 목적지들 중에 남쪽에 있는 것은 아우슈비츠밖에 없었다. 어디를 향해 가는지 자기 눈으로 직접 확인하고 나니 절망으로 눈앞이 캄캄해졌다. 아우슈비츠라는 이름은 불길하고 끔찍하고 위협적이었다. 게슈타포의 감옥에 있을 때 그들이 궁극적으로 가게 될 곳이 아우슈비츠라는 소문이 돌기는 했지만, 소피는 제발 독일에 있는 강제 노동 수용소로 보내지기를, 굉장히 많은 폴란드인들이 가 있고 상황이 덜 끔찍하다고 알려져 있는 강제 노동 수용소로 가게 되기를 빌고 또 빌었다. 그러나 열차를 타고 가는 도중 아우슈비츠가 피할 수 없는 목적지로 떠오르자, 소피는 자신이 우연의 희생자임을 절감하면서 숨이 막힐 것만 같았다. 난 여기 있을 이유가 없어. 자꾸만 이런 생각이 들었다. 조국 해방군 조직원들과 같은 시기에 붙잡히지만 않았더라면(이런 불운은 비록 그녀가 저항 단체를 돕기 위해 손 하나 까닥하지 않았지만, 그녀와 반다의 관계와 사는 곳이 같다는 사실에 의해 더욱더 복잡하게 얽히게 되었다.) 육류 밀반입이라는 중죄에 대해서는 유죄 판결을 받았더라도 체제 전복이라는 훨씬 더 중대한 범죄에는 얽히지 않았을 것이고, 그러므로 이렇게 끔찍한 곳으로 향하게 되지도 않았을 것이다. 그러나 곧 그녀는 자신이 어떤 죄목으로도 판결을 받은 적이 없고, 단지 심문을 받은 후 잊혔을 뿐이라는 아이러니한 사실을 깨달았다. 아무렇게나 이 사람들하고 한곳에 던져진 그녀는 보복적 정의의 희생자라기보다는 일반적 분노(나치가 저항 단체에게 승리할 때마다 나치의 마음을 압도하는 완전한 지배와 억압에 대한 광포한 열망 그리고 이번에는 지난번 대규모 일제 검거 때 덫에 걸려 끌려온 몇백 명의 폴란드 사람들에게까지 그 영향력이 미쳤을 뿐인 그 분노)의 희생자였다.

그 여행에 대해 그녀가 생생하게 기억하는 것들이 몇 가지 있었다. 악취와 답답한 공기, 다른 사람들과 자리를 바꾸기 위해 일어섰다 앉기를 끊임없이 반복하던 것. 한번은 기차가 급정거하면서 머리 위 짐칸에 올려져 있던 상자 하나가 그녀의 머리 위로 떨어졌고 놀라거나 어디를 심하게 다치지는 않았지만 뒤통수에 달걀만 한 혹이 났던 일. 널빤지 틈으로 보이던 풍경도 생생했다. 따뜻한 봄 햇살이 비치는가 싶더니 얼마 후에는 이슬비가 내리는 어두운 풍경으로 바뀌어 있었고, 지난 겨울에 엄청나게 내린 눈으로 아직도 고문받고 있는 자작나무들은 하얀 활이나 새총, 채찍 모양으로 가지가 휘어져 있었다. 노란 개나리가 사방에 흐드러져 있고 연한 초록의 들판과 멀리 보이는 가문비나무와 소나무 숲이 멋지게 조화를 이루고 있었다. 다시 햇빛이 비쳤다. 책을 가져온 얀은 그녀의 무릎 위에 앉아서 희미한 빛 속에서 책을 읽으려고 했다. 독일어로 된 『스위스인 로빈슨』 그리고 폴란드어로 된 『하얀 송곳니』와 『펜로드와 샘』. 에바는 가죽 상자에 든 플루트와 아기 때부터 가지고 있어 이제 눈과 귀가 한 짝씩 남은 곰 인형을 마치 누가 뺏어 가기라도 할까 봐 두렵다는 듯이 가슴에 꼭 끌어안고는 짐칸에 올려놓기를 거부했다.

밖에는 빗줄기가 굵어져 있었다. 이제 역한 토사물 냄새가 사방에 퍼져 사라질 줄을 몰랐다. 열여섯 살쯤 되어 보이는 수녀원 학교 학생 두 명은 두려움 속에 흐느끼다가 잠이 들었고, 곧 다시 깨어나 성모 마리아에게 기도를 드리기도 했다. 검은 머리에 진지하고 화가 난 표정인 젊은 조국 해방군 조직원인 빅토르는 벌써 반란이나 탈출을 계획하는지 다른 객실칸에 있는 반다에게 전해 줄 요량으로 종이 위에 뭔가를 열심히 끼적거리고 있었다. 공포로 넋이 나간 듯한 노부인은 자기가 비에니아프스키의 조카딸이고 그의 유명한 「폴로네즈」 원본 악보를 가지고 있다면서, 그러니 자신은 이런 대접을 받을 이유가 없다고 했다. 그러나 나치가 아무짝에도 쓸모없는 그 악보로 똥이나 닦을 것이라는 빅토르의 빈정거림에 어린 소녀처럼 울음을 터뜨리고 말았다. 배고픔으로 속이 쓰리기 시작했다. 먹을 것은 아무것도 없었다. 또 다른 노부인은 바깥 복도에 심장마비로 쓰러져 있었는데, 목에 걸린 십자가를 쥐고 있는 그녀의 양손은 얼어붙은 듯 움직이지 않았다. 백지장처럼 하얀 얼굴은 그녀를 타 넘거나 돌아서 가는 사람들의 구둣발에 스쳐 검게 더러워져 있었다. 창틈으로 낯익은 크라쿠프역의 모습이 보였다. 기차가 몇 시간째 선 채로 발이 묶여 있는 화물 조차장의 풍경이 달빛 속에 드러났다. 푸른빛을 띤 달빛 아래 역겨운 광경이 펼쳐졌다. 암회색 군복을 입고 어깨에 소총을 멘 독일군 병사 한 명이 인기척 없는 조차장에 서서 바지를 까 내리고 자위를 하면서, 소피처럼 창문에 댄 널빤지 틈으로 바깥을 훔쳐보고 있을 기차 안 승객들을 향해 씩 웃으며 자신의 성기를 흔들어 댔다. 한 시간쯤 잠이 들었다가 깨니까 벌써 새벽 동이 트고 있었다. 기차는 안개가 자욱하게 낀 비스와강을 건너고 있었다. 기차가 아침 햇살을 받으며 서쪽으로 향하면서 그녀가 알던 두 개의 작은 마을, 스카비나와 차토르를 지나갔다. 배고픔이 심해진 에바가 울기 시작했다. 쉿, 조용히 해, 아가야. 잠시 졸면서 화려하고 가슴 아프고 말도 안 되는 꿈을 꾸었다. 화려한 드레스를 입고 왕관을 쓴 그녀가 만 명의 청중이 지켜보는 가운데 피아노 앞에 앉아 있었다. 피아노 협주곡 「황제」의 천상의 선율이 흐르면서 놀랍게도 그녀의 몸이 서서히 떠오르기 시작하더니 저 높이 하늘로 날아올랐다. 퍼뜩 눈을 떴다. 끼익 하는 브레이크 밟는 소리와 함께 기차가 멈춰 섰다. 아우슈비츠.

그들은 기차 안에서 거의 날이 저물 때까지 기다렸다. 도착한 지 얼마 안 돼 발전기가 멈췄고 객실 안의 전등이 모두 나갔다. 창문에 덧댄 자작나무 널빤지 틈으로 들어오는 희미한 빛만이 객실을 어스름하게 비추었다. 멀리서 들려오는 듯 희미한 군악대 음악 소리가 객실 칸 안까지 들려왔다. 객실 안에는 공포가 번져 가고 있었다. 머리카락이 쭈뼛쭈뼛 서는 듯한 고통스러운 전율이 모두의 몸을 훑고 지나갔다. 어두컴컴한 객실 칸 여기저기서 불안한 소곤거림이 들렸다. 거칠고 높은 음조였지만 나뭇잎들이 바람에 바스락거리는 소리처럼 무슨 소리인지 알아들을 수는 없었다. 수녀원 학교 여학생들이 함께 울음을 터뜨리며 소리 내 성모에게 기도하기 시작하자, 빅토르가 입 닥치라고 소리를 질렀다. 한편 객차 저 맞은편에서 반다가 저항 단체 조직원들과 다른 추방자들에게 침착하게 조용히 있으라고 충고하는 소리가 들리자 소피는 다소 용기가 생기는 것 같았다.

앞쪽 객차에 타고 있던, 말키니아에서 온 수백 명의 유대인들에 대한 소식이 전해진 것은 이른 오후였다. 빅토르에게 전해진 쪽지에 "유대인들은 모두 트럭에 태워짐."이라고 쓰여 있었고, 빅토르는 음울한 목소리로 그 내용을 다른 사람들에게 읽어 주었다. 그 소식을 들은 소피는 공포로 온몸이 얼어붙었는지 위안을 얻기 위해 얀과 에바를 끌어안지도 못하고 있었다. 그 소식은 유대인들이 모두 가스실로 끌려갔다는 뜻임을 그녀는 직감했다. 소피는 수녀원 학교 소녀들처럼 기도하기 시작했다. 기도를 하는데 갑자기 에바가 울음을 터뜨렸다. 여행 내내 아이들은 대단히 용감했지만, 이제 이 소녀는 배고픔으로 인한 고통을 참지 못하게 되었던 것이다. 소피가 아무리 안고 흔들며 달래도 에바는 비명을 지르듯 울어 젖혔다. 도저히 어찌해 볼 도리가 없었다. 잠시나마 소피에게는 죽음을 향해 떠났다는 유대인들의 소식보다 에바의 비명 같은 울음소리가 더 두렵게 느껴졌다. 그러나 그런 울음도 곧 멈췄다. 놀랍게도 소피를 구원해 준 것은 얀이었다. 그 아이는 여동생의 비위를 잘 맞춰서 울음을 멈추게 했다. 처음에는 자기들만 아는 어떤 언어로 에바에게 뭐라고 속삭이더니, 곧 책을 가지고 여동생 곁에 다가앉았다. 그러고는 희미한 빛 속에서 여동생에게 펜로드의 이야기를, 미국의 숲이 울창한 작은 마을에서 소년들이 벌이는 장난과 모험의 이야기를 읽어 주기 시작했다. 킥킥 웃기까지 하며 신나게 이야기를 들려주는 오빠의 마법에 걸려든 데다가 배고픔과 울음에 지칠 대로 지친 에바는 점차 잠잠해졌고 잠 속으로 빠져들었다.

몇 시간이 흘러 늦은 오후가 되었다. 마침내 또 다른 쪽지가 빅토르에게 전해졌다. "첫차에 탄 AK, 트럭에 태워짐." 이것은 바로 앞 차량에 타고 있던 조국 해방군 조직원 몇백 명이 유대인들과 마찬가지로 비르케나우의 화장장으로 향했다는 뜻이었다. 소피는 두 손을 무릎에 가지런히 모으고 앉아 앞을 노려보며 죽음을 맞을 준비를 했다. 말로 표현할 수 없는 공포와 함께 처음으로 희미하게나마 운명을 받아들이는 데서 오는 안도감을 느꼈다. 비에니아프스키의 조카딸이라는 노부인은 인사불성이 되어 구겨진 「폴로네즈」 악보를 쥔 채 입가로는 끊임없이 침을 흘렸다. 오랜 시간이 흐른 후 그때를 되돌아보던 소피는 자신도 그 순간 의식을 잃지 않았을까 의심하게 되었다. 그다음 기억나는 것이 햇빛이 눈부신 플랫폼에 얀과 에바와 함께 서서, 군의관인 하우프트슈투름퓌러(대위) 프리츠 예만트 폰 니만트를 대면하는 장면이었기 때문이다.

소피는 그때 그의 이름을 알지 못했고, 그 후로 그를 다시 본 적도 없었다. 프리츠 예만트 폰니만트라는 이름은 내가 지어 준 것인데, 친위대 군의관에게(소피에게는 홀연히 나타났다가 홀연히 사라졌으면서도 몇 가지 흥미로운 흔적을 남기고 간 그 사람에게) 적절한 이름으로 여겨졌기 때문이다. 그는 나중에 다시 생각해 보니 비교적 젊고(서른다섯에서 마흔쯤 되어 보였다.) 예민하면서 어딘가 불안한 표정에 호감이 가지는 않았지만 잘생긴 얼굴이었다. 사실 예만트 폰니만트와 그의 외모, 목소리, 태도 등의 특성은 소피에게는 영원히 잊히지 않을 것이었다. 그가 그녀를 보고 처음 한 말은 "이히 뫼히테 미트 디어 슐라펜."이었다. 전혀 유혹하는 기색 없이 퉁명스럽게 내뱉은 이 말은 "너랑 자고 싶어."라는 뜻이다. 위협적인 자리에 있는 사람이 던진 거칠고 비열하고 저속한 말이었고, 나치의 「슈바인훈트(비열한 놈)」 같은 저급한 영화에서나 들을 수 있는 말이었다. 그렇지만 소피는 그가 맨 처음 한 말이 이것이었다고 했다. 의사이자 신사가(어쩌면 귀족일지도 모르는 사람이) 할 말은 아니었다. 비록 그가 눈에 띄게 취해 있었고, 그래서 그런 저

속한 말을 했는지는 모르겠지만 말이다. 그를 처음 본 순간 귀족일지 모른다고(그것도 프러시아인이거나 조상 중에 프러시아인이 있는 귀족) 생각하게 된 것은 그녀가 열여섯 살쯤일 때 아버지를 따라 베를린으로 여름휴가를 가서 만난 아버지의 친구인 귀족 출신의 장교와 아주 많이 닮았기 때문이다. 전형적인 게르만 민족의 얼굴에 입술이 얇고 고집 세 보인 그 젊은 장교는 그녀와 만난 짧은 시간 동안 거의 경멸과 야비함에 가까울 정도로 냉담한 태도로 그녀를 대했다. 그럼에도 불구하고 그녀는 그의 매력적인 외모와 놀라울 정도로 섬세하고 여성적인 표정에(그렇다고 사내답지 못하다는 뜻은 아니었다.) 끌리지 않을 수 없었다. 그는 그녀가 「페트리파이드 포레스트」를 본 후로 좋아하게 된 레슬리 하워드가 군인이 된 것 같은 모습이었다. 그를 싫어하게 되었고 그를 다시 보지 않아도 된다는 사실에 만족감을 느끼면서도, 그녀는 그가 여자였다면 끌렸을 것 같다는 생각을 하기도 했다. 그런데 지금 그와 거의 똑같이 생긴 군의관이 나치 친위대 군복을 입고 아우슈비츠 수용소 역의 플랫폼에 서서 와인이나 브랜디 혹은 네덜란드 진 때문에 붉게 상기된 얼굴을 하고서는 귀족적인 베를린 억양으로 전혀 귀족적이지 않은 말을 입에 담았다. "너랑 자고 싶어."

소피는 그가 하는 말을 무시했다. 그러나 별로 중요하지는 않지만 잊히지 않을 흔적들 중 하나를, 그 혼란스러운 하루를 돌이켜 볼 때 언제나 떠오르는 흔적을 그에게서 발견했다. 그것은 친위대 군복 깃에 붙어 있는 밥풀 몇 개였다. 네다섯 개 정도였는데, 마르지 않아 여전히 반짝거리는 것이 꼭 구더기 같았다. 그녀는 햇빛에 눈을 찡그린 상태로 밥풀을 뚫어지게 바라보았다. 그러는 동안 죄수들로 구성된 악대가 연주하는 음악이(구제 불능일 정도로 화음과 박자가 맞지 않았지만, 어두운 기차 안에서 들을 때처럼 그 관능적인 슬픔과 과장된 박자로 그녀의 감정을 자극했다.) 「라 쿰파르시타」라는 아르헨티나 탱고 곡임을 깨달았다. 왜 그제야 생각난 것일까? 딴—딴—딴—따!

"두 비스트 아이네 폴락.(넌 폴란드인이군.)" 군의관이 말했다. "비스트 두 아우흐 아이네 콤무니스틴?(너도 공산주의자야?)" 소피는 한 팔로는 에바의 어깨를, 다른 팔로는 얀의 허리를 감싸 안고 아무 말도 하지 않았다. 군의관이 트림을 하더니 좀 더 날카로운 목소리로 다시 말했다. "네가 폴란드인이라는 건 알겠는데, 너도 이 더러운 공산당 놈들 중의 하나냐고!" 그러고는 멍한 눈을 돌려 다른 포로들을 바라보았고, 소피에 대해서는 잊어버린 것 같았다.

왜 그녀는 가만히 있지 않았을까? "니히트 슈프레히트 도이치.(독일어 못 해요.)" 이 정도만 말하고 가만히 있었다면 좋았을 것이다. 포로들이 엄청나게 많았고 혼란스러웠다. 만일 그녀가 독일어로 대답하지 않았더라면 군의관은 그들 세 사람을 그냥 통과시켜 주었을지도 모른다. 그러나 그녀는 넋이 나갈 정도로 공포에 질려 있었고, 그 때문에 어리석은 행동을 하고 말았다. 거기 도착한 유대인들 중에서 복 받은 몇 명은 앞으로 어떤 일이 일어날지 몰랐지만, 반다를 비롯한 저항 단체 사람들과 어떤 식으로든 관련되어 있어 소식을 접할 수 있었던 소피는 지금 차마 말로 표현할 수 없을 정도로 두려운 일, 바로 선별 과정이 진행되고 있다는 사실을 알았다. 그녀와 아이들은 바르샤바에서 수십 번도 더 들은 시련을, 너무도 끔찍해서 자신에게는 절대로 일어나지 않으리라 생각하며 억지로 기억에서 지워 버리려고 한 그 시련을 겪고 있었다. 절대로 일어나지 않기를 바라던 일이 일어나고 있었다. 여기 수용소에 그녀와 아이들이 있고, 선별을 담당한 군의관이 있었다. 그리고 말키니아 유대인들이 죽음을 향해 떠나고 나서 비어 있는 유개 화차 지붕 너머로 비르케나우가 있고, 군의관은 자기가 원하는 사람이면 누구나 그곳으로 보낼 수 있었다. 여기에 생각이 미치자 공포가 극도에 달한 소피는 가만히 있지 못하고 독일어로 대답했다. "이히 빈 폴리슈!(저는 폴란드인이에요!) 인 크라코우 게보렌!(크라쿠프 태생이죠!)" 그러고는 힘없는 목소리로 말했다. "전 유대인이 아니에요! 제 아이들도요. 제 아이들도 유대인이 아니에요." 그러고는 이렇게 덧붙였다. "이 아이들은 인종적으로 순수한 폴란드인이에요. 독일어도 할 줄 압니다." 마지막으로 이렇게 선언했다. "저는 기독교인이에요. 독실한 가톨릭입니다."

군의관이 돌아보았다. 그는 눈썹을 치켜뜨고는 술에 취해 흔들리는 눈으로 소피를 바라보았다. 이제 그녀 가까이 서 있는 그에게서 술 냄새가(보리나 호밀의 역한 냄새가) 확 풍겼다. 그녀는 그를 마주 볼 만큼 강심장은 아니었다. 자신이 하지 말아야 할 말을 했다는, 뭔가 치명적인 실수를 했다는 사실을 깨달은 것은 바로 그때였다. 그녀는 잠시 고개를 돌려 선별 과정을 거치기 위해 비틀거리는 걸음으로 서서히 움직이는 옆 줄 포로들을 바라보았다. 마침 에바의 플루트 선생님인 자오르스키가 검사를 받고 있었다. 또 다른 군의관의 미약한 고갯짓에 그는 비르케나우로 가도록 판정받았다. 군의관 예만트 폰니만트의 말이 들려 그녀는 고개를 돌렸다. "그러니까 너는 공산주의자가 아니라는 말이군. 신앙인이라는 말이지."

"야, 마인 하우프트만.(네, 대위님.) 저는 그리스도를 믿습니다." 이렇게 어리석다니! 그의 태도와 좀 전과는 달리 진지하게 반짝이는 눈길로 보아, 그녀가 하는 모든 말이 그녀를 도와주거나 보호하기는커녕 파멸로 이끌어 가고 있다는 것을 직감할 수 있었다. 누가 나 좀 말려 줘요! 그녀는 생각했다.

군의관이 약간 비틀거렸다. 그는 잠시 장부를 든 부관에게 몸을 기대고 뭐라고 중얼거리더니 다시 똑바로 서서 멍한 표정으로 코를 후볐다. 소피의 다리를 꽉 붙잡고 있던 에바가 울음을 터뜨렸다. "구세주 예수 그리스도를 믿는다 이거지?" 군의관이 굳어 버린 혀로, 그러나 민감하고 논리적인 제안을 검토하는 강사처럼 추상적인 어조로 물었다. 그러고는 도저히 무슨 말인지 종잡을 수 없는 말을 했다. "그분은 '아이들이 내게 오는 것을 막지 말아라.'라고 말씀하셨지, 아마?" 그러고는 그녀에게 완전히 돌아서서 비틀거리며 다가왔다.

소피는 두려움에 목이 콱 막힌 것 같아 아무 말도 나오지 않았다. 무슨 말이든 하려고 하는 찰나에 군의관이 다시 말문을 열었다. "하나만 데리고 있어."

"비테?(뭐라고요?)" 소피가 말했다.

"네 아이들 중에 하나만 살려 줄 수 있다고." 그가 다시 말했다. "다른 아이는 가야 하고. 누구를 데리고 있겠나?"

"제가 선택을 해야 한단 말인가요?"

"넌 유대인이 아니라 폴란드인이라며. 그래서 특별히 봐주는 거야. 하나라도 선택할 수 있게."

사고 과정이 점점 느려진다 싶더니 딱 멈춰 버렸다. 다리에 힘이 풀려 곧 주저앉을 것만 같았다. "그럴 수는 없어요! 선택할 수 없어요!" 그녀가 소리를 쳤다. 신기하게도 그녀는 자신이 지른 비명을 생생하게 기억했다. 지옥에서 고통받는 천사들도 이렇게 큰 소리로 절규하지는 못했을 것이다. "이히 칸 니히트 벨렌!(저는 선택할 수 없어요!)" 그녀가 외쳤다.

군의관은 바라지 않은 이목이 자신에게 쏠리고 있음을 알아차렸다. "닥쳐!" 그가 명령했다. "지금 당장 선택해, 알았어? 안 그러면 아이들 둘 다 보내 버릴 거야. 빨리!"

소피는 지금 일어나는 일이 도저히 믿어지지 않았다. 자신이 거친 콘크리트 바닥에 무릎을 꿇고 앉아 아이들을 질식할 정도로 꽉 끌어당겨 안고 있어서 아이들의 살이 여러 겹의 옷을 뚫고 그녀의 살과 한데 뭉쳐질지도 모른다는 생각이 들 정도라는 사실이 도저히 믿어지지 않았다. 이런 일이 일어나고 있다는 것이 꿈만 같았다. 군의관 곁에 서 있던 마르고 창백한 젊은 부관 로텐퓌러(일등병)도 도저히 믿기지 않는다는 표정이었다. 그녀는 간청하는 눈으로 그 젊은 부관을 올려다보았다. 그는 놀라서 휘둥그레진 눈에 당혹스러운 표정으로 그녀를 바라보았다. "나도 이런 일이 일어난다는 게 믿기지가 않아요."라고 말하는 것 같았다.

"제게 선택하라고 하지 말아 주세요." 그녀가 목쉰 소리로 나지막하게 속삭였다. "선택할 수 없어요."

"그러면 둘 다 보내 버려." 군의관이 부관에게 말했다. "나흐 링크스.(왼쪽으로.)"

"엄마!" 소피가 에바를 밀쳐 내고 비틀거리며 콘크리트 바닥에서 일어서자 에바가 날카로운 목소리로 울어 댔다. "이 아이를 데려가세요!" 소피가 외쳤다. "내 딸을 데려가요!"

그러자 부관은 (그녀가 잊으려고 아무리 애를 써도 잊을 수 없었던 그 조심스럽고 부드러운 태도로) 에바의 손을 잡아끌고는 죽음을 언도받은 사람들이 모여 있는 곳으로 데려갔다. 아이는 끌려가면서 계속 비명을 지르며 울고 자꾸만 뒤를 돌아보았다. 그러나 소피는 폭포처럼 쏟아지는 짠 눈물에 눈이 완전히 가려 에바의 얼굴에 나타난 표정을 보지 못했고, 항상 그것을 감사하게 생각하며 살았다. 만약 그 표정을 보았더라면 도저히 견디지 못하고 미쳐 버리고 말았을 것이다. 안 그래도 사라져 가는 그 조그만 몸뚱이를 마지막으로 흘끗 바라본 것이 영원히 기억 속에 각인되어 시시때때로 그녀를 고문하고 있는데 말이다.

"그 애는 여전히 곰 인형이랑 플루트를 꼭 끌어안고 있었어요." 소피가 이야기를 끝맺으면서 말했다. "지난 세월 동안 난 이 이야기를 입에 올리지 못했어요. 누구한테도 할 수 없었죠. 어떤 언어로도."

소피에게 이 이야기를 들은 후로 나는 예만트 폰니만트라는 불가사의한 인물에 대해 자주 생각하게 되었다. 적어도 그는 나치 친위대에서 돌연변이같이 특이한 사람이었음이 틀림없다. 그가 소피에게 시킨 일은 분명히 나치의 복무 규정집에는 나오지 않았을 것이다. 젊은 부관의 믿기지 않는다는 표정이 이를 입증해 준다. 군의관은 소피와 그녀의 아이들처럼 적절한 대상을 만나 그 독창적인 죄악을 저지르게 되기까지 오랜 시간을 기다렸을 것이 틀림없다. 그는 소피 같은 나약한 기독교인이 도저히 용서할 수 없는 죄악을 저지르는 것을 간절히 바랐던 것 같다. 그가 친위대 장교들 중에 예외적이고 독창적인 인물이었다고 생각하는 것은 그가 이런 끔찍한 죄악을 저지르기를 간절히 열망했다는 사실 때문이다. 그가 착한 사람이었건 나쁜 사람이었건 간에 선함과 악함의 가능성을 늘 가지고 있었고, 그가 의도적으로 악을 선택한 것은 분명 종교적 의미까지 내포했다.

여기서 내가 종교 이야기를 꺼내는 데는 이유가 있다. 우선 그가 소피의 신앙 고백에 상당한 관심을 보였기 때문이다. 그러나 내가 단순한 추측에 그칠지도 모른다는 위험을 무릅쓰고 이런 말을 하는 것은 소피가 나중에 덧붙인 일화가 있기 때문이다. 그녀는 아우슈비츠에 도착한 날부터 너무도 큰 충격에 사로잡혀서(도착한 날 플랫폼에서 일어난 일과 얀이 어린이 수용소로 끌려간 일에 큰 충격을 받아) 한동안은 넋이 나간 사람처럼 멍한 상태로 지냈다고 했다. 그러나 어느 날 그녀가 있는 막사에 새로 들어온 두 명의 독일계 유대인 여자들(놀랍게도 선택 과정을 거치고 살아남은 유대인들이었다.)이 주고받는 이야기에는 귀를 기울이지 않을 수 없었다. 그들은 자신들을 살려 준 군의관에 대해 이야기했는데, 가만히 들어 보니 그 군의관은 에바를 가스실로 보낸 바로 그 사람이었다. 그들의 이야기에서 소피가 가장 생생하게 기억하는 것은 이것이었다. 그들 중 한 명은 베를린의 샤를로텐부르크 지역에서 온 여자였는데 자신이 어릴 때 그 군의관이 이웃에 살았다고 했다. 그러나 군의관은 플랫폼에서 그녀를 알아보지 못했다. 그녀는 그를 알아보기는 했지만 그에 대해 아는 것은 별로 없었다. 그녀가 기억하는 것은 두 가지였다. 눈에 띄게 잘생겼다는 것을 빼고 무슨 이유에서인지 잊히지 않은 그 두 가지는, 그가 독실한 기독교인이었다는 것과 목사가 되려고 했다는 사실이었다. 그러나 돈만 아는 그의 아버지가 그에게 의사가 되라고 강요했던 것이다.

소피가 기억하는 다른 사항들도 군의관이 종교적인 사람이었음을 입증한다. 아니면 적어도 신앙을 되찾고 구원받길 바랐지만 실패한 사람이었음을 입증한다. 예를 들어 그가 술에 취해 있었다는 사실만 봐도 그렇다. 역사 기록을 보면 군의관을 비롯한 친위대 장교들은 거의 수도승처럼 예법을 지키고 술을 절제했으며 규칙을 엄수했다는 사실을 추론해 볼 수 있다. 물론 가장 원초적인 수준에서 일어나는(그리고 주로 화장장 근처에서 벌어지는) 학살은 맨정신으로는 참아 내기 어려운 일이어서 다량의 알코올 섭취를 수반했지만, 이런 잔혹한 임무는 일반적으로 징집된 사병들의 몫이었다. 그들은 맡은 임무를 수행하기 위해 술로 감각을 무디게 하는 것이 허용되었으며, 또 사실 그렇게 할 필요가 있기도 했다. 그러나 이런 특정한 임무를 면제받은 친위대 장교들은 맡은 임무를 수행할 때 품위를 유지해야 했다. 그런데 소피는 어떻게 술이 떡이 되게 취해 흐리멍덩한 눈에, 군복에 밥풀까지 묻히고 다닐 정도로 엉망으로 흐트러진(이런 태도는 친위대 장교로서는 매우 위험한 태도였음이 틀림없는데 말이다.) 예만트 폰니만트 같은 군의관을 만나게 되었을까?

나는 항상 예만트 폰니만트가 소피를 만났을 때, 인생의 위기를 맞고 있었으리라고 추측해 왔다. 영적 구원을 갈구하는 바로 그 순간에 대나무처럼 갈라져 무너져 버리고 말았으리라고 말이다. 그가 나중에 어떻게 되었는지는 모르겠으나 만일 그가 루돌프 회스를 비롯한 보통의 친위대 장교와 다르지 않은 인물이었다면, 소피를 만나기 이전의 그의 모습을 짐작하기는 어렵지 않다. 그는 고트글로이비거[88]가 되었을 것이다. 다시 말해 겉으로는 기독교적 신앙을 고백하면서도 속으로는 부인하고 있었을 것이다. 그렇게 혐오스럽고 끔찍한 환경에서 수개월 동안 군의관으로 근무하고 나서 여전히 하느님을 믿는다는 것이 가능했을까? 유럽 전역에서 오는 수많은 기차들을 기다렸다가, 노동에 적당한 건강한 사람들과 그렇지 못한 사람들(절뚝발이와 이가 다 빠진 사람들과 맹인들, 정신박약자들과 발작 환자들, 끝도 없이 밀려드는 노약자들과 어린아이들)을 골라내는 일을 한 그는 대량 학살의 시작을 의미하는 자신의 임무

88) 기독교는 믿지 않는 유신론자.

가 하느님을 조롱하고 부인하는 일임을 알았다. 게다가 그는 본질적으로 IG 파르벤에 소속된 직원이기도 했다. 그런 그가 그런 곳에서 세월을 보내면서 믿음을 유지할 수는 없었을 것이다. 그는 하느님을 임무에 대한 절대적 복종으로 대체해야 했다. 그가 선택의 판단을 내려야 했던 대상의 압도적 다수가 유대인이었기 때문에, 모든 유대인을 예외 없이 학살하라는 힘러의 명령이 하달되었을 때 그는 안도감을 느꼈을 것이 틀림없다. 더 이상 선별 작업이 필요 없게 되었고, 따라서 그 끔찍한 플랫폼에 나갈 필요도 없게 되었으며, 의사로서 좀 더 일상적인 활동을 할 수 있게 되었을 것이다.(믿기 어려울지 모르겠지만 아우슈비츠는 대단히 거대하고 복잡한 곳이어서 말로 형용할 수 없이 잔인한 실험들뿐만 아니라 일상적인 의료 활동도 가능했고, 폰니만트는 섬세하고 분별력 있는 사람이었기 때문에 아마도 잔인한 실험들은 피했을 것이다.)

그러나 얼마 지나지 않아 힘러의 명령이 철회되었다. IG 파르벤의 만족할 줄 모르는 위장을 채워 줄 먹이가 필요하게 되었고, 결국 괴로워하는 군의관은 다시 플랫폼으로 나가게 되었다. 선별 작업이 다시 시작되었다. 곧 유대인들만 가스실로 향하게 되었다. 그러나 최종 명령이 하달될 때까지, 유대인들과 아리아인들 모두가 선별 과정을 거치기는 해야 했다.(말키니아에서 온 유대인들의 경우처럼 일시적인 예외가 생기는 경우도 종종 있었다.) 다시 찾아온 공포가 쇠톱처럼 그의 영혼을 긁어대기 시작했고, 그의 이성을 갈가리 찢어 놓겠다고 위협했다. 그는 술을 마시기 시작했고, 칠칠치 못한 식사 습관이 생겼으며, 하느님을 부정하기 시작했다. 우리 선조들의 하느님은 어디 있는가?

물론 그 대답이 마침내 그에게 떠올랐고, 그런 깨달음으로 인해 그는 희망을 볼 수 있게 되었다. 그것은 죄악의 문제, 아니 죄악의 부재와 관계있었다. 죄악의 부재와 신의 부재는 떼어 낼 수 없이 서로 밀접하게 얽혀 있었다. 죄악이란 없다! 그는 자기가 참여한 야만적 범죄에서 지루함과 근심, 심지어 혐오감을 느끼기는 했지만 죄악을 저질렀다는 생각은 하지 않았다. 무고한 사람들 수천 명을 죽음으로 내몰면서도 신성한 법을 어겼다고 생각하지는 않았다. 그 모든 것이 말로 표현할 수 없을 만큼 지루한 작업이었을 뿐이다. 그의 비행은 죄악과 신이 없는 진공 상태에서 사무적으로 행해졌으나, 그러는 와중에도 그의 영혼은 천상의 행복을 갈망했다.

그가 상상할 수 있는 가장 극악무도한 죄악을 저지름으로써, 하느님에 대한 믿음을 회복하는 동시에 죄악을 저지를 수 있는 인간으로서의 가능성을 보여 주는 것은 굉장히 쉬운 일이 아니었을까? 선은 나중에 오게 되어 있었고, 그보다 먼저 커다란 죄악이 있어야 했다. 교묘하게 관용을 베푼다는 점에서 가장 빛나는 죄악, 바로 선택이었다. 어쨌든 그에게는 두 가지를 모두 행할 수 있는 힘이 있었다. 만우절 오후의 저녁놀 아래 「라 쿰파르시타」라는 격렬한 탱고 음악이 화음도 맞지 않은 채 울려 퍼지는 동안 소피가 두 아이를 데리고 눈앞에 나타났을 때, 예만트 폰니만트가 소피에게 행한 일에 대해 나는 이렇게밖에는 설명할 수 없다.

16장

나는 평생 동안 남을 가르치려는 통제할 수 없는 경향을 보여 왔다. 지난 세월 동안 내가 얼마나 가족과 친구들을 질식할 정도로 불편하게 만들었는지는 하느님만이 아실 것이다. 그들은 사랑으로 나의 빈번한 설교 발작 증세를 참아 주었다. 하품과 딱딱 소리를 내는 턱 근육, 지루함과 고통스러운 한판 승부를 벌이고 있음을 여실히 보여 주는 눈물 등을 애써 감춰 왔던 것이다. 그러나 드물기는 하지만 적절한 때에 적극적으로 반응하는 청중을 만날 경우에는 한 주제에 관해 백과사전적인 지식을 늘어놓을 수 있는 나의 능력은 빛을 발하기도 한다. 그동안의 주제가 너무 무거워 다른 곳으로 주의를 돌려야 할 필요가 있을 때에는, 별로 쓸모없는 자질구레한 사실들과 의미 없는 통계 수치보다 더 좋은 것이 없다. 그래서 그날 저녁 워싱턴에서, 투광 조명 불빛에 젖어 있는 백악관 앞을 지나 '워싱턴에서 게 요리를 최고로 잘하는 집'이라는 허조그스 식당을 향해 걸어가면서, 나는 소피의 관심을 끌기 위해 땅콩에 대해 내가 가진 지식을 총동원했다. 그녀의 말을 듣고 나니, 땅콩이 우리 사이의 의사소통 창구를 새로 틀 수 있게 하는 평범하고 적절한 화제인 것 같았다. 그녀의 이야기를 들은 후 두세 시간 동안, 나는 그녀에게 서너 단어 이상을 말할 수 없었다. 길게 말할 수 없기는 그녀도 마찬가지인 것 같았다. 그러나 마침내 땅콩이 나로 하여금 그 무거운 침묵을 깨고, 주위를 감돌던 우울함의 구름을 흩어 버리게 해 주었다.

"땅콩은 견과류가 아니라." 내가 설명했다. "콩과류예요. 완두콩이나 강낭콩의 사촌이지만 그런 것들과는 아주 큰 차이가 있어요. 땅콩은 꼬투리가 흙 속에서 자라죠. 바로 흙 위에서 낮게 비스듬히 자라는 한해살이 식물이에요. 미국에서 재배되는 땅콩은 크게 세 종류가 있는데, 버지니아에서 주로 재배되는 대립종, 깍지째 먹는 땅콩 그리고 스페인종이 있죠. 땅콩은 햇빛이 많이 비치고 오랫동안 서리가 내리지 않는 곳에서 잘 자라죠. 그래서 주로 남부에서 재배되는 거예요. 땅콩을 재배하는 주요 주들을 순서대로 꼽아 보자면 조지아, 노스캐롤라이나, 버지니아, 앨라배마, 텍사스 등이에요. 조지 워싱턴 카버라는 천재 흑인 과학자가 있었는데, 그가 땅콩의 용도를 수십 가지나 개발했어요. 땅콩은 주로 식용으로 쓰이지만 그 외에 화장품, 플라스틱, 단열재, 폭약, 의약품 등을 제조하는 데에도 쓰이죠. 땅콩은 환금성이 큰 작물이에요. 그래서 우리가 살게 될 작은 농장도 성장을 거듭해서, 곧 자급자족하는 것은 물론이고 심지어 부자가 될 수도 있어요. 적어도 앨프리드 크노프나 하퍼 앤드 브라더스 같은 출판사에 의존하지 않고도 먹고살 수 있게 될 거예요. 당신이 땅콩에 대해 좀 알아 두기를 바라는 이유는, 당신이 농장 여주인이 되면 어떤 식으로든 땅콩 농사에 관여하게 될 때가 올 거라서 그래요. 땅콩은 마지막 서리가 내린 후에 심는데, 60센티미터 간격의 줄에 각 씨앗 사이의 거리는 8에서 25센티미터 간격으로 심어요. 꼬투리는 보통 심고 나서 120일에서 140일이 지나면 다 자라고……."

"저기요, 스팅고, 생각해 본 게 있는데요." 소피가 내 독백 중간에 끼어들었다. "아주 중요한 거예요."

"뭔데요?"

"난 운전을 못 해요. 자동차를 운전하는 방법을 몰라요."

"그래서요?"

"그런데 우리가 농장에서 살 거라면서요. 당신 말을 들어 보면, 시내나 이웃하고도 꽤나 멀리 떨어진 곳에서요. 그러면 운전을 할 수 있어야 하지 않을까요? 폴란드에선 운전을 배우지 못했어요. 당시 거기에선 자동차를 가진 사람이 드물었으니까요. 운전을 배우더라도 자동차를 가진 다음에야 배우니까 거기선 아주 나이가 많이 들어서야 배우게 되는 거죠. 하지만 여기서는…… 네이선이 가르쳐 주겠다고 했는데, 안 가르쳐 줬어요. 하지만 어쨌든 난 운전을 배워야 할 것 같아요."

"문제없어요. 내가 가르쳐 줄게요. 마침 그 농장엔 픽업 트럭도 한 대 있다니까. 어쨌든 버지니아에선 운전면허에 관한 법률이 아주 느슨해요. 아!" 갑자기 어떤 생각이 떠올라 탄성이 저절로 나왔다. "난 운전면허증을 열네 번째 생일에 땄네요. 합법적으로!"

"열네 살 때요?" 소피가 물었다.

"네, 그때 난 몸무게가 40킬로그램 정도밖에 안 나갔어요. 운전석에 앉으면 운전대에 가려서 앞 유리가 보이지 않을 정도였죠. 시험을 감독하던 주 경찰관이 아버지한테 '저 애가 당신 아들이요, 아니면 난쟁이요?'라고 물었던 게 기억나요. 하지만 어쨌든 난 운전면허를 땄어요. 그게 남부예요……. 이렇게 아주 사소한 것부터 남부는 많이 달라요. 연소자 문제만 해도 그래요. 북부에서는 절대로 그렇게 어린 나이에 운전면허를 딸 수 없어요. 젊음과 원숙함에 대해 그만큼 생각의 차이가 크다는 거겠죠. 이런 농담도 있어요. 미시시피에서는 '처녀'의 정의가 뭔지 알아요? '아빠보다 빨리 달릴 수 있는 열두 살 여자아이'래요." 정말 오래간만에 유쾌하게 킥킥 웃었다. 갑자기 사우샘프턴 카운티로 내려가 땅콩 농사를 지으면서 살고 싶은 욕망이 허조그스의 유명한 게 요리를 먹고 싶은 현실적 욕망만큼이나 강하게 느껴졌다. 나는 그녀가 내게 들려준 이야기를 잊었다기보다는 그 고백이 그녀 안에 불러일으킨 우울한 기분을 잊은 채 신이 나서 떠들어 대기 시작했다.

내가 자상한 목사가 상담하는 듯한 목소리로 말했다. "당신이 말하는 걸 들으니까 남부에 가서 잘 어울리지 못하면 어쩌나 걱정하는 것 같군요. 하지만 그리 걱정할 필요 없어요. 처음에는 사람들이 좀 쌀쌀맞게 대할지 몰라요. 그리고 당신은 자신의 말투라든가 외국인이라는 사실 등을 걱정할 거고요. 하지만 소피, 내 사랑, 꼭 기억해 둘 것이 있어요. 남부 사람들은 미국에서 가장 따뜻하고 포용력 있는 사람들이에요. 일단 서로 알게 되면 말이에요. 대도시 깡패들이나 사기꾼들 같지 않아요. 그러니까 걱정하지 말아요. 물론 적응하기 위해 노력을 좀 해야 할 거예요. 말했듯이 민망한 소문이 도는 걸 피하기 위해서라도 결혼식을 되도록이면 빨리해야 할 거예요. 그래서 주변 환경에 좀 익숙해지고 돌아다니면서 이웃들과 인사를 하고 나면(그렇게 하는 데 아마 며칠은 걸릴 거예요.) 구입할 물건들 품목을 쭉 적어서 트럭을 타고 리치먼드로 갈 거예요. 필요한 게 수천 가지가 되겠죠. 농장에 기본적인 살림살이는 다 있다고 하지만 그래도 필요한 게 많을 거예요. 예를 들면 전축이나 레코드판 같은 거요. 그리고 참, 당신 웨딩드레스 문제도 있군요. 아름다운 드레스를 입고 결혼식을 하고 싶을 테니, 리치먼드에 있는 의상실을 돌아다녀 봅시다. 파리 패션을 취급하는 의상실이야 없겠지만 그래도 꽤 괜찮은 의상실이 많을 거……."

"스팅고!" 그녀가 날카로운 목소리로 내 말을 잘랐다. "제발! 제발! 웨딩드레스니 뭐니 하면서 그렇게 앞서가지 말아요. 지금 내 여행 가방 속에 뭐가 들어 있는지 알아요? 한번 보여 줄까요?" 떨리는 그녀의 목소리는 평소보다 높아졌고 전에 없이 나를 향한 분노의 기색마저 담고 있었다.

우리는 걸음을 멈췄고 나는 서늘한 저녁의 어스름한 거리에 서서 고개를 돌려 그녀의 얼굴을 바라보았다. 어두운 슬픔의 그림자가 드리운 그녀의 눈을 보고 나서야 나는 하지 말았어야 할 말을 했다는 사실을 아프게 깨달았다. "뭔데요?" 멍청한 표정으로 내가 물었다.

"웨딩드레스와 정장들이요." 그녀가 음울한 목소리로 대답했다. "네이선이 삭스에서 사 준 웨딩드레스와 정장들이요. 나는 웨딩드레스가 필요하지 않아요. 모르겠어요?"

아니, 알았다. 인정하기 싫지만 분명히 알았다. 이 순간 나는 처음으로 우리를 갈라놓고 있는 거리를 절감했다. 이제까지 남부에 사랑의 둥지를 트는 망상에 사로잡혀 있느라 미처 깨닫지 못했던 거리가 홍수에 불어난 강물처럼 우리 사이에 가로놓여 진정한 결합을 막고 있었다. 적어도 사랑에서 나는 패자였다. 네이선. 소피는 아직도 네이선에게 깊이 빠져 있어서 여기까지 가져온 그 슬픈 결혼식 의상이 그녀에게는 실질적이고 상징적인 중요한 의미가 있었다. 갑자기 또 다른 진실을 깨달을 수 있었다. 내가 사랑하는 여자가(지금 상처받아 일그러지고 지친 얼굴로 내 옆에 서 있는) 그녀가 죽을 만큼 사랑하던 다른 남자를 기쁘게 해 주기 위해 마련된 결혼식 의상을 아직도 가지고 다니는데, 그녀와 결혼하고 남부의 농장에서 단란한 생활을 할 것을 꿈꿨다니 정말 말도 안 되는 일이었다. 세상에, 얼마나 어리석었는가! 내 혀가 갑자기 콘크리트 덩어리가 된 것 같았고, 무슨 말을 하려고 애썼지만 아무 말도 할 수 없었다. 소피의 어깨 너머로 조지 워싱턴 기념비가 10월의 안개에 싸여 희미하게 보였고, 그 주위로 사람들이 오가는 모습도 눈에 들어왔다. 내 안의 중요한 기둥이 무너져 내리듯 갑자기 몸이 후들거리는 것 같고 절망이 마음을 압도했다. 매 순간마다 소피는 빛의 속도로 내게서 멀어지는 것 같았다.

바로 그때 그녀가 내가 알아들을 수 없는 소리를 중얼거렸다. 거의 들리지 않는 마찰음을 내더니, 컨스티튜션 애비뉴에서는 갑자기 내 품속으로 뛰어들었다. "아, 스팅고. 날 용서해 줘요. 목소리를 높일 생각은 없었어요. 당신과 버지니아로 가고 싶은 마음은 변함없어요. 정말이에요. 우리 내일 가는 거죠, 맞죠? 단지 당신이 결혼 이야기를 하니까…… 갑자기 너무도 두렵고 불안해졌어요. 내 말 이해해요?"

"그럼요." 내가 대답했다. 물론 이해했다. 어리석게도 뒤늦게 이해하게 되었지만 말이다. 내가 그녀의 어깨를 꽉 끌어안으며 말했다. "물론 이해해요, 소피."

"아, 그럼 우리 내일 농장으로 내려가요." 그녀가 내 손길에 화답해 꽉 끌어안으며 말했다. "꼭 가자고요. 하지만 제발 결혼 이야기는 하지 말아 줘요. 제발."

그 순간 나는 또 진실되지 않은 환상이 내 행복감을 부추겼다는 것을 깨달았다. 디즈멀 스웜프[89] 근처에 마치 지상 낙원이 있는 것처럼(날아다니는 금파리도 없고 고장난 펌프도 없으며 흉작이 되는 경우도 없고 급료를 제대로 받지 못해 면화밭 구석에 시무룩하게 앉아 있는 흑인 일꾼들도 없고 돼지 분뇨의 악취도 없는 낙원이 있는 것처럼) 상상하고 소피에게 설명한 것을 보면

89) 노스캐롤라이나 북동부에 있는 대습지.

내 안에는 현실도피적 성향이 자리 잡고 있었다. 아버지의 말을 의심하는 것은 아니지만 '파이브 엘름스'는 허물어져 가는 누추한 농가에 지나지 않을 가능성도 있었고, 그녀에게 덫을 놓아 그곳으로 끌어들이는 것은 변명의 여지 없이 부끄러운 일임을 알았기 때문에, 내 현실도피적 성향에 대한 깨달음이 더욱 놀라웠다. 그러나 나는 곧 이런 생각을 마음에서 떨쳐 냈다. 당시로서는 생각하는 것만으로도 괴로운 일이었기 때문이다. 그리고 더 걱정스러운 문제도 있었다. 애써 신나는 체 떠들던 우리의 목욕 거품이 모두 꺼져 버렸다는 사실이 너무도 분명해진 것이다. 우리가 다시 걷기 시작했을 때, 소피를 감싼 음울함은 그녀에게 손을 뻗었다가 거둬들이면 절망이 축축하게 묻어 날 것같이 느껴질 정도로 눈에 보이고 손에 만져질 것 같았다. "아, 스팅고, 술 마시고 싶어 미치겠어요." 그녀가 말했다.

우리는 그날 저녁 아무 말 없이 걷기만 했다. 시내 관광을 시작했을 때는 소피의 기운을 북돋아 주기 위해서 내가 여행 가이드처럼 명소들에 대해 이것저것 설명했지만, 이제 그런 노력도 포기해 버렸다. 그녀가 노력했는지는 모르겠지만, 호텔 방에서 쏟아 낸 그 공포를 완전히 떨쳐 버릴 수 없는 것 같았다. 나도 마찬가지였다. 쌀쌀하고 청량한 초가을 밤, 불을 환하게 밝힌 멋진 직사각형의 랑팡 광장이 훤히 보이는 14번가에 서 있던 우리는 도시의 조화미와 건전하고 온화한 평화의 느낌을 제대로 깨닫지 못하고 있었다. 갑자기 워싱턴이 미국 도시의 전형처럼 황량하고 기하학적이며 비현실적으로 보였다. 그동안 소피의 이야기에 완전히 동화된 터라 나 자신이 폴란드 사람이 된 것 같았고, 유럽인의 피가 내 동맥과 정맥 속을 흐르는 것 같았다. 아우슈비츠가 그녀의 영혼뿐만 아니라 내 영혼 속으로도 들어와 있었다. 도대체 언제쯤 끝이 날까? 끝이 없는 걸까?

그리고 마침내 달빛에 반짝이는 포토맥강이 내려다보이는 탁자에 앉아서 나는 소피에게 아들에 대해 물었다. 소피가 위스키를 한 모금 마시더니 대답했다. "당신이 물어봐 줘서 기뻐요, 스팅고. 물어볼 줄 알았어요. 그리고 물어봐 주기를 바랐고요. 어떤 이유에선지 스스로 그 이야기를 꺼낼 수 없었거든요. 그래요, 당신 말이 맞아요. 난 종종 이런 생각을 했어요. 얀이 어떻게 됐는지 알 수만 있다면, 그 애를 찾을 수만 있다면, 나를 압도하는 이 모든 슬픔에서 벗어날 수 있을 텐데. 얀을 찾을 수만 있다면, 끔찍한 고통과 삶을 그만 끝내고 싶은 이 강렬한 열망에서 구원받을 수 있을 텐데. 불가사의하고 낯설고 뭔가 잘못되어 있는 것 같은 이곳에 작별 인사를 고하고 싶은 열망에서 벗어날 수 있을 텐데. 내 아들을 찾을 수만 있다면 나도 구원받을 수 있을 텐데.

그러면 에바에 대해 느끼던 죄의식에서도 구원받을 수 있게 될지도 모르는데. 머리로는 내가 저지른 그런 일에 죄책감을 느껴서는 안 된다고 생각해요. 내가 어찌할 수 없는 일이었으니까요. 하지만 매일 아침 그 일에 대한 기억과 함께 잠에서 깨어나고, 그 기억과 함께 살아간다는 건 너무도 끔찍한 일이에요. 거기에 내가 저지른 다른 못된 행동들까지 떠오르면 도저히 견딜 수 없어져요. 정말 견딜 수가 없어요.

얀이 어딘가에 살아 있을 가능성이 있을까, 얼마나 많이 생각했는지 몰라요. 회스가 하겠다고 약속한 일을 했다면, 그 애는 독일 어딘가에 살아 있겠죠. 하지만 이렇게 오랜 세월이 흘렀는데, 그 애를 찾을 수 있으리라고는 생각 안 해요. 독일인들은 레벤스보른에 선택된 아이들의 정체성을 완전히 빼앗아 갔어요. 재빨리 이름을 바꾸고 완전한 독일인으로 만들어 버렸어요. 그래서 얀을 찾아 나선다고 해도 어디서부터 시작해야 할지 몰라요. 그 애가 독일에 살고 있다고 확신한다고 해도 말이에요. 내가 스웨덴에 있는 난민 수용소에 있을 땐 빨리 건강해져서 독일로 가 아들을 찾겠다는 생각밖에 없었어요. 그런데 그때 거기에서 한 폴란드 여자를 만났어요. 키엘체 출신으로 기억하는데, 그때까지 내가 본 사람들 중에 가장 고통스럽고 비통한 표정을 한 사람이었어요. 라벤스브뤼크 포로수용소에 있었다고 하더군요. 그녀도 레벤스보른으로 딸을 잃었는데, 전쟁이 끝나자마자 수개월 동안 딸을 찾아 독일 전역을 헤매고 돌아다녔다고 했어요. 하지만 찾지 못했다더군요. 그렇게 잃은 자식을 찾은 사람이 아무도 없다고 했어요. 딸을 찾지 못한 것도 괴로운데, 그렇게 돌아다니다 보면 그 괴로움이 훨씬 더 심해진다고 했어요. 가지 말아요, 가지 말아요. 그녀가 그랬어요. 가면 사방에서 아들을 보게 될 거예요. 폐허가 된 도시에서, 거리 곳곳에서, 모여 있는 아이들 속에서, 버스에서, 자동차에서, 운동장에서, 어디에서나 아들을 보게 될 거예요. 그래서 소리를 지르고 막 뛰어가 보면, 당신 아이가 아닐 거예요. 그런 일을 하루에도 수백 번씩 겪게 되면 가슴이 점점 더 갈가리 찢어지고 서서히 넋이 나가요. 아이가 죽었다는 소식을 듣는 것보다 더 끔찍해지는 거야…….

솔직히 말하자면 스팅고, 전에도 말했지만 나는 회스가 내게 약속한 것을 지켰다고 생각하지 않아요. 얀이 그냥 수용소에 남아 있었다고 생각해요. 그리고 만일 그렇게 남아 있었다면 살아남지 못했을 게 확실해요. 전쟁이 끝나기 직전 겨울에 내가 많이 아팠거든요. 너무 아파서 비르케나우에서 사경을 헤맬 때라 그땐 알지 못하고 나중에 들었는데, 그 겨울에 나치는 남은 아이들을 제거하고 싶어 했다는군요. 그때 어린이 수용소에 수백 명의 아이들이 살아남아 있었대요. 러시아군이 진격해 들어오고 상황이 급박해진 나치는 이 아이들을 제거하고 싶어 했대요. 유대인 아이들은 이미 다 죽었고, 남은 아이들은 거의 대부분 폴란드 아이들이었어요. 나치는 이 아이들을 구덩이를 파서 밀어 넣고 산 채로 태워 죽일까 아니면 총살할까 고민하다가, 흔적이나 증거가 거의 남지 않는 다른 방법을 취하기로 결정했죠. 그래서 살을 에듯 추운 어느 날, 그들은 아이들을 행진시켜 강가로 데려가서 옷을 벗게 한 후 옷을 물속에 담그게 했다는군요. 마치 빨래를 하듯이요. 그런 다음에 그 젖은 옷을 다시 입게 했대요. 그러고는 아이들이 묵고 있던 막사 앞 공터로 다시 데려와 세워 놓고 점호를 했대요. 젖은 옷을 그대로 입혀서 세워 놓은 거죠. 점호는 여러 시간 계속되었고, 그사이에 젖은 옷을 입고 떨며 서 있던 아이들은 몸이 점점 더 얼어붙어 갔고 그러다가 밤이 되었다는군요. 그날 그 자리에 있던 아이들은 얼마 지나지 않아 모두 죽었대요. 추위에 너무 오래 노출되어서 얼어 죽거나 폐렴으로 죽었대요. 얀도 그 아이들 속에 있었을 게 틀림없다는 생각이 들어요."

"모르겠어요." 그녀가 마른 눈으로 나를 바라보며 말했다. 위스키를 여러 잔 들이켜서 혀는 꼬부라졌지만, 다행히도 술이 고통스러운 기억에 진통제 역할을 했는지 평온한 모습이었다. "아이가 죽었다는 소식을, 심지어 끔찍하게 죽었다는 소식을 듣는 게 나을까요, 아니면 아이가 살아 있지만 절대로 다시 보지 못할 거라는 사실을 알게 되는 게 나을까요? 아무리 생각해도 모르겠어요. 에바 대신에 얀을⋯⋯ 얀이 왼쪽으로 가게 선택했더라면. 그러면 뭔가가 달라졌을까요?" 그녀는 말을 멈추고 고개를 돌려 우리가 가고자 하는 버지니아의 어두운 해안선을 바라보았다. 그녀는 어리석고 저주받은, 그리고 도저히 이해할 수 없는 역사로부터 엄청난 시간과 공간을 건너뛴 곳에 앉아 있었다. "아무것도 달라지지 않았을 거예요." 그녀가 말했다. 내가 아는 소피는 배우처럼 과장된 동작을 하는 사람이 아니었는데, 이때는 낯선 동작을 해 보였다. 손으로 가슴 한중간을 쿡쿡 누르더니, 그 안에서 괴롭힘을 당할 대로 당한 심장을 꺼내 보이기라도 하려는 듯이 손가락으로 무언가를 꺼내는 시늉을 했다. "이것만 바뀐 것 같네요. 이 마음이 너무도 큰 상처를 받아서 이젠 돌이 되어 버렸어요."

나는 농장으로의 여행을 계속하기 전에 충분히 쉬어 두는 것이 가장 좋다는 것을 알았다. 기억나는 남부 지방의 농담들을 총동원하고 이런저런 이야기를 들려줌으로써 소피가 그럭저럭 괜찮은 기분으로 저녁 식사를 끝내게 할 수 있었다. 우리는 게 요리를 먹고 술을 마시면서 가까스로 아우슈비츠를 잊어버릴 수 있었다. 10시쯤 식당을 나설 때 소피는 다시 상당히 취해 있었고 걸음걸이가 불안정해서(도대체 얼마나 마셨는지도 모르게 맥주를 마셔 댄 나도 술에 취해 비틀거리기는 마찬가지였다.) 우리는 택시를 타고 호텔로 돌아갔다. 우리가 콩그레스 호텔의 더러운 대리석 계단을 올라 담배 냄새에 찌든 로비로 들어섰을 때 그녀는 벌써 내 어깨에 기대 졸고 있었다. 엘리베이터를 타고 방으로 향하는 동안에 그녀는 내 허리를 꼭 붙들고 무겁게 매달렸다. 그녀는 아무 말 없이 가운데가 움푹 팬 침대 위로 몸을 던지더니 옷도 벗지 않고 그대로 잠이 들어 버렸다. 나는 그녀에게 담요 한 장을 덮어 주고, 옷을 벗고 러닝셔츠와 팬티만 입은 채 그녀 곁에 누워 늘씬하게 얻어맞은 사람처럼 피곤한 잠 속으로 빠져들었다. 적어도 한동안은 그렇게 죽은 듯이 잔 것 같았다. 그러다가 꿈을 꾸었다. 꿈속에서 간헐적으로 울려 퍼지던 교회 종소리는 비음악적이지는 않았지만 값싼 합금물로 만들어진 듯 천박하고 속이 빈 것 같은 쇳소리가 강하게 느껴졌다. 그 소리는 내 격렬한 성애의 환상 속에서 죄악과 악마의 목소리처럼 울려 퍼졌다. 버드와이저에 취한 상태로 아내가 아닌 여자와 침대에 누워 있는 인트위슬 목사는 자면서도 이 부정한 상황에 불안해했다. 뎅그렁! 뎅그렁! 교회 종소리가 불길하게 울려 퍼졌다.

소피가 나를 깨웠을 때, 내가 그렇게 심하게 몸을 떤 것은 내 안에 남아 있는 기독교 윤리와 성직자로 가장했다는 사실 그리고 그 저주받을 교회 종소리 때문이었다. 새벽 2시쯤 되었을 것이다. 내 꿈들이 모두 실현된 것은 바로 이 순간이었을 것이다. 잠이 덜 깬 눈을 떠 보니 어스름한 빛 속에 알몸이 된 소피의 모습이 드러나 보였다. 그녀는 내 귓속을 부드럽게 핥으며 손으로는 내 성기를 만지작거리고 있었다. 내가 꿈을 꾸는 것인가? 아니면 이것이 현실인가? 꿈이었다면, 그 꿈은 그녀의 속삭임과 함께 곧 녹아 없어지고 말았다. "아…… 지금, 스팅고, 섹스하고 싶어요." 그녀가 내 팬티를 끌어내리는 것이 느껴졌다.

나는 목이 말라 죽어 가는 사람처럼 소피에게 키스하기 시작했고, 그녀도 신음 소리를 내며 내 키스에 화답해 주었다. 그러나 우리가 그 후 몇 분 동안 한 것은 키스가 전부였다.(아니, 그녀의 전문가다운 자극적인 도발에도 불구하고 내가 할 수 있었던 일의 전부였다고 하는 것이 맞겠다.) 내 발기부전이나, 발기부전의 지속 시간 혹은 발기부전이 내게 미친 영향 등을 강조하는 것은 오해를 불러일으킬 수 있을 것이다. 비록 초반에 너무도 심하게 발기가 안 되어 빨리 상황이 달라지지 않으면 자살해 버리겠다고 결심했던 기억까지 나기는 하지만 말이다. 어쨌든 내 성기는 한동안 그녀의 손안에서 축 늘어진 상태로 있었다. 그녀가 내 배를 타고 미끄러져 내려가 그것을 빨기 시작했다. 언젠가 네이선에 대해 이야기하면서 그가 자신을 '세상에서 성기를 가장 황홀하게 빠는 사람'이라고 불렀다는 사실을 흐뭇하게 회상하던 그녀의 모습이 떠올랐다. 네이선의 말이 맞는 것 같았다. 나는 그녀가 얼마나 기꺼이 그리고 자연스럽게 자신의 욕망과 헌신적인 노력을 보여 주었는지를 결코 잊지 못할 것이다. 그녀는 내 다리를 벌려 놓고 그 사이에 무릎을 꿇고 앉은 자세로 몸을 구부리고, 축 늘어져 있다가 서서히 몸을 일으키기 시작하는 내 성기를 입에 넣었고, 그러자 그것은 경쾌한 소리를 내면서 풍선처럼 부풀어 올랐다. 나는 이 매끄러운 입과 성기가 화합을 이루는 순간 머리끝부터 발끝까지 전기가 흐르는 것 같은 짜릿함을 느꼈다. "아, 스팅고." 그녀가 잠시 숨을 돌리기 위해 입을 빼고 숨을 헐떡이며 말했다. "아직까지는 하지 말아요, 자기야." 자신이 없었다. 나는 그렇게 누워 그녀가 내 성기를 빨도록 내버려 두었다. 곧 머리가 쭈뼛쭈뼛 서는 것 같았다.

성적인 경험은 아주 다양해서, 소피와 내가 그날 밤 가능한 성적인 경험은 다 해 보았다고 말하면 과장된 표현일 것이다. 그러나 우리는 거기에 근접했다. 내 머릿속에 깊이 각인되어 절대로 잊히지 않을 것은 우리 둘 다 지칠 줄을 몰랐다는 사실이다. 나는 스물두 살의 총각인 데다 끝없는 환상 속의 여신을 마침내 품에 안았기 때문에 그칠 줄을 몰랐다. 소피의 욕망도 나처럼 끝이 없었으나, 거기에는 다소 복잡한 이유가 있었다. 우선 원초적인 욕망이 컸을 것이고, 성교를 통해 기억하고 싶지 않은 과거와 그 고통에서 벗어나 망각으로 빠져들고 싶은 마음이 컸기 때문이었던 것 같다. 그뿐만 아니라 죽음을 물리치려는 격렬한 싸움이 지칠 줄 모르는 성욕으로 나타났던 것 같기도 하다. 그러나 그때는 이런 생각을 할 겨를이 없었다. 나는 마치 지나치게 열을 받은 셔먼 탱크처럼 달리면서 흥분으로 어쩔 줄을 몰랐고, 밤새도록 계속된 지칠 줄 모르는 우리의 격렬함에 어안이 벙벙하기도 했다. 내게 이날 밤의 경험은 새로운 세계로의 입문이라기보다는 완전한 학습을 의미했고, 내 친절한 선생님 소피는 끊임없이 내 귀에 격려의 말을 속삭여 주었다. 이 경험은 마치 내가 주인공으로 등장하는, 살아 움직이는 그림을 보는 것 같았다. 사춘기 때 해브록 엘리스를 비롯한 성 심리학자들의 부부 생활 지침서를 식은땀을 흘리면서 몰래 읽은 이래로 줄곧 궁금해해 온 여러 가지 의문들에 대한 해답을 실습을 통해 알아 나가는 과정이기도 했다. 그랬다, 여자의 젖꼭지도 손으로 흥분시키면 분홍색 젤리처럼 톡 튀어 올랐고, 소피는 혀로 빨아 달라고 해서 내게 더 큰 흥분과 기쁨을 맛보게 해 주었다. 그랬다, 클리토리스는 정말로 거기에 작은 꽃봉오리처럼 자리 잡고 있었고, 소피는 내 손을 끌어다가 그것을 만지게 해 주었다. 그리고 음부는 정말로 타액같이 매끄러운 액체로 젖어 있고 놀라울 정도로 뜨거웠다. 단단한 내 성기는 상상했던 것보다 더 쉽게 그 뜨거운 터널을 미끄러지듯 들락거렸고, 그 어두운 터널 속 어딘가에 힘차게 사정을 하자 그녀는 내 뺨에 대고 탄성을 지르며 내게서 정액이 용솟음쳐 나오는 것을 느낄 수 있었다고 했다. 음부는 맛도 좋았다. 이제 더 이상 경고하기를 포기한 듯한 교회종이 네 번 울렸을 즈음에 나는 그 사실을 깨닫게 되었다. 음부에서는 짠맛과 매운맛이 동시에 났고, 내가 그곳을 핥는 동안 그녀는 내 두 귀가 핸들이라도 되듯이 양손으로 잡아 여기저기로 이끌면서 신음을 뱉어 냈다.

그리고 유명한 체위들도 모두 등장했다. 성생활 지침서에서 간략하게 소개해 놓았던 스물여덟 가지 체위를 모두 경험한 것은 아니지만, 그중에 대표적인 네다섯 가지는 해 보았다. 중간에 위스키를 보관해 두었던 화장실에서 위스키를 들고 나오던 소피는 전등을 켰고, 우리는 은은한 적갈색 전등불 아래서 섹스를 했다. '여성 상위' 체위는 엘리스 박사가 주장했던 대로 환상적인 즐거움을 주었는데, 그 해부학적인 장점보다는 (물론 두 손으로 소피의 가슴을 움켜쥔다든가, 그녀의 엉덩이를 꽉 쥐거나 어루만질 수 있었다는 점에서 분명히 좋기는 했다.) 눈을 감고 무아지경에 빠진 소피의 아름다운 얼굴을 볼 수 있었다는 점에서 특히 더 좋았다. "아, 미칠 것만 같아요." 그녀가 숨을 헐떡이며 내뱉었고, 나는 그녀의 말이 진실임을 알았다. 우리는 한동안 나란히 누워 숨을 골랐다. 그러다가 곧 그녀는 아무 말 없이 몸을 일으키더니 내가 그동안 꿈꿔 온 환상 중에서도 가장 소망하던 것을 이뤄 줄 자세를 취했다. 나는 두 손과 두 무릎을 바닥에 대고 엎드린 그녀를 뒤에서 끌어안고 그 하얀 엉덩이 사이로 내 성기를 밀어 넣었다. 격렬하게 수평 운동을 계속하면서 나는 눈을 꼭 감았다. '기쁨'과 '성취', '환희', 심지어 '신'이라는 개념까지도 재정립할 필요가 있겠다고 생각했다. 그러는 중에도 소피가 술을 마시고 그녀가 내게도 술을 먹여 줄 수 있도록 우리는 몇 번 쉬었다 가기도 했다. 술은 감각을 무디게 하기는커녕 몸속의 모든 감각을 깨워 일으켜 세웠고, 관능적인 환상이 머릿속에 파노라마처럼 펼쳐지게 만들었다. 그녀가 내 귀에 대고 알아들을 수 없는 폴란드어로 속삭였는데도 나는 무슨 말인지 다 이해할 수 있었다. 그녀는 자꾸만 뒤로 물러서서는 도착선을 향해 최선을 다해 뛰라고 종용했다. 그녀는 자꾸만 뒤로 물러서서는 도착선을 향해 최선을 다해 뛸 것을 종용하고 있었다. 무슨 이유에선지 우리는 거친 객실 바닥 위에서 섹스를 했다. 왜 그랬지? 갑자기 그 이유가 생생하게 떠올랐다. 포르노 영화에서처럼 화장실 문에 달린 뿌연 거울을 통해 우리의 하얀 몸뚱이가 한데 엉켜 격렬하게 섹스하는 모습을 보고 싶어서였다. 어느 순간부터 말없이(폴란드어도 영어도 어떤 언어도 필요치 않았다.) 거친 숨소리만 터져 나왔다. 물결이 일렁이는 습지 같은 그녀의 음부 안에서 격렬하게 운동하던 나는 마침내 성기를 빼내 그녀의 입 안에 넣고는 오랫동안 참아 왔던 것을 거세게 뿜어 냈고, 그 순간 눈앞이 캄캄하게 어두워지면서 비명이나 기도가 나올 뻔했다. 감사하게도 나는 그렇게 죽어 갔다. 그러고 나서는 나를 기다리던 잠 속으로, 죽음과도 같은, 영원과도 같은 잠 속으로 빠져들었다.

나는 얼굴에 따가운 햇살이 내리비치는 것을 느끼며 잠에서 깨어났다. 그러고는 본능적으로 팔을 뻗어 소피의 팔, 머리카락, 가슴, 무엇이라도 잡으려 했다. 엄밀히 말하자면 인트위슬 목사는 한 번 더 섹스할 준비가 되어 있었다. 이른 아침 잠이 덜 깬 상태에서 손을 뻗어 옆자리를 더듬는 것은 앞으로 자주 경험하게 될 파블로프의 조건 반사 반응이었다. 그러나 소피는 곁에 없었다. 사라졌다! 내 인생에서 가장 완벽하게(아니, 유일하게라고 해야 할 것 같다.) 살을 섞은 여자가 사라졌다는 사실이 너무도 놀라워서 도저히 믿어지지 않았다. 게다가 아직도 자극적이고 도발적인 그녀의 냄새가, 사향 냄새 비슷한 성기에서 나는 냄새가 코끝에서 느껴져서 더더욱 그녀가 사라졌다는 것이 믿어지지 않았다. 눈을 뜨고 멍한 상태에서 함부로 엉클어져 있는 침구들과 침대 주변을 훑어보던 나는 내 성기가 그 황홀하고 힘든 일을 끝내고 나서도 아직도 용감하게 불쑥 솟아 낡은 시트를 천막처럼 두르고 있는 모습을 보자 아주 신기했다. 화장실 문 쪽을 보니 거울로 비치는 화장실 안에 소피의 모습이 보이지 않았고, 따라서 방 안에는 없다는 생각이 들자 갑자기 엄청난 공포가 엄습했다. 침대에서 벌떡 일어나는데 새벽까지 마신 술 때문에 머리가 망치로 얻어맞은 듯이 아팠다. 비틀거리며 서둘러서 바지를 입는데 더 큰 공포가 나를 사로잡았다. 저 멀리서 울리는 교회 종소리를 세어 보니 벌써 정오였다! 낡은 전화기를 들고 소리를 질러 보았지만 아무 대답도 들리지 않았다. 정신없이 옷을 걸치고 불길한 예감에 사로잡혀 욕설을 중얼거리며 방을 박차고 나간 나는 비상계단을 뛰어 내려갔다. 로비에는 대걸레질을 하는 흑인 벨보이와 고무나무 화분, 엉덩이 부분이 움푹 팬 안락의자 몇 개와 흘러넘치는 타구밖에 없었다. 체크인을 할 때 우리를 맞았던 괴짜 노인은 프런트 데스크 뒤에서 졸고 있었다. 그러다가 내 인기척 소리가 들리자 정신을 차리고 최악의 소식을 들려주었다.

"사모님께서 굉장히 일찍 내려오셨어요, 목사님. 너무 일찍이어서 자고 있던 저를 깨우셔야 했죠." 그가 벨보이를 보며 물었다. "그때가 몇시쯤이었지, 잭슨?"

"아마 6시쯤이었을걸요."

"맞아요. 6시쯤이었어요. 아직 새벽녘이었으니까요. 굉장히 흥분하신 것 같았어요." 그가 미안한 듯 잠시 말을 멈췄다가 다시 이었다. "제 말은, 맥주를 몇 잔 하신 것 같았다는 뜻입니다. 머리카락은 마구 헝클어져 있었고요. 어쨌든 여기서 뉴욕 브루클린으로 장거리 전화를 거시더군요. 바로 옆에 있어서 자연히 대화를 좀 듣게 됐어요. 남자와 통화를 하셨는데, 많이 우시면서 여기를 곧 떠나겠다고 하셨어요. 굉장히 흥분해서 그 남자 이름을 자꾸 부르셨어요, 목사님. 메이슨? 제이슨? 뭐, 그런 이름을요."

"네이선." 내가 약간 목이 멘 소리로 말했다. "네이선! 오, 이런 세상에……."

동정심과 걱정이(다소 남부적이고 오래된 감정적 합성물처럼 보였다.) 그 늙은 호텔 직원의 눈에 넘쳐흘렀다. "맞습니다. 네이선이요. 전 어떻게 해야 할지 몰랐어요, 목사님. 사모님께서 위층으로 올라가시더니 가방을 가지고 내려오셨어요. 여기 있는 잭슨이 유니언역까지 모셔다 드렸죠. 굉장히 당황하신 모습이었는데, 전 목사님을 생각했죠. 전화를 해서 알려 드려야 하나 어쩌나 말이에요. 하지만 너무 이른 시각이었어요. 또 끼어들고 싶지도 않았고요. 제 말은, 제 일도 아닌데 주제넘게 굴어서는 안 된다는 생각이 들어서요."

"아, 제기랄, 제기랄." 무의식적으로 같은 말을 중얼거리다가 보니, 늙은 직원이 의아하다는 표정으로 바라보고 있었다. 워싱턴 제2침례 교회에 다니는 그로서는 목사가 그런 불경한 말을 하는 것이 이상해 보였을 것이다.

잭슨이 나를 낡은 엘리베이터가 있는 데까지 데려다주었다. 나는 엘리베이터가 올라가는 동안 망연자실한 상태로 소용돌이 장식이 된 주철 벽에 등을 기댄 채 눈을 감고 있었다. 이 일을 받아들이는 것은 고사하고 믿어지지조차 않았다. 내가 문을 열고 들어가면 소피가 침대에 누워서 나를 맞아 줄 것 같았다. 햇살을 받아 황금색으로 빛나는 금발을 흩뜨린 채 누워, 사랑스러운 팔을 뻗어 나를 부를 것 같았다. 기쁨의 세계로 돌아가자고…….

대신 욕실 세면대 위 거울에 쪽지가 끼워져 있었다. 연필로 휘갈겨 쓴 그 쪽지는 소피가 얼마 전에 아쉬워했듯이 정말 영어로 글쓰기는 많이 서툴다는 사실을 증명해 주었다. 또 오래전 크라쿠프에 있을 때 아버지에게 배운 독일어의 영향을, 그녀의 마음속에 그렇게 견고하게 새겨져 있으리라고는 생각도 못 했던 독일어의 영향을 보여 주기도 했다.

친애하는 스팅고, 당신은 너무도 아름다운 연인이여서 당신 곁을 떠나기가 힘이 들어요. 작별 인사도 업시 떠나는 것 용서해 주세요. 하지만 나는 네이선에게로 돌아가야 해요. 그 농장에서 당신을 행복하게 해 줄 멋진 아가씨를 꼭 만날 거애요. 당신을 아주 좋아해요. 그러니까 이렇게 떠난다고 잔인하다고 생각하지 말아요. 하지만 오늘 아침에 잠이 깨였을 때는 기분이 아주 끔찍했고 네이선이 걱정이 되었어요. 재책감이 들었고 그가 죽었을지 모른다는 생각이 들어 피 속에 어름이 흐르는 것 같았어요. 그래서 나는 다시 네이선과 함께 있어야 돼겠어요. 앞으로 어떻게 돼더라도요. 당신을 다시는 보지 못할지 모르겠지만, 당신이 나에게 얼마나 큰 의미였는지 알아 주세요. 당신은 멋진 연인이에요, 스팅고. 당신을 떠나게 되어 슬퍼요. 하지만 지금 가야 해요. 영어가 엉망이라 미안해요. 나는 네이선을 사랑하지만 지금은 인생과 하느님에 대해서 혐오감을 느껴요. 하느님과 그분의 헨데 베르크(손수 하신 일)라구요? 웃기지 마라 그래요. 사는 게 끔찍해요.

소피

소피가 워싱턴에 나를 버려 둔 채 브루클린으로 돌아간 그 토요일, 소피와 네이선 사이에 무슨 일이 있었는지 알아낼 방법은 전혀 없었다. 그 전해 가을 코네티컷에서 보낸 끔찍한 주말에 대해 소피에게 들어 알던 내가, 그들이 마지막으로 만났을 때 그들의 방에서 무슨 일이 일어났을지 짐작이나마 할 수 있는 유일한 사람이었을 것이다. 그러나 나도 단지 추측만 할 수 있을 뿐이었다. 그들은 단서가 될 만한 메모를 남기지 않았다. 말로 표현하기조차 끔찍한 사건이 일어났을 경우 흔히 그렇듯이, 이번 사건에서도 나중에 돌이켜 생각해 보면 그 사건을 막을 수도 있었을 여러 가지 방법과 가정이 떠올라 남은 사람들을 더욱더 괴롭혔다.(그렇다고 그런 사건을 실제로 막을 수 있었으리라고 생각하는 것은 아니다.) 이런 가정들 중에 가장 중요한 것에는 모리스 핑크가 등장했는데, 그는 제한된 자격과 능력에 비추어 볼 때 예상보다 훨씬 더 민첩하고 현명하게 행동했다. 소피와 내가 허둥지둥 집을 나선 후 소피가 다시 돌아가기까지의 서른여섯 시간 동안 네이선이 정확히 언제 돌아가 있었는지 아는 사람은 아무도 없었다. 오래전부터 집 안에서 일어나는 일을 세밀하게 살피고 있던 핑크가 네이선이 돌아가 소피의 방에 머물고 있었다는 사실을 알아차리지 못했다는 사실은 좀 이상해 보인다. 그러나 그는 나중에 네이선의 그림자도 보지 못했다고 주장했고, 나로서는 그 말을 믿지 않을 아무런 이유가 없었다. 그리고 소피가 돌아갔을 때에도 보지 못했다는 그의 말에 대해서도 이의를 달 수 없었다. 기차와 지하철에서 불상사가 일어나지 않았고 일정이 지연된 경우도 없었다고 가정하면, 그녀가 분홍 궁전으로 돌아간 것은 워싱턴에서 나를 떠난 그날 정오 무렵이었을 것이다.

네이선과 소피의 행적과 관련해 핑크를 주목하는 이유는 래리가(토론토에서 서둘러 돌아가서는 모리스와 예타 짐머맨과 이야기를 나눴다고 했다.) 핑크에게 네이선이 돌아오는 것을 보면 즉시 전화해 달라고 부탁했기 때문이다. 나도 핑크에게 똑같은 부탁을 했고, 게다가 래리는 그에게 사례를 두둑이 하겠다고 약속까지 했다. 그러나 네이선은 (무슨 생각에서인지 어떤 의도에서인지 알 수는 없지만) 핑크가 보지 않고 있거나 자고 있을 때 몰래 숨어 들어간 것이 분명했고, 나중에 소피가 도착한 것은 그가 우연히 보지 못한 것이 틀림없었다. 그리고 소피가 네이선에게 전화를 걸었을 때는 모리스가 자고 있었던 것이 아닌가 생각된다. 핑크가 좀 더 일찍 래리에게 연락했더라면, 래리는 한걸음에 달려갔을 것이다. 래리는 미쳐 버린 동생을 다룰 수 있는 유일한 사람이었기 때문에 그가 사전에 연락만 받았더라면 이 이야기의 결말은 달라졌을 것이다. 불행한 결말이라는 점에서는 차이가 없었을지 몰라도 다른 결말이 되었을 것은 분명하다.

그 토요일에는 동해안 지역으로 갑작스러운 늦더위가 닥쳐 사람들이 셔츠 바람으로 돌아다닐 정도였다. 아이스크림이 불티나게 팔렸으며 파리 떼가 다시 극성을 부렸고, 그래서 대다수의 사람들이 겨울이 다가온다고 생각한 것이 말도 안 되는 착각이었다는 생각을 하게끔 했다. 그날 오후 워싱턴에서 나는 이런 생각을 하고 있었고(물론 정신이 팔린 곳은 따로 있었지만 말이다.) 분홍 궁전에 있던 모리스 핑크도 이와 비슷한 생각을 하고 있지 않았을까 생각한다. 나중에 그는 2층에서 음악이 흘러나오는 것을 듣고 소피가 돌아왔다는 것을 깨달았고 그래서 많이 놀랐다고 했다. 그때가 오후 2시쯤이었다. 그는 소피와 네이선이 아무 때나 틀어 대던 음악에 대해서는 '클래식'이라는 것밖에 아무것도 알지 못했지만, 언젠가 한번은 내게 그 음악이 다른 입주자들의 라디오나 전축에서 흘러나오는 대중음악보다 더 듣기 좋았다고 고백하기도 했다.

어쨌든 그는 소피가 돌아왔다는 사실을 깨닫고 놀랐다. 아니, 기절초풍했다고 하는 표현이 더 적절할 것이다. 즉각적으로 네이선이 떠올랐고, 래리에게 전화해야 할지도 모른다는 생각이 들었다. 그러나 네이선이 집 안에 있다는 증거가 없어서, 괜히 헛수고하게 만들까 봐 전화하기를 주저했다. 이제 그는 네이선을 아주 두려워하고 있어서(이틀 전 내가 네이선과 통화하다가 총소리를 듣고 놀라 뒤로 물러서는 것을 그가 곁에서 보고 있었다.) 신변 보호를 위해서라도 경찰에 신고하자고 주장했다. 그는 네이선의 마지막 발작이 있은 후로 집 안에 섬뜩한 기운이 퍼져 있음을 감지했고, 네이선과 소피의 관계에 대해 커다란 불안을 느끼기 시작했기 때문에 수위 역할을 하는 대신 반값으로 있던 방을 포기하고 파락어웨이에 사는 여동생의 집으로 옮겨 갈 생각까지 하고 있었다. 그는 네이선이 사악하기 이를 데 없는 골렘임을 의심하지 않았다. 위협적인 존재였다. 그러나 래리는 핑크를 비롯한 집 안 사람 누구도 절대로 경찰에 연락해서는 안 된다고 신신당부를 해 놓았다. 그래서 핑크는 끈적끈적한 더위를 느끼며 아래층 복도에 서서 2층에서 흘러나오는 복잡하고 이해할 수 없는 음악을 듣고 있었다.

놀랍게도 어느 순간 위층 소피의 방문이 열리면서 소피가 밖으로 나왔다. 모리스는 그녀의 모습에서 이상한 점은 보이지 않았다고 회상했다. 눈가에 그늘이 지고 좀 피곤해 보일 뿐 지난 며칠간 그런 끔찍한 일을 겪었으면 당연히 보여야 할 긴장이나 우울함, 고통 같은 '부정적인' 표정은 보이지 않았다고 했다. 오히려 그녀가 문 손잡이를 잡고 잠시 서 있는 동안 흥미롭게도 마치 웃음을 터뜨리기라도 하려는 듯 즐거운 기색이 그녀의 얼굴을 스치고 지나갔다. 약간 벌어진 입술 사이로 하얀 이가 밝은 오후 햇살을 받아 반짝였고, 혀가 윗입술을 빠르게 스치고 지나갔는데 마치 말을 하려다가 포기한 것 같았다. 자신이 올려다보고 있음을 소피가 알아차렸다는 것을 깨달은 모리스는 가슴이 쿵 하고 내려앉는 것 같았다. 그는 수개월 전부터 그녀에게 홀딱 반해 있었고, 그녀의 아름다움 때문에 여전히 비탄과 성적 욕구에 사로잡혀 괴로워하고 있었다. 그녀는 네이선 같은 메슈게너(미친놈)에게는 아까운 여자였다.

모리스는 소피가 입고 있는 옷을 보고 놀랐다. 자주색 공단 주름치마에 흰색 재킷을 입고 이마 위로는 빨강색 베레를 비스듬히 쓰고 있었다. 패션에 별 관심이 없던 그가 보기에도 유행이 지난 것 같은 의상이었지만 그럼에도 불구하고 그녀의 아름다움을 더욱 빛나게 해 준다는 생각이 들었다. 클라라 보, 페이 레이, 글로리아 스완슨 같은 영화배우를 보는 것 같았다. 그녀가 이렇게 차려입은 것을 전에는 본 적이 없었던가? 네이선과 함께? 그는 기억하지 못했다. 모리스는 그녀의 옷차림뿐만 아니라 그녀가 돌아왔다는 사실에 상당히 당황했다. 바로 이틀 전 밤 그녀는 공포에 휩싸인 채 짐을 싸 들고 부리나케 집을 나섰다. 스팅고와……. 또 하나 당혹스러운 일이 생겼다. "스팅고는 어딨어요?" 그가 부드러운 목소리로 물으려는 찰나였다. 그러나 그가 입을 열기 전에 그녀가 몇 걸음 걸어와 난간에 몸을 기대더니 말했다. "모리스, 위스키 한 병 사다 줄 수 있겠어요?" 그러고는 5달러짜리 지폐를 떨어뜨렸고, 그는 펄럭거리며 내려오는 지폐를 잡았다.

모리스 핑크는 플랫부시 애비뉴까지 다섯 블록을 천천히 걸어가 750밀리리터짜리 카스테어스 한 병을 샀다. 찌는 듯한 더위 속에 헉헉거리며 돌아오던 그는 공원가에 다다르자 잠시 걸음을 멈추고 퍼레이드 그라운즈 운동장에서 청년들과 소년들이 공을 차면서 그 익숙한 브루클린 사람 어투로 서로에게 신나게 욕설을 퍼부어 대는 것을 들었다. 며칠째 비가 안 와서 회오리바람처럼 먼지가 일어 잔디와 공원가에 있는 관목 위로 하얗게 내려앉았다. 모리스는 주변 모습에 쉽게 마음을 빼앗겼다. 그는 십오 분에서 이십 분 정도 자신이 심부름을 갔다 오는 중임을 잊고 있다가, 몇백 미터 떨어진 분홍 궁전 소피의 방 창문을 통해 '클래식' 음악이 천둥처럼 들려오자 그제야 정신이 들었다고 했다. 몹시도 웅장하고 시끄러운 트럼펫 소리가 흘러나왔다. 음악 소리에 그는 자신이 해야 할 일과 소피가 기다린다는 사실이 생각났고, 그래서 종종걸음으로 분홍 궁전을 향하다가 캐턴 애비뉴에서는(그는 그날 오후에 일어난 일을 대단히 상세하게 기억했다.) 노란색 콘 에디슨 정비 트럭에 치일 뻔하기도 했다. 분홍 궁전이 가까워지자 음악 소리가 더 커졌다. 그는 소리를 줄여 달라고 소피에게 정중하게 부탁할까 하다가 생각을 고쳐먹었다. 한낮이고, 게다가 신나게 즐겨도 되는 토요일이었으며, 다른 세입자들은 모두 외출하고 없었기 때문이다. 음악이 무해하게 이웃에 울려 퍼졌다. 듣고 싶으면 실컷 들으라지.

그가 소피의 방문을 두드렸지만 아무 대답이 없었다. 다시 두드렸지만 대답이 없기는 마찬가지였다. 그는 카스테어스병을 문설주 옆 바닥에 놓아두고 아래층으로 내려가 자기 방에서 삼십 분 정도 종이 성냥 모아 놓은 것을 들여다보았다. 물건 수집이 취미인 그의 방은 청량음료 병뚜껑들로 가득 차 있었다. 곧 그는 오후에 종종 그랬듯이 낮잠을 좀 자기로 했다. 그가 낮잠에서 깼을 때는 늦은 오후였고 음악은 그쳐 있었다. 그는 끈적끈적한 불길함을 느꼈고, 그의 불안은 숨 막힐 듯한 더위의 일부 같았다. 해가 서서히 저무는데도 바람 한 점 없이 무더운 날씨라 땀으로 흠뻑 젖어 있었다. 갑자기 집 안이 너무도 고요하다는 생각이 들었다. 멀리 공원 너머 지평선에서는 소리 없는 번개가 번쩍였고, 서쪽에서는 약한 천둥소리가 들렸다. 고요하고 어둠이 짙어 가는 집 안에서 그는 무겁게 발을 굴리며 위층으로 올라갔다. 위스키는 아직도 문밖에 그대로 놓여 있었다. 모리스는 또다시 노크를 했다. 낡은 문이라 잠겨 있더라도 손잡이를 돌려 열려고 하면 문틀과 문의 이음매 사이에 작은 틈이 생겼고, 팽팽하게 당겨진 걸쇠 사슬이 문틈으로 보였다. 소피는 나가지 않고 방 안에 있는 것이 분명했다. 모리스가 두세 번 그녀의 이름을 불렀지만 아무 대답이 없었다. 날이 빠르게 어두워지는데도 문틈으로 보이는 방 안에서는 아무런 불빛이 새어 나오지 않자 그의 당혹감은 불안과 걱정으로 바뀌었다. 그제야 그는 래리에게 전화를 거는 것이 좋을 것 같다고 생각했다. 래리는 한 시간도 안 돼 부리나케 달려왔고, 둘이서 함께 문을 부수고 들어갔다.

한편 워싱턴의 허름한 호텔 방에서 속을 끓이고 있던 나는 지금 내게 닥친 문제들에 나 자신이 아무런 영향력도 행사하지 못하게 막는 결정을 내렸다. 소피가 나보다 족히 여섯 시간은 앞서 갔지만, 그렇더라도 내가 지체 없이 뒤를 쫓았더라면 그 끔찍한 결말을 막기에는 충분하게 브루클린에 도착할 수 있었을 것이다. 나는 초조하게 소피를 걱정하고 있었지만, 그러면서도 나 자신조차 완전하게 이해할 수 없는 이유로 그녀 없이 사우샘프턴으로 내려가기로 결심했다. 나를 버리고 떠난 것에 대한 분노와 네이선에 대한 질투 그리고 이제부터라도 그녀가 혼자서 잘 살 수 있으면 그렇게 해 보라는 식의 미움과 낙담이 내가 그런 결정을 내리게 하지 않았나 하는 생각이 든다. 네이선! 난 할 만큼 했다. 그 미친 유대인 놈에게 돌아가고 싶으면 돌아가라지. 그래서 점점 더 줄어드는 지갑 속의 재원을 확인한 후(아이러니하게도 나는 여전히 네이선이 준 선물에 의존해 살고 있었다.) 반유대주의로 인한 희미한 흥분을 느끼며 호텔을 나가 정글 같은 더위 속에서 여러 블록을 걸어 버스 정류장으로 갔다. 버지니아주 프랭클린으로 가는 장거리 버스표를 산 나는 소피를 잊기로 결심했다.

이때가 벌써 오후 1시였다. 그때는 잘 몰랐지만 나는 심각한 위기를 맞고 있었다. 사악하고 끔찍한 실망감과 배신감에 실제로 온몸이 아팠고, 팔다리는 무도병(舞蹈病)에 걸린 듯 심하게 떨렸다. 게다가 숙취로 머리가 깨질 듯 아팠고, 목이 타들어 가듯 말랐다. 버스가 정체 심한 알링턴 도로를 천천히 기어가는 동안에는 불안이 발작처럼 마음을 엄습해 온몸과 마음에 경고 신호를 보내왔다. 이런 증상의 상당 부분은 소피가 마시게 한 위스키와 관련 있었다. 살면서 손가락이 그렇게 떨리는 것은 처음 보았고, 담뱃불 하나 붙이기가 그렇게 힘든 것도 처음이었다. 달빛 아래 드러나는 풍경도 내 우울함과 걱정을 가중시키는 것만 같았다. 황량한 교외 주택가, 높이 솟은 교도소 건물들, 하수로 더러워진 포토맥강. 내가 어릴 때만 해도(그리 오래전이 아니었다.) 워싱턴 남부 교외 지역은 한가로운 농촌이었다. 세상에, 그런데 지금 보니 참으로 황량하고 불결하기 그지없었다. 나는 내가 태어난 주가 그토록 급속하게 겪은 병폐를 잊고 살았다. 전쟁으로 인한 수익 덕분에 불결한 시내가 확대된 페어팩스 카운티가 마치 뉴저지주 포트리를 재현하듯 내 앞에 펼쳐졌다. 영원히 떠난다고 생각한 것이 엊그제 같은 그 황량한 콘크리트 지역이 눈앞에 펼쳐졌다. 양키의 악성 종양이 급속하게 성장해서 내가 사랑하는 버지니아까지 썩게 하는 것인가? 더 아래로 내려가면 분명히 상황이 나아질 것이다. 그럼에도 불구하고 나는 과거에는 경험하지 못한 두려움과 피로가 합쳐져 고통스럽게 몸을 비틀면서 의자에 머리를 기대고 눈을 감아야 했다.

"알렉산드리아입니다." 운전사가 외쳤다. 여기서 내려야 한다는 것을 알았다. 구겨진 리넨 양복을 입고 괴로워 미칠 듯한 표정을 한 깡마른 젊은 남자가 자신을 정신병원에 처넣어 달라고 간청하는 모습을 본다면 이곳 병원 인턴은 무슨 생각을 할까?(그리고 내가 다시는 남부에서 살지 못하리라는 사실을 확실히 깨달은 것이 바로 그때였을까? 그렇다고 생각하지만 아직까지도 확신은 할 수 없다.)

마침내 나는 신경 쇠약증의 악귀들을 물리치고 어느 정도 냉정을 되찾을 수 있었다. 도시 사이를 오가는 교통수단을 여러 번 갈아타고(택시도 한 번 타고 나니 돈이 거의 다 떨어졌다.)

시간에 맞춰 가까스로 유니언역에 도착해 뉴욕행 3시 기차를 탈 수 있었다. 후텁지근한 객실 칸에 자리를 잡고 앉을 때까지 나는 감히 소피의 모습을 떠올릴 엄두도 내지 못했다. 자비로우신 하느님, 제가 사랑하는 폴란드 여인이 죽음을 향해 뛰어들었습니다! 중간에 돌아오기는 했지만 버지니아로 가는 도중에 소피를 내 생각에서 완전히 몰아낼 수 있었던 것은, 지금 내 마음이 고통스러울 정도로 분명하게 아는 사실, 즉 그녀와 네이선에게 끔찍한 일이 일어나고 있으며 내가 필사적으로 브루클린으로 돌아간다고 해도 이미 그들이 받아들인 운명을 바꿔 놓을 수는 없다는 사실을 알았기 때문이다. 이런 사실을 안 것은 특별히 내게 대단한 선견지명이 있어서가 아니라, 그동안은 의도적으로 보지 않으려고 했거나 인정하지 않으려 했을 뿐 그것은 아주 자명한 사실이었기 때문이다. 그녀가 남긴 마지막 메모가 분명히 보여 주지 않았는가? 아무것도 모르는 여섯 살짜리 아이도 그 뜻을 간파할 수 있을 만큼 분명히 보여 주지 않았는가? 그런데도 나는 즉시 그녀를 따라가지 않고 어처구니없게도 포토맥강을 건너 남부로 내려가려 하지 않았던가? 이런 생각이 드니 마음이 더욱더 괴로워 미칠 지경이었다. 소피의 아이들을 죽게 한 것처럼 확실히 소피를 죽어 가게 하는 죄의식에 그녀의 운명을 결정할지도 모르는 일을 일부러 모르는 척했던 내 죄의식을 보태야 하지 않을까? 제기랄, 전화는 어디 있지? 상황이 종료되기 전에 모리스 핑크나 래리에게 알려야 했다. 하지만 이런 생각을 하는 동안 벌써 기차는 몸을 흔들며 앞으로 나아가기 시작했고, 나는 이제 어쩔 도리가 없음을 깨달았다.

그러고 나서 나는 짧지만 강렬하고 기괴한 종교적 최면 상태에 빠졌다. 성경은 지난 몇 년 동안 내가 여행을 갈 때마다 《타임》, 《워싱턴 포스트》와 함께 내 가방 속에 늘 들어 있었다. 며칠 전 인트위슬 목사로 가장을 할 때는 아주 유용하게 쓰이기도 했다. 그러나 나는 결코 신앙심이 깊은 사람이 아니었고, 성경은 대체로 내 문학 작품의 등장인물들(한두 명은 독실한 기독교인으로 등장했다.)을 위한 암시나 결구를 인용하는 데 편리한 도구일 뿐이었다. 나는 나 자신을 믿음의 속박에서 자유로운 자, 고통과 시련의 시기에도 신이라는 눈에 보이지도 않고 논란의 여지가 있는 척추동물에 의존하기를 과감히 거부할 만큼 용감한 불가지론자라고 생각했다. 그러나 말로 표현할 수 없을 만큼 외롭고 지치고 두려움에 차 기차에 앉아 있던 나는 내 안의 모든 토대가 무너져 내린 것을 알았고, 《타임》과 《워싱턴 포스트》는 내 고통에 아무런 처방도 내려 주지 않는 것 같았다. 엄청난 거구의 흑인 부인이 내 옆자리에 끼어 앉아서 헬리오트로프 향기를 물씬 풍기고 있었다. 기차는 컬럼비아 특별구를 벗어나 북쪽으로 속도를 내며 달려갔다. 옆자리의 부인이 나를 보는 것이 느껴져 나도 고개를 돌려 그녀를 바라보았다. 그녀는 무화과 열매만큼 크고 둥글고 촉촉하고 친절한 갈색 눈으로 나를 자세히 훑어보고 있었다. 그녀는 숨을 씨근덕거리며 그 절망적인 순간에 내가 간절히 바라던 엄마 같은 걱정스러운 표정으로 나를 바라보며 미소를 지었다. "젊은이." 그녀가 놀랄 정도로 신뢰와 유쾌함이 넘치는 목소리로 말했다. "그게 이 세상 최고의 책이지. 손에 들고 있는 것을 보니 기분 좋네." 내 동료 순례자는 쇼핑백에서 자신의 성경을 꺼내더니 등받이에 등을 편히 기대고 앉아 기쁨의 한숨을 쉬기도 하고 입맛을 쩍쩍 다시기도 하며 읽기 시작했다. "그분의 말씀을 믿어요." 그녀가 내게 말했다. "그러면 젊은이도 구원받을 거야. 그것이 복음과 주님의 진리예요. 아멘."

"아멘." 나도 대답한 후, 성경 중간을 펼쳤다. 어릴 때 별 재미도 없는 주일학교를 그래도 열심히 다녀서 대강 가운데를 펴면 다윗의 「시편」이 나온다는 것쯤은 알았다. "아멘." 내가 다시 말했다. 수사슴이 시냇물을 갈망하는 것같이, 오 하느님이시여, 제 영혼도 그처럼 주를 갈망하나이다……. 주의 폭포 소리에 깊음이 깊음을 부르며, 주의 모든 파도와 물결이 저를 뒤덮나이다. 갑자기 혼자 있어야겠다는 생각이 들었다. 비틀거리며 화장실로 들어가 문을 잠그고 변기에 앉은 나는 노트에 묵시적인 메시지를 휘갈겨 썼다. 혼란에 빠진 내 의식 속에서 풀려 나오는 내용을 열심히 휘갈겨 쓰면서 나조차 그것이 무슨 뜻인지 제대로 이해하지 못했다. 저주받은 인간의 마지막 절규인 것도 같고, 지구의 저 끝 무인도에 버려진 인간이 처절한 열망을 종이에 옮겨 써 병에 담고 영원의 바다 한가운데에 띄우는 것 같기도 했다. "왜 울어요, 젊은이?" 나중에 내가 자리로 돌아가 풀썩 주저앉자 옆자리에 앉은 뚱뚱한 부인이 물었다. "누가 심한 상처를 줬나?" 내가 아무런 대답도 하지 못하자 그녀가 내게 한 가지 제안을 했다. 잠시 후 나는 용기 내 그녀와 함께 성경 구절을 소리 내 읽었다. 우리의 목소리가 기차의 덜컹거리는 소음 속에서도 조화롭고 애절한 비가를 읊기 시작했다. "「시편」 88편이요." 내가 제안하면 그녀는 "그거 정말 좋지."라고 대답하곤 했다. 오, 제 구원의 주 하느님이여, 제가 주 앞에서 밤낮으로 부르짖었나이다. 제 기도가 주 앞에 상달되게 하시며, 제 부르짖음에 주의 귀를 기울이소서. 이는 제 혼이 고난으로 가득 찼으며……. 우리는 윌밍턴과 체스터, 트렌턴을 지날 때까지 함께 성경 구절을 읽었다. 주로 「시편」을 읽었지만 가끔씩 「전도서」와 「이사야서」로 넘어가기도 했다. 얼마 후 우리는 산상 수훈에 관한 구절을 시도했지만 내게는 별로 맞지 않는 것 같았다. 내게는 고대 히브리인들의 비통함이 훨씬 더 큰 카타르시스를 주는 것 같았고, 그래서 우리는 「욥기」로 돌아갔다. 마침내 눈을 들어 밖을 바라보니 날은 이미 어두워져 있었고, 서쪽 지평선에서는 번개가 번쩍이는 것이 보였다. 내가 사랑은 아니더라도 점점 더 호감을 느낀 흑인 부인은 뉴어크에서 내렸다. "모든 게 잘될 거예요." 내리기 전 그녀가 말했다.

그날 밤 밖에서 본 분홍 궁전은 내가 100번도 더 본 멋진 탐정 영화에 나오는 세트 같았다. 분홍 궁전을 향해 인도를 걸어가면서 느낀 자신감이 아직도 생생하게 기억난다. 모든 것을 받아들이고 결코 놀라지 않을 자신이 있었다. 구급차와 소방차, 응급 구호 차량, 빨간 비상등이 깜박이는 경찰차 등 내가 미리 예상한 죽음의 징조들이 거기 다 모여 있었다. 필요 이상으로 너무 많이 모여 북적이는 것이, 마치 두 사람이 자신의 의지대로 종말을 맞아 조용히 잠든 것이 아니라 그 초라한 집에서 대량 학살이라도 일어난 것같이 보였다. 아세틸렌 불빛을 번쩍이는 투광 조명등이 사방을 밝히고 있고, 바리케이드 중 하나에는 '진입 금지'라는 팻말이 붙어 있었다. 곳곳에 험악하게 생긴 경찰들이 모여 서서 껌을 씹거나 무료한 듯 자신의 뚱뚱한 엉덩이를 철썩철썩 때리고 있었다. 나는 집에 들어갈 권리를 놓고 그런 경찰들 중 한 명(성 잘 내는 험악한 아일랜드계 경찰이었다.)과 승강이를 벌였는데, 래리가 없었더라면 안으로 들어가지 못한 채 몇 시간이고 밖에서 서성일 수밖에 없었을 것이다. 나를 발견한 래리가 그 험악한 경찰에게 내 신원을 확인해 주었고, 그래서 나는 1층 복도로 들어설 수 있었다. 문이 반쯤 열려 있는 내 방에는 예타 짐머맨이 의자에 널브러지듯 앉아 당혹스러운 목소리의 이디시어로 뭐라고 중얼거리고 있었다. 소식을 들은 지 얼마 안 된 것이 분명했다. 항상 웃음기를 머금고 있던 수수한 얼굴에는 핏기라고는 하나도 없고, 충격을 받은 듯 멍한 눈이었다. 구급대 직원이 언제라도 주사를 놓을 준비를 하고 그녀 곁을 맴돌았다. 래리는 아무 말 없이 벌레처럼 보이는 경찰 출입 기자들과 움직이는 것만 보이면 플래시를 터뜨려 대는 두세 명의 사진기자들을 지나쳐 나를 데리고 2층으로 올라갔다. 층계참에 담배 연기가 너무도 자욱하게 끼어 있어서 좀 전에 여기에 불이 났는지도 모른다는 생각이 잠시 들었다. 소피의 방으로 들어가는 입구 근처에서 모리스 핑크가 예타보다도 더 창백하고 당혹스러운 표정을 하고 떨리는 목소리로 경찰의 질문에 대답하고 있었다. 나는 곁에 서 있다가 모리스와 한두 마디 이야기를 나누었다. 그는 그날 오후의 일과 음악에 대해 간략하게 들려주었다. 그리고 완전히 부서진 채 넘어져 있는 문 너머로 산홋빛으로 빛나는 방 안이 보였다.

나는 희미한 불빛에 적응하느라 눈을 깜박였다. 이윽고 밝은 살구색 침대 커버 위에 누워 있는 소피와 네이선의 모습이 눈에 들어왔다. 그들은 오래전 내가 그들이 함께 있는 모습을 처음 봤을 때처럼 차려입고 있었다. 소피는 이미 유행이 지났지만 화려하고 경쾌한 의상을 입고 있었고, 네이선은 넓은 줄무늬의 회색 플란넬 양복을 입고 있었는데 바람둥이 같아 보이기도 하고 성공한 도박꾼 같아 보이기도 했다. 그렇게 차려입고 서로 껴안은 채 누워 있는 그들의 모습을 내가 서 있는 곳에서 보니 오후 산책을 위해 옷을 차려입었지만 변덕이 생겨 그냥 누워서 낮잠을 자기로 결심한, 혹은 키스하고 사랑을 나누기로 하거나 그냥 그렇게 누워 즐거운 얘기를 속삭이기로 결심한 연인처럼 평화로워 보였다. 그렇게 서로를 껴안고 영원히 잠들어 버린 것 같았다.

"나 같으면 그들의 얼굴을 보지는 않겠어요." 래리가 말했다. 그러나 잠시 후에 덧붙여 말했다. "하지만 고통을 겪지는 않았어요. 시안화나트륨이었어요. 몇 초 안에 끝났을 거예요."

민망하게도 무릎에 힘이 빠져 그대로 주저앉으려는 순간 래리가 나를 잡아 주었다. 나는 다시 몸을 곧게 세우고 방 안으로 들어갔다.

"이분은 누굽니까, 박사님?" 경찰관 한 명이 내 앞을 막아서며 물었다.

"가족입니다." 래리가 말했다. "들여보내 주세요."

방 안 풍경과 침대에 누워 죽어 있는 커플에 대해서는 덧붙여 설명할 것도 뺄 것도 별로 없었다. 나는 더 이상 그들을 보고 있을 수 없었다. 무슨 이유에서인지 나는 전축(자동으로 멈춰 있었다.) 쪽으로 걸어가, 그날 오후 소피와 네이선이 들은 레코드판들을 훑어보았다. 퍼셀의 「트럼펫 볼런터리」, 하이든의 「첼로 협주곡」, 「전원 교향곡」의 일부, 글룩의 「오르페오」 중에서 에우리디케의 비가 등을 포함해 십여 장의 레코드판들이 나와 있었다. 그중에서도 두 장은 그 제목이 내게 특별한 의미가 있기 때문에 눈에 띄었는데, 사실 그것은 소피와 네이선에게 특별한 의미가 있는 음악이었다. 그중 하나는 모차르트의 피아노 협주곡 B 플랫 장조 중 라르게토였는데, 나는 소피와 함께 자주 그 음악을 들었다. 그녀는 침대에 누워 한 팔로 두 눈을 가린 채로 그 느리고 달콤하고 비극적인 선율이 방 안을 채우는 것을 듣곤 했다. 죽기 직전에 이 곡을 썼대요. 그래서 이 음악에선 기쁨에 가까운 체념이 느껴지는 걸까요? 그녀는 이렇게 묻곤 했다. 그러고는 자신이 운이 좋아 피아니스트가 되었다면, 제일 먼저 이 곡을 외워 그 영원의 소리의 미묘한 느낌까지 표현하려고 노력했을 것이라고도 했다. 그때 나는 소피의 과거에 대해 거의 몰랐고, 잠시 멈췄다가 덧붙이는 그녀의 말(그 곡을 들을 때마다 황혼 녘에 밖에서 뛰어놀며 소리를 지르는 아이들의 모습과, 어둠의 그림자가 고요한 잔디 위를 서서히 물들여 가는 모습이 떠오른다는 말)이 무슨 뜻인지도 알아듣지 못했다.

하얀 가운을 입은 시체 보관소 직원 두 명이 비닐로 된 시신 가방을 여러 개 들고 부스럭거리는 소리를 내며 방으로 들어왔다. 다른 곡은 소피와 네이선이 그해 여름 내내 즐겨 듣던 곡이었다. 두 사람이 신앙을 저버리는 행동을 한 이상, 그 곡에 큰 의미를 두고 싶지는 않다. 그러나 그 레코드판이 제일 위에 올려져 있었고, 그들이 마지막 고통(어둠이 그들을 완전히 삼켜 버리기 전 그들을 하나로 만들어 주었을 그 고통 혹은 황홀감) 속에서 들은 세상의 음악은 「인류의 기쁨 되신 예수」였다.

이 마지막 부분은 「슬픔 정복에 관한 연구」라고 불러야 할 것 같다는 생각이 든다.

우리는 소피와 네이선을 나소 카운티에 있는 공동묘지에 나란히 묻었다. 장례식 준비는 생각보다 그리 어렵지 않게 진행되었다. 여러 가지 우려가 있었기 때문이다. 유대인과 가톨릭 신자의 '동반 자살',(《데일리 뉴스》가 3면에 상세한 설명을 곁들인 기사를 실으면서 사용한 표현이었다.) 결혼하지 않고 동거한 연인들, 매력적인 여자와 잘생긴 남자, 비극을 야기한 당사자가 정신병 전력이 있는 젊은 남자라는 점 등등 이 사건은 1947년 당시에는 희대의 스캔들이었다. 합동 장례식을 하지 못할 요건들만 잔뜩 있었다. 그러나 지켜야 할 엄격한 종교적 금기도 없었기 때문에 장례식 준비는 비교적 쉬웠고 래리가 모든 것을 준비했다. 네이선과 래리의 부모님은 정통파 유대교도였지만, 어머니는 이미 돌아가셨고 아버지는 팔십 대 노인이어서 건강이 불안한 상태였다. 게다가 소피에게는 네이선보다 더 가까운 친척 따위는 없었다. 이런 사실들 때문에 래리가 그다음 주 월요일에 열릴 장례식을 준비하는 것이 가장 합당해 보였다. 래리도 네이선도 지난 몇 년 동안 유대교 회당에 발을 들여놓은 적이 한 번도 없었다. 그리고 래리가 내게 조언을 구했을 때, 나는 소피가 자신이 속한 교회의 신부가 장례식을 집전하는 것을 원치 않을 것이라고 말해 주었다. 신성 모독적인 추측이고 이로 인해 소피가 지옥에 갈지도 모르겠지만, 나는 내 생각이 옳다고 확신했고 지금도 그 생각에는 변함이 없다. 내세에서 소피는 어떤 지옥이라도 잘 견뎌 낼 수 있을 것이다.

그래서 시 외곽에 있는 월터 쿡 장례식장에서 장례식이 치러졌다. 장례식은 여러 가지 상황을 고려해 볼 때 그런대로 점잖게 무리 없이 진행되었지만, 밖에서 구경하는 사람들이 눈을 부라리며 고인들의 더럽고 치명적인 열정에 대해 한마디씩 하기는 했다. 식을 집전하는 성직자가 형편없어 보이기는 했지만, 그날 오후 래리 곁에 서서 조문객을 맞은 나는 그런 일에는 신경도 쓰지 않았다. 조문객은 별로 많지 않았다. 제일 먼저 도착한 사람은 외과 의사와 결혼했다는 랜다우 형제의 누나였는데, 십 대의 아들을 데리고 세인트루이스에서 비행기를 타고 왔다. 고급스러운 정장을 차려입은 물리 치료사 블랙스톡과 카츠도 사무실에서 소피와 함께 일한 젊은 여자들과 함께 왔는데, 그들은 식이 진행되는 동안 계속 눈물을 흘렸고 나중에는 코가 빨개질 정도였다. 예타 짐머맨이 쓰러질 듯 비틀거리며 모리스 핑크와 뚱뚱한 랍비 지망생 모이시 무스카트 블리트와 함께 도착했다. 예타가 쓰러지지 않도록 도와주는 무스카트블리트는 창백하고 지친 얼굴에 불안정한 걸음이어서 오히려 그가 도움을 받아야 할 것 같았다.

네이선과 소피의 친구들(모티 하버를 비롯해 내가 '모티 하버 그룹'이라고 부른 브루클린 칼리지 학생들과 선생들) 예닐곱 명이 나타났다. 모티는 부드러운 목소리에 점잖은 학자였다. 그와는 안면만 있는 정도였지만 그를 좋아한 나는 그를 보니 반가웠다. 장례식의 분위기는 극도로 장중하고 엄숙했다. 경우에 따라 종종 볼 수 있는 일시적인 익살과 웃음기라고는 찾아볼 수 없었다. 말이 없고 긴장되고 괴로워하는 표정은 이 사건이 진정한 충격이자 진정한 비극임을 보여 주었다. 아무도 음악에는 신경을 쓰는 것 같지 않았는데, 이는 참으로 아이러니하고 유감스러운 일이었다. 조문객들이 플래시가 터지는 장례식장으로 들어가는 동안, 끽끽거리는 소리가 나는 해먼드 오르간이 구노의 「아베 마리아」를 연주하고 있었다. 소피와 네이선이 얼마나 음악을, 그것도 고상한 음악을 사랑했는지 잘 알던 나는 그들의 장례식에서 그렇게 세속적인 음악을 듣자 속이 뒤집어지는 것 같았다.

어차피 내 속은 말이 아니었고, 마음의 평정도 깨진 지 오래였다. 워싱턴에서 기차를 타고 브루클린에 내린 이후로 나는 한순간도 알코올 기운 없이 지내지 못했고, 한순간도 눈을 붙이지 못했다. 내게 일어난 이 모든 일로 인해 극도로 흥분해서 눈은 뻑뻑한데도 잠이 오지 않아 서성이기만 했다. 어차피 잠을 잘 수 없으리라는 것을 알았기 때문에, 나는 그 뜻하지 않게 생긴 시간에 조심스레 거리로 나가 플랫부시의 술집들을 전전하면서 "왜, 왜, 왜?"라고 자신에게 물으며 맥주를 마셔 댔다. 그 덕분에 완전히는 아니지만 항상 취기가 있는 상태가 계속되었다. 소피와 네이선의 장례식이 있던 날에도 그렇게 취기가 있는 상태에서, 그때까지 경험한 것 중 가장 기이한 허탈과 피로를 느끼면서(나중에야 알았지만 이것이 알코올 중독에 의한 환각 증세의 초기 단계였다.) 월터 쿡 장례식장의 신도석에 앉아 드위트 목사가 소피와 네이선의 관이 내려다보이는 제대에서 하는 '설교'를 듣고 있었다. 드위트 목사 건은 래리의 잘못이 아니었다. 그는 아무리 그래도 장례식인데 성직자가 필요하다고 생각했지만 랍비는 어울리지 않을 것 같고 가톨릭 신부도 받아들일 수 없을 것 같아서 고민하고 있었는데, 친구 혹은 친구의 친구가 드위트 목사를 추천해 준 것이다. 유니버설리스트[90]인 그는 사십 대로, 대체로 차분한 표정의 얼굴에 곱슬거리는 금발을 단정하게 빗어 넘겼고 다소 여자처럼 보이는 분홍색 입술이 인상적이었다. 황갈색 정장에 황갈색 조끼를 입었는데 약간 나오기 시작한 배 위에는 대학생 지도자 연합인 오미크론 델타 카파의 펜던트가 반짝였다.

그때 나는 반은 실성한 사람처럼 낄낄 소리 내 웃었고, 내 옆에 있는 사람들이 당혹스러운 얼굴로 나를 바라보았다. 나보다 나이 먹은 사람이 그것도 캠퍼스가 아닌 곳에서 그런 펜던트를 하고 있는 것은 처음 보았다. 내가 처음 본 순간부터 이미 혐오하기 시작한 그 사람이 더욱더 황당하고 웃기는 인

90) 18세기에 미국에서 일어난 기독교 일파. 보편 구제설을 믿는다.

물로 보였다. 네이선이 보았다면 얼마나 멍청한 이교도라고 비웃어 댔을까! 음울한 기분으로 모티 하버 옆에 털썩 주저앉아 달콤한 백합 향기를 들이마시던 나는, 드위트 목사가 이제까지 내가 만난 누구보다도 더 살의를 불러일으키는 사람이라고 생각했다. 그는 링컨, 랠프 월도 에머슨, 데일 카네기, 스피노자, 토머스 에디슨, 지크문트 프로이트 등을 들먹이며 모욕적인 설교를 지루하게 계속했다. 그는 그리스도는 단 한 번 그것도 지나가는 말로 언급했는데, 그것은 별로 관심 없었다. 나는 의자에 점점 더 깊숙이 들어앉아 몸을 숙이고, 라디오 다이얼을 조정해 소리가 안 들리게 하듯이 그의 말을 걸러 내기 시작했고, 약간 졸린 상태에서 가장 감상적이고 뻔한 말들만 한두 마디씩 받아들였다. 길을 잃은 어린 양들. 물질 만능주의의 희생자들. 보편적 가치의 상실. 자립심이라는 전통적 가치의 몰락. 의사소통의 단절.

"무슨 개 같은 소리야!" 속으로 생각만 한 줄 알았더니 큰 소리로 말을 했나 보다. 모티 하버가 내 허벅지를 툭 치며 웃음을 억지로 참으면서 조용히 "쉬!" 하고 중얼거렸다. 내 말에 동의하는 것 같았다. 그러고 나서는 잠시 졸았던 것 같은데(엄밀히 말하자면 잠에 빠진 것이 아니라 뇌에서 생각이 모두 빠져나가는 강경증 상태가 된 것 같았다.) 왜냐하면 그다음에 기억나는 일이 번쩍이는 수레에 실린 두 개의 청동관이 복도를 지나가는 모습을 본 것이기 때문이다.

"토할 것 같아." 내가 큰 소리로 말했다.

"쉬." 모티가 주의를 주었다.

리무진을 타고 묘지로 출발하기 전에 나는 근처 술집으로 가서 커다란 종이팩에 든 맥주를 하나 샀다. 당시에는 35센트만 주면 판지로 된 용기에 담긴 맥주 1리터를 살 수 있었다. 내가 경솔하게 행동한다는 것을 알았지만, 아무도 신경 쓰는 것 같지 않았다. 나는 헴프스테드를 지나면 바로 나오는 묘지에 도착할 때쯤 이미 취기가 많이 올라 동작과 생각이 많이 굼떠 있었다. 희한하게도 소피와 네이선은 이 새로운 공동묘지에 가장 먼저 자리를 차지한 사람들에 속했다. 따뜻한 10월의 햇살을 맞으며 푸릇푸릇한 잔디가 지평선까지 널리 펼쳐져 있었다. 조문객을 태운 차량들이 저 멀리 있는 묘지 터로 향하는 동안, 나는 내가 사랑하는 두 사람이 골프 코스 중간에 묻히는 것은 아닐까 우려했다. 잠깐이지만 그런 우려는 상당히 현실적인 것 같았다. 나는 술에 취한 사람들이 종종 경험하는 혼란스러운 환상과 심리적 허상에 빠져 버린 것이었다. 골퍼들이 소피와 네이선의 묘지 위에서 티샷을 휘두른 후 "공 간다!"라고 외치고 미드 아이언과 드라이버를 챙겨 들고 이동하는 동안, 잔디 아래에서는 고인들이 불안해서 몸을 뒤척이는 모습이 눈에 보였다.

캐딜락에 모티와 함께 앉은 나는, 노트와 함께 가져온 『언터마이어 명시 선집』을 뒤적였다. 내가 시를 낭독하겠다고 래리에게 제안했더니 그가 흔쾌히 받아들였다. 나는 소피와 네이선이 마지막으로 떠나기 전에 내 목소리를 들려주기로 결심했다. 드위트 목사의 무례한 설교가 마지막 작별의 말이 되는 것만은 도저히 참을 수 없었다. 그래서 나는 적당한 시를 찾기 위해 에밀리 디킨슨에게 많은 페이지가 할애된 부분을 열심히 뒤적였다. 브루클린 칼리지 도서관에서 네이선과 소피를 맺어 준 사람이 에밀리였으므로 마지막 작별 인사도 에밀리가 하는 편이 좋을 것 같았다. 적당한, 아니 완벽한 시를 발견하자 엄청난 행복감과 취기 오른 기쁨이 마음속에서 솟아올랐다. 리무진이 무덤가에 도착하는 순간 나는 낮은 목소리로 낄낄 웃었고, 비틀거리면서 차에서 내리다가 엎어지기도 했다.

묘지에서 드위트 목사가 읊은 조사(弔辭)는 장례식장에서 한 말을 요약한 것이었다. 래리가 그에게 좀 짧게 해 달라고 언질을 준 것 같았다. 목사는 조사가 끝나 갈 때쯤 주머니에서 흙이 든 작은 병을 꺼내 반은 소피의 관 위에 나머지 반은 네이선의 관 위에 뿌림으로써 촌스럽지만 의식적인 분위기를 풍겼다. 그는 조문객들에게 그 흙은 아무 데서나 볼 수 있는 평범한 흙이 아니라고 했다. 지구상의 여섯 대륙과 남극에서 채취한 흙인데, 죽음은 보편적인 것으로 인종과 종교, 국적을 막론하고 누구에게나 찾아오는 것임을 기억할 필요가 있음을 상징한다고 했다. 네이선이 의식이 명료할 때면 드위트가 보여주는 것과 같은 어리석은 말과 행동을 얼마나 못 참아 했는지가 기억나자 가슴이 칼에 찔린 듯 아파 왔다. 이런 답답한 허풍쟁이를 얼마나 신랄하게 흉내 내고 비웃었을까. 이윽고 래리가 나를 향해 고개를 끄덕였고, 나는 앞으로 나섰다. 덥고 화창한 오후의 고요 속에, 들리는 소리라고는 두 무덤가에 핀 꽃들의 유혹에 넘어가 모여든 벌들이 윙윙거리는 소리뿐이었다. 비틀거리는 가운데 멍한 기분으로 앞으로 나선 나는 에밀리를 생각했다. 그리고 그녀의 노래 속에 나오는 별과 그들의 무한함, 그들이 가진 영원의 은유를 생각했다.

이 쓸쓸한 침상 위에
찬란한 빛이 비치게 하라.
심판의 새벽이 올 때까지
이 빛나는 아침.

나는 읽기를 멈추고 한동안 아무 말 없이 서 있었다. 글자를 읽는 데는 아무 문제가 없었지만, 깊은 슬픔과 한데 엉킨 환희가 나를 잡아끌었다. 소피와 네이선과 나의 만남이 시작부터 끝까지 침대를 중심으로 이루어졌다는 사실에는 딱히 설명할 수는 없지만 심오한 의미가 있지 않을까? 아주 오래전 그 둘이 2층에서 격렬한 사랑을 나누는 소리를 들은 그때부터, 같은 침대 위에 나란히 누워 죽어 있는 모습을 본 마지막까지(그 마지막 모습은 내가 늙어 망령이 나거나 죽지 않는 이상 내 기억 속에서 지워질 것 같지 않았다.) 침대와의 인연은 참으로 끈질겼다. 그제야 나는 참고 있던 감정이 무너져 내리며 다리가 후들거리기 시작했다.

이불깃 똑바로 접고,
베개도 두둑이 하라.
아침 햇살 외에 그 어떤 것도
훼방치 못하게 하라.

앞에서 나는 젊을 때 쓴 일기에 대해 느낀 애증을 언급한 적이 있다. 내가 버리지 않고 남겨 둔 생생하고 가치 있는 부분들은 주로 거세된 나의 남성성과 꺾여 버린 열정과 관련된 부분인 것 같았다. 레슬리 라피더스와 메리 앨리스 그림볼과의 절망적인 밤들에 대한 부분도 있고 이 소설에서도 합당한 자리를 차지했다. 나머지는 미숙한 단상들과 유치하고 금언적인 허세, 내가 끼어들 이유가 하나 없는 철학 논문 같은 글이어서, 나는 그 글이 영구히 보존되는 가능성을 완전히 차단하기로 단호히 결심하고 몇 년 전 뒷마당에서 화형에 처했다. 화형에서 살아남은 몇 쪽은 글 자체에 본질적인 가치가 있어서가 아니라 나 자신에 대한 역사적 기록의 중요한 부분이 될 수 있을 것 같아 살려 둔 것이었다. 이렇게 살려 둔 마지막 날들을 기록한 예닐곱 쪽(워싱턴에서 올라오는 기차의 화장실에서 미친 듯이 써 내려간 부분부터 시작해서 장례식 다음 날 썼던 기록에 이르기까지) 중에서 보존할 가치가 있다고 생각되는 문장이 딱 세 개 있다. 이렇게 가치 있다고 생각하는 것도 어떤 영속적 의미가 있어서가 아니라, 지금 보면 거칠고 볼품없어 보이는 문장이지만, 적어도 당시에는 한동안 생존 자체를 놓고 고민하던 한 인간의 마음 깊은 곳에서 나왔기 때문이다.

언젠가 아우슈비츠를 이해하게 될 것이다. 용감하지만 터무니없는 문장이었다. 어느 누구도 아우슈비츠를 이해하지 못할 것이다. 좀 더 정확하게 표현하자면 이렇게 썼어야 옳았다. 언젠가 소피의 삶과 죽음에 대해 글을 쓸 것이고, 그렇게 함으로써 절대 악이 결코 세상에서 사라지지 않는다는 사실을 보여 줄 것이다.

아우슈비츠는 결코 설명할 수 없는 곳으로 영원히 남을 것이다. 이제까지 아우슈비츠에 대해 나온 설명 중 가장 진리에 근접한 것은 단정 짓는 문장이 아니라 되물음이었다.

질문: "아우슈비츠에서, 신은 어디 있었는가?"
대답: "인간은 어디 있었는가?"

무(無)에서 부활시킨 둘째 문장은 다소 단순하고 진부할지 모르지만, 그럼에도 불구하고 가치 있다고 여겨졌다. 그대의 사랑이 살아 있는 모든 것에 흘러넘치게 하라. 어떻게 보면 설교같이 느껴지기도 한다. 그럼에도 불구하고 소박한 단어들이 모여 이루어 낸 너무도 아름다운 문장임에는 틀림없다. 이제 그 말이 적힌 노트를, 세월이 흐름에 따라 서서히 산화되어 마른 수선화처럼 노랗게 빛이 바래는 그 페이지를 들여다보니 화가 난 듯 사납게 밑줄을 친 것이 눈에 들어온다. 한때 내가 들어가 살던, 혹은 내 안에 들어와 살던 고통을 겪는 스팅고가 성인이 되어 처음으로 직접 죽음과 고통과 상실에 대해 그리고 인간 존재라는 끔찍한 수수께끼에 대해 깨닫기 시작하면서, 유일하게 남아 있고 유일하게 견딜 만한 진리를 종이에서 끌어내려 하는 것처럼 보였다. 그대의 사랑이 살아 있는 모든 것에 흘러넘치게 하라.

그러나 나의 이 격언에는 몇 가지 문제가 있다. 우선 이것은 나의 격언이 아니다. 이것은 우주에서 나온 것으로 신의 소유이고, 노자(老子)와 예수, 고타마 붓다 같은 중재자들과 수천 명에 달하는 덜 유명한 예언자들에게 도둑맞은 개념이기도 하다. 그들 중 하나인 이 소설의 화자는 기차를 타고 가던 중 볼티모어와 윌밍턴 사이의 어딘가에서 이 끔찍한 진리의 말이 귓가를 울리는 것을 깨닫고 급히 화장실로 들어가 변기에 앉아 미친 사람의 열정으로 돌에 아로새기듯 그 진리를 노트에 적어 놓았다. 삼십 년이 지난 지금도 그 진리의 격언은 여전히 널리 알려져 전파를 타고 있다. 어느 날 밤 뉴잉글랜드를 달리던 나는 내가 쓴 그대로의 글이 컨트리 음악 프로그램에서 멋진 노래로 변신해 방송되는 것을 들었다. 그러나 이로 인해 둘째 문제가 떠오른다. 그 말의 진실성, 아니 진실성이 아니라면 불가능성에 대한 문제 말이다. 아우슈비츠가 인류 혈관의 흐름을 가로막는 치명적 혈전처럼 거대한 사랑의 흐름을 효과적으로 막지 않았던가? 아우슈비츠 같은 섬뜩한 건축물이 세워지게 내버려 둔 세상에서 개미나 불도마뱀, 독사, 두꺼비, 독거미 혹은 광견병 바이러스(혹은 축복받은 아름다운 생명체들조차도) 등을 사랑한다는 것은 참으로 터무니없는 생각이라는 결론에 도달할 만큼 사랑의 본질을 근본적으로 바꾸어 놓지 않았던가? 모르겠다. 어쩌면 결론지어 말하기에는 너무 이른지도 모르겠다. 어쨌든 나는 약하지만 영속적인 희망을 상기시키는 글로서 이 문장을 살려 두기로 했다.

일기에서 태워 버리지 않고 살려 둔 부분에서 가치 있는 마지막 문장은 내가 지은 시 한 구절이다. 그 문장이 나온 맥락에서 볼 때 그렇게 형편없는 것이 아니기를 바란다. 장례식이 끝난 후 나는 거의 '백지상태'가 되었다.(당시에는 정신을 잃을 정도로 술을 마신 상태를 그렇게 표현했다.) 나는 어떻게든 그 끔찍한 슬픔을 쳐부숴야 한다고 생각하면서 지하철을 타고 코니아일랜드로 갔다. 처음에는 내가 왜 그 떠들썩한 싸구려 유흥가로 갔는지 나 자신도 알 수 없었다. 그곳을 괜찮은 명소라고 생각해 본 적이 한 번도 없는데 말이다. 그러나 늦은 오후 날씨는 따뜻하고 화창했고, 나는 너무도 외로웠으며 시간이 흐르자 그곳이야말로 나 자신을 붙들고 있던 모든 긴장의 끈을 놓아 버리기에 가장 좋은 장소로 여겨졌다. 스티플체이스 파크는 닫혀 있었고, 다른 놀이 기구들도 마찬가지였다. 물은 수영하기에 너무 찼지만, 그럼에도 불구하고 화창한 날씨 덕분에 뉴요커들이 떼를 지어 몰려와 있었다. 해가 지기 시작하고 네온사인에 불이 들어올 때쯤 수백 명의 게으름뱅이들과 도박꾼들이 거리를 가득 메웠다. 나는 빅터스, 레슬리 라피더스와 그녀의 공허한 음란함 때문에 내 성기가 극도의 고통을 받은 그 우중충한 까페 밖에서 잠시 걸음을 멈췄다가 다시 발걸음을 떼었고, 얼마 후 다시 돌아갔다. 패배의 기억이 남아 있는 그곳이 술을 퍼마시기에 제일 적당한 곳 같았다. 도대체 인간은 무엇 때문에 불행한 과거를 일부러 회상하며 아픈 상처를 후벼 파는 것일까? 그러나 나는 곧 레슬리를 잊었다. 나는 맥주 피처 하나를 주문했고 얼마 후에는 하나를 더 주문했으며, 서서히 망상의 세계로 빠져들었다.

그날 밤 나는 대서양에서 불어오는 습한 바람에 한기를 느끼며 별이 쏟아질 듯 반짝이는 해변에 홀로 서 있었다. 그곳은 반짝이는 별빛을 제외하고는 사방이 어두웠다. 내 뒤로 시가지 쪽에는 기괴하게 생긴 뾰족탑들과 고딕 양식 건물의 지붕들, 바로크 양식의 탑들이 희미한 실루엣으로 비치고 있었다. 그 탑들 중에 가장 높은 것은 꼭대기에서 쇠줄이 거미줄처럼 쏟아져 내려온 구름다리 모양의 낙하산 점프 기구였는데, 이 아찔한 기구의 난간에서 네이선과 함께 아래로 떨어져 내려오면서 까르르 웃어 젖히던 소피의 웃음소리가 들리는 것 같았다. 아주 오래전 일처럼 느껴졌다.

눈물이 왈칵 쏟아지기 시작한 것은 바로 그때였다. 술 취한 사람의 감상적인 눈물이 아니라, 워싱턴에서 기차를 탈 때부터 남자답게 잘 참아 왔지만 더 이상 참지 못하고 터져 버린 눈물이었다. 그런 눈물이 작은 시냇물이 되어 내 손가락들 사이로 흘러내렸다. 물론 눈물샘을 자극한 직접적인 원인은 오래전 낙하산 점프 기구를 타고 즐겁게 웃으며 떨어지던 소피와 네이선에 대한 기억이지만, 지난 몇 달 동안 내 정신을 괴롭혀 왔으며 이제 내게 애도를 강요하는 많은 사람들에 대한 분노와 슬픔이 한꺼번에 터져 흘러내린 것이기도 했다. 소피와 네이선은 물론이고, 에바와 얀, 에바의 외눈박이 곰 인형, 에디 파렐, 바비 위드, 내 어린 흑인 구세주 아리스테, 마리아 헌트, 냇 터너, 반다 무크호르흐 폰크레치만. 구타당하고 배신당하고 학살당하고 순교당한 이 시대의 희생양들. 나는 600만 명의 유대인이나 200만 명의 폴란드인 혹은 100만 명의 세르비아인들, 500만 명의 러시아인들을 위해 울지는 않았다. 인류 전체를 위해 울 준비는 아직 되어 있지 않았다. 그러나 어떤 식으로든 내게 의미 있는 존재로 다가선 사람들을 위해 눈물을 흘렸고, 아무도 없는 해변에서 내 흐느낌은 어느새 절규로 바뀌어 있었다. 얼마 후 더 이상 흘릴 눈물도 남지 않게 되자, 갑자기 다리에 힘이 빠져 모래 위에 주저앉고 말았다.

그러고는 잠이 들었다. 에드거 앨런 포의 이야기를 섞어 놓은 것 같은 황당하고 끔찍한 꿈을 꾸었다. 나 자신이 괴물 같은 기계에 의해 둘로 갈라졌고, 소용돌이치는 진흙 바람에 날려 가다가 돌 속에 갇혀 버리기도 했으며, 끔찍하게도 산 채로 매장되기까지 했다. 밤새 나는 아무 말도 하지 못하고 움직이지도 못하고 비명도 지르지 못하는 무기력한 상태로, 마비된 채 이집트의 모래 속에 묻힐 준비가 끝난 산송장 같은 상태로, 잔혹한 지구의 무게에 눌려 괴로워했다. 사막은 참을 수 없을 정도로 추웠다.

눈을 떴을 때는 이른 아침이었다. 나는 반투명의 안개가 자욱하게 낀 옅은 푸른색의 하늘을 올려다보며 누워 있었다. 고요한 바다 위 아지랑이를 뚫고 작은 수정 공 같은 샛별이 홀로 반짝이는 모습이 눈에 들어왔다. 근처에서 아이들이 소곤거리는 소리도 들렸다. 나는 몸을 뒤척였다. "쉿! 깼어!" "콧수염도 있다, 야!" "지랄 마!" 나는 아이들이 내 몸에 모래를 덮어 놓은 것을 알아차렸고, 이 훌륭한 외투 속에서 미라처럼 안전하게 누워서 나의 부활을 기뻐했다. 내 마음속에 시구절이 새겨진 것은 바로 그때였다.

차가운 모래 아래서 나는 죽음을 꿈꾸었으나
새벽녘에 깨어나 보니

밝은 샛별이 아름답게 빛나고 있었다.

이날은 심판의 날이 아니었다. 아침일 뿐이었다. 아름답고 빛나는 아침.

작품 해설

그때 나는 어디 있었나

읽을 것들과 볼 것들이 넘쳐 나는 21세기를 살아가는 우리에게 누군가가 수많은 작품들 가운데서 왜 굳이 어떤 한 작품을 읽고 보느냐고 묻는다면 재미있기 때문이라는 대답이 단연코 많을 것이다. 살인과 강간과 폭력이 난무하는 엽기적인 소설이나 영화든, 낭만적인 사랑과 애절한 이별이 눈시울을 적시는 작품이든, 우리는 재미있는 작품에 끌리고 감동받는다. 그 재미가 한순간의 즐거움에 그치지 않고 오래도록 여운을 남긴다면, 그리고 그런 감동을 공유하는 사람들이 많다면, 우리는 그 작품을 그 세대를 대표하는 걸작, 다음 세대에까지 길이 남을 위대한 고전이라고 일컫는다. 1979년에 출판된 윌리엄 스타이런의 『소피의 선택』을 그런 작품들의 하나로 간주하는 데에 이의를 제기할 사람은 그리 많지 않을 것이다.

그렇다면 『소피의 선택』은 어떤 재미와 감동을 주기에 그토록 많은 독자들을 매료시켰으며 다음 세대가 꼭 보아야 할 작품으로 문학사에 자리매김하게 되었을까?

그 이유는 무엇보다도 『소피의 선택』이 보여 주는 주제에서 찾아야 할 것 같다. 『소피의 선택』에서 스타이런은 나치의 인종 대학살과 미국 남부의 노예 제도 및 인종 차별주의라는, 인류 최대의 악이라고 여겨지는 역사적 비극들을 구체적이고 적극적으로 다룬다. 여주인공인 소피는 2차 세계 대전 당시 고국 폴란드에서 나치에게 잡혀 아우슈비츠 수용소로 보내져 나치의 인종 대학살을 직접 목격했고, 구사일생으로 살아남아 전쟁 후 미국으로 건너온 인물이다. 아우슈비츠에 도착하자마자 딸과 아들 중 가스실로 직행할 아이를 고르라는 군의관의 명령 때문에 딸을 포기하고 가스실로 보내는 끔찍한 아픔을 경험했고, 유대인을 비롯한 유럽인들을 태우며 나오는 가스실 굴뚝의 매캐한 검은 연기를 늘 보고 냄새 맡고 살았다. 자신이 언제 죽을지도 모르고, 딸까지 포기하며 살려 놓은 아들의 생사마저 가늠할 수 없는, 한 치 앞을 내다볼 수 없는 삶을 살았다. 극심한 공포와 강제 노동과 굶주림으로 인해 산송장처럼 살았다. 그렇다면 소피는 나치의 극악무도한 비인류적 범죄의 희생양이기만 할까? 사랑하는 가족과 자신의 목숨을 지켜야 한다는 충분히 이해할 수 있는 보편적이고 이기적인 이유에서이기는 했지만, 소피 자신도 나치에게 협조했다는 것을 부정할 수는 없을 것이다. 그녀는 자신의 아버지가 반유대적 팸플릿을 작성하고 배포하는 것을 도왔고, 반다 등 나치 저항 세력의 도움 요청을 거절했고, 수용소에서는 회스 사령관 관저에서 일하면서 유창한 독일어 실력으로 회스의 일을 도왔으며, 나치가 실시한 레벤스보른 정책이라는 인종 실험에 아들을 포함시키려고 회스를 유혹하려 했다. 나치라는 거대한 조직 혹은 국가가 저지른 악에 비할 바는 아니겠지만, 소피 자신이 그 거대한 악의 수레바퀴가 굴러갈 수 있도록 한몫을 한 것만은 부인할 수 없겠다. 그렇게밖에 할 수 없었던 개인의 나약함과 가족애를 무조건 비난할 수는 없겠지만 어쨌든 소피 자신도 나치의 인종 대학살의 피해자이자 종범이었다고 할 수 있을 것이다. 『소피의 선택』은 역사라는 커다란 수레바퀴 밑에 깔려 고통받는 개인의 모습, 다시 말해 희생양의 모습과 그 역사 속에서 악을 재생산하고 타인에게 위해를 끼치는 가해자인 개인의 모습 그리고 그 희생양과 가해자가 서로 다른 사람이 아니라 한 사람이 두 가지 면을 다 보여 줄 수 있다는 사실을 소피의 삶을 통해 생생하게 보여 준다.

『소피의 선택』에서 스타이런이 나치의 인종 대학살만큼 적극적으로 비판하는 또 하나의 인류악은 미국 남부의 노예 제도와 인종 차별주의다. 저자 스타이런의 모습이 투영된 주인공 스팅고는 미국 남부 버지니아 출신으로 노예 제도 및 인종 차별주의에 반대하고 인종적 차이에 관대한 입장을 보이는 아버지의 영향을 받았다. 역사에 길이 남을 위대한 소설을 쓰고 싶다는 야망에 불타는 작가 지망생인 그는 1831년 버지니아에서 발생한 미국 최대의 흑인 노예 반란의 지도자였던 냇 터너라는 역사적 인물을 소재로 한 소설 집필에 매달린다.(실제로 윌리엄 스타이런은 1967년 『냇 터너의 고백(The Confessions of Nat Turner)』이라는 소설을 발표해 퓰리처상을 수상했다.) 이렇게 인종 차별주의에 반대하지만 그는 조상이 행한 노예 매매에서 나온 수익금으로 생활을 이어 나가는 아이러니한 면을 보여 준다.

스타이런도 인용한 『역사의 간계(The Cunning of History)』에서 저자인 리처드 L. 루빈스타인은 나치의 전체주의와 인종 말살 정책은 서구 유럽의 주요 국가들에서 실시된 노예 제도에 그 뿌리가 있다고 주장한다. 결국 악은 또 다른 악을 재생산하고 인간은 타인이 저지른 악에 고통받으면서 한편으로는 그 악의 재생산과 확대에 참여한다고 볼 수 있다는 것이다. 그런 입장에서 본다면 미국도 나치의 인종 차별주의를 비난하면서 떳떳할 수만은 없고, 윌리엄 스타이런은 『냇 터너의 고백』과 『소피의 선택』에서 바로 이런 점을 주장한다.

또한 『소피의 선택』은 소설 쓰기 자체를 주제로 하는 스타이런의 자전적 소설이기도 하다. 주인공 스팅고는 스타이런의 분신이라고 해도 좋을 만큼 여러 면에서 스타이런과 닮았다. 두 사람 모두 버지니아에서 태어났고, 어릴 때 어머니를 여의었으며, 평등과 관용을 주창하는 아버지를 두었고, 듀크 대학을 나왔으며, 해병대에서 복무했고, 맥그로힐 출판사에서 편집일을 했으며, 비눗방울 혹은 풍선을 불었다는 이유로 출판사에서 해고되었고, 위대한 소설을 쓰겠다는 열망에 사로잡혀 소설 쓰기에 매진했으며, 흑인 노예 반란을 다룬 소설로 세간의 주목을 받으며 작가로 성공했다. 이렇게 스타이런은 출생 및 성장 배경, 교육, 직업에 이르기까지 자신을 꼭 닮은 스팅고를 화자로 내세워 고통스러운 창작 과정과 희열과 절망을 이야기한다. 스팅고가 소설가들은 기회주의자들이라고 개탄하면서도 자신이 연모했던 아가씨의 죽음을 소재로 한 처녀작을 구상하고 한 장면을 써 내려가면서 갈등하고 고민하고 고통스러워하고 만족하고 흥분하는 모습을 읽고 있으면, 또한 어릴 적부터 관심 있던 흑인 노예 반란의 지도자 냇 터너의 삶을 소설로 쓰려고 자료를 모으고 장면을 상상하는 모습을 읽고 있으면, 그리고 그가 옮겨 놓은 여러 작가와 사상가의 의견과 저서 발췌문과 홀로코스트 등의 역사적 사실에 관한 기록과 그의 일기문을 읽고 있으면, 커다란 돌덩이를 앞에 놓고 고민하며 마음속에 있는 멋진 조각상을 만들어 내는 조각가처럼 마음을 압도하는 주제를 울림 있는 이야기로 형상화해 내기 위해 고군분투하는 스타이런의 모습이 눈앞에 생생히 그려진다. 자신의 직간접적 경험에서 자유로울 수 있는 예술가가 과연 있을까? 스타이런은 자신 혹은 자신이 속한 세대와 국가와 세계가 겪은 경험을 토대로 한 『소피의 선택』을 통해 소설 쓰기의 고통과 기쁨, 홀로코스트와 인종 차별주의라는 역사의 비극을 경험할 수 있는 기회를 독자들에게 제공하는 것이다.

『소피의 선택』이 감동을 주는 걸작으로 칭송받는 또 다른 이유는 소설 읽기의 즐거움 중 하나인 대리 경험에 있다고 할 것이다. 나도 소피처럼 가스실이 보이는 철도 플랫폼에 서서 내 목숨보다 소중한 아들딸 중에 하나를 곧바로 가스실로 보내도록 협박당한다면 누구를 선택할 것인가? 나도 소피처럼 폭력과 마약과 술에 중독된 연인에게 시달리면서 파멸이 눈앞에 보이는 처지라면 떠날 것인가, 남아 있을 것인가? 나도 스팅고처럼 인종 차별주의를 전면으로 비판하는 소설을 쓰려고 하면서도 생활고 때문에 인종 차별주의가 물려준 유산을 받아야 할 처지라면 어떻게 할 것인가? 나도 아우슈비츠의 군의관처럼 내 의술을 인간 구제가 아닌 파멸을 위해 써야 하고 나 자신이 신이 되어 타인의 삶과 죽음을 결정해야 하는 처지라면 어떻게 할 것인가? 나는 소피나 스팅고나 군의관과 다른 선택을 할 수 있다고, 나는 악의 희생자나 공범이 되지 않을 자신이 있다고 당당하게 말할 수 있는 사람은 별로 없을 것이다. 그래서 우리는 소피나 스팅고나 군의관이 처한 상황과 그들의 선택이 비록 최선은 아닐지라도 충분히 이해할 수 있고, 그들의 죄책감을 함께 느끼고 함께 절망하기도 하고, 국가 권력의 횡포 앞에 한없이 무력한 개인의 존재를 새삼 절감할 수 있는 것이다. 그런 느낌을 공유한 사람들이 많아서인지 제목인 '소피의 선택'은 이제 피할 수 없는 곤란한 상황에 처해 극단적인 두 가지 길 중 하나를 선택해야 하는, 이러지도 저러지도 못하는 경우를 일컫는 관용구가 되었을 정도다.

『소피의 선택』이 주는 또 다른 즐거움은 지적 욕구의 충족이다. 스타이런은 『냇 터너의 고백』 이후 십여 년의 세월을 『소피의 선택』 창작에 매달렸다. 나치의 인종 대학살과 여러 정책, 미국의 노예 제도와 흑인 반란과 인종 차별주의에 대해 역사학자에 가까울 정도로 치열하게 연구했고 그 결과를 『소피의 선택』에 고스란히 담아 놓았다. 『소피의 선택』에는 수많은 실존 인물과 실제 정책과 작품이 등장해 허구의 등장인물들과 조화롭게 어울린다. 일각에서는 스팅고의 입을 통해 고발하는 미국의 노예 제도와 인종 차별주의 그리고 스팅고의 소설 쓰기와 관련된 부분, 스팅고의 성적 관심과 그와 관련된 일화 등이 소피의 입을 통해 고발하는 나치의 인종 대학살과 함께 한 작품에 등장하는 것이 이야기의 일관성을 저해한다고 비판하기도 한다. 또한 소설에 너무나도 자주 등장하는 다른 작가나 저자 들의 작품 발췌 내용이나 역사적 사실에 대한 설명 부분이 소설의 가독성을 떨어뜨리고 『소피의 선택』을 소설이 아닌 역사 다큐멘터리로 만들어 버렸다고 주장하는 비평가들도 있다. 모든 종류의 인종적 편견과 죄책감을 보여 주는 아름다운 장식장에 불과하다고 단언하면서, 스타이런의 문장이 너무나 장황하고 너무나 많은 이야기를 담고 있어 지루한 이론 강의가 되어 버렸다고 말하는 비평가도 있다. 이런 비난에도 불구하고 많은 독자들이 여전히 『소피의 선택』을 찾는 것은 『소피의 선택』이 인류의 비극적 역사를 전면으로 다루면서 그 속에서 고통받는 보편적인 나약한 인간의 모습을 사실감 있게 그려 내 독자의 지적, 감성적 욕구를 충분히 충족시키기 때문일 것이다.

『소피의 선택』에서 스팅고는 소피에게 아우슈비츠 수용소 경험을 들으면서 소피가 아우슈비츠에 도착하던 날 바로 그 시각에 자신은 무엇을 하고 있었는지 기억을 되살려 낸다. 스팅고는 해병대 입대를 위한 신체검사를 통과하기 위해 몸무게를 늘리려고 바나나를 먹어 대고 있었다. 지구의 한쪽에서는 어마어마하게 끔찍한 역사적 사건이 일어나지만, 다른 쪽에서는 그 사실을 알지 못한 채 평범한 일상을 살아가는 사람들이 있다. 소피가 회스 사령관의 딸 에미 회스의 앨범을 보는 동안, 화장장에서 포로들을 태우는 연기와 냄새가 진동한다. 에미 회스는 역한 냄새를 막기 위해 창문을 닫으며, 다하우 수용소에서는 포로들을 태워 나오는 열을 이용해 수영장 물을 따뜻하게 유지했다고 회상한다. 다른 곳에 있으면, 혹은 다른 편, 다른 입장에 있으면 인류의 미래를 위협하는 악에 대해서도 무지하거나 무감할 수밖에 없는 것이다. 『소피의 선택』은 그런 우리에게 묻는지도 모른다. 그때 당신들은 어디 있었느냐고.

2008년 12월

한정아

작가 연보

1925년 미국 버지니아주 뉴포트뉴스에서 태어났다(6월 11일).

1942년 데이비슨 대학에 입학했다. 학보와 문예 잡지에 시, 에세이 등을 발표했다. 해병대 입대와 2차 세계 대전 참전을 위해 데이비슨 대학을 중퇴했다.

1943년 해병대 소위 후보생의 신분으로 듀크 대학에 입학했다. 윌리엄 블랙번 교수의 영향으로 글쓰기에 깊은 관심을 갖게 되었다.

1944년 해병대에 입대해 일 년여에 걸쳐 강도 높은 장교 후보생 교육을 받았다.

1945년 소위로 임관해 일본 침공 작전에 배치되지만 한 달 후 원폭 투하로 일본이 항복해 실전 경험을 하지 못하고 12월에 전역했다.

1947년 듀크 대학에서 학사 학위를 취득했다. 뉴욕으로 이주해 맥그로힐 출판사 무역 도서부에서 부(副) 편집자로 근무했다. 블랙번 교수의 추천으로 뉴스쿨 문예 창작과에 등록해 히람 하이든 교수에게 지도받았다.
사무실 창문 밖으로 비눗방울을 불어 날렸다는 이유로 맥그로힐에서 해고당한 후 첫 장편 소설 집필 시작.

1951년 첫 장편 소설 『어둠 속에 눕다(Lie Down in Darkness)』 출판.

1952년 미국 문예 아카데미에서 로마상을 수상했다.
1954년까지 프랑스, 이탈리아 등에서 장기 체류했다.
파리에서 조지 플림톤, 피터 매티슨 등이 《파리 리뷰》를 창간하는 것을 도왔다.

1953년 볼티모어 출신의 젊은 시인 로즈 버건더와 결혼했다.

1956년 해병대에서의 경험을 바탕으로 한 중편 소설 「긴 행진(Long March)」 출판.

1960년 두 번째 장편 소설 『이 집에 불을 질러라(Set This House on Fire)』 출판.

1967년 미국 노예 역사상 유일한 대규모 노예 반란을 이끈 흑인 노예의 관점에서 쓰인 세 번째 장편 소설 『냇 터너의 고백(The Confessions of Nat Turner)』 출판.

1968년 『냇 터너의 고백』으로 퓰리처상을 수상했다.

1970년 미국 문예 아카데미에서 윌리엄 딘 하월즈 훈장을 받았다.

1979년 전쟁으로 인한 상처를 안고 살아가는 폴란드계 여성의 삶을 통해 나치의 유대인 대학살과 아우슈비츠 수용소의 잔혹상을 고발하는 네 번째 장편 소설 『소피의 선택(Sophie's Choice)』 출판.

1980년 『소피의 선택』으로 내셔널 북 어워드를 수상했다.

1982년 『소피의 선택』 영화화. 소피 역을 맡아 열연한 메릴 스트립이 아카데미 여우 주연상을 수상했다. 에세이집 『조용한 먼지와 다른 저작들(This Quiet Dust, and Other Writings)』 출판.

1985년 심각한 우울증을 겪었다. 프랑스의 권위 있는 문학상 시노 델 듀카 상을 수상했다.

1990년 우울증과의 처절한 투쟁 경험을 쓴 자전적 에세이집 『보이는 어둠(Darkness Visible: A Memoir of Madness)』 출판.

1993년 소설집 『타이드워터의 아침: 세 가지 어린 시절 이야기(A Tidewater Morning: Three Tales from Youth)』 출판.

2006년 11월 1일 폐렴으로 사망했다.

세계문학전집 198

소피의 선택 2

1판 1쇄 펴냄 2008년 12월 26일
1판 22쇄 펴냄 2023년 11월 24일

지은이 윌리엄 스타이런
옮긴이 한정아
발행인 박근섭, 박상준
펴낸곳 (주)민음사

출판등록 1966. 5. 19. (제 16-490호)
서울특별시 강남구 도산대로1길 62(신사동) 강남출판문화센터 5층 (우편번호 06027)
대표전화 02-515-2000 팩시밀리 02-515-2007
www.minumsa.com

한국어 판 © (주)민음사, 2008, 2023. Printed in Seoul, Korea

ISBN 978-89-374-6198-9 04800
ISBN 978-89-374-6000-5 (세트)

* 잘못 만들어진 책은 구입처에서 교환해 드립니다.

세계문학전집 목록

1·2 **변신 이야기** 오비디우스·이윤기 옮김 서울대 권장도서 100선
3 **햄릿** 셰익스피어·최종철 옮김 서울대 권장도서 100선 | 미국대학위원회 선정 SAT 추천도서
4 **변신·시골의사** 카프카·전영애 옮김 서울대 권장도서 100선
5 **동물농장** 오웰·도정일 옮김 미국대학위원회 선정 SAT 추천도서 | 《타임》 선정 현대 100대 영문소설
6 **허클베리 핀의 모험** 트웨인·김욱동 옮김 《뉴스위크》 선정 100대 명저
7 **암흑의 핵심** 콘래드·이상옥 옮김 미국대학위원회 선정 SAT 추천도서 | 《뉴스위크》 선정 10대 명저
8 **토니오 크뢰거·트리스탄·베네치아에서의 죽음** 토마스 만·안삼환 외 옮김 노벨 문학상 수상 작가
9 **문학이란 무엇인가** 사르트르·정명환 옮김
10 **한국단편문학선 1** 김동인 외·이남호 엮음 국립중앙도서관 선정 청소년 권장도서
11·12 **인간의 굴레에서** 서머싯 몸·송무 옮김
13 **이반 데니소비치, 수용소의 하루** 솔제니친·이영의 옮김 노벨 문학상 수상 작가
14 **너새니얼 호손 단편선** 호손·천승걸 옮김
15 **나의 미카엘** 오즈·최창모 옮김
16·17 **중국신화전설** 위앤커·전인초, 김선자 옮김
18 **고리오 영감** 발자크·박영근 옮김
19 **파리대왕** 골딩·유종호 옮김 노벨 문학상 수상 작가 | 《타임》 선정 현대 100대 영문소설
20 **한국단편문학선 2** 김동리 외·이남호 엮음
21·22 **파우스트** 괴테·정서웅 옮김 서울대 권장도서 100선 | 미국대학위원회 선정 SAT 추천도서
23·24 **빌헬름 마이스터의 수업시대** 괴테·안삼환 옮김
25 **젊은 베르테르의 슬픔** 괴테·박찬기 옮김 논술 및 수능에 출제된 책(1998~2005)
26 **이피게니에·스텔라** 괴테·박찬기 외 옮김
27 **다섯째 아이** 레싱·정덕애 옮김 노벨 문학상 수상 작가
28 **삶의 한가운데** 린저·박찬일 옮김
29 **농담** 쿤데라·방미경 옮김
30 **야성의 부름** 런던·권택영 옮김
31 **아메리칸** 제임스·최경도 옮김
32·33 **양철북** 그라스·장희창 옮김 노벨 문학상 수상 작가 | 서울대 권장도서 100선
34·35 **백년의 고독** 마르케스·조구호 옮김 노벨 문학상 수상 작가 | 서울대 권장도서 100선
36 **마담 보바리** 플로베르·김화영 옮김 서울대 권장도서 100선
37 **거미여인의 키스** 푸익·송병선 옮김
38 **달과 6펜스** 서머싯 몸·송무 옮김
39 **폴란드의 풍차** 지오노·박인철 옮김
40·41 **독일어 시간** 렌츠·정서웅 옮김
42 **말테의 수기** 릴케·문현미 옮김
43 **고도를 기다리며** 베케트·오증자 옮김 노벨 문학상 수상 작가 | 서울대 권장도서 100선
44 **데미안** 헤세·전영애 옮김 노벨 문학상 수상 작가
45 **젊은 예술가의 초상** 조이스·이상옥 옮김 서울대 권장도서 100선
46 **카탈로니아 찬가** 오웰·정영목 옮김
47 **호밀밭의 파수꾼** 샐린저·정영목 옮김 《타임》 선정 현대 100대 영문소설 | 미국대학위원회 선정 SAT 추천도서 | 《뉴스위크》 선정 100대 명저 | BBC 선정 꼭 읽어야 할 책
48·49 **파르마의 수도원** 스탕달·원윤수, 임미경 옮김
50 **수레바퀴 아래서** 헤세·김이섭 옮김 노벨 문학상 수상 작가 | 국립중앙도서관 선정 청소년 권장도서

51·52 **내 이름은 빨강** 파묵 · 이난아 옮김 노벨 문학상 수상 작가
53 **오셀로** 셰익스피어 · 최종철 옮김 서울대 권장도서 100선
54 **조서** 르 클레지오 · 김윤진 옮김 노벨 문학상 수상 작가
55 **모래의 여자** 아베 코보 · 김난주 옮김
56·57 **부덴브로크 가의 사람들** 토마스 만 · 홍성광 옮김 노벨 문학상 수상 작가
58 **싯다르타** 헤세 · 박병덕 옮김 노벨 문학상 수상 작가
59·60 **아들과 연인** 로렌스 · 정상준 옮김 《뉴스위크》 선정 100대 명저
61 **설국** 가와바타 야스나리 · 유숙자 옮김 노벨 문학상 수상 작가 | 서울대 권장도서 100선
62 **벨킨 이야기 · 스페이드 여왕** 푸슈킨 · 최선 옮김
63·64 **넙치** 그라스 · 김재혁 옮김 노벨 문학상 수상 작가
65 **소망 없는 불행** 한트케 · 윤용호 옮김 노벨 문학상 수상 작가
66 **나르치스와 골드문트** 헤세 · 임홍배 옮김 노벨 문학상 수상 작가
67 **황야의 이리** 헤세 · 김누리 옮김 노벨 문학상 수상 작가
68 **페테르부르크 이야기** 고골 · 조주관 옮김
69 **밤으로의 긴 여로** 오닐 · 민승남 옮김 노벨 문학상 수상 작가 | 미국대학위원회 선정 SAT 추천도서
70 **체호프 단편선** 체호프 · 박현섭 옮김
71 **버스 정류장** 가오싱젠 · 오수경 옮김 노벨 문학상 수상 작가
72 **구운몽** 김만중 · 송성욱 옮김 서울대 권장도서 100선 | 국립중앙도서관 선정 청소년 권장도서
73 **대머리 여가수** 이오네스코 · 오세곤 옮김
74 **이솝 우화집** 이솝 · 유종호 옮김 논술 및 수능에 출제된 책(1998~2005)
75 **위대한 개츠비** 피츠제럴드 · 김욱동 옮김 《타임》 선정 현대 100대 영문소설
76 **푸른 꽃** 노발리스 · 김재혁 옮김
77 **1984** 오웰 · 정회성 옮김 《타임》 선정 현대 100대 영문소설 | 《뉴스위크》 선정 100대 명저
78·79 **영혼의 집** 아옌데 · 권미선 옮김
80 **첫사랑** 투르게네프 · 이항재 옮김
81 **내가 죽어 누워 있을 때** 포크너 · 김명주 옮김 노벨 문학상 수상 작가
82 **런던 스케치** 레싱 · 서숙 옮김 노벨 문학상 수상 작가
83 **팡세** 파스칼 · 이환 옮김
84 **질투** 로브그리예 · 박이문, 박희원 옮김
85·86 **채털리 부인의 연인** 로렌스 · 이인규 옮김
87 **그 후** 나쓰메 소세키 · 윤상인 옮김
88 **오만과 편견** 오스틴 · 윤지관, 전승희 옮김 미국대학위원회 선정 SAT 추천도서
89·90 **부활** 톨스토이 · 연진희 옮김 논술 및 수능에 출제된 책(1998~2005)
91 **방드르디, 태평양의 끝** 투르니에 · 김화영 옮김
92 **미겔 스트리트** 나이폴 · 이상옥 옮김 노벨 문학상 수상 작가
93 **페드로 파라모** 룰포 · 정창 옮김
94 **차라투스트라는 이렇게 말했다** 니체 · 장희창 옮김 국립중앙도서관 선정 청소년 권장도서
95·96 **적과 흑** 스탕달 · 이동렬 옮김 국립중앙도서관 선정 청소년 권장도서
97·98 **콜레라 시대의 사랑** 마르케스 · 송병선 옮김 노벨 문학상 수상 작가 | BBC 선정 꼭 읽어야 할 책
99 **맥베스** 셰익스피어 · 최종철 옮김 서울대 권장도서 100선 | 미국대학위원회 선정 SAT 추천도서
100 **춘향전** 작자 미상 · 송성욱 풀어 옮김 서울대 권장도서 100선
101 **페르디두르케** 곰브로비치 · 윤진 옮김
102 **포르노그라피아** 곰브로비치 · 임미경 옮김
103 **인간 실격** 다자이 오사무 · 김춘미 옮김
104 **네루다의 우편배달부** 스카르메타 · 우석균 옮김

105·106 **이탈리아 기행** 괴테·박찬기 외 옮김
107 **나무 위의 남작** 칼비노·이현경 옮김
108 **달콤 쌉싸름한 초콜릿** 에스키벨·권미선 옮김
109·110 **제인 에어** C. 브론테·유종호 옮김 BBC 선정 꼭 읽어야 할 책
111 **크눌프** 헤세·이노은 옮김 노벨 문학상 수상 작가
112 **시계태엽 오렌지** 버지스·박시영 옮김 《타임》 선정 현대 100대 영문소설 | 《뉴스위크》 선정 100대 명저
113·114 **파리의 노트르담** 위고·정기수 옮김 미국대학위원회 선정 SAT 추천도서
115 **새로운 인생** 단테·박우수 옮김
116·117 **로드 짐** 콘래드·이상옥 옮김 《뉴스위크》 선정 100대 명저
118 **폭풍의 언덕** E. 브론테·김종길 옮김 미국대학위원회 선정 SAT 추천도서
119 **텔크테에서의 만남** 그라스·안삼환 옮김 노벨 문학상 수상 작가
120 **검찰관** 고골·조주관 옮김
121 **안개** 우나무노·조민현 옮김
122 **나사의 회전** 제임스·최경도 옮김 미국대학위원회 선정 SAT 추천도서
123 **피츠제럴드 단편선 1** 피츠제럴드·김욱동 옮김
124 **목화밭의 고독 속에서** 콜테스·임수현 옮김
125 **돼지꿈** 황석영
126 **라셀라스** 존슨·이인규 옮김
127 **리어 왕** 셰익스피어·최종철 옮김 서울대 권장도서 100선 | 《뉴스위크》 선정 100대 명저
128·129 **쿠오 바디스** 시엔키에비츠·최성은 옮김 노벨 문학상 수상 작가
130 **자기만의 방·3기니** 울프·이미애 옮김
131 **시르트의 바닷가** 그라크·송진석 옮김
132 **이성과 감성** 오스틴·윤지관 옮김
133 **바덴바덴에서의 여름** 치프킨·이장욱 옮김
134 **새로운 인생** 파묵·이난아 옮김 노벨 문학상 수상 작가
135·136 **무지개** 로렌스·김정매 옮김
137 **인생의 베일** 서머싯 몸·황소연 옮김
138 **보이지 않는 도시들** 칼비노·이현경 옮김
139·140·141 **연초 도매상** 바스·이운경 옮김 《타임》 선정 현대 100대 영문소설
142·143 **플로스 강의 물방앗간** 엘리엇·한애경, 이봉지 옮김 미국대학위원회 선정 SAT 추천도서
144 **연인** 뒤라스·김인환 옮김
145·146 **이름 없는 주드** 하디·정종화 옮김
147 **제49호 품목의 경매** 핀천·김성곤 옮김 《타임》 선정 현대 100대 영문소설
148 **성역** 포크너·이진준 옮김 노벨 문학상 수상 작가 | 퓰리처상 수상 작가
149 **무진기행** 김승옥
150·151·152 **신곡(지옥편·연옥편·천국편)** 단테·박상진 옮김 《뉴스위크》 선정 100대 명저
153 **구덩이** 플라토노프·정보라 옮김
154·155·156 **카라마조프가의 형제들** 도스토옙스키·김연경 옮김
157 **지상의 양식** 지드·김화영 옮김 노벨 문학상 수상 작가
158 **밤의 군대들** 메일러·권택영 옮김 퓰리처상 수상 작가
159 **주홍 글자** 호손·김욱동 옮김 서울대 권장도서 100선 | 미국대학위원회 선정 SAT 추천도서
160 **깊은 강** 엔도 슈사쿠·유숙자 옮김
161 **욕망이라는 이름의 전차** 윌리엄스·김소임 옮김
162 **마사 퀘스트** 레싱·나영균 옮김 노벨 문학상 수상 작가
163·164 **운명의 딸** 아옌데·권미선 옮김

165 **모렐의 발명** 비오이 카사레스 · 송병선 옮김
166 **삼국유사** 일연 · 김원중 옮김 서울대 권장도서 100선
167 **풀잎은 노래한다** 레싱 · 이태동 옮김 노벨 문학상 수상 작가
168 **파리의 우울** 보들레르 · 윤영애 옮김
169 **포스트맨은 벨을 두 번 울린다** 케인 · 이만식 옮김
170 **썩은 잎** 마르케스 · 송병선 옮김 노벨 문학상 수상 작가
171 **모든 것이 산산이 부서지다** 아체베 · 조규형 옮김 《타임》 선정 현대 100대 영문소설
172 **한여름 밤의 꿈** 셰익스피어 · 최종철 옮김 미국대학위원회 선정 SAT 추천도서
173 **로미오와 줄리엣** 셰익스피어 · 최종철 옮김 미국대학위원회 선정 SAT 추천도서
174·175 **분노의 포도** 스타인벡 · 김승욱 옮김 노벨 문학상 수상 작가 | 《타임》 선정 현대 100대 영문소설
176·177 **괴테와의 대화** 에커만 · 장희창 옮김
178 **그물을 헤치고** 머독 · 유종호 옮김 《타임》 선정 현대 100대 영문소설
179 **브람스를 좋아하세요...** 사강 · 김남주 옮김
180 **카타리나 블룸의 잃어버린 명예** 하인리히 뵐 · 김연수 옮김 노벨 문학상 수상 작가
181·182 **에덴의 동쪽** 스타인벡 · 정회성 옮김 노벨 문학상 수상 작가
183 **순수의 시대** 워튼 · 송은주 옮김 《뉴스위크》 선정 100대 명저 | 퓰리처상 수상작
184 **도둑 일기** 주네 · 박형섭 옮김
185 **나자** 브르통 · 오생근 옮김
186·187 **캐치-22** 헬러 · 안정효 옮김 《타임》 선정 현대 100대 영문소설
188 **숄로호프 단편선** 숄로호프 · 이항재 옮김 노벨 문학상 수상 작가
189 **말** 사르트르 · 정명환 옮김
190·191 **보이지 않는 인간** 엘리슨 · 조영환 옮김 《타임》 선정 현대 100대 영문소설
192 **왑샷 가문 연대기** 치버 · 김승욱 옮김 퓰리처상 수상 작가
193 **왑샷 가문 몰락기** 치버 · 김승욱 옮김 퓰리처상 수상 작가
194 **필립과 다른 사람들** 노터봄 · 지명숙 옮김
195·196 **하드리아누스 황제의 회상록** 유르스나르 · 곽광수 옮김
197·198 **소피의 선택** 스타이런 · 한정아 옮김 퓰리처상 수상 작가
199 **피츠제럴드 단편선 2** 피츠제럴드 · 한은경 옮김
200 **홍길동전** 허균 · 김탁환 옮김
201 **요술 부지깽이** 쿠버 · 양윤희 옮김
202 **북호텔** 다비 · 원윤수 옮김
203 **톰 소여의 모험** 트웨인 · 김욱동 옮김
204 **금오신화** 김시습 · 이지하 옮김
205·206 **테스** 하디 · 정종화 옮김 미국대학위원회 선정 SAT 추천도서 | BBC 선정 꼭 읽어야 할 책
207 **브루스터플레이스의 여자들** 네일러 · 이소영 옮김
208 **더 이상 평안은 없다** 아체베 · 이소영 옮김
209 **그레인지 코플랜드의 세 번째 인생** 워커 · 김시현 옮김 퓰리처상 수상 작가
210 **어느 시골 신부의 일기** 베르나노스 · 정영란 옮김
211 **타라스 불바** 고골 · 조주관 옮김
212·213 **위대한 유산** 디킨스 · 이인규 옮김 서울대 권장도서 100선 | BBC 선정 꼭 읽어야 할 책
214 **면도날** 서머싯 몸 · 안진환 옮김
215·216 **성채** 크로닌 · 이은정 옮김
217 **오이디푸스 왕** 소포클레스 · 강대진 옮김 서울대 권장도서 100선
218 **세일즈맨의 죽음** 밀러 · 강유나 옮김
219·220·221 **안나 카레니나** 톨스토이 · 연진희 옮김 서울대 권장도서 100선

222 **오스카 와일드 작품선** 와일드·정영목 옮김
223 **벨아미** 모파상·송덕호 옮김
224 **파스쿠알 두아르테 가족** 호세 셀라·정동섭 옮김 노벨 문학상 수상 작가
225 **시칠리아에서의 대화** 비토리니·김운찬 옮김
226·227 **길 위에서** 케루악·이만식 옮김 《타임》 선정 현대 100대 영문소설 | 《뉴스위크》 선정 100대 명저
228 **우리 시대의 영웅** 레르몬토프·오정미 옮김
229 **아우라** 푸엔테스·송상기 옮김
230 **클링조어의 마지막 여름** 헤세·황승환 옮김 노벨 문학상 수상 작가
231 **리스본의 겨울** 무뇨스 몰리나·나송주 옮김
232 **뻐꾸기 둥지 위로 날아간 새** 키지·정회성 옮김 《타임》 선정 현대 100대 영문소설
233 **페널티킥 앞에 선 골키퍼의 불안** 한트케·윤용호 옮김 노벨 문학상 수상 작가
234 **참을 수 없는 존재의 가벼움** 쿤데라·이재룡 옮김
235·236 **바다여, 바다여** 머독·최옥영 옮김
237 **한 줌의 먼지** 에벌린 워·안진환 옮김 《타임》 선정 현대 100대 영문소설
238 **뜨거운 양철 지붕 위의 고양이·유리 동물원** 윌리엄스·김소임 옮김 퓰리처상 수상작
239 **지하로부터의 수기** 도스토옙스키·김연경 옮김
240 **키메라** 바스·이운경 옮김
241 **반쪼가리 자작** 칼비노·이현경 옮김
242 **벌집** 호세 셀라·남진희 옮김 노벨 문학상 수상 작가
243 **불멸** 쿤데라·김병욱 옮김
244·245 **파우스트 박사** 토마스 만·임홍배, 박병덕 옮김 노벨 문학상 수상 작가
246 **사랑할 때와 죽을 때** 레마르크·장희창 옮김
247 **누가 버지니아 울프를 두려워하랴?** 올비·강유나 옮김
248 **인형의 집** 입센·안미란 옮김
249 **위폐범들** 지드·원윤수 옮김 노벨 문학상 수상 작가
250 **무정** 이광수·정영훈 책임 편집 서울대 권장도서 100선
251·252 **의지와 운명** 푸엔테스·김현철 옮김
253 **폭력적인 삶** 파솔리니·이승수 옮김
254 **거장과 마르가리타** 불가코프·정보라 옮김
255·256 **경이로운 도시** 멘도사·김현철 옮김
257 **야콥을 둘러싼 추측들** 욘존·손대영 옮김
258 **왕자와 거지** 트웨인·김욱동 옮김
259 **존재하지 않는 기사** 칼비노·이현경 옮김
260·261 **눈먼 암살자** 애트우드·차은정 옮김 《타임》 선정 현대 100대 영문소설
262 **베니스의 상인** 셰익스피어·최종철 옮김
263 **말리나** 바흐만·남정애 옮김
264 **사볼타 사건의 진실** 멘도사·권미선 옮김
265 **뒤렌마트 희곡선** 뒤렌마트·김혜숙 옮김
266 **이방인** 카뮈·김화영 옮김 노벨 문학상 수상 작가 | 미국대학위원회 선정 SAT 추천도서
267 **페스트** 카뮈·김화영 옮김 노벨 문학상 수상 작가 | 국립중앙도서관 선정 청소년 권장도서
268 **검은 튤립** 뒤마·송진석 옮김
269·270 **베를린 알렉산더 광장** 되블린·김재혁 옮김
271 **하얀 성** 파묵·이난아 옮김 노벨 문학상 수상 작가
272 **푸슈킨 선집** 푸슈킨·최선 옮김
273·274 **유리알 유희** 헤세·이영임 옮김 노벨 문학상 수상 작가

275 픽션들 보르헤스·송병선 옮김 서울대 권장도서 100선
276 신의 화살 아체베·이소영 옮김
277 빌헬름 텔·간계와 사랑 실러·홍성광 옮김
278 노인과 바다 헤밍웨이·김욱동 옮김 노벨 문학상 수상 작가 | 퓰리처상 수상작
279 무기여 잘 있어라 헤밍웨이·김욱동 옮김 미국대학위원회 선정 SAT 추천도서
280 태양은 다시 떠오른다 헤밍웨이·김욱동 옮김 《타임》 선정 현대 100대 영문 소설
281 알레프 보르헤스·송병선 옮김
282 일곱 박공의 집 호손·정소영 옮김
283 에마 오스틴·윤지관, 김영희 옮김
284·285 죄와 벌 도스토옙스키·김연경 옮김 미국대학위원회 선정 SAT 추천도서
286 시련 밀러·최영 옮김
287 모두가 나의 아들 밀러·최영 옮김
288·289 누구를 위하여 종은 울리나 헤밍웨이·김욱동 옮김 노벨 문학상 수상 작가
290 구르브 연락 없다 멘도사·정창 옮김
291·292·293 데카메론 보카치오·박상진 옮김
294 나누어진 하늘 볼프·전영애 옮김
295·296 제브데트 씨와 아들들 파묵·이난아 옮김 노벨 문학상 수상 작가
297·298 여인의 초상 제임스·최경도 옮김 미국대학위원회 선정 SAT 추천도서
299 압살롬, 압살롬! 포크너·이태동 옮김 노벨 문학상 수상 작가
300 이상 소설 전집 이상·권영민 책임 편집
301·302·303·304·305 레 미제라블 위고·정기수 옮김
306 관객모독 한트케·윤용호 옮김 노벨 문학상 수상 작가
307 더블린 사람들 조이스·이종일 옮김
308 에드거 앨런 포 단편선 앨런 포·전승희 옮김 미국대학위원회 선정 SAT 추천도서
309 보이체크·당통의 죽음 뷔히너·홍성광 옮김
310 노르웨이의 숲 무라카미 하루키·양억관 옮김
311 운명론자 자크와 그의 주인 디드로·김희영 옮김
312·313 헤밍웨이 단편선 헤밍웨이·김욱동 옮김 노벨 문학상 수상 작가
314 피라미드 골딩·안지현 옮김 노벨 문학상 수상 작가
315 닫힌 방·악마와 선한 신 사르트르·지영래 옮김
316 등대로 울프·이미애 옮김 《타임》 선정 현대 100대 영문소설 | 《뉴스위크》 선정 100대 명저
317·318 한국 희곡선 송영 외·양승국 엮음
319 여자의 일생 모파상·이동렬 옮김
320 의식 노터봄·김영중 옮김
321 육체의 악마 라디게·원윤수 옮김
322·323 감정 교육 플로베르·지영화 옮김
324 불타는 평원 룰포·정창 옮김
325 위대한 몬느 알랭푸르니에·박영근 옮김
326 라쇼몬 아쿠타가와 류노스케·서은혜 옮김
327 반바지 당나귀 보스코·정영란 옮김
328 정복자들 말로·최윤주 옮김
329·330 우리 동네 아이들 마흐푸즈·배혜경 옮김 노벨 문학상 수상 작가
331·332 개선문 레마르크·장희창 옮김
333 사바나의 개미 언덕 아체베·이소영 옮김
334 게걸음으로 그라스·장희창 옮김 노벨 문학상 수상 작가

395 **월든** 소로 · 정회성 옮김
396 **모래 사나이** E. T. A. 호프만 · 신동화 옮김
397·398 **검은 책** 오르한 파묵 · 이난아 옮김 노벨 문학상 수상 작가
399 **방랑자들** 올가 토카르추크 · 최성은 옮김 노벨 문학상 수상 작가
400 **시여, 침을 뱉어라** 김수영 · 이영준 엮음
401·402 **환락의 집** 이디스 워튼 · 전승희 옮김
403 **달려라 메로스** 다자이 오사무 · 유숙자 옮김
404 **아버지와 자식** 투르게네프 · 연진희 옮김
405 **청부 살인자의 성모** 바예호 · 송병선 옮김
406 **세피아빛 초상** 아옌데 · 조영실 옮김
407·408·409·410 **사기 열전** 사마천 · 김원중 옮김 서울대 권장도서 100선
411 **이상 시 전집** 이상 · 권영민 책임 편집
412 **어둠 속의 사건** 발자크 · 이동렬 옮김
413 **태평천하** 채만식 · 권영민 책임 편집
414·415 **노스트로모** 콘래드 · 이미애 옮김
416·417 **제르미날** 졸라 · 강충권 옮김
418 **명인** 가와바타 야스나리 · 유숙자 옮김 노벨 문학상 수상 작가
419 **핀처 마틴** 골딩 · 백지민 옮김 노벨 문학상 수상 작가
420 **사라진 · 샤베르 대령** 발자크 · 선영아 옮김
421 **빅 서** 케루악 · 김재성 옮김
422 **코뿔소** 이오네스코 · 박형섭 옮김
423 **블랙박스** 오즈 · 윤성덕, 김영화 옮김
424·425 **고양이 눈** 애트우드 · 차은정 옮김
426·427 **도둑 신부** 애트우드 · 이은선 옮김
428 **슈니츨러 작품선** 슈니츨러 · 신동화 옮김
429·430 **세계의 끝과 하드보일드 원더랜드** 무라카미 하루키 · 김난주 옮김
431 **멜랑콜리아 I–II** 욘 포세 · 손화수 옮김 노벨 문학상 수상 작가
432 **도적들** 실러 · 홍성광 옮김
433 **예브게니 오네긴 · 대위의 딸** 푸시킨 · 최선 옮김

세계문학전집은 계속 간행됩니다.